汉魏六朝
文学与文献论稿

傅刚 著

2017年·北京

图书在版编目(CIP)数据

汉魏六朝文学与文献论稿/傅刚著.—北京:商务印书馆,2016(2017.3重印)
ISBN 978-7-100-11360-1

Ⅰ.①汉… Ⅱ.①傅… Ⅲ.①中国文学—古典文学研究—汉代~魏晋南北朝时代—文集 Ⅳ.①I206.2-53

中国版本图书馆 CIP 数据核字(2015)第 129491 号

本书出版得到郑州大学古典文献学学科支持

权利保留,侵权必究。

汉魏六朝文学与文献论稿
傅刚 著

商 务 印 书 馆 出 版
(北京王府井大街36号 邮政编码100710)
商 务 印 书 馆 发 行
三河市尚艺印装有限公司印刷
ISBN 978-7-100-11360-1

2016年3月第1版　　开本 880×1230 1/32
2017年3月北京第2次印刷　印张 16 3/4
定价:90.00元

一个人一辈子一件事(代序)

忽然接到傅刚来电,要我为他即将出版的论文选集①写个序,当时的反应实在是诚惶诚恐,不知所对。我一直在期待先睹其书,没想到先书而来的却是命题作文。傅刚是我"多重"学兄,也是我敬重的学者,他在学术上犹如站在山顶,而我尚在山脚跋涉,怎能道得他的一襟怀抱、满眼风光?于是我婉辞:这事非同小可,就算我不惜破戒,也不是合适人选……他的回话却很干脆:你了解,随便写。于是只能遵命,好在他的话也给了我一些信心和勇气。不过,"随便写"可以,"序"还是不敢当的。

苏北之北有徐州,徐州东南有睢宁。据说乾隆爷过徐,曾有"穷山恶水,泼妇刁民"的金口玉言,徐人至今引以为"荣"。当然更值得荣耀的是刘邦和他的伙伴们,他们从徐州西北的丰、沛冒出来,竟一路打出个大汉天下。而睢宁人津津乐道的还有黄石公、张良、吕布等,认他们都是"俺这里人"。其实东邻的楚霸王项羽,也让睢宁人倍感亲切。这个楚汉之间的小县,似乎一直是徐州的穷乡僻壤之最,却也保存着不少古风。傅刚和我就生长在这里,他家离县城约十里,我约四十里;他是1956年生,我是1957年。在那个风雨不时的年月,我们各自在所属的农村挣扎成长,直到1978

---

① 书名《汉魏六朝文学与文献论稿》,以下简称"本集"。

年才先后来到同一个校园——徐州师范学院,他是中文 1977 级,我是 1978 级。在大学,他先做作家梦,后来转向古代文学研究,主要兴趣在魏晋,毕业论文写的是陆机;我开始也痴迷于文学创作,后来也转向古代文学研究,兴趣也在魏晋,毕业论文写的是曹丕——这些"惊人相似"都是后来才知道的,而我们的相识却是在大学毕业之后。后来他到上海读硕,我到杭州读硕,通信之外,也互邀来玩儿,假期来回还经常一起"挤"火车,有时"贴身"一站就是几个小时。他好学且专注,所谈多与学问有关,还带我去拜见曹融南先生、马茂元先生。他毕业留校当老师,后来到中国社会科学院研究生院(下文简称为"研究生院")读博,接着到北京大学作博士后并留校至今;而我多有蹉跎,后来也到研究生院读博。这期间,我们的交往更多些,或者我去,或者他来,总以我到他那儿居多。去了就一起转书店,一起逛校园,一起呼朋唤友、喝酒聊天。再后来我辗转中原、岭南,天各一方,聚少散多,鬓发霜繁,不觉三十余年! 然则他在我心中,早已亲如手足、敬若师长了。

这种亲敬自然与他的为人为学有关。说到为人,我觉得傅刚很有些"汉魏"——就像他所研究的汉魏六朝文学,是那种质朴与秀丽、浑厚与精细、大气与严谨、理智与性情、自信与谦卑、热烈与沉静、执着与随和、激昂与淡定、默讷与酣畅、快意与忧患、慷慨与感伤……兼得相济、收放自然、张弛有度的人,而在大体上则属于质外慧中、面冷里热的一类。初次接触他的人可能会觉得他有些"普通",了解多了便会服其博雅和高明。而且交往愈深,愈会感到他的可爱、可亲和可靠,情谊也就愈"铁"。当然这种"铁"是由他的厚道炼成的。他是那种非常眷恋亲友、珍重情谊却又不愿表达的人,就在他的"无声"之中,你能感到他的自然、真诚、温暖和踏实。

他是发自内心的"助人为乐",不仅尽心竭力,而且经常"先人一步"地为之谋划和努力,事后那人才知道,或许永远不知道。他既能体谅人,也能宽容人,尤其乐言人善,成人之美,却很少谈自己。即使在大醉之下,也从不自我吹嘘、诋毁他人。他经常像叨念一样谈起的,是给过自己帮助和教益的人,那种由衷的感怀之情,令人动容……这样的人是难得的,所以我经常为他所感动,也为自己而庆幸。我有时想:"寒苦"出身的傅刚,如此的为人,是完全出自天性的淳厚善良么?应当不是;是完全由于学校和书本的熏染么?似乎也不是。我以为,除了本性和外染,还与他的主动修为与恪守相关,而这又是与其长期的读书为学相伴随的。如果说这样的为人属"道德"的话,那么他的道德很大程度上得自主动的学习和修持。易言之,他并不是只把"做学问"当作单纯的谋生手段,而是将其作为向善的机缘和途径,追求道德学问的共同进步,不仅要做一个有学问的人,还要做一个真正的"好人"、"君子"乃至"圣贤"。

傅刚在为学上的具体得失,限于专业和水平,非我所宜评断。其实有些情况已广为人知:他的《魏晋南北朝诗歌史论》、《魏晋风度》、《昭明文选研究》、《文选版本研究》等著作和诸多论文,学者称其扎实,后两种尤其为"选学"力作。他是首届全国百篇优秀博士论文奖的获得者,现在担任中国《文选》学会副会长。当然,他还是北大教授、博导——这些大抵可以代表体制内外对他的学术评价,本集也可作为参证。当然最终的定论还应交由学术史,我这里只想就其为学的风格——作风和品格——谈点个人感受。

傅刚的为学,用我们家乡话来说就是"一老本等"——既敦厚实在又规矩本分,既勤奋刻苦又乐此不疲,既专心致志又坚守不移,既自信自足又内敛不张,既本色地道又不卑不亢,既深谙其道又不轻不狂……当然"一老本等"也有老实而不够精明、笨拙而不够巧慧、呆板而不够灵活、保守而不够机变、迂愚而不够随流、寒微而不够发达、默默无闻而不够赫赫有名之类的意味。总之,既有正面的褒义也有负面的微词,具体所指因人而异,所取如何,通常多取前者。然则"一老本等"其实是两个方面的统一:选择了正面的,也就意味着接受了负面的;或者说宁肯承受负面的,也要坚持正面的。正是在这样的选择和实行中,形成并凸显出傅刚为学的风格。

本集三十多篇论文,前后跨时三十年:最早的一篇为《文贵清省说的时代意义——论陆云〈与兄平原书〉》(发表于1984年,系本科毕业论文,故其撰写时间应更早);最晚的一篇为《略说中国上古的史官传统》(发表于2011年)。这些论文(并参之以专著和相关情况)显示,傅刚的学术历程大致可分两个阶段:1993年是个转界。在前一阶段,他的学术起点较高,路子亦正,作风扎实,一步一个脚印。不过总的说来,关注比较广泛,问题比较"一般",方法上多用论辩,旨归多在"意义",因而可以说是以"评论"为主的阶段。本集"总论"部分的多数论文,还有专著《魏晋南北朝诗歌史论》,都写于这个时期,应该不是偶然巧合。然则这种"评论"性的研究正是那个时代的普遍现象,这表明傅刚此期的为学尽管个性已显,但仍未能远超"时流",还没有形成对于自己独立风格的清晰意识和自觉追求。后一阶段的论题多集中在《文选》和《玉台新咏》,与此同时,他的《昭明文选研究》、《文选版本研究》也相继完成,即将出版的《〈玉台新咏〉与南朝文学》也应属此期成果。这个阶段的显著变化是:关注的范围大幅收缩,注意力集中到"点"上,方法上多用考证,旨归则在于"事实",因而可以说是以"实证"为主的阶段。这样的变化显然是其主动选择和自觉坚持的结果:《昭明文选研究》是他的博士论文,《文选版本研究》其实是博士论文的延伸,而《玉台新咏》研究也可说是前二者的延伸……如此前后一贯、持续用功达二十年,无疑是"有意为之":"有意"地损之又损、约之又约,凝神聚力于一"点",作长期专精的研究。这样的研究在当时虽然并非唯一,但像傅刚这样"有意"和专注者似不多见。总览傅刚三十年的学术脚步,逐渐清晰地呈现出一条"实学"的路径,这种实学的主要特点是:态度上敬畏诚实,没有轻狂和游戏;作风上精勤扎实,没有浮躁和懈怠;选题上专一切实,没有空泛和玄虚;方法上规范严密,没有草率和投机;旨归上单纯求实,没有俗念和妄想。总之是老老实实、专心致志的学问,是纯学术的研究而无意于世俗的"实用"。

要做这样的实学,难度是不言而喻的。而在特定的环境背景和生存条件下,还会更加困难。例如:实学离不开实证,实证必须有证据,证据又必须(尽可能)穷尽,而古典文学的学术既博大精深,又悠久厚重,证据不知被多少前人多少次地"穷尽"过了,要想发现新的证据,真如大海捞针。这就需要有足够海量的知识积累和文献占有,然而对"寒苦"学者而言,这又是很难做到的:从小家境贫寒,很少有书,甚至从未见过古籍;后遭十年浩劫,其后……总之,既没有练就"童子功",也不能坐拥书城,仅从这一点上说,这样的实学路线并不是"寒苦"学者的明智选择。然而傅刚不仅选择了实学,而且主攻的是"老大难"题——"选学",其知难而进的勇决可知,其付出的努力却难以想象。他在做博士论文期间,为了"亲见"文献,经常骑自行车从研究生院到国家图书馆看书,早出晚归,中午不休息甚至不吃饭,每天往返近百公里,归途往往精疲力竭,其艰苦卓绝可见一斑。然则这种竭尽全力其实是他的一贯作风。他的《文选》研究以材料(尤其是版本)之多、识断之精而著称,内行人都知道,每"多"一种、每"精"一步,其艰难要多少倍于寻常!

再如:实学讲究规范。"规范"不只是指引文准确、注释详明之类,更重要的是要按照正确的学术理念和方法来研究问题,这种"正确"既有对传统的继承和别择,也有自身的经验和建设。即如古典文学研究,主观感悟和客观实证都有悠久的古代传统;后来引入科学精神和方法,由大师巨匠熔铸中西、垂典立范,形成以实证为基质的现代传统。此传统后来屡经摧残终至隐微,教条式的"新统"占据了统治地位,"假大空"横行,真正的学术规范荡然无存。其后虽经"拨乱反正",但其初并清楚也没能回到真正的"正"上来。随着"反思"的深入和学识的进步,才逐渐有了学术规范的意识和追求,遂向现代传统乃至古代传统寻求续接,并自觉进行新的学术规范的建立和守持,傅刚的实学即属其例。这种实学的本质乃是追求在学术(而不是在其他)意义上通过实证来揭示真实,这既是基本原则也是根本规范,为此不仅要遵守普遍的文学的学术理念和方法,还要有文献学、目录学、版本学、文字学、历史学、考古学等理念和方法的介入。我甚至觉得,在傅刚那里,这些已不只是"介入",而是必由之途,宜具之法和应有之义,是系统地掌握和运用而非一知半解。易言之:从文献、目录、版本、文字、历史、考古等方面研究古典文学——或者具体到《文选》、《玉台》等,既是其学术规范的应有内容,也是其研究的组成部分。所以他在这些方面用力甚勤,造诣亦深,但皆无意于自成其学,而是为了更好地研究(古典文学)问题。因此在他的论著里,经常可以看到这些学科知识、理论和方法的融会贯通,娴熟运用,这也使其研究显得更加规范、地道。然则要做到这一步,亦非易事。

又如：实学要求专注，不仅要把注意力集中到所研究的专门问题上，还要清心寡欲、甘于寂寞，专心一贯，持之以恒。然则坚持意味着聚合内力，也意味着抗拒外力。外力自然是多方面的，有两种大力是很难抗拒的：一是生存压力，这在"寒苦"学人那里一直不断：20世纪80年代有温饱之忧，90年代有家室之累，紧接着是赡养老人，同时还有子女上学、就业、成家，成为各种"奴"（如房奴）……仅就经济状况而言，谁都知道仅靠那点工资是远远不够的，而古典文学研究尤其是实学研究又是越来越"不值钱"甚至还要"倒贴钱"的，于是为了生存，学者们不得不"另谋生路"，或完全改行，或部分改行，即便没改行，也要干些半学术甚至"非学术"的活儿。二是体制引力。随着体制对学术管理的日益全面和严密，其引诱力也在日益增多增强，于是体制与学术、利益及荣名等相互促进、彼此结固，让学者无所逃逸乃至乐此不疲。在这样的体制内，学者和学术固然有所收获，但也须为之付出代价：不同程度地降低乃至牺牲其学术品质。在上述两种大力交互作用下，很少有人能够抗拒或超脱，傅刚当然也不能免，但他在努力坚守。他很少干"非学术"的活儿，有过作家梦的他甚至连文人爱弄的"闲散"或"性情"文字也不曾染指。他虽然获过大奖，但其成果（博士论文）并非为获奖而作；虽然也承担过课题，但并未损害其实学品质，而其都是较早的事情，近些年来益发与之渐行渐远。按说以他的地位、影响和能力，多搞几个项目和奖励，甚至弄个一官半职，应该不会太难，但他都不做，却也并不说那些"酸"，而且还经常帮助别人去争取之。因此，他的都不做，只是自己不做，无关乎其他，属"非不能也而不为也"一类，用他的话说就是"意思不大"，敢情都不及他的实学有"意思"。然则在普遍体制化和行政化的时代，做与不做，后果都可想而知。就算他能淡定,其如"大力"何?但他硬是坚持下来了。

傅刚的这种坚守,有本性使然,有师长所授,有传统所遗,有机缘所致,有时运所驱,但在我看来,主要还是他自觉体认的结果:一是体认对象,二是体认自我,三是体认外部。对象即古典文学及其学术,他把这个看得很"高"很"重":高是神圣高尚、美妙珍贵,因而值得为其全力付出;重是博大精深、使命重大,因而甘愿为其全力付出。所以只有以诚实相待,才能不负其对象和自己。自我体认则是"自卑"和"自信"的兼有,认识到自己的"有限",从而选择所为和所不为。外部的各种各样条件和影响,也会给人"启示":什么样的学问可以做,什么样的学问不可以做。傅刚常说"一个人一辈子只能做一件事",可谓是这种体认和选择的简明表达:自知有所不能而选择所能。既然不能"多举兼得",便只能用一生去做一件事——这是自卑,也是自谦;然而这"一件事"并非一般事,也不是随便做,而是神圣大事,必须用一生去专心做,才能做到精深和完美——这是自信,也是自许。不过,他并不否认那些天赋异禀者的"多举兼得",而且还会为友人的"多举兼得"而努力、而欣喜、而祝贺,但他自认"不是那块料",很早就决心守"一"而终了。实际上除了少数天才,一般的所谓"多得"都是要以牺牲其"多举"的质量为代价的,所以傅刚的专一既是知己知彼的明智选择,也是追求质量的高尚选择。在他看来,这正是通往其学术和人格完善的合适道路。所以在傅刚的论著中,能够读到精诚与执着,也能读到欣悦与满足。

我觉得,傅刚的实学颇似老农种地:守住一亩三分,起早贪黑,精耕细作,不欺天、不诳地,不惜汗水,期于有成。不过这个"老农"还是有些"野心"的:他宁肯啥都不种,全力栽培一株佳木,希望她长成栋梁,用构大厦;但他也有些"无奈":毕竟老农要靠"天""地"

吃饭,他的愿望能否实现,并不完全取决于自己,这里颇有些"知其不可而为之"的悲壮。然则这种悲壮不只属于傅刚一个人,其实类似的"老农"还有许多,所以从某种意义上说,这也是一个时代同类学人和学术的悲壮——此前的三十年,是浩劫之下一片废墟、遍体鳞伤,可谓悲惨;再往前的三十年,是眼见学术大厦坍塌而不能救,可谓悲凉——他们曾经梦想全面重建甚至超越原来的大厦,清醒之后却发现自己"非廊庙器",但又不忍离去,遂甘为一砖一石而全力以赴,生死之。这是何等的悲壮与执着!他们何以如此?种子也许早在"天将降大任于斯人"中就埋下了。

今年正是1977、1978级毕业三十周年,本集在这个时候出版,应该是个巧合,却也别有意味。我注意到,傅刚在说"一个人一辈子只能做一件事"时,还特别补充说这只适合他自己,这固然又见他的仁厚和谦和,但也未必如此。实际上这话不仅适合很多人,很多人也有类似的体认和守持,因为很多人也像傅刚这样出身于"寒苦",成长于艰难,建业于废墟,有过从"好高骛远"到脚踏实地进而有所成就的转变和发展历程。然则就古典文学研究而言,傅刚的实学不仅是其自身学术风格成型的表征,同时也是一种新的学风趋向的显示。盖经三十多年的思考、探索、选择和积累,关于"实学"的共识和取向隐然成形:在新的内外部条件下,量力而行地建立和守持新的学术理念和规范,坚持以实证为根本的精诚专注研究,力争一"点"一"点"地走向学术和人格的高境界。由此说来,傅刚的守持也有某种"转移一时风气而示来者以轨则"的意义。

当然,也应该看到,这样的实学与古圣先贤所说的"大任"、"风气"还是有些距离的,而与"乾嘉之学"有着某种神理符会。这里有选择也有规避。忽然想到以前有个很流行的观点,大意是:评价历史人物,不是看其比今人少做了什么,而是要看其比前人多做了什么。我觉得还可以进一说:不论是评价古人还是今人,不仅要看其能够做什么,还要看其能够不做什么。我读傅刚,良有斯感。

以上就算是遵傅刚之命"随便"所写吧,至于放在"书前"还是"书后",也随便他。

陈飞

二〇一二年夏　白云山房

目 录

总 论

略说中国上古的史官传统……………………… 3
论汉魏六朝文体辨析的学术渊源………………… 18
汉魏六朝文体辨析观念的产生与发展…………… 38
魏晋南北朝时期文学走向独立的标志…………… 58
赋的来源及其流变………………………………… 67
汉代辞赋与乐府…………………………………… 74
吴蜀文学不兴的社会原因探讨…………………… 81
邺下文学论略……………………………………… 99
太康文学思想述评………………………………… 112
永明文学至宫体文学的嬗变及梁前期文学状态…… 124
以萧统为中心论梁天监、普通年间文学思想与创作…… 143
文史与诗文评——论文学批评的分类…………… 172

汉魏六朝作家作品研究

《史记》与传记文学传统的确立………………… 189
时代思想的异端者——评王充《论衡》………… 205

东汉末年的曹操 ·· 242
读诸葛亮《出师表》 ·· 258
《典论·论文》二题 ·· 267
曹丕曹植文学价值观的一致性及其历史背景（合作）············ 272
曹植与甄妃的学术公案 ·· 286
文贵清省说的时代意义——论陆云《与兄平原书》············ 292
论陆机诗歌创作的艺术特色 ···································· 307
关于陆机生平几个问题的澄清 ································ 319
陆机初次赴洛时间考辨 ·· 335
论《文选》所收陆机《挽歌》三首——兼论宋本《乐府诗集》、
　《陆士衡集》的编辑与《文选》的关系 ······················· 342
吴迈远生平事迹考 ·· 354

《文选》与《玉台新咏》研究

《文选》与中古文学研究 ·· 359
《文选》的流传及影响 ·· 367
二十世纪《文选》学研究 ······································ 374
论《文选》与《诗品》、《文心雕龙》及《文章缘起》间的关系 ··· 392
《文选》三十九类说考辨 ······································ 415
关于《文选》分类——屈守元先生《绍兴建阳陈八郎本
　〈文选〉五臣注跋》读后 ······································· 423
论《文选》"难"体 ··· 427
从《文选序》几种写钞本推论其原貌 ·························· 445
《玉台新咏》研究二题 ··· 458

《玉台新咏》及其编纂研究 …………………………………… 466
《玉台新咏》与《文选》 ……………………………………… 486
附录一　略说《千家诗》 ……………………………………… 499
附录二　略说寿普暄批正范文澜《文心雕龙注》…………… 505

后　记 …………………………………………………………… 516

总 论

略说中国上古的史官传统

一

中国是史官文化悠久的国家,将民族和国家经历过的事件一一记叙下来,自有文字以来就已经形成了传统。记叙的目的,后人称为镜鉴,即以过去发生过的成功不成功的经验,作为继续向前发展的借鉴。但在上古时期,在以祭祀天神和先祖为主要活动的社会里,可能还没有记史事以为镜鉴的目的。上古时期巫与史不分,他们的职分都与沟通神与人有关,具体的分工可能有所不同,如劳榦先生所说,甲骨文中的巫象在神幄中奉玉之形,祝象在祭桌前跪拜之形,史象钻龟之形[①]。史是否为持钻,尚有不同意见。沈刚伯先生就以为史官的职责是安排祭祀,即是安排鬼神位次的礼官。但在上古时期共同的宗教活动中,巫、史虽然不分,但应该是有不同的分工的。陈梦家先生《商代的神话与巫术》下编第一章《巫》据文献记载将巫的职事分为五类:(1)祝史,(2)预卜,(3)医,(4)占梦,(5)舞雩。他说:"卜辞、卜史、祝三者权

---

① 参见劳榦:《古代思想与宗教的一个方面》,《学原》1948年第1卷第10期。

分尚混合,而卜史预卜风雨休咎,又为王占梦,其事皆巫事,而皆掌之于卜史。"①从事宗教活动的巫大概是他们的总体特征,如王可能就是最大的巫。陈梦家先生又说:"王者自己虽为政治领袖,同时仍为群巫之长。卜辞中常有王卜王贞之辞,乃是王亲自卜问。"②因此早期的巫、祝、史都是宗教活动的主要参与者,并视其分工而有拥不同的名称。由于材料匮乏,若想具体考察上古时期巫史工作的情形,是有困难的,后人目前能够使用的材料,仍然是殷商卜辞,在卜辞之前,虽有神话和传说,终不敢相信。《国语·楚语下》载观射父答楚昭王问,比较详细地说明上古时期巫史通神的工作情形。其文曰:

> 古者民神不杂,民之精爽不携贰者,而又能齐肃衷正。其知能上下比义,其圣能光远宣朗,其明能光照之,其聪能听彻之,如是则明神降之,在男曰觋,在女曰巫。是使制神之处位次主,而为之牲器时服,而后使先圣之后之有光烈,而能知山川之号。高祖之主,宗庙之事,昭穆之世,齐敬之勤,礼节之宜,威仪之则,容貌之崇,忠信之质,禋洁之服,而敬恭明神者,以为之祝。使名姓之后,能知四时之生、牺牲之物、玉帛之类、采服之仪、彝器之量、次主之度、屏摄之位、坛场之所、上下之神(祇)、氏姓之所出,而心率旧典者为之宗。于是乎有天地神民类物之官,谓之五官,各司其序,不相乱也。民是以能有忠信,神是以能有明德,民神异业,敬而不渎。故神降之嘉生,民以物享,祸灾不至,求用不匮。及少皞之衰也,九黎乱德,民神

---

① 陈梦家:《商代的神话与巫术》(下编)第1章《巫》,《燕京学报》1936年第20期。
② 陈梦家:《商代的神话与巫术》(下编)第1章第3节《王者为群巫之长》,《燕京学报》1936年第20期,第535页。

杂糅,不可方物。夫人作享,家为巫史,无有要质。民匮于祀,而不知其福。烝享无度,民神同位。民渎齐盟①,无有严威。神狎民则,不蠲其为,嘉生不降,无物以享。祸灾荐臻,莫尽其气。颛顼受之,乃命南正重司天以属神,命火正黎司地以属民,使复旧常无相侵渎,是谓绝地天通。

这是一段著名的史料,据观射父说,远古时期司民与司神之官职分清楚②,不相会杂,民众中有那些精明专一、又事神恭谨肃正的,其智圣聪明,神明即降临他们身上。他们能够胜任全部宗教活动事务,于是便成为掌管天、地、神、民、类物之官,是为五官。说远古时期就有五官管理,当然是传说,没有可靠的材料支撑。其下文说少皞政衰,九黎乱德,司民司神之官,职分混杂,未有区分。"夫人作享,家为巫史",是各自为巫,均能通神,这或许合于远古时宗教未统一时的现象。至颛顼帝时,乃设官分职,南正重掌管天以主群神之事,火正黎则掌管土地人民,界限清楚,互不混杂,民人不能妄自通神,所谓"绝地天通"。关于这个传说的含义,张光直先生分析说:"《国语·楚语》中观射父讲的绝天地之通的古代神话,在研究中国古代文明的性质上具有很大的重要性。神话中的绝天地之通,并不是真正把天地完全隔绝。……这个神话的实质,是巫术与政治的结合,表明通天地的手段逐渐成为一种独占的现象。就是说,以往经过巫术、动物和各种法器的帮助,人们都可以与神相见。但是社会发展到一定程度之后,通天地的手段便为少数人所独占。"③在

---

① 齐,董增龄《国语正义》解为"庄"。盟,日人秦鼎《国语定本》说:"盟,恐明字讹。齐明,齐戒明洁也。"
② 韦昭解"民神不杂"说:"杂,会也。司民司神之官各异。"
③ 张光直:《考古学专题六讲》,文物出版社1986年版,第10—11页。

原始社会里，神是民众的心理依靠，但是人不能自己随意就可通神，若要得到神的佑护，必须通过巫。这样，巫就掌管着民众的命运。统治者是最大的巫，此外便是掌握着专门知识的巫史。前面说过，巫与史在宗教活动中的身份是一致的，但有不同分工，史可能就掌管与典册一类相关的事务。上古时期如果有记录国事的典册，应当是由史官来完成的。当然史官能够记录的国典，并不像传说所说的那样早在颛顼时代，我们现在能够见到上古时期的文字材料，主要是殷商卜辞，时代已较《国语》所说的颛顼时要晚了很多。卜辞主要是祭祀及占问天象、田猎、战争等活动，还构不成后人所期待的那样的史事，但是考虑到卜辞使用材料和书写方式等原因，应该在卜辞之外还有别的文字材料。胡厚宣先生据殷墟卜辞文字之丰富，和卜辞所用材料中石、玉、骨、角、人头、兽骨、陶、铜、龟甲等之多推测："必尚有鸿篇巨制之史乘典册。"他说："观殷墟发现之铜器上常有为铜酸所保存之纺织物遗迹，知当时缣帛已甚普通。由书写之甲骨文字观之，知殷代已有毛笔及朱墨褐色之颜料，则殷朝之史乘国典，或即于此种缣帛书之。又古代北方产竹，此由《毛诗》《左氏传》可见。甲骨文之册字，亦明明象竹简汇集之形，则殷代之有竹简，亦属可能之事。旧籍每称书之竹帛，镂于金石。① 《书·多士》称：'惟殷先人，有册有典。'谅为不虚。而其文长必有

---

① 胡厚宣原注："《墨子·尚贤》：'古者圣王，既审尚贤，欲以为政，故书之竹帛，琢之槃盂，传以遗后世子孙。'又《兼爱》：'何以知先圣六王之亲行之也？……以其所书于竹帛，镂于金石，琢之槃盂。传于后世子孙者知之。'又《天志》：'书于竹帛，镂于金石，琢之槃盂。'又《非命》：'圣王之患此也，故书之竹帛，琢之金石。'又'先圣王之患此也，固在前矣，是以书之竹帛，镂之金石，琢之槃盂，传遗后世子孙。'又《贵义》：'古之圣王，欲传其道于后世，是故书之竹帛，镂之金石，传遗后世子孙。'又《鲁问》：'书之于竹帛，镂之于金石，以为铭于钟鼎。'"

逾于千百字者,又可知也。①"②这种推测如果可以成立,则上古时似乎应该有更为丰富的可以称为国典的史册存在。当然那些典册的具体书写样式如何,我们无从知晓了。今传《尚书》中的《尧典》,其写作的时代,大有争议,在疑古思潮的影响下,一般都认为可能是在春秋以后产生的。但也有学者如梁启超《中国历史研究法》认为《尧典》所记天象符合虞夏时的天象。竺可桢通过对《尧典》中四仲中星的研究,指出应是殷末周初的天文记录。法国学者卑奥根据马融以前对《尧典》的四仲星的解释,推断它是公元前2357年的二分二至的所在点,从而论定《尧典》中的四仲中星应是尧时的天文记录(见高鲁《星象统笺》)③。范文澜先生更指出:"其中禅让帝位的故事,在传子制度实行已久的周朝,不容有人无端发此奇想,其为远古留下来的史记,大致可信。"又"诰"这种文体,据董作宾《王若曰古义》所举一版甲骨有"王若曰羌女"刻辞,学者对此解释有不同,李学勤读为"王若曰:羌,女(汝)……",这是商王对羌人的一种文告,意思是说:"羌族,你们应该如何如何。"如果这个解释是对的话,则见商时已有"诰"这种文体。如此,则《尚书》中"王若曰""微子若曰"并非周人所拟作④。《尧典》具有诸多后世特征,但自先秦时就作为经典流传,极有可能是周人保存的上古档案之一。《尧典》开端便说"曰若稽古",虽是后人口吻,可是也明确说明是后

---

① 胡厚宣原注:"于省吾《续殷文存序》:'考殷代彝器铭文,有多至四十余字者,甲骨文有长五十余字者,以范铸契刻文字贵简之例推之,则当时庙堂所存高文典册,必有数千百字之鸿篇巨制,可知也。'"
② 胡厚宣:《甲骨学商史论丛二集》四《甲骨学绪论·典册》,北京图书馆出版社2000年影印本,第6页。
③ 参见王定璋:《尚书之谜》,四川教育出版社2000年版,第144页。
④ 参见江林昌:《夏商周文明新探》,浙江人民出版社2001年版,第388页。

人根据远古的事迹整理的①。但上古语言诘诎聱牙,后人加以整理,即如司马迁写《史记》,亦用汉时语言意译《尚书》一样。如果《尧典》的基本内容可信,则见殷商之前的史官记录已经形成了比较完整的规模。当然这些都是记言的古史,据后人所说的"左史记言,右史记事"(《礼记》),以及卜辞中已经出现的记事刻辞,可以想见上古时有记事之史应该是可能的。独立的史官从祭祀的宗教活动中分离出来的过程和时间,限于材料无可考证。《国语·楚语下》载观射父还有一段话说:"其后三苗复九黎之德②,尧复育重黎之后,不忘旧者,使复典之。以至于夏商,故重、黎氏世叙天地,而别其分主者也。其在周,程伯休父其后也。当宣王时,失其官守,而为司马氏。宠神其祖,以取威于民,曰重实上天,黎实下地,遭世之乱,而莫之能御也。不然,夫天地成而不变,何比之有?"这段话说,颛顼之后,三苗继九黎凶德为乱,尧重新育养重、黎后人,使他们分掌天、地之职。这样一直延至夏商之时,重、黎各司天、地之职。至于周朝,程伯休父是重、黎的后人,还能够继承先世的德业。《史记·太史公自序》开篇就引用观射父的话,说明史官一职的由来。对"程伯休父其后也"一句,司马贞《索隐》说:"案,重司天,而黎司地,是代序天地也。据左氏,重是少昊之子,黎乃颛顼之胤,二氏二正,所出各别,而史迁意欲合二氏为一,故总云在周程伯休甫其后,非也。然后案彪之序及干宝皆云司马氏黎之后,是也。今总

---

① 顾炎武《日知录》说,《尧典》"出于夏之史臣,虽传之自唐,而润色成文,不无待乎后人者。故篇首言'曰若稽古',以古为言,明非当日之记也"。参见顾炎武著,黄汝成集释:《日知录集释》"古文尚书"条,岳麓书社 1994 年版,第 74 页。

② 董增龄《国语正义》:"高辛氏衰,三苗为乱,行其凶德,如九黎之为也,尧兴而诛之。"

称伯休甫是重黎之后者,凡言地即举天,称黎则兼重,自是相对之文,其实二官亦通职。然休甫则黎之后也,亦是太史公欲以史为己任,言先代天官,所以兼称重耳。"《索隐》的意思,程伯休父应是黎之后人,司马迁概言是重、黎之后,其意欲合二氏为一。这个解释不一定正确。第一,说程伯休父是重、黎的后人,出自观射父,司马迁只是引用而已。第二,上古时无论司天、司地,均与祭祀的宗教活动有关,祭祀活动中司天的重和司地的黎,都有史官参加,《索隐》说二官通职是对的。就这个意义讲,观射父才说程伯休父是重、黎之后。但史官的这个典司天地之守的特征至周宣王时断绝了,从而以司马为其职守。司马,据《索隐》说是夏官卿,不掌国史,卫宏说司马氏是周史佚之后,不知何据。《太史公自序》说:"司马氏,世典国史。"日人泷川资言《史记会注考证》说:"世典国史,未知何据。"对宣王时司马氏掌国史的说法,《考证》引何焯说:"《诗·常武》:'王谓尹氏,命程伯休父。'《毛传》:'尹氏掌命卿氏。程伯休父始命为大司马,正当宣王之时,已失典司天地之守,故仅以时王所命之官,别为司马氏也。'"①《国语》和司马迁的这个叙述,现在难以找到确切的证据,但叙述史官从祭祀的宗教活动中独立出来的过程,是可以相信的。

但独立以后的史官,也并不完全不管天事。清人汪中《述学·左氏春秋释疑》根据《左传》记载,论春秋时史官兼管司天、司鬼神、司灾祥、司卜筮诸事:

楚公子弃疾灭陈,史赵以为岁在析木之津,犹得复由。吴始用师于越,史墨以为越得岁而吴伐之,必受其凶。然则史固

---

① 何焯:《义门读书记》卷一八,上海古籍出版社1992年版,第237—860页。

司天矣。有神降于莘,惠王问诸内史过,过请以物享焉。狄人囚史华龙骨与礼孔,二人曰:"我太史也,实掌其祭。"然则史固司鬼矣。陨石于宋五,六鹢退飞过宋都,襄公问吉凶于周内史叔兴。有云如众赤鸟,夹日以飞三日,楚子使问诸周太史。然则史固司灾祥矣。陈敬仲之生,周太史有以《周易》见陈侯者,陈侯使筮之。韩起观书于太史,见《易》象。孔成子筮之君,以示史朝,然则史固司卜筮矣。

不过这时期的史官主要职责还应是掌管记事记言的国之典册,司天、司祭祀等,还是上古职守的遗留。

如上所言,史官是从祭祀的宗教活动中发展出来的,上古宗教活动的目的还是想得到神佑护,"神是以能有明德",从而作为当前活动的依靠和指导。随着人类社会活动的开展和实践经验的丰富,从前人和往事中得到更为现实的借鉴,就变得越来越迫切和有可能。熟记往事和前贤的教诲,既需要才能,也需要专业知识,原先主要为宗教活动服务的史官最适宜担当这一职务,于是在记录与祭祀活动有关的内容之外,有人便专司记录王室的社会活动事件,这也许便是真正意义上的史官的诞生。

殷商时期的史官的写作原则是什么呢?是否如后人所说那样的"实录"呢?实录,顾名思义是据实而录,有闻必录,所谓"左史记言,右史记事"[①],但我们看班固等人所说的"实录"却是有着明确的规定的。班固评司马迁说:"故司马迁据《左氏》、《国语》,采《世本》、《战国策》,述《楚汉春秋》,接其后事,讫于大汉。其言秦汉,详矣。至于采经摭传,分散数家之事,甚多疏略,或有抵牾。亦其涉

---

① 《汉书·艺文志》。又《礼记·玉藻》:"动则左史书之,言则右史书之。"

猎者广博,贯穿经传,驰骋古今,上下数千载间,斯以勤矣。又其是非颇缪于圣人,论大道则先黄老而后六经,序游侠则退处士而进奸雄,述货殖则崇势利而羞贱贫,此其所蔽也。然自刘向、扬雄博极群书,皆称迁有良史之材,服其善序事理,辨而不华,质而不俚,其文直,其事核,不虚美,不隐恶,故谓之实录。"[①]班固把实录定义为不虚美,不隐恶,这是不错的,但是什么是美,什么是恶,则已含有作者的主观判断。即如对司马迁的评价,班固与刘向、扬雄亦不尽相同。刘向、扬雄赞扬司马迁是实录,班固的意见似乎并非如此。班固仅称司马迁:"其言秦汉,详矣。"至于"采经摭传,分散数家之事,甚多疏略,或有抵梧。亦其涉猎者广博,贯穿经传,驰骋古今,上下数千载间,斯以勤矣。又其是非颇缪于圣人,论大道则先黄老而后六经,序游侠则退处士而进奸雄,述货殖则崇势利而羞贱贫,此其所蔽也。"这些地方都不符合班固的标准,尤其"是非颇谬于圣人"。班固是以圣人的标准作为是否实录的判断,以孔子的《春秋》作为实录的范本。这样的定义显然与"实录"的字面意义不同。孔子既对《春秋》作了删改,寓有褒贬,就已经不合实录的标准了。即使就班固所说的"不隐恶,不虚美"定义论,孔子《春秋》也不合这个原则。

刘知几《史通·惑经》说:"夫史官执简,宜类于斯。苟爱而知其丑,憎而知其善,善恶必书,斯为实录。观夫子修《春秋》也,多为贤者讳。狄实灭卫,因桓耻而不书;河阳召王,成文美而称狩。斯则情兼向背,志怀彼我。苟书法其如是也,岂不使为人君者,靡惮宪章,虽玷白圭,无惭良史也乎?"《春秋》笔法,出于孔子维护礼制

[①] 《汉书·司马迁传赞》。

目的,从后世的实录原则看,诚如刘知几所批评的,已与"不隐恶、不虚美"的实录原则违背了。

很显然上古史官并没有"不隐恶,不虚美"的规定,其写作应该是有闻必录。史官职掌和写作的实际情况如何呢?他们主要是简单记录档案文件,或是整理档案,还是如后世史官一样写作史书呢?对此,古代学者似乎已经注意到这个问题。据金毓黻先生说,唐代的刘知几最先提出。《史通·史官建置》说:"书事记言,出自当时之简,勒成删定,归于后来之笔。当时草创者,资乎博闻实录;后来经始者,贵乎隽识通才。必论其事业,先后不同,然相须相成,其归一揆。"刘知几这里将上古史官的档案与后来的史书写作分开,档案是实录其事其言,后世史官则据档案而删定加工,资以隽识通才,才能撰定成书。宋人郑樵在《寄方礼部书》中持相同意见,他说:"有史有书,学者不辨史书,史者官籍也,书者,儒生之所作也。自司马以来,凡作史者,皆是书,不是史。"[①]郑樵这里所说的"书"指的是后世的史书,"史"即是上古档案。对这个观点,清人章学诚在《文史通义·书教上》中加以详细阐发,他说:"三代以上,记注有成法,而撰述无定名;三代以下,撰述有定名,而记注无成法。"金毓黻先生说章学诚的"记注",即旧日所称之掌故,亦今日所称之史料。金毓黻又说:"有周盛时,设史官以司记言记事,掌故史料之书亦为史官典掌,故曰记注有成法。"但据金氏所说,并非所有的档案都可称记注。他说:"抑章氏所谓记注,又与官府档案有别。盖记注与档案,皆得当史料之名,而不无精粗之分。就官府档案加以整理,弃其糟

---

① 转引自金毓黻:《释记注》,载杜维运、黄进兴编:《中国史学史论文选集(一)》,台湾华世出版社1976年版,第111页。

粕，而取其精华，始得谓之记注。如二刘、范氏之长编，差足当之。故遽谓档案为记注不可也，谓记注不出于档案亦不可也。"①按照金氏的说法，虞夏书、商书、周书、鲁之春秋，未经孔子删定者，皆为记注，则所谓撰述者，只有孔子、左丘明、司马迁、班固、荀悦以来所撰编年纪传之史。虞夏书、商书、周书，当以《尚书》为代表，鲁之春秋，未经孔子删定者，则是史官所编之大事纪年，金氏意谓这些史料未经过隽识通才如孔子、左丘明、司马迁等，按照自己对历史事件的思考，进行加工成贯穿个人思想的史书。对这种这分类和定义，暂不必分辩其是非，但能看出孔子之春秋与上古史书有本质的不同，确是一个重要的意见。

二

对上古史官的传统，可从其职责来考察。"史"字据许慎的说法是："记事者也。从又，持中，中，正也。"这当然是汉人的解释，上古史官职责是什么？据后人对"史"字的研究，"史"并无持中正的意思，"不隐恶、不虚美"都是后人据后世史官职能概括出来的史学思想。上古史官的职能，本与巫、祝相同，与王室的祭祀活动相关。劳榦《古代思想与宗教的一个方面》说："古代祭司应当是三种人掌管的，即是巫、祝和史，但依理是统于文史的。巫、祝两字并见于甲骨文，巫象在神幄中奉玉之形，祝象在祭桌前跪拜之形，史象钻龟之形。"②沈刚伯则据《国语》以为史官的职责是安排祭祀，即是安

---

① 金毓黻：《释记注》，载杜维运、黄进兴编：《中国史学史论文选集（一）》，台湾华世出版社1976年版，第110—112页。

② 劳榦：《古代思想与宗教的一个方面》，《学原》1948年第1卷第10期。

排鬼神位次的礼官。由安排鬼神位次而及于安排助祭、与祭的大小官员,以至吉礼也由其司仪,于是"纯宗教性的史官从此就变成兼有政治性的朝官了。再从朝觐的大典,加以推广,便可将一切封赐大臣之礼全归史官掌管。僖公二十八年,周惠王有命内史叔兴策命晋侯为侯伯之举。"这种史实与《周礼》所定'凡命诸侯及孤、卿、大夫',均由史官策命之的条文,正可互相印证。不特此也,'晋灭偪阳,使周内史选其族嗣,纳诸霍人',是彼时史官已由其策命诸侯之任务,更进而掌其族嗣之事了"①。具体的职能还有争论,但对史官的原始职能与祭祀活动相关的认识还是一致的。对上古史官职能的体认,与对"史"字本义的理解相关。许慎说"史"字是"从又,持中"是对的,但"中"是什么呢?清代江永《周礼疑义举要》首先将"中"释为"簿书"。他说:"凡官府簿书谓之中,故诸官言治中受中,小司寇断庶民狱讼之中,皆谓簿书,犹今之案卷也。此中字本义,故掌文书者谓之史,其字从又从中。又者,右手,从手持簿书也。吏字事字皆从中字,天有司中星,后世有治中之官,皆此义。"(卷五)江永之说打破了许慎的"持中"之说,后人多据江永的意见而进一步探讨。清代吴大澂《说文古籀补》说:"史,记事者也,象手执简形,中即册之省形,持中即执简册之象也。"这是以"中"为"册",罗振玉《殷墟书契考释》卷中同意此说:"中象册形,史、事等字从之,非中正字。"他们与江永的区别就是"簿书"与"简册"的区别。对此,王国维提出了新的意见,他在《释史》②中认为吴大澂将

---

① 《中国文学史论文选集》,台湾华世出版社1976年版。文末注:原文系1970年12月27日在"中央研究院"所举办之胡适之先生诞辰纪念学术演讲会上的演讲稿,原载于同年12月21日《大华日报·读书人》。
② 参见王国维:《观堂集林》卷6,《王国维遗书》第1册,上海古籍书店1983年版。

"中"释为"简",还不如江永释为"簿书"更好,盖简仅限于一种,而簿书则包含众多种类①。但簿书为何要称"中"呢?王国维据《周礼》太史之职饰中舍筭之事,提出"中"为盛筭之器,筭与简册本是一物,又皆为史之所掌。"中"之器既可以盛筭,亦用以盛简。又详考筭、筴同制,是"中"所盛之物有筭亦有筴、简册等,皆是簿书一类,故簿书可以称为中。王氏此说是在江、吴等人的基础上发展的,他的引据广博,颇为后代学者赞同。但究其根底,仍然是"简册"之义的基础上发展出来的。与以上诸人说不同,劳榦先生在《史字的结构及史官的原始职务》中提出:"史字是从右持钻,钻是象钻龟而卜之事,因为卜筮之事是史官最重要的职务,而记事为后起。"②此以"中"为钻,而释史官的职责是持钻钻龟。钻龟为卜,卜则记事,这是劳榦的新说。对此,沈刚伯不甚同意,他在《说史》中认为占卜并非太史的主要职务,即使古时果有弓钻其物,也应该操于"龟人"或"卜师"之手,而不至于拿来当来当作"史"的标记。沈氏提出"史"字应该与笔相关。他据《曲礼》"史载笔"、《左传》"南史氏执简以往"的记载,配合古埃及圣书,认定所谓以手持中乃象笔与简之形。他说:"《曲礼》有'史载笔'之语,《左传》有'南史氏执简以往'的记载。我就根据这两句极能写实的话,而认定所谓以手执中乃象笔与简之形,因释史为载笔执简之人。换句话说,就是能写字的人。对于这样的解释,我还有一种旁证,那就是古埃及圣书有一字,读若'色胥',写作"鎰",像一个装有颜料的砚池,一个水瓶,同一支芦管笔,用绳系在一起,可以挂在肩上,或提在手中,以

---

① 王国维注解说:"简为一简,簿书则为众尔。"
② 杜维运、黄进兴编:《中国史学史论文选集》,台湾华世出版社1976年版。文末注:原文载于《大陆杂志》1957年第14卷第3期。

说明后面坐着的人是会写字的。"①又说:"史字的原义只是写字的人,并非'记事者',这在经、史典籍中可以看出,周官在任何机关均设有'史'若干名,其位仅在'胥'、'徒'之上,那便是今日抄写公文的书记。汉时,常由'太史试学童能讽书九千字以上,乃得为史',也只是征书记的考试。其时有'长史'之官,等于今日之秘书长,他虽位高权大,但仍与记事不相涉也。古人对于创造新体书法之人,亦称之为史,如史籀、史皇(《淮南子》称仓颉为史皇,即大书家之意),其最显著之例也。由此推衍出去,举凡用笔之人皆可称史,因而画家称为'画史',刻字的人称为'史匠'。从这些用法看来,更可了然于史字之原始结构和意义了。"②沈氏解释与先贤不同在于他认为史官的职责并不是记事,而只是记录写字。沈刚伯先生以"中"为"笔",与以上诸贤又不同,此亦是"史"字解释中的重要意见。释"中"为"笔",最早似出于马叙伦先生,他说:"其实史为书初文聿之异文……聿、史虽有悬正之殊,皆是笔之初文,古之书刀即笔也。故今之笔,形犹似之……形与中外之中近,故讹为中矣。"③以上是清代以来关于"史"字字义及史官职能的主要意见,近人时有不同新说,其实基本建立在这个基础之上而有所发所发挥。如徐复观先生推翻江、吴、王等各家之说,认为"中"并非薄书和简册,他说:"史字之原形应……从口,与祝之从口同,因史告神之辞,须先写在册上。故从又,像右手执笔。将笔所写之册,由口告之于神,故右手所执之笔,由手直通向口。"徐复观先生考察了近百个甲金文中的"史"字,否定了王国维的说法,他在《原史——由宗教通

---

① 杜维运、黄进兴编:《中国史学史论文选集》,第8页。
② 杜维运、黄进兴编:《中国史学史论文选集》,第8—9页。
③ 马叙伦:《读金器刻词》,中华书局1962年影印版,第50页。

向人文的史学的成立有关字形正误》一书中说:"我首先指出,甲骨文及金文的中字史字,在字形衍变上,并无大分别。"①又在该书《由史的原始职务以释史字的原形原义》一节中说:"由许慎至王国维,皆以后世史的职务来推释史字的形义,而忽视了史的原始职务,是与'祝'同一性质,本所以事神的,亦即原系从事于宗教活动的。其他各种的'记事'职务,都是关联着宗教,或由宗教衍变而来。"②史的原始职能与巫有关,徐氏之前,如劳榦、戴君仁都曾详细谈过,而原始职掌及职能的扩大,沈刚伯论在前。由以上各家所说,上古史官职能本与王室的祭祀活动相关,无论执简册或薄书或笔,亦与这个活动有关。无论简册还是薄书都是用来记录活动的,担当这个工作当然应是史官。认为史官不记事(如沈刚伯先生意见),可能不一定正确。史官记事亦只是如实记录活动而已,这时还没有隐恶与否的问题。因此班固所说的史官"不隐恶、不虚美"的实录原则,其实是要求在儒家思想指导下的"实录",而不是我们所理解的如实记录。上古史官没有隐恶与虚美的道德需求,所以也就无所谓"不隐恶、不虚美"。因此我们说上古史官的实录,与春秋以后的"实录"是有着本质的区分的。

(原载《中国典籍与文化》2011年第2期)

---

① 参见此书《由史的原始职务以释史字的原形原义》及《有关字形的正误》两节,杜维运、陈锦忠编:《中国史学史论文选集(三)》,台湾华世出版社1980年版。原文载于《新亚学报》1977年第12卷。

② 同上书,第3—4页。

论汉魏六朝文体辨析的学术渊源

一

汉魏六朝是各种文章体裁产生和发展的最兴盛时期。自秦汉王朝建立以来,社会结构发生了极大变化,适应着新王朝统治的需要,各种新的政治制度和措施都逐渐建设起来,而服务于这种制度和措施的各应用文体,也相应地产生或发展变化;同时社会成员的身份也发生了改变,社会关系具有了新的内容,各种不同的往来、不同的事件产生了不同的文字表达的要求,因此这一时期是应用文体大备的时期。由于文体的迅速增繁,各文体间的界限在发生之初往往有混淆,尤其一些相近的文体,它的施用对象、写作风格等都亟须作出规定,所以文体辨析是这一时期作家、批评家最关注的问题。综观汉魏六朝的文学批评,我们发现文体辨析其实是批评家讨论写作、评骘作家作品的基本前提。[①] 因此讨论文体辨析的学术渊源,对我们了解这一时期的文学批评是非常重要的。刘师培《中国中古文学史讲义》第三课说:"文章各体,至东汉而大备。

---

　　① 参见拙作《论汉魏六朝文体辨析观念的产生和发展》,《文学遗产》1996年第6期。

汉魏之际,文家承其体式,故辨别文体,其说不淆。"文体辨析是在汉末以后广泛展开的,但其学术渊源,却可追溯至刘向《别录》、刘歆《七略》与班固《汉书·艺文志》。

向、歆父子整理图书,奏其《别录》、《七略》,开中国目录学之先,然其工作的意义却并不仅在目录一门。《宋书》卷十一《律历志序》说:"汉兴,接秦坑儒之后,典坟残缺,耆生硕老,常以亡逸为虑,刘歆《七略》、固之《艺文》,盖为此也。"汉朝立国,接于暴秦之后,天下图书颇有散亡,故武帝建藏书之策,置写书之官,至成帝时,"使谒者陈农求遗书于天下,诏光禄大夫刘向校经传诸子诗赋,步兵校尉任宏校兵书,太史令尹咸校数术,侍医李柱国校方技。每一书已,向辄条其篇目,撮其指意,录而奏之。"(《汉书·艺文志序》)据此知这一工作的本来目的是整理图书,但刘向"条其篇目,撮其指意"的工作方法却对后世的学术工作产生了极大的影响。章学诚《校雠通义·叙》说:"刘向父子,部次条别,将以辨章学术,考镜源流。"这说明刘向父子所做的是学术史的工作,"辨章学术,考镜源流"八字是对这一工作的概括。辨章学术是因为秦火之后,典籍残缺,且师传亦断绝,刘歆《移书让太常博士》说:"秦焚经书,杀儒士,设挟书之法,行是古之罪,道术由此遂灭。"《新唐书·艺文志序》说:"自六经焚于秦而复出于汉,其师传之道中绝,而简编脱乱讹缺,学者莫得其本真,于是诸儒章句之学兴焉。"这便是"辨章学术"的背景。刘向、刘歆父子作《别录》、《七略》,以艺文为对象,剖析条流,使各有其部,总百家之绪,推本溯源,这便是"考镜源流"。《汉书·刘向刘歆传赞》说:"《七略》剖判艺文,总百家之绪……有意其推本之也。"颜师古注曰:"言其究极根本,深有意也。"正是这样的学术思想和方法,对汉魏六朝的文学批评以及总集的编纂产生了影响,文体辨析的学术渊源即基于此点。

　　文体辨析有三个基本内容,一是辨文体的类别,每一文体都有自己的特性,诗自不同于赋,而颂与赞也各有异;二是辨文体的风格,所谓"诗缘情以绮靡,赋体物而浏亮"(《文赋》);三是辨文体的源流。文体的源流,界限明确,但文体的风格与类别较易混淆。徐复观《文心雕龙的文体论》一文认为宋明以前的"体"实即"以艺术性而得到其形相",徐氏的"形相"即同大陆所言的风格。他又说:"文体的观念,虽在六朝是特别显著,而文类的观念,则在六朝尚无一个固定名称。但从曹丕以迄六朝,一谈到'文体',所指的都是文学中的艺术的形相性;它和文章中由题材不同而来的种类,完全是两回事。"①徐复观先生以"文体"包括风格,也即他所说的"艺术的形相性",和类别不同,是不错的,但他称从曹丕迄六朝的"文体"概念都指风格而非指类别(徐氏又称"类名之建立,今日可考者,似始于萧统之《文选序》。此后对文章题材性质不同之区别,几无不曰'类'"),则值得商榷。以曹丕《典论·论文》说,文中重点论述了奏议、书论、铭诔、诗赋四科八种文体,强调"奏议宜雅,书论宜理,铭诔尚实,诗赋欲丽",这是说"雅"、"理"、"实"、"丽"分别是四类文体各所应有的写作特点,也即各体的风格,这里的"体"确是指的"风格"。但在论述这四类文体风格之前,曹丕还说过:"夫人善于自见,而文非一体,鲜能备善。是以各以所长,相轻所短。"这个"体"很明显指的是文类。曹丕的意思是说,作文的体类不止一种,有诗、有赋、有书、有论,有的人长于诗,有的人长于赋,但文人相轻,往往以自己所长来诋毁别人。其实文章虽然本质上相同,而表现

---

① 参见徐复观:《中国文学论集》,台湾学生书局1985年版。

形式却各异,这各异的形式即文章类别,各有不同的特性,从而要求不同的写法。由于人非通才,不能各种文体都擅长,明白了这一点也就避免了文人相轻。就《典论·论文》的这一段话,我们发现,文章体裁与文章风格其实是一个问题的两个方面:不同的体裁,规定了不同的风格,所谓"奏议宜雅,书论宜理,铭诔尚实,诗赋欲丽",而不同的风格便是各体裁间的区别和界限。按照文学史发展的事实,应该是立体在先,辨体在后,先是由于现实的需要而产生某种文体,其后这一文体得到广泛地承认和应用,在广泛应用的过程中,才逐渐具备该文体的特质,从而才能固定与其他文体相区别。因此,在体裁与风格的关系上,体裁产生在先,是基础,风格是由体裁规定的,正是"皮之不存,毛将焉附"。诚如刘师培所说,文章各体至东汉而大备,其后才能承其体式,辨别文体。

文体类别的区分,其源始自《七略》。《七略》的《诗赋略》据班固《汉书·艺文志》,分诗赋为五种,其中赋为四家,歌诗为一家。四家赋为:一、屈原赋类;二、陆贾赋类;三、孙卿赋类;四、客主赋类。由于班《志》于每类之后删除叙论,刘向父子将赋分为四种的原因就不清楚了。不过,既然专门作区分,自然是四种赋各有不同的原因。对这原因,后人便根据《七略》体例作各种推测。姚振宗《汉书艺文志拾补》(《二十五史补编》本)卷三说:"按诗赋略,旧目凡五,一、二、三皆曰赋,盖以体分,四曰杂赋,五曰歌诗。其中颇有类乎总集,亦有似乎别集。"姚氏以为这原因是以体裁而分。他在论屈原赋类说:"此二十种大抵皆楚骚之体,师范屈宋者也。故区为第一篇。"论陆贾赋类说:"此二十一家大抵不尽为骚体,观扬子云诸赋,略可知矣。故区为第二篇。"论孙卿赋类说:"此二十五家大抵皆赋之纤小者。观孙卿《礼》、《知》、《云》、《蚕》、《箴》五赋,其体类从可知矣。故又区为第三篇。"论客主赋类说:"此十二家大抵尤其纤小者,故其大篇标曰《大杂赋》,而《成相辞》、《隐书》置之末简,其例亦从可知矣。"姚氏提出的前三种以体分的观点,应近于事实。其后顾实《汉书艺文志讲疏》提出第一种主抒情,第二种主说辞,第三种主效物,第四种多杂诙谐,顾氏此论,也是从姚氏得到的启发。

当刘向之时,属于文学体裁的大概也就是辞赋与歌诗,因此《诗赋略》虽叙为五种,实则是两种。东汉以后,文体发展很快,曹丕《典论·论文》提出了八种文体。其实远不止这些,即曹丕本人在《答卞兰教》(《三国志·卞后传》注引)中也还提过"颂"体。若从《后汉书》著录的文体看,已远远超过了这几类。统计的结果,大致有诗、赋、铭、诔、颂、书、论、奏、议、记、碑、箴、七、九、赞、连珠、吊、章表、说、嘲、策、教、哀辞、檄、难、答、辩、祝文、荐、笺等三十余种,真可谓文体大备了。考虑到范晔是南朝人,故《后汉书》的文体著录或许带有南朝人的观念,再以《三国志》核查,其所著录文体也有十三种之多。这一事实既说明当时文体的发达,也说明时人对文体辨析区分的细致。史书著录,本身就是一种辨析。正是在这一背景里,挚虞撰《文章流别集》,才能"类聚区分",这里的"类"正是指文体的类别,并非如徐复观所说,类名的建立,始于萧统《文选序》。挚虞的《文章流别集》及《志》、《论》,都明显受《七略》、班《志》的影响。

二

在文体类分的基础上,汉魏以来更表现出受《七略》、班《志》

"考镜源流"的影响。

在挚虞《文章流别论》和李充《翰林论》逸文中,可以见出二书在辨别文章体制风格的同时,也追溯了各体的源流发展。当然,由于魏晋时总集以及文论的佚失,已不可窥其全貌了。从现存一些文论专著和编集叙例中,可知"考镜源流"在南朝时期是非常主要的指导思想。文论专著当以《文心雕龙》为代表。《文心雕龙·序志》篇是解释作者著书动机的,刘勰在本篇先指出当日因"去圣久远,文体解散",遂致"离本弥甚,将遂讹滥"。而自魏晋以来文论,"并未能振叶以寻根,观澜而索源"。这里,刘勰首先抓住当时创作和批评的弊病都是未明本源,他就此提出自己的批评体例是"原始以表末,释名以章义,选文以定篇,敷理以举统"。这其实就是考镜源流的意思,这一点在《文心雕龙》所论三十三种文体中得到了证实。刘勰以"原始以表末"为自己的指导思想,是贯彻于全书的论述中的。以"始"、"源"、"本"等关键词为例,约得有关论述十四条如下:

> 是以楚艳汉侈,流弊不还。正末归本,不其懿欤?(《宗经》)
> 进御之赋千有余首,讨其源流,信兴楚而盛汉矣。(《诠赋》)
> 然逐末之俦,蔑弃其本,虽读千赋,愈惑体要。(《诠赋》)
> 然睿旨幽隐,经文婉约。丘明同时,实得微言。乃原始要终,创为传体。(《史传》)
> 故童子雕琢,必先雅制。沿根讨叶,思转自圆。(《体性》)
> 诗总六义,风冠其首,斯乃化感之本源,志气之符契也。(《风骨》)
> 若择源于泾渭之流,按辔于邪正之路,亦可以驭文采矣。……故情者,文之经,辞者,理之纬,经正而后纬成,理定

而后辞畅,此立文之本源也。(《情采》)

寻诗人拟喻,虽断章取义,然章句在篇,如茧之抽绪,原始要终,体必鳞次。(《章句》)

夫心术之动远矣,文情之变深矣,源奥而派生,根盛而颖峻。(《隐秀》)

文场笔苑,有术有门。务先大体,鉴必穷源。乘一总万,举要治繁。(《总术》)

凡大体文章,类多枝派,整派者依源,理枝者循干,是以附辞会义,务总纲领,驱万涂于同归,贞百虑于一致。(《附会》)

篇统间关,情数稠叠。原始要终,疏条布叶。(《附会》)

故知文变染乎世情,兴废系乎时序。原始以要终,虽百世可知也。(《时序》)

详观近代之论文者多矣:至于魏文述典,陈思序书,应玚《文论》,陆机《文赋》,仲洽《流别》,宏范《翰林》,各照隅隙,鲜观衢路。……并未能振叶以寻根,观澜而索源。(《序志》)①

从上引刘勰所论看,他是以追源溯流作为自己批评的主导思想的。其中有批评魏晋以来文论不能穷源流的病失,有从写作方法上指导要沿根寻叶,也有就文体而论。以其文体论为例,如《乐府》篇,刘勰自乐府起源叙起,然后由周秦至汉魏,渐失雅声,而"溺音腾沸"。汉武虽立乐府,但"总赵代之音,撮齐楚之气。延年以曼声协律,朱、马以骚体制歌",结果是"丽而不经"、"靡而非典"。至于汉末,"魏之三祖,气爽才丽,宰割辞调,音靡节平。……虽三调

---

① 以上引文据范文澜:《文心雕龙注》,人民文学出版社1998年版。

之正声,实《韶》、《夏》之郑曲"。刘勰对各文体的辨析,的确是"原始以要终"。但由于他以"源",也即六经之文作为绝对标准,而批评后世作品是"从质及讹,弥近弥淡",遂使他的全部实际批评成为尊古贱今的后退的批评史观。不论刘勰批评史观如何,追源溯流的确是他构建理论的指导思想。这一思想显然受《七略》、班《志》的影响,刘勰在《文心雕龙》中曾多次提到刘向。如《乐府》"昔子政品文,诗与歌别";《诸子》"子政雠校,于是《七略》芬菲";《时序》"子政雠校于六艺,亦已美矣";《征圣》"是以子政论文,必征于圣";《诠赋》"刘向明不歌而颂,班固称古诗之流也"。事实上,《七略》、班《志》一直是魏晋以后士人常读之书,这并不仅限于秘书、著作等管理图籍之人,即一般文学之士,也把了解四部作为自己的学习范围。《初学记》卷四十九载梁简文帝《庶子王规墓志铭》说"《七略》百家,三藏九部,成诵其心,谈天其口",这当然是夸奖的话,但以熟习《七略》作奖词,亦见当时确以此为士人必备的基本内容。比如《梁书·张缵传》记:"缵好学,兄绚有书万余卷,昼夜披读,殆不辍手。秘书郎有四员,宋齐以来,为甲族起家之选,待次入补,其居职,例数十百日便迁任。缵固求不徙,欲遍观阁内图籍。尝执四部书目曰:'若读此毕,乃可言优仕矣。'"又同书《臧严传》记臧严精通四部书目,萧绎以甲至丁卷中作者姓名等事考校,一无遗失。于此可见南朝文人对目录学的重视,以及目录学与文学写作间的关系。从这点说,《七略》、班《志》的学术思想,是六朝批评家、作家十分熟悉的内容。

　　刘勰之外,钟嵘《诗品》品骘古今诗人,也是采用了溯源流的方法。在他品评的一百二十多位诗人中,对其中许多人的创作风格,都追溯其源流。如说曹植"其源出于国风",说刘桢"其源出于《古诗》"等等,这与《汉书·艺文志》方法相同,如《汉志》称"道家者流,盖出于史官"、"小说家者流,盖出于稗官"者是。由此见钟嵘受《七略》、班《志》的影响。

除了批评家著论考镜文体源流,一些作家更是通过编选总集来做辨体溯源的工作。如任昉《文章始》,选列八十四种文体,以说明各体之起源。任昉本人曾作过秘书监,《梁书》本传记:"自齐永元以来,秘阁四部,篇卷纷杂,昉手自雠校,由是篇目定焉。"可见他对图籍具有非常专业的知识,《七略》、《汉志》自是很精通的了。他以"始"作为自己选集的名称,最清楚不过地表明了他考镜源流的学术思想。

三

在叙述六朝批评观时,佛学家往往被忽视掉,现在看来,佛学家批评思想的有系统、有深度,往往超过文学家。比如《文心雕龙》,大家都承认刘勰此书体系的构建,受到了佛学的影响。再以目录学为例,梁启超《佛家经录在中国目录学之位置》对佛家书目极为称赏,认为其优胜于普通目录者有五点:"一曰历史观念甚发达。凡一书之传译渊源、译人小传、译时、译地,靡不详叙;二曰辨别真伪极严。凡可疑之书,皆详审考证,别存其目;三曰比较甚审。凡一书而同时或先后异译者,辄详为序列,勘其异同得失;在一丛书中抽译一二种,或在一书中抽译一二篇而别题书名者,皆各求其出处,分别注明,使学者毋惑;四曰搜采遗逸甚勤。虽已佚之书,亦必存其目,以俟采访,令学者得按照某时代之录而知其书佚于何时;五曰分类极复杂而周备。或以著译时代分,或以书之性质分。

性质之中,或以书之函义内容分,如既分经律论,又分大小乘;或以书之形式分,如一译多译,一卷多卷等等。同一录中,各种分类并用。一书而依其类别之不同,交错互见,动在十数,予学者以种种检查之便。吾侪试一读僧祐、法经、长房、道宣诸作,不能不叹刘《略》、班《志》、荀《簿》、阮《录》之太简单、太朴素,且痛惜于后此种作者之无进步也。"① 的确,如僧祐的《出三藏记集》,这是一种簿录类的总集,其体例的周密,学术思想的深刻,都是超越其他目录学书籍的。在现存六朝的几部佛学总集以及已佚总集序中,我们发现佛学家对区分类别、考镜源流的认识是十分自觉而深刻的。

南朝高僧僧祐是一位造诣极深的佛学理论家和目录学家。他在许多文章中都说过自己"总集众经,遍阅群录"的话(如《续撰失译杂录序》、《贤愚经记》、《疑经伪撰杂录》等),由于这样的工作经验,僧祐撰写了大量的佛典叙录,考镜源流,区分类别,正如刘向《七略叙录》一样。佛经东传,由汉至梁,五百余年,其间历经坎坷,终于影响华土而大行于时。在这过程中,佛经典籍亦有许多混杂,有翻译上的问题,有解说中的歧异,还有伪经掺杂其中。因此校理佛典,使源流清楚,类别不乱,经文各体有序,便是摆在僧祐面前的任务。在进行这一工作时,他是接受了刘向《七略》的影响的。比如他的《梵汉译经同异记》,先述梵汉文字的差异,再说明由这种差异带来译经的困难,"是以义之得失,由乎译人,辞之质文,系于执笔。或善梵义而不了汉音,或明汉文而不晓梵意,虽有偏解,终隔圆通",此其一;其二,"至于杂类细经,多出四含,或以汉来,或自晋出,译人无名,莫能详究。然文过则伤艳,质甚则患野,野艳为弊,

---

① 梁启超:《佛家经录在中国目录学之位置》,《图书馆学季刊》1926年第1卷第1期。

同失经体"。这是佛经翻译中的两个最基本的问题,世人不知其中症结,常致迷失,所以僧祐说:"祐窃寻经言,异论咒术,言语文字,皆是佛说,然则言本是一,而梵汉分音;义本不二,则质文殊体,虽传译得失,运通随缘,而尊经妙理,湛然常照矣。既仰集始缘,故次述末译,始缘兴于西方,末译行于东国,故原始要终,寓之记末云。"从僧祐这段叙述看,他考镜源流的思想是十分明确的。值得注意的是,僧祐在表达这一思想所使用的"原始要终"一词,与刘勰《文心雕龙》竟然一致,还不仅于此,二人所用的频率也是十分的多。《文心雕龙》共使用四次,而僧祐也有两次(据《全梁文》)。除此之外,与"原终要终"思想相同的其他表述词语,如"沿波讨源"、"辨本以验末"等,则随处见于僧祐各文之中。刘勰是僧祐的学生,曾帮助僧祐整理过佛典,僧祐之文,有的还出自刘勰手笔,因此刘勰辨析文体、考镜源流的学术思想大概是从他老师那里学来的。①

在僧祐的佛典整理工作中,我们看到了考镜源流思想对他的指导作用。一般的叙例是,僧祐先叙述问题产生的由来,再说明自己工作的指导思想、方法及其具有的意义。这里不妨引录几段如下:

《续撰失译杂经录》:祐总集众经,遍阅群录,新撰失译,犹多卷部。声实纷糅,尤难铨品。或一本数名,或一名数本;或妄加游字,以辞繁致殊;或撮半立题,以文省成异。至于书误益惑,乱甚梦丝,故知必也正名,于斯为急矣。是以雠校历年,因而后定。其两卷以上,凡二十六部,虽阙译人,悉是全典。

---

① 关于《文心雕龙》与《出三藏记集》在撰述指导思想上的相似,以及刘勰与僧祐间的关系,兴膳宏教授有非常精彩的论述。参见〔日〕兴膳宏:《〈文心雕龙〉与〈出三藏记集〉》,载《兴膳宏〈文心雕龙〉论文集》,彭恩华译,齐鲁书社1984年版。

其一卷已还,五百余部,率抄众经,全典盖寡。观其所抄,多出《四含》、《六度》、《道地》、《大集》、《出曜》、《贤愚》及《譬喻》、《生经》,并割品截偈,撮略取义。强制名号,仍成卷轴。至有题目浅拙,名与实乖,虽欲启学,实芜正典,其为谬谬,良足深诫。今悉标出本经,注之目下,抄略记分,全部自显。使沿波讨源,还得本译矣。

《抄经录》:抄经者,盖撮举义要也。昔安世高抄出《修行》,为《大道地经》,良以广译为难,故省文略说。及支谦出经,亦有《孛抄》。此并约写胡本,非割断成经也。而后人弗思,肆意抄撮。或棋散众品,或苽剖正文。既使圣言离本,复令学者逐末。

《出三藏记集序》:原夫经出西域,运流东方,提挈万里,翻转胡汉。国音各殊,故文有同异;前后重来,故题有新旧。而后之学者,鲜克研核,遂乃书写继踵,而不知经出之岁;诵说比肩,而莫测传法之人;授受之道,亦已阙矣。夫一时圣集,犹五事证经,况千载交译,宁可昧其人世哉。昔安法师以鸿才渊鉴,爰撰经录,订正闻见,炳然区分。自兹以来,妙典间出,皆是大乘宝海。时竞讲习,而年代人名,莫有铨贯;岁月逾迈,本源将没,后生疑惑,爰所取明。祐……于是牵课羸恙,沿波讨源,缀其所闻,名曰《出三藏记集》,一撰缘记,二铨名录,三总经序,四述列传。缘记撰,则原始之本克昭;名录铨,则年代之目不坠;经序总,则胜集之时足征;列传述,则伊人之风可见。

《法苑杂缘原始集序》:夫经藏浩汗,记传纷纶,所以导达群方,开示后学,设教缘迹,焕然备悉。训俗事源,郁尔咸在。然而讲匠英德,锐精于玄义;新进晚习,专志于转读。遂令沙门常务,月修而莫识其源;僧众恒仪,日用而不知其始,不亦甚乎! 余以率情,业谢多闻,六时之隙,颇好寻览。于是检阅事缘,讨其根本。遂缀翰墨,以藉所好。庶辩始以验末,明古以证今。

《十诵义记序》:逮至中叶,学同说异,五部之路,森然竞分。仰惟《十诵》源流,圣贤继踵,师资相承,业盛东夏。但至道难凝,微言易爽,果向之人,犹迹有两说,况在凡识,孰能壹论? 是以近代谈讲,多有同异。大律师颖上,……学以《十诵》为本,……常以此律,广授二部。教流于京寓于中,声高于宋、齐之世。……僧祐……遂集其旧闻,为《义记》十卷。①

以上我们不嫌繁复地抄录五篇序文,从中可以看出僧祐编集、著论、叙录的原因、目的和方法。如僧祐所言,佛学典籍至梁时已经颇有混乱。以译经说,由于梵汉文字、语音的殊异,译人水平的参差不齐,经义难免有错;加之岁月长久,授受道缺,译经之来龙去脉已不甚清楚了。以抄经说,昔贤抄经,本在修行,故旨在撮举义要,但后人不学,肆意抄经,往往割裂经义,"既使圣言离本,复令学者逐末"(《抄经录》)。再以佛学理论说,如律学,本来就是义理精微,师资相承,尚有两说,更何况一般学人。至于梁代,歧异愈多,自然会迷惑后生。这些便是僧祐整理佛典的主要原因,其与刘向的校雠图书,何其相似乃尔! 在这一工作中,僧祐始终坚持追源溯流的指导思想,在他作于不同时期的序文中,都反复强调着这一点,可见这一思想应是僧祐全部学术思想中的核心内容。这自然看作是僧祐接受了刘向的影响,但也应看到它同时也是时

---

① 引文据苏晋仁、萧炼子校本,中华书局1995年版。

代学术思想的主要内容。如前所述,钟嵘、刘勰、任昉等也都具有这一思想的特点。此外,在僧祐之后的释慧皎,也同样表现出明显的溯源流思想。慧皎撰有《高僧传》十四卷①,《全梁文》卷七十三其《序》称:

> 自汉之梁,纪历弥远,世践六代,年将五百,此土桑门,含章秀发,群英间出,迭有其人。众家记示,叙载各异:沙门法济,偏叙高逸一迹;沙门法安,但列志节一行;沙门僧宝,止命游方一科,沙门法进,乃通撰论传。而辞事缺略,并皆互有繁简。出没成异,考之行事,未见其归宗。临川康王义庆《宣验记》及《幽明录》、太原王琰《冥祥记》、彭城刘俊《益部寺记》、沙门昙宗《京师寺记》、太原王延秀《感应传》、朱君台《徵应传》、陶渊明《搜神录》,并傍出诸僧,叙其风素,而皆是附见,亟多疏缺。齐竟陵文宣王《三宝记传》,或称佛史,或号僧录。既三宝共叙,辞旨相关,混滥难求,更为芜昧。琅邪王巾所撰《僧史》,意似该综,而文体未足;沙门僧祐撰《三藏记》,止有三十余僧,所无甚众;中书郗景兴《东山僧传》、治中张孝季《庐山僧传》、中书陆明霞《沙门传》,各竞举一方,不通今古,务存一善,不及余行。

慧皎此叙,历举晋宋以来有关佛人、佛事著述,其中大多为《隋书·经籍志》所缺,它的史料价值自不待言。我们所感兴趣的是,这一段述论,颇与钟嵘《诗品序》所述前代文论专著相似,由此见出慧皎在追溯源流的过程中,是施加了评论的,此序实可作为佛学批

---

① 《高僧传》今有汤用彤校注本,中华书局1992年版。又,上海古籍出版社1991年影印碛砂藏本。

评史看。在批评了前贤诸作之后,慧皎称自己"尝以暇日,遇览群作,辄搜检杂录数十余家,及晋宋齐梁春秋书史,秦赵燕凉,荒朝伪历,地理杂篇,孤文片记;并博咨故老,广访先达,校其有无,取其同异,始于汉明帝永平十年,终于梁天监十八年,凡四百五十三载,二百五十七人;又旁出附见者二百余人"。据此可见慧皎写作《高僧传》的态度和体例。《高僧传》并非简单的传记,而是分为译经、义解、神异、习禅、明律、遗身、诵经、兴福、经师、唱导十类。这十类的顺序安排也别有深意,"盖由传译之勋,或逾越沙险,或泛漾洪波,皆亡形殉道,委命弘法,震旦开明,一焉是赖,兹德可崇,故列之篇首。至若慧解开神,则道兼万亿;通感适化,则强暴以绥;靖念安禅,则功德森茂;弘赞毗尼,则禁行清洁;忘形遗体,则矜吝革心;歌诵法言,则幽显含庆;树兴福善,则遗象可传:凡此八科,并以轨迹不同,化洽殊异,而皆德效四依,功在三业,故为群经之所称美,众圣之所褒述"。慧皎这样有深意地对全书分类的安排,暗示了当日编集区分类别的背景。从前几节叙述可知,以类区分是汉魏六朝编集大都采用的一个体例,当然,每类别顺序的安排,应该是有深意的。如《文选》区分三十九种文体,以赋为首选,自有其意义,但是在序文中,关于这一点就没有明作交代。由是而言,慧皎的序,就越发值得我们注意了。从前所引序文看,《高僧传》主体部分是以人为纲,以类区分的,但即使是这样一部传记之书,慧皎仍然要考镜源流,这就是每类之后的传论部分。慧皎说:"及夫讨核源流,商榷取舍,皆列诸赞论,备之后文。"以《译经传论》为例,慧皎详叙佛经东传过程中汉译的源流,指出各译人的优劣得失。认为由于译经各有不同,学徒应当博览群典,考校搜求精义,决正佛法之门。这样的传论,的确是"讨核源流,商榷取舍"之作。

四

　　史书之有传论,起于《史记》,但主要是对各卷传主所做的评论。《文选》卷四十九班固《公孙弘传赞》五臣注说:"凡史传之末作一赞,以重论传内人之善恶,命曰史论。"这是传论的常例,但沈约《宋书·谢灵运传论》则打破了这一常例,该传论并非是传主谢灵运的评论,而是详论自古及宋的文学演变,又在论末正面阐明了自己的声律理论。《文选》卷五十将它收入"史论",与其他传论合类,说明编者仅就传论的表面形式着眼。不过李善注却指出了《谢灵运传论》的特别之处,他说:"沈休文修《宋书》百卷,见灵运是文士,遂于传下作此书,说文之利害,辞之是非。"《宋书》不列文苑传,故沈约将他关于文学史和文学批评的看法放置于南朝影响最大的诗人谢灵运传后,这是权宜之计。抛开形式不说,沈约在这篇文章中对文学的源流发展进行了细致的分析,这正是考镜源流的工作。这说明一、考镜源流是当日批评的主要思想,它反映了现实的要求;二、考镜源流是史家的职责,史家只要试图对某种现象进行品评时,势必要进入考镜源流的工作过程。沈约此论,正是不得不发的结果。唐刘知几说:"又沈侯《谢灵运传论》,全说文体,备言音律,此正可为《翰林》之补亡,《流别》之总说耳。如次诸史传,实为乖越。"这是就史例对沈约的批评,其实如果《宋书》有《文苑传》,此篇作为传论,也并非不妥,萧子显《南齐书·文学传论》即是如此。但刘知几以沈论与《翰林》、《流别》相提,确是指出了二者在本质上的相通之处。刘知几所强调的当然指二者都是文学论这一点,其实最主要的还在于二者的叙论方法,即考镜源流。此外,刘知几这里所指的《翰林》、《流别》并非是指二书的主体部分——总集文章而言,而是指的《翰林论》、《流别论》,即李、挚二人对各文体的评论。从附论的身份说,沈论与李、挚二论也是相似的。这恰恰是我们讨论的焦点所在,即这一部分的产生,其学术思想渊源同样来自《七略》、《汉志》。《七略别录》及《汉志》序论部分正是担负着"辨章学术,考镜源流"的作用。在这一点上,史学家远比文学家领会得早(挚虞、李充首先是作为史学家的工作),只是沈约偶一二次为之,又不如佛学史家的慧皎更为集中使用而已。如果从这一点出发,可以说六朝文学批评是深受到史学传统的影响的。中国是史官文化极发达的国家,史家的职责早有规定,《礼记·曲礼上》说"史载笔",同书《玉藻》说"动则左史书之,言则右史书之",可见史家传统的悠久。司马迁撰写《史记》,其立志亦带有强烈的史家责任感;刘向、刘歆父子整理图书,惧图籍散失混乱,也是出于史家的职责。史家传统(如史官文化的观念、史书的撰例)在社会中的影响是深远的,作为后起的文学批评,在观念以及方法上都不能不受其影响。以六朝几部(篇)文学批评专论为例,来自史官手中的有挚虞《文章流别论》、李充《翰林论》、檀道鸾《续晋阳秋》(《世说新语·文学》注引论文部分)、谢灵运《宋书·文学传论》、萧子显《南齐书·文学传论》、任昉《文章始》,等等。刘勰虽非史家,但《文心雕龙》实是采用了史学观念和方法(如追源溯流的指导思想及主张通变的观念)。的确,六朝文学批评一直呈现着两种批评派别,可以称为史学批评和文学批评,前者主张通变,后者主张新变。文学批评采用史学的观念和方法,除上述"考镜源流"之例外,当是通过史书形式反映的文学批评内容。第一个表现是在正史中安排《文苑传》,如范晔《后汉书》。这一事实为大家所熟知,此不赘;第二个表现便是《文章志》、《文士传》一类专书的出现。其实这一类书与正史的《文苑传》相似,可以看作是《文苑传》的前身。辞赋之士在两汉被视作俳优,故《史》、《汉》均无《文苑传》。但从《七略》、《汉志》看,辞赋既列为专类,而署列作者也是"考镜源流"的一个重要内容。所以魏晋时的图籍整理,也同样有署列作者的问题。不过这一时期的历史条件已不同于两汉,文学地位的提高,文人的受重视,都是前所未有的。曹丕以太子之尊,明文提出作者可以"不假良史之辞,不托飞驰之势,而声名自传于后"(《典论·论文》),这既鼓励作家以作品留世,也加重了篇籍的重要性。篇籍本身可以传世,但却易于流散,于是遂有别集、总集的产生。总集的目的在于"网罗放佚"(《四库全书总目提要》),使作品各有统纪,作家不致混淆。又由于汉魏以来作伪和依托之风颇盛,甄别作者更为显得重要。在这样的背景里,挚虞在编《文章流别集》同时,又附有作家小传,名曰《文章志》。《文章志》久佚,但《文选》李善注、《三国志》裴松之注、《世说新语》刘孝标注等都保存了许多佚文。从这些佚文看,《文章志》是一部人物传记,这便与《七略》仅记作者名字不同了。但是奇怪的是,这样一部人物传记,《隋书·经籍志》将它列于"簿录"类而不是入于"杂传"类。《隋志》"簿录"类除挚虞《文章志》以外,还有荀勖《新撰文章家集叙》十卷、傅亮《续文章志》二卷、宋明帝《晋江左文章志》三卷、沈约《宋世文章志》三卷。从这些书的佚文看,其性质与挚书相同。既然如此,《隋志》未何会入于"簿录"而不入于"杂传"呢?在《隋志》"簿录"类中,与这些书排列在一起的,还有《晋义熙以来新集目录》三卷,据两《唐志》,此书为丘渊之所撰(《唐志》题名丘深之,乃避唐讳改"渊"为"深"),当然是一部目录之书,但据《世说新语》刘孝标注及俄藏敦煌文献《文选》残卷谢灵运《述祖德诗》佚名注，所引都是作者小传。于是我们知道，《文章志》一类叙作者小传者，本来应是总集目录中的一部分，后有人将其从总集中取出，单独成书，即成《文章志》一类专书。但它本出于总集目录，故《隋志》仍列于"簿录"类中。在上引荀勖各家中，除傅亮未见著录有总集外，其余都编过总集。如荀勖此书当是《新撰文章家集》的叙录部分；宋明帝则编有《诗集新撰》三十卷、《诗集》二十卷、《赋集》四十卷；沈约则有《集抄》十卷，故所谓《晋江左文章志》、《宋世文章志》或为这些总集的附录部分。如果我们的推测不错的话，这些书的产生，也是"考镜源流"的成果之一。《隋志》"簿录类"后论说："古者史官既司典籍，盖有目录，以为纲纪，体制湮灭，不可复知。孔子删书，别为之序，各陈作者所由。韩、毛二《诗》，亦皆相类。汉时刘向《别录》、刘歆《七略》，剖析条流，各有其部，推寻事迹，疑则古之制也。自是之后，不能辨其流别，但记书名而已。博览之士，疾其浑漫，故王俭作《七志》、阮孝绪作《七录》，并皆别行。大体虽准向、歆，而远不逮矣。"[①]由此论可见"陈作者所由"本是古制，向、歆承而光大之。但《隋志》于向、歆之后，只提王俭、阮孝绪二人，而不及挚虞等人，大概因为挚虞仅及集部，王俭、阮孝绪则为四部群书的缘故。从《文章志》等书看，正是"陈作者所由"之作，又《隋志》称《七志》、《七录》别行，或者此例亦从《文章志》而来，是则《文章志》的别行竟或是挚虞本人所为了。

在上述《文章志》一类书之外，《隋志》"杂传"类著录有张隐《文士传》五十卷。按，张隐，中华书局标点本据《魏志·王粲传》改为张骘，但钟嵘《诗品》则作张隐。《文士传》，据《世说新语》刘孝标注

---

① 《隋书·经籍志》中华书局标点本，第992页。

引,为文士传记,内容与前引《文章志》相同。然《隋志》以《文章志》入于"簿录",而以《文士传》入于"杂传",说明两者性质不同。据《隋志》著录,当为纯粹的文人传记,但钟嵘《诗品序》却把它作为文章总集看,而与谢灵运《诗集》并提。钟嵘说:"至于谢客集诗,逢诗辄取;张隐《文士》,逢文即书;诸英志录,并义在文,曾无品第。"似乎《文士传》也收录了文章。如果确是总集的话,《隋志》又不当录在史部"杂传"。因此,我怀疑此书与慧皎的《高僧传》在体例上有相似之处,即在立传之后,或又录有关文章加以评论,类同《流别论》。由于《文士传》以传记为主体,与总集不同,故《隋志》著录于"杂传"。不管怎样,这样的书在当时曾经充当了文学批评的角色,是可以肯定的。

总上而论,《七略》、《汉志》"辨章学术,考镜源流"的学术思想,对魏晋南北朝时期的文学批评,产生了极大的影响。它不仅使文体辨析更趋细致、周密,而且各文体源流有自,对纠正当时写作体例混乱,文体不明等时风末弊,起到了良好的指导作用。

1995 年 12 月初稿
1998 年 12 月三稿
(原载《中国社会科学》2000 年第 2 期)

汉魏六朝文体辨析观念的产生与发展

　　文体辨析的学术渊源出自《七略》、《汉志》,而辨体的事实,也见于《汉书·艺文志》。刘师培《论文杂记》说:"观班《志》之分析诗赋,可以知诗歌之体,与赋不同,而骚体则同于赋体。至《文选》析赋、骚为二,则与班《志》之义迥殊矣。"班《志》区分诗赋,即是辨体的事实。其以屈原作品称为赋,而与枚、马诸人并类,则反映了汉人关于《楚辞》的观念里是将辞赋混而为一的。但班《志》毕竟不是辨体的著作,故论、说、书、记、敕、传、箴、铭均附于《六经》(见《论文杂记》),所为区别者,唯诗赋诸体。刘师培说:"若诗赋之体,则为古人有韵之文,源于古代文言,故别于六艺九流之外;亦足证古人有韵之文,另为一体,不与他体相杂矣。"(同上)文体辨析观念的产生,来源于文体增繁的事实。这当然要到汉末才构成其所需要的历史条件。《后汉书》于各人物传记中往往记传主所著文体,这本身便是文体辨析的观念。《后汉书》为南朝范晔所撰,是否带有南朝人的观念呢?残存的《东观汉记》可以略为证明。《东观汉记》是东汉几代史学家相继撰成,代表了东汉人的观念。惜已亡佚,仅有后人辑录本,故以不能窥其全貌为憾[1]。由于从各书中辑出,所以各传均由一至数条佚文组成,不成系统,有关文体辨析的材料并不

---

[1] 本文采用的是吴树平先生校注本,中州古籍出版社1987年版。

多见。从这有限的著录中,只能略略见出几点。一、与《后汉书》相比,《东观汉记》也记录了当时人善属文的事实,并在史书中将文辞弘丽作为肯定的评语。如《田邑传》记田邑"有大节,涉学艺,能善属文",《陈忠传》说陈忠"辞旨弘丽"。二、就《东观汉记》看,对人物文学才能的评论,往往是指书记一类应用文体,如《曹褒传》"寝则怀铅笔,行则诵文书";《梁鸿传》"(梁)鸿常闭户吟咏书记"等,与《后汉书》、《三国志》等关于能文章,善诗赋的记载稍有差别。《后汉书·边让传》:"(让)少辩博,能属文。作《章华赋》,虽多淫丽之辞,而终之以正,亦如相如之讽也。"又《三国志·魏志·陈思王传》:"(子建)年十岁余,诵读《诗》、《论》及辞赋数十万言,善属文。"不过它对班固的记载,称固"能属文诵诗赋。及长,遂博贯载籍,九流百家之言,无不穷究",则与《后汉书》的文体观念相合。至于汉末,辞赋之事颇为文人所喜爱,抒情言志的小赋是当时文坛主要的写作体裁,《后汉书》多有记载,《东观汉记》也当有所反映。或者完整的《东观汉记》以及其他的后汉书是有记载的,惜其残缺而无可考见了。三、《东观汉记》著录了文体,具有辨体意识。《东观汉记·班固传》又说:"固入读书禁中,每行巡狩,辄献赋颂。"这里的"赋颂"是指班固作品,与前记"诵诗赋"、"吟咏书记"等记载不同。前者是指前人作品,辨体意识并不很强,而此处强调班固所作文体有赋与颂等不同类别,这本身就含有辨体的意思。又《蒋叠传》记:"(叠)数言便宜,奏议可观。"与《班固传》一样,也是著录了蒋叠所作的两种文体。《东观汉记》记录的这一事实,证明了范晔《后汉书》叙述背景的不误。史书对文体的著录,本身便含有辨析的意思。《后汉书·文苑传·高彪传》记高彪:"校书东观,数奏赋、颂、奇文,因事讽谏,灵帝异之。时京兆第五永为督军御史,使督幽州,百官大会,祖饯于长乐观。议郎蔡邕等皆赋诗,彪独作箴。"祖饯之会,作诗送人是常例,但高彪却不作诗独作箴。箴者,诫也(见《说文》),吴讷《文章辨体序说》说:"箴是规讽之文,须有警诫切劚之意。"第五永将督幽州,为一方大员,于国于民,责任重大,所以高彪作箴以警诫,叫他以古贤为榜样,努力勤职。这是诗与箴的区别,故蔡邕等人所作称为诗,而高彪此作称为箴,这便是辨体。又《后汉书·祢衡传》记:"衡为作书记,轻重疏密,各得体宜。"这也是说祢衡于书记等各种文体都很通晓,故能各得其分。《后汉书》这种记载都显示了当时辨体的意识。

汉末文体辨析意识,在蔡邕的《独断》中也有反映。蔡邕本人是一位深通各种文体的大作家,他在文学史上与张衡并称,极受魏晋作家推崇。魏晋作家从他那里接受了许多影响,臧荣绪《晋书》就说陆机"新声妙句,系踪张、蔡"。《独断》辨析的文体有策书、制书、诏书、章、奏、表、驳议、上书等。每一文体都从其名称之来源、本义分辨谈起,说明该文体的使用对象和范围。如"策书"条说:"策书,策者,简也。《礼》曰,不满百丈,不书于策。其制长二尺,短者半之。其次一长一短,两编,下附篆书,起年月日,称皇帝曰,以命诸侯王三公。其诸侯王三公薨于位者,亦以策书诔谥其行而赐之。如诸侯之策,三公以罪免,亦赐策,文体如上策而隶书,以一尺木两行,唯此为异者也。"在这里,蔡邕对策书这一文体的内涵、外延都做了极准确的辨析,分清了策书与制书、诏书、戒书之间的区别。(如说戒书:"世皆名此为策书,失之远矣。")这种辨析方法对后来的辨体著作,如刘勰《文心雕龙》产生了影响。《文心雕龙·诏策》篇说:"汉初定仪则,则命有四品:一曰策书,二曰制书,三曰诏书,四曰戒敕。……策者,简也;制者,裁也;诏者,告也;敕者,正也。"这一段话基本来自《独断》。《独断》说："汉天子正号曰皇帝……其命令一曰策书，二曰制书，三曰诏书，四曰戒书。"除此之外，《独断》对其他各书体的定义，也基本为刘勰所采用。

不过，《独断》并非专门的辨析文体著作，宋王应麟《玉海》卷五十一说《独断》"采前古及汉以来典章制度、品式称谓，考证辨释，凡数百事"。可见《独断》只是考释事物名称的书，并非以辨析文体为主要目的。事实上，汉末文体大备，作家、批评家已经有了批评意识，但还不足以将辨析文体当作文学生活中的大事来看待。这样的历史条件要到南朝时才完全形成。汉末魏初，学术思潮主流是综核名实，如当时的批判哲学家王符、崔骃、仲长统，所论都以此为主要内容。这与东汉以来统治思想体系崩溃，现实中各种名实不符的现象干扰了人们判断力的事实有关。在政治上，名教制度本以察举为用人的主要措施，但正如当时童谣所说："举秀才，不知书；察孝廉，父别居。寒素清白浊如泥，高第良将怯如鸡。"（《抱朴子·审举》）在生活中，各种新生事物增多，难以详其源流，事物的名和实不相吻合，这都促使人们对名实之辩的关注。因此，东汉末年综核名实的哲学讨论之所以影响深远，并由此导致了玄学的发生，是有其深刻的历史背景的。

与《独断》类似，汉末刘熙《释名》也是考释事物名称的书。刘熙《释名序》说："夫名之于实，各有义类，百姓日用而不知其所以之意，故撰天地阴阳四时、邦国都鄙、车服丧纪，下及民庶应用之器，论叙指归，谓之《释名》。"刘熙此书较《独断》又更为系统，在篇十九《释书契》和篇二十《释典艺》中所论文体有奏、檄、谒、符、传、券、策书、启、书、告、表、诗、赋、诏书、论、赞、铭、碑、词等，说明这些文体都是当时普遍被使用的。

刘熙之后,建安末桓范作《世要论》①,亦有论文体之章,分别是《赞象》、《铭诔》、《序作》。观桓范之论,又与蔡、刘不同,蔡、刘是正面考释文体的名与实,桓范则意在批判当日文体淆乱的事实。如《铭诔》篇说:"夫渝世富贵,乘时要世,爵以赂至,官以贿成。视常侍黄门,宾客假其气势,以致公卿牧守。所在宰莅,无清惠之政,而有饕餮之害。为臣无忠诚之行,而有奸欺之罪,背正向邪,附下(此字疑为"上")罔下。此乃绳墨之所加,流放之所弃。而门生故吏,合集财货,刊石纪功,称述勋德。高邈伊、周,下陵管、晏;远追豹、产,近逾黄、邵。势重者称美,财富者文丽。"按照铭、诔的本义,"铭者,论撰其先祖之有德善、功烈、勋劳、庆赏、声名,列于天下,而酌之祭器,自成其名焉,以祀其先祖者也"(《礼记·祭统》),"诔谓积累生时德行以锡之命,主为其辞也"(《周礼·春官》郑玄注),这说明铭、诔两种文体是生者表彰死者功德,以抒其哀悼之情的文章。但东汉末年,铭、诔已名实不符,变成了"势重者称美,财富者文丽"的阿谀文字。桓范正是从这个角度对这一现象进行的批评。他的文体辨析是在这种背景中展开的。

从《独断》、《释名》二书都将文体当作一般事物的观念看,文体在当时并没有受到充分重视,它的地位也只是在众多事物中占有一席而已。又从二书所记诸文体看,主要还是应用性文体。《释名》中的"诗"与"赋"是放在六诗中解释的,与当时独立的诗赋文体并不同。应用性文体在当时受到注意,当然是与它的应用性有关。东汉末年,纯文学观念还没有建立起来。虽然就文学史的意义说,应用性文体与纯文学体有极大差别,应用性文体的受重视并不能

---

① 参见严可均:《全三国文》卷三七,中华书局1985年影印本。

代表文学价值的独立,但东汉时已自觉将应用性文体与经学对立起来,显示了经学之外文章的独立性。《后汉书·顺帝本纪》记阳嘉元年(132):"初令郡国举孝廉,限年四十以上,诸生通章句,文吏能笺奏,乃得应选。"又《胡广传》记:"时尚书令左雄议改察举之制,限年四十以上,儒者试经学,文吏试章奏。"这里明以"能笺奏"的文吏与"通章句"的儒生对举,表示是两种身份。笺奏是应用性文体,所以能通者称文吏。文吏的身份与辞赋之士有别,《论衡·谢短》篇说"文吏晓簿书",又《量知》篇引或曰说"文吏笔札之能,而治定簿书",可见文吏通晓的主要是簿书一类文体。文吏在东汉时已与儒生分庭抗礼,其以笔札之能,考理烦事,时人竟以文吏胜过儒生(见《论衡·程材》)。于是文吏阶层在汉末颇受重视,由此而引起人们对应用文体的学习,上引《东观汉记》所载梁鸿等人吟咏书记的事实说明了这一点。根据这些事实,可以推测东汉人对簿书一类文体是比较了解的。这一类文体按照南朝辨析的经验,属无韵之笔,与之相对的自是有韵之文。东汉时自不能说已有意识地开始了分辨有韵、无韵两种文体,但对文吏所通文体区别辨解的同时,也就将与之相对的另一类文体——有韵之文区分开了。《论衡·案书》篇说:"今尚书郎班固、兰台令杨终、傅毅之徒,虽无篇章,赋颂记奏,文辞斐炳。赋象屈原、贾生,奏象唐林、谷永,并比以观好,其美一也。当今未显,使在百世之后,则子政、子云之党也。"这里的赋颂是有韵之文,记奏则属无韵之笔,二者似乎已有了界限。同时,王充所说班固等人"当今未显",是指他们的文章尚不为时人所重,这一方面是时人重古轻今,另一方面也说明由于文吏在当时的崛起,其所习文体的价值在百姓眼里竟高于赋颂奏记等文体。

文吏所通文体,在当时已被称为笔,《论衡·超奇》篇说:"(周长生)死后,州郡遭忧,无举奏之吏,以故事结不解,征诣相属。文轨不遵,笔疏不续也。岂无忧上之吏哉?乃其中文笔不足类也。长生之才,非徒锐于牒牍也,作《洞历》十篇。"据王充说,周长生是地方上善文之人,逢州郡有忧,辄为地方官作奏书一类文字。但其死后,即"文轨不遵,笔疏不续"。其实也并非无人,只是都"文笔不足类"。王充这里用"笔疏"指奏书一类文体,同时,他还使用了"文笔"一词,从此文内容看,"文笔"是作为单义复词使用的,所指是合于后世"笔"的内容,也即是无韵的散体应用文一类。与南朝之"有韵为文,无韵为笔"的观念不同。

从《后汉书·文苑传》记载看,为文人列传,往往用"文章"一词,如王隆"能文章,所著诗、赋、铭、书凡二十六篇",李尤"少以文章显。和帝时,侍中贾逵荐尤有相如、扬雄之风,召诣东观,受诏作赋",可见这里的"文章"一词,主要指诗、赋等文体。虽不能肯定完全是指有韵之文,但显见与文吏所通的文笔之体是有区别的。又如《傅毅传》记:"永元元年,车骑将军窦宪复请毅为主记室,崔骃为主簿。及宪迁大将军,复以毅为司马,班固为中护军。宪府文章之盛,冠于当时。"这里的"文章",绝非指诸人的文吏才能,而是指诗赋等文体写作。文章与笔疏的分别,实际上已开启了后来的文笔之辨,这应当看作是文体辨析的早期意识,是值得重视的事件。

三国时期的文体辨析较东汉时更为明晰而自觉了。就《三国志》著录的文体看,分类都比较整齐,不像《后汉书》那样往往将篇章与诸文体混杂记载。同时,《三国志》所著录的文体,如诗、赋等纯文学体裁基本排列在前面,显得集中、突出。像《魏志·王粲传》"著诗、赋、论、议垂六十篇",《蜀志·郤正传》"凡所著述诗、论、赋之属,垂百篇",《吴志·张纮传》"纮著诗、赋、铭、诔十余篇"等都是。这些都标志着三国时对纯文学体裁的认识,比东汉时更要深入了。更值得注意的是,曹魏时对文与笔已经有意识地进行了区分。当然,当时的"文笔"一词仍然是偏义复词,如曹操《选举令》:"国家旧法,选尚书郎,取年未五十者,使文笔真草有才能谨慎,典曹治事,起草立义。"从前后文看,这个"文笔"与王充所使用的意义,没有太大的区别,仍然是指应用性文体。我们这里所说有意识地区分,是指时人对具体文体的分类。如《魏志·王粲传》裴松之注引《典略》说繁钦"既长于书记,又善为诗赋"。书、记是无韵的文体,合于南朝时"笔"的概念;诗、赋是有韵的文体,合于"文"的概念。《典略》用"既……又……"句式表达,说明了两种文体的区别,这应该是三国时有意识区分文、笔的起始。《典略》作者鱼豢,仕魏为郎中,故他的这一辨体观念是能代表魏人的。

"文笔"一词,于三国以后,使用的意义渐有了变化,已不再仅指应用性文体了。以《晋书》为例,如《范启传》:"(启)父子并有文笔传于世。"《蔡谟传》:"文笔论议,有集行于世。"《习凿齿传》:"凿齿少有志气,博学洽闻,以文笔著称。"《袁乔传》:"乔博学有文才,注《论语》及《诗》,并诸文笔皆行于世。"《张翰传》:"其文笔数十篇行于世。"《曹毗传》:"凡所著文笔十五卷,传于世。"从这些记载看,"文笔"一词是包括了文与笔两方面内容的。如曹毗,据本传,他"少好文籍,善属辞赋。……续兰香歌诗十篇,甚有文彩。又著《扬都赋》,亚于庾阐。"说明他曾作有诗、赋作品,且以辞赋擅长,但史书对他的述作十五卷,仅用"文笔"一词概括,可见这一词语是包括了文和笔两方面内容的。又从《晋书》对"文笔"一词使用的情形看,都是用来概括传主所有撰述文字的,显非随意使用,也非其他词语所能取代。按,据《晋书》,当时使用"文章"一词也颇多,《晋书》偶也以"文章"来概括传主,如《罗含传》:"(含)所著文章行于世。"但一般说来,"文章"一词主要是指辞赋等作品。如《袁宏传》记宏作《北征赋》,很受时人的推赏,王珣对伏滔说:"当今文章之类,故当共推此生。"从这个意义说,东晋时期的"文笔"一词,大概已经包含了文章和笔疏两类文体,这才为南朝进一步辨析文笔作了铺垫。

文、笔的区分,基本是将文学和非文学的区别开来,这是文学发展的必然趋势,反映了历史的要求。在文笔讨论过程中,实际的运作仍然建立在文体辨析的基础之上。因此我们说,魏晋南北朝的文学理论建设,最基本的内容仍然是文体辨析,这是我们了解当时文学思潮的一把钥匙。为说明这一问题,我们还是从魏晋南北朝的文体辨析历程说起。

建安时期系统的文学理论文章,主要是曹丕的《典论·论文》,曹丕在这篇文章里涉及了当时文学界关注的许多问题,如文学的价值问题、批评的态度问题、作家的个性问题等。此外,这篇文章专门讨论了文体问题,文中说:"夫文本同而末异。盖奏议宜雅,书论宜理,铭诔尚实,诗赋欲丽。"关于这段话,后人一般认为主要是阐述的风格问题,认为曹丕旨在阐明四类文体所应有的风格。这种观点自然也不错,但风格却并不是曹丕所要论的主要目的,他的主要目的还在于辨体。综观《典论·论文》,我们发现,作者无论是论批评态度、作家个性,还是文章风格都与文体辨析有关。如论批评态度,曹丕反对文人相轻,各以所长,相轻所短的态度,这一观点的根据是"文非一体,鲜能备善",因为文体非一种,作家仅擅长一种或几种而已,不可兼能;别的人往往针对他不擅长的文体进行批评,这种批评态度是不对的。在论作家个性时,曹丕具体分析了王粲、徐幹、刘桢、陈琳、阮瑀、孔融、应场七子,认为七子于文体各有所长,亦各有所短。如王粲、徐幹长于辞赋,陈琳、阮瑀长于章表书记,"然于他文,未能称是"。作家的这一长和短与他们的个性有关,所谓"应场和而不壮,刘桢壮而不密。孔融体气高妙,有过人者,然不能持论,理不胜词"。正是在这一论述过程中曹丕提出不同文体具有不同风格。在前文中,我们提出过文体是基础,风格附丽于文体,所以《文镜秘府论·南卷·论体》说:"故词人之作也,先看文之大体,随而用心,防其所失,故能辞成炼核,动合规矩。"各文体辨析清楚,作家根据自己的实际情况,选择适合于自己的文体进行写作,才能"自骋骥骤于千里",这才是《典论·论文》的主旨。

曹丕之后,晋陆机《文赋》列叙了诗、赋、碑、诔、铭、箴、颂、论、奏、说十种文体,分别指出这十种文体的不同风格特点,这也是在辨析文体的基础上对作家写作进行的指导。自然在陆机时,文体已远不止这十种,但《文赋》既采用赋体,讲究对仗整齐,所以列十种文体以概其余。陆机的意思很清楚,作家写作,先要分辨文体的不同要求,即赋中所说的"区分之在兹"。陆机又说:"其为物也多姿,其为体也屡迁。"关于这一句,《文选》李善注:"万物万形,故曰多姿;文非一则,故曰屡迁。"五臣注:"文体非一,故云多姿。姿,质也,未妥帖,故屡也。"二家解释不同,按李善注,是指文体本身的多变,这也能说得通。这是说由于事物的丰富多彩,故也要不断地改换文体,以求能详尽地描摹不同情事。而按照五臣注解释,以为是指文体的不止一种,这和陆机前文所说的"体有万殊"相同,也是能说得通的。陆机《文赋》是就写作的全过程进行叙述,从构思、选择文体,到遣言命辞,每一步骤都详为描绘,并在描绘中提出自己的观点。我们看到,这些观点都是与晋人的审美理想相符合的。比如他说"普辞条与文律,良余膺之所服",要求文章具有声律的美感,这一要求当然不是汉人写文章的要求,而是反映了晋人的好尚。陆机就是这样通过《文赋》来展开他对写作的看法,一者是他个人的体会,所谓"有以得其用心";二者也是对当日写作的指导。基于这样的意图,自然不能说《文赋》就是辨析文体的专题论文。但毫无疑问,在陆机展开的写作过程里,辨别不同文体,注意各文体所应有的不同风格,确是《文赋》的一个重要内容。南齐臧荣绪《晋书》说"陆机妙解情理,心识文体,作《文赋》"[①]。看来臧荣绪是将《文赋》作为辨析文体的作品的。不论这一看法是否正确,但反映了时人对文体的看重。同时也说明了当时的确是以文体之论作为批评家的主要话题,因此尽管陆机并非以辨体为《文赋》主旨,但别人仍以为是辨体之论。如果这种观点成立的话,由这观点形成的风气,对批评家就不能不发生影响。换句话说,陆机写作《文赋》,辨析文体的观点不能不在他的构思中占有相当的地位。与陆机《文赋》相类,南朝刘勰撰《文心雕龙》,虽然辨析文体是该书的主要内容之一(如从第六篇《明诗》至第二十五篇《书记》,都是文体辨析内容),但仍不能以纯粹的辨析文体专著目之。但《梁书》本传却这样写道"勰撰《文心雕龙》五十篇,论古今文体",这就是六朝人对辨析文体观念的认同,并由此构成了当日批评的总体背景。

　　与文学理论文章不同,挚虞、李充以编辑文章总集来辨析文体。关于文体辨析与总集编辑间的关系,我们留待以后讨论。值得讨论的是,挚、李二人编集的同时,又各作有评论文体的文字。挚虞《文章流别论》,严可均《全晋文》卷第七十七辑有佚文,从这佚

[①] 《文选》李善注引,中华书局1977年影印胡刻本,第239页。

文看,挚虞详细讨论了各文体的起源、发展,指出各文体的界限。对前人及当日作者淆乱文体的作品,也都予以批评,前文所引他批评扬雄、赵充国、傅毅、马融等人颂文的界限不清,即是一例。除辨析、批评之外,挚虞还重在限定文体,如他说:"诗、颂、箴、铭之篇,皆有往古成文,可仿依而作,惟诔无定制,故作者多异焉。见于典籍者,《左传》有哀公为孔子诔。"又:"哀辞者,诔之流也。崔瑗[①]、苏顺、马融等为之率,以施于童殇夭折不以寿终者。建安中,文帝与临淄侯各失稚子,命徐幹、刘桢等为之哀辞。哀辞之体,以哀痛为主,缘以叹息之辞。"考名辩实,界限分明。这一方法为刘勰所借鉴,所谓"释名以章义"(《文心雕龙·序志》)者是。大概挚虞主旨在于辨析,而非批评得失,所以钟嵘说是"皆就谈文体,而不显优劣"。就辨体的目的看,东晋李充与挚虞一样,他的《翰林论》也是重在释名章义,分析界限。如说论、难二体是"研核名理而论、难生焉。论贵于允理,不求支离",指出论、难之体在于说理,而不要驳杂。这种定义与曹丕的"书论宜理"、陆机的"论精微而朗畅"都是相同的意思。可见在文体辨析过程中,一些基本的文体,都得到了一致的确认。值得注意的是,李充辨析文体也论到了文体风格,如他说"表宜以远大为本,不以华藻为先";"驳不以华藻为先",这种通过否定句式对文体限定的表达方法,与曹丕、陆机正面肯定的表达方式不同,一者是加强了语气,更能起到警醒的效果,二者更明白地表示了作者主要目的不是谈论文体风格,而是通过风格来辨析文体。比如曹丕说"诗赋欲丽",这给读者造成了作者主旨在于论文体风格的印象,而李充却反过来说"驳不以华藻为先",作者的

[①] "瑗",当作"瑗"。

意思明显偏在辨析驳体与以华藻为先的其他文体间的区别之上。判断方式的不同，是修辞学上的问题，实质内容却是一样的，因此，由李充这样的表述，也可说明当日所论到的风格，都与文体辨析有关。前引南齐臧荣绪对《文赋》的判断，以及唐初人姚思廉对《文心雕龙》的判断，在后人看来是错误的，其实却真实地反映了当时人们的普遍认识。

总观魏晋时期的文体辨析，可以见出对基本的应用性文体和基本的纯文学文体，经过辨析，都有了比较清楚的界限。但是，我们也注意到，虽然同样是辨析文体，曹丕、陆机、挚虞、李充的目的、观念都与汉魏时期的蔡邕、刘熙、桓范等人不同。蔡邕《独断》据《玉海》说是考证辨释汉以来典章制度、品式称谓的书，这就表明它是将策、制等文体仅作为典章制度的内容看待的。刘熙《释名》也是这样的观念。《三国志·吴志·韦曜传》记曜于狱中上书说："又见刘熙作《释名》，信多佳者，然物类众多，难得详究，故时有得失，而爵位之事，又有非是。"由此看，刘熙仍是将文体与一般事物相等看待。桓范《世要论》，更将文体辨析看作他批判现实的一个方面内容。与此不同，曹丕等人首先是将文体纳入文学批评的范畴中。《典论》虽是子书，《论文》却专以文学创作与批评作为论述对象，奏议、书论、铭诔、诗赋等是作为"文"的身份出现的，而非同于其他事物。《文赋》、《文章流别论》、《翰林论》也是如此，都首先将各文体纳入"文"的观念中进行分析评论，这就与桓范等人具有了质的区别。因此，南北朝时期的文学批评是沿着曹丕等人开创的传统发展的，这一点是研究汉魏六朝文学批评史的人所要注意的。

南朝时期的文体辨析又进入了新阶段，这就是对纯文学文体的认识更加深刻，更接近于文学的本质。在这文体辨析过程中，一个最大的事件就是当时的"文笔"之辨。如前文所言,"文笔"一词在魏晋时期已屡屡使用,且已隐含了文和笔两方面内容。但是明确地分辨文笔,则以刘宋时颜延之为最早。《宋书·颜竣传》说:"太祖(宋文帝)问延之:'卿诸子谁有卿风。'对曰:'竣得臣笔,测得臣文,㒜得臣义,跃得臣酒。'"这里将文与笔对举,显然各有不同内容,与魏晋时连用者不同。那么颜延之所讲的文和笔各指什么内容呢?《宋书·颜延之传》记:"元凶弑立,以为光禄大夫。先是,子竣为世祖南中郎谘议参军。及义师入讨,竣参定密谋,兼造书檄。劭召延之,示以檄文,问曰:'此笔谁所造?'延之对曰:'竣之笔也。'又问:'何以知之?'延之曰:'竣笔体,臣不容不识。'"这是以檄文称笔。檄文是无韵之体,据此知笔乃指无韵的文体。颜竣早年为孝武帝主簿,竭忠尽力,颇受爱遇。及失宠,孝武帝使御使中丞庾徽之弹奏。奏中称颜竣"代都文吏",这当然是贬义,但也说明颜竣擅长笔体。文吏所长者,自是笔疏之体,这与颜延之说"竣得臣笔"相合。至于颜测,《宋书》以他附于其父传后,称他"亦以文章见知",此处"文章"自不同于笔体,当是指纯文学体裁而言。钟嵘《诗品下》说他的五言诗"祖袭颜延",又说他"最荷家声",可见颜测所得颜延之的文,即指他继承了乃父诗赋等文学写作才能。

文笔之辨,以刘勰所论最为系统。《文心雕龙·总术》篇专门讨论了文笔问题。他说:"今之常言,有文有笔。以为无韵者笔也,有韵者文也。夫文以足言,理兼诗书;别目两名,自近代耳。"按照刘勰的说法,文笔之分,在齐梁时已经分明,以有韵为文,无韵为笔的观点,已为大家普遍接受。刘勰自己也是如此,他在《序志》篇中说自己的著作体例是:"若乃论文叙笔,则囿别区分。……上篇以上,纲领明矣。"这是说《文心雕龙》上半部分是区分文体的内容,而这区分又分成文与笔两大部分。刘勰所述文体共三十三类,自《明诗》至《谐隐》是有韵的文;自《史传》至《书记》则是无韵的笔。文笔二体,区分十分清楚。刘勰的这种区分,与当时的文体辨析是相合的。《文镜秘府论·西卷·文笔十病得失》所引《文笔式》说:"制作之道,唯笔与文。文者,诗、赋、铭、颂、箴、赞、吊、诔是也;笔者,诏、策、移、檄、章、奏、书、启等也。即而言之,韵者为文,非韵者为笔。"据王利器先生考证,《文笔式》一书出于隋人之手[①],如果是这样的话,其时代与刘勰是接近的,也反映了南朝人的普遍看法。

但就在以有韵为文,无韵为笔的观点之外,萧绎《金楼子》卷四《立言篇九下》又有新的说法。他说:"古人之学者有二,今人之学者有四。夫子门徒,转相师受,通圣人之经者,谓之儒;屈原、宋玉、枚乘、长卿之徒,止于辞赋,则谓之文。今之儒,博穷子史,但能识其事,不能通其理者,谓之学。至如不便为诗如闾纂,善为章奏如伯松,若此之流,泛谓之笔。吟咏风谣,流连哀思者,谓之文。而学者率多不便属辞,守其章句,迟于通变,质于心用。学者不能定礼乐之是非,辩经教之宗旨,徒能扬榷前言,抵掌多识,然而挹源知流,亦足可贵。笔退则非谓成篇,进则不云取义,神其巧惠,笔端而已。至如文者,惟须绮縠纷披,宫徵靡曼,唇吻遒会,情灵摇荡。而古之文笔,今之文笔,其源又异。"[②]萧绎这里是在对古今学者区分对比的基础上提出的文笔概念。所谓古之学者有二,即儒与文;今之学者有四,即儒、学、文、笔。这种区分符合学科发展的实际,是

---

① 王利器:《文镜秘府论校注》,中国社会科学出版社 1983 年版,第 475 页。
② 《知不足斋丛书》第九集,清乾隆、嘉庆间长塘鲍氏刊本。

进步的观念。关于儒与学,暂置不论。我们感兴趣的是,萧绎对文笔的区分,并不是以有韵、无韵为界限,而更注重文体的本质特点。对于笔的定义,他称"退则非谓成篇,进则不云取义,神其巧惠,笔端而已",又举例"不便为诗如闫纂,善为章奏如伯松",章奏自然是无韵之体,本属于笔的范围,但萧绎却把"不便为诗"的闫纂也划入笔者之列,这就打破了当时通行的有韵为文,无韵为笔的观念。再看他对文的定义是"吟咏风谣,流连哀思"、"绮縠纷披,宫徵靡曼,唇吻遒会,情灵摇荡",这里更强调的是辞藻、声律,以及打动人的情思。应该说这种区分并不科学,因为什么作品可以称"绮縠纷披,宫徵靡曼"呢,又哪些作品叫做"情灵摇荡"呢?这并没有一个客观标准。但是从对文学作品本质的认识上,萧绎远远超过了同时代的批评家。他提出的不是划分文体的界限,而是文学作品的要求和境界。在他看来,即使是诗,如果像闫纂那样,也不能称为文。萧绎的这一认识对纯文学作品的本质,是把握得很准确的。这样的认识实际上比简单的文笔区分更具有进步意义。

事实上的确如此,南朝的文学批评已不简单地限于文体的区分,而是在文体区分的基础上更纵深地讨论各文体的风格、作家写作的得失;同时,开始总结文学自秦汉以来发展史中的成绩和不足,探讨文学本身的特点和规律。因此,南朝文学批评呈现出多彩迷人的面貌,各家观点竞出,互相批评,亦互有影响。就这个意义说,南朝的文学批评的确比魏晋时要复杂而深刻得多了。比如说,魏晋的文学地位和价值还需要有识之士的呼吁,人们对它的认识还有一个发展过程,刘宋以后,这种情况就转变了。首先是宋文帝于儒学、玄学、史学三馆之外,别开文学馆;其次,史家撰书,已单列

《文苑传》，这些制度上的改革，是文学独立的明显标志。至于人们意识中对文学性质的认识，则是普遍地表现于创作、评论等各方面。在这样的背景里，人们对文体的辨析已不简单地限于"诗赋欲丽"、"诗缘情以绮靡"的表面特征上，而是进一步深入到"文已尽而意有余，兴也；因物喻志，比也；直书其事，寓言写物，赋也。弘斯三义，酌而用之，干之以风力，润之以丹彩，使味之者无极，闻之者动心，是诗之至也"[①]的认识上了。因此，对南朝时期文体辨析的叙述，必须与当时的批评理论结合起来考察。但这是一个独立的大题目，非本文所能完成，我们只能就一些最直接的文体论进行简单的论述，勾勒出当时文体辨析的大致轮廓，以明总集编纂的理论背景。

南朝辨析文体的专著主要是任昉的《文章缘起》和刘勰的《文心雕龙》。任昉之书，《隋志》著录称《文章始》一卷，然有录无书。两《唐志》著录一卷，题张绩补。既有补亡，说明唐代亦无此书。《四库提要》说宋人修《太平御览》，收书一千六百九十种，也没有收此书，可见这书来历有些不明。然王得臣是北宋嘉祐中人，作《麈史》说："梁任昉集秦汉以来文章名之始，目曰《文章缘起》，自诗、赋、《离骚》至于势、约，凡八十五题（案，实为八十四题），可谓博矣。"又说明北宋已有此书。《四库》馆臣猜测大概是张绩所补之书，后人误以为任昉。尽管如此，张绩唐人，所补《文章始》必有所据，八十四类文体的记载也不至于离开原貌太远。更为有据者，《文选序》五臣吕向注引《文始》，其文字与今本相同，这应是可靠的

---

① 吕德申：《钟嵘诗品校释》，北京大学出版社1986年版，第49页。

证据。任昉《文章始序》说:"《六经》素有歌诗书诔箴铭之类。《尚书》帝庸作歌,《毛诗》三百篇,《左传》叔向贻子产书,鲁哀孔子诔,孔悝鼎铭,虞人箴,此等自秦汉以来,圣君贤士沿著为文章名之始。"这是将文章各体的源头都溯于《六经》,与同时的《文心雕龙》以及稍后的《颜氏家训》看法都相同。这一观点的是非暂置勿论,于此可见任昉著书目的是追溯文体之源,其学术思想显受《七略》、《汉志》的影响。从现存的《文章缘起》看(《丛书集成》本),任昉于每一种文体列一篇他认为是该体起源的文章。如"三言诗",他列晋散骑常侍夏侯湛所作为其始;四言诗为"前汉楚王傅韦孟谏楚夷王戊诗";五言诗为"汉骑都尉李陵与苏武诗";九言诗为"魏高贵乡公所作"。这样的溯源可见任昉虽然持各体皆源于《六经》的观点,但涉及具体的文体,却能尊重文学史事实。任昉对文体的溯源工作,有许多地方合于萧统的《文选序》,这是值得我们注意的。即以上述三、四、五、九诸言诗体来说,任昉所指认的始作者,与萧统所说一样。《文选序》在叙述诗歌的发展说:"自炎汉中叶,厥途渐异。退傅有在邹之作,降将著河梁之篇,四言、五言区以别矣。又少则三字,多则九言,各体互兴,分镳并驱。"①萧统很明确地以韦孟、李陵分别作为四言、五言的始作者。至于三言、九言,萧统没有点出作者,但五臣吕向注说:"《文始》三字起夏侯湛,九言出高贵乡公。"《文始》即任昉《文章始》的简称,吕向引《文章始》注《文选序》,的确看出了二者的相同之处。事实上萧统的文体观以及对文体的区分、辨析都受到过任昉的影响。任昉《文章始》将文体分为八十四

---

① 《文选》,中华书局 1977 年影印清胡刻本,第 2 页。

类,未免太过琐碎,但他的目的本不在归类,而是溯源,如三至九言,虽都是诗体,但各起源却实有不同,这是《文章始》体例所规定的,所以分为八十四种,自也有他的道理。

刘勰的《文心雕龙》,今世已成显学,对它的研究已经很深入了,但同时也带来了因理解不同而导致的解释纷歧。对《文心雕龙》一书的解释不一,自然涉及对刘勰文体论述部分的评价不一。就当前的《文心雕龙》的研究成绩看,过于强调、提高该书的理论部分,也即下篇,就比较忽略上篇文体部分在全书中所起的作用。笔者非常同意王运熙先生对《文心雕龙》的评价,他说:"从刘勰写作此书的宗旨看,从全书的结构安排和重点所在看,它原来是一部写作指导或文章作法。"[①]这个结论是符合中国文学批史的实际的。《文心雕龙》既是一部写作指导的书,那么自《明诗》至《书记》二十篇论文体的部分就在全书中占有十分重要的地位。在前面我们已经论述过体裁与风格之间的关系,文体是基础,辨清了各文体的特点、界限,也就辨清了各文体的风格要求,这就是《文心雕龙》必须先辨析文体的原因。刘勰介绍自己辨析文体的方法是"原始以表末,释名以章义,选文以定篇,敷理以举统",四者完成了,"上篇以上,纲领明矣"(《序志》)。自汉魏以来,文体辨析到刘勰这里才真正地系统化、理论化,从而更具有指导意义。"原始以表末"是追溯源流的工作;"释名以章义"是综核名实,分辨内涵、外延的工作;"选文以定篇"是确定代表作家作品的工作;"敷理以举统"是指明文体的特色和规格要求的工作。通过这样的辨析,各文体的源流、特点、规格要求便很清楚了。

[①] 王运熙、杨明:《魏晋南北朝文学批评史》,上海古籍出版社1989年版,第330页。

从以上论述看,文体辨析一直是汉魏六朝文学批评的主要内容,其目的就在于指导写作,因此对此时期的文学理论研究,必须立足于这一历史事实。南朝文章弥盛,作者辈出,更兼时主提倡于上,"是以缙绅之徒,咸知自励"(《南史·文学传论》)。人主视其优劣,或赐金帛,或有擢拔,因此辨文体,学写作是当时学子的一大需要。这种风气以及形成这种风气的背景,构成了当时文学批评的内容。至于隋唐之世,兴科举,考文章,文体辨析与指导的要求更强烈。《北史·杜正藏传》记正藏"为《文轨》二十卷,论为文体则,甚有条贯。后生宝而行之,多资以解褐,大行于世,谓之《杜家新书》云"。杜氏此书又称《文章体式》,《隋书·文学传》记他"又著《文章体式》,大为后进所宝,时人号为《文轨》,乃至海外高丽、百济亦共传习,称为《杜家新书》"。从书名看,杜氏此书为分析文体之书;从其在当时及海外受到欢迎的情形看,可知时人对文体辨析指导的需求。

(原载《文学遗产》1996年第6期)

魏晋南北朝时期文学
走向独立的标志

秦汉魏晋南北朝是中国文学自觉与发展的重要时期。这个时期的文学逐渐从经学、史学中脱离出来,文学的特征逐渐鲜明,中国文学史中的主要文体基本确立,文学的团体和文学流派、文学风格都已形成,并最终获得了独立的地位,为唐代文学的发展和繁荣,奠定了坚实的基础。对此,我们可以从文笔之辨、文体辨析与文学特点的认识、文苑传及总、别集的编纂、言志到抒情的转变、文学批评的繁荣及体系的建立,以及南北文风的差异及融合诸方面讨论。

文笔之辨起于南朝时[1],但汉末以迄魏晋,作家对文与笔的区分,已经具有了比较自觉的认识。历史资料表明,汉末时对文吏和儒生两种身份进行过比较,认为文吏擅长于笺奏一类应用性文体,儒生则擅长于经学,所以两者各有优劣[2]。对应用性文体进行仔细辨析,是汉末学术的一个重要内容,辨析的目的并非是文学发生

---

[1] 参见《宋书·颜竣传》。又《文心雕龙·总术》说:"今之常言,有文有笔,以为无韵者笔也,有韵者文也。夫文足以言,理兼诗书,别目两名,自近代耳。"

[2] 《后汉书·顺帝本纪》记阳嘉元年:"初令郡国举孝廉,限年四十以上,诸生通章句,文吏能笺奏,乃得应选。"又《胡广传》记:"时尚书令左雄议改察举之制,限年四十以上,儒者试经学,文吏试章奏。"关于文吏和儒生的抗争,参见《论衡·程材》。相关的论述参见阎步克:《士大夫政治演生史稿》,北京大学出版社 1996 年版。

的诱因,但却促进了文学的自觉化过程。东汉王充在《论衡》中用笔疏作为文吏使用的文体,用赋颂作为班固、傅毅等文人使用的文体,其中已寓含了区分之意。这个发展的过程到了汉末曹魏年间以"文学"与"文章"作界限分明的对举时,显示了文学的自觉的开始[①]。

　　文和笔的区分,基本是将文学作品与非文学作品区分开来,这是文学发展的必然趋势,反映了历史的要求。随着文学的日益发展,文学地位的提高和独立,文笔的区分也愈渐清晰,同时,对文学特点的认识,也愈为鲜明,这在南朝齐梁时更成为文学批评的一个重要内容。文笔的讨论以刘勰和萧绎为代表。刘勰《文心雕龙·总术》总结时人的看法说是"有韵为文,无韵为笔"。这是以用韵与否来划分文、笔,用韵的文体有诗、赋以及颂、赞、吊、诔等,不用韵的文体如诏、策、檄、移等。这种分法简单明了,便于掌握,从形式上厘清了纯文学作品和应用文体间的界限。刘勰《文心雕龙》就是以这个标准来区分文体的,他所论文体主要有三十三类,自《明诗》至《谐隐》是有韵的文,自《史传》至《书记》是无韵的笔。时代稍后出现的《文笔式》一书也贯彻了同样的说法:"制作之道,唯笔与文。文者,诗、赋、铭、颂、箴、赞、吊、诔等是也;笔者,诏、策、移、檄、章、奏、书、启等也。即而言之,韵者为文,非韵者为笔。"[②]与刘勰不同,萧绎更关注作为文学作品的本质特征。他在《金楼子·立言》

[①] 《三国志·王粲传》裴松之注引《典略》称繁钦"既长于书记,又善为诗赋",已显示出文和笔的明确区分。
[②] 《文笔式》见录于《文镜秘府论·西卷·文笔十病得失》,罗根泽《文笔式甄微》(《中山大学文史学研究所月刊》1935年第3卷第3期)及王利器《文镜秘府论》(中国社会科学出版社1983年版)都认为出于隋人之手。

中说:"古人之学者有二,今人之学者有四。夫子门徒,转相师受,通圣人之经者,谓之儒;屈原、宋玉、枚乘、长卿之徒,止于辞赋,则谓之文。今之儒,博穷子史,但能识其事,不能通其理者,谓之学。至如不便为诗如闰纂,善为章奏如伯松,若此之流,汎谓之笔。吟咏风谣,流连哀思者,谓之文。而学者率多不便属辞,守其章句,迟于通变,质于心用。学者不能定礼乐之是非,辩经教之宗旨,徒能扬榷前言,抵掌多识,然而挹源知流,亦足可贵。笔退则非谓成篇,进则不云取义,神其巧惠,笔端而已。至如文者,惟须绮縠纷披,宫徵靡曼,唇吻遒会,情灵摇荡。而古之文笔,今之文笔,其源又异。"[1]萧绎这里是在对古今学者区分对比的基础上提出的文笔概念。所谓古之学者有二,即儒与文;今之学者有四,即儒、学、文、笔。这种区分符合学科发展的实际,是进步的观念。关于儒与学,暂置不论。我们感兴趣的是,萧绎对文笔的区分,并不是以有韵、无韵为界限,而更注重文体的本质特点。对于笔的定义,他称"退则非谓成篇,进则不云取义,神其巧惠,笔端而已",又举例"不便为诗如闰纂,善为章奏如伯松",章奏自然是无韵之体,本属于笔的范围,但萧绎却把"不便为诗"的闰纂也划入笔者之列,这就打破了当时通行的有韵为文,无韵为笔的观念。再看他对文的定义是"吟咏风谣,流连哀思"、"绮縠纷披,宫徵靡曼,唇吻遒会,情灵摇荡",这里更强调的是辞藻、声律,以及打动人的情思。应该说这种区分并不科学,因为什么作品可以称"绮縠纷披,宫徵靡曼"呢?又哪些作品叫做"情灵摇荡"呢?这并没有一个客观标准。但是从对文学作品本质的认识上,萧绎远远超过了同时代的批评家。他提出的不

---

[1] 《知不足斋丛书》第九集,清乾隆、嘉庆间长塘鲍氏刊本。

是划分文体的界限,而是文学作品的要求和境界。在他看来,即使是诗,如果像闾纂那样,也不能称为文。萧绎的这一认识对纯文学作品的本质,是把握得很准确的,这样的认识比简单的文笔区分更显示了高度的文学自觉。就南朝批评家重文轻笔的倾向看,文学作品地位高于非文学作品是被世人广泛接受的事实。《南史·任昉传》说任昉"既以文才见知,时人云'任笔沈诗'。昉闻甚以为病。晚节转好著诗,欲以倾沈,用事过多,属辞不得流便,自尔都下士子,转为穿凿,于是有才尽之谈矣"。以这个情况与汉魏时比较,可以看出文学的地位和价值的提高,是确切不疑的了。

史书列文苑传,最早开始于范晔的《后汉书》。范晔书撰于宋文帝元嘉元年时[①],在这之后的元嘉十五年(438),文帝立儒、玄、文、史四馆,文学从制度上被确立为一门,是文学自觉和独立的标志。范晔《后汉书·文苑传》未写序论,不知道他特立"文苑"一传的用意。他在《狱中与诸甥侄书》中说自己于诸杂传论"皆有精意深旨",特别是《循吏》以下及《六夷》诸《序论》,"笔势纵放,实天下之奇作。其中合者,往往不减《过秦》篇。尝共比方班氏所作,非但不愧之而已"。于此可见范晔对这些《序论》的看重,但他没有写作《文苑传论》,这是非常可惜的事。文学家在汉代的地位类同俳优[②],故而扬雄称辞赋乃童子雕虫篆刻,壮夫不为。对于这些以文学名家的人物,史家取"文之为义,远矣大矣"[③],择选文章尤著者如

---

① 《宋书·范晔传》载范晔元嘉元年(424)左迁为宣城太守,不得志,于是删众家《后汉书》,以为一家之作。

② 参见《汉书·严朱吾丘主父徐严终王贾传》,武帝对东方朔、枚皋等文士以俳优蓄之。

③ 《史通》卷五《载文》,《四部丛刊》本。

司马相如等人立传。虽然"立言"为儒家三不朽之一义,但主要是指百家阐明理义之作,至于辞赋,则未免有"繁华而失实,流宕而忘返"①之讥。刘知几从史书体例论史书之得失,固然有道理,但如果没有司马迁、班固等史家的著录,在集部尚未编纂的西汉,作家作品若想保存完好,流传后世,是很难想象的。从这一点看,史家的识见,往往不是后人可以据理所得的。汉魏之际曹丕撰《典论·论文》,公开提倡"文章乃经国之大业,不朽之盛事",又称:"年寿有时而尽,荣乐止乎其身,二者必至之常期,未若文章之无穷。是以古之作者,寄身于翰墨,见意于篇籍,不假良史之辞,不托飞驰之势,而声名自传于后。"曹丕以储君身份宣布文学价值等于史书,虽然这篇文章具有某种政治寓义②,但却是文学自觉背景中的产物,也是文学地位走向独立的标志。正是具有了这样的背景,我们看到,虽然史书列文苑传晚至刘宋时才出现,但自汉末以来,史书于作家作品往往多所载录,正是发扬了曹丕的观点。范晔《后汉书·文苑传》没有《序论》,但其后的《南齐书》、《梁书》、《魏书》等都设立了《文学传》,并且都作有《序论》或《传论》。为文学家列传,以文学作品为立言,并与立德、立功相等,传名不朽,文学真正取得了独立的地位。

  文学独立、自觉的另一个标志是总集、别集的编纂。集部据《隋书·经籍志》说是起于东汉,但近代学者有人认为文学创作之有目录,应自曹植始③。《三国志·魏志·陈思王传》载明帝景初中下诏撰录曹植前后所著赋、颂、诗、铭、杂论百余篇,副藏内外,这是

---

  ① 《史通》卷五《载文》,《四部丛刊》本。
  ② 参见曹融南、傅刚:《论曹丕、曹植文学价值观的一致性及产生的历史背景》,载《中国古代文学理论研究》第11辑,上海古籍出版社1986年版。
  ③ 参见姚名达:《中国目录学史》,商务印书馆1957年版。

明确的编集。其实曹植在生前已为自己编集,见《艺文类聚》五十五载曹植《前录序》[1]。汉魏时期尚重子书,然而集部也已受到作家和全社会的重视,这也是曹丕宣称篇籍可以传声不朽的背景。自此以后,别集编纂日渐成风。至于南朝,"家家有制,人人有集"[2],甚至像王筠那样,一官一集,作家对于本集的热爱,真可谓是敝帚自珍了。别集的兴盛,促进了总集的编纂,曹魏时已经出现了一些具有总集性质的书。如《隋志》著录的应璩《书林》,当是有关书体的总集。又曹丕在《与吴质书》中明确说到追思徐幹、陈琳、应玚、刘桢等人,"顷撰其遗文,都为一集",是曹丕曾为诸子合编过总集。此集没有流传下来,不过谢灵运有《拟魏太子邺中集诗》,证明曹丕此集已经编就,并且流传至刘宋时。魏晋以后,总集日盛,据《隋书·经籍志》著录,当时存者有一百七部,二千二百一十三卷,通计亡书,合二百四十九部,五千二百二十四卷。集部兴盛,主要是作品数量增多的原因,此外则是文学批评兴盛所致。中国文学批评除了批评家著书撰文表达批评意见外,更多的时候是通过编选作品来表达观点。比如挚虞《文章流别集》,《隋志》说它"采摘孔翠,芟剪繁芜",它对前代作品进行了删汰工作,并且自诗赋以下各文体,类聚区分,各为条贯。挚虞对历代作品的态度,就在这部编选的总集中表达了出来。我们看到,这个时期的总集编纂,常常是一人编几种总集,如谢灵运作为著名诗人,编著各体总集八种,说明他不仅具有写作的热情,对编集也具有同样的热情,这反映此时期作家对文学作品的看重。在上述八种总集中,诗部占了四种,不同的编法,在于表达不同

---

[1] 《前录序》:"余少而好赋,其所尚也,雅好慷慨,所著繁多,虽触类而作,然芜秽者众,故删定,别撰为《前录》七十八篇。"

[2] 萧绎:《金楼子·立言》,《知不足斋丛书》,清乾隆、嘉庆间长塘鲍氏刊本。

的文学思想,从这里可以看出文学批评促进了总集的编纂。

　　文学的自觉在诗歌观念上的表现就是"诗缘情"口号的提出。先秦以来,儒家文献都强调"诗言志"①,《诗大序》作为儒家诗学文献,对这一传统作了全面地阐述。这一口号的实质在于它强调诗歌的政治教化作用,而对文学的基本特性重视不够。魏晋以后,先是曹丕在《典论·论文》中提出"诗赋欲丽"的主张,把"丽"作为对诗歌的基本要求,已经打破了诗歌言志的传统。"诗赋欲丽"的提出,并不是曹丕个人的意见,而是汉代以来文学逐渐走向独立过程的必然产物。比如汉赋,扬雄曾经批评辞人之赋是"丽以淫",这说明在作家创作的实际中,文学的规律必然要求作家朝着华丽的方向发展。萧统在《文选序》中所说的"踵其事而增华,变其本而加厉",也正是这个意思。五言诗尽管产生于东汉中后期②,但一经产生就取得了非常高的艺术成就③,这些都是曹丕提出"诗赋欲丽"的历史条件。曹丕之后,陆机在《文赋》中提出了"诗缘情以绮靡"的口号,关于"诗缘情",历来争论甚多④,但它舍弃"诗言志"不用,而倡"诗缘情"和"绮靡",其对立的意思还是明显的,所以朱自清说它是第一次铸成的新语⑤。自晋以后,作家和批评家常常标举"缘情"之说⑥,都是这个时期要求摆脱政治教化,强调诗歌审美

---

　　① 参见《尚书·尧典》和《礼记·乐记》。
　　② 此取通行的说法。
　　③ 钟嵘《诗品》说:"(陆机所拟十四首)文温以丽,意悲而远,惊心动魄,可谓几乎一字千金。"参见《历代诗话》,中华书局1981年版。
　　④ 参见张少康:《文赋集释》,上海古籍出版社1984年版。
　　⑤ 参见朱自清:《诗言志辨》,载《朱自清全集》第6卷,江苏教育出版社1990年版。
　　⑥ 参见萧子范:《求撰昭明太子集表》、王筠:《昭明太子哀册文》,分别载《全梁文》卷二三、六五。

特征的表现。

　　文学创作的繁荣促进了文学批评的发展,魏晋南北朝时期产生了大批依据文学审美特征而开展批评的论文和专著。其讨论内容的丰富和批评形式的多样化,都为后世的文学批评奠定了基础。文学批评中的一些基本内容,如作家的才性、作品风格、写作的过程和写作的方法、社会生活、自然环境与创作的关系、批评的态度、文体辨析等等,都有十分深入的探讨。就形式看,如曹丕《典论·论文》是专题文章,陆机《文赋》用赋的形式评文,钟嵘《诗品》和刘勰《文心雕龙》是批评专著,沈约《宋书·谢灵运传论》和萧子显《南齐书·文学传论》则在史书中专论文学的发展。从曹丕单篇论文到钟嵘、刘勰批评专著的出现,文学批评的体系愈趋严密。尤其刘勰的《文心雕龙》,更是"体大思精",全书共分五十篇,前五篇是全书的枢纽,阐明作者批评的指导原则,其余又可分为两部分,前二十篇讨论各种文体,细述各文体的起源和流变、文体名称和规格要求等,所谓"原始以表末,释名以章义,选文以定篇,敷理以举统"。后二十四篇一般称为创作论,主要讨论写作的基本理论和方法,如构思、风格、修辞手法,以及文学与社会生活、自然生活的关系,等等。最后一篇《序志》,是全书的总序。《文心雕龙》的出现,标志着这一时期文学批评的高度成熟,我们看到从魏晋以来文学批评所涉及的问题,在刘勰这里都得到了总结,并进一步阐发。完整的文学批评体系的建立,也是魏晋南北朝文学创作繁荣的结果。

　　魏晋南北朝是南北政权对峙的时期,在文化上表现为不平衡发展。南方文化相对说来较为成熟,文学创作取得了很高的成就。北方尤其是前期,主要是向南方文化学习,一些较为有名的作家,很明显在南方作家作品中讨生活[1]。尽管如此,北朝作家仍然具有自己的风格,正如《隋书·文学传序》所说:"江左宫商发越,贵于清绮;河朔词义贞刚,重乎气质。气质则理胜其辞,清绮则文过其意。理深者便于时用,文华者宜于咏歌:此其南北词人得失之大较也。"总的说来,北朝文学比较重实用,思想上尊崇儒学,维护礼教、纲常,因此现实性较强。在文体的选择上也与南方有所不同,比较重应用性文体。北朝的散文很发达,是胜于南方作家的[2]。不过南北虽然对峙,文化交流却很频繁,而且形式多种多样,比如南北双方互派使者、南方作家和文人因各式各样原因北投、边地的贸易(尤其是文化贸易)往来、双方战争所带来的人员流动,等等。著名的事件如庾信由南入北,其文风对北人产生了极大影响。这不仅直接促进了北朝文学的进步,而且庾信自己也汲取了北方的营养,他那写于北方表现乡关之思、亡国之恨、羁旅之悲的作品,为他赢得了文学史上不朽的声名。这些作品是南北文化融合背景中的产物。庾信的成功,显示出北方文学已经具有了自己独立的特点,在许多方面都已赶上、甚至超过了南方文学。

(原载《中华文明史》第1卷,北京大学出版社2006年版)

---

[1] 《北齐书·魏收传》:"(魏)收每议陋邢劭文。劭又云:'江南任昉,文体本疏,魏收非直模拟,亦大偷窃。'收闻乃曰:'伊常于沈约集中作贼,何意道我偷任昉。'"

[2] 参见曹道衡、沈玉成:《南北朝文学史》,人民文学出版社1991年版。

赋的来源及其流变

赋是一种文学体裁，盛行于汉魏，在文学史上占着很重要的地位。然而这一体裁的形成却颇为曲折，本文即想爬梳一番，庶几见其源流演变之迹。

《周礼·春官·大师》说："大师……教六诗：曰风，曰赋，曰比，曰兴，曰雅，曰颂。"①这就是后来所谓"六诗"说，大概是较早的记载了，到底赋是什么呢？后人解释颇多，有很大的争论。班固称"赋者，古诗之流也。"②这个说法显见是从《周礼》而来。《毛诗序》说："故诗有六义焉：一曰风，二曰赋，三曰比，四曰兴，五曰雅，六曰颂。"③这也是受了"六诗说"的影响。但历来对"六诗"、"六义"的解释，争论很大。唐孔颖达《毛诗正义》认为，"风雅颂者，《诗》篇之异体，赋比兴者，《诗》文之异辞耳。……赋比兴是《诗》之所用，风雅颂是《诗》之成形。用彼三事，成此三事，是故同称为义。"④孔说影响颇大，大多数人顺从这个解释，宋朱熹更据此发挥为"三经"、"三纬"说，他们都阐明了风雅颂是诗的种类，赋比兴是作诗的方法。近代朱自清先生却不同意此说，他认为："赋比兴原来大概是

---

① 《周礼注疏》，《十三经注疏》本，清同治十二年江西书局刻本。
② 《两都赋序》，《文选》卷一，中华书局1977年影印胡刻本，第21页。
③ 《毛诗正义》，《十三经注疏》本。
④ 同上。

乐歌的名称,和风雅颂一样。"①这就是认为"六诗"原都是诗体。另外还有一种解释,见于班固《汉书·艺文志》中。班固说:"传曰:不歌而诵谓之赋,登高能赋,可以为大夫。"春秋战国以前诗合乐,故有歌诗三百,弦诗三百之说。按班固所引《传》言,则赋不是唱诗,而是诵诗。诵,背诵,朗诵的意思,可见赋即是指称诗的方法——不歌而诵。

由此看来,历代对汉以前赋的解释,约可归为三种:

1.六诗之赋原是诗体;2.是作诗的方法;3.是称诗的方法。

同一"赋"竟有差别极大的解释,看来有些复杂,它们各自之间有什么内在的联系?与作为文学体裁的汉赋又有怎样的联系?我们一个一个进行分析。

先秦自《周礼》提出"六诗"说,一直未见注释,直到汉朝,因为研究以及文学发展的需要,始有解释。解释为作诗的方法的郑玄,他注释《周礼》说:"赋之言铺,直铺陈今之政教善恶。"②自是而后,以"铺"训"赋",几成定论。如东汉末刘熙《释名》说:"敷布其义谓之赋。"③到南北朝时,刘勰在前人研究的基础上,系统地提出了自己的理论。他说:"赋者,铺也,铺采摛文,体物写志也。"④"体物"之说,始自陆机《文赋》:"赋体物而浏亮。"体物即描摹客观事物,其写作方法正是铺叙渲染。所谓"写志",远则承"赋诗言志"的传统,近则袭《汉书·艺文志》之说("称诗以喻其志"),但主要还是当时

---

① 朱自清:《诗言志辨序》,载《朱自清全集》卷6,江苏教育出版社1990年版,第130页。
② 《周礼注疏》,同上书。
③ 王先谦《释名疏证补》本,上海古籍出版社1984年影印本。
④ 《文心雕龙·诠赋》,人民文学出版社1958年版,第134页。

文学史现实的总结。"体物"之赋主要是汉大赋,"写志"之赋,主要是魏晋抒情小赋。因此,我们应该注意的是,刘勰这里说的"赋"和班固说的不是同一对象,不仅如此,也不是说的"六诗"之赋,这一点,连同郑玄、刘熙、陆机等人都是如此,虽然郑玄注的是《周礼》。从他们所揭明"铺"的这一特点看,恰恰是属于自汉而兴起的文学体裁——赋的。真正解释"六诗"之赋的,钟嵘却说对了一点,他在《诗品序》中说:"直书其事,寓言写物,赋也。"他的"寓言写物"仍是受刘熙、陆机的影响,但"直书其事"到是说出了"六诗"之赋的特点。此后宋朱熹对此有所继承,他说:"铺陈其事而直言之。"可以看出,"铺陈其事"是说的汉大赋,而"直言之"则明指"六诗"之赋,我们以之对照《诗三百》及汉赋即可明白。例如《诗经·召南·行露》首章"厌浥行露,岂不夙夜,谓行多露",注曰:"赋也。"很显然,作者直言行路之苦,道路多露,湿行人衣裳,与作者的心情有关。如果把这个"赋"训为"铺",则怎见"铺采摛文"?清李详《文心雕龙黄注补正》说:"彦和铺采二语特指词人之赋而言,非六义之本源也。"所见极为正确。

另外,再以之对照汉大赋,就可以看出,"直言之"的方法并不能说明汉赋,像司马相如的《子虚》、《上林》,戒骄淫,劝节俭,何曾"直言之"?是故扬雄谓为劝百讽一,曲终奏雅,而曰"壮夫不为"。由此可见"六诗"之赋为作诗的方法,其方法是"直言之",而不是"铺采"。这是我们对赋的第一个解释。下面我们再分析作为称诗的方法的"赋"。

言称诗的方法的,最早并不是班固,《国语·周语》记召公曰:"故天子听政,使公卿至于列士献诗,瞽献曲,史献书,师箴,瞍赋(韦注:'无眸子曰瞍,赋,公卿列士所献诗也。'),矇诵(韦注:'有眸子而无见曰矇,《周礼》矇主弦歌讽诵。诵,谓箴谏之语也。')。"①

---

① 《国语》:上海古籍出版社1988年校点本,第9—10页。

以是观之,"赋"似乎是指朗诵诗歌,"赋"在这里是动词,用于"赋诗言志"之"赋"。"矇诵"的"诵",疑即"赋",因为"不歌而诵谓之赋",据韦昭注,内容也是讽诵诗歌。前面说过,"诵"是称诗的方法,所谓"赋诗言志","登高能赋"之"赋",都是诵。

《毛诗·鄘风·定之方中传》说:"故建邦能命龟,田能施命,作器能铭,使能造命,升高能赋,师旅能誓,山川能说,丧纪能诔,祭祀能语,君子能此九者,可谓有德音,可以为大夫。"①据这样的记载,可见古人对赋诗之才能的重视。但赋诗为大夫,又何必登高呢?孔颖达《正义》解释说:"升高能赋者,谓升高有所见,能为诗赋其形状,铺陈其事势也。"②古者大夫交接邻国,皆赋诗说明自己的意见,这须有见机行事,头脑敏捷,不辱使命的才能。《隋书·经籍志》亦解释说:"言其因物骋词,情灵无拥者也。"③然未为大夫时,何以见之? 则于人登高之后,见四时景物,心有所感,即景赋诗,于此可考其才思。故班固解释说:"言感物造端,材知深美,可与图事,故可以为列大夫也。"④大夫出使别国,所赋之诗,大多称引《诗经》,当然难免"断章取义",但若逢无"义"可取之机(或诗中没有相应的诗句,或大夫一时想不周全),不妨即兴创作,诗乃自己出。《左传》隐公元年记郑庄公与母相见,双双赋《大隧》;又僖公五年,记士蒍赋"狐裘尨茸,一国三公,吾谁适从"! 这些诗都是自己所作,虽然不是大夫出使而为,然其为创作的性质却是一样的。

这些诗流传以后,与《诗经》不同(大概《诗》本合乐,而这些诗

---

① 《毛诗正义》,《十三经注疏》本,第 236 页。
② 同上书,第 237 页。
③ 《隋书·经籍志》,中华书局标点本,第 1090 页。
④ 《汉书·艺文志》,中华书局标点本,第 1755 页。

不合乐),人们不妨因"赋诗"之"赋"而名之,由动词转为名词,遂滥觞了文学史上的赋这一体裁。但是,这个"赋",实际上仍然是诗,只不过与《诗三百》不同而已。

值得注意的是,是时《周礼》已提出"六诗"之赋,那么当时人使用这一概念时,未尝不考虑两者之间的内在联系。前面说过,"六诗"之赋是作诗的方法,它的特点是"直言之",那么此时已告诞生的"赋"是否也有此特点呢?我以为这个"赋"既是从称诗的方法演进而来,它只是在称引诗句这一形式上与"直言之"有联系。就是说《诗》本合乐而唱,但大夫赋诗不必用乐,而是直接称引,就靠这一联系,遂使它有资格获得了"赋"的名称。

不过这"赋"刚建立之初,并未引起人们的重视,或者说大夫们还只限于口头创作。从这个事实我们也可以理解何以春秋及战国之初(屈、荀以前)诸子散文勃兴,而诗歌几乎一点没有的原因。

"赋"既出现,只待它的发展了。由于此时诗、乐已分家,新"赋"无须配乐以供宫廷歌唱,音乐对字词的束缚一经解脱,则诗人创作诗歌,在形式上愈趋自由,方法上就可以根据表达感情的需要任意抒写,但直到屈、荀、宋玉出现以后,"赋"才渐渐与诗歌划境。

尽管如此,实际上屈原"楚辞"仍是诗歌,荀卿六赋虽与诗歌有异,但仍称"诡诗",所以班固说:"赋者,古诗之流也。"或者有人说,赋本与比兴不同,而荀卿之赋中何乃杂出比兴? 如上分析,荀卿之赋乃自诗歌发展而来,自与"六诗"之赋的写作方法不同,提出这个疑问的人正是由于没有明白作为写作方法的六诗之"赋"与由称诗的方法发展出来的"赋"文体不是同一事物,若强与之比较,当然找不出答案。范文澜先生说:"赋自有一种声调,细别之与歌不同,与诵亦不同,荀、屈所创之赋,系取瞍赋之声调而作,故虽杂出比兴,无害其为赋也。"[1]这个答案是正确的,但还没有辨明两种赋之间的差别。

自屈、荀之赋出现以后,影响渐大,而宋玉《风赋》、《钓赋》乃是赋之所以立的中坚之作。所以刘勰说:"于是荀况《礼》、《智》、宋玉《风》、《钓》,爰锡名号,与诗划境,六义附庸,蔚成大国。"[2]以屈、荀之赋与宋玉之赋比较,可以看出后者明显具有所谓"铺叙"的特点,它与屈原的"楚辞",荀卿的"六赋",无论在形式上还是内容上都有明显的区别。这原因就在于屈、荀是抒情"诗",而宋玉却是体物"赋"了。班固《汉书·艺文志》说:"大儒孙卿及楚臣屈原,罹谗忧国,皆作赋以风,咸有恻隐古诗之义。"屈原固然罹谗忧国,"忧愁幽思而作《离骚》",荀卿岂不如此?看他的《礼》、《智》、《云》、《蚕》、《箴》赋及《佹诗》、《成相辞》,吞吐曲折,反复周环,"遁词以隐意,谲譬以指事",恐怕也是他晚年客居楚地罹谗怀忧而作。而宋玉却不同,班固又说:"其后,宋玉、唐勒,汉兴,枚乘、司马相如下及扬子云,侈丽闳衍之词,没其风谕之义。"大概从宋玉以后,大都从屈原的遭遇中吸取了教训,因此不敢直抒胸臆,仅仅从形式上继承了屈原宏伟的体裁,而铺叙风物,呻吟香草,自是而后,人皆仿效,于是渐渐形成了"铺采"的特点。至于汉兴,帝国事业的空前发展,文人社会地位的巩固,在文学上便提出了不同于春秋战国的要求。赋这种体裁:宏伟的结构,整齐的句式,铺采摛文的方法,正适应了这个要求而到了极大的发展,以至失却它的本来面目。这时的赋便不同于屈、荀之赋了,后人大都注意到这个事实,因此对把楚辞称

---

[1] 《文心雕龙》,人民文学出版社1958年版,第137页。
[2] 《文心雕龙·诠赋》,人民文学出版社1958年版,第134页。

之为赋的现象,颇为不满,但是从文学发展史的角度看,是有其因承关系的。范文澜先生说:"述客主以首引,谓荀卿赋;极声貌以穷文,谓屈原赋。故曰'斯盖别诗之原始,命赋之厥初'。"[1]如果说汉赋与屈、荀之赋还有明显的痕迹可寻的话,那么,它与因称诗的方法而发展来的赋更截然不同了。但是,如上所述,这中间过程的演变,还是有迹可寻的。

这样,我们可以得出结论:

1. 六诗之赋是作诗的方法,其方法是"直言之"。

2. "不歌而诵"之赋是称诗的方法,后发展为一种体裁,这个体裁乃是不合乐的诗。

3. 因为不合乐的关系,这种实际是诗歌的赋便发展为屈、荀之赋,后又发展为汉大赋。

4. "六诗"之赋原是诗体,同风雅颂一样的说法恐不足信。因为,既然当时人把称诗的方法"不歌而诵"定名为"赋",则与六诗中的赋一定有关系。由此考见,"六诗"之赋与音乐无关,它也是一种方法,不过是作诗的方法。

(原载《上海师范学院学报》1984年第3期)

---

[1] 《文心雕龙》,人民文学出版社1958年版,第139页。

汉代辞赋与乐府

辞赋是汉代主要文学体裁。辞,后人一般多指为楚辞体,但《楚辞》是否称为"辞",也即"辞"是否为一种文体名称,还是有疑问的。汉人将《楚辞》称为赋,如《汉书·艺文志》将屈原、宋玉等人作品全部归入赋一类。在《史记》和《汉书》中偶有辞赋连称的,其实是偏义复词,偏在赋上。《汉书·艺文志》引扬雄的话有:"诗人之赋丽以则,辞人之赋丽以淫",这里的"诗人"、"辞人"之别,仍然落实在赋上,据此可见汉人其实是将辞和赋视为一种文体的。汉人辞赋不分的事实,说明两个问题:一、赋与辞关系密切,或者说是赋从辞发展而来;二、赋的独立和起源,没有明显的标志。虽然荀卿已以赋名篇,但显然荀卿五赋不能涵盖汉人观念中所有的赋体。在《汉志》里,荀赋只是四类之一,而且荀赋其实是谐隐类,与后人理解的汉赋体裁如司马相如赋不同,即使与骚体赋也不同。又观《汉志》,在"荀卿赋"类中,有"李思孝景皇帝颂"十五篇,在"杂赋"类里有"成相辞"十一篇,"隐书"十八篇,这些在汉人眼里,都是赋体。以上的事实说明,赋在西汉时,其文体界限是不很清楚的,而不清楚的事实正说明赋体逐渐形成独立的过程。

赋的本源,最早出于《诗》之六义,此义据汉人解释是"赋之言铺,直铺陈今之政教善恶"(《周礼》郑注)。这是以铺陈作为赋的特征,是指写作方法而言。《国语·周语》又有"瞍赋,蒙诵"的说法,韦昭注说:"赋公卿列士所献诗也。"这个献诗,当指从民间所采之歌诗,未及被之管弦,故言赋,可知这个赋是一种读诗的方法。又据并列的"矇诵",则知赋与诵又不同,当为两种方法,其内容当也不同,韦昭据《周礼》说:"矇主弦歌讽诵,诵谓箴谏之语也。"但据《汉志》引刘向说"不歌而诵谓之赋",则知这赋和诵到了后来,实际上差别已越来越小了。为什么登高能赋就可以为大夫呢?班固解释说是:"言感物造耑,材知深美,可与图事,故可以列为大夫也。"这是说从登高感物而赋中,可以考知一个人的才能,可者则为大夫。然而这"登高能赋"所赋为何?是引《诗》呢?还是辞自己作?孔颖达《正义》这样解释说:"升高能赋者,谓升高有所见,能为诗赋其形状,铺陈其事势也。"①据此,似乎所赋者非《诗》,而是自己作辞。又据《毛诗·定之方中传》所说君子九能的话,亦可证这个登高能赋,所赋即作者自己语词。《韩诗外传》卷七记孔子游于景山,曰:"君子登高必赋,小子愿者,何言其愿,丘将启汝。"于是子路、子贡、颜渊各为赋,此引颜渊所赋:

> 愿得小国而相之。主以道制,臣以德化,君臣同心,外内相应。列国诸侯,莫不从义向风,壮者趋而进,老者扶而至。教行乎百姓,德施乎四蛮,莫不释兵,辐凑乎四门。天下咸获永宁,蝗飞蠕动,各乐其性。进贤使能,各任其事。于是君绥于上,臣和于下,垂拱无为,动作中道,从容得礼。言仁义者赏,言战斗者死。则由(子路)何进而救?赐(子贡)何难之解?②

---

① 《毛诗·定之方中传疏》,《十三经注疏》本,清同治十二年南昌府学覆道光刻本。

② 该引文据商务印书馆涵芬楼1925年影印明万历程荣《汉魏丛书》本。

从这个记载可以知道"登高而赋"是怎样的情形,而颜渊的赋文,的确与汉人之赋相近。研究汉赋的起源和形成,这是一则十分重要的材料。

从以上的叙述可以看出,赋本源于《诗》之六义,本是写诗的方法,后引申为诵诗的方法,再引申为赋诗,随着乐诗的分离,赋文体渐渐产生了。但在初始阶段,文体特征不明显,因此它与许多邻近文体相混,或者说,《诗经》以后,除散体文以外,一些押韵文,也都可称为赋。如"成相辞"、谐隐文、颂等。按,汉人往往以赋与颂并提,如《汉书·淮南王传》说武帝每宴见刘安,"谈说得失及方技赋颂,昏莫然后罢"。又如《枚皋传》说:"皋不通经术,诙笑类俳倡,为赋颂,好嫚戏。"这都是赋颂并提,是以颂为赋也。《史记·司马相如列传》记相如撰《大人赋》奏上,说:"相如既奏大人之颂,天子大说,飘飘有凌云之气,似游天地之间意。"这是直接以颂称赋了。又《汉书·王襃传》称:"太子(宣帝太子)喜襃所为《甘泉》及《洞箫》颂,令后宫贵人左右皆诵读之。"按,王襃有《洞箫赋》,载《文选》,后人不明白汉人关于赋与颂的理解,以为王襃《洞箫赋》以外,又有《洞箫颂》,其实是误识。同样这里的《甘泉》也应是指赋,而非颂。这些文体与汉赋相比,应该说界限还是可以区别的,但像贾谊等辞一类的赋,虽与枚、马不同,但也标赋名,因此后人有以骚体赋名之的,其实亦示区别而已。

汉赋的代表作家是司相如,他的创作为汉赋奠定了基本的格局,比如说主客体问答形式、前后左右各方位铺叙事物、韵散交用,等等。这种格局奠定以后,就成为汉赋的标准模式,后来的作者无能出其左右者。司马相如《子虚赋》写作于汉景帝时代的梁王时,因为景帝不好辞赋,所以这种夸张的文体,没能引起天子的注意。直到汉武帝登基,这一位"内多欲而外施仁义"[①]的帝王,立刻被司马相如的大赋所吸引。当相如应召回到宫廷以后,重新为汉武帝写作了专门描绘皇家宫苑事物的《天子游猎赋》。在汉武帝的影响下,宫廷中聚集了一批大赋作家,赋也专以皇家事物为主要描绘对象。司马相如的成功,究其本质是迎合了汉武帝时代的要求。汉初自推翻暴秦以来,推行休养生息的政策,积累至武帝时,国富民强[②],因此司马相如大赋那种夸张渲染,排比事物的写法,不仅符合汉武帝这位有为之君的要求,也符合整个时代的要求。司马相如赋中所描绘的事物,其实并非产自皇家宫苑,而是在皇家宫苑的题目下,概括了整个汉家政权所有的事物[③]。在《子虚上林赋》"日出东沼,入乎西陂"一段描写中,东、西、南、北四方,真实的和传说中的事物,都集于天子之上林苑,虽然夸张,却真实地反映了汉帝国物产的丰富和地域的广大。笔触至天子出猎:"于是背秋涉冬,天子校猎。"极写皇帝威仪之盛,气势恢宏,都是前此的作品中所没有的。这些正是汉武帝所需要的内容和写法,同时也是正在兴盛的汉帝国在文化上的要求。应该说不论是帝王,还是普通的文人,对帝国的强盛都具有空前的自信和自豪,因此司马相如的大赋尽管在结尾有一些讽谏的话,其实并不一定是司马相如赋的主旨所

[①] 《史记·汲黯列传》,中华书局标点本,第 3106 页。
[②] 《史记·平准书》载:"汉兴七十余年间,国家无事,非遇水旱之灾,民则人给家足,都鄙廪庾皆满,而府库余货财。京师之钱累巨万,贯朽不可校。太仓之粟陈陈相因,充溢露积于外,至腐败不可食。"中华书局标点本,第 1420 页。
[③] 参见曹道衡:《汉魏六朝辞赋》,上海古籍出版社 1989 年版。

在。学术界往往以扬雄对赋的意见来看司马相如,认为他的主旨也是讽谏,只不过颂的太多,才形成"劝百讽一"的结果。这其实是后人,或者说是受到了扬雄影响的后人的看法,汉武帝时代的人对他并没有批评,而是以学习的态度接受了司马相如的赋。自司马相如之后,辞赋作家纷纷进入宫廷,成为朝廷文章之士。班固《两都赋序》说:"故言语侍从之臣,若司马相如、虞丘寿王、东方朔、枚皋、王褒、刘向之属,朝夕论思,日月献纳。"又说至汉成帝时,奏御者千有余篇,可见大赋这种体裁在当时已经成为统治者"润色鸿业"的主要样式。

同样作为"润色鸿业"制度之一的文化措施,是武帝的兴乐府。乐府本是制音度曲的机关,《汉书·礼乐志》:"至武帝定郊祀之礼,乃立乐府,采诗夜诵。"前人多据此称乐府兴于武帝之世,实则秦时已有[1]。不过班固是汉人,所见文献多于后人,他在几处都说乐府兴于武帝时[2],说明武帝时乐府之盛应是前代所不可比拟的。

乐府歌诗有文人所造,多用为雅歌;有从民间采来,因此这部分歌诗真实地反映了民间百姓的生活。班固在《汉书·艺文志》中概括为"感于哀乐,缘事而发"。这就是说汉乐府民歌都有一定的本事,非凭空而发。当然由于时代久远,这些本事都已泯灭不传了,但从歌词还是能够看出当时的社会现实。比如《妇病行》、《东

---

[1] 《汉书·礼乐志》载:"孝惠二年,使乐府令夏侯宽备其箫管,更名曰《安世乐》。"这说明孝惠时已有乐府令,宋人王应麟《汉书艺文志考证》据此说"乐府似非始于武帝"。1977年陕西秦陵附近出土的秦代编钟,上镌有"乐府"二字,说明远在秦时已经有乐府的官署了。

[2] 参见《汉书·艺文志》、《礼乐志》和《两都赋序》。

门行》写底层百姓生活的艰难,前者写一个妇女临死前不放心孩子,交代丈夫让他要善待,而她的丈夫因为贫穷无法赡养,在市集上见到故交不由心酸掉泪。后者写一为生活所逼迫铤而走险的人,斗中无米,架上无衣,因此歌词中的主人公拔剑出门。妻子劝他,但他表示:"不行,我一定得去,现在就已经晚了,这样的日子怎么过下去啊!"这些诗歌的确出自民间,连语言也都还保留了民间口语的质朴。

汉乐府在创作精神上继承了《诗经》的现实主义优良传统,以新的形式反映了汉代社会生活以及汉代社会各阶层(尤其是底层)人物的思想感情。这些作品基本都从民间采来,都是产生于现实生活之中,具有活鲜的语言和生动的人物情态,这个创作态度和经验对后人产生了良好的影响。如建安作家以曹操为代表借古题写时事,唐代诗人白居易倡导新乐府运动,都明显是汉乐府创作精神的延续。

汉乐府的最大成就即表现在它的如实反映现实生活上,也即指其叙事形式的运用,这是它取得成就和产生影响的要点。从这个角度讲,汉乐府的艺术成就即指其叙事艺术,它为突出表现人物性格所采取的手段:如语言、动作、心理活动等等;其次是叙事的章法,不仅像《孔雀东南飞》这样长篇的叙事诗,即使像《妇病行》、《孤儿行》这样的短制,也都章法谨严,层次清楚,没有多余的赘笔。同时我们应该知道,汉乐府的叙事,又都是与乐府歌唱、表演的形式相关的,因此这种语言、动作、叙事的层次,都隐含有戏剧的场景在内,而与后人所写徒诗不完全相同。

汉乐府的另一个成就和影响是它使用的诗歌形式,现存汉乐府民歌,主要是杂言和五言,这对文人的写作产生了极大的影响。

事实上，汉末以来，建安诸作家都是通过模拟汉乐府进入的写作状态。他们并非为入乐而写作，因此对语言的运用，就格外地注意形式，这对杂言诗和五言诗体的建立，起到了非常大的推动作用。

（原载《中华文明史》第2卷，北京大学出版社2006年版）

吴蜀文学不兴的社会原因探讨

一

中国古代文学史上,东吴与西蜀一直是块空白,这与争奇斗妍的建安文学,恰形成强烈的对比。是什么原因造成的呢?汉末大乱,土崩瓦解,群雄崛起,诸方棋峙,逐鹿中原。是时非但霸主寻士,士亦择主。文人谋士,散在各方,各为其主,各尽其力。最后,汉王朝名存实亡,而出现魏蜀吴三国鼎立局面。曹操、孙权、刘备各拥有一个庞大的智囊团,然而当北方文学竞吐芬芳之时,南方二国却寂然无声,个中原因确有必要搞清楚,这不仅可以填补文学史上吴与蜀这两块空白,同时也有助于加深我们对建安文学何以繁荣的理解。

历史上三国的时代比较清楚,魏在建安二十五年(220)代汉而立,至元帝咸熙二年(265)为晋所代,共四十五年历史。吴大帝孙权自黄武元年(222)建立年号,经过五十八年,传至其孙而为晋所亡。蜀刘备于章武元年(221)称帝,传至其子刘禅,于炎兴元年(263)灭于魏,享祚四十二年。但文学史上的时代较为复杂,现在一般以"建安文学"来范围汉末及魏初的文学,大体的时间是,上限起自黄巾起义(184),下限至曹植卒年(232),此后由于司马氏集团在与曹氏集团斗争中开始占有优势。而作为正始文学代表的何晏、王弼、嵇康、阮籍诸人不但已推入政治斗争旋涡,而且也已开始写作,应划归正始文学范围,因此北方文学大体可分为建安与正始两个阶段。吴、蜀没有文学,所以没有认真地划分。从两国发展的历史看,东吴局面的形成应是在建安十三年赤壁之战后,自此至孙权卒年(252)可为吴国前期;自孙亮以后至吴国灭亡可算作后期。蜀国情形又不同,虽然赤壁之战造成了三国鼎立的形势,但是时刘备立足未稳,藏身之地荆州还有一半是借孙权的,所以蜀国局面要到刘备入蜀,刘璋投降时(214)才逐渐形成。如果要分期的话,刘备父子两代可分为前后两期(刘备卒于章武三年)。

从《三国志》的记载来看,曹操延揽的文人比孙权、刘备要多。仅《王粲传》就有二十人,合他传所载有作品传世的,共约四十多人。今天还有存诗的,据逯钦立《先秦汉魏晋南北朝诗》,约十九人左右(正始文学代表如何晏等还不算在内)。其次要数东吴了,据《吴志》,能属文辞者,前后期算在一起,大约有十余人,作小传如下:

1. 张敦(《顾劭传》注引《吴录》52/1229)[①]

吴郡人。敦德量渊懿,清虚淡泊,又善文辞。

2. 张纮(53/1243)

广陵人,孙策创业,遂委质焉。建安四年,奉孙策命至许宫,留为侍御史,少府孔融等与之亲善。后纮见柟榴枕,爱其文,为作赋。陈琳在北见之,以示人曰:"此吾乡里张子纲所作也。"后纮见陈琳作《武库赋》、《应机论》,与琳书深叹美之。建安十七年卒,著诗赋铭诔十余篇。

[①] 此据中华书局标点本。括号中数字前指卷数,后指页码。

3. 薛综(52/1250)

沛郡人。本传注引《吴录》称他少明经,善属文,有秀才。赤乌六年(243)春卒,凡所著诗赋难论数万言,名曰《私载》,又定《五宗图述》、《二京解》,皆传于世。

4. 薛莹(53/1254)

综子。传载有四言诗一首。华覈曾谓"莹涉学既博,文章尤妙,同寮之中,莹为冠首"。吴亡入晋。太康三年(282)卒,著书八篇,名曰《新议》。

5. 鲁肃(54/1267)

临淮东城人。本传注引《吴书》称他:"虽在军阵,手不释卷。又善谈论,能属文辞,思度弘远,有过人之明,周瑜之后,肃为之冠。"建安二十二年卒。

6. 陆景(58/1360)

抗子,机兄。澡身好学,著书数十篇。

7. 胡综(62/1413)

汝南固始人,尝与孙权共读书。凡自权统事,诸文诰策命,邻国书符,略皆综之所造也。

8. 诸葛恪(64/1430)

瑾长子。本传注引《江表传》曰:"恪少有名,发藻歧疑,辩论应机,莫与为对。"又引《恪别传》载费祎来使,恪与祎互作辞,祎作《麦赋》,恪亦作《磨赋》,咸称焉。

9. 滕胤(64/1443)

北海剧人,善属文,权待以宾礼,军国书疏,常令损益润色之,不幸短命。

10. 滕胤(64/1443)

胤子。孙亮时为都下督,掌统留事,亦善属文,表奏书疏,皆自经意,不以委下。

11. 韦曜(即韦昭。65/1460)

吴郡云阳人。少好学,能属文,为太子中庶子,孙亮即位,诸葛恪辅政,表曜为太史令,与华覈、薛莹等撰《吴书》。

12. 华覈(65/1464)

吴郡武进人。本传载核四言诗一首。本传评曰:"华覈文赋之才,有过于曜,而典诰不及也。"

13. 郑丰(47/1144)

字曼季。《吴主传》注引《文士传》称其有文学操行,与陆云善,与云诗相往反。吴亡后,司空张华辟,未就,卒。

十三人中,可划归前期的有张纮、薛综、鲁肃、胡综、滕胄等六人。此外东吴还拥有一批儒学之士,约二十多人。著名的有张昭、(按,张昭不仅为东吴谋主,而且极富大才,陈琳曾称善之。昭深为北方士大夫所佩服。就连目空一切的祢衡也很推赏他①,曹丕曾专门寄《典论》及诗赋给他②)唐固、阚泽、士燮、虞翻、陆绩、张温、韦昭等。

蜀国称得上文学之士的寥寥无几。据《蜀志》,有郤正、文立等。

1. 文立(《谯周传》注引《华阳国志》42/1032)

立少治《毛诗》、《三礼》,兼通群书。后入魏,咸宁末卒。立章奏诗赋论颂凡数十篇。

---

① 《张昭传》注引《典略》:"余曩闻刘荆州尝自作书欲与孙伯符,以示祢正平,正平蚩之,言:'如是为欲使孙策帐下儿读之邪,将使张子布见乎?'如正平言,以为子布之才高乎? 虽然,犹自蕴藉典雅。不可谓之无笔迹也。加闻吴中称谓之仲父。如此,其人信一时之良干,恨其不于嵩岳等资,而乃播殖于会稽。"中华书局标点本,第1224页。

② 《文帝本纪》注引胡冲《吴历》:"帝以素书所著《典论》及诗赋饷孙权,又以纸写一通与张昭。"中华书局年标点本,第89页。

2. 郤正（42/1034）

河南偃师人，弱冠能属文。性淡于荣利，而尤耽意文章，自司马、王、扬、班、傅、张、蔡之俦遗文篇赋，及当世美书善论，益部有者，则钻凿推求，略皆寓目。凡所著述诗论赋之属。垂百篇。

此外，费祎出使吴国，曾作有《麦赋》。蜀文学之士不多，但儒学之士却不少，约有二十多人，著名的如：谯周、许靖、孟光、秦宓、李譔、尹默等。

可以看出，吴蜀是有文学创作的，并非完全空白。据《隋书·经籍志》记载，张纮在梁时有集二卷，至隋犹存一卷。薛综在梁时有集三卷，录一卷，至隋时已经亡佚。胡综集二卷在隋时犹存（录一卷已亡）。蜀国的郤正在隋时有集一卷[1]。不过他们虽有文学作品传世，成就一定不高，丝毫没有引起当时人的注意。钟嵘《诗品》写于梁初，其时张纮、薛综等人文集可能还没有佚失（汉魏以来的图籍，大都损失于梁元帝的大火中），但钟嵘品评五言诗，历数汉魏以来诸家，对于吴、蜀文人却没有一言涉及。原因大概是：一、艺术成就不高；二、是四言而非五言，如《吴志》所载华覈及薛莹的四言诗（详见本文第三部分）。

总起看来，吴、蜀二国有文人，但文学成就极低，几等于无，原因何在？

二

与吴、蜀恰恰相反的曹魏，真可说是诗人如繁星，作品如春花，

---

[1] 《隋书·经籍志》称郤正为晋巴西太守，这是指郤正入晋后的官职。据本传，郤正诗赋创作实际开始在蜀国。

除作为中坚的曹氏父子外，还有相当数量的追随者，他们形成了一个作家群，如繁钦、邯郸淳、杨修、路粹、应璩、缪袭、杜挚、韦诞、苏林等。但是以建安七子为例，他们的代表作大都是归曹以前写成的。孔融于七子中年辈最高，他于初平元年（190）任北海相，在郡六年，建安元年（196）征还为将作大匠，迁少府，此时正是曹操刚实行挟天子以令诸侯之时；孔融后因屡忤曹操终于在建安十三年（208）为曹操所杀。孔融以散文见长，诗仅存七首，代表作是《杂诗》二首①。其一慷慨言志："吕望老匹夫，苟为因世故；管仲小囚臣，独能建功祚。"自视甚高。司马彪《九州春秋》说："融在北海，自以智能优赡，溢才命世，当时豪俊皆不能及。亦自许大志。且欲举军曜甲，与群贤要功。"②正符合这诗的背景，恐是诗即此时所写。第二首是悼儿诗，时间不可定。然开头说："远送新行客，岁暮乃来归。"似在他被征还之前，出游时间很长，等到回来，儿子已死多时，不似入朝以后作。

王粲，七子之首领，建安十三年（208）随刘琮归顺曹操，代表作是《七哀》三首。除第三首外，前两首均写于归曹以前。另有几首四言如《赠蔡子笃》、《赠士孙文始》、《赠文叔良》，也都产生在此之前。王粲另有一首小赋名作《登楼赋》，亦作于羁旅荆州时③。

陈琳、阮瑀都以文章知名，各有一首传世名作。陈琳的《饮马长城窟行》，阮瑀的《驾出北郭门行》，写作时间不可考，但显然那是汉末大乱生活的写照，当都作于归曹（陈琳在建安九年，阮瑀是在建安初④）之前。

---

① 此诗见于《古文苑》卷四，余冠英《汉魏六朝诗选》据以定为孔融诗，今从之。
② 《三国志·魏书·崔琰传》注引，中华书局标点本，第371页。
③ 俞绍初有不同看法，见其《王粲集注》，中华书局1980年版。
④ 参见《三国志·魏书·王粲传》裴松之注，中华书局1959年标点本，第600页。

以上所举王粲诸子诗悉作于归曹以前,这些作品恰恰代表了建安文学成就的高峰。这说明一个问题,建安文学的成就有一部分是在曹魏之前就已取得的,也许不应该完全算在曹魏的文学成绩内。(我们这里提曹魏,主要是与吴、蜀相对,文学史上之所以把建安文学的界限上下扩延,就是因为在建安之前、之后,还有相当数量有成就的作品。)假使,——当时的历史条件尤许我们提出这个"假使"——孔融、王粲、陈琳、阮瑀他们没有归顺曹操,而分别去了吴或蜀,那么今天的中国古代文学史也许就有另一种写法。但是这个"假使"是不存在的,这又是由当时的历史条件所决定的。历史决定了王粲他们不会南奔吴、蜀,这并不存偶然性,而是受历史的必然因素支配的。这种历史原因就是:曹操对文人的重视和不遗余力的搜罗。我们反对个人决定论,尤其是在复杂的社会历史件下,决定事物存在、发展的因素是多方面的,但是多少年来,我们却往往走向另一个极端,就是极端否定个人在历史上的地位及其作用。通过对魏、蜀、吴三国文学现象的分析,我们不能不得出有利于曹操的结论。我们不妨对现代学者关于建安文学研究成果进行分析,是否能找出吴、蜀文学何以形成空白的原因来。

关于建安文学繁荣的原因,现代学者大体的结论首先是社会的动乱,给诗人提供了真实生动的素材;其次儒教的衰微,思想的解放;最后才是曹氏父子的提倡。而对于最后一点,各家又有分歧。如中国社会科学院文学研究所编《中国文学史》[①],只是把曹氏父子与当时的文人等同看待,没有作为一个原因提出。又如刘大杰《中国文学发展史》[②]的评价是:"几个政治领袖提倡文学的风

---

① 参见中国社会科学院文学研究所编:《中国文学史》,人民文学出版社1962年版。
② 参见刘大杰:《中国文学发展史》,上海古籍出版社1982年版。

气,也起了一些促进作用。"李宝均《曹氏父子与建安文学》在列举了一些原因后则说:"除了上述几点外,我们还要提到曹氏父子对建安文学的繁荣所起的作用。"[①]谈到曹氏父子的作用时,下语极其谨慎。我们认为,无论文学也好,艺术也好,它们都是一定社会历史背景下的产物,离开了这个背景,到外部寻找它产生、发展的原因,都是舍本取末。建安文学的繁荣发展都离不开汉末大乱这个基本因素,正是由于这个大乱,解放了思想,丰富了作家的阅历,这些都是建安文学繁荣发展的前提。但是我们还应该注意到,社会动荡不安,这只是历史背景,它影响到人们生活的每一个方面,作为人们精神生活的文学,则又有更直接、具体的原因,当然,这直接、具体的原因也是历史背景的产物。比如,汉末社会动乱的现实,强烈地刺激了诗人,从而产生了如《七哀》(王粲)、《驾出北郭门行》(阮瑀)、《饮马长城窟行》(陈琳)、《蒿里行》(曹操)、《悲愤诗》(蔡琰)等优秀作品,但是吴、蜀的文人同样经历了这样一个大乱,为什么他们就没有这样的作品?是他们对大乱无动于衷吗?显然不是。我们的话题又回到前面了。我们并非指责要汉末所有文人都写出这样的作品,而是由魏、蜀、吴三国的文学现象而得出的一种疑问:为什么在文学上取得成就的诗人都集中到曹操身边了呢?这难道不使我们对曹氏父子在建安文学发展过程中所起的作用加以重视吗?

曹操对文人的欣赏与重视,是尽人皆知的。他屡屡下令求贤:"二三子其佐我明扬仄陋,唯才是举,吾得而用之。"[②]说得诚恳真

---

① 李宝均:《曹氏父子与建安文学》,上海古籍出版社1978年版,第6页。
② 《三国志·魏书·武帝纪》,中华书局标点本,第32页。

切。曹操是这样说也是这样做的,大家熟知的陈琳故事就是一例。又如他的不杀刘备、释魏种,也是如此。其他如阮瑀、徐幹、邯郸淳、刘桢、应璩、应场等也都是曹操延揽而来,并且都委以重任。曹植在《与杨德祖书》中说到这一情形是:"昔仲宣独步于汉南。孔璋鹰扬于河朔,伟长擅名于青土,公干振藻于海隅,德琏发迹于大魏。足下高视于上京。当此之时,人人自谓握灵蛇之珠,家家自谓抱荆山之玉。吾王于是设天网以该之,顿八纮以掩之。今悉集兹国矣。"[①]不仅曹操如此,他的儿子曹丕、曹植兄弟与文人关系尤为亲密。他们一起生活,互相唱和,这就是历史上有名的"邺下风气"。关于"邺下风气",史无明文,从曹丕、曹植的描述看,应是指建安十六年(211)曹丕为五官中郎将,曹植为平原侯,曹操为他们各置官属以后到建安二十二年(217)王粲、陈琳等相继去世为止。《王粲传》记载:"始文帝为五官将,及平原侯植皆好文学,粲与北海徐幹字伟长,广陵陈琳字孔璋,陈留阮瑀字元瑜,汝南应璩字德琏,东平刘桢字公干并见友善。"曹植的叙述已见上。曹丕在《与朝歌令吴质书》中写得更为具体生动:"每念昔日南皮之游,诚不可忘。既妙思六经,逍遥百氏,弹棋间设,终以六博,高谈娱心,哀筝顺耳,驰骋北场,旅食南馆,浮甘瓜于清泉,沈朱李于寒水。白日既匿,继以朗月,同乘并载,以游后园,舆轮徐动,参从无声。"又在《与吴质书》中写道:"昔日游处,行则连舆,止则接席,何曾须臾相失?每至觞酌流行,丝竹并奏,酒酣耳热,仰而赋诗。"[②]从这些描述中可以想见他们友情的深笃、关系的亲密。建安文学前期有两个重要阶段,第

---

① 《文选》卷四二,中华书局1977年影印胡刻本,第593页。
② 同上书,第590—591页。

一个即汉末大乱时,这阶段文学成就的获得,主要是社会现实的刺激,但是这时期文学作品的搜集、保存却是与曹操分不开的。第二个阶段即邺下时期,其文学成就的获得则完全是由于曹氏父子的提倡、鼓励,他们为作家提供了良好的创作环境,而这点在当时显得是多么重要。它大大地提高了文人的写作技巧,丰富了创作经验,从而揭开了魏晋南北朝文学的新篇章。

曹氏父子对文学的提倡、鼓励,是建安文学繁荣的直接原因。如前所述,这直接的原因除了因为他们本人的爱好外,主要的还是由当时的历史背景所决定的。曹操生当乱世,志在匡复天下,希望能够得到文人的支持、帮助,所以他不遗余力地搜揽人才,为己所用。本传记载他和袁绍各论志向,袁绍说:"吾南据河,北阻燕、代,兼戎狄之众,南向以争天下,庶可以济乎?"曹操说:"吾任天下之智力,以道御之,无所不可。"[①]二人对话已经显出优劣。大家知道,汉末大乱,经学受到严重冲击,儒家思想的束缚松弛,法家思想乘时而起。这在曹操身上表现得最为充分。曹操出身不高,他父亲是宦官曹腾养子,在东汉末年宦官与士人势如水火的背景里,这给曹操带来的坏影响是不可估量的。所以汝南月旦人物的领袖许劭评他"治世之能臣,乱世之奸雄",他就十分满意了。在这种情况下,他对士人的号召力就远不如出身四世三公的袁绍,所以他的挟天子以令诸侯、用人重才不重德等完全违背儒家思想的方针措施,都是实际情况所决定的,这对他是英明的决策。袁绍虽然有号召力,但正因此而傲慢士人,"有才而不能用,闻善而不能纳"[②],凭个

[①]《三国志·魏书·武帝纪》,中华书局标点本,第26页。
[②]《三国志·魏书·董二袁刘传赞》,中华书局标点本,第217页。

人好恶,仗匹夫之勇,结果众叛亲离,文人武士反多投奔曹操,最终为曹操所破,天下遂一统于魏。

由于儒家思想的衰微,文人的地位提高了,文学观念遂得到长足的进步。曹丕的《典论·论文》公开宣扬"文章乃经国之大业,不朽之盛事"。并且与儒家传统思想不同,宣称文章同样可以扬名后世。曹植在黄初以后也说:"孔氏删诗书,王业粲已分;骋我径寸翰,流藻垂华芬。"①正是由于文学观念的进步,建安诗人才大量从事五言诗的写作。儒家传统思想认为四言是正统,五言则不雅。晋代挚虞就说"然则雅音之韵,四言为正"②,至南朝,刘勰还深受它的影响,于此更可见出建安诗人文学观念的进步,以及他们对中国文学发展所作贡献之大。

在完成了对建安文学繁荣原因的探讨后,我们再看吴、蜀文学不兴的原因到底怎样。我们认为吴、蜀文学不兴的原因有三个:一、统治者不爱好,不提倡;二、文学观念的不进步;三、政治、经济的背景。孙权出身于豪强之家,其父孙坚、兄孙策都是乱世英雄,勇猛强悍,善于用兵,而文采不足,为人极轻佻果躁,结果父子两人都不得其死。孙坚死时年三十七,孙策仅二十六。孙坚起兵仓促,纵横于中原,孙策在江东也只是草创。他们对文人并不甚看重,孙策临死曾对孙权说:"举江东之众,决机于两阵之间,与天下争衡,卿不如我;举贤任能,各尽其心,以保江东,我不如卿。"③另外,他们当时的力量尚弱,也不为士人所注意。建安五年,孙策遇害,孙权是时年仅十五。他具有和父、兄一样的豪气。有胆有识,但比其

---

① 逯钦立:《先秦汉魏晋南北朝诗》卷6,中华书局1983年版,第422页。
② 《文章流别论》,《全晋文》卷七七,中华书局1985年版,第1905页。
③ 《三国志·吴书·孙破虏讨逆传》,中华书局标点本,第1109页。

父、兄更敬重士人,拉拢他们,听取他们的意见。是时,"待张昭以师傅之礼,而周瑜、程普等为将率。招延俊秀,聘求名士,鲁肃、诸葛瑾等始为宾客"①。继承父兄之基业,南征北战,据有江东,至建安十三年赤壁之战后,遂确定东吴半壁江山。陆机《辨亡论》说当时的情形是:"异人辐辏,猛士如林。于是张昭为师傅,鲁肃、吕蒙之俦,入为腹心,出作股肱;甘宁、凌统、程普、贺齐、朱桓、朱然之徒奋其威;韩当、潘璋、黄盖、艾钦、周泰之属宣其力。风雅则诸葛瑾、张承、步骘以名声光国;政事则顾雍、潘濬、吕范、吕岱以器任干职;奇伟则虞翻、陆绩、张温、张惇以讽议举正。奉使则赵咨、沈珩以敏达延誉;术数则吴范、赵达以机祥协德。董袭、陈武杀身以卫主,骆统、刘基疆谏以补过,谋无遗谞,举不失策。"②真可谓人才济济。所以孙权能够"割据山川,跨制荆吴,而与天下争衡"。但他们全是政治人物,其间没有一个像建安七子一样的文人。不过,孙权也并非不知学之人,《三国志·吴书·吴主传》记吴都尉赵咨使魏,魏文帝问赵咨吴王是何等人,赵咨对曰:"聪明仁智,雄略之主也。"同传注引《吴书》又记曹丕问赵咨曰:"吴王颇知学乎?"咨曰:"吴王浮江万艘,带甲百万,任贤使能,志存经略,虽有余闲,博览书传历史,藉采奇异,不效诸生寻章摘句而已。"③赵咨的回答较为合乎实际。孙权自然不像曹操所说那样不知学,他曾对吕蒙说自己"少时历《诗》、《书》、《礼记》、《左传》、《国语》,惟不读《易》"④。但他的学习都是有实际用处的,如劝吕蒙"急读《孙子》、《六韬》、《左传》、《国

---

① 《三国志·吴书·吴主传》,中华书局标点本,第1116页。
② 《文选》卷五三,同上书,第736、737页。
③ 《三国志·吴书·吴主传》,中华书局标点本,第1123页。
④ 《三国志·吴书·吕蒙传》注引《江表传》,中华书局标点本,第1274—1275页。

语》及三史"那样。他没有写诗作赋的才能,也不提倡,到了晚年,他变得愈加刚愎自用,对待文人谋士也愈粗暴。如连曹丕都为之设虚席的虞翻,因为不会饮酒,差点儿被他杀害。别人劝他,他反振振有词地说:"曹孟德尚杀孔文举,孤于虞翻何有哉?"[①]曹操杀孔融是出于政治上的需要,怎么可以跟他杀虞翻相比呢?又如他妒忌张温声名,遂因事废弃张温[②],这与曹操的虚己纳贤是不可相提并论的。

孙权死后,吴政权愈混乱,在激烈的宫廷斗争中,孙亮、孙休、孙皓陆续继位,唯孙休表现尚可。传载他"锐意于典籍,欲毕览百家之言"。但也只是经学而非文学。至于孙皓,更是一个暴君典型,滥施酷刑,终于葬送了东吴江山,作归命侯去了。

统观孙吴统治者全部形迹,他们对文人尚不重视,更谈不上什么诗文写作,也就不会有"邺下风气"那种有利于文学创作的环境,文学理当不兴。

蜀国情况大体与吴相同。刘备出身低微,传载他"不甚乐读书,喜狗马、音乐、美衣服"。汉末大乱,他四处漂泊,直至建安十九年据蜀以后,才逐渐站稳脚跟。蜀国在三国中最为局促,历史又短,刘备、刘禅父子都无文才,也不爱好。刘备死后,请葛亮操持蜀国军政大权,他是有名的法家,务实际,所以蜀国在文学上连东吴都不如。

第二个原因是文学观念的不进步。从现有资料看,吴、蜀二国

[①] 《三国志·吴书·虞翻传》,中华书局标点本,第1321页。
[②] 《三国志·吴书·张温传》:"(孙)权既阴衔温称美蜀政,又嫌其声名大盛,众庶炫惑,恐终不为己用,思有以中伤,会暨艳事起,遂因此发举。"中华书局标点本,第1330页。

没有一点表明了文学观念的理论,吴、蜀文人对文学的看法不得而知,但这正从反面说明了他们轻视文学的态度。当然,也许有人认为古代大量资料都已亡佚,不应该这样下结论。我们认为,研究古代文学,只能凭借现存资料,通过这些资料的分析,尽量找出当时社会的风貌来,而不应该消极地归结于"可能性"。另外,不仅应该注意到可能亡失了的资料,更应该注意到大量保存下来的资料。如果吴、蜀二国的确有过文学的评论,不会不留下一点痕迹的。从文学发展史看,文学理论是文学创作经验的总结,不可设想一个没有文学的国家会有文学的理论。在北方,曹丕不仅宣称文学"经国之大业,不朽之盛事"[1],而且给文学的体裁划分了类别,并进一步指出各种文学体裁的风格特点。而同时的孙权却还不知"书传篇赋,何者最美",作为江东大儒的阚泽,"欲讽喻以明治乱,因对贾谊《过秦论》最善。权览读焉"[2]。这就是江南君臣的"文学观念"。

吴、蜀二国文学观念的不进步,和曹魏正相反,是因为儒家思想还起着束缚作用的缘故。自汉武帝崇尚儒术以来,官僚多以经学起家,长此以往,他们的子孙大都继承家学,以此步入仕途,渐渐形成世家大族的高门风范,如袁绍和杨彪的四世三公等。汉末大乱,在北方,曹操一方面拉拢这些士族,但另一方面则给予更多的打击。所以曹操用人也是任人惟贤,重才不重德,儒家思想受到了一定的冲击。而在吴、蜀二国,情况不甚相同。孙权渡江,据有江表,政治与经济主要依靠江东和皖北世家豪族大地主的支持。如吴郡的朱、张、顾、陆,会稽的孔、魏、虞、谢等,不仅经济、军事上拥

---

[1] 《典论·论文》,《文选》卷五二,中华书局 1977 年影印胡刻本,第 720 页。
[2] 《三国志·吴书·阚泽传》,中华书局标点本,第 1249 页。

有实力，同时也是儒学世家。孙吴政权用人大都从此而来，如陆氏一家出二相、五侯、将军十余人。担任郡吏的更多，所谓"公族子弟及吴四姓，多出仕郡，郡吏常以千数"①。陆凯曾自称："先帝（孙权）外仗顾陆朱张，内近胡综、薛综。"②另外，北方渡江而来，而后来成为东吴谋主的张昭，就是典型的儒家，他的思想可以代表东吴的统治思想。

蜀国情况稍异于吴，从它采取的一系列措施看，法家思想较为明显，如诸葛亮的治军、用人都与曹操较接近，但实际上他们有根本的区别。曹操父子是挟天子以令诸侯，志在篡汉，所以不承认正统。荀彧以正统责之，结果被曹操疏远，以忧卒③。刘备却以正统自居，后来建国即名为汉，作为蜀汉立国的维系，只能是儒家的正统思想。他在入蜀后所依靠的一方面是蜀与汉中的大族，另一方面是从荆州带去的世族，其间也多是儒学世家，如杜微、许靖、孟光、谯周等，还有一些原先避乱荆州从司马徽、宋忠治经的士人，随刘备入蜀，后来也都是蜀国政权的中坚力量，如尹默、李譔等。另外，诸葛亮所推行的法家思想也是排斥文学的。基于这些原因，蜀国连一点文学的气氛都不具备。

第三个原因是经济、政治背景的不同。魏、蜀、吴三国鼎立，但实际上，无论经济、军事，吴、蜀二国都不足以与魏抗衡，仅凭地形天险，侥幸得以偏安一时而已。所以吴、蜀二国自建立之初直至灭

---

① 《三国志·吴书·朱治传》，中华书局标点本，第1305页。
② 《三国志·吴书·陆凯传》载陆凯上疏语，中华书局标点本，第1406页。
③ 《三国志·魏书·荀彧传》："彧以为太祖本兴义兵以匡朝宁国，秉忠贞之诚，守退让之实；君子爱人以德，不宜如此。太祖由是心不能平。"中华书局标点本，第317页。

亡，时刻都要提防北方的入侵。诸葛亮的屡次北伐，只是主观上的努力，企图以攻为守而已。结果却耗尽了国内储蓄，一俟其去世，就表现出蜀国的虚弱来了。相对说来，北方则较优游，在曹操完成了北方的统一之后，一方面休养生息，另一方面则在积聚力量，随时准备吞掉南方。这就是三国政治上不平等的两个等级。所以北方有时间、有力量发展文化事业，南方则自身难保，何暇治文？吴、蜀两国君臣，自上至下，对自己的霸业就持怀疑、悲观的态度，当临大战之时，表现愈为明显。《三国志》卷四十七《吴主传》注引《江表传》载，建安十三年，曹操乘破荆州之势，率军南进，与孙权书曰："今治水军八十万众，方与将军会猎于吴。"[①]权得书以示群臣，莫不向震失色。又据同书《周瑜传》载"其年九月，曹公入荆州，刘琮举众降，曹公得其水军，船步兵数十万，壮士闻之皆恐。权延见群下，问以计策。议者咸曰：'曹公豺虎也，然托名汉相，挟天子以征四方，动以朝廷为辞，今日拒之，事更不顺。"[②]可见这确是当日江南人士的普遍思想。虽然后来赤壁一战确立了鼎立局面，但这种思想根深蒂固。黄武三年(224)九月，曹丕观兵大江，孙权令赵达算吴盛衰，达谓吴衰当在五十八年后，权曰："今日之忧，不暇及远，此子孙事也。"[③]孙权一代雄主，尚且如此，也就难怪南方人士何以心神不定，思归中原了。另外一个重要原因是曹操的挟天子以令诸侯，尽管周瑜骂他"托名汉相，其实汉贼"，但谁也不可否认，汉正统是在北方，这对于功名之士来说，吸引力远远超过孙权、刘备。士人的最高理想就是能够出将入相，而当时的历史条件所提供的

---

① 《三国志·吴书·吴主传》注引《江表传》，中华书局标点本，第1118页。
② 《三国志·吴书·周瑜传》注引《江表传》，中华书局标点本，第1261页。
③ 《三国志·吴志·吴主传》注引干宝《晋纪》，中华书局标点本，第1131页。

场所是北方，加之孙权政权中的大批士人来自北方，他们也不愿意僻处一隅，以致吴主对他们常持不信任态度。"戍边战士，皆质其妻子"①，这更加深了吴国内部的互相猜疑。蜀国处境较吴更为局促，但刘备比孙权会用人，尚得上下一心，惜其去世过早，后主刘禅昏庸无能，信任黄皓等阉竖，政治昏暗，虽有诸葛亮辅政，但诸葛亮忙于军事，无暇顾及后方的稳定，又因连年征战，府库空竭，国力大衰，遂导致了蜀国的灭亡，刘禅做了俘虏后竟然乐不思蜀。这种经济与政治的背景从两个方面决定了文学的不兴：一、没有余暇，也没有余力；二、文人没有什么匡济天下的抱负（即使有，这些条件也限制了实现的可能性），哪里如建安文人的"雅好慷慨"、"梗概多气"，志不深所以笔也就不长了。

以上是我们对吴蜀文学不兴原因的几点看法。吴、蜀经济、政治、文化的背景大体相同，但是吴的经济发展、地理环境、政治治理都较蜀为优，所以两国情况又稍异。东吴在两汉以前还是火种水耨，生产落后地区。东汉渐有发展，到东吴建立政权，北方文化涌进江东，加上孙权父子的经营、开发，逐渐可与北方抗衡，甚至超过。北方因连年战争，生产力遭到大破坏，相反江南较为稳定，豪门大族的庄园经济很发达，所谓"僮仆成军，闭门为市，牛羊掩原隰，田池布千里"，"金玉满堂，伎妾溢房，商贩千艘，腐谷万庾"②。世家大族经济、军事实力雄厚，文化事业遂因此而有复兴。吴虽然直至亡国都没有出现一个有成就的文学家，但是在后期，在世家大族子弟中，已经孕育了一批日后有成就的文人，如陆景、陆机、陆云

---

① 《三国志·吴书·吴主传》注引《搜神记》，中华书局标点本，第1177页。
② 《抱朴子·外篇》卷三四《吴失》，杨明照《校笺》本，中华书局1997年版，第145—148页。

兄弟,顾荣、张翰、薛莹、孙丞等。陆机入晋遂成太康文学之英,但他们文学素养的培养,却都是在吴国开始的,这一点是应引起我们注意的。

(原载《社会科学研究》1986年第2期,略有改动)

邺下文学论略

邺下文学时期在文学史上占有极其重要的地位。然自刘勰概括了它的主要内容是"怜风月,狎池苑,述恩荣,叙酣宴"①以来,后人对它的评价便大打折扣,现在一些文学史甚至不去提它,或者简略带过,这是不公允的,也不符合历史唯物主义精神。忽略了它,便割断了文学发展的逻辑联系。

一、邺下文学时期界定

关于这一时期的确切时间,史无明文,从《三国志》和曹丕、曹植有关描述看,应是指建安十六年(211)曹丕为五官中郎将、曹植为平原侯,曹操为他们各置官属以后到建安二十二年(217),王粲、陈琳等相继去世为止。《魏书·王粲传》记载:"始文帝为五官将,及平原侯植皆好文学,粲与北海徐幹字伟长,广陵陈琳字孔璋,陈留阮瑀字元瑜,汝南应玚字德琏,东平刘桢字公幹,并见友善。"曹植在《与杨德祖书》中说:"昔仲宣独步于汉南,孔璋鹰扬于河朔,伟长擅名于青土,公幹振藻于海隅,德琏发迹于大魏,足下高视于上京。当此之时,人人自谓握灵蛇之珠,家家自谓抱荆山之玉。吾

---

① 《文心雕龙》,人民文学出版社1958年版,第66页。

王于是设天网以该之,顿八纮以掩之,今悉集兹国矣。"[1]从这两条记载看,建安诸子的相聚,以及文学活动的开展,是在归顺曹操之后,由曹丕、曹植兄弟的倡导而进行的。建安七子之中当以王粲最晚归曹,是为建安十三年(208),因此邺下文学时期的开始只能在此之后。至于活动的内容和曹氏兄弟与诸子之间的关系,曹丕有两段很形象的描绘文字:"每念昔日南皮之游,诚不可忘。既妙思六经,逍遥百氏,弹棋间设,终以六博,交谈娱心,哀筝顺耳,驰骋北场,旅食南馆,浮甘瓜于清泉,沈朱李于寒水。白日既匿,继以朗月,同乘并载,以游后园,舆轮徐动,参从无声。"[2]"昔日游处,行则连舆,止则接席,何曾须臾相失?每至觞酌流行,丝竹并奏,酒酣耳热,仰而赋诗。"[3]这两封信,前一封写于建安二十年(215),后一封写于建安二十三年(218)。在前一封信中,曹丕说到"元瑜长逝",阮瑀死于建安十七年,是邺下文学开始的第二年,因此知道令曹丕深为怀念的"南皮之游",大约发生于建安十六年和建安十七年。此外,参加南皮之游的诗人,除了丕、植兄弟之外,也仅王粲等六人以及吴质,其余如丁仪、丁廙兄弟、杨修、杜挚、缪袭、应璩等均未参加。建安七子中的孔融死于建安十三年(208),自不待论,丁仪兄弟及杨修可能因为是曹植党羽而被排斥在外。此材料见于《魏书·王粲传》注引曹丕《又与吴质书》"南皮之游,存者三人"。此三人当指丕、植兄弟和吴质。南皮之游是邺下文学时期中的著名活动,但并不是它的全部内容,在建安二十年五月十八日曹丕给吴质写信的同时,就正在进行着一次游会,曹丕写道:"方今蕤宾纪时,景风

---

[1] 《文选》卷四二,中华书局1977年影印胡刻本,第593页。
[2] 《与朝歌令吴质书》,《文选》卷四二,第591页。
[3] 《与吴质书》,《文选》卷四二,第591页。

扇物,天气和暖,众果具繁,时驾而游,北遵河曲,从者鸣笳以启路,文学托乘于后车。"从以上叙述看,邺下文学活动的主持者是曹丕,曹植也只是唱和者,待建安二十二年七子相继去世后,这个活动便告结束。而这时曹丕的太子之位已定,文学聚会原本具有的政治意义也就无足轻重了。从此建安文学便转入后期,即以曹植创作为中心的时期。

二、"建安七子"形成于邺下时期

　　建安文学的主要内容就是三曹和七子的创作。曹操的文学创作主要在邺下之前,曹丕的主要作品以及曹植的部分作品创作于邺下时期。七子除孔融外,大部分作品也都写作于这一时期,并且形成了文学史上著名的"建安七子"的创作团体。即此一点,邺下时期的文学地位就值得重笔书写了。最早提出"七子"概念的是曹丕,在《典论·论文》中他说:"今之文人,鲁国孔融文举,广陵陈琳孔璋,山阳王粲仲宣,北海徐幹伟长,陈留阮瑀元瑜,汝南应玚德琏,东平刘桢公幹,斯七子者,于学无所遗,于辞无所假,咸以自骋骐骥于千里,仰齐足而并驰。""七子"之说,向无异议,只是近年来有人对孔融提出了疑问。因为在《典论·论文》之前的有关论述,如曹丕两封《与吴质书》、曹植的《与杨祖德书》、杨修的《答临淄侯笺》,以及《魏书·王粲传》里,都没有孔融的名字。这大概是因为孔融死得早,值建安十三年时,邺下文学时期还未完全形成,孔融也就谈不上参加当时的文学活动了。曹丕之所以列孔融于"七子",在这一点上,我比较同意高敏先生的意见,曹丕是怀有政治目的的，想借此打击曹植①。然而"建安七子"既为文学史之显著事实，且产生深巨影响，在还原历史本来面目的基础上，我们不妨仍然统而论之。

　　曹操是在建安九年（204）攻下邺城的，建安十三年（208），曹操将家属迁往邺城，自此以后，邺城便成为曹操大本营。在此之前，七子中的孔、陈、阮、应、刘、徐六人已经聚在邺下，这一年九月，王粲历尽艰辛，也终于归附曹操，建安七子也终于在邺下时期形成。（事实上，"七子"并未团聚，因为孔融在这一年的八月即被弃市。为行文方方便，姑且仍称"七子"。）

　　"七子"的形成，具有极重要的文学史意义。首先，它反映了曹氏父子对文学的提倡和重视。曹氏父子都是卓有成就的诗人，他们爱好文学创作，也特别优待文人，邺下文学背景的创建便是显著的例子。此外正是因为他们重视文人，优待文人，才使得七子先后投奔而来，从而组成了建安文学的主要力量。假使王粲等人没有归顺曹操，而分别去了当时的吴或蜀，那么今天中国的文学史也许就有另一种写法。从这个意义上说，曹氏父子一手造就了建安文学。因此，当我们论述建安文学繁荣的原因时，是不应该低估，当然更不能忽视曹氏父子的作用。其次，建安七子的形成，宣告了中国文学史上最早的文学创作团体的建立。当然，他们的相聚，并不是纯文学性的，这里还带有早期文人依附的特点，如像汉代司马相如、枚乘等人的依附梁孝王，但就其文学活动的性质看，两者绝不可等同。在梁孝王，还是战国诸侯养士之风的延续，而曹氏兄弟的邺下之游，更具有文学活动性质。这主要表现在活动的内容围绕

---

① 参见高敏：《略论"建安七子"说的分歧和由来》，《郑州大学学报》1980年第1期。

着文学创作进行,此外,曹氏昆仲与诸子的关系在创作上也相对平等。他们或互相赠答,或互相切磋研讨,当这种活动在进行的时候,是超越了政治功利目的的。真正意义上的文学批评产生于这一时期,是与这些活动所具有的文学性质有关联的。文学团体的形成,标志着一个时代文学成就所达到的高度,这在文学刚开始自觉的时代尤应引起重视。

三、邺下时期文学成就概说

邺下文学的成就主要表现为以下几个方面:

(一)积极的思想内容

邺下时期,实际上是曹魏政权的前期。曹氏最终要取代汉家天下,在这一时期已是非常明显的事实了。的确,历史也正朝着曹氏要统一天下的方向发展,因此早期的曹魏政权充满了蓬勃的朝气,这一时期甘心依附曹魏的士人,充分感受到历史精神的鼓舞,对国家及个人的前途无不满怀信心与希望。此外,东汉自公元184年黄巾起义以来,一直陷于军阀割据的动荡不安之中,上至王公贵族,下至百姓庶民,无不深受其苦。渴念安定的生活,是他们共同的意愿,王粲的"南登霸陵岸,回首望长安。悟彼下泉人,喟然伤心肝"的叹息,正是这种意愿的反映。在这样的背景里,一旦一个相对稳定、繁荣的历史环境——邺下时期出现在眼前,感情丰富而敏感的诗人怎能不由衷地歌唱呢?他们要歌唱这个环境中一切富于美感的事物,风月、花草自然会成为主要的内容。他们也要歌唱为他们提供这一环境的创造者,对曹氏父子的颂扬自然也是作品内容之一。所有的这一切,都发自他们的内心,情感真挚、自然,与后世的阿谀之作不同。王粲在《从军诗》中写道:"从军有苦乐,但问所从谁?所从神且武,焉得久劳师。"①诗写得很朴素,但的确反映了王粲跟随曹操南征,为统一天下而"庶几奋薄身"的愉快心情。除了这些表现出建功立业抱负的作品,那些所谓的"怜风月、狎池苑"作品,也具有积极的思想意义。阅读这些作品,一个很深刻的感受就是生命意识的流动:作家观察、描绘的事物,充满了勃勃的生机。如:

  曲池扬素波,列树敷丹荣。上有特栖鸟,怀春向我鸣。
  列车息众驾,相伴绿水湄。幽兰吐芳烈,芙蓉发红晖。百鸟何缤翻,振翼群相追。投网引潜鲤,强弩下高飞。白日已西迈,欢乐忽忘归。②

这是王粲的两首诗。诗中诗人满怀喜悦地写了红花、绿水、飞鸟、游鱼,注意选用富有动态美感的词汇,如"扬"、"敷"、"吐"、"发"等,生动形象地描绘了大自然中蕴藏的生命力。这也正是诗人内心的感受,表现了诗人对生命现象的欣喜、热爱。这是邺下文人的共同特征,如刘桢的《公宴》是这样写的:

  月出照园中,珍木郁苍苍。清川过石渠,流波为鱼防。芙蓉散其华,菡萏溢金搪。③

曹植的《公宴》:

  清夜游西园,飞盖相追随。明月澄清影,列宿正参差。秋兰被长坂,朱华冒绿池。潜鱼跃清波,好鸟鸣高枝。④

---

① 逯钦立:《先秦汉魏晋南北朝诗》,中华书局1983年版,第361页。
② 同上书,第364页。
③ 同上书,第369页。
④ 同上书,第449—450页。

在这样月明星稀的清夜,众宾欢坐一堂,美妙动人的清歌随风飘扬,婀娜多姿的美女轻歌曼舞;绿水清波中挺立一枝枝鲜艳的荷花,调皮的游鱼时时跳出水面,划破夜的宁静。这些描写首先表现了诗人们对美的事物的颖悟,他们为充满了生命力的大自然景象所感动,为深具美感的事物而叹息。因此,他们的审美点比较集中在视觉与听觉上,绚丽的色彩和奇妙的音声深深攫住他们那爱美的心;其次,通过这些描写,透露出他们热爱生活、热爱生命的深情。他们对未来充满了向往、期待。这样的作品难道不是具有很积极的思想意义吗?同时,这些作品还显示了作为山水文学开始的文学史意义,也是值得充分肯定的。

(二)题材的开拓

文学题材的丰富,是文学独立、自觉的一个标志,它显示了文学反映现实生活的功能,以自己的特性,独立地发挥了。再不像以前的作品,由于题材范围的狭窄,自觉或不自觉地填充历史和政治的内容。邺下时期引人注目的创作是五言诗和抒情小赋。这两种体裁的历史还很短暂,但由于邺下文人的努力,迅速在文学史上确定了地位,形成了优良的传统,直接影响着后人的创作。五言诗基本定型于东汉末年,其成熟的代表作是《古诗十九首》。从它表现的内容看,主要为游子思妇主题,还有一些反映了当时知识分子陷于人与大自然冲突中的不平衡心态。邺下时期的五言诗在这些题材之外,又扩展到赠别、公宴、咏物、从军、咏史等方面,扩大了诗歌的表现范围。抒情小赋也是如此,与它的产生期——东汉末年的小赋比较,它的取材范围进一步扩大,抒情性也进一步加强。如咏物赋的内容愈加丰富,像鹦鹉、玛瑙勒、迷迭香、槐、柳等事物都成为描写的对象。又由于邺下时期文人团体的形成,文学创作更显示出它的有意识性。他们经常举行各种形式的诗酒集会,往往一人倡议,群体奉和。刘桢的《瓜赋序》说:"桢在曹植坐,厨人进瓜,植命为赋,促立成。"①直呼曹植之名,可见此序文乃后人所加,但序文反映的情况却是真实的。现存曹植集中已找不到类似的证据,但在曹丕的作品中却比比可见。如《玛瑙勒赋序》写明"命陈琳王粲并作",《槐赋序》与《寡妇赋序》则与曹植等人共作。这样的情况同样反映在诗歌创作中。从邺下诗人作品看,《寡妇诗》、《代刘勋妻王氏杂诗》、《见挽船士兄弟辞别诗》等,都为同题作品,显系唱和之作。因此,文学题材的扩展与邺下时期文学环境的形成是有关系的。这些题材的开拓,是有积极意义的。首先它的文学视角已经转移到日常生活的普遍事件上,使文学更具有平民性,强化了反映现实的功能。其次,文学特征得到了进一步确认。一方面,作家通过不同的事物,从不同侧面抒发了自己复杂多样的情感,使古代文学言志抒情的传统得到了强化和发展;另一方面,一些看似无意义的作品,如部分咏物之作和公宴诗,恰恰发展了文学作品的表现能力。第三,由于文学题材的开拓,文学作品的内容和形式都较以前发生了极大的变化,这一文学史事实促进了作家对文学的全面审视,因而真正意义上的文学批评便开始了。

(三)文学表现力的探索

1. 抒情方式

尽管"诗缘情以绮靡"的新观念产生于太康文学时期,缘情文

---

① 《全后汉文》卷六五,中华书局1985年版,第829页。

学的事实却是从东汉末年便产生了。由于东汉政权的溃败,束缚人心的两汉官方宗教神学终于宣告破产,脱离于封建统治秩序之外的个性思想迅速弥漫,抒情文学由此开始了它的历程。经过一段时间发展,抒情作品已拥有相当的数量,同时,作家对"情"的体认也愈加深刻,"情"与"志"的对立和对抗越来越强烈、分明。抒什么情和怎样抒情的问题,作家已经有意识或无意识地在探索了,这一点,在整个邺下时期,都表现得极为鲜明。从他们的作品中看出,凡是凄伤感人的事物与事件都能引起创作冲动。建安十七年阮瑀逝世后,邺下文人不去悼念死者,却对阮瑀遗孀的孤苦情状有着深刻的体味。曹丕在《寡妇赋序》中说:"每念存其遗孤,未尝不怆然伤心,故作斯赋,以叙其妻子悲苦之情。"[1]的确,阮瑀遗孀所忍受痛苦更令人伤感,几篇《寡妇赋》也正从此着笔。其他如朋友间的分别,对家乡的思念,更是他们抒发感伤之情的题材,甚至是与他们毫无关系的人生别离现象,也会让他们有感而作。(如《见挽船士兄弟辞别诗》)这一种"抒发性"[2]的时代特征,通过邺下文人集中地表现出来。所谓"抒发性",应该就是曹植在《前录序》中所说的"雅好慷慨"。"慷慨"之音,时时激扬于邺下文人的诗歌中,如曹丕《于谯作诗》"慷慨时激扬",陈琳"慷慨咏坟经",曹植《赠徐幹诗》"慷慨有悲心",《杂诗》"聆听慷慨音",《情诗》"慷慨对佳宾"等。南朝大批评家刘勰在《文心雕龙·明诗》中说他们创作特征是"慷慨以任气,磊落以使才",邺下文人自己也承认,慷慨任气是他们兴文成篇的前提。如曹植《赠徐幹》说:"慷慨有悲心,兴文自成

---

[1] 严可均:《全三国文》卷四,中华书局1985年版影印本,第1073页。
[2] 余冠英:《三曹诗选·前言》,人民文学出版社1983年版,第2页。

篇。"这种观念明显表示了与秦汉以来诗教系统的对立,是对司马迁"发愤著书"说的发展,又是为陆机"缘情"说的张本。从此观念看出,邺下文人抒情方式的选择是自觉的,有意识的。这是抒什么情的问题,那么怎样抒情呢?刘勰说是"造怀指事,不求纤密之巧;驱辞逐貌,唯取昭晰之能"[①],前一句指抒情,后一句指写物,这是与刘勰生活的时代——齐梁文风对比而言,但若与建安之前的文学比较,无论抒情、写物都显示了向更细腻、更深刻方向的进步。这从几个方面可以看出:一、艺术处理景物与情感的关系。文学理论上的"感物"概念产生于晋以后,然创作上的感物现象却从抒情小赋产生之时便开始了,邺下文人继承并发扬了这一传统,并使其特性更集中、典型。创作中的丰富经验和作品显示的实绩,终于积淀为抽象的文学理论,这不能不看作是邺下文学的贡献。另一方面,邺下文人往往以可感的、具象的自然景物刻画内心隐秘的难以言喻的情感,如曹丕《感离赋》用"柯条惨兮五色,绿草变兮萎黄。脱微霜兮零落,随风雨兮飞扬"的景物变化,刻画他独守邺城,思念亲人的孤苦凄凉情感,无疑,抒情效果的获得,景物起到了极大的作用。二、咏物作品的寄托比喻性。邺下文人的咏物作品中,往往赋予一定的寄托比喻意义,从而使作品的内涵加深,也强化了抒情效果。如王粲的《槐树赋》委婉地表达了自己"望庇而披襟"的意愿。再如同题作品《车渠椀赋》、《迷迭香赋》等,在物性优美品质的描摹中,寄托了自己的才性,使抒情的目的性更加明确。三、努力发掘人性中最敏感、动人的本质。由于人本体意识的觉醒,人价值的提高,人性得到了普遍重视和发扬,东汉末年以来全部抒情文学

[①] 《文心雕龙·明诗》,人民文学出版社1958年版,第66页。

正是以此为主要内容,从而呈现了文学的崭新面貌,形成了与言志文学的对抗。邺下文人在继承这一传统的基础上,更致力于对人性的深入发掘。前所述同题《寡妇赋》很清楚地反映了人欢我哀的凄凉心态和以悲为美的美学思想。邺下文人抒情方式的探索,使中国文学的抒情传统得到了进一步巩固、强化,从而推动了文学的健康发展。

2.五言诗创作

五言诗的历史并不长,在当时被视为"新声",因此它的文学地位不高。大约半个世纪之后,晋人挚虞在其《文章流别论》中还宣称"雅音之韵,四言为正"。在这样的文学背景下,邺下文人的诗歌创作以五言为主,因此他们在五言诗的发展史上应占重要地位。其实问题仍不在这里,他们历史地位的确定,应该考察他们对五言诗的发展作出了什么样的贡献。这里,我们想从两个方面论述。

第一,经过邺下文人的努力,五言诗第一次获得了强烈的个性特征,表现在作家身上,便是风格的形成。邺下文人之前的五言诗,主要是汉乐府民歌和"古诗十九首"一类的作品(包括附会的"苏、李"诗)。汉乐府民歌出于民间,其创作精神是"感于哀乐,缘事而发",因此主要表现为叙事,文辞质朴粗疏,它反映了真实的历史风貌,却缺乏鲜明的个性。"古诗十九首"是汉末一批文人所作,无论是感情的提炼,文辞的修饰,还是立意、结构,都表现出文人化特征。然而它只能是一个集合作品,即十九首诗具有共同的文学特征,却表现不出每个作品的独立特征。换言之,共性将他们融为一体,而形成了独特的文学现象。也许"无主名"的特点,便是一个证明。这些诗歌,后世便统称为"汉魏古诗"。与此不同,邺下文人的五言诗,都已形成了鲜明的个性。依据《诗品》分析,王粲是发

"愀怆之词,文秀而质羸",刘桢是"仗气爱奇,动多振绝,真骨凌霜,高风跨俗",曹植是"骨气奇高,辞采华茂"。曹植个性风格的成熟期主要在黄初以后,但毫无疑问,形成应在此一时期。他那脍炙人口的《白马篇》、《箜篌引》,不正是"骨气奇高,辞采华茂"个性风格的表现吗?值得辨明的是,王粲、阮瑀、陈琳在邺下时期之前都有名作传世,如王之《七哀》,阮之《驾出北郭门行》、陈之《饮马长城窟行》,虽然都代表了建安文学思想成就的高峰,但就艺术风貌看,实属古诗范围,作品以叙事为主,文辞质朴,与乐府民歌几无分别(王粲的后两首《七哀》又当别论),全不像邺下作品那样鲜明地表现了诗人的个性特征和文人化倾向。由此,我们可以说,正是邺下文人五言诗的创作,才完成了乐府民歌到文人徒诗的转变,从而开始了向近体诗发展的历程。

第二,诗歌技巧的探索。王闿运说:"作诗必先学五言,五言必读汉诗,而汉诗甚少题目,种类亦少,无可揣摩处,故必学魏晋也。诗法备于魏晋,宋齐但扩充之,陈隋则开新派矣。"[①]这个"魏晋",便包括了邺下时期。那么邺下诗人主要有哪些"诗法"呢?我以为首先表现在他们对美文形式的热爱上,它包括字词的锻炼,譬句的设置,以及一定程度上的格律的讲求。对此,邺下文人是有自觉意识的。曹丕除了在《典论·论文》中说过"诗赋欲丽"外,又在《善哉行》中说"感心动耳,绮丽难忘";《大墙上蒿行》中说"女娥长歌,声协宫商。感心动耳,荡气回肠";曹植《七启序》说枚乘等人七体文章"辞各美丽,余有慕之焉";又其《前录自序》以"摘藻也如春葩"为君子之作,并认为"与《雅》《颂》争流可也"。刘桢《公宴》诗说:"投

---

① 《湘绮楼说诗》卷六。

翰长叹息,绮丽不可忘。"在这样美学思想指导下,诗歌当然朝着美文方向发展。以邺下五言作品与前期相比,很明显见出前者的词采华茂和铿锵音韵。如常被引证的曹植的《情诗》,就被认为是"暗合声律"的佳作。其次,邺下诗人对事物的刻画更生动、形象。以几首《公宴》诗为例(引文见前),我们不能不佩服诗人观察的细致,描写的生动。刘勰说他们"造怀指事,不求纤密之巧;驱辞逐貌,唯取昭晰之能",这话用在这儿可有些不妥了。他们非但求"纤密之巧",甚或是争一字一句之奇了。比如曹植的"秋兰被长坂,朱华冒绿池",刘桢的"方塘含白水"、"菡萏溢金塘"等都为传世名句,并为后代作家所引用。宋范希文《对床夜语》说:"子建诗:'朱华冒绿池。'古人不于字面上著工,然'冒'字殆妙。陆士衡云:'飞阁缨虹带,层台冒云冠。'潘安仁云:'川气冒山岭,惊湍激岩阿。'颜延年云:'松风遵路急,山烟冒垅生。'江文通云:'凉叶照沙屿,秋华冒水浔。'谢灵运云:'苹萍泛沈深,菰蒲冒清浅。'皆祖子建。"[1]一个"冒"字贯用了魏晋六朝,说明曹植用以刻画事物的成功。

(原载《建安文学新论——全国第三届建安文学讨论会论文集》,中州古籍出版社1992年版)

---

[1] 《历代诗话续编》本,人民文学出版社1983年版,第411页。

太康文学思想述评

太康是晋武帝年号，自公元280年至289年，共十年，钟嵘《诗品序》说："迄于晋太康中，三张二陆两潘一左，勃尔复兴，踵武前王，风流未沫，亦文章之中兴也。"后来相沿成习，文学史上称作太康文学。这个说法不甚准确，因为西晋诗人的活动时间主要在元康年间（291—299），略早于钟嵘的沈约就取元康的名称[①]。但是，文学史的划分自不必同于历史，太康文学的名称已得到历代学者文人的公认，所以本文仍然采用这一名称对西晋文学思想进行广泛的叙述。

太康文学是唯美的文学。"唯美"在文学创作中的表现，就是对艺术形式——如辞藻、声律等的追求，在文学思想上的表现，即对这种追求的肯定，太康文学时期的批评家，据《诗品序》及《文心雕龙·序志》的介绍，主要有陆机《文赋》、挚虞《文章流别论》，另外，应贞、陆云也有一些零碎的理论。而《文赋》最能体现当时文学思想的核心内涵。

大概由于时代的局限，《文赋》中许多有意义的命题，在当时似乎没有得到重视，从现存的材料看，比较集中在文辞、声律的评价

[①] 《宋书·谢灵运传论》："降及元康，潘、陆特秀，律异班、贾，体变曹、王，缛旨星绸，繁文绮合。缀平台之逸响，采南皮之高韵，遗风余烈，事极江右。"中华书局标点本，第1778页。

上，这构成了太康文学思想的主要方面。

太康文人对文辞的追求，已超过前人不自觉的模仿，他们勇敢地实践着，实践中的体会上升为清谈中的主题，而清谈形成的风尚又刺激着创作。因此对文辞和声律的探讨，遂成为这一时代议论和实践的中心。从现存的资料看，对声律的探讨似乎没有对文辞的追求那样热心，但是从当时散文的渐趋骈化，诗歌对偶成分的增多，诗人调声用字的讲究看，在创作实践上，人们已经有意识地致力于声律的探索。据《隋书·经籍志》，魏左校令李登著有《声类》十卷，晋吕静著《韵集》六卷，可见时人对声韵的研究已颇见成绩，这为文人创作提供了理论依据，尽管曹植深爱声律，发明"转读"、"梵音"[①]之说，可信度不高，但这传说所依赖的背景却是真实的。《世说新语·排调》篇记载荀隐与陆云俱在张华处会，张华"以其并有大才，可勿作常语。陆举手曰：'云间陆士龙'，荀答曰：'日下荀鸣鹤'。"这两句对仗整齐，基本合乎格律，表明西晋文人对于声律已有了很深的体会。在理论上，陆机在《文赋》中已予以一定程度的申述，当然，要像对文辞的追求那样形成社会的普遍风尚，还要等到永明时期。不过这里有一则材料说明音韵的探讨已很深入了。陆云在给陆机的信中说："曹志，苗之妇公，其妇及儿，皆能作文，顷借其《释询》二十七卷，当欲百余纸写之，不知兄尽有不？李氏云'雪'与'列'韵，曹便复不用。人亦复云：'曹不

[①] 《太平御览》卷三八八引《异苑》说："陈思王尝登鱼山，临东阿，忽闻岩岫里有诵经声，清远嘹亮，深谷流响，肃然有灵气，不觉敛衿祗敬，便有终焉之志，即效而则之，今梵唱皆植依拟所造。"（《四库全书》本）又，慧皎《高僧传》卷十三《经师论》："始有魏陈思王曹植，深爱声律，属意经音，既通般遮之瑞响，又感渔山之神制，于是删治《瑞应本起》，以为学者之宗。传声则三千有余，在契则四十有二。"

用者，音自难得正．'"① 从最后一句时人的议论来看，固可看出曹志精于音韵，同时也可看出时人对声律讨论的重视。曹志是曹植之子，其精于音律，当传自曹植。这些材料可证魏晋时人对声律的研讨已经很精深了。晋人张敏《头责子羽文》说张华等人"謇吃无宫商"②，主要批评他们口头语言的不流畅，这里的"宫商"，恐指声调的抑扬顿挫，对口头语言的要求势必反映到诗文写作中去，事实上诗文声律理论的发展确曾受到清谈口辩之风的影响。

太康文学思想另一重要内容是对"情"的探讨。陆机《文赋》说"诗缘情而绮靡"，鲜明地把"情"作为诗歌的特征。朱自清先生对此作出高度评价，认为它是对传统"言志"主张的反抗而第一次铸成的新语③。实际上早在陆机写作《文赋》之前，张华论文已十分重视"情"的作用。陆云《与兄平原书》说："往日论文，先辞后情，尚絜④而不取悦泽。尝忆兄道张公父子论文，实自欲得，今日便欲宗其言。"⑤可见陆云兄弟早先都是主张先辞后情的，后受张华启发，转而主张先情后辞，所谓"先迷后能从善矣"⑥。张华论文的具体主张，今已不存，仅从陆云的转述中粗知大概，他对二陆"尚情"的文学主张是深有影响的。由于《文赋》的历史影响，"诗缘情而绮靡"给陆机召来了无数的谴责、谩骂和攻击。正如朱自清先生所

---

① 《全晋文》卷一〇二，中华书局1958年影印本，第2045页。
② 余嘉锡：《世说新语笺疏》，中华书局1983年版，第782页。
③ 朱自清：《诗言志辨》，《朱自清全集》卷6，江苏教育出版社1990年版，第164页。
④ 絜，刘勰《文心雕龙·定势》引作"势"。参见范文澜注：《文心雕龙注》，人民文学出版社1962年版，第531页。
⑤ 《全晋文》卷一〇二，第2042页。
⑥ 《文心雕龙·定势》："又陆云自称往日论文，先辞而情，尚势而不取悦泽，及张公论文，则欲宗其言。夫情固先辞，势实须араз，可谓先迷后能从善矣。"参见范文澜注：《文心雕龙注》，人民文学出版社1962年版，第531页。

说,陆机这个口号是针对儒家思想的"言志"传统的。自先秦以来,尤其两汉,儒家思想以符合统治秩序的"志"代替"情",束缚"情",不允许在这范围外单独存在个性。因此,屈原在他们的眼里就是"露才扬己"①,司马迁则"是非颇谬于经"②,《诗大序》就是这种思想对文学要求的产物,这就使得以抒发个人思想感情为特征的文学失去了它的特征,从而变为宣道的器具。东汉末年,统治秩序已乱,儒家思想受到严重冲击,符合礼教之"志"再也束缚不住丰富的"情"的发展,于是大量的抒情诗、抒情小赋、抒情短文问世。至建安时期,曹操对儒家思想的冲击更为厉害,在他领导下的文学就出现了刘勰在《明诗》篇中所说的"并志深而笔长,故梗概而多气"的面貌。陆机"诗缘情而绮靡"的口号正是在这"情"、"志"严重冲突的背景中产生出来的,因此,它所具有的历史含义是划时代的。在高度评价这一文学主张的同时,我们不应该忘记张华、陆云对此作出的贡献。

陆云现存书信共三十五札,年代可考者约占半数,均作于永宁二年(302)六月以后,太安二年十月以前,即士衡入邺为大将军右司马时③,大致和《文赋》同时,从信中内容看,陆云对文章的看法与他哥哥有许多不同之处,如嫌绮语太多,文体繁杂等,陆云曾说过:"不知云论文何以当与兄意作如此异。"但这些观点(包括对"情"文的推崇)在《文赋》中都得到肯定的发挥,说明陆机写作《文赋》受到陆云的影响。

陆云的观点主要有两点,一是肯定出语的作用,一是阐发先情

---

① 班固:《离骚序》,王逸:《楚辞章句》卷三,《四库全书》本。
② 《汉书·扬雄传》,中华书局标点本,第 3580 页。
③ 逯钦立:《〈文赋〉撰出年代考》,《学原》1948 年第 2 卷第 1 期。

后辞的主张①。三十五札中颇多论到"情",计有七处:1."省《述思赋》,流深情至言,实为清妙。"2.谓接受张华意见,主张先情后辞(见上引文)。3."《九愍》,如兄所诲,亦殊过望,云意自谓当不如三赋,情难非体中所长。"4."《岁暮》……情言深至。"5.谓《九愍》"此是情言,但本少情,而颇能作泛说耳"。6."视仲宣《赋集》,《初述征》②《登楼》前即甚佳,其余平平,不得言情处。"7."兄前表甚有深情远旨,可耽味高文也。"③这里有的是评述前人的作品,有的是议论兄弟二人的作品,品评的标准以是否有情为佳。这情又非一般的情,陆云强调、推崇的是"深情"、"至言"。所谓深情,恐指感伤的情绪。他评论陆机《答少明诗》说:"亦未为妙,省之如不悲苦,无恻然伤心言。"又说:"一日见正叔(潘尼)与兄读古五言诗,此生叹息欲得之。"古五言诗即指《古诗十九首》一类,钟嵘曾给它"意悲而远"的评价,确是感伤情绪的作品。在评论《咏德颂》时赞美说:"甚复尽美,省之恻然。"④偏爱感伤情绪的抒发,陆云也并不是第一个,这本是建安时期的一个抒情特征。建安文人承大乱之后,感伤之情时时溢发。曹丕《戒盈赋序》说:"避暑东阁,延宾高会,酒酣乐作,怅然怀盈满之状,乃作斯赋。"⑤高朋满座,酒酣作乐之中,忽悟盈满之不长,可见诗人对悲哀的敏感。又《感物赋序》也是"悟兴废之无常,慨然咏叹"⑥,《柳赋序》则写建安五年手栽柳一株,至建安

---

① 参见本书《文贵清省说的时代意义》。
② 《全后汉文》卷九〇载王粲《初征赋》,无"述"字。中华书局1958年影印本,第959页。
③ 陆云论文,均见《全晋文》卷一〇二,中华书局1958年影印本,第2041—2045页。
④ 《全晋文》卷一〇二,中华书局1958年影印本,第2042页。
⑤ 严可均:《全三国文》卷四,中华书局1958年影印本,第1073页。
⑥ 同上书,第1073页。

二十年,"十有五载矣,左右仆御已多亡,感物伤怀,乃作斯赋"①。又如陈琳的诗:"高会时不娱,羁客难为心。殷怀从中发,悲感激清音。"②类似对节令、时事,尤其是对生死的感慨(这又是《古诗十九首》的主题),在建安文人集中屡屡见之。谢灵运《拟魏太子邺中集序》③说王粲"遭乱流寓,自伤情多",应玚"流离世故,颇有飘薄之叹",曹植有"忧生之嗟",钟嵘说曹操"颇有悲凉之句",王粲"发愀怆之辞"④,都较准确地抓住了这一时代的抒情特征。感物伤怀,是诗人所接触的物勾起了他的心事从而发生的感慨,这是由心底自然发出,故具有震撼人心的力量。但在建安后期,诗人则从这感伤的抒发中意外地发现了感伤除了有发泄的价值,还有可供欣赏的价值,人们尽可在感伤的诗文中陶醉,于是代人言情,俨然成为风气,如曹丕的《于清河见挽船士与妻别》(徐幹亦有同题,可见是命题作诗)、《代刘勋妻王氏杂诗》、《寡妇》等即是。建安文学创作所表现出来的抒情特色和由此取得的巨大成就,是张华、二陆"情"理论产生的启示性背景,这表现了两个文学时代因承的内在联系。这种因承关系不仅表现在这里,太康文学的尚文辞、声律,也同样受到建安文学思想的影响。

建安文学以曹氏父子与七子为代表。曹操的诗歌可以划归古诗范畴,钟嵘说他"古直、悲凉",故列于下品,而曹丕、曹植却一变"乃父之气"⑤,带有明显的文人诗歌的特色,尤以曹植"词采

---

① 严可均:《全三国文》卷四,中华书局1958年影印本,第1075页。
② 逯钦立:《先秦汉魏晋南北朝诗》,中华书局1983年版,第367页。
③ 同上书,第1181—1184页。
④ 《诗品》,《历代诗话》本,中华书局1981年版。
⑤ 沈德潜:《古诗源》,中华书局1983年版,第107页。

华茂"[①],享誉古今。《隋书·李谔传》说"魏之三祖,更尚文辞","竞骋文华,遂成风俗"。曹公虽古直,然用词造句,亦清丽可诵。刘勰《文心雕龙·乐府》说:"至于魏之三祖,气爽才丽,宰割词调,音靡节平。"在曹氏父子的倡导下,七子等人各骋文笔,望路争驱,尤以邺下时期的作品为突出,如以"公宴"为题的几首,音节流畅,文辞美丽,写景状物极为凝练概括,可以说是建安文学中的珍品,他们不仅在创作中有意为之,并且作为主张公开宣扬。曹丕《典论·论文》说"诗赋欲丽",《善哉行》说"感心动耳,绮丽难忘",《大墙上蒿行》说"女娥长歌,声协宫商。感心动耳,荡气回肠",曹植《七启序》说枚乘、傅毅、张衡、崔骃等人七体文章"辞各美丽,余有慕之焉",又其《前录自序》以"搞藻也如春葩"为君子之作,并认为"与《雅》、《颂》争流可也"。刘桢《公宴》诗说:"投翰长叹息,绮丽不可忘。"这种对"绮丽"发自内心的叹息,说明建安时期美学思想已深刻觉醒。太康文学继承了这一丰富的思想资料,又站在更高的立足点,在更广阔的范围内使用,从而造成全新的文学面貌,刘勰《文心雕龙·通变》篇说"魏之篇制,顾慕汉风;晋之辞章,瞻望魏采",刘勰虽从通变角度对此不满意,但也的确说出了太康文学和建安文学艺术上的前后因承关系。

除以上论述的内容外,太康文学思想中另一值得注意的内容是陆云在《与兄平原书》中表现出清省、自然的美学观点以及对出语、警句的要求,这两点我已在《文贵清省说的时代意义》一文中作了专门论述,这里需要作一点补充。根据陆云"清省、自然"的观

---

① 《诗品》,《历代诗话》本,中华书局1981年版,第7页。

点,栾勋先生在《魏晋时期文学思想的发展》①中认为"魏晋时期崇尚自然,鄙薄雕琢的美学趣味已经稳固地形成了",因此说"陆机的诗要'绮靡',赋要'浏亮',以及'会意尚巧,遣言贵妍'的主张,显然是提倡一种华丽朗畅的诗赋风格。追求这种风格,在实际创作中必然是刻意经营,苦心雕镂,而自然之趣不足"。栾勋先生的结论似乎不太合乎实际,二陆的美学主张有些不同,但并不对立。陆机诗要"绮靡"的前提是"缘情",赋要"浏亮"的前提是"体物",同陆云"先情后辞"的观点还是一致的。其次,说魏晋时崇尚自然、鄙薄雕琢的美学趣味已经稳固地形成了,也没有根据。第一,陆云的信是公元 300 年左右所写,而在这之前,可能还是主张先辞后情;第二,陆云"清省、自然"的观点在当时并没有产生多大影响;第三,魏晋间"自然"的概念,并不排斥华丽的文辞。向秀《难嵇康养生论》说:"夫人含五行而生,口思五味,目思五色,感而思室,饥而求食,自然之理也。……且人生之为乐,以恩爱相接,天理人伦,燕婉娱心,荣华悦志,服飨滋味,以宣五情,纳御声色,以达性气,此天理之自然,人之所宜,三王所不易也。"②声色娱乐,本人情之自然,嵇康对它的否定,则违背天性,未可称作自然(嵇康在政治上采取与司马氏不合作的态度,故其哲学观点受其影响)。按,"自然"一词在魏晋时已赋予与名教对抗的思想内容,带有浓厚的政治色彩,由于影响深远,已被时人运用在清谈中,变为清谈术语,或甲乙人物,如《抱朴子·刺骄》"今人无戴、阮之自然",或评论清淡的内容,如《三国

---

① 栾勋:《魏晋时期文学思想的发展》,《美学论丛》1981 年第 3 期。
② 《全晋文》卷七二,中华书局 1958 年影印本。按,嵇康《养生论》有为而发,盖以自然反对名教,以声色为毒物,实则如向秀所说违背人情之自然,不能代表魏晋时期的"自然"概念。

志·锺会传》注引《王弼传》说王弼论道"傅会文辞,不如何晏,自然有所拔得,多晏也"。但在当时,已经有人用来论文。《三国志·秦宓传》记载:"或谓宓曰,足下欲自比巢、许、四皓,何故扬文藻见瑰颖乎?宓答曰,仆文不能尽言,言不能尽意,何文藻之有扬乎?……夫虎生而文炳,凤生而五色,岂以五彩自饰画哉?天性自然也。盖《河》、《洛》由文兴,六经由文起,君子懿文德,采藻其何伤?"①这里以文藻与虎文凤色相比,以为都是出自天性自然。葛洪在《抱朴子·辞义》篇中对此阐述得更为详细,他说:"或曰:乾坤方圆,非规矩之功,三辰摛景,非莹磨之力,春华粲焕,非渐染之采,苾蕙芬馥,非容气所假,知夫至真,贵乎天然也。义以罕觏为异,辞以不常为美,而历观古今属文之家,鲜能挺逸丽于毫端,多斟酌于前言。"②葛洪是赞成这个观点的。同上,这天然即自然。这是以大自然的有"春华粲焕","苾蕙芬馥"比拟写文章也要"挺逸丽于毫端",这就是自然,并非反对美辞,只是反对"不常"的奇异之辞罢了。秦宓与葛洪这种贵文的观点后来为刘勰《文心雕龙·原道》篇采用。龙凤呈瑞,虎豹凝姿,云霞雕色,草木贲华,都是自然形成的,此乃道之文,人参自然之定理,写文章追求辞藻声韵,同样也是自然的。

关于出语、警句的提倡,从思想史的角度考察,与东汉末年以来人物品题的清谈风气有关。这种人物品题的风气,应溯源于汉末党锢时代。范晔论曰:"逮桓、灵之间,主荒政谬,国命委于阉寺,士子羞与为伍,故匹夫抗愤,处士横议,遂乃激扬名声,互相题拂,品核公卿,裁量执政;婞直之风于斯行矣。"③桓、灵之世,由于宦官

---

① 《三国志·秦宓传》,中华书局标点本,第974页。
② 《抱朴子·辞义》,杨明照《校笺》本,中华书局1997年版,第392页。
③ 《后汉书·党锢列传》,中华书局标点本,第2185页。

把持朝政，激起士人愤怒，名节之士群起而攻之，遂引起党锢之祸。此后，朝政的批评既不为政府所允许，于是批评的目标遂由当局转向在野人物，汝南的月旦评就是在这背景中产生的。这种评论的形式为魏晋时的人物论和九品官人制度作了榜样。魏晋品评人物的观点，可从刘劭《人物志》窥见一斑。《人物志》共分十二篇，主旨在于辨析人性与才能，提示鉴别人才和任用人才的方法。从其所提供的评人方法看，刘劭颇为重视风操、风格、风韵，汤用彤说"此谓为精神之征"①。评论人物，不仅重视外形，尤其重视神情，因此，以有无神韵品评人物的高低，遂成为当时的风气，这样的记载，《世说新语》中很多，如《容止》篇说嵇康"风姿特秀"，说潘岳"好神情"，《品藻》篇载裴颜、乐广评杨乔、杨髦，裴颜爱乔之有高韵，乐广爱髦之有神检。《赏誉》篇载桓彝说高坐"精神渊箸"，王戎评王衍"神姿高彻"。人物的神韵（风姿、风格、风韵等）不仅靠形体的瑰丽表现，主要的还是从人物的眼睛中传出。蒋济作论说："观其眸子，足以知人。"②刘劭说："征神见貌，则情发于目。"③这种重视神韵的风气在魏晋时，似乎仅局限于人物的品评上，到了东晋，我们从顾恺之的画论中，已经看到了这种思想观念，也输入到艺术中，变为艺术美学理论了。《世说新语·巧艺》篇记载："顾长康画人，或数年不点目精，人问其故？顾曰：'四体妍蚩，本无关于妙处，传神写照，正在阿堵中。'"④可以说由中国艺术所代表的东方美学理想，至此已基本形成，它不同于西方艺术重视形体结构的外在美，而崇

---

① 汤用彤：《读〈人物志〉》，《汤用彤学术论文集》，中华书局1983年版，第197页。
② 《三国志·魏书·锺会传》，中华书局标点本，第784页。
③ 《人物志》卷上，《诸子百家全书》，上海古籍出版社，1990年版。
④ 余嘉锡：《世说新语笺疏》，中华书局1983年版，第722页。

尚含蓄的内在精神力量。不过这种评论人物重视眼神的清谈风气，在西晋已影响到文学评论上，这就是二陆兄弟提出的出语、警句的主张。陆机《文赋》说："立片言而居要，乃一篇之警策。"（"警策"即陆云所说之"出语"）近人陈柱解释说："凡文章必有一段或数语为一篇之精神所团聚处，或为一篇之精神所发源处。"[①]团聚处、发源处即中心精神之所在，正如人的眼睛传达神情一样，后人据此发明"诗眼"说，正指出了两者的内在联系。陆机把警句与全诗的关系加以比喻说"石蕴玉而山晖，水怀珠而川媚"，意思说一首诗有了警句，足可以使平淡的部分变得有生气，这个比喻，使我们有趣地想到另一个人物品评中的比喻。《世说新语·容止》篇注引《嵇康别传》说："康七尺八寸，伟容色，土木形骸，不加饰厉，而龙章凤姿，天质自然。"[②]正因为嵇康"风姿特秀"，所以虽土木形骸，也足显"非常之器"，这两个比喻说明了西晋文学批评与时代氛围的联系，我们也就不会感到二陆兄弟出语、警策理论提出的突兀了。正是这种理论的提出，它打破了"汉魏诗歌，不可句摘"的混沌局面，从而开出了一个新的文学天地。

以上我们就构成太康文学思想的主要内容进行了分析。毫无疑问，陆机《文赋》是最有概括性也最具代表性的文学理论著作，它是太康文学思想的核心内容。它那丰富而深厚的内容，远非兹篇小文所能勾勒清楚，且兹一工作已经为古今无数方家学者做过，故本文略而述之，重点则发掘那些不为人注意而确具价值的文学思想史料，以较全面地描绘太康文学思想面貌，揭示其含蕴着的美学

---

① 《中国历代文论选》(1)引，上海古籍出版社1980年版，第181页。
② 余嘉锡：《世说新语笺疏》，第5条注，第609页。

意义，希望得出比较公允、合乎实际的评价。鲁迅先生曾说魏晋是文学的自觉时期，那么，本文所述则印证了这点，大概没有比这个评价更贴切的了。

（原载《上海师范大学学报》1992年第2期）

永明文学至宫体文学的嬗变及梁前期文学状态

　　永明文学和宫体文学是齐梁时期两大文学现象。永明文学发生于齐武帝永明(483—493)年间,宫体文学发生在梁普通(520—527)年间之后。齐梁时期作家、批评家基本依托在这两大文学背景之下进行创作和批评,因此要了解这一时期作家的文学思想、写作特点,必须对这两大文学现象以及它们之间的嬗变规律有十分清楚的认识。

　　《梁书·庾肩吾传》说:"齐永明中,文士王融、谢朓、沈约文章始用四声,以为新变。"这是史书明确以永明文学为新变体的说明,其时间是永明年间,内容以四声限诗,代表作家有王融、谢朓、沈约等。《南齐书·陆厥传》的记载更为详细:"永明末,盛为文章。吴兴沈约、陈郡谢朓、琅邪王融以气类相推毂,汝南周颙善识声韵。约等文皆用宫商,以平、上、去、入为四声,以此制韵,不可增减,世呼为'永明体'。"于此可见永明文学被称为"新变体"的原因就在于它的声律化,即自觉使用四声,以此制韵,因不同于汉魏以来的古诗,故称"新变"。除四声之外,永明体还有一个重要内容即"八病"。唐皎然《诗式》说:"沈休文酷裁八病,碎用四声。"四声八病即是永明体的特征,标志着诗歌格律化的正式形成。四声之说,明确见于《南齐书》,但八病,仅《南史·陆厥传》中出现了"平头、上尾、蜂腰、鹤膝"四种,另四种是大韵、小韵、旁纽、正纽。合称八病,要晚至宋人李淑《诗苑类格》(王应麟《困学见闻》卷十引)才见记载。其文是:"沈约曰:'诗病有八,平头、上尾、蜂腰、鹤膝、大韵、小韵、旁纽、正纽。唯上尾、鹤膝最忌,余病亦通。'"因此后人便怀疑沈约当时不一定建立了完整的八病说。但八病之名,确见载于隋唐以来的有关史料,如王通《中说·天地》记:"李百药见子而论诗,子不答,百药退谓薛收曰:'吾上陈应、刘,下述沈、谢,分四声八病,刚柔清浊,各有端序,音若埙篪,而夫子不应,我其未达欤?'"此外初唐诗人卢照邻《南阳公集序》说:"八病爰起,沈隐侯永作拘囚。"皎然《诗式》说:"沈休文酷裁八病,碎用四声。"封演《封氏闻见记》说:"周颙好为体语,因此切字皆有纽,纽有平、上、去、入之异。永明中,沈约文词精拔,盛解音律,遂撰《四声谱》,文章八病,有平头、上尾、蜂腰、鹤膝。以为自灵均以来,此秘未睹。"更重要的是,沈约本人也已提到八病。《文镜秘府论·天卷·四声论》引沈约《与甄公书》说:"作五言诗者,善用四声,则讽咏而流靡;能达八体,则陆离而华洁。""八体"又见于《文镜秘府论》西卷,与十病、六犯、三疾并置,可见八体即八病。至于大韵、小韵、旁纽、正纽之名,《文镜秘府论·西卷·文二十八种病》中已记载,并录有齐梁时王斌、刘滔对八病的具体意见。此外,该文中提到的"沈氏",应该就是沈约。①

---

① 《文镜秘府论》西卷载有《文二十八种病》,前八病即平头、上尾、蜂腰、鹤膝、大韵、小韵、旁纽、正纽。文中常引王斌、刘滔、沈氏、刘氏、元兢、崔融论析八病,除沈氏外,确知王斌、刘滔为齐梁时人,刘氏即刘善经,为隋人(参见王利器:《文镜秘府论校注》,中国社会科学出版社1983年版)。其中王斌所论有蜂腰、鹤膝、旁纽,刘滔所论有上尾、蜂腰、旁纽、正纽,刘善经所论有蜂腰、鹤膝、大韵、小韵、旁纽、正纽,由此可见此八病的确在齐梁时便已创立;其次,沈氏即是沈约,《文镜秘府论》称沈约为"沈氏",多有其例,如天卷《四声论》引沈约《宋书》、《四声谱》、《答甄公书》皆称"沈氏";第三,王应

这样,八病之名,齐梁时已有,足证为沈约所创,非必如纪昀《四声考》所说:"休文但言四声五音,不言八病,言八病自唐人始。"四声八病的建立,使诗歌的声律探索,由"暗与理合"阶段走向皆由"思至"(沈约《宋书·谢灵运传论》语)的自觉时期。

四声八病说的提出,为永明体创作奠定了理论基础,从永明体的代表诗人作品看,有意追求声律偶对,是一个主要倾向。由于永明声律理论主要是对句的规定,还没有专论篇的问题,因此对每篇有多少句并没有作出规定。但从创作实践看,永明作家一半以上的作品都采用了介于古、近体之间的新体短制。除四句的绝句形式外,其余有六句、八句、十句乃至十二句、十四句不等。即使十四句,也不同于古诗面貌,所以王闿运《八代诗选》在"新体诗"一目中,也选了一些十四句的诗。既然理论上没有自觉意识到建立"篇"的原则,永明诗人为什么会不约而同地大量写作这样的"新体诗"呢?我以为这是声病说引起的必然结果。四声八病的规则刚刚建立,不说别人,即使沈约本人也往往不能遵守,所以反对声律的人便举他之矛攻他之盾。其实新事物总有个不断完善的过程,何况八病之说并不很科学。随着发展,还得不断地进行修订,出现

(接上页)麟引沈约语谓上尾、鹤膝最忌,此论即见于《文二十八种病》中"沈氏"所言。如"上尾"条中:"沈氏亦云:'上尾者,文章之尤疾。自开辟迄今,多惧不免,悲夫。'""鹤膝"条中,则指明沈约说:"沈东阳著辞曰:'若得其会者,则唇吻流易,失其要者,则喉舌塞难。事同暗抚失调之琴,夜行坎壈之地。'"罗根泽《中国文学批评史》否定"沈氏"即沈约,因为鹤膝病引沈氏曰:"人或谓鹤膝为蜂腰,蜂腰为鹤膝,疑未辨。"罗以为"沈约是八病的创始者,不会有这种疑问"。对此,王运熙、杨明《魏晋南北朝文学批评史》辩解说:"其实声病之说当亦不全是沈氏臆造,当时必有种种异说,有指鹤膝为蜂腰、蜂腰为鹤膝的同实异名情况,沈氏'疑未辨'即指此而言。"案,王、杨说有理,故刘善经在此句之下说:"然则孰谓文公为该博乎!盖是多闻阙疑,慎言寡尤言者欤。"刘善经之前既称公,又称该博,似仅有沈约符契,故定"沈氏"为沈约。

错误，自属理之当然。不过这的确证明了人为趋避病犯的艰难，所以刘勰说"选和至难"(《文心雕龙·声律》)。观沈约的声病原则是"一简之内，音韵尽殊；两句之中，轻重悉异"(《宋书·谢灵运传论》)，主要对两句十字而言。十字协配，已属艰难，何况长篇？因此短篇便是永明诗人的自然选择。但短篇短到什么程度呢？由于近体声律没有完成，句与句之间的关系(如"粘")尚未确定，八句律诗起、承、转、合的精巧结构就不能落实，永明诗人的写作只好依据于对声病的把握，选择篇幅便出现了六句到十四句不等的形式。但就永明诗人的写作实际看，八句、十句已大量出现，这说明他们已经逐渐体悟到八句律诗的精妙之处；而律诗的最终定于八句，也说明这一形式最能充分体现出声律之美。

以上是永明体的基本特征，那么宫体文学又有怎样的特征呢？宫体之名见于当时，《梁书·简文帝本纪》记："(简文帝)雅好题诗，其序云：'余七岁有诗癖，长而不倦。'然伤于轻艳，当时号曰'宫体'。"又《梁书·徐摛传》记："(摛)属文好为新变，不拘旧体。……摛文体既别，春坊尽学之，'宫体'之号，自斯而起。"据曹道衡、沈玉成两位老师《南北朝文学史》考证，宫体诗的开创者是徐摛和庾肩吾，徐、庾在天监八年(509)入萧纲府，大概就以轻艳的诗风教导萧纲了。但宫体诗风的形成恐在普通四年(524)萧纲徙雍州刺史之后，至中大通三年(531)萧纲继萧统立为太子，由雍州入居东宫，才正式获得"宫体"这一名称。这一考证否定了唐人梁肃《大唐新语》所记宫体成于萧纲立为太子之后的说法。那么宫体诗的内涵是什么呢？《隋书·经籍志》说："简文之在东宫，亦好篇什。清辞巧制，止乎衽席之间；雕琢曼藻，思极闺房之内。后生好事，遂相放习，朝野纷纷，号为'宫体'。"按照《隋书》的说法，"衽席"、"闺房"即是宫体诗的主要内容,而这内容又是以"清辞巧制"、"雕琢曼藻"来表现,这也就是《梁书》所称"伤于轻艳"的诗风。其实唐人对六朝诗风一直持比较严厉的批判态度,《隋书》的这个定义,范围有些狭小了。以宫体诗的代表《玉台新咏》论,妇女以及与妇女有关的内容的确是宫体诗的表现对象,但其中也并非都是"伤于轻艳"。当然,唐人的说法是,《玉台新咏》本是奉萧纲之命而编,以张大其体的,这样,仅以《玉台新咏》还不能如实反映宫体诗的真实面貌。姑且不论唐人的这一说法是否正确,就是以萧纲等人的写作看,还是有许多清新可读的作品的,也并非全是"轻艳"。

宫体诗的产生是由齐到梁,也即由永明体而来的又一次新变。《梁书·庾肩吾传》说:"齐永明中,文士王融、谢朓、沈约始用四声,以为新变,至是(指萧纲立为太子)转拘声韵,弥尚丽靡,复逾于往时。"这指出了宫体与永明体的联系和区别。联系是宫体诗继承了永明体的诗歌声律化传统,区别是更加"转拘声韵,弥尚丽靡",《梁书》所论比较偏重声律特点,所以从这一方面论述宫体诗,与《隋书》所说不同,但宫体在永明体之后求新变的用心却是事实。宫体诗人对永明诗人的评价较高,如萧纲说:"至如近世谢朓、沈约之诗,任昉、陆倕之笔,斯实文章之冠冕,述作之楷模。"(《与湘东王书》)然而宫体诗人建立新诗的理想决不愿于永明体中求出入,事实上,他们明确要独立地开创新体。这从两个方面见出,第一,他们公开对当日流行文体展开批评,萧纲在《与湘东王书》中称:"比见京师文体懦钝非常,竞学浮疏,争为阐缓。"萧子显则在《南齐书·文学传论》中称"今之文章,作者虽众,总而为论,略有三体",这分别是指谢灵运、颜延之、鲍照元嘉三家之体,看来元嘉体是他们树立的射靶,萧纲所说的"京师文体"也应指此,在后面他便指出:"学谢则不属其精华,但得冗长……谢故巧不可阶。"萧纲中大通三年(531)入京进东宫继为太子,此书当作于其时;萧子显卒于大同三年(537),《文学传论》自应成于此前,这个时候文坛上流行的决不仅是元嘉体,实际上影响最大的还应是永明体,永明体自创立迄于此时已有三四十年历史了,在宫体诗人看来,该是新变的时候了,因此萧纲的"懦钝"也应含有针对永明体的意思;第二,明确提出树立新风的意愿。这是萧纲的意思,他在《与湘东王书》中说:"文章未坠,必有英绝,领袖之者,非弟而谁?"推萧绎为领袖,自是萧纲谦辞,他在这里已俨以新诗风领袖自居了。也确实如此,从他到京师后不久就展开的批评看,都见出他要进行一场新的文学革命了。萧纲此番举动,当然基于世运风会、生活趋向,但在宏观上也还是有其政治意图的。自建安以来,文学集团便带有政治性质,如曹丕、曹植在邺下文人中的各树党羽,贾谧的二十四友,乃至萧子良的竟陵八友,都是如此。那么萧纲的针对性何在呢?我以为当是对乃兄,刚刚去世的萧统而言。萧统天监元年(502)被立为太子,在他周围团聚了一大批文人学士,并且编成了著名的《文选》。《文选》一书贯穿了萧统的文学观点,在当时及身后产生了极大的影响,因此在永明体至宫体之间,京师文坛上不能没有萧统及选楼诗人的影响。萧纲继萧统之位,必思摆脱甚至扫清这种影响,从而巩固自己的太子之位,而扫清影响的最好办法莫过于重新组织新的文学集团,创立新变体诗歌了。宫体诗正是产生于这样的背景之中。

从宫体诗人的言论中,可以看出他们建立新诗的基本标准,首先在形式上,他们反对"懦钝"、"浮疏"、"阐缓"之作。谢灵运的一些传统在永明体中并未完全除去,如谢朓的《游山》、《游敬亭山》,

沈约的《登玄畅楼》、《游沈道士馆》等都是大谢风貌,而在宫体诗中,已经很少见到了。他们追求精致的结构、妍丽的声词,提倡"丽辞方吐,逸韵乃生"(萧纲《劝医论》)、"文同积玉,韵比风飞"(萧纲《临安公主集序》)、"风云吐于行间,珠玉生于字里"(萧纲《答新谕侯和诗书》);其次,情性与题材的特别要求。他们批评谢灵运是"典正可采,酷不入情",提出要写"性情卓绝"(《答新渝侯和诗书》)、"情灵摇荡"(萧绎《金楼子·立言》)的作品。以"摇荡"标情性,就与传统的抒情、缘情有了区别。抒情也好,缘情也好,都在于表达,而"情灵摇荡"却是品味,所以宫体诗人提出"吟咏情性"(萧纲《与湘东王书》)。抒情、缘情的手段并非纯审美的,吟咏情性却是纯粹的审美经验。因此吟咏情性便要求题材的非政治性,情感的通俗性。萧绎《闲愁赋》对此作了明确的描述,他说:"情无所治,志无所求,不怀伤而忽恨,无惊猜而自愁。玩飞花之入户,看斜晖之广寮。虽复玉觞浮椀,赵瑟含娇,未足以祛斯耿耿,息此长谣。"所谓"情无所治,志无所求",表明了对传统情志内容的否定。从以下描述看,他追求的完全是个人的闺愁别绪,倒与初期词的情绪一致。由此我们可知道宫体诗人"情"的基本内涵了。除此之外,萧纲在《答新渝侯和诗书》中解释他所谓的"性情卓绝"为:"双鬟向光,风流已绝;九梁插花,步摇为古。高楼怀怨,结眉表色;长门下泣,破粉成痕。复有影里细腰,令与真类;镜中好面,还将画等。"与萧绎不同的是,萧纲这里描述的全是与女性有关的情感,直可以看作是他对宫体诗题材的规定。这种限定应该说是合于宫体的实际和后人对它的理解的。此外,宫体诗人还有一部分写自己的日常生活,以及感怀节候、咏写风景、风物等诗歌,其内容自然也是非社会政治性,情感也属于"不怀伤而忽恨,无惊猜而自愁"一类个人闲愁。在表现形式上,辞藻艳丽,构思精巧,声韵谐靡,风格轻艳,符合艳情诗特点,因此这部分诗歌也应划入宫体诗范围。

永明文学和宫体文学分别是齐和梁两个特定时期里的新变文学,都是既有理论又有实践,带有鲜明文学集团性质的活动。这是齐梁文坛上著名的文学现象,考察这一时期的文学发展,必须对这两种文学活动具有十分清楚的了解;而在了解了它们的特征之后,对于永明文学向宫体文学的嬗变历程,也同样必须有足够的认识。

如前所论,永明文学与宫体文学具有不同的特征,构成它们新变的历史条件不同,因此作家们的审美理想、采用的手段也都有明显不同。但是二者之间又具有必然的发展联系,后者是前者逻辑顺序的演绎结果。考察这种联系,沈约是一个关键人物。沈约在文学史上,主要被作为永明诗人评价的,而对他在宋、齐、梁文学的承前启后作用认识不足。道衡师《江淹、沈约和南齐诗风》一文在以沈约与江淹比较过程中,对沈约转变诗风的作用作了极精确且富有启发的描述。先生认为,江淹成名于宋,代表了汉魏至刘宋的古诗风貌;沈约则成名于江淹"才尽"之时,代表了南齐对新体诗风的要求。同时在对沈约、谢朓等永明诗人艳体诗、咏物诗的写作分析之中,先生指出"从南齐初经过永明体到'宫体'实际上是诗歌发展同一个潮流的不同发展阶段"[①]。这一论述十分准确地判定了宫体与永明体之间的关系,以及沈约在永明体向宫体嬗变中的作用。沈约一生仕历宋、齐、梁三代,于宋时地位比较低微,而在齐、梁发迹。与此相似,他的文学创作也开始于齐永明年间。这样说的另一个意思是,沈约或许在齐永明之前已有创作,但由于他"新

---

① 参见曹道衡:《中古文学史论文集续编》,文津出版社1994年版。

变"的文学主张和创作不合时宜，故不受人注意。《南齐书·谢朓传》说："世祖（齐武帝）尝问王俭：'当今谁能为五言诗？'俭对曰：'谢朓得父膏腴，江淹有意。'"这说明永明以前还没有注意到沈约。但是沈约诗风的形成又非全无依傍，事实上他的诗歌源流还是很清楚的。而搞清楚他的源流，也便把握住了齐梁诗风的嬗变轨迹。

沈约诗歌之源，据钟嵘《诗品》说出于鲍照。《诗品》说："观休文众制，五言最优。详其文体，察其余论，固知宪章明远也。所以不闲于经纶，而长于清怨。"据此，沈约应属于鲍照一派，并且是继承了鲍体中清怨一脉。许文雨《诗品讲疏》解释说："此谓休文终非经国之才，亦如明远之才秀人微，而有清怨之词也。《诗纪别集》六引刘会孟曰：'沈休文《怀旧》九首，杜子美《八哀》之祖也。'"这里是以沈约的《怀旧》诗解释"清怨"。《怀旧》共九首，分别怀念九个朋友，如王融、谢朓等，对他们的死于非命，表示极大的悲愤和伤痛。说这样的诗是"清怨"之作，是有道理的。但沈约的"清怨"又不仅限于此，他的一些言志、抒怀之作，更能看出他的"清怨"之气。他的出身及经历实际是很坎坷的，他虽出生于江东世族，但其父沈璞因没有及时响应孝武帝刘骏的平定宫廷内乱而被害，是时沈约年仅十三，逃窜他乡，遇赦得免。以后他发愤读书，精通文史，受到当世注意。入齐以后，沈约始渐发迹。他做过太子家令，与萧齐关系密切，永明年间又成为竟陵王萧子良的"八友"之一。这是一个机会，由此与萧衍建立了友谊，诗酒唱和，甚为相得。由齐入梁，因拥戴之功，萧衍任他为尚书左仆射。但沈约自以为功高望重，有志台司，却未获萧衍同意，怨憾由是而生。写于其时的《郊居赋》便表达了这样的心情，如"伊吾人之褊志，无经世之大方"，便是怨词。因此，由于这样的经历，"清怨"之气便是他一部分作品中的特色，与鲍照诗风是接近的,钟嵘所讲的就是这一类作品。

宪章鲍照的内容,并不仅限于此。《南齐书·文学传论》说鲍照一体是"发唱惊挺,操调险急,雕藻淫艳,倾炫心魂。亦犹五色之有红紫,八音之有郑、卫。"这就是《诗品》所称:"贵巧似,不避危仄,颇伤清雅之调。故言险俗者,多以附照。"所谓"险","应当是指能用新奇的想象和独特的语汇创造别开生面的意境"[1],这一特色似乎未为沈约继承。在语言的使用上,沈约更强调"三易"(易见事,易识字,易读诵),而反对那种"险仄"的句法和用词。但是鲍照的"俗"的确为沈约所继承。鲍照的"俗",包括了许多方面,如采用杂言乐府的形式,反映地位低微的人如思妇、游子的生活和思想感情等。[2]不过,与这些内容相比,他那些"委巷中歌谣"(颜延之批评汤惠休语,见《南史·颜延之传》)也还是主要的俗体,并且为沈约所继承、发展。比如鲍照的《代白纻曲》之一:"朱唇动,素腕举,洛阳少童邯郸女。古称渌水今白纻,催弦急管为君舞。穷秋九月荷叶黄,北风驱雁天雨霜,夜长酒多乐未央。"鲍照这种作品,可以见出是对清商新乐的学习,"朱唇动,素腕举"与《子夜歌》中的"朱口发艳歌,玉指弄娇弦"相近,写水乡女郎的婉媚,活泼可爱。沈约对此有继承,但更有发展。以《六忆》为例,宋人刘克庄《后村诗话》说:"沈休文《六忆》之类,其亵慢有甚于《香奁》、《花间》者。"其实以《六忆》与乐府民歌相比,也未见怎样的"亵慢"。现以第一首和第六首为例:"忆来时,的的上阶墀。勤勤叙离别,慊慊道相思。相看常不足,相见乃忘饥。"(其一)"忆眠时,人眠强未眠。解罗不待劝,就枕

---

[1] 曹道衡、沈玉成:《南北朝文学史》,人民文学出版社1991年版,第87页。
[2] 参见曹道衡:《论鲍照诗歌的几个问题》,《中古文学史论文集》,中华书局1986年版。

更须牵。复恐旁人见,娇羞在烛前。"(其六)再看南朝乐府民歌《子夜四时歌》的《夏歌》之二:"反覆华簟上,屏帐了不施。郎君未可前,待我整容仪。"以及《秋歌》之四:"开窗秋月光,灭烛解罗裳。含笑帷幌里,举体兰蕙香。"两相比较,沈约的诗也并未见有特别的绮思。但是我们再看沈约这样的诗:"洛阳大道中,佳丽实无比。燕裙傍日开,赵带随风靡。领上蒲萄绣,腰中合欢绮。佳人殊未来,薄暮空徙倚。"(《洛阳道》)细心的读者已发现此诗采用了不同于《六忆》的写法,即贴近于美人身体衣物的工笔刻画。诗歌不仅写了裙和带,还写了领上的绣和腰中的合欢绮。前者也可以在乐府民歌中找到,后者却是新的表现,它对宫体诗所起的启发作用,超过了《六忆》的艳情内容。这种写法在沈约的《少年新婚为之咏》中,又前进了一步。其中的两句是:"裙开见玉趾,衫薄映凝肤。"这已经从美人的衣、饰进而写到肉体了,它远远超过了《六忆》一类诗的虚写,而具有肉感。在《乐将殚恩未已应诏诗》中,沈约又写道:"凄锵笙管道,参差舞行乱。轻肩既屡举,长巾亦徐换。动鬓垂宝花,轻妆染微汗。群臣醉又饱,圣恩犹未半。"至此,沈约已与萧纲等宫体诗无甚区别了。鲍照、汤惠休开创的艳诗传统,还不失清疏,落笔处惟在精神的愉悦;沈约则更重感官的享受,世俗化也更明显。在《梦见美人》一诗里,他甚至写出了"立望复横陈"的艳语,因此,由鲍照汤惠休至宫体,沈约起到的作用,不仅仅是继承一种诗风,更重要的是对这诗风的加强和深化。

　　据上所论可知,鲍照"清怨"和"俗"的两种风貌都为沈约所继承,且同时组成了永明体的基本面貌。永明体在形式上是声律化,在内容上则主要由应酬性题材和言情抒怀的题材组成。应酬的作品除一般的公宴等外,还有许多是咏物内容,这其中便有不少合于宫体的作品，比如《玉台新咏》所选"听妓"、"杂咏"等题目，这表明宫体诗风在永明时已经酝酿其端了。至于言情抒怀的内容，永明诗人除沈约外，如谢朓、范云等都有不少"清怨"的作品传世，尤其是谢朓，他的"清怨"之作其实远远超过了沈约。谢朓一生都是在畏谗忧讥中度过的，而最后的被杀又是由于"畏祸"（张溥《谢宣城集题辞》），这种情绪便渲染出谢朓诗歌独有的风格。就永明体这两种面貌进行比较，"清怨"之作要占主流，也是赢得时人赞赏的主要原因。可惜谢朓在齐末被杀，永明体的传统主要由沈约、范云、任昉等人由齐而传至梁代了。

范云至梁后颇受梁武帝信任，可惜于天监二年（503）病卒，因此，他的文学创作主要还在齐时。任昉卒于天监八年（509），他前期主要以笔著称，写诗则是晚年的事。《南史·任昉传》说他"既以文才见知，时人云'任笔沈诗'。昉闻，甚以为病。晚节转好著诗，欲以倾沈，用事过多，属辞不得流便，自尔都下士子慕之，转为穿凿，于是有才尽之谈矣"。这说明任昉晚年写诗，本欲超过沈约，他的诗以用典使事为特色，在当时造成了很大的影响。这与钟嵘《诗品序》所批评的相符。钟嵘说："颜延、谢庄，尤为繁密，于时化之。故大明、泰始中，文章殆同书抄。近任昉、王元长等，辞不贵奇，竞须新事。"据此，上述任昉写诗之事似发生于齐末，与王融一起造成了用事之风。后来萧子显《南齐书·文学传论》在批评当日流行的三体时，对谢灵运体、鲍照体均直指其名，惟于用事一体，托名晋人应璩、傅玄。此体在南朝的开始者为颜延年、谢庄，继之者为王融、任昉，萧子显不知为何讳言其名？看来，任昉虽然诗写得并不好，但由齐末至梁初由他造成了使事用典之风却是事实。萧子显将之列为三体之一，可见这一派的影响之深。由任昉诗名的崛起，引出了一个问题"沈诗任笔"。(《诗品》中云:"彦升少年为诗不工,故世称'沈诗任笔'。")是世人对沈约、任昉的定评。任昉之不长于诗,在永明年间也是公认的,为什么到了齐末梁初,他突然要写诗,并想以此超过沈约呢？我以为这与永明诗风到齐末已开始发生变化有关,这就是使事用典之风的兴盛。

　　正如钟嵘所说,使事用典之风起于宋泰始、大明之时,至齐末梁初,这一风气又由王融、任昉的写作而弥漫于朝野。从史料看,这一时期的君臣都以博物博事自炫,沈约还因此得罪了萧衍(见《梁书·沈约传》)。同时,为着使事用典的方便,编纂类书亦成风气。如刘孝标编《类苑》,梁武帝萧衍即命学士编《华林遍略》,以求压过刘书(见《南史·文学·刘峻传》),这反映了当时对博事的看重。此风之行又不仅在南朝,北人也极重类书,因此南北朝时类书往往成为商贩们的货物。《北史·祖莹附祖珽传》记有州客携《华林遍略》至北魏请卖,高澄集合抄书人,一日一夜写完,然后退还给州客。后祖珽又偷数帙拿去质钱赌博,被文襄帝杖之四十。这件事说明《华林遍略》部帙大,价格昂贵,连高澄都要做此不光明手脚。类书成为商贩的货物,反映了它受欢迎的程度,也从一个侧面反映了文人对使事用典的喜爱。从以上事实看,这股风气从齐末王融、任昉开始,一直延续了有梁一代。据《沈约传》,沈约与萧衍争知栗有几事,大概发生在沈约去世前不久,即天监十一年(512)至十二年间(513),又,刘孝标编《类苑》在天监七年(508)之后,梁武帝召人编《华林遍略》在天监十五年(516),而州客贩卖《华林遍略》则在梁大同(535—546)之后了。然而沈约的博事还未显示在诗歌中,任昉却以此作为自己的特色,以图压倒沈约。在他的影响下,梁代诗人有不少表现为"句无虚语,语无虚字"(《诗品序》)。比如王僧孺,《梁书》本传说他"其文丽逸,多用新事,人所未见者,世重其富"。而王僧孺的诗,在这一派中还算是比较好的。

使事用典之风以外,梁普通年间又有裴子野一派的"古体"。裴子野撰有《雕虫论》,文学思想比较保守,他的开体立派见于《梁书》本传。据记载,裴子野普通七年(527)受诏作《敕魏文》,深受高祖赏识,"自是凡诸符檄,皆令草创。子野为文典而速,不尚丽靡之词,其制作多法古,与今文体异。当时或有诋诃者,及其末皆翕然重之"。据此,"古体"一派似流行于普通七年以后。《梁书·刘显传》又载:"显与河东裴子野、南阳刘之遴、吴郡顾协,连职禁中,递相师友,时人莫不慕之。"顾协普通六年经萧绎荐举入为通直散骑侍郎,兼中书通事舍人。他与裴子野等人"连职禁中"当于此时。萧纲在中大通三年入居东宫后不久所写的《与湘东王书》中所批评的"京师文体"便有"效裴鸿胪文"一派,可以见出这一派在京师的活动和影响。据《梁书·裴子野传》,与子野同志者,有刘显、刘之遴、殷芸、阮孝绪、顾协、韦棱等人,又有萧励、张缵,每讨论坟籍,亦常折中于子野。古体派诸人有一个特点,即好古爱奇,如刘显识任昉所得之《古文尚书》,刘之遴能校古本《汉书》,这种特点与他们写作上的好古体有一定的相关性。

好古爱奇与使事用典的思想根源应该相同,即都注重博学,正是萧纲所批评的"未闻吟咏情性,反拟《内则》之篇,操笔写志,更摹《酒诰》之作;迟迟春日,翻学《归藏》;湛湛江水,遂同《大传》"。萧纲提倡的"性情卓绝"正是针对文坛上这一种风气而言。除使事用典及古体派外,齐梁文坛还流行着谢灵运体、鲍明远体、谢惠连体、吴均体,等等。其中恐以谢灵运与鲍照二体影响最大,也是萧子显批评"三体"中的两体。谢灵运体于齐初即已流行,《南齐书·武陵昭王晔传》记萧晔学谢康乐体,受到高帝的批评。齐末伏挺为五言诗,亦善效谢康乐体。梁天监年中,他在《与徐勉书》中说:"挺诚好属文,不会今世,不能促节局步,以应流俗。"(《梁书·伏挺传》)所谓"促节局步"即指永明体。入梁以后,谢灵运的影响仍然不小,这在萧纲和萧子显的批评中也可从反面见出。其实,即使萧纲在,也未必完全排斥大谢,他曾撰有《谢客文泾渭》一书[①],看来他对大谢还是下过功夫的。他的诗作中还有一首《和作谢惠连体十三韵》,则是学谢惠连体的明证。可见宫体诗人对京师文体的批评,最主要地还在于开创新体。创新自然要破旧,刘宋以来的元嘉体和当世的古体便成为他们的批评对象。

在上述流行的各体之外,梁天监、普通年间能够取得成就的诗人,仍然属于永明体一派。就永明体的老一代诗人看,沈约、范云、任昉等也还有创作(任昉至晚年才主要从事诗歌创作,但以使事用典为特色,又与永明诗风略异),其中范云去世很早,卒于天监二年(503),似乎在梁代文坛上没有留下什么痕迹。不过范云对梁代诗人却有培育、提携之功。如他对何逊、刘孝绰、裴子野都多加推奖,这对永明体的发展是做出了贡献的。

梁代诗人深受永明诗风濡染,且取得了成就的有何逊、吴均等人。何逊诗歌在当时赢得了很大的名声,沈约、范云对他都极为推赏。沈约说:"吾每读卿诗,一日三复,犹不能已。"(《梁书·何逊传》)范云则说:"顷观文人,质则过儒,丽则伤俗;其能含清浊,中今古,见之何生矣。"(同上)沈、范二人决非虚誉,何逊诗歌的确合于永明新变体,其特色以"清巧"、"形似"(《颜氏家训·文章》)为主,

---

[①] 参见《南史》卷八《梁本纪》,中华书局标点本,第233页。

与永明诗人沈约、谢朓比较接近。梁元帝萧绎曾评论说:"诗多而能者沈约,少而能者谢朓、何逊。"(《梁书·何逊传》)虽然仅在于赞美,但以三人并提,也多少表明了他们之间的联系。由于钟嵘《诗品》不录存者的体例,故没有指明何逊的诗歌渊源,如果要归类的话,恐与沈约、谢朓是一脉相承的。元人陈绎曾《诗谱》在"律体"一栏中列沈约、吴均、何逊、任昉、阴铿、徐陵、薛道衡、江总等人说:"右诸家,律诗之源,而尤近古者,视唐律虽宽,而风度远矣。"这是就律体而论,若就风格论,何逊从小谢处出亦不少,他的许多诗句显然从小谢处化来。如"风光蕊上轻,日色花中乱"(《酬范记室云》)和"草光天际合,霞影水中浮"(《春夕早泊和刘谘议落日望水诗》)即受谢朓"日华川上动,风光草际浮"(《和徐都曹》)的影响;又如"水底见行云,天边看远树"(《晓发诗》)也与谢朓"天际识归舟,云中辨江树"(《之宣城郡出新林浦向板桥》)同一技法;而其"游鱼乱水叶,轻燕逐风花"(《赠王左丞诗》)亦显从谢朓"鱼戏新荷动,鸟散余花落"(《游东田》)来。总的说来,何逊的写景明显带有永明体特色,即自然之中更见精思巧撰,而声韵谐和,字字珠玑,又是永明体的"圆美如弹丸"诗歌理想的表现。

与何逊的"清巧"不同,吴均以"清拔有古气"(《梁书》本传语)闻名于世,有学之者,称为"吴均体"。唐人段成式《酉阳杂俎》记庾信出使西魏,作诗用《西京杂事》事,旋自追改,曰:"此吴均语,恐不足用也。"可见吴均体在当时的影响。《酉阳杂俎》的记载带有故事色彩,不知真实性如何,但梁人纪少瑜确有一首《拟吴均体应教诗》传世。既称"应教",当为奉命唱和而作,说明吴均体的影响还不小。史书称吴均"清拔有古气","古气"在当时并不很受欢迎,又曾因得罪梁武帝,所以终其一生也没有得意过。吴均的"古气"表现在他于题材的选择上，如游侠、戍边等以武事为特征的题材，以及通过这些题材表达的建功立业抱负和抱负不能实现的怨气，这都是当时人不欣赏的内容。但是在诗歌传统上，我们看到吴均仍属于永明体诗人，尽管他的诗歌内容及风格带有"古气"，但他所使用的形式，却是典型的永明体。在他的作品中，虽多为乐府以及题为"古意"的诗，也都以短篇居多。他有一些作品的平仄对仗已基本符合格律要求。如果说有区别的话，吴均诗歌气势较强，他的对句不以精巧取胜，而偏重于气势的流动。如"一为别鹤弄，千里泪沾衣"（《与柳恽相赠答》其五）、"高秋八九月，胡地早风霜"（《胡无人行》）、"报恩杀人竟，贤君赐锦衣"（《结客少年场》）；即使风格绮靡的《采莲曲》，也有"愿君早旋返，及此荷花鲜"的句子，这看出吴均喜欢使用流水对，取其气势而力避工巧。还有一些对句极高浑，已具唐人气象，如"白云间海树，秋日暗平原"（《酬别江主簿屯骑》）、"白日辽川暗，黄尘陇底惊"（《酬郭临丞》）。就某些山水诗看，吴均诗中偶有"轻云纫远岫，细雨沐山衣"（《同柳吴兴何山集送刘余杭诗》）、"青云叶上团，白露花中泫"（《诣周丞不值因赠此诗》）一类形似之作，但总的说来，像其他永明诗人"寻虚逐微"的细致写物诗并非很多，这与他喜用气语、壮语，善从大处落笔的写作态度有关。

何逊、吴均以外，属于永明诗风的还有柳恽、王籍等人。柳恽著名的作品有《捣衣》五首，其二为："行役滞风波，游人淹不归。亭皋木叶下，陇首秋云飞。寒园夕鸟集，思牖草虫悲。嗟矣当春服，安见御冬衣。"其中"亭皋木叶下"两句为王融所嗟赏，而被书于斋壁（见《梁书·柳恽传》），这说明此诗作于齐末。入梁之后，曾经奉和梁武帝《登景阳楼》诗，其中"太液沧波起，长杨高树秋。翠华承汉远，雕辇逐风游"四句深为武帝所美，一时咸共称传。（同上）柳恽同吴均交情颇深,诗风有相同的一面,恐也是一个原因。

王籍与何逊等人相比,生活的时代稍晚,卒于梁末(公元550年)。但他齐末就受到任昉和沈约的称赏。王籍诗学谢灵运,"时人咸谓康乐之有王籍,如仲尼之有丘明,老聃之有严周"(《南史》本传)。他的名作是《入若邪溪》,作于天监后期,全诗八句:"舣艎何泛泛,空水共悠悠。阴霞生远岫,阳景逐回流。蝉噪林愈静,鸟鸣山更幽。此地动归念,长年悲倦游。"此诗当时影响甚大,以为是"文外独绝"(《梁书》本传)。但这诗的风格很明显从永明体来,而非谢灵运体。

以上是梁天监、普通年间文坛的大致情况,就文学实绩说,既不如齐永明体的辉煌,也不如这之后的宫体诗有影响。何逊、吴均等人虽取得了较好的成就,但在当时并没有特别惹起人们的注意。他们甚至没有能够进入萧统东宫学士的队伍,应该说,太子东宫学士的选拔,都是在当时有盛誉的文人。其实,我们也注意到,即使沈约,他是齐梁时期的文宗,但在钟嵘的《诗品》里还是被置于中品。《南史》本传说钟嵘求誉于沈约,遭到拒绝,所以钟嵘将他置于中品,"盖追宿憾,以此报约也。"这恐怕是不确实的。一者,《南齐书》不载此事,二者,钟嵘对齐梁诗人的评价都不高。谢朓在当时的声名不下于沈约,且与钟嵘也有交往,但钟嵘仍将他置于中品,可见并不是报复。应该说齐梁时人仍然有贵古贱今倾向,在他们的眼里,当代诗人无论如何还不能与谢灵运等大诗人相提并论。萧统《文选》选诗,也以晋、宋两朝所选诗人和作品为多,说明了齐梁时期总的评价就是如此。此外,永明体的辉煌时期在齐代,入梁之后,当年讨论声律的集团已经解散,主要代表诗人谢朓、王融已去世,接着范云、任昉也相继亡故,沈约坚持到了天监十二年,终于也带着遗憾的心情离开了人世。从沈约、任昉等人入梁以后的文学活动看，主要表现在奖掖新人之上，他们的晚期创作再也没有掀起又一起永明体的高潮来。尽管天监、普通年间还感受着永明诗风的影响，但也正如萧子显所说"习玩为理，事久则渎，在乎文章，弥患凡旧。若无新变，不能代雄"（《南齐书·文学传论》），求变创新一直是齐梁文人认可了的观念。不独萧子显等人，即使萧统，在《文选序》中也主张要"随时变改"。因此，永明体开辟的新诗传统尽管还在继续，由新变体向格律化发展，但在题材以及手法上，新诗人又不断有所变新。天监十二年沈约的逝世，实际上标志了一个时代的结束。钟嵘《诗品》以他作为收束，或许包含有这样的意思。而萧统《文选》实际上也是以沈约为收录的下限，这似乎都表明当时人以沈约为上一时代文学的标志，而想做一个清楚的总结。说来也是历史的巧合，沈约天监十二年病逝，萧统天监十四年加元服，从此以他为中心组成了一个文学集团，开始了这一时期的文学活动。在这个集团里，主要的代表作家是刘孝绰、王筠等人，他们继承了永明体的传统，但更多地表现出他们自己的面貌，显示了与齐文学的区别。

（原载《社会科学战线》1997年第3期）

以萧统为中心论梁天监、普通年间文学思想与创作

在魏晋南北朝文学研究中,有一个时期常为研究者所忽略,这就是梁天监(502—519)、普通(520—527)年间的文学创作。在人们的意识中,齐梁文学的发展,似乎就是以永明文学和宫体文学为中心,其实,在这两种文学现象之间,梁天监、普通年间的文学思想和创作,也构成非常重要的文学现象,并且形成了鲜明的特征,这就是以萧统为中心的文学集团。永明文学主要发生在齐永明年间(483—493),而宫体诗的实际发生影响则要到萧纲中大通三年(531)入主东宫以后,在这一段长达三四十年的时间里,京城文学活动具有什么样的面貌?它与永明文学有什么样的联系和区别?萧纲到达京城不久所批评的"京师文体"到底何指?这些问题只有在对天监、普通年间文学思想、创作进行深入研究之后,才能获得解决。

一

应该说梁初文学直接受到永明文学的影响,永明文学的代表作家如沈约、任昉、范云在天监初年仍然有文学活动,一些年轻的作家如刘孝绰、王筠等都是在他们的教导和提携下成长的,沈约并

且还担任过太子萧统的老师。但是我们更注意到,这一时期这些作家的思想状态乃至诗风,都与永明年间发生了变化,年轻的作家并没有完全继承永明诗风,而是在新的朝代里提出了新的文学思想。这一切是如何发生的呢?我们有必要对永明文学作一番考察。永明文学产生于齐武帝永明年间,代表作家即当时称为"竟陵八友"的沈约、谢朓、任昉、范云、王融、萧衍、萧琛、陆倕。"八友"之称见于《梁书·武帝本纪》,但这八友是否为经常性的文学集团,很值得怀疑。因为八人的年辈并不相等,比如陆倕,永明四年他才十七岁,举为本州秀才,当他与张率前去拜访沈约时,沈约推荐给任昉说:"此二子后进才秀,皆南金也,卿可与定交。"由是任昉与陆倕结为忘年交。至于萧琛,《梁书》记载他卒于中大通元年(529),时年五十二岁,这样比陆倕还小八岁。不过《梁书》又记萧琛曾为王俭丹阳尹主簿,时为永明二年,而这一年萧琛才五岁,于理不合。因此萧琛卒年五十二岁之说,很值得怀疑。曹道衡、沈玉成先生《中古文学丛考》认为永明初年萧琛应为二十岁左右。即使是这样,根据陆倕的经历,"八友"之聚最早也要到永明四年以后。永明五年萧子良正位司徒,于鸡笼山邸集学士抄五经、百家,"八友"大概即于此时相聚,而得名或亦在其时。《梁书·萧琛传》说:"高祖在西邸,早与琛狎,每朝宴,接以旧恩,呼为宗老。"可见萧衍是承认"八友"的说法的。从永明五年到永明九年,是竟陵文学集团的昌盛期,但能否说"八友"全部是中坚,恐还有疑问,因为从现存竟陵文学集团一些酬和作品看,似乎萧琛、陆倕与沈约、谢朓等相互酬和并不多。陆倕所存几首都是入梁以后作品,萧琛有一首《饯谢文学诗》,当是永明九年送谢朓赴荆州时作,但也仅有这一首,还表明萧琛曾经参加过这样的活动。与他们相反,非"八友"中人的刘绘却参加了不少文学活动,他与沈、谢的酬和作品超过了陆倕和萧琛。因此所谓"竟陵八友"并不一定能反映竟陵文学集团的实际,这个文学集团的中坚并不是"八友",而只是"八友"中的沈、谢、任、范、王等人。

从上述情况看,永明文学的中坚主要是沈约、谢朓、任昉、范云、王融等人。永明文学的兴起与竟陵王萧子良的倡导有关,而永明文学集团的形成和解散也与萧子良有关。从史料记载看,萧子良永明五年和七年分别组织过大型的活动,集学士抄撮五经、百家,造经呗新声,其时沈约、谢朓等或亦参加。《南史·陆厥传》记载:"时盛为文章,吴兴沈约、陈郡谢朓、琅邪王融,以气类相推毂,汝南周颙善识声韵。约等文皆用宫商,将平上去入四声,以此制韵,有平头、上尾、蜂腰、鹤膝。五字之中,音韵悉殊,两句之内,角徵不同,不可增减,世呼为'永明体'。"《南史》此事记于永明九年以下。在《刘绘传》中,《南史》又记:"永明末,都下盛为文章谈义,皆凑竟陵西邸,绘为后进领袖。时张融以言辞辩捷,周颙弥为清绮,而绘音采赡丽,雅有风则。"《南史》这两个记载恐都不确,因为谢朓在永明九年春天随萧子隆去了荆州,直至十一年秋冬之际方还都。而这一年秋天由于齐武帝逝世,宫廷斗争激烈,王融也因拥立萧子良被杀,那么所谓"八友"也就自然解散了。同时迫于形势,萧子良也不会再举行什么活动的。此外,《南史》称刘绘、张融、周颙为后进,也不符合事实,这恐是《南史》节录《南齐书》有误。按,《南齐书·刘绘传》载:"永明末,京邑人士盛为文章谈义,皆凑竟陵王西邸。绘为后进领袖,机悟多能。时张融、周颙并有言工,融音旨缓韵,颙辞致绮捷,绘之言吐,又顿挫有风气。时人为之语曰:'刘绘贴宅,别开一门。'言在二家之中也。"据此,说刘绘后进,是以他与张融、周颙比较而言。刘绘生于宋孝武帝大明二年(458),卒于梁天监元年(502);张融生于宋文帝元嘉二十一年(444),卒于齐明帝建武四年(497),年辈都比谢朓高。特别是张融,比沈约还大三岁,所以不能说是"后进"的。至于周颙,其卒年无考,陈寅恪先生《四声三问》一文根据《南齐书》本传记周颙卒官时,"王俭讲《孝经》未毕",考王俭卒于永明七年五月,故认为周颙应卒于此前[1]。但《出三藏记集》十一僧祐《略成实论记》说永明七年十月萧子良请定林寺僧柔法师、谢寺慧次法师于普弘寺迭讲,仍请僧祐等讲《十诵律》,即于律座令柔次等诸论师抄成《比实》,略为九卷,八年正月二十三日解座,即写略论百部流通,教使周颙作论序。周颙之《序》即载于《成实论记》之下,说明永明八年周颙尚在。周颙卒于何时,虽难确考,但《南史》既有这样的记载,估计也不会太晚。《全梁文》载沈约《与约法师书》,是悼念周颙的文字,文中有"去冬今岁,人鬼见分"的话,说明周颙卒于冬天。据刘跃进先生考证,沈约此书不晚于永明十一年[2],就是说周颙之死最晚也不会晚于十一年。这样的话,周颙也不当称为"后进"。不仅如此,还有一种说法,认为四声的发明起自周颙[3],如果是这样的话,周颙也是很早就参加了永明声律的讨论的。

由于永明文学集团与竟陵王萧子良的亲密关系,齐明帝即位后,立即对这集团中人进行清洗。先是沈约于永明末出守东阳(见

---

[1] 陈寅恪:《金明馆丛稿初编》,上海古籍出版社1980年版,第334页。
[2] 刘跃进:《门阀士族与永明文学》,生活·读书·新知三联书店1996年版,第367页。
[3] 隋刘善经《四声指归》说:"宋末以来,始有四声之目,沈氏乃著其谱论,云起自周颙。"《文镜秘府论·天卷》引,中国社会科学出版社1983年版。

沈约《与徐勉书》），继而范云出为零陵内史，谢朓出为宣城太守。从此以后，随着政治形势的恶化，永明诗人都程度不等地卷入了斗争的漩涡，其中当以谢朓所陷最深，终于在永元元年（499）下狱诛死。因此，从永明末以迄齐末，永明诗人恐怕再也不会有如永明年间那样的文学雅集了。谢朓在《酬德赋序》中说，建武二年（495）出守宣城时，沈约曾赠五言诗，他没有回复；建武四年（497）出为南东海太守，沈约又有赠诗，但他仍然未作回复。虽然如他所说或因病，或"迫东偏寇乱"，但身处险恶处境中的诗人或是没有心绪，或是为避猜嫌，恐是主要原因。事实上在建武五年（498）就发生了他"启（王）敬则反谋"的事件。关于谢朓告发岳丈王敬则之事，当以曹融南先生分析最为得理："谢朓在这件事上所表现的懦怯畏葸，勉求避祸，确无庸置辩。但他面对的是一个'性猜忌多虑'、'雄忍'而善'用计数'的'严能'之主，得位之后，正时刻严防异己，南徐州密迩京畿，处在他眉睫之下；为防范王敬则，并先已明授亲信而'素著干略'的宿将张瓌为平东将军、吴郡太守，恰可以拊南徐州之背。所以，谢朓的举动，确是'实逼处此'，有所不得已的。"①谢朓是王敬则女婿，齐明帝却让他居南徐州，置于平东将军张瓌的监视之下，正如王敬则所说："东今有谁？只是欲平我耳！"（《南齐书·王敬则传》）因此张瓌的"平东"既防王敬则，也防谢朓。处在这种形势下的谢朓，一向又畏谗怕祸，既没有心绪，也不敢多与永明集团的朋友多来往了。

　　谢朓在齐末的遭遇基本上也能反映出永明诗人的处境，随着这种身世境遇变化，他们在这一时期的创作也发生了变化。以谢朓为例，从内容上看，他在西邸雅集时多为咏物诗，体裁也多符合

---

① 《谢宣城集校注》前言，上海古籍出版社1991年版，第3页。

"新变体"特征,而荆州以后的作品则较多地带有身世之感,体裁也趋向长篇鸿幅发展。他的一些具有真情实感,受到后人赞赏的代表作品,也主要是指产生在这个时期的这一类作品,如《暂使下都夜发新林至京邑赠西府同僚》、《始出尚书省》、《晚登三山还望京邑》、《观朝雨》、《宣城郡内望》等都是。沈约的情况也差不多,他在齐末所写的新体诗远不如永明年间多。因此从这种情况看,我们说以"新变体"为特征的永明文学,其实只能概括永明二年至永明九年的创作。从永明九年开始,随着谢朓的西去,永明文学的核心人员"竟陵八友"实际上已经解散;而从永明十一年开始,随着王融被杀,又次年萧子良以忧卒,竟陵文学集团亦宣告解体。此后,政治斗争日趋复杂激烈,昔日的文友,为了各自的政治利益,亦纷纷背弃故主,寻找新靠山,如谢朓、萧衍就都投靠了明帝萧鸾。就在这种情况下,永明"新变体"诗风悄悄地发生了变化。首先反映在体裁上,即以五言八句为主的新体诗减少;其次诗风转以"清怨"为特征,沈约与谢朓可以代表。钟嵘《诗品》评价沈约说:"观休文众制,五言最优。详其文体,察其余论,固知宪章明远也。所以不闲于经纶,而长于清怨。"其实这个评价只符合沈约的后期作品,他在永明年间的诗歌并不清怨。那些以咏物、赠答等应酬性作品构成的新变体,都是歌颂为主,自然没有清怨的情绪。只是到了建武元年(494)他被外放东阳太守以后,清怨诗风才成为鲜明的特征。以后由于昔日"八友"的关系,他得以接近萧衍,并成为新王朝的赞功者,官封梁尚书仆射。但由于他志望台司未能如意,而心有怨言,他在《郊居赋》中说"伊吾人之褊志,无经世之大方",很明显是怨词。因此,从齐末至梁天监中,沈约的诗风都以清怨为特征。沈约是如此,谢朓更其突出。他虽然投靠萧鸾,但他毕竟是一介文人,不像萧衍具有雄心大志,可以驾驭得住局势;而是畏谗忧祸,进退维谷,内心非常矛盾痛苦。他这一时期的作品主要抒发"由于仕途艰险、政争残酷而萌发的萦心禄位又寄想栖隐的矛盾心情"①,因此虽文思清绮而诗情哀怨。

沈约、谢朓都是永明文学的代表作家,对诗歌的声律化都投入了极大的热情,而他们能够突破前人樊篱,获得声誉②,也正由于他们的新变体写作。既然如此,为什么在建武以后不再全力写作新体诗了呢?这一现象正说明了新变体在当时的局限。根据现在的研究,永明新变体诗主要发生于永明二年至九年,其内容也以咏物和赠答等应酬作品为主,这就表明新变体在刚开始的时候,还只适合表现情感肤浅以应酬为主的内容。这一方面因为永明作家对声律的调谐把握还不能自由运用,对表达真感情的内容难以在新变体中使用;另一方面新体诗的讨论产生于承平时代的王府之内,而永明年间的统治者已十分明显地表示出对新体诗歌的喜爱,比如武帝萧赜喜爱《西曲歌》,并且仿而作《估客乐》;又如竟陵王萧子良与诸文士造《永平乐》十曲,这样由统治者倡导的新诗风,一开始就确定了写作的对象以应酬内容为主。但当永明末年政治形势发生变化,作家的境遇改变、体会加深时,新体诗还没有来得及积累相应的艺术经验,因此传统古诗形式即成为抒情的主要体裁。

沈约、谢朓诗风的转变并不是孤立的现象,建武年间政治形势的变化,引起了整个诗坛的变化。永明年间以能文与沈约能诗齐

---

① 《谢宣城集校注》前言,上海古籍出版社1991年版,第9页。
② 《南齐书·谢瀹传》记:"世祖(齐武帝)尝问王俭:'当今谁能为五言诗?俭对曰:'谢朓得父膏腴,江淹有意。'"这说明齐初沈约尚未有诗名,他的得名晚在永明年间。

名的任昉,这时却想以诗超过沈约。《南史·任昉传》说他"既以文才见知,时人云'任笔沈诗'。昉闻甚以为病。晚节转好著诗,欲以倾沈,用事过多,属辞不得流便,自尔都下士子,转为穿凿,于是有才尽之谈矣"。[①] 这说明任昉晚年写诗以使典用事为特色,想以此超过沈约。这个故事很有意思,任昉本不以诗名,他的不如沈约也是不争的事实,但他到了晚年,却聊发意兴,想改变这种情况,超越沈约。问题是为什么任昉会有这样的想法呢?我以为这与永明末年诗风的变化有关。永明年间的新体诗写作,任昉未能擅名,但他并未想到要超过沈约,可能与他不如沈约娴于声律有关;至于永明末年,诗风变改,沈约、谢朓等人由新体转向古体,任昉则以事典入诗,因为这是他的强项。使事用典之风据钟嵘说始于颜延之、谢庄,其后的宋大明(457—464)、泰始(465—471)年间,文章殆同书抄。由宋入齐,承其风者有王融、任昉,钟嵘说:"近任昉、王元长等,词不贵奇,竞须新事,尔来作者,浸以成俗,遂乃句无虚语,语无虚字,拘挛补衲,蠹文已甚。"[②]从这个批评看,任昉、王融的竞用事典,是从永明末年开始的,所以说是"近"。这股用事用典的风气,从齐末开始,一直漫延到梁代,史书所记沈约与萧衍争知栗有几事,以及萧衍召人编《华林遍略》等事都发生在梁代,说明这一时期的君臣都以博物博事自炫。

以上是齐末建武年间诗风变改的基本情况,沈约与谢朓是永明年间代表作家,同样也是建武年间的代表作家,他们的诗风影响

---

① 钟嵘《诗品》亦有类似的说法:"彦升少年为诗不工,故世称沈诗任笔,昉深恨之。晚节爱好既笃文亦道变,善铨事理,拓体渊雅,得国士之风,故擢居中品。但昉既博物,动辄用事,所以诗不得奇。少年士子,效其如此,弊矣。"

② 曹旭:《诗品集注》,上海古籍出版社1994年版,第180—181页。

并带动了齐末诗坛；与他们略有不同，任昉在永明年间不能说是写诗能手，但他在齐末以来却成为领风气的代表诗人，他倡导的使事用典之风，影响了齐末乃至梁初的很长一段时间。这就是齐永明至建武年间文学发展变化的真实状态，构成了梁代前期年轻作家思想状态和文学创作的背景，对我们了解梁天监、普通年间的文学思想和创作，具有十分重要的意义。

二

梁天监、普通年间是以萧统为中心的文学时期，这一时期的文学思想和创作形成了自己的特征，既与永明文学不同，更与宫体文学有区别。从时间上看，应该从梁天监元年（502）开始，到中大通三年（531）结束。公元502年，萧衍代齐自立，是为梁朝，改元天监元年。这一年萧统二岁，被立为太子，萧衍为立官属，标志新文学时期的开始。中大通三年，萧统病逝，随着萧纲入主东宫，倡导宫体文学，宣布了萧统时期的结束。本文之所以采用天监、普通之名，一是因为萧统文学集团主要活动在这一时期，普通以后，该集团成员基本解散；二则是为了行文的方便。根据萧统生平和他的文学活动经历，这一时期大致可以分为三个阶段：天监元年（502）至天监十四年（515）萧统加元服为第一个阶段；天监十四年至普通末（八年，527）为第二个阶段，这是萧统文学集团的主要活动时期。由于普通七年（526）萧统居母丧丁忧，而前此一年这一集团的主要作家刘孝绰亦被免官，所以萧统文学集团转入最后阶段，即从大通元年（527）至中大通三年（531）萧统逝世为止。普通七年以后，萧统文学集团事实上已经解散，其最主要活动大概就是将《文选》总纂完成，其他已无暇顾及了，因此本文的考察就主要集中在前两个阶段。

　　天监元年萧统立为皇太子，武帝为东宫立官属，当时一些有名望的人如范云、王暕、褚球等都入东宫任职。其后东宫官属几经选择，如天监六年（507）诏革选家令，天监七年（508）诏革选中庶子（见《文献通考》六十），名德之人多入东宫，如沈约任太子少傅即是。南朝时东宫官属为四海瞻望（参《宋书·王敬弘传》），与西晋已有不同（《晋书·闫缵传》记缵上表陈选择东宫师傅，宜选寒苦之士）。《梁书·庾於陵传》载："旧事，东宫官属，通为清选，洗马掌文翰，尤其清者。近世用人，皆取甲族有地望。"因此萧统东宫可谓荟聚一时名贤。不过在第一阶段，萧统还很年幼，以他为核心的文学集团还没有形成，因此这一时期文学活动仍然以由齐入梁的作家为主，诗风也与建武以来的古体一脉相承。由齐入梁的作家有沈约、范云、任昉、陆倕、萧琛，这是永明文学集团中的"八友"阵容。除此以外，王僧孺、柳恽也是永明文学集团中人；至于在宋、齐年间擅名的江淹，到了梁代已经是"江郎才尽"，不再有什么创作了。以上的人员虽然都出自永明集团，但经过了建武年间的变化，不仅诗风已有改变，而且事实上他们在梁初诗歌创作的热情也不如以前了。如萧琛，他曾说自己早年有三好：音律、书、酒，但年长以来，三好废弃了两好，惟有书籍不衰。这里的"音律"主要是指音乐，恐怕也包含有声律的内容，因为他是"竟陵八友"之一，早年曾经参加过永明声律的讨论，与谢朓等都有唱和，这说明到这时萧琛已不再写诗了。还有一些作家入梁以后不久就去世了，如范云死于天监二年（503），在新朝代中并没有来得及展现新面貌。不过值得我们注意的是，作为代表作家的沈约和任昉创作上的变化。与永明、建武年间相比,沈约在新朝代中的写作并没有付出很多的热情,他主要写一些郊庙歌辞以及应酬的作品,但就是这些应酬作品也与永明年间不同了。永明年间的应酬作品以五言八句、十句短篇为主,这是典型的新变体;而梁初则以七言的民歌体为主了,比如《江南弄》、《四时白纻歌》诸诗都是。这个变化当然与梁武帝喜爱西曲歌有关,只是这样一来,永明体的影响就受到了限制。与沈约不同,梁初似乎是任昉的创作高潮期。从现存作品看,任昉的诗歌基本写于这一个时期,其中以《文选》所录的《出郡传舍哭范仆射》最为有名。此诗为悼念范云而作,诗中说"结欢三十载,生死一交情",可见二人感情的深厚。值得注意的是,这一首诗并不像钟嵘所批评的那样"动辄用事",从形式上看,是典型的古体,用字也不避重复,与永明年间的诗歌大有区别。但就是这样的诗歌却被萧统选入《文选》,说明这一种诗风是被萧统集团认可了的。任昉以笔札名世,因此《文选》选录他的文章多达十七篇,诗歌却仅有两首入选,而这两首诗歌又都写于天监年间,这一者说明任昉晚年诗歌确有成就,二者恐更说明了随着建武以来诗风的变化,引起了梁天监、普通年间文学思想观念的改变。正是在这个背景里,任昉萌发了在诗歌上超过沈约的念头。若以梁初诗歌论,说任昉赶上甚或超过沈约,也有一定的道理。从这一点说,任昉对萧统文学集团的影响可能要比沈约大。

沈约、任昉除了以变化了的诗风影响诗坛外,还把精力放在培养文学新人上。提携新人是永明作家的优良传统,如沈约、范云、任昉、谢朓等都曾提拔过许多新人,洎入梁以后,除了谢朓早死以外,沈约、范云、任昉更注重对年轻人的奖掖和提拔,如任昉在任御史中丞以后,刘孝绰、殷芸、到溉、刘苞、刘孺、刘显、刘孝仪、陆倕、到洽、张率等车轨日至,号曰"兰台聚";而沈约对王筠的激赏,更是有名的故事。以上这些年轻作家基本都是萧统文学集团中人,这一事实说明了萧统文学集团的形成背景,这个文学集团后来所提出文学思想和创作上表现的特色,都与这个背景有关。

随着年轻作家的成熟和新文学集团的崛起,沈约、任昉亦渐入老境,任昉先于天监七年(508)死去,至天监十二年(513),沈约也终于带着遗憾的心情离开了人世。沈约的逝世,标志着一个时代的结束和另一个新时代的开始,这就是以萧统为中心的文学集团。

三

天监十四年(515)正月,萧统于太极殿加元服,以他为中心的文学集团正式开展了文学活动。关于萧统的文学集团,后人传有"十学士"之说,宋人邵思《姓解》(1035年刊成,《古逸丛书》本)于"弓"部"张"字、"刀"部"刘"字、"到"字、"阜"部"陆"字、"一"部"王"字下分别说"张缵、张缅为昭明太子及兰台两处十学士"、"刘孝绰为昭明太子十学士"、"到洽为昭明太子十学士"、"陆倕为梁昭明太子十学士之一"、"王筠为梁昭明太子十学士"。这个记载引起了研究者的注意,今人屈守元先生在此处所记七人的基础之上,又根据《南史·王锡传》记载,增加了王锡、谢举、王规三人,合起来正符十人之数。[①] 然邵思之说并不可信,他的根据是《南史·王锡传》:"时昭明太子尚幼,武帝敕锡与秘书郎张缵使入宫,不限日数。与太子游狎,情兼师友。又敕陆倕、张率、谢举、王规、王筠、刘孝绰、

---

① 《文选导读》导言,巴蜀书社1993年版,第22页。

到洽、张缅为学士,十人尽一时之选。"这一记载显然与《梁书》不一样,当是附会之辞。从十人的行履看,不存在一起出为萧统东宫学士的可能。因为从《梁书·王锡传》及《张缵传》看,此事应发生在天监十四年(515)。《王锡传》记:"(锡)十四举清茂,除秘书郎,与范阳张伯绪(缵)齐名,俱为太子舍人。丁父忧,居丧尽礼。服阕,除太子洗马。时昭明尚幼,未与臣僚相接。高祖敕:'太子洗马王锡、秘书郎张缵,亲表英华,朝中髦俊,可以师友事之。'"王锡十四岁时是天监十一年(512),其后丁父忧到服阕要到天监十四年(515)始被任太子洗马。但据《张缵传》记,缵起家秘书郎,时年十七,这时应是天监十四年。缵在秘书郎任上"数载",才迁太子舍人,因此《王锡传》说锡天监十一年就与张缵俱为太子舍人的记载有误。实际上是王锡服阕后任太子洗马,与时为秘书郎的张缵同为萧统友。张缵转太子舍人还要在天监十四年(515)"数载"之后,假使是三年的话,也得到天监十七年(518),张缵才迁为太子舍人。不管怎么说,天监十四年(515)萧统加元服之后的确设置了学士,《王筠传》所记萧统执王筠袖抚孝绰肩的故事也发生在这一年。如果说萧统东宫设置了学士,并且开始了文学活动,如《梁书·萧统传》所说:"引纳才学之士,赏爱无倦,恒自讨论篇籍,或与学士商榷古今;间则继以文章著述,率以为常。"这当是事实,但如果一定要标出"十学士"之名,恐是附会。因为这十人之中张率天监十四年并不在京师。《梁书·张率传》记张率天监年间的仕履是:天监四年(505)父忧去职,至七年(508)敕召出,八年(509)晋安王萧纲戍石头,以率为云麾中记室。天监十三年(514),萧纲出镇荆州,复以率为宣惠谘议,领江陵令。自此以后,张率一直随萧纲在外,从天监八年(509)张率为萧纲僚属,前后共十年,待其还都任太子仆时,已经是天监十八年(519)了。因此"十学士"之说实际是不存在的。①

"十学士"之名虽无,萧统与诸学士的文学活动却实际存在着。《梁书·殷钧传》记:"东宫置学士,复以钧为之。"又《梁书·明山宾传》记:"普通四年(524),迁散骑常侍,领青冀二州大中正。东宫新置学士,又以山宾居之,俄以本官兼国子祭酒。"据此,萧统东宫置学士似始于普通四年。又据同书《王规传》记:"敕与陈郡殷钧、琅邪王锡、范阳张缅同侍东宫,俱为昭明太子所礼。湘东王时为京尹,与朝士宴集,属规为酒令。规从容对曰:'自江左以来,未有兹举。'特进萧琛、金紫傅昭在坐,并谓为知言。"这事发生在王规丁父忧之后,规父骞普通三年(523)卒,南朝服忧为二十七个月,则此事当为普通五、六年间事。这也与时为金紫光禄大夫的傅昭身份相合(傅昭普通五年为金紫光禄大夫)。但称萧琛为特进,恐是误记,因为萧琛至大通二年(528)才加特进。为什么不可能是大通年间事呢?这是因为湘东王萧绎在普通七年(527)已解丹阳尹,此事只能在普通七年以前。这样萧统东宫置学士,史书有记载者为普通四年以后事。

然而萧统置学士决非如此之晚,《梁书·王筠传》记:"昭明太子爱文学士,常与筠及刘孝绰、陆倕、到洽、殷芸等游宴玄圃,太子

---

① 关于"十学士"问题,曹道衡师以为陆倕《以诗代书别后寄赠诗》或可觅得一些线索。陆诗大约作于天监十四年(据《梁书·简文帝纪》及《陆倕传》),诗中寄赠者九人,其中"率更"为明山宾(时为太子率更令)、"殷弟"当为殷钧、"伏子"为伏暅或其子伏挺、"吏曹"为刘孺(时为尚书吏部郎)、"议曹"为刘显(时为议曹郎),其余如"比部"、"建德"、"记室"待考。又"刘兄"亦未知何人,年长于陆倕,恐非刘孝绰,因为刘孝绰较陆倕年少。以上九人加上陆倕正为十人,或为当时流传"十学士"之说的依据。此说可为参考。

独执筠袖抚孝绰肩而言曰：'所谓左把浮丘袖，右拍洪崖肩。'其见重如此。"这里明以王筠、刘孝绰、陆倕等人作为学士看待。此事当发生在萧统加元服，即天监十四年之后。其实南朝时学士无定品亦无定员，与唐以后不同。东宫官属以文义被引用，大概都可称学士。不独太子，诸王亦可置学士，如《梁书·张率传》载："天监初，临川王已下并置友、学。"又如萧纲在雍州以庾肩吾等十人为高斋学士，后人并由此附会为萧统的十学士。萧统加元服以后，在东宫常与学士讨论篇籍，商榷古今。《梁书·萧统传》说："于时东宫有书几三万卷，名才并集，文学之盛，晋、宋以来，未之有也。"在这样的背景里，萧统东宫学士起到了领导文学创作潮流的作用。从史书的记载看，东宫学士的核心人物当是刘孝绰、王筠。据《梁书·刘孝绰传》记："孝绰辞藻为后进所宗，世重其文，每作一篇，朝成暮遍，好事者咸讽诵传写，流闻绝域。"又《王筠传》记筠："少擅才名，与刘孝绰见重当世。"东宫学士为天下瞩目，尤其是东宫学士的文学活动形成于天监十四年，即昭明太子加元服之后，其时老一代永明体诗人多已谢世，能够领导潮流的自然就是刘孝绰、王筠他们了。

天监十四年刘孝绰、王筠并已三十五岁了，他们的成名很早，尤其是刘孝绰，少年时即被称为神童。他的父亲刘绘，曾预竟陵王萧子良西邸之游，也是永明体诗人，《南史》说他"音采瞻丽，雅有风则"。刘绘对声律理论应当很精通，而且具有批评意识，《诗品序》说他曾想著《诗品》，批评当时创作的混乱状态，可惜未能完成。刘绘的创作与批评意见应当影响到刘孝绰。除他父亲之外，他的舅舅王融是"竟陵八友"之一，对声律更有造诣。钟嵘《诗品序》记录了王融对于声律的一些意见，并说他想作《知音论》，"未就而卒"。

王融对刘孝绰也尽栽培之事，在孝绰很小的时候就同车载他以适亲友，多加提携。而刘绘、王融的诗歌同志沈约、任昉、范云也都对他青睐有加，由此可以见出刘孝绰的文学思想及写作都与永明体有着密切的关系。与刘孝绰相同，王筠也"少擅才名"，他出身于琅邪王氏，其从叔即是王融。从史料记载看，永明诗人中以沈约最为欣赏王筠。《梁书·王筠传》记："尚书令沈约，当世辞宗，每见筠文，咨嗟吟咏，以为不逮也。尝谓筠：'昔蔡伯喈见王仲宣称曰："王公之孙也，吾家书籍，悉当相与。"仆虽不敏，请附斯言。自谢朓诸贤零落之后，平生意好，殆将都绝，不谓疲暮，复逢于君。'"谢朓是沈约的知己，其创作才能深为他所叹服。自谢朓、王融等人死后，沈约一直感受着寂寞的悲哀，他创作的《怀旧诗》九首就是这种情感的流露。当他于晚年得识王筠之后，竟能产生这样的欣奋，可见王筠的确继承了永明体的诗脉。同传还记王筠读沈约的《郊居赋》，音律正符合沈约的要求，把这位老诗人激动得"抚掌欣抃"。他说："知音者稀，真赏殆绝，所以相要，正在此数句耳。"这都说明王筠深得永明声律的三昧了。从以上材料看，刘孝绰、王筠这两位萧统集团中的核心人物，都与永明作家具有极深的渊源关系。但是直到天监十四年刘、王二人三十五岁之前，他们在文坛上并没有造成如他们父辈那样的影响，甚至连永明诗人津津乐道的声律理论，也未见有特别的宣传。这恐怕与建武年间以来诗风已经改变、文学思想也产生了变化有关。比如产生在天监年间钟嵘的《诗品》，就对声律理论持批评态度。这当然与钟嵘本人的思想有关，但若结合建武以来诗风变化的情况看，恐也并不一定是钟嵘个人的意见。萧琛所称晚年摒弃声律的话很值得我们注意，这说明随着诗风的改变，人们对声律理论的热情已经衰减。以刘孝绰为例，从他现存的诗歌看，天监十四年以前的作品多以长篇为主。如《上虞乡亭观涛津渚学潘安仁河阳县诗》、《太子泷落日望水诗》、《酬陆长史俛诗》、《答何记室诗》等，都是古体长篇。此外以代表萧统集团文学主张的《文选》为例，据刘跃进先生在《昭明太子与梁代中期文学复古思潮》一文中分析，《文选》所收"竟陵八友"的诗，四句无一首，八句仅有四首，较多的是十句、二十句诗；而后来的《玉台新咏》所收，四句诗却有四十八首，八句诗有三十二首。再从律句和押韵方面考察，《玉台新咏》所收诗歌也都比《文选》所选在声律方面更为考究[1]，这说明萧统文学集团对永明声律理论是有不同的看法的。

从建武以迄天监前期，萧统文学集团就在这样的文学背景中渐渐成长起来，至天监十四年以后，随着萧统中心的形成，新的文学主张和新的诗风就由这些新一代作家公开提出来了。

四

公开宣扬他们文学主张的主要是刘孝绰《昭明太子集序》和萧统的《答湘东王求文集及〈诗苑英华〉书》，虽然以萧统为中心的文学集团正式活动开始于天监十四年，但这两份文件却晚至普通三年（522）以后。这也说明经过了一段时间的创作实践，文学思想才逐渐成熟。刘孝绰《昭明太子集序》当作于普通三年，因为文中有"粤我大梁二十一载"的话。《梁书·刘孝绰传》记："太子文章繁富，群才咸欲撰录，太子独使孝绰集而序之。"这一记载与刘孝绰的

---

[1] 参见赵福海主编：《文选学论集》，时代文艺出版社1992年版。

《序》是相符的。《序》中表达其文学主张的话是："窃以属文之体，鲜能周备。长卿徒善，既累为迟；少孺虽疾，俳优而已。子渊浮靡，若女工之蠹；子云侈靡，异诗人之则；孔璋辞赋，曹祖劝其修令；伯喈笑赠，挚虞知其颇古；孟坚之颂，尚有似赞之讥；士衡之碑，犹闻类赋之贬。深乎文者，兼而善之：能使典而不野，远而不放，丽而不浮，约而不俭，独擅众美，斯文在斯。"这段话前半部分表达了刘孝绰对辨体的认识，与曹丕《典论·论文》所说"唯通才能备其体"的观点相似。刘孝绰这里是赞扬萧统具有通才，诗、赋、书、铭、七、表等皆能曲尽文情。萧统是否通才暂置不论，刘孝绰这里提出了他的文学主张是"典而不野，远而不放，丽而不浮，约而不俭"。典和野、远和放、丽和浮、约和俭，分别是四对相近的概念，刘孝绰强调前者，反对后者，表达了一种比较折衷的文学观。以"典"和"野"说，"典"指典正，"野"指质朴，《论语·雍也》有"质胜文则野"的说法，说明"野"指质过于文。在六朝人眼里，典正不华丽，便容易流于野。钟嵘《诗品》评左思是"文典以怨……虽野于陆机，而深于潘岳"，可见左思的"野"是由"典"带来的。萧统《答湘东王求文集及〈诗苑英华〉书》中说"文典则累野"，正指出了"典"和"野"之间的关系。再以"远"和"放"为例，"远"应该指作文不能太拘谨，"放"则有"放荡"的意思，与萧纲提倡的"文章且须放荡"意思相近。刘孝绰这里提倡要"远"而不"放"，文学主张与萧纲不同。根据刘孝绰的这个文学主张，可见他的理想与永明诗人（如沈约的"古情拙目，每伫新奇"）和宫体诗人都有区别，而较趋近于折衷。

和刘孝绰观点相同，萧统在同一年所写《答湘东王求文集及〈诗苑英华〉书》中也表达了同样的主张。他说："夫文典则累野，丽亦伤浮，能丽而不浮，典而不野，文质彬彬，有君子之致。"这个观点很明显与刘孝绰完全一致。

从以上两份文件可以看出,萧统、刘孝绰旨在崇尚文质彬彬的温厚雍容风格。《颜氏家训·文章》以何逊与刘孝绰作比较,说明了当时的风尚:"何逊诗实为清巧,多形似之言;扬都论者,恨其每病苦辛,饶贫寒气,不及刘孝绰之雍容也。"扬都指建邺,即梁时的都城,这个议论反映了当时人不喜欢清巧、形似的风格,这恐与天监年间安康、祥和的政治有关。刘孝绰帮助萧统编《古今诗苑英华》,仅收何逊两篇,一方面固然是他的忌贤心理,另一方面也还因为何逊诗风不合当时的审美要求。从颜延之的话看,对何逊诗的批评,并不是刘孝绰一个人意见,颜延之本人也持批评态度,所以说"实为清巧",表明"清巧"的诗风不好。这个批评很能反映时代文学思想的改变,因为从刘宋以来,"清巧"和"形似"一直是诗坛的主流。永明体在以四声裁诗的同时,描写上也以"清巧"和"形似"为主要特征,事实上何逊的诗风也与永明体一脉相承,因此扬都论者对何逊的批评,实际上已寓含有对永明体的批评。这一文学要求的形成,是与萧统、刘孝绰等人的提倡有关的。

除了上述两份文件外,以萧统为中心文学集团的文学主张还主要地反映在《文选》一书中。《文选》是萧统所编的一部诗文选集,选录从周秦以迄齐梁一百三十多位作家的作品,是现存最早的一部文学总集。由于它的去取精当,的确做到了如萧统所说的"集其清英"(《文选序》),因此自隋唐以来就形成了影响深远的"《文选》学"。《文选》一书在后世产生的影响,从另一个侧面说明了萧统文学思想的历史合理性。关于《文选》一书的编者,自南朝以迄近代,基本没有疑问,但近年来首先由日本学者提出质疑,认为《文选》的实际编纂者是刘孝绰而非萧统[①]，但据中国学者的研究，认为萧统之功不可没，刘孝绰只是协助萧统编纂。[②]我认为后一种说法是合乎实际的。萧统在《答湘东王求文集及〈诗苑英华〉书》中有这样一段话："往年因暇，搜采英华，上下数十年间，未易详悉，犹有遗恨，而其书已传，虽未为精核，亦粗足讽览。"这里的"诗苑英华"就是指《古今诗苑英华》，萧统的意思很明显表示对它的不满意。为什么呢？这有两种可能，一种是当时的文学思想还不成熟，编辑也不精当，故留有遗恨；另一种可能则是《古今诗苑英华》一书并非萧统所编，他的文学主张和编辑思想没有得到贯彻，所以他不满意。《古今诗苑英华》从何时开始编辑，没有明确的记载，但它在普通三年以前已经完成是没有问题的，因为有萧统的信可以作证。又萧统在信中说是"往年因暇"，我想一两年以前恐不可称"往年"，细绎语气，似乎时间已经很长了，其书已在外面流传，因此《古今诗苑英华》应该在普通元年（520）以前，很可能是在天监年间编成。从《梁书》的有关记载看，天监十四年以后，萧统与东宫学士经常讨论篇籍，商榷古今，那么编辑图书应该是这以后的事，这也与萧统信中所说"谭经之暇，断务之余"相符。只是这个时候，萧统还是个十来岁的少年，文学思想的不成熟是必然的，因此《古今诗苑英华》一书可能全由刘孝绰编纂。由于这个原因，当时人才把此书径称为刘孝绰所著。比如《颜氏家训·文章》就说刘孝绰"又撰《诗苑》"，这里的"诗苑"即指《古今诗苑英华》，这是一证；二证是唐人

[①] 参见〔日〕清水凯夫：《〈文选〉的编辑周围》，此文最先于1976年发表于《立命馆文学》第377、378期，后收入作者《六朝文学论文集》，韩基国译，重庆出版社1989年版。

[②] 参见曹道衡、沈玉成：《有关〈文选〉编纂中的几个问题的拟测》，《昭明文选研究论文集》，吉林文史出版社1988年版，第32—42页。

刘孝孙《沙门惠净〈诗苑英华〉序》(《全唐文》卷一五四),称惠净"自刘廷尉所撰《诗苑》后,纂而续焉",刘孝孙所编为《诗苑英华》,既是对刘孝绰的续,则见刘孝绰的《诗苑》就是《古今诗苑英华》。由这些材料可以见出《古今诗苑英华》的确是刘孝绰所编。如果这是事实的话,萧统对《古今诗苑英华》的不满意,与他没有直接参与编纂有关。基于这一事实,普通三年以后的编纂《文选》[①],萧统自然不会全由刘孝绰一人操作了。

与《古今诗苑英华》相反,萧统对《文选》表示极为满意,这从《文选序》可以看出。唐人元兢说:"萧统与刘孝绰等撰集《文选》,自谓毕乎天地,悬诸日月。"(《文镜秘府论·南卷·集论》引)元兢这里首先提出《文选》是萧统与刘孝绰共同编纂的,与对《古今诗苑英华》的提法不同(颜延之、刘孝孙径提为刘孝绰所编),这也证明了萧统的确参加了《文选》的编纂。不过元兢说萧统和刘孝绰自称可以"毕乎天地,悬诸日月"并非事实,这本是《文选序》中话:"若夫姬公之籍,孔父之书,与日月俱悬",明指周、孔之书,而非指《文选》。然细一想,唐人敢于把此语定为萧统对《文选》的评价,其潜意识中一定大量接受了萧统看重这部书的信息,所以很自然地就把这一句话与《文选》联系起来了。那么萧统对这部书的满意主要指哪些方面呢?这当然与《文选》的最基本性质——作品选本有关。《文选序》说:"自姬汉以来,眇焉悠远,时更七代,数逾千祀,词人才子,则名溢于缥囊;飞文染翰,则卷盈乎缃帙。自非略其芜秽,集其清英,盖欲兼功太半,难矣。"很明显,《文选》不是一般的选本,

---

① 关于《文选》的编纂时间,参见拙文《〈文选〉的编者及编纂年代考论》,《中国社会科学院研究生院学报》1997年第1期。

而是在周秦以来将近千年的文章中选择出精华文萃,所谓"略其芜秽,集其清英",这应该是萧统的满意所在。与《古今诗苑英华》相比,萧统在编纂《文选》时,重新修改了体例,其中之一是将作家作品的下限定为天监十二年,它反映了萧统企图对前人文学进行总结的愿望。①《文选》对《古今诗苑英华》体例加以修改的第二点,就是由单一的诗选变为赋、诗、文等符合文学内容的各体文选。就此说来,萧统的"遗恨"或许也含有对诗和文分开编集(萧统在天监年间集古今典诰文言编《正序》十卷,又集五言诗之善者为《文章英华》二十卷,《古今诗苑英华》二十卷)的不满,因为既是文学总结,当然不应限于诗,这样才更全面而具有权威性。要说明的是,萧统对《古今诗苑英华》虽然不满意,但并不否定,他编《文选》仍然让刘孝绰协助,便是明证。但《文选》从编辑宗旨到体例的许多变化,说明了他们文学思想的成熟过程。

《文选》编辑的基本思想,见于《文选序》。萧统在叙述了文学的由质及文的发展以后说:"盖踵其事而增华,变其本而加厉;物既有之,文亦宜然。随时变改,难可详悉。"这段话表明了萧统所持的进步的文学史观,这是他对文学的基本态度。关于《文选》的选录标准,一般认为是《文选序》所说"若夫赞论之综缉辞采,序述之错比文华,事出于沉思,义归乎翰藻"几句,阮元《书昭明太子〈文选序〉后》说:"昭明所选,名之曰文,盖必文而后选也。经也,子也,史也,皆不可专门之为文也。故昭明《文选序》后三段特明其不选之故。必'沉思'、'翰藻',始名为文,始以入选也。"②朱自清先生据此说:"这样

---

① 参见拙作《论〈文选〉的编辑宗旨、体例》,《郑州大学学报》1997年第6期。
② 《揅经室三集》卷二,《丛书集成初编》本,中华书局1985年版。

看来,'沉思'、'翰藻'可以说是昭明选录的标准了。"[①]将"沉思"、"翰藻"理解为《文选》的选录标准,我以为是偏颇的。因为萧统这两句话本是针对史书中的赞、论、序、述等文体而言,若说它是《文选》选录标准的内容之一,是正确的,但决不就是这标准的全部内容。

《文选》所体现的文学思想,应该根据它收录作家作品的实际情况来分析,因为《文选序》的简单叙述还不能完全反映出萧统对作家作品的评价。《文选》共收文体三十九类,主要分赋、诗、骚、文四部分。这四部分所掌握的体例却不一样,除骚收录《楚辞》以外,赋主要限在刘宋以前(唯一的例外是江淹,但他的两首作品《别》、《恨》二赋均作于刘宋末被黜为建安吴兴令时),似乎表现出详远略近的特点,这一点与诗比较接近。诗的部分虽然收录了齐梁作品,但比重不大,也是详远而略近。文的部分相反,比较看重当代作品,表现出详远略近的特点。从收录作品看,赋的部分收录了先秦作家1人,作品4首;西汉作家4人,作品8首;东汉作家8人,作品12首;魏作家4人,作品4首;西晋作家7人,作品15首;东晋作家2人,作品2首;宋作家4人,作品5首;梁作家1人,作品2首。其中以先秦和东晋、梁最少,而以两汉和西晋最多,这个事实说明萧统对古代赋的评价明显高于近代。再看诗的情况,诗共收起汉迄梁155位诗人,339首诗歌,其中汉代7人,34首;建安7人,58首;正始3人,25首;西晋24人,126首;东晋4人,10首;宋11人,105首;齐3人,24首;梁6人,53首。从这个数字可以看出,《文选》收录西晋作家作品最多,其次为刘宋,再其次为建安。又根据作家入选作品的数量以及他们所占类别多少等综合考察,前十名分别为(1)陆机、(2)谢灵运、(3)曹植、(4)颜延之、(5)鲍照、

[①] 朱自清:《〈文选序〉"事出于沉思,义归乎翰藻"说》,《国学季刊》第6卷第4期,收入《中外学者文选学论集》,中华书局1998年版,第75页。

(6)潘岳、左思、(7)谢朓、(8)王粲、(9)沈约、(10)陶渊明。这里前三名的顺序恰与上面三个阶段顺序相符,这不能说是巧合,只能说明晋、宋和建安时代的作家作品是受到萧统他们的高度评价的,代表了萧统文学集团在天监、普通年间的理想。至于代表着永明诗歌理想的作家沈约和谢朓,分别被排在第九位和第七位,这个事实反映了萧统对永明体的态度。与诗和赋不同,《文选》选文的体例比较注重当代。统计结果表明,《文选》共收录35种文体,76位作者,161篇文章(陆机《演连珠》50首按1首计算),其中先秦两位作家两篇作品,西汉14位作家26篇作品,东汉6位作家9篇作品,三国14位作家34篇作品,西晋15位作家26篇作品,东晋5位作家6篇作品,宋7位作家18篇作品,齐4位作家7篇作品,梁7位作家29篇作品。从这个数字看,西汉、东汉、三国、西晋、宋、梁入选作品都不少,这个结果不能用详近或详远来概括。如果再仔细分析的话,这个"注重当代"其实是落实在任昉一个人身上的。我们替《文选》文类作者排了一个座次表,除任昉居首外,另一位作者沈约仅居第四位,详见下表①:

座次	作　家
一	任昉(9,17)
二	班固(5,7)、陆机(6,7)
三	曹植(3,5)、潘岳(2,5)、颜延之(4,5)、范晔(2,5)
四	司马相如(4,4)、陈琳(3,4)、曹丕(2,4)、应璩(1,4)、傅亮(2,4)、沈约(3,4)
五	刘彻(2,3)、扬雄(3,3)、吴质(2,3)、王融(2,3)、刘峻(2,3)
六	邹阳(1,2)、东方朔(2,2)、王褒(2,2)、贾谊(2,2)、蔡邕(1,2)、孔融(2,2)、阮籍(2,2)、嵇康(2,2)、干宝(1,2)、谢朓(2,2)、陆倕(1,2)

① 注:括号中的数字,前者表示类数,后者表示作品数量。

从此表可以看出，居前三位的作者，除任昉外都是汉、晋、宋作者，梁代其余作者均瞠乎其后，不可望任昉之项背。因此《文选》文类的注重当代，实际上仅重任昉一人。梁代作品一共入选二十九首，任昉一人独占十七首；此外，他不仅入选作品多，而且所占的类别广泛，分布在九个类别中，其中有四个类别为他一人独占，即令、启、墓志、行状，这些都反映出编者对任昉在文学史中地位的肯定。任昉入选的比重远远超过了《文选》诗类对沈约诗歌的收录。在诗类中，沈约共入选十三首，占五类，从入选的数量排位，沈约居第八位；从所占类别排位，沈约居第五位，在这两方面沈约都不如任昉在文类中处于第一的地位。这样说来，《文选》选文的注重当代，主要是为任昉所作的安排。这个现象说明任昉在天监年间对萧统文学集团的影响是非常大的，在许多方面已超过了沈约。

五

以上是天监、普通年间文学思想的大致情况，与此相适应，这一时期的文学创作也以雍容温和为追求。从现存诗歌看萧统东宫学士中仍以刘孝绰、王筠、张率等存诗较多，其余如到洽、王规、王锡、张缵等人均存数首，这在南朝诗人中是很少见的了。甚至陆倕，曾为"竟陵八友"之一，现存也仅有四首，而且也没有什么特色。他的写作恐怕还主要体现在骈文上，而这却是受任昉的影响。萧统身为太子，自为领袖，不仅文学思想的倡导是如此，创作上也完全符合他倡导的诗风。据逯钦立《先秦汉魏晋南北朝诗》收录，萧统现存二十五首，其中《林下作妓诗》、《拟古诗》等，《玉台新咏》题作萧纲。徐陵是当时人，所说应当可信。而这两首又恰是萧统现存诗歌中仅有的艳体，这与他的立身行事和文学思想不相符合。当然，文学思想并不一定和创作实践一致，比如刘孝绰与萧统文学思想一致，但却写了不少艳体诗。不过以刘孝绰与萧统比较，刘孝绰的行为不很检点。普通六年(526)他受到到洽的弹劾，就被史书评为"中冓之尤，可谓人而无仪者矣"(《南史·刘勔传论》)。萧统的诗，规模较大，与新变体不同，显示了他作为储君的雍容风度。据逯钦立《先秦汉魏晋南北朝诗》搜辑，萧统现存诗有三十首左右，大致可分为拟古乐府、咏物、酬赠以及佛会四类。前三类未见有什么特色，比较可读的倒是佛会一类。比如《和武帝游钟山大爱敬寺诗》，这是一首颂诗，歌颂他的父亲梁武帝礼佛之事。据《建康实录》卷十七《武帝纪》，梁普通元年武帝置大爱敬寺，因此这诗当写于普通元年以后。全诗共四十句，记武帝游寺之事，气象氤氲，虽为颂诗，却规矩严整，颇具气度。值得注意的是，在这样的诗歌里，萧统写出了不少山水佳句。比如此诗的"丹藤绕垂干，绿竹荫清池。舒华匝长阪，好鸟鸣乔枝"，就非常清新。"舒华"两句化用了曹植的《公宴》诗"秋兰被长阪，朱华冒绿池。潜鱼跃清波，好鸟鸣高枝"诸句，比较成功。佛教与山水本来具有天然的联系，寺庙大都建于名山胜水之间，这也是南朝山水诗兴盛的原因之一。萧统性爱山水，如他在《钟山解讲诗》中所说"伊余爱丘壑"，但囿于身份，他只能在宫内和京内活动。他在《答晋安王书》中说："知少行游，不动亦静，不出户庭，触地丘壑，天游不能隐，山林在目中，冷泉石镜，一见何必胜于传闻；松坞杏林，知之恐有逾吾就，静然终日，披古为事。"因此萧统的山水之游，主要集中在一些佛会活动上。除了这一首外，其他几首如《开善寺法会诗》、《同泰僧正讲诗》、《钟山解讲诗》、《玄圃讲诗》等，都有很精彩的山水描写。如"落星埋远树,新雾起朝阳"(《开善寺法会诗》)、"涧斜日欲隐,烟生楼半藏"(同上)、"暾出岩隐光,月落林余影"(《钟山解讲诗》)、"霜流树条湿,林际素羽翾"(《玄圃讲诗》)等,写景状物都十分生动。值得注意的是,这些语句无论在声韵上,还是在辞藻上,都明显从永明体来,但由于放在长篇宏幅的佛会诗中,却显得淳厚而又有光泽,毕竟与永明体不同。萧统的这些诗大都写于天监末和普通年间①,正是他创作成熟期的作品,与他所倡导的文学思想是相符的。

就创作而论,这一集团的代表作家仍然是刘孝绰。刘孝绰名重当时,领导着天监、普通年间的文学潮流。《梁书》本传说他每一文成,朝成暮遍,流闻异域;又说他与何逊齐名,时称"何、刘"。然刘孝绰仗气负才,多所凌忽,当时颇有地位的到洽、臧盾、沈僧杲等,都遭到他的轻视。而这三人受辱的原因,都出于与他同被主上恩遇的事实,由此可见刘孝绰是一个比较忌刻的人。基于此点,可知他对与何逊齐名会是多么恼火,尤其这齐名还是"何"居"刘"前。因此,他不仅指摘何诗不成道理,而且在主持编纂《古今诗苑英华》时,仅收何逊两篇诗歌(见《颜氏家训·文章》)。不过从"何、刘"并称的现象,可以推测出这样的事实:一、并称的时间当发生在二人为同事的时候,即天监十三年以后,二人同为安西安成王萧秀的幕僚之时;二、以刘孝绰与何逊并称,说明二人创作上的某些相近之处。刘孝绰今存诗约七十首左右,大部分没有什么特色,与他当初

---

① 萧统的《玄圃讲诗》写于天监十七年,见萧子云《玄圃园讲赋》,《广弘明集》卷二九;《开善寺法会诗》、《钟山解讲诗》当写于普通三年以前,与梁武帝萧衍在开善寺讲经有关,武帝写有《述三教诗》一首,《广弘明集》卷三〇载有开善寺法师智藏和诗一首,智藏卒于普通三年,则此次活动在此之前无疑;又据《续高僧传》卷五《释智藏传》载,萧统礼敬智藏为师,曾游开善寺,赋诗而返,诗即《钟山解讲诗》,可知这两首诗都在普通三年以前。

的享名不太相符，但写于与何逊同时的几篇作品，包括与何逊的唱和之作，还是颇为可读的。但问题不在这里，我们认为刘孝绰的作品没有特色，何逊的作品很有成就，这是我们的看法；事实上，刘孝绰在当时的影响却大于何逊，这说明刘孝绰的创作代表着天监、普通年间的诗歌理想。当时人对何逊的评价是："恨其每病苦辛，饶贫寒气，不及刘孝绰之雍容也。"(《颜氏家训·文章》)这个"贫寒气"，既指内容上的叹卑嗟贫，也指诗风上的清巧。与何逊不同，刘孝绰尽管在用字遣词上颇为工整，但如"吾生弃武骑，高视独辞雄"(《答何记室诗》)的豪气，却是何诗所缺乏的。此外，刘孝绰诗宗古体，篇幅宏长，从容用笔，没有局促之感，这就是扬都论者所评"雍容"的具体内容。何逊的遭遇是一个很奇怪的现象，他的诗歌受到沈约、范云以及萧绎的称赞和喜爱，却不受"扬都论者"的好评，说明萧统和刘孝绰在天监、普通年间倡导的诗风确与永明体有一定的区别。

　　从以上所述看出，梁天监、普通年间的文学思想和创作，是以萧统为中心形成了与永明文学和宫体文学相区别的风貌。在文学思想上，他们提倡"丽而不浮，典而不野，文质彬彬，有君子之致"的审美理想；在创作上，他们追求雍容闲和的诗风。这既与萧统本人思想、作风有关，也与天监、普通年间祥和太平的社会环境有关。但有意思的是，作为这一集团文学主张的代表成果，既不是理论也不是创作，而是以萧统署名编纂的三十卷本《文选》。公元531年，随着萧统的逝世，萧纲的入主东宫，这一集团所提倡的文学主张，立刻受到了以萧纲为中心新的文学集团的批评。新文学集团推行的宫体诗风成为当日文坛的主流，而且作为这一集团文学主张的旗帜，也同时作为与《文选》的对立，萧纲授命徐陵编纂了《玉台新咏》。这样，兄弟二人编于不同时期、代表不同文学主张的两部总集，实际包含着不同的历史内容，这应是我们研究两部总集时必须注意的地方。

（原载《文学遗产》1998年第5期）

文史与诗文评

——论文学批评的分类

文论起自曹丕《典论·论文》，发展至南朝刘勰《文心雕龙》、钟嵘《诗品》，标志着文学批评的成熟。但在当时目录学上并没有得到反映，《隋书·经籍志》仍然将文论一类书目置于总集之中。唐人吴兢《吴氏西斋书目》首先用"文史"标类，列入文学批评和史学批评两类书目。这个分类遂为后人所遵循，《新唐志》、《崇文总目》、《郡斋读书志》、《直斋书录解题》、《文献通考》等，都采用"文史"之名，以区分文论与总集。在具体内容的处理上，宋人又比唐人更科学，将唐人以文学批评和史学批评合于一类的做法，改为两类。至于明代又有人将"文史"改为"诗文评"，清代编修《四库全书》，遂以为定式。本文追溯了"文史"一词的历史含义，详细地分析了它与文学批评间的关系，及其用作为文学批评类名的原因，对于文学批评学科独立于总集之外的学术意义，作了深入地剖析。

一、论"文史"的缘起

魏晋南北朝是文学的自觉和繁荣时期，除了这个时期作家创作的成就外，一个主要的标志便是文集编纂的自觉以及专门以作家、作品为品评对象的批评风气的兴起。集部的产生可以上溯至两汉，如《楚辞》一书，《四库全书总目》称为集部最古之目，所以自《隋书·经籍志》以后都列为集部之首。但《楚辞》在汉魏以后，虽有模拟之作，但无作者以全集皆作此体者，所谓"他集不与《楚辞》类，《楚辞》亦不与他集类"①，故历代志录之书均将其单置于集部之前。因此后人讨论集部，无论总、别集，已不再论《楚辞》了。据《隋书·经籍志》说，别集之名，创始于东汉："自灵均已降，属文之士众矣，然其志尚不同，风流殊别。后代君子，欲观其体势，而见其心灵，故别具焉，名之为集。"至于总集，当以晋挚虞《文章流别集》为首，《隋志》又说："总集者，以建安之后，辞赋转繁，众家之集，日以滋广，晋代挚虞，苦览者之劳倦，于是采摘孔翠，芟剪繁芜，自诗赋下，各为条贯，合而编之，谓为流别。是后文集总钞，作者继轨，属辞之士，以为覃奥而取则焉。"这里既说明了别集和总集产生的情况，也说明了汉魏以后文学创作的繁荣。别集增繁，就涉及一个阅读的问题，正如《隋志》所说，读者劳倦，难以阅读这么多数量的文集，于是便有芟剪繁芜，合编一集的要求，这便是总集产生的历史动机。据梁阮孝绪《七录》说，晋荀勖《晋中经簿》所载四部书有一千八百八十五部，二万九百三十五卷②，可见数量之巨。荀勖《晋中经簿》以四部分别，大致是经、子、史、集③。四部之分为后人所沿袭，东晋李充整理图书，因荀勖四部之法，不过将乙丙之书调换一下次序，即按经、史、子、集编排。其后因循，无所变革。宋人

---

① 《四库全书总目》卷一四八，中华书局1983年版，第1267页。
② 《广弘明集》卷三，上海古籍出版社1991年版，第113页。
③ 《隋书·经籍志序》记《晋中经簿》所分四类："一曰甲部，纪六艺及小学等书；二曰乙部，有古诸子家、近世子家、兵书、兵家、术数；三曰丙部，有史记、旧事、皇览簿、杂事；四曰丁部，有诗赋、图赞、汲冢书，大凡四部合二万九千九百四十五卷。"按，《隋志》所载与《七录》数目略有不符。

谢灵运、王俭均造四部目录,而王俭又依《别录》之体撰《七志》,其三曰"文翰志",纪诗赋。至梁阮孝绪则博采宋、齐以来,王公之家凡有书记,参校官簿,更为《七录》,其四曰"文集录",纪诗赋。案,王俭于宋元徽元年(473)造目录,其后至其卒年一直都在撰《七志》[①],其时,属于文学批评内容的著作如《文心雕龙》等都还没有产生,所以不存在如何处理这一类书的问题。至梁普通四年阮孝绪开始撰《七录》[②],刘勰《文心雕龙》、钟嵘《诗品》、任昉《文章始》等书均已撰出,但从现存《七录》目录看,并未见有专门列类的迹象。这种情况至唐代魏征撰《隋书·经籍志》,仍然没有改变。《隋志》"总集"一类所列文学批评之书有挚虞《文章流别志》、《文章流别论》二卷、李充《翰林论》三卷、孔宁《续文章流别》三卷、刘勰《文心雕龙》十卷、钟嵘《诗评》三卷等,均与其他总集混于一类。这个情况说明,尽管文学批评已经成为南朝时比较显著的现象,但在编辑归类上,还未有意识地将其与总集区分开来。这多少说明了文学批评还没有引起时人的充分关注。关注到这个现象,并将其从总集中分离出来的,是唐人吴兢。《文献通考》卷二四八说:"晋李充始著《翰林论》,梁刘勰又著《文心雕龙》,言文章体制。又钟嵘为《诗评》,其后述略例者多矣。至于扬榷史法,著为类例者,亦各名家焉。前代志录,散在杂家或总集,然皆所未安,惟吴兢西斋有文史之别。"吴兢这段话说明了唐人已开始注意到文学批评类书与总

[①] 毋煚《古今书录序》:"刘歆作《七略》,王俭作《七志》,逾二纪而方就。"当是在其撰《四部书目》之后的事情。参见《旧唐书》卷四六《经籍上》,中华书局点校本,第1964页。

[②] 《七录序》:"有梁普通四岁,维单阏仲春十有七日,于建康禁中里宅始述此书。"同上书,第113页。

集间的区别,并且使用了"文史"一目作为这一类著作的名称。受吴兢影响,《新唐书·艺文志》及《崇文总目》、《直斋书录解题》、《玉海》、《文献通考》等,都使用"文史"来标类。将文学批评类著作从总集中区分出来,是文献分类学上的一大进步,既说明了文献分类的精细,也说明了文学批评本身的发展。唐代以后,文学批评受到历代学者、作家的重视,各种形式的批评专著产生,史籍书志所著录的书目,蔚为大观,溯源追流,不能不对唐人的卓越的见识和学术敏感感到钦佩。但本文的问题是,唐人分类,为什么要使用"文史"一目呢?这一名称是如何发展而来,它与文学批评具有什么样的联系呢?事实上,到了明清以后,目录分类已逐渐不用"文史"而改用"诗文评",这说明"文史"本身并不精确,那么由"文史"又是如何发展至"诗文评"呢?

二、"文史"的历史含义

"文史"一词,两汉时已习用,如《汉书·儿宽传》载:"时张汤为廷尉,廷尉府尽用文史法律之吏。"颜师古注说:"史谓善史书者。"由此知汉时所用"文史",即指文章之士与善史书之士。史臣由来已久,《礼记·玉藻》记古时有左史、右史之职,"动则左史书之,言则右史书之。"左史详于言,右史详于事,各司其职。记言记事,都注重文辞,所以"史"在古代是辞多的代称。《仪礼·聘礼》说:"辞多则史,少则不达。"又《论语·雍也》说:"质胜文则野,文胜质则史。"都以"史"指文辞繁多。《韩非子·难言》篇说:"繁于文采则见以为史,以质信言则见以为鄙。"即从孔子此语生出。史本指史官,擅长文辞,有文采,这正是后世文章之士的特征,而文章之士也正是从史官中分化而来,故两汉"文史"联用,既指文章之士,也指史学之士。《汉书·司马迁传》说:"文史星历,近乎卜祝之间。"正是指文章之士和史学之士这两种身份。"文史"不仅指身份,也指这两种人所习的学业:文章和史学。《汉书·东方朔传》说东方朔"年十三学书,三冬文史足用。"这里的"文史足用",后人有不同的解释,清人何焯《义门读书记》卷十八说:"文史足用,谓史书足得九千字以上可用以应试也。"何焯以为此处的"史"指史书。但宋程大昌《演繁露》引《封氏闻见记》说:"古者十岁入小学学书计,十七能诵书九千字乃得为史,又更郡守课试,乃得补书史,即东方朔所谓三冬文史足用,而以二十二万言为多者也,文人便以文史为史籍非也。"不过在其他人的资料中,以文史指文章和史学两方面,是有明确的证据的。即如上引《兒宽传》所载即是。后人也多用此义,如《水经注》说:"自区连以后,国无文史,失其纂代,世数难详。"明以"文史"指修史之事。汉魏以后,"文史"成为评价人才能的褒语。《文选·三都赋》李善注引臧荣绪《晋书》说左思"少博览文史,欲作《三都赋》"。《三都赋》山川物理、人文历史无所不包,故需"博览文史"。《晋书》本传说左思为作《三都赋》,构思十年乃成,门庭藩溷,皆著笔纸,得一句即便疏之。又以为所见不博,求为秘书郎,可见"博览文史"不是虚语。不过臧荣绪是南朝齐人,所用评语或许为南朝时习语。总的看来,魏晋时期以"文史"评人尚不多。至于南朝,"文史"之评,屡见于史笔。如《宋书·萧惠开传》:"少有风气,涉猎文史。"又《宋书·自序》记沈劭:"美风姿,涉猎文史。"沈劭是沈约伯父,用"文史"作评,可见是很好的赞语。据《通志》记载,宋文帝继元嘉十五年建立儒学馆以后,又于十六年建玄、文、史三学:"各聚门徒,多就业者,江左风俗于斯为美,后言政化称元嘉焉。"四学之开,极大地鼓舞了当时习文的风气。后人使用"文史"一词时,亦有与四学相关的内容。如《梁书》卷二十五《周舍传》载梁武帝褒奖周舍说:"义该玄儒,博穷文史。"是说周舍四学兼备。这说明由于宋文帝兴四学,带来了学习艺文的热潮。不过,刘宋以后的事实证明,四学之中,文、史二学,备受学子重视,这又与南朝君臣好诗赋的风气有关。姚察《梁书》卷十四《江淹任昉传论》说:"观夫二汉求贤,率先经术;近世取人,多由文史。二子之作,辞藻壮丽,允值其时。"因此齐、梁以后,世重文采而轻经术。《陈书》卷三十三《儒林传》说:"(梁)大同中,学者多涉猎文史,不为章句。"又《陈书》卷三十四《文学传》载岑之敬"始以经业进,而博涉文史雅有词笔,不为醇儒"。因此弃经习文,也就成为一时之风尚。这种世风,不仅弥漫于南朝,北朝也受其影响。《魏书》卷八十四《儒林传序》说:"刘芳、李彪诸人以经术进,崔光、邢峦之徒以文史达,其余涉猎词翰,莫不縻以好爵,动贻赏眷。于是斯文郁然,比隆周汉。"北朝儒学发达,但至后期多以文辞相尚了。《魏书》卷七十一《李元护传》记元护"然亦颇览文史,习于简牍"。元护是武将,却以文史相尚,亦见一时风气。又《全后魏文》卷五十一温子升《为安丰王延明让国子祭酒表》说:"臣学愧聚沙,问惭攻木,虽历文史,不治章句。"据《魏书》本传载,延明博极群书,兼有文藻,鸠集图籍万有余卷。曾撰有《五经宗略》、《诗礼别义》等,可见其儒学造诣颇深。但他却称"不治章句",虽有因由,亦见时风所尚。

如上所言,"文史"至南朝时成为品题人物的重要评语,毫无疑问,"文史"应包括文学和史学两方面内容。这种情况延至唐代亦然,《旧唐书》卷一四九《柳冕传》说冕"文史兼该",《贾𫗧传》记𫗧"文史兼美",均可证明。不过我们也看到,自南朝起,"文史"的人物品题呈现渐重文学才能的倾向,上引姚察评江淹、任昉,称其辞藻壮丽,允值其时。江、任二人都是梁是著名文学家,所谓近世取人,多由文史,正指偏重文学才能而言。又《旧唐书》卷七十三《邓世隆传》载:"初,太宗以武功定海内,栉风沐雨,不暇于诗书。暨于嗣业,进引忠良,锐精思政。数年之后,道致隆平,遂于听览之暇,留情文史。叙事言怀,时有构属,天才宏丽,兴托玄远。"这种情形当与世重诗赋的右文风气有关。"史"的本义就是辞多,是文胜质,因此后世用于品题时,很容易就会偏向文辞。

三、"文史"用于目录分类

文学批评之书自魏曹丕《典论·论文》肇其端,《四库全书总目·诗文评类》说:"文章莫盛于两汉,浑浑灏灏,文成法立,无格律之可拘。建安、黄初,体裁渐备,故《论文》之说出焉,《典论》其首也,其勒为一书,传于今者,断自刘勰、钟嵘。"《典论·论文》是现存第一篇讨论文学批评的专文,但是系于子部《典论》中。其后陆机《文赋》以赋的形式讨论文学创作的过程,作者对于文学写作和批评的意见,亦随文展开。与曹丕《论文》的情形一样,陆机《文赋》作为单篇的赋,收入作者集中,都不可在文献目录中单列一类。不过,由于这两篇文章讨论的内容特殊,随着晋宋以后文学批评的兴起,作家、批评家屡屡征引曹、陆二家的意见,而二人涉及的一些文学批评的范畴,也直接启发了后人深入、广泛的讨论,所以这两篇文章,又不简单地等同于其他作品。《文选》李善注引臧荣绪《晋书》说:"陆机妙解情理,心识文体,作《文赋》。"为陆机作传,专门举《文赋》之例,可见此文的特殊性。南朝批评家钟嵘、刘勰历举前人文章,对二人则有所批评。《诗品序》说:"陆机《文赋》,通而无贬。"是批评《文赋》虽通达文体,但未深入辨明①。刘勰《文心雕龙·序志》说:"详观近代论文者多矣:至于魏文述典,陈思序书,应玚《文论》,陆机《文赋》,仲洽《流别》,弘范《翰林》,各照隅隙,鲜观衢路。"②是说自曹丕《典论·论文》以来,各家论文,仅及一隅,未能全面。刘勰又具体说"魏典密而不周"、"陆赋巧而碎乱",这是说《典论·论文》虽然讨论了有关文学的多方面问题,但限于短篇,未能周全;陆机《文赋》虽为曲尽,但却失于碎乱,不成条贯。刘勰在《总术篇》中也表达了同样的意思:"昔陆氏《文赋》,号为曲尽,然泛论纤悉,而实体未该。"无论赞扬还是批评,都见出曹、陆二文在齐、梁时备受注意,并且产生了极大的影响。不过齐、梁时期还不能对文学批评文章和著作作专门的分类,前文引阮孝绪《七录》可证。虽然如此,这一类内容毕竟不同于文学作品,所以《典论·论文》虽然属于子部,但却被作为单篇作品选入总集中。萧统编辑《文选》,即将《典论·论文》作为论体录入,而陆机《文赋》也被收入赋类。不同的是,萧统虽然将《文赋》视为赋,但却在赋中又专门为其列"论文"子目。这个现象说明这两篇文章因其特殊的内容,已经使文章的分类感到了麻烦,《文选》在赋中单列"论文"子目,说明时人对这一类内容应该单独列类,已具有了比较清晰的意识。但是将这一类内容在史志中鲜明地分类,恐还需要一些时间,《隋书·经籍志》可以说明这个问题。

《隋书·经籍志》修成于唐代,现代学者一般都认为编者是魏

---

① "无贬"释义参见曹旭:《诗品集注》,上海古籍出版社1994年版,第188页。
② 本文采用詹锳《义证》本上海古籍出版社1989年版,下同。

征。《经籍志》于高宗显庆元年(656)完成,收书限于隋义宁二年(618)前。《隋志》继承了《七略》、《汉志》的优良传统,有总序、大序、小序,说明学术源流的变迁;又有小注,介绍作者并对书的真伪、存亡、残缺以及书的体例等略作说明。这些都是《隋志》的贡献,尤其是亡书,依据《隋志》小注,多少可以知道原书大概的内容和体例。但在分类上,《隋志》主要还是受阮孝绪《七录》的影响,不过略有调整。《隋志序》说:"远览马史、班书,近观王、阮《志》、《录》,挹其风流体制,削其浮杂鄙俚,离其疏远,合其近密,约文绪义,凡五十五篇。各列本条之下,以备《经籍志》。"王俭《七志》和阮孝绪《七录》是《隋志》的分类依据,但《隋志》以作了"离其疏远,合其近密"的工作。这个工作意义极大,后人可以根据这个体例,大致确定各书的基本内容。不至于望书名生义。我们看到,《隋志》关于文学批评类书,仍然混列于总集中,这应该是沿袭《七录》的做法。依据《新唐书·艺文志》"文史"类所列书目,《隋志》中相应的有以下几部:

    李充《翰林论》三卷
    刘勰《文心雕龙》十卷
    颜峻《诗例录》二卷
    钟嵘《诗评》三卷

  这几部均混列于总集中,未作特别的区分。这说明唐初魏征作《经籍志》还未能把文学批评类从总集中别出。
  首先进行分类的是唐代的吴兢。吴兢是高宗、玄宗时人,有史才,曾修《唐史》和《梁》、《齐》、《周》史各十卷、《陈史》五卷、《隋史》

二十卷,但都失于疏略。吴兢著书宏富,除此之外,又有《唐则天实录》二十卷、《唐中宗实录》二十卷、《贞观政要》十卷、《乐府古题要解》十二卷等。其家富藏书,著有《吴氏西斋书目》一卷。据晁公武《郡斋读书志》说,吴兢家藏书凡达一万三千四百六十八卷[①],这在唐初是非常丰富的了。《西斋书目》今已佚失,其编排体例不得而知,但据《文献通考》说,吴兢首立"文史"一目,将《翰林论》、《文心雕龙》、《诗评》等别出。吴兢这一创制,为宋人所遵循,《新唐书·艺文志》、《崇文总目》、晁公武《郡斋读书志》、陈振孙《直斋书录解题》都列"文史"一类,收入文学批评一类书目。《新唐志》为欧阳修所撰,颇受后人批评,认为考订疏略,但其能接受前人分类思想,区分总集与文史,还是值得称赞的。《新唐志》"文史类"共收二十六家,李充《翰林论》以下四家为毋煚《古今书录》所收,刘知几《史通》以下二十二家则为新增入的唐人著作。前四家均为隋以前人,亦为《隋书·经籍志》收录,都是有关文学批评的著作。后二十二家是唐人,却并不都是文学批评的内容。比如刘知几的《史通》、刘悚的《史例》、田弘正客所撰《沂公史例》、裴傑《史汉异义》等,全是史学内容。事实上这正符合"文史"的定义,前文所举魏晋以来用于人物品题的"文史"一词,也正指文学和史学两方面内容。在这些品评里,"文史"经常用与经学相对,如《魏书·儒林传序》所说"刘芳、李彪以经术进,崔光、邢峦之徒以文史达",《周书·姚僧垣传》说僧垣"少好文史,不留意于章句"等。文与史多有相通之处,故以"文史"连称而列于一类,这大概是吴兢等人以"文史"作为文学和史学两类有关评论内容合为一类的原因。《文献通考》卷二四八引

---

① 参见晁公武:《郡斋读书志》,《四部丛刊》本。

《中兴艺文志》说:"文史者,讥评文人之得失也。"这是最早对目录学中"文史"概念的解释。"讥评文人之得失",正是看到了这些批评的内容,与文学创作和正史、杂史等记叙史事者具有完全不同的特点而作的分类。《清文献通考》卷二三一"集部"序说:"总集之内别析一子目曰文史,盖总集在荟萃菁英,文史则品题臧否,虽同居一类,而流别攸殊。""品题臧否"即"讥评得失"的意思,都解释了"文史"应该独立于总集的原因。

以"文史"作为"讥评文人得失"的名称,其实是有历史依据的,这就是在南朝的人物品题中,常常以谈论作为"文史"的一个特征。如《晋书·吴隐之传》说吴隐之"善谈论,博涉文史,以儒雅标名",又《宋书·王惠传》说谢瞻"谈论锋起,文史间发"。谈论之风,盛行于东汉,其内容包括议论人物、经学理论乃至时事制度等。魏晋之际则由现实人事多转向清言玄理,而谈论也更尚文辞华丽。魏晋以后,清言之风并未消歇,士人高尚谈论,其内容除经、史、玄学以外,也以诗文为口实。钟嵘《诗品序》说:"观王公搢绅之士,每博论之余,何尝不以诗为口实。随其嗜欲,商榷不同,淄渑并泛,朱紫相夺,喧议竞起,准的无依。"这些都属于"文史"的内容。因此以"文史"作为文学批评的类名,或当来源于这种谈论的风气。

吴兢、欧阳修等人明确把文学和史学批评的内容单列为"文史"一类,这是文学批评独立成学科的重要标志,在中国文学批评史上具有重要意义。但我们也看到,在具体的书目归类上,各家的认识仍有一定的分歧。就以《新唐志》为例,隋以前共收李充等四家,但却将挚虞的《文章志》四卷收入史部"目录"类。《新唐志》遵循《旧唐志》体例,《旧唐志》"集部"未收挚虞《文章志》,而入史部"杂四部书"中。又如任昉的《文章始》,新、旧《唐志》均入"杂家",

这与编者对此书的认识有关了。任昉《文章始》将文体分为八十四类，每体探讨其最早的起源，所以宋以后又称此书为《文章缘起》，应该列于文学批评一类。两《唐志》入于子部杂家，就没有认识到此书的文学批评意义。这可能与本书的特征略有模糊有关，比如晁公武《郡斋读书志》又将它列于类书，与前人都不一样。这个错误在郑樵《通志·艺文略》和陈振孙《直斋书录解题》中得到了纠正，郑、陈均将它置于"文史"类中。清代《四库全书总目》又入于"诗文评"中，次于《文心雕龙》和《诗品》之后。

四、由"文史"到"诗文评"

以文学批评和史学批评合为一类，尽管有历史依据，但在学科发展较为细密的后代，随着这两科内容的增多，合为一类，就显得不是很科学了。这种情形实际在宋初的《崇文总目》中就已经开始改变了。《崇文总目》"文史"类除了《登科记题解》二十卷外，其余都是诗文评一类书目。至于《新唐志》"文史"类中所列的《史通》，则置于史部"杂史"一类中。后来南宋晁公武《郡斋读书志》也将文与史分开，比《崇文总目》更加科学的是，《郡斋读书志》并未将《史通》一类关于史学批评的书与其他史书相混，而是专门列出"史评"一类，不能不说是史学分类上的一个进步。《玉海》卷四十九"唐史通"条下引晁氏说："前世史部中有'史抄'类，而集部中有'文史'类，今世抄节之学不行，而论说者为多，故自'文史'类内摘出论史者为'史评'，附史部而废'史抄'云。"此条材料亦见于《文献通考》卷二百，但不见于今本《郡斋读书志》。这条材料显示了晁公武明确以"文史"指诗文评的分类思想。"文史"既已明确为文学批评，则再以"文史"名类，似乎就不符合实际了。将"文史"改为"诗文评"的当是明人，明焦竑《国史经籍志》于总集之后专列"诗文评"一类，私家书目如祁承㸁《澹生堂藏书目》集类第八亦建"诗文评"类。到了清代编撰《四库全书总目》时，就一改"文史"而为"诗文评"了。《四库全书总目》卷一九五"诗文评类"序说："文章莫盛于两汉，浑浑灏灏，文成法立，无格律之可拘。建安黄初，体裁渐备，故论文之说出焉，《典论》其首也。其勒为一书，传于今者，则断自刘勰、钟嵘。勰究文体之源流，而评其工拙，嵘第作者之甲乙，而溯厥师承，为例各殊。至皎然《诗式》备陈法律，孟棨《本事诗》旁采故实，刘攽《中山诗话》、欧阳修《六一诗话》又体兼说部，后所论著不出此五例中矣。宋明两代均好为议论，所撰尤繁，虽宋人务求深解，多穿凿之词。明人喜作高谈，多虚憍之论，然汰除糟粕，采撷菁英，每足以考证旧闻，触发新意。《隋志》附总集之内，唐书以下则并于集部之末，别立此门，岂非以其讨论瑕瑜，别裁真伪，博参广考，亦有裨于文章欤？"这段话说明了"文史"建类的原因，但对于何人最先改"文史"为"诗文评"未作说明。《续文献通考》卷一八九说："马端临《通考》集类凡七门：曰楚辞，曰别集，曰诗集，曰歌词，曰章奏，曰总集，曰文史。考《隋志》始以《楚辞》为一门，其名最古，今特因之。别集所赅本广，诗词之类即可统归其中，今《续通考》以自宋而后，名目益繁，篇帙弥富，仍依《通考》之例，于别集外分诗集一门，其章奏已归史类著录，无庸赘入。歌词本皆词集，今增入词话、曲谱等书，以次于集类之末。至总集则仍其旧，而'文史'改为'诗文评'，谨从《四库全书》之例云。"这里明确说"诗文评"是《四库全书》所改，则是未考明人的分类。《续通考》卷一九八又说："诸文之说，《典论》为首，继之者则刘勰、钟嵘也。自唐以来，评论之书日夥，故《唐书》

于集部之末别立'文史'一门,马端临《通考》因之。今辑诗文评汇为一编,其有前人之集而后人为之评注者,即以评注家时代为次,如陶诗、杜诗及韩、柳集之类,并从此例。盖原集已见马《考》,今续补以评注人为主,既不得入之别集,而所评注者又系一人专集,不可入总集之内。且《通考》'文史'一门即收入《杜诗刊误》、《韩文辨证》等书,今仿是例,而改其名为'诗文评'云。"对于"诗文评"建类何时,仍然语焉不详。考察宋以后的目录分类,我们发现"诗话"的分类情况,各家往往不同,如晁公武《郡斋读书志》将诗话统入史部"小说"类,而郑樵《通志·艺文略》则收入"诗评"类,陈振孙《直斋书录解题》又收入"文史"类。这个现象表明"诗话"在产生之初,目录学家对其性质的认识并不一致。晁氏列入"小说"类,看似不可理解,其实这与"诗话"本身的特征有关。诗话虽然讨论诗歌,但多由故事组成,所谓"体兼说部"(《四库全书总目》),与魏晋以迄唐代的诗文评论之书不同,所以才会被收入"小说"类。至于郑樵列入"诗评"和陈振孙列入"文史",都有一定的道理。郑樵《通志》卷七十一《校雠略》说:"古今编书,所不能分者五:一曰传记,二曰杂家,三曰小说,四曰杂史,五曰故事。凡此五类之书,足相紊乱。又如文史与诗话亦能相滥。"表面上看是持与晁公武一样的意见,他们都认为"诗话"不同于"文史",不应归入"文史"类,但实际上郑樵的"文史"只收文章和史学评论之书,而在此之外,他又专辟"诗评"一类,收录诗歌评论和诗话,这是分类趋于细致的表现。将"诗话"视为诗歌评论,是符合实际的,与晁公武的认识完全不一样。陈振孙意见与他们又不同,他认为应该将"诗话"收入"文史"类,这同样是把"诗话"作为文学批评看待的。将郑樵"文史"类中的史学部分去掉,加上"诗评"一类,正是明清人"诗文评"的内容;同样将陈振孙

"文史"中史评去掉,也正是明清人"诗文评"的内容。这些情况可以看出"文史"在向"诗文评"发展过程中,目录学家辨别文体的不同考虑。

宋以后如元马端临《文献通考》、明高儒《百川书志》,都继承陈振孙的分类法,将"诗话"收入"文史"中。而明代祁承㸁《澹生堂藏书目》、《近古堂书目》、赵琦美《脉望馆书目》、董其昌《玄赏斋书目》、徐𤊹《徐氏家藏书目》则单又列"诗话"一类,不取"文史"之名,似乎是受到郑樵的启发。至清《四库全书总目》,则统一体例,使用明人已用过的"诗文评"名称,专收文学中的诗、文,遵《郡斋读书志》之例,另建"史评"类,收入原"文史"中的史论书目,文学批评至此确定了鲜明的界限,标志这门学科基本定型,并为后人所遵循。

以上我们简单回顾了文学批评建类的历程,对于这一门学科的发展有了比较清楚的了解,从中可以见出古代学者对文学批评认识和理解的过程,这对于更深入地了解中国文学批评的发展历史,了解古人关于文学批评辨体的思想,具有较为重要的意义,同时对于当前古代文学批评学科的理解,应该有一个更深入、全面的历史概念。

(原载《新文学》创刊号,大象出版社 2002 年版)

汉魏六朝作家作品研究

《史记》与传记文学传统的确立

　　《史记》是中国第一部体大思精的通史著作,也是一部文学名著。秦汉时的文学体裁,主要是辞赋,作为史书的《史记》,却以记事和传写人物为后来的传记文学写作树立了典范。司马迁在《报任安书》中述说自己的史书写作,是欲以"究天人之际,通古今之变,成一家之言"。尽管《史记》的纪传之例,抑或有前代史书的渊源,但镕铸古例,成《史记》五体,以见古今成败兴坏之理,当然是司马迁的独创。清人赵翼说:"司马迁参酌古今,发凡起例,创为全史。……自此例一定,历代作史者遂不能出其范围。"[①]对司马迁来说,他写《史记》,主旨是成就通史,继孔子删述《春秋》的传统,因此他要"究天人之际,通古今之变",探究天道与人事之间的互存互动的因果关系,通古今成败兴坏之理。什么是"天人之际"和"古今之变"呢?这是要从司马迁《史记》五体中细究的。《史记》一书分十二本纪、十表、八书、三十世家、七十列传,与古史的编年体例完全不同,反映了司马迁以人物为历史创造者的观点。历史是人类活动的历史,而人类历史是由各个阶层人物共同创造的,司马迁《史记》正是由此出发,列传社会各阶层人物一百余人,涉及的达四千多,从而构成了波澜壮阔的历史画卷。司马迁将探讨天人之际

[①] 赵翼:《廿二史劄记》卷一,中国书店1987年影印,世界书局1939年版,第2页。

的关系、古今兴衰的变化原因,建立于对人物活动的叙述中,这是他对人类历史发展的深刻观察和思考的结果。因此,《史记》一书是活的历史,义蕴深刻,虽历千年,其中的道理仍然揭发不尽,足给后人以各种各样的启迪。

司马迁人物传记所具有的文学性成就,其实是建立在这样的基础之上。他本没有文学性的考虑,也没有后世人的文学观念,他只是努力将人物写活,抓住人物的精神,从人物的活动、人物在事件中表露的性格及心理,揭露出历史变化的内在因素,并由此表现他对历史的评判。但如何将人物写活,生动,有精神,这本身便开创了纪传文学的传统。由于司马迁深刻的历史思想和过人的史识,使得他的人物传记达到了前无古人,后亦无来者的高度。

关于《史记》的文学成就,古人今人都作了充分的研究,比如叙事的曲折有致,语言的峻洁生动,人物形象的栩栩如生,所有这些,都是司马迁取得成功的主要原因,并且为后世的叙事和记人提供了典范。但我们要关心的是,是什么使司马迁采取了这样的文学性手段?中国是重历史的国度,史学传统很早就建立了,这就是不隐恶的直书实录传统。实录的精神,应该是不需夸饰的,传世文献如《尚书》、《春秋》,的确是具有这样的特征。当然,即使是《尚书》、《春秋》,也往往为了加强力量,而使用夸张的手法。《论衡·艺增》举《尚书·武成》记周武王伐纣血流漂杵事例说:"言血流浮杵,亦太过焉。死者血流,安能浮杵?案武王伐纣于牧之野,河北地高,壤靡不干燥,兵顿血流,辄燥入土,安得杵浮?"但这种夸张,并未脱离事实,是修辞而已,与后来传记文学的夸饰还不同。从《左传》开始,夸饰已经在史书中占有了极大的比重。比如僖公二十三年记晋公子重耳对季隗说："待我二十五年，不来而后嫁。"季隗说："我二十五年矣，又如是而嫁，则就木焉。"夫妻间语，不入史书，史家如何知道？又成公二年晋、齐鞌之战，郤克、解张、郑丘缓间的对话，反映了晋国将帅间同仇敌忾的斗志，有助于突出人物的精神和性格，增强叙事的生动性。但这种对话，恐未必是史家实录，这都是作者根据叙事的需要，夸饰而成，然却无损于整体事件的真实，反而加强了信服力。其实史书作者的记叙，从来都是有倾向性的，即使《尚书》，如上引武王伐纣的记载，分明反映了作者对武王的支持态度。根据作者的主观倾向，对历史事件进行一定的加工，这在孔子删述《春秋》中，就树立了史学的原则。孔子所删《春秋》，本来只是鲁国史书，但孔子在微言中寄寓了他的褒贬，从而使乱臣贼子惧。比如《春秋》隐公元年所书"郑伯克段于鄢"，书郑伯，书克，书段，都是有深义的。杜预注说："不称国讨，而言郑伯，讥失教也。段不弟，故不言弟，明郑伯虽失教，而段亦凶逆。以君讨臣，而用二君之例者，言段强大隽杰，据大都以耦国，所谓得隽曰克也。"在字词的使用上，寄寓作者的褒贬，成为后世史书传统。但微言未免难以领会，所以"左丘明惧弟子人人异端，各安其意，失其真，故因孔子史记，具论其语，成《左氏春秋》"[①]。重新将其褒贬之意，用具体的事件表现出来。因此，《左传》的叙事，实际上是继承了孔子删《春秋》的传统的。

相对于早期史书的记言和简单的编年，具体的叙事都属于夸饰。但在不违背史事的真实基础上，生动的叙事，乃至在叙事中插入悬想性的细节，以及对话、心理描写，既是叙事艺术的需要，也是

---

① 《史记·十二诸侯年表》，中华书局标点本。

读者的要求。战国以后,史书如《国语》、《国策》,都是这种趋势的反映。简单的纪年,如秦史记,一方面是秦人文化落后的表现,另一方面也并不占当时文化的主要地位。因此我们说,《左传》、《国语》、《国策》这些史书的叙事,其实是出于这样的需要而产生的,就在这种产生过程中,显现了文学艺术的特征。也就是说,文学艺术特征,产生于史学,是逐渐从史学写作中分化出来,发展到一定时期,才成熟并为独立的学科——文学的诞生奠定了基础。对于汉武帝时期的司马迁来说,这时期的文学学科还没有独立,他的史书写作,只是遵照着已有的史学传统而已。但是《史记》的写作,较之前有的史书,在夸饰艺术上,更加发挥得淋漓尽致,从而为后世的传记文学开辟了道路。

　　司马迁之前,《左传》、《国策》在描写人物上,都已经积累了丰富的经验,而且产生了很多名篇。如《战国策》写荆轲刺秦王事,基本为司马迁《史记》所承袭[①]。其易水送别一段,《史记》更是不改一字,可见《战国策》在塑造荆轲形象上的成功。荆轲易水之别,慷慨悲歌,形象生动,千载之下,犹如生人,但诚如前人所说,可议处颇多。姚苎田《史记菁华录》说:"《国策》荆轲刺秦王一篇,文章固妙绝千古,然其写荆轲处,可议实多。如聂政尚不肯轻受严仲子百金之馈,而轲则早恣享燕太子车骑美女之奉,一也;聂政恐多人语泄,独行仗剑至韩,而轲则既必待吾客与俱,又且白衣祖饯,击筑悲歌,岂不虑事机败露?二也;聂政抉面屠肠,自灭形迹,轲乃箕距笑

---

　　① 关于荆轲刺秦王之事,《国策》与《史记》所记基本相符,后人因怀疑刘向撰次《国策》,在汉以后残阙,后人遂以《史记》文字补充,此节即抄录的《史记》。参见方苞《书刺客传后》,载《望溪集》卷二,《四库全书》本。但近人郑良树根据楼兰出土汉代帛书《战国策》残叶反对这一说法。参见郑良树:《战国策研究》,台湾学生书局1986年版。

骂，明道出欲生劫报太子丹之语，三也。至以虎狼之秦，而欲希风曹沫，约契不逾，其愚狂无识，更不足道矣。"①这个故事显然有所夸张，与事实不一定相符，但司马迁却写入《史记》，说明司马迁旨在突出人物精神的史学思想。司马迁不惜在细节上用力，以达到叙事的曲折和人物的生动效果，这在《史记》一书中，是俯拾即是的。比如《淮阴侯列传》写韩信受胯下之辱一节，细细描摹，旨在突出韩信的沉毅和远大抱负，大勇不及目前，这一点在《刺客列传》中也有表现。如荆轲游过榆次，与聂盖论剑，聂盖怒而目，荆轲遂走不复还。聂盖以为荆轲怯懦，实不知荆轲志尚高远，士不遇知己，徒死无益，为后来刺秦王之举伏下衬笔。这一细节，《战国策》不载，而司马迁采择而且重彩描摹，是司马迁立意与人不同。这与司马迁自己遭不测之祸，隐忍苟活，欲成《史记》的抱负相符，所以司马迁不仅选择入史，而且密致经营，是有太史公自己的用意的。

　　从《国策》到《史记》，我们可以见出西汉初时的叙事已经达到了怎样的高度，《汉书·艺文志》特列小说一家，说是出于稗官，"街谈巷语，道听途说者之所造也"。颜师古引如淳说："街谈巷说，其细碎之言也。王者欲知闾巷风俗，故立稗官使称说之。今世亦谓偶语为稗。"以街谈巷说的细碎之言为小说，当指其叙述故事的内容，这些内容，也是司马迁选择的材料之一。司马迁在《报任安书》中说："仆窃不逊，近自托于无能之辞，网罗天下放失旧闻，考之行事，稽其成败兴坏之理，凡百三十篇。""网罗天下放失旧闻"，应该包括民间流传的故事。因此，《史记》一书叙事的曲折动人，也反映了当时民间故事的叙述水平，这也说明《史记》能够取得这样的成

---

① 姚苎田:《史记菁华录》，清道光四年扶荔山房刻本。

就,并不是偶然的。综观《史记》的人物列传,虽以生平为线,但司马迁在选择材料,安排结构上,都独具匠心,尽量集中、鲜明,曲折有致。一些在本传中不适宜展开的材料,则巧妙地使用互见法。比如《高祖本纪》,多写其细微及灵异之事,而于定鼎平天下的大事,则置于诸功臣传中。此外,本传主旨在于突出传主之所以立传的事迹,一些与主题关系不大的材料,则置于别传中。因此阅读的时候,应该结合其他篇章,才能全面了解历史人物。比如刘邦,司马迁在《项羽本纪》中述其败逃时,数次推堕孝惠、鲁元,显示刘邦危亡时连亲生儿女都不顾的狠毒。显然,这样的材料不适合用于本纪中。司马迁这样的安排,使本传叙事集中鲜明,又能够保持生动曲折的效果。否则如后世本纪,枯燥无味,令人难以卒读。

　　人是历史的创造者,这是司马迁以人物为史记的思想,只有将人物写活,才能准确地反映历史发展变化的脉络,所谓"究天人之际,通古今之变",因此准确描摹人物的性格、语言,都是为这个思想服务的。选择哪些事件、语言来勾划人物什么样的性格,则出自司马迁对人物的评判。司马迁对历史有自己的独立思考,对人物在历史上的作用,也有他自己的判断,因此,首先在选择哪些人物入传上,他就全盘仔细地考虑过。而入选人物要表现他的什么作用,也都在材料的选择和人物的描写上传达得清清楚楚。司马迁《史记》全书选择一百余人列传,朝代从传说中的五帝始,所选择人物都与作者志在探讨古今存亡迁变有关。从全书的布局结构看,《史记》显然是详今略古。这是有原因的,一者,司马迁持发展变化的历史观,古须为今用,他在《太史公自序》中说:"略推三代,录秦汉。"就是说对三代要略,而对秦汉间事则是详录。二者,上古文献,书阙有间,加上其中穿凿附会,怪异传说,荒诞不经之事甚多,司马迁本着信实考异的态度,不加使用①。事实上,作为传记文学,《史记》最吸引人的,也正是秦汉人物的描写。这些人物,经司马迁如椽之笔,一个个都栩栩如生。即使如秦始皇,其统一全国之后,专制雄决,一意裁断的霸气,毕露于《秦始皇本纪》文字中。至于项羽,更是司马迁倾尽心力之作。项羽未成帝业,而司马迁列于本纪,这一直受到后人的批评。但司马迁《项羽本纪赞》中明说:"羽非有尺寸,乘势起陇亩之中。三年,遂将五诸侯灭秦,分裂天下而封侯,政由羽出,号为'霸王'。位虽不终,近古以来,未尝有也。"这正是项羽的历史作用,故司马迁破例将其视为帝王而入于本纪。《史记》以五体纪事,结构谨严,但时又有破例之处,如列吕后本纪,但不列汉惠帝本纪,又西周诸侯管叔叛逆,宗庙不守,但司马迁却列《管蔡世家》,如此等等。后人的批评虽有一定道理,但司马迁撰史自有他的考虑,司马迁所处的历史环境已非后人所能感受。秦汉之际,群雄逐鹿,陈涉首先发难,继而项羽、刘邦相争,均以布衣而翻覆强秦,当是时,三人均有可能成功的机会,但最终的结果是由刘邦统一天下,那么刘邦为什么会成功呢?陈涉、项羽为什么会失败呢?这成功和失败的究极原因是什么呢?这正是司马迁所考虑的。因此,司马迁特撰有《秦楚之际月表》,表示了他对由秦至汉之际历史变化趋向的关注。以《史记》刘邦本纪和项羽本纪相较,我们明显感受到司马迁对项羽的偏爱和惋惜。他对项羽事迹的描写,时时充满着讴歌英雄般的情感。他用"才气过人"概括项羽。在司马迁笔下,才气过人除指具有超越别人的才气外,还指富于创造性地敢做别人不敢做之事。《史记》中另一位荣膺此号的是李

---

① 《史记·大宛列传赞》:"至《禹本纪》、《山海经》所有怪物,余不敢言之也。"

广,李广善射,但他"见敌急,非在数十步之内,度不中不发,发即应弦而倒"。这是常人所不敢为者。项羽表现得更为充分。如巨鹿之战,司马迁写他于晨朝上将军,即其帐中斩宋义头,随后号令诸将,引兵渡河,"皆沉船,破釜甑,烧庐舍,持三日粮,以示士卒必死,无一还心"。其勇决与大智,充分表现了他的"才气过人"。及败秦军,"项羽召见诸侯将,入辕门[①],无不膝行而前,莫敢仰视",英雄气概顿让后人生出无限敬慕。相较于项羽,刘邦却有十分的流氓气,司马迁用"好酒及色"写他,虽在本纪中添加了那么多的神异符验之事,但刘邦的所作所为,的确不能算作英雄。司马迁有意为项羽和刘邦各写了一个初见秦始皇时的细节,项羽是英雄豪气:"彼可取而代也!"刘邦则充满了艳羡的口吻说:"嗟乎!大丈夫当如此也!"事实也确如这样发展,项羽最终取秦帝而代之,而刘邦则享项羽成果,当上了皇帝。《刘敬叔孙通列传》记刘邦按叔孙通为他安排的朝仪受群臣朝拜后说:"吾乃今知为皇帝之贵也!"其境界仅至于此,与项羽确不可相比。但问题就在于刘邦最终成功,而项羽却失败了,其间的原因到底在哪里呢?这也正是司马迁所要探讨的。《项羽本纪赞》中,司马迁总结说:"陈涉首难,豪杰蜂起,相与并争,不可胜数。然羽非有尺寸,乘势起陇亩之中,三年,遂将五诸侯灭秦,分裂天下,而封王侯,政由羽出,号为'霸王',位虽不终,近古以来,未尝有也。"这是项羽的历史贡献。司马迁又说:"及羽背关怀楚,放逐义帝而自立,怨王侯叛己,难矣!自矜功伐,奋其私智而不师古,谓霸王之业,欲以力征经营天下,五年卒亡其国。身死东城,

---

[①] 乾隆四年武英殿本《史记》作"项羽召见诸侯将,诸侯将无不膝行面前",于义为当。

尚不觉寤,而不自责,过矣!乃引'天亡我,非用兵之罪也',岂不谬哉!"是项羽终以不师古法,独以武力征天下而失败,是天助德而不助暴力也!

太史公深得《春秋》笔法,故读《史记》,要善于在字里行间读出太史公的用意。比如合传的安排,都是有深意的。如《老庄申韩列传》,以老子、庄子、申子、韩非子四人合传,似为后人所不解,实则反映了太史公对先秦道家与刑名之学关系的看法。诚如宋儒真德秀所言,老子之术,将欲翕之,必固张之,将欲夺之,必固与之,此阴谋之言也。阴谋之术,则申商、韩非之所本也。究其实,诚如《汉书·艺文志》所说,《老子》一书,乃君人南面之术。故太史公将四人合传,称:"老子所贵道,虚无,因应变化于无为,故著书辞称微妙难识,庄子散道德,放论,要亦归之自然。申子卑卑,施之于名实;韩子引绳墨,切事情,明是非,其极惨礉少恩。皆原于道德之意。而老子深远矣。"《韩非子》有《喻老》、《解老》二篇,诚是注脚。故太史公以四人合传,寓其对老子道德之弊,流于刑名之深意[①]。

再如《张耳陈余列传》,借张、陈二人由交情至交恶,写利禄对人情的损害,作者对人世间真情挚谊的感叹,深寓其间。盖张、陈二人是秦汉之间最为天下人传诵之事,他们的刎颈之交,亦为天下人所赞叹。然而面对利禄,竟然成死敌,其事亦令人感慨。司马迁说:"张耳、陈余,世传所称贤者,其宾客厮役,莫非天下俊杰,所居国无不取卿相者。然张耳、陈余,始居约时,相然信以死,岂顾问哉?及据国争权,卒相灭亡,何乡者相慕用之诚,后相倍之戾也!岂非以利哉?名誉虽高,宾客虽盛,所由殆与太伯、延陵季子异

---

① 参见李景星:《史记评议》,济南精艺印刷公司1932年版。

矣!"一篇《张耳陈余列传》,主要围绕这个意思着笔。所以,陈余、张耳卒后,司马迁又以较多篇幅写了张敖宾客贯高之事。表面上看,似乎是张敖附传,其实张敖并不是主角,主角是贯高。司马迁用了许多的热情写贯高能够重然诺,有节义、侠气,这是司马迁在《史记》一书中非常看重的。《史记》一书,往往有许多并不尽合于公家及王者思想之处,也就是说,司马迁抒写许多纯属个人感情和意气的内容。比如《李将军列传》写李广因出击雁门为匈奴所擒,后脱逃得归,免为庶人,一次在霸陵亭受亭尉呵辱。后李广重新起用,"广即请霸陵尉与俱,至军而斩之"。这个细节起码不算光彩,但却很典型地反映了李广嫉恶如仇的性格,同时也可见出司马迁对小人的厌恶。

再如《刺客列传》,实事求是说,司马迁《刺客列传》所列五人,的确让后人不甚理解。五个刺客,性质不尽相同,事迹亦无法让人感动。比如专诸,完全因为伍员欲借吴王报私仇,吴王不允,故进专诸于公子光以谋刺吴王。则专诸之刺吴王,并不值得称道。再如聂政,只因严仲子表面上尊敬他,且予以百金,即愿意赴韩刺杀韩相侠累。而严仲子之刺杀侠累,亦仅是个人间恩怨。那么司马迁要宣扬什么呢?在《传赞》中司马迁说:"自曹沫至荆轲五人,比其义或成或不成,然其立意较然,不欺其志,名垂后世,岂妄也哉!"司马迁是要宣扬他们所具有的义。但究其实,确是属于司马迁个人的思想。苏辙《古史》说:"周衰,礼义不明,而小人奋身以犯上,相夸以为贤,孔子疾之。齐豹以卫司寇杀卫侯之兄絷[1],蔡公孙翩

---

[1] 《春秋·昭公二十年》:"秋,盗杀卫侯之兄絷。"杜预注:"齐豹作而不义,故书曰盗,所谓求名而不得。"

以大夫弑其君申①,《春秋》皆以盗书而不名,所谓求名而不得者也。太史公传刺客凡五人,皆豹、翩之类耳,而其称之不容口,失《春秋》之意矣。"②故《史记》列传以伯夷、叔齐为首,意在表彰其让国,皆是一家之言。然伯夷、叔齐善人,却饿死首阳山,司马迁说:"或曰:天道无亲,常与善人。若伯夷、叔齐,可谓善人者,非邪?积仁絜行如此而饿死,且七十子之徒,仲尼独荐颜渊好学,然回也屡空,糟糠不厌而蚤夭,天之报善人,其何如哉?"又举历史上行恶之人如盗跖,竟以寿终,故司马迁说:"余甚惑焉!傥所谓天道,是邪?非邪?"对于这种现象,司马迁也只好说:"子曰:'道不同不相为谋。'亦各从其志也。故曰富贵如可求,虽执鞭之士,吾亦为之;如不可求,从吾所好。岁寒然后知松柏之后凋。举世混浊,清士乃见,岂以其重若彼,其轻若此哉!君子疾没世而名不称焉。贾子曰:贪夫徇财,烈士徇名,夸者死权,众庶冯生。同明相照,同类相求。云从龙,风从虎,圣人作,而万物睹。伯夷、叔齐虽贤得夫子而名益彰,颜渊虽笃学附骥尾而行益显,岩穴之士,趋舍有时。若此类,名堙灭而不称,悲夫!闾巷之人欲砥行立名者,非附青云之士,恶能施于后世哉。"司马迁称其欲"究天人之际",实则在列传第一篇就表现出对这些现象的大惑不解,而感愤伤时,遂以伯夷列为第一篇。葛洪曰:"伯夷首列传,以为善而无报也。"③《史记·太史公自序》说:"末世争利,维彼奔义,让国饿死,天下称之,作《伯夷列传》第一。"故司马迁欲树伯夷以激世之廉让之风。李光缙《增订史

---

① 《春秋·哀公四年》:"四年春王二月庚戌,盗杀蔡侯申。"杜注:"贱者,故称盗,不言弑其君,贱盗也。"
② 苏辙:《古史》,《文渊阁四库全书》本。
③ 《增订史记评林》引,明治二年日本东京玉山堂版。

记评林》引赵恒曰:"言夷、齐以烈士徇名,得夫子序列而名益彰,宜无怨也。惟夫岩穴之士,砥行立名夷齐者,后世不遇夫子,而名不传,为可悲可怨耳。通篇委曲感叹,子长盖自许而自伤也。趋舍有时,言其所趋在此,则所舍在彼,趋宝贵则舍令名,趋令名则舍宝贵。'若此类',若伯夷类也。"

司马迁对人物的喜、厌之情,表现得是十分鲜明的。喜欢的人物如李广不称名,而曰"李将军",韩信则称"淮阴侯",对于他不喜欢的历史人物,太史公的厌恶之情也是溢于字里行间的。如《李斯传》先从李斯见吏舍厕中食不洁之鼠而悟出人生哲理写起:

> 李斯者,楚上蔡人也。年少时为郡小吏,见吏舍厕中鼠食不洁,近人犬数惊恐之。斯入仓,观舍中鼠食积粟,不见人犬之忧,于是李斯叹曰:"人之贤不肖,譬如鼠矣,在所自处耳。"

道理当然是有的,但未免于落于鼠辈,且于食不洁中有悟,则其人品之低下,开篇便见分晓。至于李斯落败,乃与其子曰:"吾欲与若复牵黄犬,俱出上蔡东门逐狡兔,岂可得乎!"正如前人所评:"发端于鼠,结束于犬,是史公贱鄙李斯处,恰好首尾相应成趣。"[①]李斯思欲上蔡东门牵黄犬逐狡兔,而自己却成为秦二世所逐之兔,司马迁鄙视之意,可谓入骨矣。

《史记》的叙事艺术水平之高,可谓出神入化。我们可以说《左传》是为了传《经》,其所写人物及叙事,未必均有作者主观故意,但是《史记》却实在有作者的故意布局。我们可以《廉颇蔺相如列传》为例。

[①] 日本学者竹添井井评语,见《史记钞》第四辑,《历代古文钞》卷一一,日本奎文堂,明治十八年二月。

此传题为"廉蔺",但其实却写了廉颇、蔺相如、赵奢、李牧等人,故蒲二田说:"题当作廉蔺赵李列传。"①为什么这四个人列为一传呢?因为都是赵之良将,赵之存亡系此四人身上。储同人说:"以四人系赵存亡,合作一传,错综变化,出圣入神。"②按照我们看到的后世的史书,同传的写法,无非是每人一传,各写各的,但司马迁不同,此传以廉颇开篇,但简单介绍以后即转入蔺相如。蔺相如传主要写了完璧、与秦盟会及廉、蔺关系之事,较廉颇传应该是非常详备的,人物精神也比廉颇鲜明。廉、蔺列传,但重在蔺上。然而廉颇在全文结构上却起着重要的勾连作用。蔺相如事迹写完以后,如何过渡到下文的赵奢传呢?司马迁用"是岁,廉颇东攻齐,破其一军,居二年,廉颇复伐齐,拔之。后三年,廉颇攻魏防陵、安阳,拔之。后四年,蔺相如将而攻齐,至平邑而罢。其明年,赵奢破秦军阏与下。"由廉颇攻齐之纪年自然过渡到赵奢。赵奢亦是赵之良将,赵亦赖之而存。赵奢因功而封为马服君,司马迁这时加上一句:"于是与廉颇、蔺相如同位。"是赵奢亦与廉、蔺二人照应。赵奢之后,赵王任用赵括,兵败被杀,从而导致赵国由盛转衰。但司马迁转到赵奢传,亦由廉颇过渡,所谓"后四年,赵惠文王卒,子孝成王立,七年,秦与赵兵相距长平。时赵奢已死,而蔺相如病笃,使廉颇将攻秦。秦数败赵军,赵军固壁不战。秦数挑战,廉颇不肯。"于是赵王信秦人离间计,以赵奢子赵括代廉颇为将,于是引出赵括一传,而由赵括之败,亦带出赵国由盛转衰,这样的叙述,又是靠廉颇勾连的。由赵括至李牧,司马迁又以廉颇为牵引,写廉颇领兵击

---

① 《史记钞》引,《历代故钞》。
② 《史记钞》引,《历代故钞》。

燕,燕割五城求和,于是赵封廉颇为信平君。其后六年,赵孝成王卒,子悼襄王立,乃使乐乘代廉颇,廉颇怒攻乐乘,而后奔魏,遂乃引出李牧。对此线索,前人评曰:

> 秦赵交关是此传主笔,以四人系赵之存亡,直至秦灭赵,乃一篇归宿处,亦千古任将得失之林也。以赵之世次年月为线索,故忽而廉、蔺,忽而赵、李,极断续离合而无些子痕迹,彼以串插去陋矣。太史公列传中,其法无所不有,真千古妙文。①

以世次年月为线索,确是司马迁贯穿传文的手段,然亦常有变化,既勾串全文,亦能引人入胜。如《刺客列传》,所传五人时代悬远,而司马迁以年代相勾连,既文脉绵延不断,亦寓有刺客精神之不断传承之意。诚如李景星所分析:

> 刺客列传共载五人,一曹沫,二专诸,三豫让,四聂政,五荆轲。此五人者,在天地间别具一种激烈性情,故太史公汇归一处,别成一种激烈文字。文用阶级法,一步高一步,刺君刺相,至于刺不可一世之王者,刺客之能事尽矣,是以篇中叙次,于最后荆轲一传独加详焉。其操纵得手处,尤在每传之末,用钩连之笔曰:"其后百六十有七年,而吴有专诸之事;其后七十余年,而晋有豫让之事;其后四十余年,而轵有聂政之事;其后二百二十余年,秦有荆轲之事。"上下钩绾,气势贯注,遂使一篇千言大文,直如一笔写出,此例自太史公创之,虽后来迭经袭用,几成熟调,而兰亭原本,终不为损,盖其精气有不可磨灭者在也。②

---

① 高嵣:《史记钞》卷三,乾隆五十三年培元堂杨氏刻本。
② 同上。

鲁迅先生曾说《史记》是"无韵之《离骚》",的确,《史记》一书掩抑悲藏,常常催人泪下。这一是因为《史记》所述人物,多慷慨悲歌之士,其事迹照耀千秋,感动后人;二则与司马迁于叙事中寄托个人的激烈情怀有关。司马迁世为史官,年轻时就为做史官作了学术与阅历上的准备,但直到他的父亲司马谈去世时,以继《春秋》、述史记相嘱托,他才真切地体会到这一责任的重大。正当他埋头撰述,草创未就之时,突然遭遇了李陵一案横祸。这一事件对司马迁的打击是刻骨椎心的,他在《报任安书》中说:"是以肠一日而九回,居则忽忽若有所亡,出则不知其所往。"但他隐忍苟活,"恨私心有所不尽,鄙陋没世,而文彩不表于后世也"①。撰述《史记》成为司马迁生命中唯一精神支柱,而他也把心中的沉郁悲愤,一一寄托于所传人物之中。忍辱负重,成就大事业,亦成为司马迁《史记》入选人物的一个衡量标准,如勾践、伍子胥、季布等人都是。在他们事迹的叙述中,司马迁都基于这一点加以赞扬和肯定,因为这与司马迁的精神是相通的。

司马迁是伟大的历史学家,《史记》中的人物描写,是服从于他对历史的思考的。描写中使用的手段,也都为他要"究天人之际,通古今之变"服务。达到了这一点,就是他所说的"成一家之言"。没有人能够具有他那样的史识和历史洞察力,所以他开创的人物传记写作手法,也就没有人能够继承。自班固以后,虽然继承了他的基本体例,但在人物选择和描写上,既没有能力,主观上也不愿意效法。但是,司马迁这样的描写,却开创了传记文学的传统,成为文学史上典范之作。自此以后至东汉,文学逐渐自

---

① 《文选》卷四一,中华书局 1977 年影印胡克家刻本。

觉,渐渐独立为一门学科,它有自己的特性,并逐渐为人们所认识。如何认识和评价文学的作用和价值,那是司马迁以后时代的历史任务了。

(原载《上海大学学报》2011年第5期)

时代思想的异端者
——评王充《论衡》

生平及著述

　　王充(公元 27—?)，字仲任，会稽郡上虞县(今浙江上虞)人，家庭以"贾贩为事"。他的先世原籍魏郡元城(今河北大名)，先辈几世从军有功，曾祖被封为会稽郡阳亭侯。然封侯不到一年，因王莽篡汉，天下丧乱，而失去封爵，落籍会稽，"以农桑为业"。祖父王汎，避仇迁居钱塘，以商贩为生，至钱塘后，汎妻先后生有两子，长子王蒙，次子王涌。王涌即王充父亲。王涌后又因与豪家丁伯等结怨，全家被迫迁往上虞。前后几世的数次迁徙，都是因为任侠用气，得罪了当地豪族。王充说："祖世任气，至蒙、涌滋甚。"[1] 这种任侠用气是王充家庭的传统，对王充思想的形成有深刻的影响，从他的《论衡》写作中所宣明"疾虚妄"的战斗精神，可以看出这种传统的具体体现。

　　王充天资聪明，勤于学习，读毕书塾，郡县选举他到京师洛阳

---

[1] 《论衡·自纪》，中华书局《新编诸子集成》本，第1187页。以下凡引自《论衡》者，只注篇名于文后。

入太学，从班彪学习。班彪是当时著名的经今文学家、史学家，因此，王充自受学以来一直都是接受正统儒家思想的教育。但本传说他"好博览而不守章句"，他在《自纪》中非常得意地描绘自己："淫读古文，甘闻异言。世书俗说，多所不安，幽处独居，考论实虚。"博览与思考是王充最鲜明的特色。在《论衡》中，他一再贯彻这一思想，在《别通》篇中，他说："人不博览者，不闻古今，不见事类，不知然否，犹目盲、耳聋、鼻痈者也。"但仅仅博览群书，不能精思独见，仍不值得称赞，他把读书人分为儒生、通人、文人、鸿儒几种，他说："夫能说一经者，为儒生，博览古今者，为通人，采掇传书以上书奏记者为文人，能精思著文连结篇章者为鸿儒。"在这中间，"儒生过俗人，通人胜儒生，文人逾通人，鸿儒超文人，故夫鸿儒，所谓超而又超者也"（《超奇》）。毫无疑问，他是把自己置于既博且思的鸿儒之列的，正是这种读书的方法和精于思考，勇于探索的精神，方使他能在满天谶纬妖氛的迷雾中得以保持清醒的头脑和尖锐的批判勇气。在《自纪》篇中，王充说他"谢师而专门，援笔而众奇"，对于拜班彪为师这段重要经历，王充叙述得非常含糊，一方面是他已超越传统的儒家思想并以"天人感应"为批判对象，思想已属"异端"，另一方面也是他不愿承认这种家法渊源吧。

对王充产生比较大影响的是桓谭，这是一位杰出的哲学家，他坚决反对谶纬迷信，并为此差点送了生命。桓谭著有《新论》，对时代的虚与妄作了深刻的批判，王充给他以高度的评价。他说桓谭"又作《新论》，论世间事，辩照然否，虚伪之言，伪饰之辞，莫不证定"（《超奇》）。又把桓谭与董仲舒比较，谓桓谭"质定世事，论说事疑"，没有谁能比得上的，"故仲舒之文可及，而君山之论难追"（《案书》）。桓谭作《新论》是因为"众事失实"、"凡论坏乱"，这正与自己写作《论衡》的主旨一样,他说"是故《论衡》之造也,起众书并失实,虚妄之言胜真美也"(《对作》),王充这里承认自己是受了桓君山的启发与影响。

大约在三十二岁以后,王充自洛阳返回故乡,担任上虞县掾功曹,不久升任会稽郡都尉府掾功曹、郡太守五官功曹从事(五官掾)。是时正逢郡国连年灾旱,物价飞涨,农民流亡,但贵族豪家奢侈无度。王充向郡太守上奏记建议禁酒,因政见不合,"贬黜抑屈"。以后又应扬州刺史董勤的征辟,到九江担任刺史府治中从事,不久即回乡。王充的友人巨鹿郡太守谢夷吾知道后,特地上书汉章帝,荐举说:"充之天才,非学所加,虽前世孟轲、孙卿,近汉杨雄、刘向、司马迁,不能过也。"[①]章帝特诏公车征辟,王充以老病为辞,未行。汉和帝永元年间,王充因病去世。

王充主要著作有《讥俗节义》、《政务》、《论衡》和《养性》,流传下来的只有一部《论衡》,共八十五篇,其中《招致》仅存篇目,实存八十四篇。

王充是汉代杰出思想家,是时代思想的批判者,他高举"疾虚妄"的大旗,横扫弥漫于整个时代的谶纬迷雾,犹如一颗光灿的明星,照耀在当时黑暗的思想界。真正了解王充哲学思想的战斗意义和他对历史所作的杰出贡献,必须对他生活的时代和历史背景作一番考察,才能充分把握这种意义的实质。

批判的背景:两汉神学经学对思想的桎梏

西汉自公元前220年刘邦建立政权开始,吸取暴秦严酷法制

[①] 《后汉书·王充传》注引谢承《后汉书》,中华书局标点本,第1630页。

的教训,采用黄老的无为思想,主张清虚自守,卑弱自持,与民休息,恢复生产,经七十余年的休养生息,到汉武帝时,社会生产力日益强大,汉朝的统治秩序渐形巩固。经济上则如《汉书·食货志》所说:"至武帝之初七十年间,国家亡事,非遇水旱,则民人给家足,都鄙廪庾尽满,而府库余财。京师之钱累百巨万,贯朽不可校。太仓之粟陈陈相因,充溢露积于外,腐败不可食。"国家的财力充足而雄厚。政治上,景帝也削平了吴楚七国之乱,又逐渐取消诸侯王的特权,消弭了自汉初以来一直存在着的中央与地方之间尖锐的矛盾,中央集权得到了空前的巩固。经济的繁荣,政治的稳定,新的时代课题迅速提到当日生活表面:建立一种新的思想体系,以适应日益强烈的大一统政治要求,自汉初以来所遵循奉行的黄老思想再也担负不起新帝国所提出的历史任务。适应着这个要求,时代又恰巧产生出一位年轻有为的君主——汉武帝刘彻,他有着极为丰富的政治想象力和勇于进取开创的英雄抱负,对自己,对国家怀着强大而坚定的信心,他反击匈奴,平定氐羌、昆明、南越、东瓯,开边拓境,提封万里,又"兴太学,修郊祀,改正朔,定历数,协音律,作诗乐,建封禅,礼百神,绍周后,号令文章,焕焉可述"[1]。统一的、中央集权的、专制主义的封建国家已经形成,更需要思想意识形态的大一统,以作为新帝国的立身基础。西汉元光元年(前134),武帝举贤良对策,说"欲闻大道之要,至论之极",公开表示自己所要得到的是符合时代要求的立国之本,即不是具体的细节措施,而是可以作为维系的指导思想。于是当时的儒生董仲舒应运而起,上对策三篇,史称"天人对策"。提出他的哲学体系的基本要求和轮

---

[1] 《汉书·武帝纪赞》,中华书局标点本,第212页。

廓,他说:"今师异道,人异论,百家殊方,指意不同,是以上亡以持一统;法制数变,下不知所守。臣愚以为诸不在六艺之科孔子之术者,皆绝其道,勿使并进。邪辟之说灭息,然后统纪可一而法度可明,民知所从矣。"①董仲舒认为当时思想混乱,百家乱言争鸣,有碍于一统事业,应该"推明孔氏,抑黜百家",消灭异端邪说,这一建议遂为武帝所采纳。

当然,董仲舒所尊奉的儒术,不再是先秦的原始儒学,而是经时代和董仲舒本人加工过了的新儒学。董仲舒的思想主要反映在他的天人对策和《春秋繁露》中。在董仲舒那里,他把原始儒学中的仁义道德,配之以战国以来流传不衰的阴阳五行学说,以此作为理论框架,又塞进了法家的中央集权思想和齐学的天人感应论,创造了一个庞大的神学思想体系,来解释天道人事,为当时一统帝国的神圣性、合理性建立理论依据。

董仲舒神学体系的要点,即在阐述天人关系,"天人感应"是其主要内容。董仲舒把天视作有意志的神灵,它有喜、有乐、有威、有怒,既主宰天上之神,也支配人间的帝王。他说:"天者,百神之大君也。"②又说:"天者,百神之君也,王者之所最尊也。"③天是至高无上的,俗世帝王之命是天之所授,他引《传》曰:

> 唯天子受命于天,天下受命于天子,一国则受命于君。君命顺,则民有顺命;君命逆,则民有逆命。故曰一人有庆,万民赖之,此之谓也。④

---

① 《汉书·董仲舒传》,中华书局标点本,第2523页。
② 《春秋繁露·郊祭》,《汉魏丛书》本,吉林大学出版社1992年版,第139页。
③ 《春秋繁露·郊义》,《汉魏丛书》本,吉林大学出版社1992年版,第139页。
④ 《春秋繁露·为人者天地》,《汉魏丛书》本,吉林大学出版社1992年版,第131页。

董仲舒就这样建立了天—天子—民的神学统属关系。在这样的关系里，人世间及自然界一切现象均可找到合乎统治要求的解释，人的位置都是固定的，不得妄自揣摩非分的地位，不得对统治秩序发生怀疑，所谓"天不变，道亦不变"。这种维护统治秩序合理性的思想，董仲舒是通过阴阳五行的框架结构来表达的。董仲舒说：

> 天有五行，一曰木，二曰火，三曰土，四曰金，五曰水。木，五行之始也；水，五行之终也；土，五行之中也。此其天次之序也。①

这里用"金、木、水、火、土"排出了"天次之序"，这个天次之序的基本关系是"比相生而间相胜"②。"比相生"是木生火，火生土，土生金，金生水，水生木；"间相胜"是木胜土，火胜金，土胜水，金胜木，水胜火。这样一种天之次序和次序间的相生相克的关系，董仲舒用来框架自然、社会、人伦、道德。比如，他以五官配五行，五官即是司农、司马、司营、司徒、司寇五种官职，董仲舒认为五官取法五行，因此，五官要行仁义德政，如此便和谐畅顺，如果不行仁义而是暴戾恣睢，则会发生相克相逆，引起动乱。董仲舒把社会伦理道德覆盖于五行的框架上，说："故五行者，乃孝子忠臣之行也。"③在五行的框架之外，董仲舒又配以阴阳学说，他把天地一切现象都分为阴阳两象，天的目的是崇阳贱阴，并由此派生出人世的阳尊阴卑，以符合三纲五常的需要。他说："王道之三纲，可求于天。"④从而把封建伦理道德中的三纲五常（三纲：君为臣纲、父为子纲、夫为妻纲，五

---

① 《春秋繁露·五行之义》，《汉魏丛书》本，吉林大学出版社1992年版，第131页。
② 《春秋繁露·五行相生》，《汉魏丛书》本，吉林大学出版社1992年版，第137页。
③ 《春秋繁露·五行之义》，《汉魏丛书》本，吉林大学出版社1992年版，第131页。
④ 《春秋繁露·基义》，《汉魏丛书》本，吉林大学出版社1992年版，第135页。

常:仁、义、礼、智、信)填进其神学体系中,而尊为不易之真理。他说:"君臣父子夫妇之义,皆取诸阴阳之道,君为阳,臣为阴;父为阳,子为阴;夫为阳,妻为阴。阴道无所独行,其始也不得专起,其终也不得分功,有所兼之义。是故臣兼功于君,子兼功于父,妻兼功于夫,阴兼功于阳,地兼功于天。"①在这里,董仲舒提出了"兼"的概念,本着崇阳贱阴的思想,阴所有之功只能归属于阳,而不得自专。

天人感应是董仲舒哲学体系的核心,为确保大一统帝国秩序的稳定,他建立了系统的天人关系,在这一种关系里,世间的一切都是天意决定的,国家的治乱,人君的祸福,都是有意志的天作出的安排。如天子的权力是天授予的,非人力所为,但天命靡常,天命有予也有夺,如果人君逆行倒施,天便以灾异警告,如还不知警惧,天命便会转移。天命的予夺是通过祥瑞和灾异来显示的。董仲舒说:

> 天地之物,有不常之变者谓之异,小者谓之灾。灾常先至而异乃随之。灾者,天之谴也;异者,天之威也。谴之而不知,乃畏之以威。诗云:畏天之威,殆此谓也。凡灾异之本,尽生于国家之失。国家之失,乃始萌芽,而天出灾异以谴告之。谴告之而不知变,乃见怪异以惊骇之。惊骇之尚不知畏恐,其殃咎乃至。②

这种"天人感应"说既是对百姓的欺骗,以示天命的不可违抗,也是对独裁君主的限制,这一点在历史上倒是反复被引用。

董仲舒的这套系统的神学体系,固然适应了时代的需要,为大一统帝国奠定了哲学基础,但它对人民思想的束缚与桎梏,尤其是

---

① 《春秋繁露·必知且仁》,《汉魏丛书》本,吉林大学出版社1992年版,第126页。
② 同上。

对人的思维能力的限制,其坏影响自不可估量。它利用虚伪的神学解释,阻碍人们思维的自由发展,而它那貌似完整、无所不有的神学体系的官方化,更排斥了各种不同意见的争鸣,从而对整个民族心理、性格都逐渐定势,并由此而形成排斥新思想的不良习惯。

董仲舒所建立的宗教神学,成为汉代封建社会的统治思想,汉武帝以后的两汉社会基本上都靠董仲舒这一宗教神学来维系。

如果说董仲舒是顺应时代的需要为大一统帝国而统一思想,东汉章帝时的白虎观会议则是一次为维护这种统治思想的完整性、神圣性而对混乱的思想界进行的又一次清洗和统一。

东汉时的统治思想,较董仲舒来说又显示了新的、然而也更荒谬的迷信色彩,这就是谶纬的加入。所谓谶,即是当作神灵启示人们的一种预言;纬,则是对经而言。纬而谓之谶纬,即总集过去所有的具有一定性质的预言而用以解释一般性质的儒家经典,使那些预言与儒家经典相交织,在儒家哲学的经线上加上一些预言作纬线。纬书是以经书的姊妹作品而出现,故其书名,一仍经书之旧,在西汉时,自《诗》、《书》、《礼》、《易》、《春秋》以至《孝经》、《论语》,无不有纬。此外尚有《河图》、《洛书》,占纬书的最大分量。这些纬书,自典章制度以至天文、地理、历法、文字、神仙,无所不谈,但都是以预言和神话为依据。由于谶纬以神学面目出现,带有预言的神秘性,因此极受一些野心家欢迎、并为之所利用。如王莽利用符命代汉成功,而光武帝刘秀也在"刘秀发兵捕不道,四夷云集龙斗野、四七之际火为主"[①]等谶语的狂呼中登上皇帝宝座。东汉中元元年(56),刘秀遂宣布"图谶于天下",谶纬上升为国宪。谶纬

---

① 《后汉书·光武本纪》,中华书局标点本,第21页。

迷信妖雾的漫布,引起了有识之士的激烈反对,王充的精神导师桓谭就是典型的一例。他上书光武帝说:"今诸巧慧小才伎数之人,增益图书,矫称谶记,以欺惑贪邪,诖误人主,焉可不抑远之哉!臣谭伏闻陛下穷折黄白之术,甚为明矣;而乃欲听纳谶记又何误也!"①然而,谶纬既已定为官方哲学,已容不得半点批评,为了坚持真理,桓谭差点送了性命。刘秀虽然以不容置疑的皇权淫威镇压了与己不同的思想,但他所规定的官方神学并不能被普遍接受,它不仅与古文经学相冲突,也与今文经学作为经学学术的思想主流相违背。思想的混乱将导致统治权力的解散,这一清楚明白的危险促使最高统治者以及统治集团中有识之士要采取果断措施,以整顿混乱的思想界。章帝建初四年(79),校书郎杨终上书说:"宣帝博征群儒,论定五经于石渠阁,方今天下少事,学者得成其业,而章句之徒,破坏大体。宜如石渠故事,永为后世则。"②章帝于是诏令诸儒于白虎观论考经学之异同。就其内容看,此次会议是统一经义的学术讨论,实际上却是排除异端统一思想,以巩固封建统治。这次会议由于在白虎观召开,故史称"白虎观会议"。会议的结果,由班固整理成《白虎通德论》,即《白虎通义》,又简称《白虎通》。

《白虎通》集中论述了四十三个专题,以广阔的涵盖面涉及了封建社会中从思想到制度的几乎所有最敏感的内容,以法典的形式向人们颁布了体现统治阶级意志的答案。它的基本思想,实质上和董仲舒一样,仍以阴阳五行为基本框架,宣扬天人感应,但它

---

① 《后汉书·桓谭传》,中华书局标点本,第960页。
② 《后汉书·杨终传》,中华书局标点本,第1599页。

的神学色彩(尤其是融入了荒谬的谶纬迷信内容)比董仲舒更为浓厚。《白虎通》更加强调君权的神圣性和封建的宗法制度,它综合了谶纬和古、今文经学,明确规定了三纲六纪。《三纲六纪》篇说:"君臣、父子、夫妇,六人也。所以称三纲何? 一阴一阳谓之道,阳得阴而成,阴得阳而序,刚柔相配,故六人为三纲。三纲法天地人,六纪法六合。君臣法天,取象日月屈信,归功天也。父子法地,取象五行转相生也。夫妇法人,取象六合阴阳,有施化端也。"[①]三纲五常是封建社会最基本的政治准则和伦理规范,最集中、典型地反映了统治阶级的根本利益。《白虎通》以法典的形式对它进行强调和规定,以此维护封建的宗法等级制度,控制人们的思想、行为,巩固统治秩序。

白虎观会议诞生了一部《白虎通义》,从形式上看是统一了思想,但它内部存在的分歧是无法消除也无法统一的,粗糙而拙劣的宗教神学外壳是包容不住它那沉重而分裂的内容的。整个东汉中晚期社会正如这部《白虎通义》一样,充满了矛盾、破绽与谎言,一遇到真理的力量,即要溃败、解体。

以上的描述表明了两汉宗教神学是多么的荒谬、虚伪,然而这荒谬、虚伪、经不起推敲的东西,却能被统治者以权力的力量,宣布为教条和真理,真的起到了束缚、限制人们思想的作用,但是荒谬的终究是荒谬的,尽管有统治权力作为保障,不容人们怀疑、讨论,随着社会历史的进步,它带来的是更彻底的破产和失败。也就在这天人感应、谶纬迷信的妖雾弥漫于社会的时候,东汉思想界诞生

---

① 《白虎通义·三纲六纪》,明程荣《汉魏丛书》本,吉林大学出版社1992年版,第170页。

了一颗灿烂的新星——王充,他高举"疾虚妄"大旗,对神学经学、谶纬迷信等官方钦定的意识形态进行了毫不留情的批判。

批判的内容:疾虚妄

1. 立论的依据:气一元论

这是王充哲学思想的核心,他的批判和立论都是以此为依据。两汉宗教神学的核心是把天视为有目的、有意志,对人世主赏罚、司善恶的神灵。董仲舒说:"天者,百神之君也。"[①]"仁之美者在于天。天大仁也。"[②]在董仲舒那里,天,既是神灵,又是有道德的。《白虎通》继承了这样的思想,说:"天者何也?天之为言镇也,居高理下,为人镇也。"[③]是说天高高在上,为人间之正,目的是居高理下。它的左旋右周,体现了一种尊卑等级的伦理秩序,"所以左旋右周者,犹君臣阴阳相对之义"。王充在《论衡》中首先驳斥了这种荒谬的神学观。他说:

天地,含气之自然也。(《谈天》)

天禀元气。(《超奇》)

阴阳之气,天地之气也。(《讲瑞》)

元气者,天地之精微也。(《四讳》)

且夫天者,气邪?体也?如气乎,云烟无异,安得柱而折之?(《谈天》)

---

① 《春秋繁露·郊义》,《汉魏丛书》本,吉林大学出版社1992年版,第139页。
② 《春秋繁露·王道通三》,《汉魏丛书》本,吉林大学出版社1992年版,第132页。
③ 《白虎通义·天地》,明程荣《汉魏丛书》本,吉林大学出版社1992年版,第173页。

王充认为天地都是由气构成的,气是一种物质,它并不具有目的性,也不是什么神灵。气的概念在中国古代思想史上,很早就产生了,如《庄子·杂篇》说"阴阳者,气之大者也"①,以物质之气作为宇宙的本体。但到了孟子那里,却被赋予道德的属性,《孟子·公孙丑上》说:"我知言,我善养吾浩然之气。""其为气也,至大至刚,以直养而无害,则塞于天地之间。其为气也,配义与道;无是,馁也。是集义所生者,非义袭而取之也。行有不慊于心,则馁矣。"气在先秦就已有了两种不同的解释。至于汉代,董仲舒也讲元气,《春秋繁露·王道》篇说:"王正则元气和顺,风雨时,景星见,黄龙下。"董仲舒的意思,风调雨时,元气和顺,决定于"王正",他将元气塞进了他的神学目的论体系,王充的气一元论与他有着根本的区别。

王充认为天既是元气组成,没有目的、意志,也就不能主赏罚、司善恶。两汉的神学经学认为,天地故生人,并按着一定的目的,赋予人以伦常道德,所谓"人含五常而生"②,"天之生人也,使人生义与利,利以养其体,义以养其心,心不得义不能乐,体不得利不能安"③,"天生民性,有善质而未能善,于是为之立王以善之,此天意也"④。就是说人性之善是天意的体现。王充批判说,人的产生,纯粹是合气,是偶然出生并非按照某种目的,他在《物势》篇中说:

儒者论曰:"天地故生人",此言妄也。夫天地合气,人偶自生也。犹夫妇合气,子则自生也。夫妇合气,非当时欲得生子,情欲动而合,合而生子矣。且夫妇不故生子,以知天地不

---

① 《庄子·则阳》,中华书局《新编诸子集成》本,第913页。
② 《白虎通义·姓名》,明程荣《汉魏丛书》本,吉林大学出版社1992年版,第172页。
③ 《春秋繁露·身之养》,《汉魏丛书》本,吉林大学出版社1992年版,第127页。
④ 《春秋繁露·深察名号》,《汉魏丛书》本,吉林大学出版社1992年版,第129页。

故生人也。

夫妇合气,即指阴阳合气,在《论死》篇中王充说:"阴阳之气,凝而为人。"王充也讲阴阳之气,但是把它看作气的两种相互依存、相互作用的矛盾的两方面,而没有阳尊阴卑的目的论意思。在王充看来,不独天地不故生人,人亦不故生子,子之所以生,是因为夫妇情欲发动结合的原因。这种唯物主义的观点,在以孝治天下的两汉,真是振聋发聩,对封建统治阶级所宣扬的孝道,是一个很大的冲击,它从根本上抽去了孝道的依据。在《奇怪》篇中,王充又说:"人虽生于天,犹虮虱生于人也,人不好虮虱,天无故欲生于人。何则?异类殊性,情欲不相得也。天地,夫妇也,天施气于地以生物。"统治阶级宣扬的孝道,主要依据于血缘关系,父有父道,子有子规,所谓父慈子孝,兄友弟恭,人伦关系一旦确定,就必须履行各自的义务,这才符合天之次序。按照王充的说法,人的出生只是合父母情欲起动这一偶然性,至于与天的关系更没有丝毫关联,好像虮虱附于人身一样,人并不喜欢虮虱,天同样也没有任何目的去生人,赋予人以伦常道德,因此,子女完全没有尽孝的义务。后来,三国时期孔融与名士祢衡跌荡放言说:"父之于子,当有何亲?论其本意,实为情欲发耳!子之与母亦复奚为,辟如寄物瓶中,出则离矣。"[①]这里所论述的父母与子女的关系,是王充这一思想的发展。

王充在论证人禀气而生这一命题时,以物的物理之性为依据,说明人与物一样的属性,他说:"人,物也,万物之中有智慧者也。

---

① 按此为路粹希曹操旨诬孔融之语,是否断章取义,不得而知。《后汉书·孔融传》,中华书局标点本,第 2278 页。

其受命于天,禀气于元,与物无异。"(《辨祟》)因此,他推广而论,认为天地间的万物皆禀气而生。他有许多这样的论述:

万物之生,皆禀元气。(《言毒》)

万物之生,俱得一气,气之薄渥,万世若一。(《齐世》)

阳气自出,物自生长;阴气自出,物自成藏。(《自然》)

夫天覆于上,地偃于下,下气蒸上,上气降下,万物自生其中间矣。(《自然》)

两汉的神学哲学,对雷、日、风等事物都有神学的解释,对此,王充也大都各立专篇以批驳,他说:

夫日者,火之精也。(《说日》)

雷者;太阳之激气也。(《雷虚》)

夫风者,气也。(《感虚》)

虫,风气所生。(《商虫》)

凡天地之间,阴阳所生,蛟蛲之类,锟蠕之属,含气而生。(《商虫》)

所有这些事物,都含气而生,是自然现象,这就否定了宗教神学所附会的有意志、有目的的谬论,同时也否定了宗教神学所宣扬的万物皆天所生的神学谎言。王充以元气作为其立论和批判的依据,力图把宗教神学歪曲了的事物本相再恢复过来。应该说,在谶纬迷信弥漫之时,更由于有一个较完整的宗教神学体系,可以把世间一切事物、现象都能装在里面,给予神性的打扮,因而在许多方面,连王充也难免要受到它的影响。比如对于妖、鬼以及天人感应学说的主要依据瑞应,王充虽以气一元论给以力所能及的批判,但他仍然相信它的存在,他认为妖、鬼是有的,但也是气为之,在《订鬼》篇中他说:"凡世间所谓妖祥,所谓鬼神者,皆太阳之气为之也。

太阳之气,天气也。"不过王充仍坚持鬼神不是实体,他说:"天地之间有鬼,非人死精神为之也,皆人思念存想之虚致也。"王充认为人死精神便消索,不复存在,故鬼不是精神为之,而是"存想虚致"。"存想虚致"也便只有象而无形,因此,没有骨肉,仅有精气,"故一见恍惚,辄复灭亡也"。这表明王充以气一元论为批判依据,仍有不彻底的一面。

王充对物与人的唯物主义解释,批判了宗教神学所宣扬的福善祸淫的目的论。按照这种目的论,富贵、贫贱、祸福、吉凶都是天命的安排,人如果修善积德,便会得到天的奖赏,如果为非作恶,违背天的意志,天便会施以惩罚。王侯将相这些大富大贵之人就是由有意志的上天安排的,天一直在监视着他们,并且用吉兆和妖孽表示对他们的好恶,"帝王将兴也,其美祥亦先见;其将亡也,妖孽亦先见"①。这就是天人感应。王充认为这些说法都是荒谬不实的。实质上,人禀自然之气而生,或富或贵,或善或恶,或贤或不肖,在于其所禀气之渥薄。他在《率性》篇中说:"禀气有厚泊,故性有善恶也。残则受仁之气泊,而怒则禀勇渥也。仁泊则戾而少慈,勇渥则猛而无义,而又和气不足,喜怒失时,计虑轻愚,妄行之人,罪故为恶。"因此,王充认为,人的出生都是一样的,并非有天命安排,而是看个人所禀气的多少。他又说:"人之善恶,气有多少,故性有贤愚。"既然人的贤愚决定于禀气的条件,因此,对于禀气条件的形成,王充十分重视。他说:"故《礼》有胎教之法:子在身时,席不正不坐,割不正不食,非正色目不视,非正声耳不听。及长,置以

---

① 《春秋繁露·同类相动》,《汉魏丛书》本,吉林大学出版社1992年版,第136页。

贤师良傅，教君臣父子之道，贤不肖在此时矣。受气时，母不谨慎，心妄虑邪，则子长大，狂悖不善，形体丑恶。"[①]这里王充既强调了受孕期胎教的重要性，又强调了后天教育的重要性。不仅人的贤愚、善恶决定于所禀气之厚薄，人的寿夭、强弱也同样如此。他说，人禀得坚强之性，是因为元气充足丰厚，元气充足丰厚，身体就坚强，寿命就长久不会夭死；相反，禀性软弱者，则元气泊少，而性羸窳，如此，则寿命短便早死。

从以上叙述可见出气一元论为王充哲学思想的核心，他所有的立论和批判都以此为依据。这对于两汉宗教神学鼓吹的意志论、目的论，是彻底而有力的打击，毁坏了两汉君权、神权赖以存在的依据，动摇了整个儒教伦理体系，正是在这种批判和打击中，王充发展了唯物主义世界观。

2. 自然的天道观

王充用气一元论批判宗教神学的意志论、目的论，否定了天是人格神的谎言，他又吸收了道家黄老学派自然无为的思想，提出了自己自然的天道观。在《自然》篇中，他明确表明："试以道家论之。""虽违儒家之说，合黄老之义也。"又在《谴告》篇中说："夫天道，自然也，无为。如谴告人，是有为，非自然也。黄、老之家，论说天道，得其实也。"以道家思想直接对"天人感应"的神学目的说展开批判。应该说，王充的哲学思想受儒家影响很深，尽管他有《问孔》、《刺孟》等篇，对儒家鼻祖进行了许多批评，但实际上他对两汉神学经学歪曲了孔、孟形象、不符合他求实的思想表示不满，他所

---

① 《论衡·命义》，中华书局《新编诸子集成》本，第54页。

作的努力是力图恢复历史的本来面目。在《论衡》中有许多地方不独对孔子十分推崇,即使对宣扬"天人感应"的官方哲学代表人物董仲舒也是赞扬多于贬抑。王充所有的批判都是围绕"虚、妄",而他所要得到的是"得其实"的"实",因此,他在道家黄老思想中主要继承了自然的天道观。道家自然的天道观与儒家目的论是鲜明对立的,所以他要引入自己的哲学体系。在王充看来,天道是无目的、无意志的,它的运行只是合一定的规律性,而并非有意去安排什么。他在《自然》篇里说:"谓天道自然无为者何?气也。恬淡无欲,无为无事者也。"我们知道王充以气一元论解释了天的实质,那么气的动作无欲、无为,这便是自然。世间万物禀气而生,自生自长,并非天有意识的作用,天不过施气而已,一切都是按照自然的规律在运动,所以他说:

天之动行也,施气也,体动气乃出,物乃生矣。由人动气也,体动气乃出,子亦生矣。夫人之施气也,非欲以生子,气施而子自生矣,天动不欲以生物,而物自生,此则自然也。施气不欲为物,而物自为,此则无为也。谓天道自然无为者何?气也。恬淡无欲,无为无事者也。

从这段话中看出,批判与论述的焦点围绕"有欲"和"不欲"。王充认为天虽然"不欲",但仍然要"动",要"施气",只不过"动"与"施气"不含有任何目的地产生万物,物自生自为,此则无为,此则自然。那么怎样知道天是无欲、是自然的呢?王充用日常生活中的常识推论道:"以天无口目也。"王充认为,有为,和口、目是一样的。"口欲食,而目欲视,有嗜欲于内、发之于外。口目求之,得以为利欲之为也。今无口目之欲,于物无所求索,夫何为乎?何以知天无口目也?以地知之。地以土为体,土本无口目;天地夫妇也,地,体,无口目,亦知天无口目也。使天体乎,宜与地同;使天气乎,气若云烟,云烟之属,安得口目!"(《自然》)王充用最普通的常识作为有力的证据,批驳了天有意志的谬说。

依据自然的天道观,王充针对宗教神学的一系列荒谬的解释进行了批判与澄清。《谴告》篇引了当时阴阳家宣扬天以灾异向人君谴告的话:"古之人君为政失道,天用灾异谴告之也。灾异非一,复以寒温为之效。人君用刑非时则寒,施赏违节则温。天神谴告人君,犹人君责怒臣下也。"王充反驳说如果天欲谴告人君,应该改变其气来使他觉悟。用刑非时,刑气本寒,天应该以温气警告,施赏错误,赏气本温,天应该用寒气警告之,这样方可以使人君觉悟到自己的错误,现在却随寒从温,人君怎么会知道自己错了呢?又者,天若谴告人君之过,必以正确的来表示,何乃以灾异告之,这正是以误对误,以恶随非,也不符天意。所以王充说:"夫天道,自然也,无为。以谴告人,是有为,非自然也。"(《谴告》)在《寒温》篇中,他又说:"寒温,天地节气,非人所为。"

王充吸收了道家的天道自然观,对于儒家的目的论进行了批判,但同时,他又指出道家往往脱离实际的弱点。他说:"道家论自然,不知引物以验其言行,故自然之说未见信也。"(《自然》)这也是王充注重实效、实验的重要表现,这样,更增强了说服力。中世纪的王充之所以能够产生如此大的影响,这是一个十分重要的原因。

3. 疾虚妄,立实知

"疾虚妄",是王充高举的大旗,与此相反,他所孜孜追求的目标便是"实"。他以"实"对官方经学的虚妄和一切世俗迷信进行批判,也以"实"作为自己理想社会的基本内容。为此,他专门写有

《实知》、《知实》篇。此外在《问孔》、《刺孟》、《非韩》、《正说》、"三增"、"九虚"等几乎所有的篇目中,都或轻或重地贯彻落实这一思想。在知识的来源这一问题上,统治者历来喜欢搬弄"生而知之"的神话玩具,以愚弄、欺骗人民。两汉的神学经学家们在这方面更是变本加厉,他们充当统治阶级的整容师,把孔子装扮成生而知之的圣人,以预言家、通天教主的姿态出现,散发神学说教。他们说孔子"前知千岁,后知万世,有独见之明,独听之聪,事来则名,不学自知,不问自晓。"谶书编造了这位春秋时人对两百年以后的预言,说是有一个人叫秦始皇,跑到孔子屋里乱翻他的衣裳,后来在沙丘这个地方死了。又说董仲舒将坏乱他的学问,对于暴秦的灭亡,也作了预言,谓"亡秦者胡也"。果然三事都有效验,孔子生而仓促,不知其父,他的母亲隐瞒了事情的真相,于是孔子吹律始知是殷宋大夫子氏之后。① 对此,王充认为全是虚妄不实之词,并以子之矛攻子之盾,说如果孔子的确能先知秦始皇、董仲舒之事,那么他自己为殷宋子氏之后的事,也应该能预知,何必还要吹律自定呢?王充进一步考证了始皇的行踪,认为秦始皇根本没有到过鲁国,所以也谈不上登孔子之堂,乱孔子衣裳。他在《实知》篇中说:"实者,圣贤不能性知,须任耳目以定情实,其任耳目也。可知之事,思之辄决;不可知之事,待问乃解。天下之事,世间之物,可思而知,愚夫能开精;不可思而知,上圣不能省。……事有不可知,圣人不能知。非圣人不能知,事有不可知。及其知之,用不知也。故夫难知之事,学问所能及也;不可知之事,问之学之,不能晓也。"

---

① 谶纬的迷信说法,以姓氏的音附会五声十二律,说是通过吹律听声,可以测定人的姓氏。

在这里，王充比较系统地提出了他的"知识论"，他认为，圣贤决不可能生而知之。知识，只有通过问与思才能获得，圣贤也不例外，也必须耳闻目见，只不过在接受事物、判断真伪上，圣贤比常人更加聪明，具有更多的智慧而已。在《知实》篇里，王充列举十六个具体的事例以证明孔子不能生而知之后，说孔子"耳目闻见与人无别，遭事睹物与人无异，差贤一等尔，何以谓神而卓绝"？正因为孔子也与一般人的耳闻目见无异，所以才有十六个具体例子说明他的不能先知，但是圣贤却可以比常人拥有更多的知识。王充说："圣人据象兆，原物类，意而得知，其见变名物，博学而识之。巧商而善意，广见而多记，由微见较。若揆之今睹千载，所谓智如渊海。"（《知实》）在这里，王充又提出了知识的获得，除了耳闻目见等直接的经验外，还有"据象兆，原物类"，根据事物发展的规律，运用博学的知识进行推理而获得。他举例说，楚灵王会诸侯，郑子产说鲁、郑、宋、卫四国不会来，后果如其言。赵尧为符玺御史，赵人方与公对御史大夫周昌说："赵尧将取代你的位置。"其后赵尧果然为御史大夫，王充说，这两种预言并非是先验的空知，而是"原理睹状，处著方来，有以审之也"。"原理睹状"，是推究事物的道理，观察事物的情状，然后再加以仔细的思考，所谓"审之也"。这样的先知是可以得到的，因为它"任用术数，或善意而巧商，非圣人空知"，"故夫贤圣者道德智能之号"。对于这点，王充尤为重视，因为"耳闻目见"虽极真实，但观察事物，获得真理，仍有两种局限，一是事物的发展都有一个过程，如果所观察的事物仅是过程中的一部分，就有可能是错误的认识。其二，事物往往有许多假象，耳闻目见有其局限性，往往会被假象所迷惑。王充举例说，有一次孔子学生颜渊煮饭，不慎掉了点灰在里面，不理睬则不清洁，弃之又可惜，于是他自己将沾灰的那部分脏饭拿起来吃掉了，孔子望见，以为他在偷饭吃。这就是因为孔子所看到的只是假象，他又未能结合颜渊一生的立身行事进行仔细的思考，以至得出了错误的结论。王充主张对事物要多分析、多思考，要"以心意议"，"以心原物"。他在《薄葬》篇里说：

> 夫论不留精澄意，苟以外效立事是非，信闻见于外，不诠订于内，是用耳目论，不以心意议也。夫以耳目论，则以虚象为言；虚象效，则以实事为非，是故是非者，不徒耳目，必开心意。墨议不以心而原物，苟信闻见、则虽效验章明，犹为失实。

可见王充所求之"实"，耳闻目见仅是基础，而圣贤之所以是圣贤，也正因为他们除了耳目闻见与常人相同外，还具有常人不具有，或具有很少的分析、推理等思考的本领。与以心意议、以心原物相配合，王充还提出要"揆端推类"、"原始见终"。在《实知》篇中他说：

> 凡圣人见祸福也，亦揆端推类，原始见终，从间巷论朝堂，由昭昭察冥冥。

这样获得的知识，才比较接近王充推崇的"实知"。为什么说是比较接近？因为王充所说的知识，还必须经过实践也即事实和效果加以检验，这是王充知识论最为重要的一环。从实践到认识，再从认识到实践，尽管王充还大多局限于经验论的圈子里，但如此阐述认识论的过程，实在是中国思想史上辉煌的成就。

在提出获得知识的几种必要途径时，王充还认为世间的事物，有的是不可认识的，"事有不可知，圣人不能知。""不可知之事，问之学之，不能晓也。"有人认为王充还陷于"不可知论"中，结合王充的认知观，这样的结论是不合实际的。其实这样的认识与王充求实的哲学观有关,应该说,他讨论的许多问题,都以"实"为基础,对于进一步精深、形而上的理论研讨,他的兴趣并不大。他认为世界中事物纷繁复杂,奥妙无穷,以人有限的能力绝不可穷尽,因此,他承认的只是一个事实,这个事实就是圣贤也有不可知之事。王充这样的不可知论,对儒家的生而知之说是一个彻底的否定。

在《自然》篇中,王充标明自己对道家自然的天道观的吸收,但同时对道家的脱离实际也作了批评,他的依据便是"道家论自然。不知引物事以验其行"。用效验来核论知识的真伪,以更准确、有力地发挥真知的作用,是王充反复强调的一个思想。在《知实》篇中他说:"凡论事者,违实不引效验,则虽甘义繁说,众不见信。事有证验,以效实然。"在《薄葬》篇中他说:"事莫明于有效,论莫定于有证。空言虚语,虽得道心,人犹不信。"在《对作》篇中他说:"世间书传,多若等类,浮妄虚伪,没夺正是。心渍涌,笔手扰,安能不论?论则考之以心,效之以事,浮虚之事,辄立证验。"在《论衡》具体的论述和批判中,王充都始终贯彻这一原则,我们经常读到"实"的话,如"实者"、"如实论之"、"以实考之"、"多不实诚"、"皆得其实"、"非徒增之,又失其实矣"等,比比皆是,与求实相反,是疾虚妄,因此凡对宗教神学宣扬的不实的地方,他大都按曰"此虚也","此又虚也",《论衡》中,他还专门列有"书"、"变"、"异"、"感"、"福"、"祸"、"龙"、"雷"、"道"等九虚篇,对谶纬迷信进行了有力的批判。他在《须颂》篇里说:"信久远之伪,忽近今之实,斯盖三增、九虚所以成也。""三增"、"九虚"都是他验证的成果。

同样,坚持"去伪存真"的原则,对于用事实和效果检验知识的真伪,王充还注意到,有些事实也可能是假象。在《答佞》篇,他指出对于贤佞,便不可全用功效来判断,因为功效之立,并不全由个人的才能和贤善来决定,偶然因素很多,有"命"、有"时",等等。王充举张仪、苏秦之例说,苏秦约六国为纵,强秦不敢窥兵于关外,张仪连横,六国也不敢同攻于关内,二人之功效可谓显著,这是因为他们处于"扰攘之世"。所以,当此之时,虽稷、契也不敢与他们争计,但不能因此说稷、契不贤,所以说"功之不可以效贤,犹名之不可实也"。另外,佞人也能以权说立功逞效,所以说不可以仅用功效来检定真伪。这应该说是王充能辩证地看待问题的一个重要方面。

4. 命定论的批判意义及理论缺陷

在向谶纬神学目的论、意志论实施批判时,王充提出了他的命定论观点。在《论衡》中,他用为数不少的篇幅,从各个方面表述命定论的基本思想。本书前三卷十余篇,几乎全是如此。就王充所阐述的内容看,涉及的有贤愚、贵贱、祸福、治乱等专题。依照两汉宗教神学的解释,人的贵贱、贤愚等都是由上天安排的,生死有命,富贵在天,"命者,天之令也"[①],人们的贫贱高下,富贵尊荣都来自天对人的赏罚,所谓行善得善,作恶恶报,福善祸淫。对于这种虚妄的神学欺骗,王充提出了自己的"命定论"。他在《命禄》篇里说,人的贵贱贤愚绝不是天意的安排,而是"命","凡人遇偶及遭累害,皆由命也。有死生寿夭之命,亦有贵贱贫富之命。自王公逮庶人,圣贤及下愚,凡有首目之类,含血之属,莫不有命。命当贫贱,虽富贵之,犹涉祸患矣。命当富贵,虽贫贱之,犹逢福善矣。故命贵从贱地自达;命贱从富位自危。"排却其哲学意义,实可看作王充本人

---

① 《汉书》,中华书局标点本,第2501页。

的牢骚愤慨之辞。在《对作》篇里,王充隐隐把自己与先贤比齐,他说自己的写作《论衡》是"铨轻重之言,立真伪之平……其本皆起人间有非,故尽思极心,以讥世俗。……华伪之文灭,则纯诚之化日以孳矣"。这正与孔子的作《春秋》一样:"周道弊,孔子起而作之,文义褒贬是非,得道理之实,无非僻之误,以故见孔子之贤。"(《定贤》)相同的遭遇引起了他对孔子的千古同调之叹。王充自视甚高,但是这样一位才高学深的鸿儒却"仕数不耦",不遇于当时,备受贬黜抑屈而废退穷居,这并非如官方哲学所宣称的福善祸淫,结合他自己经历的痛苦体验,他看到更多的是"才高行厚,未必保其富贵,智寡德薄,未可信其必贫贱","怀银纡紫,未必稷、契之才,积金累玉,未必陶朱之智",于是透过表象,他试图从时代所能赋予的最大思辨力探索隐藏在事物背后的不可捉摸的必然规律,对此,他名之曰"命"。那么命是什么呢?王充在《偶会》篇里说:"命,吉凶之主也,自然之道,适偶之数,非有他气旁物厌胜感动使之然也。"在他看来,命也是自然之道,但主人吉凶,逢上适偶之数,便发生作用。因此,人的富贵贫贱,死生寿夭,都由这个不可捉摸的命主宰着,而非天的意志,与人操行的善恶贤愚毫无关系。王充的这个"命",与儒家宣传的有意志的天绝不一样,仍然基于气一元论,王充以为命也同样来自人所禀气的渥泊。与儒家经学解释不同,他在《命义》篇里解释"死生有命,富贵在天"时说:

> 死生者,无象在天,以性为主。禀得坚强之性,则气渥厚而体坚强,坚强则寿命长,寿命长则不夭死;禀性软弱者气少泊而性羸窳,羸窳则寿命短,短则蚤死。故言有命,命则性也。至于富贵所禀,犹性所禀之气,得众星之精。众星在天,天有其象,得富贵象则富贵,得贫贱象则贫贱,故曰在天。

可见王充的"命"仍然是物质的气。生死寿夭和富贵贫贱都由先天所禀气的多少决定。他在《初禀》篇中又说：

命，谓初所禀得而生也。人生受性，财受命矣。性命俱禀，同时并得，非先禀性后乃受命也。

因此，富贵之人，是因为他初禀自然之气时便已得富贵之命，等到长大后，富贵之命便表现出来了。在表述这一思想时，王充打比喻说，正如鸟的雌雄早在蛋壳中就已分别清楚了一样，人的命在妊娠时就已经定好了。《命义》篇说："凡人受命，在父母施气之时，已得吉凶矣。"王充在这里解释了"命"的起源、属性，指出其无意志、无目的，也是自然之类。但这样的说法仍然解释不通一些复杂的社会现象，如秦将白起在长平活埋了四十万赵国的降卒，难道四十万人是一样的该被坑杀之命？其中就没有一个长命不该死的人？于是王充配合命定论又提出时、数、幸、偶等概念。"时"指时机，"数"指运数，"幸"是侥幸，"偶"是偶然。总的说来，时、数、幸、偶等基本上都指一种偶然性。在王充看来，人的生死寿夭，富贵贫贱除了决定于命外，还要受时机、运数等偶然性因素支配。四十万长平之卒中，难免没有长命的人，但是偶然地碰上了这次倒霉的时机，因此，也只好与短命的人同运了。在王充那里，命是必然性，时、数、幸、偶等是偶然性，他对偶然性的强调，是对其命定论的补充，究其本质，他仍然认为是属于不可把握、不可捉摸的必然性范畴。人偶然地碰上了幸运或霉运，又有谁可以避免呢？这就抹煞了人的主观能动的力量，表达了对命运不可抗争的无可奈何。但是这种命定论对于儒家经学鼓吹的意志论、目的论，对于宗教神学根据意志论、目的论安排好了的统治秩序，的确实施了批判与否定，这也是批判者王充成功地运用命定论的重大历史意义！

宗教神学宣扬人的穷居废退、富贵尊荣都是由于他自己的操行善恶所决定的,王充在《逢遇》篇里批判说:"操行有常贤,仕宦无常遇。贤不贤,才也;遇不遇,时也。才高行洁,不可保以必尊贵,能薄操浊,不可保以必卑贱,或高才洁行,不遇,退在下流;薄能浊操,遇,在众上。世各自有以取士,士亦各自得以进。进在遇,退在不遇。处尊居显,未必贤,遇也;位卑在下,未必愚,不遇也。"这是说人的穷通不在人的才干操行,而在他是否遇上时机,而遇不遇时机,又不仅仅决定于客观的条件,还有人君好恶如何的问题。若人君喜欢听奉承的话,有奸巧小人专进谗媚,自然就逢遇于当世。所以王充在《逢遇》篇中又说:

或无伎,妄以奸巧合上志,亦有以遇者,窃簪之臣、鸡鸣客是也。窃簪之臣,亲于子反,鸡鸣之客,幸于孟尝。子反好偷臣,孟尝爱伪客也。有以补于人君,人君赖之,其遇固宜;或无补益,为上所好,籍儒、邓通是也。籍儒幸于孝惠,邓通爱于孝文,无细简之才,微薄之能,偶以形佳骨娴,皮媚色称。夫好容,人所好也,其遇固宜;或以丑面恶色,称媚于上,嫫母、无盐是也。嫫母进于黄帝,无盐纳于齐王,故贤不肖可豫知。遇难先图,何则?人主好恶无常,人臣所进无豫,偶合为是,适可为上;进者未必贤,退者未必愚;合幸得进,不幸失之。

人君不仅好恶无常,而且他的所好、所恶未必合于法度,有益于国家,这就不仅批判当时黄钟毁弃、瓦釜雷鸣的不合理社会,更直接把矛头指向最高统治者,表达了王充所代表的素族寒门被摒弃的愤怒。

王充不仅以命定论解释人的遇与不遇,而且也运用到社会政治中去。在解释社会的治、乱时,他批判那种认为人君贤能,施行道德仁义,国家便功成治安;不贤无肖,道德废顿,国家就功败治乱的观点,他把这一切仍归之于命,说:"命期自然,非德化也。"[①]从人的遇不遇是幸、偶、时的观点出发,他认为也不能仅以考功(治、乱)来判断人才智的高浅。才高行洁的人可能无功,智浅操污的人,可能治民而立。因此,依据功效来定贤愚,从民治国安或民危国乱定人君的好坏,是不对的,这是因为贤明的君主能治理好当安之民,却不能教化当乱之世。"由此言之,教之行废,国之安危,皆在命时,非人力也。""故世治非贤圣之功,衰乱非无道之致。国当衰乱,贤圣不能盛;时当治,恶人不能乱。世之治乱,在时不在政;国之安危,在数不在教。"(《治期》)社会历史的政治观都是王充命定论哲学思想的一部分。社会发展受客观规律的支配,因此从客观规律寻找治乱的依据,是立足于本,但若过分强调,而忽略了人本身的作用,则又容易走向偏激的一面,而有可能失去寻找正确答案的机会。王充尽管立足于向当代社会权威思想进行彻底、无所畏惧的批判,但由于立足点的偏颇,而减弱了批判的火力。从以上的引述中可以看出,他甚至有替腐败的统治者开脱罪责的地方,如他说:"无道之君,偶生于当乱之世。"若如此,则统治者尽可以为所欲为,而不必对国家、人民、对历史负责任,这些也都是命定论总体构思中的致命缺陷。因此,王充虽然以命定论否定了两汉经学的神学目的论,却又滑向另一种形式上的宿命论,不用说对荀子"制天命而用之"的观点是一个退步,即使对董仲舒提倡"天人感应"神学目的论体系中对于人自身的重视也有差距。

---

① 《论衡·治期》,中华书局,《新编诸子集成》本,第768页。

5. 方术与迷信的廓清

神仙方术与各种世俗迷信在两汉充斥于朝野，官方哲学既引谶纬作为基本内容，定为国宪，对对流于末品的世俗迷信自然采取纵容态度。实际上，世俗迷信的猖獗泛滥，正是谶纬传播的最良好的温床。以"疾虚妄"作为自己战斗目标的王充，对于这种现象自然不能容忍，对于神仙方术，他专门写有《道虚》一篇进行批判。此外在《无形》、《谈天》等篇中也有对仙人、道术的批判。对各种世俗迷信，他则作有《四讳》、《䜋时》、《讥日》、《卜筮》、《辨祟》、《难岁》、《诘术》、《解除》、《祀义》、《祭意》等十篇，这些批判也组成了《论衡》一书重要的内容之一。

神仙方术在两汉盛行不衰，汉武帝时，方士麋集在周围，纷纷编造迎合统治者需要的长生不死的故事。如李少君讲"蓬莱仙者"、"安期生"与"丹砂化黄金"；栾大讲"安期、羡门"及"不死之药"[1]等，长生不死不仅成为统治者一个不断追求的梦，也同样是普通百姓的愿望。发展到东汉，益为世所重视，《后汉书》专门辟有《方术列传》，登记注册了不少加入方士行列的儒者，对此，王充展开了他的批判。就他批判的内容看，有升天、尸解、辟谷、食气、服药等，王充指出这些全为虚妄不实之言。如方士家们说黄帝采首山之铜，铸鼎于荆山下，鼎成，黄帝骑龙升天而去，后世遂名其地曰鼎湖。王充批判说，龙并不升天，而云黄帝骑龙，则证明黄帝也不升天。且龙起时伴有云雨，云散雨止，龙便潜入深水中，如果黄帝骑龙，则必溺死于深水之中。对于方术家们津津乐道的以辟谷、食

---

[1] 参见《史记·封禅书》。

气、服药等祈求长生之术,王充在《道虚》篇中以唯物主义立场批驳其虚妄,他说:

> 有血脉之类,无有不生,生无不死。以其生,故知其死也。天地不生,故不死;阴阳不生,故不死。死者,生之效,生者,死之验也。夫有始者必有终,有终者必有死。

王充以有始必有终的哲学观点论述具体的生死问题,其辩证观点是值得我们重视的。有生必有死,死即命绝,消为土灰,在《辨祟》、《论死》、《自纪》等篇中,王充反复说明了他的生死观,对神仙方术长生不死之说进行了批判与廓清。

世俗迷信忌讳的东西很多,如讳西益宅,讳被刑为徒不上丘墓,讳妇人乳子,讳举正月、五月子,又信祸祟,"以为人之疾病、死亡,及更患被罪、戮辱欢笑,皆有所犯。起功、移徙、祭祀、丧葬、行作、入官、嫁娶,不择吉日,不避岁、月,触鬼逢神,忌时相害。故发病生祸,绁法入罪。至于死亡,殚家灭门,皆不重慎,犯触忌讳之所致也。"[1]对于这些虚妄不实的迷信风俗,王充以唯物主义认知论,给予坚决彻底的批驳。如驳卜筮之虚妄不可信说,卜者问天,筮者问地,然天地口耳何在,而谓可以发问? 王充以人的生理结构特点为依据说"天与人同道,欲知天,以人事"[2],人之间发问如果不是当面,则无由达意,那么向天发问,天如果有耳的话,也因太高,距离人太远,听不到,如果天无耳,则天无形无体,无形无体便是气,气和云雾差不多,怎么能够告诉人的答案呢? 同样,地也如此,都不可能向人报告答案。在这样的批判中,我们看到,王充

---

[1] 《论衡·辩祟》,中华书局《新编诸子集成》本,第1008页。
[2] 《论衡·卜筮》,中华书局《新编诸子集成》本,第999页。

仍然是以气一元论和自然的天道观为立论依据的。在《自然》篇中，作者就论证了天无口目，并对天的属性进行推测："使天体乎，宜与地同；使天气乎，气若云烟，云烟之属，安得口目。"在对卜筮的批判中，王充还发挥运用了"偶"的认识观，他在《卜筮》中说：

> 夫钻龟揲蓍，自有兆数，兆数之见，自有吉凶，而吉凶之入，适与相逢，吉人与善兆合，凶人与恶数遇，犹吉人行道逢吉事，顾睨见祥物，非吉事祥物为吉人瑞应也。凶人遭遇凶恶于道，亦如之。夫见善恶，非天应答，适与善恶相逢遇也。钻龟揲蓍有吉凶之兆者，逢吉遭凶之类也。

应该看到，这种"偶应"观是王充全面运用唯物主义方法（气一元论、自然的天道观）批判中的一环，作为其批判的补充，这都是符合于其整个批判系统的构思的。这种方法，王充屡屡使用，因此对王充批判哲学的分析，应该分清其批判的主次效应。

批判的方法：逻辑推论与实证效验

王充批判中所显示的与官方思想对抗的力量，在于他把握了真理，他的唯物主义气一元论、自然的天道观，他的实知、知实的认知观。但这种力量产生的巨大批判的效果，也得力于他所掌握的批判的方法。王充哲学的最大特色是"实"，因此，《论衡》所展开的对官方哲学的清算与批判，不得不依据大量经过严密思考，仔细论证了的真实材料，并且不得不依据于他严密的逻辑推论和实际的验证，这也是战斗者王充所具备大无畏勇气的来源。

王充在《论衡》中提出了"类"的概念，他认为世间一切事物包括人类在内都是物。他说"人、禽皆物也,俱为万物"①,物与物不同,它们各有种类,种类相产,不但平常的事物有种类,就是所谓的"瑞应"也是"生于常类之中,而有诡异之性"②,这些物的种类是可以了解的,并由此"方比物类"。这就是王充所说的"知类"、"推类",逻辑学上称为"类比"。通过类比的方法,王充推证了许多属于自己直接经验之外的知识。王充特别重视耳闻目见的实知,他说"圣贤不能性知,须任耳目以定情实"③,即使圣贤也要亲自体验,否则便不真实。但是世界上的事物繁复多样,而人的感知能力有限,因此有许多知识并不能仅靠个人的直接经验获得,王充提出类比的方法,也就是由物知物,仍然基于实知范围。天人感应学说认为天以灾异向人君谴告:"灾异之至,殆人君以政动天,天动气以应之。譬之以物击鼓,以椎扣钟,鼓犹天,椎犹政,钟鼓声犹天之应也。"④对此,王充采用类比的办法批判说,天能动物,但物决不能动天,因为天太为高大,而人太于卑小,正如篙不能敲响大钟,萤火不能烧沸大鼎一样,因此,人仅以七尺之形,去感应皇天的大气,肯定不会有效果的。在批判邹衍呼天降霜,杞梁妻哭倒长城的虚妄时,引屈原之死,卞和刖足为比,认为他们的冤和诚都超过了邹衍,但都未能使天降霜,为何邹衍便能做到? 王充更引了秦坑赵卒为比说:"四十万众,同时俱陷,当时啼号,非徒叹也。"⑤这些都不能致霜,可见邹衍之言是虚妄之辞。

---

① 《论衡·寒温》,中华书局《新编诸子集成》本,第628页。
② 《论衡·讲瑞》,中华书局《新编诸子集成》本,第730页。
③ 《论衡·实知》,中华书局《新编诸子集成》本,第1084页。
④ 《论衡·变动》,中华书局《新编诸子集成》本,第649页。
⑤ 《论衡·变动》,中华书局《新编诸子集成》本,第658页。

在具体的论证中,王充提出了"验古以今,知天以人"的方法。传说武王伐纣,兵不血刃,王充引用高祖刘邦伐秦,还破项羽为比,说当时"战场血流,暴尸万数,失军亡众,几死一再,然后得天下"①,以今证古,说明传说的虚妄。王充在使用以今证古的方法时,有一个社会历史的进步观即今胜于古作为他立论的依据,比如,他认为汉德非常,超过百代以上,因此,武王的厚德高不过刘邦,刘邦伐项羽尚血流战场,武王又怎会兵不血刃呢?王充使用类比的方法很灵活,他经常引用生活中许多被证实过了的常识来类比尚不能直接体验的事物,《福虚》篇对楚惠王食蛭一事的批判,就很典型地反映了王充运用这种方法的特色。儒家宣扬说楚惠王吃寒菹时发现有蛭,遂吞食之,于是肚子生病,不能吃饭,他解释自己的行为说:"我食寒菹而得蛭,若不治庖厨之罪,是不按法行事,也就没有威信了,这不合我立法让国人晓知的原因,但如果治庖厨之罪,则庖厨以及监食者按法都应该诛死,于心又不忍,我恐怕手下的人看见,所以吞食下去了。"天感惠王之德,遂使惠王痊愈。王充批判说:"案楚王之吞蛭,不肖之主也。有不肖之行,天不佑也。何则?惠王不忍谴蛭,恐庖厨监食法皆诛也。一国之君,专擅赏罚;而赦,人君所为也。惠王通谴菹中何故有蛭,庖厨、监食皆当伏法。然能终不以饮食行诛于人,赦而不罪,惠莫大焉。庖厨罪觉而不诛,自新而改后。惠王赦细而活微,身安不病。今则不然,强食害己之物,使监食之臣不闻其过,失御下之威,无御非之心,不肖一也。使庖厨监食失甘苦之和,若尘土落于菹中,大如虮虱,非意所能览,非目所能见,原心定罪,不明其过,可谓惠矣。今蛭广有分

---

① 《论衡·语增》,中华书局《新编诸子集成》本,第343页。

数,长有寸度,在寒蕰中,眇目之人,犹将见之,臣不畏敬,择擢不谨,罪过至重。惠王不谴,不肖二也。菹中不当有蛭,不食投地;如恐左右之见,怀屏隐匿之处,足以使蛭不见,何必食之?如不可食之物,误在菹中,可复隐匿而强食之,不肖三也。有不肖之行,而天佑之,是天报佑不肖人也。"这里,王充以三个方面批驳了楚惠王食蛭的理由,都是用正常人所应该采用的行为准则为类比,分析批判细致而有力,驳斥了天佑的虚妄不实。

　　王充通过严密的逻辑推理进行分析批判,对于其推理后得出的结论,常常还引用事实证验。《论衡》中常常有这样的词语"何以验之"、"何以效之",效是效果、验是证验,照王充看来,如果认识没有经过事实的检验,没有发生效果和得到验证,那么这种认识就是不正确的。王充在使用实证效验的方法时,对于可以考证的事一般要考证清楚加以验证。如《感虚》篇批驳曾子与其母同气,其母臂痛,曾子臂亦痛,王充批判其虚妄不实说:"如曾母臂痛,曾子臂亦辄痛,曾母病,曾子亦病乎?曾母死;曾子辄死乎?考事,曾母先死,曾子不死矣。"在批判孟子所说"五百年而有王者兴"的预言时,考证了史实说:"帝喾王者,而尧又王天下;尧传于舜,舜又王天下;舜传于禹,禹又王天下。四圣之王天下也,继踵而兴。禹至汤且千岁,汤至周亦然,始于文王,而卒传于武王。武王崩,成王、周公共治天下。由周至孟子之时,又七百岁而无王者。五百岁必有王者之验,在何世乎?云五百岁必有王者,谁所言乎?论不实事考验,信浮淫之语;不遇去齐,有不豫之色,非孟子之贤效,与俗儒无殊之验也?"不过,王充在使用逻辑推理的方法时,有时由于常常大前提已经错误,所以结论难免不正确,影响了他的批判效果。

批判的意义：突破与贡献

王充哲学以其辉煌的批判显示了自己的特色，在当时黑暗的思想界犹如一颗光灿的明星。他以个人的力量摧毁了两汉官方思想的主体——神学经学体系，结束了这个体系所建立的王国，这个王国在董仲舒时代也许是一个浪漫主义的理想，但东汉以后被发展变化着的历史剥脱了最后几片光彩。说是浪漫主义的理想，表明他适应历史需要有一定的进步意义；说被剥脱了光彩，并非仅仅指其腐朽、溃败，伴随而来的还有反动、顽固与对新思想的排斥、迫害，对伪科学的维护。在这样一种意义上评价王充的哲学，方能显示出他真正伟大之处。章太炎在《訄书·学变》中说王充作《论衡》："趣以正虚妄，审乡背；怀疑之论，分析百端，有所发擿，不辟孔氏。汉得一人焉，足以振耻。"章太炎的这个评价不低，但也许对王充所具有的历史意义，认识得并不深刻。

王充哲学的历史意义首先在于他结束了一个应该结束却由权力支撑着的虚伪、腐朽的神学经学体系，在这场系统的批判中，他树立了唯物的气一元论、自然的天道观和疾虚立实的理性精神，捍卫并发展了真理。他是一个杰出的天才，这不仅表现在他那完整的批判哲学的创建上，还由于他应时代的要求，不失时机地出现于历史舞台上，既维护了真理发展的连续性，又保持了发展的速度、节奏。其次，王充的哲学为魏晋玄学，一个崭新的思想体系准备了思想材料，他的自然论思想，对魏晋玄学的本体论有一定的影响。《后汉书·王充传》注引袁山松书说："充所作《论衡》，中土未有传者。蔡邕入吴始得之，恒秘玩以为谈助。其后王朗为会稽太守，又得其书,及还许下,时人称其才进。或曰:'不见异人,当得异书。'问之,果以《论衡》之益。由是遂见传焉。"又说:"王充所著《论衡》,北方未有得之者。蔡伯喈尝到江东得之,叹其文高,度越诸子。及还中国,诸儒觉其谈论更远,嫌得异书。或搜求至隐处,果得《论衡》。"这两段材料向我们表明这么几点信息:一、王充的哲学思想在当时并没引起很大影响,这并非因为时人对他不理解,而有可能是他避地吴越,其书传播不广的原因。二、东汉末年,大儒蔡邕入吴始得其书,立刻为思想的新颖、真实打动,所以秘藏起来,作为他清谈的独家材料,表明王充思想为汉末新思潮的中坚思想之一。三、不独蔡邕叹其文高,当时其他士人也从蔡邕的谈论中体会到王充思想的高远。案"觉其谈论更远",为魏晋间常用品评术语,如《世说新语·文学》注引《荀粲别传》说荀粲"能言玄远",所谓"玄远",即以魏晋玄学针对汉儒的象数之学而言,是说玄学超越象数之学,专研本体论,故曰玄而远,则见出东汉末年士人已从《论衡》中体会到王充思想的精妙之处。清谈是玄学的一种讨论方式,由此可见王充思想对魏晋玄学的影响。玄学推崇老庄"自然"思想,王充的《论衡》无疑是一个重要的过渡。王充在《论衡》中有关识别人物的篇目,也开启了玄学中人物品评的先风。在《答佞》、《程材》、《量知》、《谢短》、《效力》、《别通》、《超奇》、《状留》等篇中,王充比较详细地讨论了识别人物的问题,并提出了自己的标准,对于不合理的社会现象进行了严肃的批判。比如《答佞》篇讨论如何区别贤佞,提出了不可纯用功效来辨别贤否,因为佞难以考察,就在他"外内不相称,名实不相副"。这里提出的"名实"问题已开了东汉末年名实之辨的风气。他在《定贤》篇中关于考辨贤才标准的讨论,也是以后才性离合辩论的先导。另外,王充在《本性》篇中所论述的性善性恶这一哲学史重要命题,继续了自先秦以来对这一问题的讨论,对魏晋玄学中圣人有无情说之辨,也有一定影响。

通过对王充哲学思想的简单梳理,我以为起码有这样几点值得我们思考:

第一,王充独立思考的学习精神。独立思考,也就是不受其他思想,尤其是占统治地位的权威思想的左右。王充曾把儒者分为几等,最高的一等是"能精思著文连结篇章者",可见他对"精思"的重视。对于历史上具有独立思想的先辈,像刘向、刘歆父子、扬雄、桓谭等人特别推崇,说他们"犹文、武、周公,并出一时也"。独立思考,不受权威思想支配,是基于王充对真理的不断探索的精神的。两汉神学经学的垮台,给了我们很多的启示:一种思想,当它一旦自以为是绝对真理,自以为可以罗列、解释天地间一切自然现象、社会现象时,尤其又借助统治权力把它定为不可怀疑、不容讨论,也不须发展的唯一标准时,那么实际上就等于宣布了它的衰败和走向死亡,最终导致更彻底地失败。在这种情况下,更需要真正不懈追求真理的知识分子保持独立思考的精神,为真理奋斗,为真理献身。

第二,博的学习态度。在《自纪》篇中,王充说自己"淫读古文,甘闻异言"。又在《别通》篇中说:"人不博览者,不闻古今,不见事类,不知然否,犹目盲、耳聋、鼻痈者也。"可以说博学是王充独立思考的基础,只有博览群书,能在众多的论述中通过"精思",找到属于自己的答案。如果没有"淫读古文,甘闻异言",如果仅仅学习官方钦定的经学,王充绝无可能成为一个卓异于时代之上的大批判家,他有可能掉入两汉经学的神学目的论中,不会对其虚妄表示怀疑,或成为饱读一经而"坐守信师法"的株守章句之徒。因此,我们的读书必须博,唯博才能谈到独立思考,得到自己的更接近真理的知识。

第三,敢于疾虚妄的批判勇气。《论衡》一书八十五篇,可以用"去伪存真,疾虚立实"八个字概括,"疾虚妄"是王充公然标称的口号。向世俗的虚妄挑战固然需要勇气,而向虚妄的统治思想,尤其是统治思想所推定的圣贤进行挑战,则更需要勇气。明白两汉经学所处地位的神圣性,就明白了向它挑战需要多少勇气。王充极为推崇的东汉初年大思想家桓谭,仅仅表示了对立为国宪的谶纬迷信的不相信态度,就差点儿丢掉了脑袋,何况著述一本对它进行全面批判,且又形成异端思想体系的著作,没有对真理献身的勇气是办不到的。因此,我们为中国历史上出现过这么一位伟大的人物感到自豪。

(原载《遁世与救世》,上海文艺出版社 1990 年版)

东汉末年的曹操

一、东汉末年的曹操

晋傅玄曾经说过:"近者魏武好法术,而天下贵刑名;魏文慕通达而天下贱守节。"傅玄是礼法之士,政治上又是拥戴司马氏的,这样说是批评曹操、曹丕给魏晋带来了不好的影响,所以世重玄虚,都与曹氏父子有关。所以傅玄又说:"其后纲维不摄,而虚无放诞之论盈于朝野。"傅玄的态度是批评的,与他的政治立场有关,但他说的是一个事实。曹操以法术治国,《魏志·武帝纪》"评"说曹操"擥(揽也)申、商之法术,该韩、白之奇策",《三国志》卷十六《杜畿附子恕传》载杜恕上疏说:"今之学者,师商、韩而上法术,竞以儒家为迂阔,不周世用,此最风俗之流弊,创业者之所致慎也。"这都是曹操尚法术的证明。这表明当曹操之时,天下大乱,儒家之学难以收束人心,欲求大治,唯有用法术,这样就对东汉以来的名教之治从根本上进行了冲击。儒学之迂腐,有识之士是很清楚地看到的。比如《后汉书》卷五十八《盖勋传》载宋枭谓盖勋说:"凉州寡于学术,故屡致反暴。今欲多写《孝经》,令家家习之,庶或使人知义。"勋谏曰:"昔太公封齐,崔杼杀君;伯禽侯鲁,庆父篡位。此二国岂乏学者? 今不急静难之术,遽为非常之事,既足结怨一州,又当取笑朝廷,勋不知其可也。"枭不从,遂奏行之。果被诏书诘责,坐以虚慢征。"又同书卷八十一《独行传》载向栩欲用《孝经》灭黄巾:"会张角作乱,栩上便宜,颇讥刺左右,不欲国家兴兵,但遣将于河上北向读《孝经》,贼自当消灭。中常侍张让诬栩不欲令国家命将出师,疑与角同心,欲为内应。收送黄门北寺狱,杀之。"在用人上,曹操更与东汉的察举不同,他前后几次下求贤令,都贯彻着任人以才的主张,而不拘于道德之论。如建安十五年令说:"今天下得无被褐怀玉而钓于渭滨者乎?又得无盗嫂受金而未遇者乎?二三子其佐我明扬仄陋,唯才是举,吾得而用之。"①这样的用人政策,是汉人不可想象的,它当然会对当时的社会风俗产生极大的影响。这反映了当时的名教危机和道德危机。但是这一切并不是曹操的独创,实在是当时社会的总趋势。

汉末自党锢以来,皇权腐败已极,不只是士人对皇权失望,即使朝中大臣也已经失望,士人失望的结果是不与这个政权同心,因此逸遁以求避祸,而大臣失望的结果,则是逐渐产生了异心,这两者都导致了名教的危机。两汉以孝治天下,以名教为纲,但到了汉末却会出现那么多与朝廷离心背德之人,这已不仅是以曹操为汉贼的问题了。《三国志》卷二十一《王粲传》注引张骘《文士传》载王粲说刘琦说:"天下大乱,豪杰并起,在仓卒之际,强弱未分,故人各有各有心耳。当此之时,家家欲为帝王,人人欲为公侯。"陈寿说张骘所载王粲此文是伪造,因为文中言事多与史实不合,但张骘是魏晋间人,其录王粲之言,虽有不合史实处,恐仍有依据。曹植《王仲宣诔》说:"我公奋钺,耀威南楚。荆人或违,陈戎讲武。君乃义发,筭

---

① 《三国志》卷一《武帝纪》,中华书局标点本,第32页。

我师旅。高尚霸功,投身帝宇。"是荆州当日颇有主战者,而王粲说刘琦归顺,乃是事实。又其述汉末家家欲为帝王,亦合于当日实际。具体的史实是:

1.《通鉴》卷五十九载,灵帝中平五年(188),太常江夏刘焉见王室多故,建议以为四方兵寇,由刺史威轻,既不能禁,且用非其人,以致离叛,宜改置牧伯,选清名重臣,以居其任。按,刘焉此议实萌异心,盖借牧伯之重,以为己资。《通鉴》又载,焉内欲求交阯牧,侍中广汉董扶私谓焉曰:"京师将乱,益州分野,有天子气。"焉乃更求益州。会益州刺史郤俭赋敛烦扰,谣言远闻,而耿鄙、张懿皆为盗所杀,朝廷遂从焉议,选列卿尚书为州牧,各以本秩居任。以焉为益州牧,太仆黄琬为豫州牧,宗正东海刘虞为幽州牧。州任之重,自此而始。

2.《三国志·魏志》卷十《贾诩传》注引《九州春秋》载中平元年(184),车骑将军皇甫嵩既破黄巾,威震天下。阎忠时罢信都令,劝皇甫嵩不要北面以事庸主,待时机成熟,"功业已就,天下已顺,乃燎于上帝,告以天命,混齐六合,南面以制,移神器于己家,推亡汉以定祚。"

3.《三国志·魏志》卷十一《张范传》载袁术谓张承说:"昔周室陵迟,则有桓文之霸;秦失其政,汉接用之。孤今以土地之广,士民之重,欲徼福齐桓,拟迹高祖,何如?"按,汉末乘时之士如袁绍,视其时如春秋,如秦末,欲行齐桓、晋文及高祖之事,不臣之心,昭然于天下,故汉献帝如丧家之犬,而诸侯并皆不顾也。陈登原《国史旧闻》卷十七引叶昌炽《缘督庐日记抄》(卷十六)说:"抄本《穆伯长集》三卷,即四库本。高宗纯皇帝,谓其称颂当涂功德,悖理丧教,屏而不录。其实,汉季群雄并起,非有魏武,早移炎祚,不可与前莽后懿相提并论。"①《张范传》又载：是时，太祖将征冀州，（袁）术复问曰："今曹公欲以弊兵数千，敌十万之众，可谓不量力矣！子以为如何？"承乃曰："汉德虽衰，天命未改，今曹公挟天子以令天下，虽百万之众可也。"天命未改，是当时一部分忠汉之士的心理，故曹操挟天子，还可以为他们所接受。而一旦曹操欲行九锡，若荀彧诸人就不能接受了。

4.《三国志·魏志》卷六《袁绍传》注引《献帝传》载沮授劝袁绍迎大驾于邺城，但郭图、淳于琼则曰："汉室陵迟，为日久矣，今欲兴之，不亦难乎！且今英雄据有州郡，众动万计，所谓秦失其鹿，先得者王。若迎天子以自近，动辄表闻，从之则权轻，违之则拒命，非计之善者也。"又，同书《武帝纪》载："袁绍与韩馥谋立幽州牧刘虞为帝，太祖拒之。绍又尝得一玉印，于太祖坐中举向其肘，太祖由是笑而恶焉。"

以上四例说明汉末忠于汉室的名节观念已经受到很大的破坏，不独曹操，也不独掌握兵权者，一般士人也看准了汉朝天命已尽，将有新命兴起，但这承新命者是何人，也是士人南北奔走选择的主要动因。应该说曹操的出身给他的霸业带来许多不利，他不像袁绍，出身于四世三公之家，袁氏门生故吏遍于天下，确是一呼百应。曹操的父亲曹嵩，是中常侍大长秋曹腾的养子，这在宦官作恶多端的东汉末年，的确是非常不好的背景。据《三国志·魏志·武帝纪》注引司马彪《续汉书》说，曹腾"顺帝即位，为小黄门，迁至中常侍大长秋。在省闼三十余年，历事四帝，未尝有过。好进贤达能，终无所伤"。清人赵翼《廿二史劄记》因将曹腾收入"宦官亦有

---

① 陈登原：《国史旧闻》第1册下《曹操》，辽宁教育出版社2000年版，第444页。

贤者"条。但据《后汉书·李固传》载,梁冀鸩杀质帝后,李固等议立清河王蒜,梁冀为固其宠,欲立蠡吾侯志,因为刘志当取梁冀妹。梁冀之谋遭到李固等人反对而作罢。但曹腾等闻而夜往冀处说冀曰:"将军累世有椒房之亲,秉摄万机,宾客纵横,多有过差。清河王严明,若果立,则将军受祸不久矣。不如立蠡吾侯,富贵可常保也。"冀然其言,遂言蠡吾侯,是为桓帝。由此可见曹腾也并不是什么贤者。但曹操这样的出身,当他与袁绍等人霸天下时,士人却竞相舍袁而奔曹。除了因为曹操的用人不拘一格,而袁绍却猜忌,不容贤于己者等原因外,这中间还有什么内存的原因呢?

当然问题首先出在袁绍自己身上,袁氏兄弟的篡汉野心过早地暴露。袁氏四世三公甚至五公,世代食汉禄,而当汉末天子蒙难之时,他们却想到的代汉,这令许多士人感到失望。《魏志·臧洪传》记洪谓袁绍说:"诸袁事汉四世五公,可谓受恩,今王室衰弱,无扶翼之意,欲因际会,希冀非望,多杀忠良以立奸威。"

曹操的用人,是必先贤而后用,所以他前后几次下令求贤,都不以德行为主,虽然如此,这样的政策也只能保证得到一些德行有亏之士而已,事实上不是这样,在建安元年前后,投奔曹操的士人,有许多是有着很高德望的儒学之士,如何夔、邴原、王朗、华歆等,无不接受曹操辟命,其外在的原因与曹操奉天子有关,而内在的原因则与汉末大乱而萌生的"英雄"崇拜思想有关。

曹操奉天子在建安元年,《武帝本纪》载太祖将迎天子,诸将或疑,荀彧、程昱赞同。《通鉴》记为荀彧所劝。曹操迎天子都许昌,正如袁绍所说是"挟天子以令诸侯",虽然如此,在经历了董卓之乱以后,至是宗庙社稷制度重又建立,这给天下士人带来了新的希望,因此,士人投奔曹操者络绎不绝。《三国志·魏志》卷十四《刘放传》载放说王松曰:"往者董卓作逆,英雄并起,阻兵擅命,人自封殖,惟曹公能拔拯危乱,翼戴天子,奉辞伐罪,所向必克。"因劝王松投奔曹操。东汉末年,军阀并起,所谓"阻兵擅命,人自封殖",士人亦南北流寓,虽然对汉王朝失去了信心,但这种王室观念的淡薄与诸侯们拥兵擅命还是有着本质的不同的。诸侯都有乘时而起的异心,所以视天子如赘物,但士人仍然寄希望于汉室的复兴,因此当曹操能够西迎天子都许,是符合当时大多数士人的愿望的,这是曹操得人的主要原因。但曹操毕竟是"挟天子",士人的附曹从根本上说仍然带有几分无可奈何,无可奈何仍然要附曹,这又与汉末大乱带来的名教危机有关。陈寅恪先生认为,曹氏代表着寒族阶级的利益,在汉末时,儒家豪族依附曹操,是"不得不暂时隐忍屈辱,但乘机恢复的想法,未尝一刻抛弃"[1]。这一方面说明儒家豪族的依附曹操,只是权宜之计,另一方面也说明他们的附曹,首先因为曹操的"挟天子"。虽然是"挟天子",总还有天子,这也给他们心理上一种自我欺骗的理由。但一旦曹操想要代汉,儒家豪族就要表示反对的意见了。荀彧是曹氏集团中儒家豪族的代表人物,他出身于颍川荀氏,祖父荀淑,当顺、桓之间,知名当世。有子八人,号曰"八龙"。彧叔父荀爽,位至司空。荀彧先是依附袁绍,后度袁绍终不能成大事,于是在初平三年(192)去绍从操(按,此据《通鉴》,《三国志·魏志·荀彧传》作初平二年)。《通鉴》记为:"彧度绍终不能定大业,闻曹操有雄略,乃去绍从操。"此时曹操已破青州黄巾,受降卒三十万,男女百余万口,自领兖州牧,自为士人所看好。荀彧归曹操之后,曹操非常高兴,因为这标志着他的事业成功的开

---

[1] 万绳楠:《陈寅恪魏晋南北朝史讲演录》,黄山书社1999年版,第12页。

始。荀彧的归顺,表明儒家豪族对他的认可。事实上,曹操最先也正是依靠汝、颍人物。《魏志·郭嘉传》载:"先是时,颍川戱志才,筹划士也,太祖器之。早卒。太祖与荀彧书曰:自志才亡后,莫可与计事者。汝颍固多奇士,谁可以继之?彧荐(郭)嘉。召见,论天下事。太祖曰:使孤成大业者,必此人也。"荀彧归顺后,为曹操献的最好的计谋就是迎天子,这其实是符合荀彧为代表的儒家豪族的利益的。曹操迎天子后,天下的重心就移到了曹操的身上,他成为天下士人关注的焦点,加上荀彧的加入,一批出身儒族士人纷纷加盟曹氏集团,成为曹操战胜袁氏,最终平定北方的基本保证。

士人之争相附曹,除了曹操的"挟天子"以外,还有其内在的原因,即当时崛起的"英雄"崇拜意识。所谓"英雄",东汉时有一般意义用语,也有特别的用语。前者如《后汉书·循吏传》载仇览入太学,符融对他说:"今京师英雄四集,志士交结之秋,虽务经常,守之何益?"又如《三国志·魏志·袁绍传》注引《九州春秋》载袁绍说何进曰:"某部曲将吏,皆英雄名士,乐尽死力。"《三国志·魏志·锺繇华歆王朗传》:"繇说(李)傕、(郭)汜等曰:方今英雄并起,各矫命专制,唯曹兖州乃心王室。"可见这些用语都是指乘时所起之各路诸侯,甚或指一般的文人、谋士,如符融所说。又如《三国志·魏志·刘表传》注引《傅子》说:傅巽目庞统为半英雄,证裴潜终以清行显,庞统则为谋士。但到后来,英雄则有特指的意义,如《后汉书·郭符许列传》载许劭评曹操为"乱世之英雄"(按《三国志·魏志·武帝纪》注引孙盛《异同杂语》记许劭评曹操为"乱世之奸雄"),而曹操甚为高兴,这里的"英雄"就有比较高的含义了。曹操具有卓越的政治才能,在汉末有许多流传,《三国志·魏志·武帝纪》注引《魏书》载桥玄见曹操而异之,说:"吾见天下名士多矣,未有若君者也!君善自持。吾老矣,愿以妻子为托。"桥玄预见到了乱世即至,而且预见到了曹操能够有所作为,这是善知人者,在当时也是具有"英雄"的品目的。汉末"英雄"一词具有特殊含义的,还见于以下记载。《三国志·蜀志·先主传》载:"袁术欲经徐州北就袁绍,曹公遣先主督朱灵、路招要击术。未至,术病死。先主未出时,献帝舅车骑将军董承辞受帝衣带中密诏,当诛曹公。先主未发。是时曹公从容谓先主曰:'今天下英雄,唯使君与操耳。本初之徒,不足数也。'先主方食,失匕箸。"曹操此处所说的"英雄"显然不是一般意义的用语,所以刘备才惊慌得失去匕箸。盖以为所怀心事为曹操所道破之故。目刘备为英雄者,荀彧已论在先,《三国志·魏志·郭嘉传》注引《魏书》曰:"刘备来奔,以为豫州。彧谓太祖曰:备有英雄志,今不早图,后必为患。"此皆可见"英雄"一词,在当时已指争夺天下者之谓。"英雄"意识的崛起,完全是汉末大乱所引起的,能在乱世中苟活性命,是要依靠乱世之英雄的,前引桥玄托家人于曹操,正是看到了曹操是乱世英雄。看到这一点的,似乎并不仅桥玄,《后汉书·党锢列传·李膺附子瓒传》载:"初,曹操微时,瓒异其才,谓子宣等曰:时将乱矣,天下英雄无过曹操。张孟卓与吾善,袁本初汝外亲,虽尔勿依,必归曹氏。诸子从之,并免于乱世。"能在曹操微时就看出他比袁绍等人更具治世之才,这也确是不平凡的识见。又《后汉书·党锢传·何颙传》记颙初见曹操叹曰:"汉家将亡,安天下者必此人也。"[1]

"英雄"意识与传统的儒家伦理思想是不相融合的,但乱世改

---

[1] 关于东汉末年"英雄"意识的崛起,参见贺昌群:《魏晋清谈思想初论》,辽宁教育出版社1998年版。

变了人们的道德观、伦理观,曹操之所以要用法术,他的用人之所以公开宣扬用无德之人,其实并不是曹操个人的孤见发明,而是有着深厚的思想基础的。汉末自桓、灵以来,儒家思想的影响实际上正在悄悄地式微,一种新的适应乱世的思想正在萌芽。曹操适时地成为这种新思想的代表者,他的一系列政策的实施,带来了汉魏间新的学术思想,魏晋玄学之所以能发生,是离不开曹操所营造的条件,也离不开汉末的具体历史条件的。东汉末年所谓乱世,造就了曹操这样的英雄,而曹操又以自己的风格和个性给东汉末年带来了新的变化。

二、曹操的东汉末年

东汉末年是属于曹操的,汉末大乱,为曹操创造了一个施展才能的广阔天地。无论在政治、经济、思想、文化诸多方面,曹操都对汉家制度作了大面积的破坏。他的破坏是多方面的,最主要的表现是他对儒家思想,特别是名教的冲击,如前文所说,他用申、韩法家之术,重实用,以法治国,在用人上也是唯才是举,不论出身、道德,对汉代以来的察举用人的思想依据,不予考虑。这些当然是时势使然,事实上,综观汉末三国的情形,不独曹操尚法家思想,蜀的诸葛亮也是典型的法家,史称其"科教严明,赏罚必信,无恶不惩,无善不显"[①]。吴孙权也是如此,《三国志》本传评曰:"孙权屈身忍辱,任才尚计,有句践之奇,英人之杰矣。"吴、蜀偏于一隅,应付魏

[①] 《三国志》卷三五《诸葛亮传》,中华书局标点本,第930页。

国已尽全力,更无余力修文。三国时文学之事只有曹魏兴盛,这倒不仅仅是因为文人大都已跑到了曹魏,事实上吴、蜀也都有不少的文人,如吴的张昭,本彭城人,少好学,善隶书,从白侯子安受《左氏春秋》,博览群书,与琅邪赵昱、东海王朗俱发名友善。孙策创业之江东,文武之事,一以委昭,而昭与北方士大夫常通书疏,曹丕作《典论》专门纸写一通寄与张昭。张昭之外又如:

> 张敦,吴郡人。敦德量渊懿,清虚淡泊,又善文辞。①
>
> 张纮,广陵人。孙策创业,遂委质焉。建安四年,奉孙策命到许宫,留为侍御史。少府孔融等与之亲善,后纮见柟榴枕,爱其文,为作赋。陈琳在北见之,以示人曰:此吾乡里张子纲所作也。后纮见陈琳作《武库赋》、《应机论》,与琳书深叹美之。建安十七年卒,著诗、赋、铭、诔十余篇。②

其他如薛综、薛莹、鲁肃、陆景、胡综等约十余人之多。蜀汉人物差一些,但也有郤正、文立等人。由上可见吴、蜀文人并不缺少,但是因为主上不好,又没有一定的创作环境,所以没有多少作品传世③。与吴、蜀不同,曹魏的文学兴盛,并没有因为曹操的奉行法家思想而衰弱,反而由于曹操的喜爱而得到大的发展。这可以看出统治者的提倡对于文学发展的促进作用是不可低估的。

从东汉末年历史看,法家思想的抬头,其实并不仅仅是曹操的原因,比如崔寔的《政论》就说:"量力度德,《春秋》之义。今既不能纯法八代,故宜参以霸政。则宜重赏深罚以御之,明著法术以检之。"已经说明汉末正在酝酿着法家的思想,这从蜀和吴两国也实

---

① 《三国志·吴志·顾劭传》注引《吴录》,中华书局标点本,第1229页。
② 参见《三国志·吴志·张纮传》及裴注引《吴书》。
③ 参见拙作《吴蜀文学不兴的社会原因探讨》,《社会科学研究》1986年第2期。

行的法家政策可以见出。此外,就用人的唯才思想看,其实也仍然不独曹操,刘备、孙权等也都是如此。不如此的如袁绍、袁术,所以他们失败了,最先投奔他们的许多优秀士人,在知道他们不是唯才用人的时候,莫不鄙斥他们而转向投奔曹操。但是当曹操将这一切以法令的形式颁布的时候,影响就不一样了。我们说过,曹操用人唯才是举,与他的出身有一定的关系,他要与袁氏兄弟、与公孙瓒、与刘虞等争夺天下时,他有很大的劣势,所以他要唯才不唯德。但在曹操于建安元年奉迎天子之后,他的地位得到了巩固,一些儒家豪族出身的人也都奔向他,他仍然执行唯才不唯德的政策。他的前后几次下令,都是建安元年以后的事。如著名的建安十五年令称:"今天下得无有被褐怀玉而钓于渭滨者乎?又得无盗嫂受金而未遇无知者乎?二三子其佐我明扬仄陋,唯才是举,吾得而用之。"又建安十九年下《敕有司取士勿废偏短令》曰:"有行之士未必能进取,进取之士未必有行。"建安二十二年《求逸才令》曰:"负污辱之名,见笑之行,或不仁不孝,而有治国用兵之术:其各有所举,勿有所遗。"这样的政令与两汉的名教当然是对立的。当然这与时局有关,曹操自己也说是"今天下尚未定,此特求贤之急时也",应该是一时的应急之策。但采取了这样的政策,就会带来后果,待天下大定之后,也并不能再回到汉代的察举了。这有几个因素,一是重新收拾的天下已经不是汉家天下了,人情、物理、风俗、人物都与汉代不一样了。因为察举主要是察,而汉末以来,民人流散,村邑破败,难以组织有效的察举,所以曹氏后来用九品中正制度;其二,汉代的察举到了末期是名实不符,所谓"举秀才,不知书"是也。曹操在建安十年正月攻占冀州,九月下令说:"闻冀州俗,父子异部,更相毁誉。昔直不疑无兄,世人谓之盗嫂;第五伯鱼三娶孤女,谓之挝妇翁;王凤擅权,谷永比之申伯;王商忠议,张匡谓之左道:世皆以白为黑,欺天罔君者也。吾欲整齐风俗,四者不除,吾以为羞。"看来有些人物蒙污辱之名,有的是世人以白为黑的结果,这是曹操要打破以名取人的原因。此外,此令的颁布,也表明曹操要建立一种新风尚的决心。第三,唯才是举不唯德,势必激发士人的个性,他们会更加看个人的才能和个性,而不必多考虑个人品德的修养。延至一国之风俗,则世风之丕变,是势所必然。就七子而论,如刘桢平视甄妃,就是只重个才性而不重传统道德的表现。而由曹操重才的用人政策更是形成了魏晋乃至南北朝都重有才之风气。如陆机的受推崇,大赋、子书的受重视,也都与这个风气有关。

曹操这样重人才,对汉代名教的破坏,引起了魏晋人对什么是人才的讨论。因此形名之学,成为当时的一个学术主题。据《隋书·经籍志》载,汉末讨论人物的专书有曹丕的《士操》一卷,又注梁有《刑声论》一卷,亡。刘劭《人物志》三卷,又注梁时姚信有《士纬新书》十卷,《姚氏新书》二卷,注称与《士纬新书》相似。又卢毓撰有《九州人士论》一卷,《通古人论》一卷,梁时已亡。《隋志》将这些书列入名家,说明人物志一类的书都是刑名之辩中的产物。

曹操重法术,这直接引起了汉末士人对刑礼的讨论。《魏志》卷二十一《刘廙传》称:"廙著书数十篇,与丁仪共论刑礼,皆传于世。"刘廙所著为《政论》,《群书治要》中保存有八篇。其主旨据《吴志·陆逊传》称"南阳谢景善刘廙之先刑后礼之论",是所论主张先刑。丁仪有《刑礼论》,载《全后汉文》卷九十四,是主张先礼后刑的。刑名学的讨论,直接引起了玄学的发生。

以上是曹操在汉末所行政策给学术界带来的影响,直接开启了一种新思想、新学术,这种新学术在文学上的影响就是文章风格的清峻。

曹操还以个人的思想、言行影响到汉魏,首先是他的积极、乐观精神。他在《步出夏门行》里所写的"老骥伏枥,志在千里;烈士暮年,壮心不已",后来的王敦每于酒后辄咏之,并用如意打唾壶,壶口皆缺。曹操不灰心于失败,敢于直面事实,不为自己涂饰神性色彩,而这正是历代统治者所要竭力装扮的。比如刘邦的出身,就说是他母亲感龙而孕。这一点已经遭到王充等人的批判,因此曹操的不假托神话,也与东汉末年的批判哲学的影响有关。建安十二年(207),曹操颁令说:"吾起义兵诛暴乱,于今十九年,所征必克,岂吾功哉?乃贤士大夫之力也。"一点也不为自己装饰。建安十六年(211)年,曹操西征马超、韩遂,两军对阵,敌方士卒争相观看曹操,曹操笑着说:"汝欲观曹公邪?亦犹人也,非有四目两口,但多智耳!"建安十九年,曹操告诉安定太守母丘兴,告诉他胡人将有如何的动作,后果如其言。曹操因说:"吾预知当耳,非圣也,但更事多耳。"在多事之秋,一个统治者却能如实地以事实真相告诉下属,这需要何等样的勇气,反映的实在是作为一个人的信心。曹操自信,所以曹操敢于如此直面现实,这也是他取胜的必要保证。最能反映这种精神的,是他的《让县自明本志令》。这篇文章的全文是这样的:

> 孤始举孝廉,年少,自以本非岩穴知名之士,恐为海内人之所见凡愚,欲为一郡守,好作政教,以建立名誉,使世士明知之;故在济南,始除残去秽,平心选举,违迕诸常侍。以为强豪所忿,恐致家祸,故以病还。去官之后,年纪尚少,顾视同岁中,年有五十,未名为老,内自图之,从此却去二十年,待天下

清,乃与同岁中始举者等耳。故以四时归乡里,于谯东五十里筑精舍,欲秋夏读书,冬春射猎,求底下之地,欲以泥水自蔽,绝宾客往来之望,然不能得如意。后征为都尉,迁典军校尉,意遂更欲为国家讨贼立功,欲望封侯作征西将军,然后题墓道言"汉故征西将军曹侯之墓",此其志也。而遭值董卓之难,兴举义兵。是时合兵能多得耳,然常自损,不欲多之;所以然者,多兵意盛,与强敌争,倘更为祸始。故汴水之战数千,后还到扬州更募,亦复不过三千人,此其本志有限也。

后领兖州,破降黄巾三十万众,又袁术僭号于九江,下皆称臣,名门曰建号门,衣被皆为天子之制,两妇预争为皇后。志计已定,人有劝术使遂即帝位,露布天下,答言"曹公尚在,未可也"。后孤讨禽其四将,获其人众,遂使术穷亡解沮,发病而死。及至袁绍据河北,兵势强盛,孤自度势,实不敌之,但计投死为国,以义灭身,足垂于后。幸而破绍,枭其二子。又刘表自以为宗室,包藏奸心,乍前乍却,以观世事,据有荆州,孤复定之,遂平天下。身为宰相,人臣之贵已极,意望已过矣。

今孤言此,若为自大,欲人言尽,故无讳耳。设使国家无有孤,不知当几人称帝,几人称王。或者人见孤强盛,又性不信天命之事,恐私心相评,言有不逊之志,妄相忖度,每用耿耿。齐桓、晋文所以垂称至今日者,以其兵势广大,犹能奉事周室也。《论语》云:"三分天下有其二,以服事殷,周之德可谓至德矣。"夫能以大事小也。昔乐毅走赵,赵王欲与之图燕,乐毅伏而垂泣,对曰:"臣事昭王,犹事大王;臣若获戾,放在他国,没世然后已,不忍谋赵之徒隶,况燕后嗣乎!"胡亥之杀蒙恬也,恬曰:"自吾先人及至子孙,积信于秦三世矣;今臣将兵三十余万,其势足以背叛,然自知必死而守义者,不敢辱先人之教以忘先王也。"孤每读此二人书,未尝不怆然流涕也。

孤祖父以至孤身,皆当亲重之任,可谓见信者矣,以及子桓兄弟,过于三世矣。孤非徒对诸君说此也,常以语妻妾,皆令深知此意。孤谓之言:"顾我万年之后,汝曹皆当出嫁,欲令传道我心,使他人皆知之。"孤此言皆肝鬲之要也。所以勤勤恳恳叙心腹者,见周公有《金縢》之书以自明,恐人不信之故。然欲孤便尔委捐所典兵众以还执事,归就武平侯国,实不可也。何者?诚恐已离兵为人所祸也。既为子孙计,又己败则国家倾危,是以不得慕虚名而处实祸,此所不得为也。前朝恩封三子为侯,固辞不受,今更欲受之,非欲复以为荣,欲以为外援,为万安计。孤闻介推之避晋封,申胥之逃楚赏。未尝不舍书而叹,有以自省也。奉国威灵,仗钺征伐,推弱以克强,处小而禽大,意之所图,动无违事,心之所虑,何向不济,遂荡平天下,不辱主命,可谓天助汉室,非人力也。然封兼四县,食户三万,何德堪之!江湖未静,不可让位;至于邑土,可得而辞。今上还阳夏、柘、苦三县户二万,但食武平万户,且以分损谤议,少减孤之责也。①

文章中曹操叙述了他从孝廉至汉家丞相的坎坷经历,伴随这一经历,他向我们展示了其思想发展的三个历程。第一个历程是做一郡守,建立名誉,但因在济南打击豪强而得罪宦官,故辞官归家;第二个阶段,是归家以后,拟读书以待天下澄清后察举入仕,然此愿不成,后征为都尉,典军校尉,这时以前的志愿改变了,"欲为

---

① 《三国志》卷一《武帝纪》注引《魏武故事》,中华书局标点本,第32—34页。

国家讨贼立功,欲望封侯作征西将军,然后题墓道言:故征西将军曹侯之墓"。第三个阶段是在起兵之后,逐渐战胜了强敌,"遂平天下,身为宰相",他说这时"人臣之望已极,意望已过矣"。应该说曹操的这篇文章对自己三个阶段的剖析,是符合他本人的实际的,也符合历史的发展规律。人的成长是根据不同的历史条件而具有不同的形态,并没有生而知之的唯心成分。曹操的文章显示了人性的力量,是人的自信。

  曹操的个人风格的影响,他的不畏天命,积极、乐观的精神,感染了一代乃至几代文人;他尚简易、尚实际的作风、他的任侠、豪气、富有智慧也是后人愿意仿效的典范。他的《让县自明本志令》所表现的态度、思想,是开一时之风气的。

（原载香港《新亚学刊》2002 年创刊号）

读诸葛亮《出师表》

前人有言:"读《出师表》而不流泪者,其人必不忠;读《陈情表》而不流泪者,其人必不孝。"(元赵景良《忠义集序》)虽未必如此,然则见《出师表》一文在后人心目中的定位。所谓《出师表》,是出师前之上表。表者,敷奏之言。汉定礼仪,朝廷文书有四品,所谓章表奏议。章以谢恩,奏以按劾,表以陈请,议以执异。是表之文体,主于陈情,故孔明此表,刘勰称为"志尽辞畅"。建安年间,曹操深戒文章浮华,故魏初表章以指事造实,深切著明为上,刘勰称"求其丽靡,则未足美矣"。诸葛亮是法家,实事求是,不求文人之浮华,所作文章,诚如苏轼所说:"孔明不以文章自名,而开物成务之姿,综练名实之意,自见于言语。至《出师表》简而尽,直而不肆,大哉言乎!与《伊训》《说命》相表里,非秦汉以来以事君为悦者所能至也。"[①]苏轼此言,从陈寿而来,陈寿《蜀书·诸葛亮传论》说:"论者或怪亮文彩不艳,而过于丁宁周至。臣愚以为咎繇,大贤也,周公,圣人也,考之《尚书》,咎繇之《谟》略而雅,周公之《诰》烦而悉,何则?咎繇与舜、禹共谈,周公与群下矢誓故也。亮所与言,尽众人凡士,故其文指不及得远也。然其声教遗言,皆经事综物公诚之心,形于文墨,足以知其人之意理而有补于当世。"故读诸葛亮此

---

① 苏东坡:《东坡集》卷二四,《东坡七集》,《四部备要》本。

表,要不以文彩艳丽相求,而求其实,求其情。那么诸葛亮的《出师表》为什么这么有名,写了些什么,又是在什么样的情况下写的呢?

诸葛亮(181—234),字孔明,琅邪阳都(今山东省沂南县)人,建兴十二年(234)卒,终年五十四,谥忠武侯,故世称武侯。汉司隶校尉诸葛丰之后。诸葛亮父亲诸葛珪汉末为太山郡丞,早卒,故诸葛亮依其从父诸葛玄。诸葛玄为豫章太守,携亮兄弟至豫章,后朝廷别选官代玄,玄遂之荆州依刘表,这就是诸葛亮何以会在隆中(今湖北襄阳)隐居之故。史载诸葛亮身长八尺,每自比于管仲、乐毅,时人不之许,唯其好友崔州平、徐庶信以为然。诸葛亮于隆中躬耕陇亩,好为《梁父吟》[①]。《梁父吟》是咏古事的古歌谣,汉魏人咏古感怀,寄托怀抱,故史书专门记其好为《梁父吟》,而以管仲、乐毅自比。其时刘备为曹操所败,南往荆州依刘表,刘表使屯新野,徐庶往见刘备,颇受器重。徐庶因称扬诸葛亮是卧龙,刘备说:"君与俱来。"徐庶说:"此人可就见,不可屈致也。将军宜枉驾顾之。"于是刘备三往乃得见,遂有隆中之对。诸葛亮隆中对主要的意思是在分析了当时天下的形势后,以为曹操不可与之争锋,孙权可为后援但不可图,刘备发展的地点应在荆州和益州,益州险塞,沃野

[①] 《艺文类聚》卷十九引《梁父吟》歌辞曰:"步出齐东门,遥望荡阴里。里中有三坟,垒垒正相似。问是谁家墓?田疆古冶子。力能排南山,文能绝地理。一朝被谗言,二桃杀三士。谁能为此谋?国相齐晏子。"梁章钜《文选旁证》说:"此《吟》虽传自唐以前,别无深意,诸葛公又何取此乎?"按此辞吟咏古事,颇多兴感,不能说无深意。梁氏又引姚宽《西溪丛语》说:"《梁父吟》,不知何义。张衡《四愁诗》云:'欲往从之梁父艰。'注云:'泰山,东岳也,君有德,则封此山,愿辅佐君王,至于有道,而为小人谗邪之所阻。梁父,泰山下小山名,诸葛亮好为此吟,恐取此义。"卢弼《三国志集解》说:"《艺文类聚》十九引《陈武别传》曰:'陈武,字国本,休屠胡人,常骑驴牧羊,诸家竖十数人,或有知歌谣者,武遂学《太山梁父吟》、《幽州马客吟》,及《行路难》之属。'是《梁父吟》,本为古歌谣,诸葛亮吟之遣兴耳。"按,诸葛亮本琅邪人,距泰山近,故习知《梁父吟》。其隐居隆中,亦吟故地古歌以遣兴,其中自有感发。

千里，而益州牧刘璋暗弱，张鲁不知存恤智能之士。刘备既帝室胄裔，信义著于四海，如能跨有荆、益，据其险阻，西和诸戎，志抚夷越，外结好于孙权，内修政理，一旦时机成熟，命一上将，将荆州之军，以向宛洛，刘备率益州之众，以出秦川，则霸业可成，汉室可兴。诸葛亮的隆中对，确如《通鉴辑览》所说："孔明于备方窜身无所，表又尚在之时，早识荆州为起事之地，'北向宛洛，西出秦川'二言，早为后日六出祁山张本，真不愧王佐之才。"①的确如此，其后数十年间曹、刘、孙三国间事，并不出隆中对策。未能成功者，实因天时，不在人力矣。赤壁战后，刘、孙联盟抗曹，如隆中对策所言。建安二十四年关羽为孙权所杀，刘备东伐吴，遂有猇亭之败、白帝托孤。章武三年(223)以后，蜀汉政事全委诸葛亮，而诸葛亮尽忠报国，建兴三年(225)春三月率众南征，其秋四郡皆平，后方既定，遂治戎讲武，为北伐作准备。建兴五年(227)，率诸军北驻汉中，临发上疏，即此《出师表》。

从以上简历可以见出诸葛亮此表在平定南中诸郡后，出师祁山，北伐曹魏时所上。后人观文中于后主刘禅交待甚详悉，以为刘禅昏暗，朝纲不明，其实不然。试想如果刘禅果然昏暗，诸葛亮如何能够放心北伐？《三国志·董允传》说诸葛亮北伐，"虑后主富于春秋，朱紫难别"，是先虑，并非刘禅已经有惑于群小之弊。晋人袁宏《三国名臣赞》说："刘后授之无疑心，武侯处之无惧色，继体纳之无贰情，百姓信之无异辞，君臣之际，良可咏矣！"②以刘禅与诸葛亮为君臣之际之典范，亦见时人之公论。清人袁枚以刘禅与上古

---

① 《御批历代通鉴辑览》卷二七，建安十二年十月"刘备见诸葛亮"条批语。台湾商务印书馆1968年影印本，第716页。

② 《文选》卷四六，中华书局1977年影印清胡克家刻本。

贤君相比，美其能用人不疑，其云："不知孔明之贤，即后主之贤也。其贤奈何？曰：用人而已。其用人奈何？曰：勿疑而已。"[①]后人乐于传说刘禅为"扶不起的阿斗"。这"扶不起"的印象来自《蜀志·后主传》裴注引《汉晋春秋》所记载的这个故事：

> 司马文王与禅宴，为之作故蜀技，旁人皆为之感怆，而禅喜笑自若。王谓贾充曰："人之无情，乃至于是乎？虽使诸葛亮在，不能辅之久全，而况姜维邪？"充曰："不如是，殿下何由并之！"他日，王问禅曰："颇思蜀否？"禅曰："此间乐，不思蜀。"郤正闻之，求见禅曰："若王后问，宜泣而答曰：'先人坟墓远在陇蜀，乃心西悲，无日不思。'因闭其目。"会王复问，对如前。王曰："何乃似郤正语邪？"禅惊视曰："诚如尊命。"左右皆笑。

这个故事流传久远，因成典故，诚如司马懿所说，全无心肝。但刘禅之保全性命，又何尝不因于此？卢弼《三国志集解》引于慎行说："刘禅之对司马昭，未为失策也。郤正教之浅矣，思蜀之心，昭之所不欲闻也。幸而先以己意对，再问之时，已虑有教之者，禅即以正指对，左右虽笑，不知禅之免死，正以是矣。"如此说来，刘禅其实并非如民间所说是扶不起的阿斗。刘备遗诏说诸葛亮曾赞赏刘禅"智量甚大，增修过于所望"，此是射援传达诸葛亮的话，非面谀之词，则刘禅或如诸葛亮所说，本非不肖之子。陈寿《后主传》评曰："后主任贤相则为循理之君，惑阉竖则为昏暗之后。"刘禅信任诸葛亮，至亮卒而不疑，亦属不易，故陈寿夸其为循理之君。而诸葛亮自刘备卒后，开府治事，事无巨细，咸决于亮，诸葛亮自是竭心

[①] 《刘后主可比齐桓论》，《小仓山房诗文集》卷二〇，上海古籍出版社1988年版，第1582页。

尽力，而刘禅所能为者，自然以宫内为主。然当诸葛亮之世，刘禅尚能遵规矩。《董允传》载后主常欲采择，以充后宫，为董允所阻断，后主亦无可奈何。诸葛亮卒后，刘禅仍然不敢造次，直至董允等去世，刘禅惑于黄皓，才是陈寿所说的"惑阉竖则为昏暗之后"。

然诸葛亮是至慎之人，虽然刘禅并未有大的违碍，但诸葛亮仍然反复交代要善处宫中、府中关系，蜀中朝廷稳定，其在前方北伐才能安心。

《出师表》原载《诸葛亮集》，陈寿《三国志·蜀志》据以收入本传，篇题或为后人所加，萧统《文选》列入"表"类，已用此题。本传题曰"临发上疏"，临发者，是大军出师之际，出师而上疏，不在辞行，亦不在誓师，而在交代出师后朝廷政事。此似不合出师之意，亦不合臣的身份。然诸葛亮身份不同别人，是先主托孤之人，先主戒刘禅事之如父，而诸葛亮确也以长辈身份告诫刘禅。故读此表，不能简单以君臣关系看，苏轼所说与《伊训》、《说命》相表里是也。本文大略可分两部分，前段嘱咐刘禅于宫中、府中，俱要公平对待，由此而申其要亲贤人，远小人，所言均古今通理，然却正是汉以来之积弊。清人王鸣盛说："府者，即三公之府，见《前汉书》；宫中者，黄门常侍也。弘恭、石显排击萧望之、周堪，曹节辈反噬陈蕃、窦武，此宫、府不一之祸也。"[①]两汉近在目前，其所兴亡毁败，是汉末人所亲见者，故感受尤深。以两汉事为戒，是此文一大特点。盖汉事最为近实，容易理解，诸葛亮在文中特为警醒地说："亲贤臣，远小人，此先汉所以兴隆也；亲小人，远贤臣，此后汉所以倾颓也。"又说："先帝在时，每与臣论此事，未尝不叹息痛恨于桓、灵也。"后汉

---

① 王鸣盛著、黄曙辉点校：《十七史商榷》，上海书店 2005 年版，第 296—297 页。

尤其是桓、灵之世，刘备、诸葛亮等人亲经其害，所痛恨、叹息彻入骨髓，自然常引为戒惧。《蜀志·先主传》裴松之注引先主遗诏让刘禅读《汉书》、《礼记》，就因为《汉书》为本朝之掌故，熟知之可知兴亡之理，即亲贤臣、远小人也。汉代兴亡可资镜鉴的事众多，而诸葛亮唯归纳为此六字，亦是对症下药。

刘备创业未半而殂，刘禅继命，然志意与才能自不能与乃父相称，而此时的三分天下，魏、吴皆强，蜀则如诸葛亮所说"益州疲弊"，所谓"疲弊"，清人方伯海《昭明文选集成》解为"供亿"。然诸葛亮于建兴三年春南征，至秋天南郡皆平，本传称"军资所出，国以富饶"，正因为如此，诸葛亮才于五年春北伐，是知称"疲弊"者，盖以蜀与曹、吴相比而言，乃承上句"今天下三分"，较之曹、吴，益州诚为疲弊，是指其地狭，其力弱，诚如张俨《述佐论》所说："方之大国，其战士人民，盖有九分之一也。"（《晋书·张俨传》）五臣注："言蜀小兵弱敌大国，故云疲弊。"解释是对的。天下三分，其势绝不会长久，揆之古今，天下势必一统，一统则必有二家亡一家兴。此时蜀汉，雄才大略的刘备已经去世，诸葛亮年也非浅（是年47岁），若延迟数年，诸葛亮一旦老亡，则蜀之亡，亦在睫前，此正诸葛亮所谓"危急存亡之秋"之意。此绝非危言耸听，故于建兴三年南征毕，五年即谋北伐。或讥其无岁不征，不能闭关守险，君臣无事，是不知诸葛也，亦不知天下形势也。首起二句，即已将北伐意义揭出。北伐中原，临战而谋定，诸葛亮胸有成竹，所需交代者，唯后方朝廷。故本文反覆论公平对待宫、府，具体体现在陟罚臧否，不宜异同，内、外不宜异法，是则可以做到平而且明，也才能恢弘志士之气，而做到此点，也才是光先帝之遗德。因此，诸葛亮此文虽非文人之文，内在逻辑却极为周密，正是诸葛亮谨慎、严密的心性的表现。

文至此，理已说透，而诸葛亮却仍然进一步交代宫中、府中具体的人员，故称宫中郭攸之、费祎、董允等"此皆良实，志虑忠纯"，诸葛亮说"愚以为"："宫中之事，事无大小，悉以咨之，然后施行。"至于府中，则委以向宠，"愚以为"："营中之事，悉以咨之。"陈寿说诸葛亮"丁宁周至"，以上所举，正符此四字。诸葛亮如此交代，自然因他与后主特殊关系有关，否则，如此周密且兼教训，置君于何地？然诚如袁枚所说"孔明之贤即后主之贤"，所谓"职为臣，行令如君，其名近嫌也；位为君，事臣如父，其形近猜也"，然而"竟能上不生疑心，下不兴流言"，是君臣皆贤也。由诸葛亮交代如此周至，亦可见刘禅仰赖武侯之深。刘禅自然暗弱，但有诸葛亮这么一个强臣，刘禅何能为也？诸葛亮交待具体的宫中、府中之人后，笔锋一转云："亲贤臣、远小人，此先汉所以兴隆也，亲小人、远贤臣，此后汉所以倾颓也。"当然是保傅之训，刘禅如不听用以上诸人，就如后汉之"亲小人、远贤臣"，刘禅是更不可胡乱造次了。

诸葛亮是谨慎的人，其忠无二心，又兼托孤重任，说话自然不能太客气，但其说话的艺术却是非常高明的。全文自始至终，紧紧围绕先帝着笔，一切的举措，都与先帝有关。文章开篇便提"先帝"，先帝中道崩殂，而将士犹然不懈于内，忘身于外者，欲追先帝之殊遇，而思报后主者，亦是报先帝之恩。至于教训刘禅要开张圣听，也是为了光先帝之遗德。宫中、府中诸人事安排，亦是先帝简拔、试用过，并以遗后主者。引两汉史事以教训后主，亦是刘备生前的意思。

前半部分意思已尽，因了如此周密的丁宁交代，诸葛亮需要明露心迹，自己为何要如此做的意思。故语气一转至自己受刘备殊遇，遂许托付。诸葛亮先言自己本出身布衣，只求苟全于乱世，并不求闻达于诸侯,然受刘备恩遇,"由是感激,遂许先帝以驱驰。""感激"二字甚重,感,是感动,激,是激发。感刘备三顾草庐,以国事相托,激则激发自己志意,遂许先主奋其智谋,愿为辅弼。故由感激而"遂许先帝以驱驰"。"许"字,则是托身托命,一"许"字,重有千钧,既"许"矣,则"驱驰"不遗余力,乃致"鞠躬尽瘁,死而后已",诸葛武侯之感人,或在兹欤? 自建安十二年初识先主,所谓:"受任于败军之际,奉命于危难之间,尔来二十有一年矣!"艰难险阻,备尝之矣,故"有"字、"矣"字,不可轻易放过,其间多少感慨! 然诸葛亮是法家,法家务实际,感触兴怀,非其所留心,故武侯于此点到即止,目的还在于借此说明自己深受先主厚恩,故不畏艰难,驱驰奔命。以下重点写受托孤以来,所作所为,皆为报先主知遇之恩,亦所以践隆中之策也。今南中诸郡已平,兴师北伐,所谓"兴复汉室,还于旧都",以之报先帝,亦忠后主之职分。是于先主是报,于后主则是职分。末节又回到首节之题,宫中之事,责之郭攸之、费祎、董允,北伐讨贼,责之于己,各有督责。其实责郭攸之等人,实则责刘禅,故称"陛下亦宜自谋",这才是最后强调责任的目的。前节提到宫中、府中,各有责任者,此处唯提府中诸人,则显见为刘禅所发。责刘禅,而训以"深追先帝遗诏",复以先帝为辞,则显得诸葛亮义正亦深合臣下之体。这是诸葛亮上表高明之处。

此文以"先帝"为辞,前半以"先帝"责后主,后半以"先帝"责己,而责己亦为责后主,不唯后主,天下人亦不以诸葛亮犯上也。

诸葛亮是政治家,且与曹操之能文不同,其为法家,讲实用,观陈寿所录《文集》,多有关法度、戎旅、器械等实用内容,是其平生关心者,均系国计民生之事。观此表,不以文辞胜,但是情至之文,所谓情至则文至,孙月峰《文选集评》引郭明龙说:"忠义自肺腑流出,古朴真率，字字滴泪，与日月争光，不在文章蹊径论也。"然诸葛亮虽不以文辞胜，此文仍然鲜明带有汉末骈整特点。全文骈散相间，骈句如"苟全性命于乱世，不求闻达于诸侯"、"今南方已定，兵甲已足，当奖率三军，北定中原，庶竭驽钝，攘除奸凶，兴复汉室，还于旧都"等，表达自己欲报先主的感遇之情与恢复中原的决心，气势充足，感人至深。散句则用在交代，故丁宁周至，诸事详悉，读来并不觉琐碎，但见其忠忱和忧思。全文前段告诫，以说理为主，后段由个人身世入感恩图报，以写情为主，情理交互，说理公明清峻，写情沉郁顿挫，故觉忠爱至情自肺腑中流出，真能泣鬼神而感金石。

（原载《文史知识》2011年第4期）

《典论·论文》二题

"齐气"与"逸气"

曹丕《典论·论文》以"气"论文,其中以徐幹与王粲比较说:"王粲长于辞赋,徐幹时有齐气,然粲之匹也。"《文选》李善注说:"言齐俗文体舒缓,而徐幹亦有斯累。《汉书·地理志》曰:故齐诗曰:子之营兮,遭我乎峱之间兮。此亦其舒缓之体也。"五臣注则依据李善之说,注:"齐俗文体舒缓,言徐幹文章时有缓气,然亦是粲之俦也。"这是最早对曹丕所言"齐气"的解释。以"齐"指齐地,因称齐地风俗舒缓,能移人情,这在《论衡》中已经指明。《论衡·率性》篇说:"楚越之人,处庄岳之间,经历岁月,变为舒缓,风俗移也,故曰'齐舒缓'。"按照这个解释,曹丕言徐幹"有齐气",应该是有贬义的,所以李善注说"徐幹有斯累"。这个解释放在曹丕的原话里也能说得通,即是说徐幹文体虽然舒缓,但仍然足以与王粲匹敌,这也是后世基本都能接受的解释。尽管如此,以齐地的风俗特征来比拟徐幹说有"齐气",这个辞语在当时似乎并不多见。其实除了现行刻本《文选》作"齐气"以外,还有许多材料证明它原作"逸气"。

作"逸气"的材料有:

1.《三国志·魏志·王粲传》注引《典论》说:"(王)粲长于辞

赋,(徐)幹时有逸气,然非粲匹也。"

2.《初学记》卷二十一"文章"条引曹丕《典论》说:"王粲长于辞赋,徐幹时有逸气,然粲匹也。"

3.《艺文类聚》卷五十六引曹丕《典论》曰:"王粲长于词赋,徐幹时有逸气,然粲匹也。"

以上一部史书的注和两部类书都作"逸气",《三国志》注出自南朝刘宋时裴松之,这是距曹魏时代最近的人所提供的材料,应该是可信的。《初学记》和《艺文类聚》都是唐初编纂的类书,其时曹丕的文集和《典论》都还存世,《隋志》和两《唐志》都著录《典论》五卷可证。这说明《初学记》和《艺文类聚》所录《典论》都是有依据的。又不仅如此,裴松之《三国志·齐王芳纪》注引《搜神记》说,明帝时曾将《典论》刊石立于魏庙及太学门外,裴松之说他昔从刘裕北伐至洛阳,历观旧物,尚见在太学门外的《典论》石。裴松之并访诸长老,表明他对《典论》刊石是作过认真研究的。很显然,《初学记》和《艺文类聚》并不是引自裴松之《三国志注》,这样三部书都作"逸气",还是值得我们注意的。

以上三部书的引文,于"逸气"都相同,但最后一句却不同。裴松之注作"然非粲匹也",《初学记》和《艺文类聚》缺一"非"字。这一字之脱,意思全不一样了。按照裴注,是说徐幹虽然时有逸气,但也不足与王粲相匹敌,这个表达清楚明白,是先扬后抑的说法。但按照《初学记》和《艺文类聚》引文,就少了这么一个转折,表达得不是很清楚。

除了以上三则材料以外,《文选》的古钞本也有作"逸气"的。现存日本天理图书馆古钞本《文选》残第二十六卷(即观智院本),此处亦作"逸气"。这个钞本的底本年代尚不可定论,但从这一个字的异同看,似乎表明它应该在李善和五臣之前。因为既然李善和五臣都为"齐气"作注,显然他们所据的《文选》是作"齐气"的。

从上引几则不同材料的出处看,似乎以"逸气"的时代最早,不过,作"齐气"的材料并非晚至唐代才见到,稍后于裴松之的南朝梁刘勰在《文心雕龙·风骨》中即作"齐气"。刘勰说:"故魏文称'文以气为主,气之清浊有体,不可力强而致'。故其论孔融,则云'体气高妙';论徐幹,则云'时有齐气';论刘桢,则云'有逸气'。公幹亦云:'孔氏卓卓,信含异气,笔墨之性,殆不可胜。'并重气之旨也。"这大概是最早证实《典论·论文》作"齐气"的材料。这也说明至少在南朝时,《典论·论文》已经有作"逸气"和"齐气"的两种本子。

就这两个语词在魏晋间的使用情况看,似乎只见有用"逸气"而无用"齐气"的。即如曹丕《与吴质书》评刘桢说:"公幹有逸气,但未遒耳。"其后晋人颇多使用,如《晋书·王廙传》载:"廙性倜率,尝从南下,旦自浔阳,迅风飞帆,暮至都,倚舫楼长啸,神气甚逸。王导谓庾亮曰:'世将(王廙字)为伤时识事。'亮曰:'正足舒其逸气耳。'"又如《晋书·文苑传》说顾恺之"而才多逸气";《桓温传》说"桓温挺雄豪之逸气"。这些都是形容人物所具有的俊爽飘逸,不凡的气度。除了形容人物外,还有用于描写音乐的,如陆机《鼓吹赋》:"骋逸气而愤壮。"成公绥《啸赋》:"逸气奋涌,缤纷交错。"至南北朝时,又用于文章,如《颜氏家训·文章》说:"凡为文章,犹人乘骐骥,虽有逸气,当以衔勒制之,勿使流乱轨躅,放意填坑岸也。"又:"古人之文,宏才逸气,体度风格,去今实远。"至于"齐气",从汉魏以迄南北朝,除了《文心雕龙》和刻本《文选》所引《典论·论文》外,似乎都未见有使用。应该说作"逸气"和作"齐气"的两种依据都不能轻易推翻。但很显然,"逸"与"齐"既不通假,字形又不相近,不会是形误所致,那么,二者到底何者为是,除了需要新的材料证明外,也还是有进一步讨论的必要的。

"引气"与"孔气"

《典论·论文》说:"文以气为主,气之清浊有体,不可力疆而致。譬诸音乐,曲度虽均,节奏同检;至于引气不齐,巧拙有素,虽在父兄,不能以移子弟。"曹丕这里以音乐作譬喻,说作家所禀之气,有清浊之别,强调的是作家个人创作才力的不同。但这段话中的"引气"一词,却有讨论的必要。按"引气"一词本为道家所用,《庄子·刻意》篇说:"吹呴呼吸,吐故纳新,熊经鸟申,为寿而已矣。"郭庆藩《疏》说:"吹冷而吐故,呴暖而纳新,如熊攀树而自经,类鸟飞空而伸脚。斯皆导引神气,以养形魂,延年之道,驻形之术。"又《论衡·道虚》篇说"道家或以导气养性,度世而不死",这里的"导气"即导引之术。很明显它与《典论·论文》所要表达的意思不同。此外,曹丕用音乐作比喻,旨在说明作家所禀之气是个人先天的,所以说"虽在父兄,不能以移子弟",而道家所说的导引,却是个人后天修炼之术,两者并没有相同的之处。至于《中国历代文论选》[①]对"引气"的解释说:"引,犹言运行,指吹奏时的引气。"这是体度曹丕的意思而作的揣测,并没有古人用例作依据;且吹奏时的"引气"称"不齐",也很费解。其实这里的"引气"很可能是"孔气"之误,"引"与"孔",草书形似,当是误读所致。今见日本古钞白文

---

① 参见郭绍虞主编:《中国历代文论选》,上海古籍出版社1979年版。

无注三十卷本《文选》正作"孔气"可证。按此古钞本即杨守敬出使日本所购,原存二十一卷。钞本的卷一曾经日本学者森立之《经籍访古志》著录,称为五百许年前钞本,是日本的正平时代,约当中国元顺帝至正(1341—1368)前后①。此外,日本古钞白文《文选》残第二十六卷,即观智院本,在"引"字旁注一"孔"字,说明钞者亦曾见有作"孔气"的本子。如果把曹丕的这段话用"孔气"读,文意就豁然通畅了:"譬诸音乐,曲度虽均,节奏同检,至于孔气不齐,巧拙有素,虽在父兄,不能以移子弟。"曹丕实际是用乐器中的箫管吹奏作譬喻,以箫管各孔因吹气不同,故音声不同,巧拙亦各有差异,比喻父兄子弟各人所禀资质也不可互相转移,这与五臣注亦相符合。五臣刘良注说:"譬如箫管之类者,言其用气吹之,各不相同也。"在这个比喻里,箫管各孔的位置是先天确定的,不同位置的孔发出的音声不同,这就是"孔气不齐"。因此虽然曲调、节奏都有法度,但"孔气不齐",发声不同,巧拙先天有本,所以虽在父兄,也不能移于子弟。这样看来,作"孔气"更合于文意。

(原载《古代文学理论研究》第19辑,
上海古籍出版社2001年版)

---

① 关于这一钞本的情况,参见拙文《关于日本古钞残二十一卷本〈文选〉》,《文学遗产》1997年第6期。

曹丕曹植文学价值观的一致性及其历史背景（合作）

关于曹丕、曹植文学价值观，学术界历来的看法总是扬丕抑植，其实这一问题比较复杂。丕、植二人对文学的看法实际上有异有同，表异而实同。这一事实是由当时特定的历史背景所决定的。本文即试图揭示出这一历史原因，还他们文学价值观的本来面目。

一

曹丕对文学的看法，除了大家熟知的《典论·论文》外，在两封给朋友的信中也有表现。它们是：一、《与吴质书》(《文选》卷四十二）；二、《与王朗书》(《三国志·魏书·文帝纪》裴注引）。曹植虽没有像《典论·论文》那样系统的文学理论，但在给他朋友杨修的信中也表现了自己对文学的看法。此外还有一首《薤露行》诗(《全三国诗》卷二）。

人们历来认为曹丕文学价值观较曹植进步，因为曹丕在《典论·论文》中宣称"文章乃经国之大业，不朽之盛事"，把著文之事提高到"经国"的地位，这在中国文学批评史上是有着划时代的意义的。当然曹丕所说的"文章"，并不等于今天所说的"文学"，观《典论·论文》，它包括奏议、书论、铭诔、诗赋等内容。但是考虑到建安时期还没有建立纯文学的概念,当时文人正是以文章区别于文学(儒学)这一事实,也就知道曹丕这个口号的分量了。而曹植却站在曹丕对面说"辞赋小道,固未足以揄扬大义,彰示来世也"。又说:"吾虽薄德,位为藩侯,犹庶几戮力上国,流惠下民,建永世之业,流金石之功,岂徒以翰墨为勋绩,辞赋为君子哉。"(《与杨德祖书》)这种观点当然是退步的,因此直到今天的一些文学批评史都在批评曹植,是有一定的道理的。然而在作出以上的叙述之后,我们不能不遗憾地发现,历来的评论家批评曹丕、曹植兄弟二人所使用的材料,仅仅举曹丕的《典论·论文》、曹植的《与杨德祖书》,至于他们在其他书信中表现出来的文学价值观,却视而不见。事实上,丕、植二人的文学价值观远非这么简单。曹丕在《典论·论文》中宣称"文章经国之大业,不朽之盛事",但在《与王朗书》中又说"生有七尺之形,死惟一棺之土,惟立德扬名,可以不朽,其次莫如著篇籍",把著文之事置于"经国"之后,显然与《典论·论文》的观点不一致。同样,说过"辞赋小道"的曹植,在其《薤露行》一诗中还说过"孔氏删诗书,王业粲已分,骋我径寸翰,流藻垂华芬"。竟以文章之事自居,这和他的《与杨德祖书》观点又不同。综合丕、植两家观点可以发现,曹丕《与王朗书》的观点和曹植的《与杨德祖书》观点近似,而曹植的《薤露行》观点又与曹丕的《典论·论文》大致相同。曹植的人生理想可以分为三个等级:第一,"建永世之业,流金石之功",和曹丕的"立德扬名"是一样的;第二,著子书[①];第三,曹植没有明讲,察其《与杨德祖书》的语气,应是指"小道"之辞赋。

---

① 《与杨德祖书》:"若吾志未果,吾道不行,则将采庶官之实录,辩时俗之得失,定仁义之衷,成一家之言。"《文选》卷四二,中华书局1977年影印清胡克家刻本,第594页。

曹丕的人生理想是两种等级；首先是"立德扬名"，其次才是"著篇籍"。篇籍者，即《典论·论文》中的"文章"(《论文》亦说："是以古之作者，寄身于翰墨，见意于篇籍。")。不过在这一等级中，曹丕也竟以子书重于辞赋。试看《与吴质书》的语气，他评徐干"著《中论》二十余篇，成一家之言，辞义典雅，足传于后，此子为不朽矣！"评应玚是"德琏斐然有述作之意，其才学足以著书，美志不遂，良可痛惜！"这些都能看出曹丕对于书的重视。而在转到评论陈琳等人的诗赋、章表等创作时，就不如对徐幹、应玚的青睐了。如此说来，丕、植兄弟二人的文学价值观，竟然完全相同。这样，我们就不得不接受一个事实，即曹丕与曹植对文学价值看法的互有同异，说明他们本人的文学价值观就是自相矛盾的。为什么会出现这种情况，是什么原因造成的呢？

二

要说明这个问题，有必要弄清楚这几封书信，包括《典论·论文》的写作时间，了解这些观点产生的历史背景。

1. 曹植《与杨德祖书》

是书说"仆少小好为文章，迄至于今，二十有五年矣。然今世作者，可略而言也。"曹植生于汉献帝初平三年(192)，至建安二十一年(216)适二十五岁，可知是书作于建安二十一年。又，是书明称"今世作者"，历数王粲、陈琳、徐幹、刘桢、应玚、杨修而不及阮瑀、孔融。孔融死于二〇八年，阮瑀死于二一二年，故不可谓"今世作者"。王粲、陈琳、徐幹、应玚、刘桢皆死于二一七年(王粲卒于是年春正月，比陈琳等略早)，所以是书下限最迟不能超过公元二一七年(建安二十二年)春正月,结合曹植所说的"二十五年",可证是书作于建安二十一年。

2.曹植《薤露行》诗

是诗纪年无考,然诗中有句云"愿得展功勤,输力于明君。怀此王佐才,慷慨独不群",观其语意,乃黄初以后作品(详见下文)。

3.曹丕《与王朗书》

《三国志》卷二《文帝纪》裴注引《魏书》说"帝初在东宫,疫疠大起,时人雕伤,帝深感叹,与素所敬者大理王朗书"。云云。"初在东宫",即指曹丕被立为太子之初。案曹丕于建安二十二年冬被立为太子,是书即为是年所作。

4.曹丕《与吴质书》

《文选》注引《典略》曰:"初,徐干、刘桢、应玚、阮瑀、陈琳、王粲等与质并见友于太子,二十二年,魏大疫,诸人多死,故太子与质书。"《三国志》卷二十一《王粲传附阮瑀传》载:"瑀以十七年卒,干、琳、桢、玚二十二年卒,文帝书与元城令吴质曰。"云云。是《典略》、《三国志》均以是书写于建安二十二年。《三国志》卷二十一裴注引《魏略》说"二十三年,太子又与质书曰,云云",则《魏略》以是书写于建安二十三年。

案,《文选》卷四十二载两封曹丕与吴质书,第一封是《与朝歌令吴质书》,第二封是《与吴质书》,即我们所引的这封。《与朝歌令吴质书》,《文选》注引《典略》曰:"质为朝歌长,大军西征,太子南在孟津小城,与质书。"又《三国志》卷二十一裴注引《魏略》曰:"及河北平定,五官将为世子,质与刘桢等,并在坐席,桢坐谴之际,质出为朝歌长,后迁元城令。其后大军西征,太子南在孟津小城,与质书。"《魏略》所记与《典略》有出入。《典略》谓是书写于吴质在朝歌长任上,《魏略》却说写于吴质在元城令任上。考诸史实,《魏略》误。在这封信中,曹丕写道:"元瑜长逝,化为异物。"阮瑀死于建安十七年,信中仅提阮瑀,不及徐、陈、应、刘等人,知是书写于建安十七年之后,二十二年之前。《文选》同卷载曹丕《与锺大理书》一篇,李善注引《魏略》说"后太祖征汉中,太子在孟津",建安十七年之后,二十二年之前,太祖西征汉中,即指建安二十年三月西征张鲁之事,此时曹丕留守孟津。《魏略》记载曹丕为太子后,刘桢获谴,吴质出为朝歌长,又迁元城令,其后大军西征。叙述事实,颠倒过甚。另外,曹丕在这封信中写道:"今遣骑到邺,故使枉道相过。"朝歌县位于孟津与邺城之间,而元城远在邺城东面,使者去朝歌的可能性大,故是时吴质应为朝歌长。

知道第一封信的时间就可以考证第二封信的时间了。在这封信中,曹丕写道:"二月三日丕白,岁月易得,别来行复四年。"自建安二十年吴质出为朝歌长,至建安二十三年,适为四年,这次以《魏略》记载为正确。"二十三年,太子又与质书曰"。云云。"又"字即承上一封信言。《文选》吴质《答魏太子笺》注引《魏略》说:"魏郡大疫,故太子与质书,质报之。"又引《魏志》说:"文帝为太子时,重答此笺也。"就是说这封信写在曹丕为太子之后。曹丕在建安二十二年冬十月被立为太子,这封信的日期是"二月三日",足见此信只能是二十三年的二月三日,不可能是二十二年的二月三日。值得一提的是,《魏略》、《典略》都是鱼豢所作,何以分歧若此?或是所据资料来源不同的原因。

5.曹丕《典论·论文》

曹丕在批评七子文学成绩之后说"融等已逝",孔融死于建安十三年(208),阮瑀死于建安十七年(212),王粲、徐幹等死于建安二十二年,"融等",包括七子,可见《典论·论文》写于建安二十二年之后。

案曹丕建安二十三年冬在《与王朗书》中写道:"生有七尺之形,死惟一棺之土,惟立德扬名,可以不朽;其次莫如著篇籍。疫疠数起,士人雕落,余独何人,能令全寿。故论撰所著《典论》、诗、赋,盖百余篇,集诸儒于萧城门内,讲论大义,侃侃无倦。"这样看来,曹丕《典论》在建安二十二年立为太子时就已写好。不过中华书局版《三国志》卷二《文帝纪》注引《魏书》于"故所论撰"之后断为史家言,非曹丕《书》语,这样断句也有道理。有人便据此断《典论》是曹丕在建安二十三年至黄初初年所写[①]。张亚新先生认为这样说不妥,因为《魏书》明言"所著",这就说明《典论》是在黄初之前写好的[②]。张先生并且说曹丕在黄初即位后不可能有余暇去从容撰《典论》。案,张亚新先生说得对,即使如中华书局所标点的,也并不排除曹丕在二十二年冬十月之后撰写的可能性。《全三国文》卷三十载卞兰一篇《赞述太子赋》,《序》曰:"窃见所作《典论》及诸赋颂,逸句烂然,沉思泉涌,华藻云浮,听之忘味,奉读无倦。"观卞兰所赞,即《典论》内容。如"越文章之常检,扬不学之妙辞",即赞《论文》,又"匿天威之严厉,扬恺悌之和舒",即赞《奸谗》一篇,这也可证明《典论》是曹丕为太子时作。《典论》早佚,严可均《全三国文》辑有一卷,内中有《太子》一篇,曹丕说:"余蒙隆宠,忝当上嗣,忧惶踧踖,上书自陈,欲博辞繁称,则父子之间不文也;欲略言直说,则喜惧之心不达也。"察其激动之语气,乃丕初为太子时的欢喜之辞,

---

① 详见高敏:《对"异议"的异议》,《郑州大学学报》1980 年第 3 期。
② 张亚新:《〈典论·论文〉写作时间考辩》,《贵阳师院学报》1981 年第 2 期。

这和《资治通鉴》卷六十八所载事实相符:"太子抱议郎辛毗颈而言曰:'辛君知我喜不?'"因此《典论》虽不可明确断其时间,但说它是作者于建安二十二年冬被立为太子后的不长时间内所作,大概没有什么问题。

三

在搞清了这些文章的写作时间以后,我们就有可能结合当时的历史背景来考察丕、植兄弟二人文学价值观的实质了。

我们知道,曹丕本来是曹操次子,曹植是曹操第三子(或以为第四子)。但自建安二年春长子曹昂随父南征遇害后,曹操即在丕植兄弟二人之间挑选合适的继承人了。按惯例,长子死,次子为嗣,但曹操却是不大喜欢按惯例行事的人。由于曹植才思敏捷,下笔成章,所以一开始就深得曹操欢心。《魏志》本传载:"植既以才见异,而丁仪、丁廙、杨修等为之羽翼。太祖狐疑,几为太子者数矣。"同传裴注引《魏武故事》载曹操令也说:"始者谓子建,儿中最可定大事。"曹操如此看重,曹植也就当仁不让,自然地与哥哥曹丕进行争做太子的斗争。由于曹植后来的遭遇,博得了历史上的普遍同情。但是事实上,曹植却不像后人推崇的那样"以天下让"[1],"纵酒劀晦,以明己无上兄之心"[2]。

《魏书》曹植本传说曹丕"御之以术,矫情自饰,宫人左右,并为之说,故遂定为嗣"。观曹丕一生行事,"御之以术,矫情自饰"八字

---

[1] 《文中子·中说·事君》篇,《二十二子》本,上海古籍出版社1986年版,第1314页。
[2] 李梦阳:《陈思王集序》,《空同集》卷五〇,《四库全书》本。

最能概括。据《魏书·张范传》载:"太祖征伐,常令范及邴原留,与太子居守,太祖谓文帝:'举动必咨此二人。'世子执子孙礼。"从这些小事中,正可看出曹丕的用心。这一点正与曹植相反。曹植虽然锐意进取,但是"任性而行,不自雕励",这是他之所以为有成就的文学家,却不能为人君以御天下的原因,所以曹丕胜利了,曹植失败了。《魏书·贾诩传》说:"是时,文帝为五官将,而临淄侯才名方盛,各有党与,有夺宗之议。"这是建安十六年以后的事,尽管曹操后来说:"始吾以丕为五官将,正以其为太子。"其实远不是那么回事。曹植本传裴注引《魏武故事》载《令》说:"始者谓子建,儿中最可定大事。"又《令》曰:"自临淄侯植私出,开司马门至金门,令吾异目视此儿矣。"曹植建安十六年封为平原侯,同时曹丕为五官将,至十九年曹植转为临淄侯,曹操对曹植的失望,至少是到十九年后曹植私开司马门才引起的。因此《贾诩传》所载事实是可信的。正因为如此,据同传载:"文帝使人问诩自固之术,诩曰:'愿将军恢崇德度,躬素士之业,朝夕孜孜,不违子道,如此而已。'文帝从之,深自砥砺。"所以说自建安十六年至二十二年冬丕立为太子,这一阶段的斗争是十分激烈的。《三国志》卷二十一《王粲传附吴质传》注引《世语》记载:"魏王尝出征,世子及临淄侯植并送路倾。植称述功德,发言有章,左右属目,王亦悦焉。世子怅然自失,吴质耳曰:'王当行,流涕可也。'及辞,世子泣而拜,王及左右,咸歔欷,于是皆以植辞多华,而诚心不及也。"曹丕也算是竭尽全力了。吴质虽然"善处其兄弟之间"(同传注引《魏略》语),但其倾向却是显见的。曹植当然也不甘罢休,他的党羽并不比曹丕少,如丁仪、丁廙、杨修等。曹植本传注引《世说新语》说:"修年二十五,以名公子有才能,为太祖所器,与丁仪兄弟皆欲以植为嗣。"同传注引《魏略》说:"太祖既有意欲立植，而仪又共赞之。"注引《文土传》载丁廙尝从容劝太祖立植，这都说明曹植势力还是很大的。可惜曹植天生是个文人，曹丕是时时注意，处处防备，曹植却往往"任性而行"。《资治通鉴》卷六十七《汉纪》五十九献帝建安十九年载，"秋七月，魏公操击孙权，留少子临淄侯植守邺，操为诸子高选官属，以邢颙为植家丞；颙防闲以礼，无所屈挠，由是不合。"这种态度恰与曹丕相反。又如偷开司马门，大概曹丕是决不会干这种蠢事的。因此说曹植空有雄心大志，却不能动心忍性，刻苦自砺，大概较为切合实际。《三国志》卷二十一裴注引《魏略》说："（邯郸）淳……太祖素闻其名，召与相见，甚敬异之。时五官将博延英儒，亦宿闻淳名，因启淳欲使在文学官属中，会临淄侯植亦求淳，太祖遣淳诣植。……于时世子未立，太祖俄有意于植，而淳屡称植才，由是五官将不悦。"由此可见当时五官将与临淄侯之间为争太子席位而激烈斗争的情形。

在作出了以上的叙述之后，对建安十六年迄二十五年（曹丕称帝之前）这一段的历史背景，我们就有了比较清楚的了解，同时对曹丕曹植在这种环境中所发表的对文学的看法，也就能够作出较为合乎实际的历史的描述。

《与杨德祖书》是曹植于建安二十一年所写，是年，植为临淄侯，曹丕为五官将，太子之位未定，丕、植二人都抱着做太子的希望，因此曹植在给他的朋友，也是他这一集团中骨干的杨修的信中，明确表示自己的志向是"建不世之业，流金石之功"，这无异于宣布自己对太子之位的想法。正因为如此，所以他极度贬低文章之事，称为"辞赋小道"，表示不屑一为。为了充分表示这一态度的坚决，他以扬雄为例说："昔扬子云先朝执戟之臣耳，犹称壮夫不为也。吾虽薄德，位为藩侯，犹庶几戮力上国，流惠下民，建永世之业,流金石之功,岂徒以翰墨为勋绩,辞赋为君子哉!"值得注意的是,曹植之所以为曹操所喜爱,实在是因为他善为辞赋的缘故。本传称他:"年十余岁,诵读《诗》、《论》及辞赋数十万言,善属文,太祖尝视其文,谓植曰:'汝倩人邪?'植跪曰:'言出为论,下笔成章,顾当面试,奈何倩人?'时铜爵台新成,太祖悉将诸子登台,使各为赋。植援笔立成,可观,太祖甚异之。"又本传裴注引《典略》说:"临淄侯植以才捷爱幸。"这与曹操本人爱好辞赋诗歌有关。但治理国家毕竟不是写文章,何况"太上立德,其次立功,其次立言",乃古之成训,儒家之传统观点。曹植一方面深受儒家思想影响,另一方面,他害怕曹操会只把他当作一个文人看待,所以他使用对比的手法,欲扬其立功之志向,有意压抑自己所擅长的辞赋之道,是为他的政治目的服务的。事实上,曹植对于文学创作是尽心尽力的。鱼豢说:"陈思王精意创作,食饮损减,得反胃病也。"①可见他的态度是严肃认真的,丝毫没有敷衍了事的倾向,否则就不会取得这么高的成就。今观曹植全部诗文,没有一首游戏之作可证。不过这不是这篇小文所能容纳得下的,当另论。

明白了曹植的文学价值观完全是特定历史背景中的产物,我们对他那首《薤露行》诗的写作时间及观点就基本上可以搞清楚了。是诗说:"愿得展功勤,输力与明君。怀此王佐才,慷慨独不群。"前两句是曹植一生的愿望,后两句则是他后期遭遇的概括。这种情绪在他的后期诗歌,如《美女篇》、《吁嗟篇》等,以及《求自试表》诸文中,表现得最为充分。曹植经文帝、明帝父子两代,而待遇却是每况愈下。文帝当然猜忌他,明帝尤甚。《三国志》卷三《明帝

---

① 《太平御览》卷三百七六引《魏略》。

纪》裴注引《魏略》说太和二年四月"是时讹言,云帝已崩,从驾群臣迎立雍丘王植。京师自卞太后群公尽惧。及帝还,皆私察颜色。卞太后悲喜,欲推始言者,帝曰:'天下皆言,将何所推?'"曹植在这种环境下的遭遇就可想而知了,明帝还怎么会把军权交给曹植让他去立功扬名呢? 曹植非不自知,其上表求自试,一方面冀或能用,另方面恐也是他愤怒的呼声,正表现他的"骨气奇高"(钟嵘《诗品》语)。立功无望,转求其次,所以诗中又说:"孔氏删诗书,王业粲已分。骋我径寸翰,流藻垂华芬。"黄节《曹子建诗注》解释说:"言自孔子删《诗》、《书》以来,帝王之业已粲然分寄于文章矣。故我今日怀王佐之才,而不能展其功勤,亦欲驰骋寸翰,以垂芬于后世耳。"黄节先生的解释可以说是深得曹子建之意。曹植由视辞赋小道,到认识它可以"流藻垂华芬",这一文学价值观的变化,正是由特定的历史条件造成的。

和曹植一样,曹丕的文学价值观也有其特定的政治背景。建安二十二年冬写的《与王朗书》所表现出来的才是曹丕的真正观点。这和曹植的观点没有什么不同。至于在建安二十三年写给吴质的信以及同时所作的《典论·论文》绝口不提建功立业。当然《与吴质书》和《典论·论文》性质不同,朋友之间也不一定每封信都要发表文学价值观。但《与吴质书》有一个值得注意的现象,就是曹丕对徐幹的推崇备至。他说"伟长独怀文抱质,恬淡寡欲,有箕山之志,可谓彬彬君子者矣"。一般说来,在世袭制的封建社会里,任何一个统治者总是对自己的兄弟(尤其是威胁到自己地位的兄弟)深怀忌讳,而对自己的臣下却总鼓励他们出仕,公开提倡"恬淡寡欲,有箕山之志"的,实不多见。曹丕是时身为太子,不久即君临天下,在这种情况下说出这样的话,是应该特别加以注意的。结合当时的历史背景,曹丕很有可能是影射曹植,他希望曹植"恬淡寡欲",而不要去建什么"永世之业",流什么"金石之功"。如果说这种倾向在《与吴质书》这种私人信件中还不十分明显的话,那么曹丕极度重视,并召集诸儒讨论的《典论·论文》就旗帜鲜明地提出来了。

这个事实是由《魏书》提供的。《三国志·魏书》卷二《文帝纪》裴松之注在引了《与王朗书》后接着说,"故论撰所著《典论》诗赋百余篇,集诸儒于肃城门内,讲论大义,侃侃无倦。"曹丕为什么要这样兴师动众?当然可以理解为他很看重自己的《典论》,所谓"成一家之言"。本纪注引胡冲《吴历》说"帝以素书所著《典论》及诗赋饷孙权,又以纸写一通与张昭",可以证明。那么除了这一原因外,还有没有其他目的?我认为是有的。一、制造影响。曹氏父子皆好文章,而以曹植最称能者,曹丕不得不屈居其后。由于这种原因,曹植差点儿先他而登太子宝座。到了建安二十二年之后,曹丕既已为太子,毋须再担心曹植,所以思图在文学上给自己制造影响。何况《典论》有子书性质,在当时的价值高于诗赋,难怪曹丕得意,这样可是立德立言兼顾了。二、网罗人才。曹植曾在《与杨德祖书》中描述曹操网罗天下文人的情形。曹操这样做,一是与他的求贤思想有关,希望依靠贤人帮助统一天下,二则如鲁迅先生所说,把天下的方士文人统统搜罗起来,省得他们跑到外面给他捣乱(见《魏晋风度及文章与药及酒之关系》)。曹丕这么做,也有相同的目的。当时丕、植两党互相斗争,曹植曾得到不少人(尤其是文人)的帮助。那么在曹丕做太子之后,就有必要这么做,也算是笼络人心吧。《魏书·王粲传、邯郸淳附传》裴注引《魏略》说:"及黄初初,以淳为博士给事中,淳作《投壶赋》千余首奏之,文帝以为工,赐帛千匹。"可见还是起了作用的。三、抚慰曹植。曹植在这场斗争中失败，难免没有怨心。因此曹丕公开发表"文章经国之大业，不朽之盛事"这一新的文学价值观，劝慰曹植安心从事文章写作，无论诗赋也好，子书也好。这也是《典论·论文》没有像曹植那样区分子书与辞赋的特定意义。应该说这一招是曹丕经过深思熟虑后才采取的，对于巩固其太子之位，无疑是一个有效的预防性措施。曹丕接着说："是以古之作者，寄身于翰墨，见义于篇籍，不假良史之辞，不托飞驰之势，而声名自垂于后。""良史之辞"者，即曹植第一等理想："功名著于鼎钟，名称垂于竹帛。"(《求自试表》)至魏时，史书大略有《史记》、《汉书》，其所著录者要皆有德有功之圣主贤臣，而文学之士，最多附于传末，故植不屑为也。然而曹丕却说文人本无需"假良史之辞"，自以"篇籍"传名后世，这就等于给曹植指出一条留名于后世的可行之路。至于"不托飞驰之势"者，字面上说文人不必借助君主的力量，这与他赞扬徐幹的"恬淡寡欲"的用意相同。如果文人都不来借助他的力量，那么"经国之大业"不等于落空，而他又怎能治理好国家？所以说曹丕集诸儒讨论《典论》是有特定意义的。《典论》中还有一篇文章叫《奸谗》可作佐证。这篇文章叙述吴匡、张璋离间何进、何苗，郭图、审配离间袁谭、袁尚，蔡瑁、张允离间刘琮、刘琦，曹丕斥骂吴匡等人是奸谗。值得注意的是，袁氏和刘氏这两对兄弟之间的不合，全与争嗣有关，这种情形与丕、植兄弟二人争太子是一样的。因此曹丕骂奸谗，恐即指丁仪、丁廙他们。这篇文章也许担负着对曹植集团清算的檄文的重任。果然，曹丕刚即王位，便把丁仪兄弟杀掉了。建安二十二年后，曹丕虽为太子，但对曹植丝毫不敢掉以轻心，仍然处处加以防范。不过曹操还在，暂时轮不到他发号施令，所以也只能以文章之事诱导曹植。

一旦他登基称帝后,马上对曹植采取了严厉的措施。不用说曹植立德立功的愿望只有破灭了。倒是他视作小道的诗赋,却使他在中国文学史上留下了光辉灿烂的名字,这也是他始料不及的吧!

综上所述,曹丕曹植兄弟二人的文学价值观是在特定的历史背景下提出的,各有其政治目的,它们表面上是对立的,实际上相同。但是本文绝不是否认《典论·论文》在文学批评史上的意义。曹丕文学价值观的提出,虽有其政治背景,但也不是违心之言。他对作家作品风格的分析以及体裁区分的细致,明确证实了这一点。综观曹丕一生行事,他对文学是真心实意爱好,也是真心实意提倡,所以他才写下了那么多诗、赋,他才与文人十分友好亲善,他文学价值观的提出,是有建安文学繁荣、发展的基础的。问题是,在争夺太子的斗争中,他利用了这一切,如是而已,他自己也许没有料到《典论·论文》会具有划时代的意义吧!

1983年12月12日一稿

1984年2月18日三稿

(原载《古代文学理论研究》第11辑,上海古籍出版社1986年版。说明:本文系与曹融南师合作撰写,今征得融南师同意,收入本书。)

曹植与甄妃的学术公案

关于《洛神赋》中的洛神是甄妃的说法，影响最大的资料来源是《文选》李善注，李善注说："《记》曰：魏东阿王汉末求甄逸女既不遂，太祖回与五官中郎将，植殊不平，昼思夜想，废寝与食，黄初中入朝，帝示植甄后玉镂金带枕，植见之，不觉泣。时已为郭后谗死，帝意亦寻悟，因令太子留宴饮，仍以枕赉植。植还度轘辕，少许时，将息洛水上。思甄后，忽见女来自云：'我本托心君王，其心不遂，此枕是我在家时从嫁，前与五官中郎将，今与君王，遂用荐枕席，欢情交集，岂常辞能具？为郭后以糠塞口，今被发，羞将此形貌重睹君王尔。'言讫遂不复见所在，遣人献珠于王，王答以玉佩，悲喜不能自胜，遂作《感甄赋》。后明帝见之，改为《洛神赋》。"此说之荒诞无稽，历代学者续有辨证。清人何焯《义门读书记》卷四十五说："植既不得于君，因济洛川，作为此赋，托辞宓妃，以寄心文帝，其亦屈子之志也，自好事者造为感甄无稽之说，萧统遂类分入于情赋，于是植几为名教罪人，而后世大儒如朱子者，亦不加察，于众恶之余，以附之楚人之词之后，为尤可悲也已。"何焯认为《洛神赋》是曹植寄托之作，同时他又援据史实，考证注文的荒诞无稽说："按《魏志》，后三岁失父，后袁绍纳为中子熙妻，曹操平冀州，丕纳之于邺，安有子建尝求为妻之事？小说家不过因赋中'愿诚素之先达'二句，而附会之。注又曰：'黄初中入朝，帝示植甄后玉镂金带枕，植见之,不觉流涕。时已为郭后谗死,帝意亦寻悟,因令太子留宴饮,仍以枕赉植。'按示枕赉枕,里老之所不为,况帝又方猜忌诸弟?留宴从容,正不可得,感甄名赋,其为不恭!夫岂特酗酒悖慢劫胁使者之可比耶?注又曰:'此枕是我在家时从嫁,前与五官中郎将,今与君王。'按数语俚俗,不复有文义。注又曰:'遣人献珠于王,王答以玉佩。'按此二句因'玉佩明珰之文'而附会者,然忘其尚有'抗琼珶以和余'句,何也?"何焯从史实和情理方面考订其事之不可能,确为卓见。然其称萧统编《文选》因好事者造为感甄无稽之说,而遂类分入于情赋,则将感甄说提前到了萧统之前,是不符合事实的。《洛神赋》之寓有寄托,是后人研究曹植作品得出的结论,但在当时,人们还是将它简单地视作言情的,如顾恺之作《洛神赋图》,就是以曹植与宓妃的人神爱情故事为题而画。所以萧统才将曹植的《洛神赋》置于楚人宋玉之后,名列赋选的最后一篇。

然而李善为何用此注呢?清人何琇《樵香小记》说:"李善注《文选》,字字必著其出典,惟《洛神赋》注感甄事,题为《传》曰,究不知为何《传》也。"对李善未出示来源,表示困惑。其实,这是后人援小说家文字,羼入李善注,并非李善原文。按,《文选》载有此注者,今仅见宋尤袤刻本,其他的六家本、六臣本均无此注。胡克家《文选考异》说:"此二百七字袁本、茶陵本无。案,二本是也。此因世传小说有《感甄记》,或以载于简中,而尤延之误取之耳。何尝驳此说之妄,今据袁、茶陵本考之,盖实非善注。又案后注中'此言微感甄后之情',当亦有误字也。"胡克家认为这个注是尤袤所加,非李善原注。这个看法是对的,今传各本均无此注可证,但说是尤袤所加,也不是事实。早于尤袤的姚宽,在《西溪丛语》卷上亦曾引用过此注,可见尤袤也是有底本的。这则注释的材料根据现存的版本,可以断为是后人所加,像这样阑入的注,并被后人认为是李善注的内容,在今传李善注本中是很多的,所以清代学者用了毕生的精力来清理李善注,以图恢复李善注原貌。应该说清代学者作出非常卓越的贡献,为我们当代学者的研究打下了良好的基础。但是版本之复杂,就在于不见到原本,无论多么精深的理校,都不一定正确。即如胡克家约请顾广圻所作的《文选考异》说,其中还是有许多误判的地方。因为顾广圻所能见到的版本,宋版仅有南宋尤袤的刻本,至于再早的北宋国子监本,以及最早合并六家的秀州州学本、明州本、赣州本,都无法见到,更不用说发现于上个世纪末日本所藏的唐写本《文选集注》了。即如这条材料,我们可以肯定说是后人所羼入,也有版本来证明,但是就在《洛神赋》文中有一句:"恨人神之道殊兮,怨盛年之莫当。"现在所有的《文选》版本李善注都这样注:"盛年,谓少壮之时,不能得当君王之意。此言微感甄后之情。"这"微感甄后之情",显然也是后人羼入,但就我们能够见到的版本,都有这条注文,可见它的羼入时间,可能还要早。胡克家《文选考异》认为这条注文有误字,其实当是后人羼入的文字。

关于曹植感甄的传说,并不始于宋人,胡克家说此注出于小说《感甄记》,但到底是哪一种小说,则不甚清楚。姚宽说裴铏《传奇》载有《感甄赋》,裴铏《传奇》今佚,仅《太平广记》中录有数篇。《太平广记》卷三一一"萧旷"条引《传记》[①]一篇,说:"太和处士萧旷,

---

① 李时人《全唐五代小说》卷六五《笺》说,谈恺刻本误作出《传记》,野竹斋沈氏钞本作《传奇》。《类说》卷三二节引,题《洛浦神女感甄赋》。《绀珠集》卷一一节题《感甄赋》。《古今说海》说渊卷二题《洛神传》,不署撰人。王铚《默记》卷下:"裴铏《传奇》曰:陈思王《洛神赋》乃思甄后作也。"姚宽《西溪丛语》卷上"裴铏《传奇》载《感甄赋》之因,文字浅俗,不可信。"皆指本篇。所引各家均以为本篇即姚宽所说之《感甄赋》。

自洛东游至孝义馆,夜憩于双美亭。时月朗风清,旷善琴,遂取琴弹之。夜半,调甚苦,俄闻洛水之上有长叹者,渐相逼,乃一美人。旷因舍琴而揖之曰:'彼何人斯?'女曰:'洛浦神女也。昔陈思王有赋,子不忆耶?'旷曰:'然。'旷又问曰:'或闻洛神即甄皇后谢世,陈思王遇其魄于洛滨,遂为《感甄赋》,后觉事之不正,改为《洛神赋》,托意于宓妃,有之乎?'女曰:'妾即甄后也,为慕陈思王之才调,文帝怒而幽死,后精魄遇王洛水之上,叙其冤抑,因感而赋之,觉事不典,易其题,乃不谬矣。"①这个故事较尤刻本《文选》李善注引更为完整,不过《太平广记》是北宋初年所编,所引材料当出自唐人,说明唐人已经开始流传这个故事了。姚宽说裴铏《传奇》所载《感甄记》,文字浅俗,不可信,是对赋入《传奇》表示不可信为唐人所作,还是对这个故事不可信呢？观其下句说:"元微之《代曲江老人百韵》有'班女恩移赵,思王赋感甄',何也?"似乎对唐人已经出现这个传说表示不可理解。元稹是中唐时人,则见在中唐时已经流传曹植和甄妃的爱情故事了。在元稹之后,李商隐也有关于这个传说的描写,李商隐《东阿王》(《全唐诗》卷五四〇)写道:"国事分明属灌均,西陵魂断夜来人。君王不得为天子,半为当时赋《洛神》。"又《无题》(《全唐诗》卷五三九):"飒飒东风细雨来,芙蓉塘外有轻雷。金蟾啮锁烧香入,玉虎牵丝汲井回。贾氏窥帘韩掾少,宓妃留枕魏王才。春心莫共花争发,一寸相思一寸灰。"以上的材料都说明在中晚唐时这个故事已经广泛流传了。中唐之前,我们见到李白也写过这样的题材,其《感兴》其一(《全唐诗》卷一八三):"洛浦有宓妃,飘飘雪争飞。轻云拂素月,了可见清辉。解佩欲西去,含

---

① 《太平广记》卷三一一,中华书局1955年点校本,第2459页。

情诓相违。香尘动罗袜,绿水不沾衣。陈王徒作赋,神女岂同归。好色伤大雅,多为世所讥。"但这首诗并没有说宓妃就是甄妃,李白只是就《洛神赋》发表感慨而已。则见感甄说在盛唐时还未见流传了。以上是目前我们能够见到最早的有关感甄的材料,发生在中唐时候,此外,魏晋以来的诗、文,似乎都没有记载这种传说,南北朝流传的小说,比如专写佚事的《世说新语》,也没有记载,是唐人开始对名人的风流倍加注意了,还是因为曹植和甄妃的遭遇受到后人的同情,一个诗人,一个美女,于是开始产生这样的传说。

就目前所能见到的材料看,我们能够得出的结论就是在中唐时期,这个时期是安史之乱之后,百姓饱受流离,于是在乱世之后的安定生活中,开始酝酿起世俗的爱情理想,这个时候产生的各种传奇正是这个背景下的产物。如李隆基与杨贵妃的爱情故事,就是一个显明的证明。杨贵妃本来被唐代的百姓视为祸国的女子,所以才有马嵬坡兵变,逼玄宗赐贵妃自缢之事。但到了中唐时期,李、杨二人竟得到了民间的同情,他们的故事亦被描绘为绮丽感人的爱情传奇,于是出现了《长恨歌传》传奇和《长恨歌》诗,所谓"白头宫女在,闲坐说玄宗",这个闲坐之说,是人们对盛唐时的追忆和留恋,而李、杨二人正是过去繁华时光的代表人物。曹植与甄妃的爱情,当亦从这个历史背景中产生。

但是,追究历史的痕迹,似乎又并不像以上所说的那样,我们发现至少在东晋时已经暗示出曹植和甄妃的联系,这就是顾恺之的《洛神赋》。

顾恺之《洛神赋》图,现在仅有宋人临本传世,但还是能够如神地传达了顾恺之的原貌。顾恺之画依据曹植《洛神赋》原文,构结了曹植与洛神相逢相却不能相通的惆怅凄美的境界。顾恺之是否以甄妃作为洛神的原型呢？没有文字材料表明这一点，但是，我们注意到画中的洛神梳的发髻却是灵蛇髻，这就暗示了洛神与甄妃的关系。据周汛、高春明《中国传统服饰形制史》说，顾恺之画《洛神赋图》，洛神梳灵蛇髻。据民间传说，灵蛇髻为甄后发明，故顾恺之所画洛神，即据甄后为原型[①]。案，这个传说出自《邺中记》及《采兰杂志》，《邺中记》为晋陆翙所撰，《采兰杂志》阙名，则所谓甄后创灵蛇髻，可能是托名，但顾恺之确绘为灵蛇髻，亦证这一传说于东晋时已经流传。如果是这样的话，世人将曹植写《洛神赋》附会为感甄，有可能在东晋时已经产生。不过，对于这一则材料所具有的意义，我们还需要更多的材料来证明它，所以，我们还是不敢遽下结论。

曹植《洛神赋》写洛神的发髻是"云髻峨峨"，形容发髻高如云一样，并未明说是灵蛇髻，顾恺之却将其画成灵蛇髻，是因灵蛇髻在东晋时已经广为流行而入顾恺之画中呢，还是别有暗示，则不得而知。曹植写作《洛神赋》，有些是采取了洛阳宫中的服饰的，比如他写洛神"凌波微步，罗袜生尘"，清沈自南《艺林汇考·服饰》篇卷八引《炙毂子》说："三代谓之角襪，前后两只相成，中心系带，至魏文帝吴妃，始以绫罗裁缝为之。曹子建《洛神赋》曰：'凌波微步，罗袜生尘。'"据此，可见曹植所写罗袜，即取材于在当时刚刚流行的吴妃袜。这一点，也是非常有趣的史实。

（原载《中国典籍与文化》2010年第1期）

[①] 周汛、高春明：《中国传统服饰形制史》，台湾南天书局有限公司1998年版，第159—160页。

文贵清省说的时代意义

——论陆云《与兄平原书》

一

陆云是陆机的弟弟,很早就与其兄闻名于当时,所以张华说:"伐吴之役,利获二俊。"[①]后因受陆机牵连,被成都王司马颖杀害,一时天下莫不嗟悼其才,为之惋惜。陆云诗文很多,《隋书·经籍志》著录有集十二卷,《晋书》本传载其所著文章三百四十九篇,到清朝编定《四库全书》时,仅有二百余篇。陆云的诗,艺术性并不高,远不如他哥哥。《诗品》说:"清河(陆云)之方平原(陆机),殆陈思(曹植)之匹白马(曹彪),于其哲昆,故称二陆。"可见当时的人也并不特别推赏他。然而陆云论文,却有较正确而且很进步的观点,这种观点集中反映在他的《与兄平原书》[②](以下简称云《书》)中。云《书》几乎都是他与陆机互相讨论文章的得失利病的,就中也可以看出他的论文主张对陆机的影响,这对研究陆机的《文赋》是有一定的启发的。

---

① 《晋书·陆机传》,中华书局标点本,第1472页。
② 陆云:《与兄平原书》,《全晋文》卷一〇二,中华书局1958年影印本。

陆云所论的"文",据他自己谈的范围,大体是赋颂等文章。不过,这并不说明他论文主张不包括诗论。例如他在论《祠堂颂》以后接着又说:"答少明诗,亦未为妙,省之如不悲苦,无凄然伤心言,今重复精之。一日见正叔(潘尼)与兄谈古五言诗,此生叹息欲得之。"不过他为什么多论文而少论诗呢?陆云自己说得很明白,他说:"四言五言,非所长,颇能作赋。"他指的是四言诗和五言诗。既然不长于诗而长于赋,那么论赋当然最能发挥自己的长处了。

陆云的理论很零碎,散见于各篇书信。明张溥说:"士龙与兄书,称论文章颇贵'清省'。妙若《文赋》,尚嫌'绮语'未尽。"[①]"文贵清省",是陆云论文的一个重要观点,仅就我们今天见到的这些书信,大都是围绕这个观点而展开的讨论。现检录如下:

1.《文赋》有辞,绮语颇多,文适多体,便欲不清。

2.云今意视文,乃好清省,欲无以尚。意之至此,乃出自然。

3.张公(张华)文无他异,正自清省无烦长。作文正尔,自复佳。

"清省"是简少省净的意思,它的对立面就是"繁多",陆云认为"文适多体,便欲不清",所以他特别反对文章的繁芜枝杂。他说:

1.(如上所引,嫌《文赋》绮语颇多。)

2.兄文章之高远绝异,不可复称言,然犹皆欲微多。

3.兄文方当日多,但文实无贵于多。

4.有作文唯尚多,而家多猪羊之徒。作《蝉赋》二千余言,《隐士赋》三千余言,既无藻伟体,都自不似事。文章实自不当多。

5.文章诚不用多,苟卷必佳,便谓此为足。

文章自汉灵帝以来,逐渐形成一种骈对丽偶的风气,自然是由

---

① 张溥:《陆云集题辞》,《汉魏六朝百三家集》卷五〇,《四库全书》本。

于统治者的提倡,但与当时今文学派的"谶纬"注经方法不无关系。在这种风气下,文章渐趋于华丽的辞藻,越写越多,以至下笔洋洋万言,不能自休。文章以表面的辉煌富贵,掩盖着内容的空虚浅薄,显示出一种病态的臃肿,以致使创作走上歧途,自为有识之士所不满。桓范《世要论·序作》篇一针见血地说:"世俗之人,不解文体,而务泛溢之言,不存有益之义。"①桓范是曹魏时人,说明这种风气在魏晋时仍然霸占着舆论与写作中心。像左思那样的诗人也精心构思十二年,作成《三都赋》,一时洛阳为之纸贵。陆云不满意这种不关实义的泛滥文章,因而蔑称为"猪羊之徒"。从这些可以看出,他说的"清省",主要是指文辞的简少、省净言。但又不仅于此,如他说:"尝闻汤仲叹《九歌》。昔读《楚辞》,意不大爱之,顷日视之,实自清绝滔滔。故自是识者,古今来为此种文,此为宗矣。"这就是说的"文情",所以他又对称举《九章》说:"视《九章》时有善语,大类是秽文,不难举意,视《九歌》便自归谢绝。"按《九歌》原是楚国民间的祭歌,经屈原改制而流为今天的样子。它的内容主要是恋情,词意的清新和情绪的委婉,是它主要特色。它原是流传于民间的歌曲,屈原对它的改制,也只是"更定其辞,去其泰甚"而已②。所以它基本上还保留有民间歌诗的那种清丽、动人的风貌。陆云是吴人,吴曾隶属于楚,因此他对楚国民歌的爱好,是可以理解的。至于陆云说《九章》"大类是秽文",又是什么意思呢?王逸《楚辞章句·九章》篇说:"《九章》之辞,直而激,明而无讳。"王夫之《楚辞通释·怀沙》篇说:"其辞迫而不舒,其思幽而不著,繁音

---

① 《全三国文》卷三七,中华书局1958年影印本,第1263页。
② 《楚辞集注》卷二,人民文学出版社1953年影印宋端平本。

促节,特异于他篇云。""繁音促节",自然"迫而不舒",也就是王逸的"直而激"的意思。语气急促,文辞繁杂,甚至有模拟的痕迹,以至使人怀疑到它的真伪[1]。我想陆云所说的"秽文",大致指的是这些,和他所反对的"繁多"是一个意思。在另外两封信里,陆云也表达了这样的思想。他说:"《祖德颂》无大谏语耳,然靡靡清工,用辞纬泽,亦未易。"又说:"兄《丞相箴》小多,不如《女史》清约耳。"蔡邕的《祖德颂》并无什么精妙之处,而夸它"靡靡清工",恐怕就因为它的文辞简省的缘故。以陆机的《丞相箴》与张华的《女史箴》对举,恐亦指文辞而言。不过《骈体文钞》注《女史箴》说:"以妇德规之,委婉曲折。"据《晋书·张华传》载:"贾谧与(贾)后共谋,以华庶族,儒雅有筹略,进无逼上之嫌,退为众望所依,欲倚以朝纲,访以政事;疑而未决,以问裴𬱟。𬱟素重华,深赞其事。华遂尽忠匡辅,弥缝补阙,虽当暗主虐后之朝,而海内晏然,华之功也。华惧后族之盛,作《女史箴》以为讽。"这应是张华写作《女史箴》的历史背景及目的。通篇委婉含蓄,欲吞欲吐,曲折地表达了张华对贾后虐政的不满,陆云夸它"清约",应是包含了文章的情绪的。

以上我们可以看出陆云论文的主张是:一、文辞要简洁;二、文章要有情致,要委婉,这样才出于自然。

二

文章要简洁,要有情致,这观点无疑是正确的,但是怎样做到

---

[1] 参见马茂元选注:《楚辞选·九章》题解引曾国藩说,人民文学出版社1980年版,第118页。

这点呢？综观陆云所论，要者一曰"出语"，二曰先情后辞。

关于"出语"，陆云明论三点：

1. 兄文不复稍论常佳，然了不见出语意。

2.《祠堂颂》已得省，然了不见出语。

3. 刘氏《颂》极佳，然了不见出语耳。

就是说，一首诗，或一篇文章中，要有一个孤出的足以振动人心、发人耳目的警句，也就是陆机《文赋》中所说的警策[①]。《文选·文赋》李善注："以文喻马也，言马因警策而弥骏，以喻文资片言而益明也。夫驾之法，以策驾乘，今以一言之好，最于众辞。若策驱驰，故云警策。"近人陈柱进一步解释说："凡文章必有一段或数语为一篇之精神所团聚处，或为一篇之精神所发源处。"[②]"团聚处"、"发源处"，即中心精神之所在，全篇文辞为它服务。因此有了警句，故虽"众辞之有条，必待此而效绩"。与此中心无关的赘词累句，自然就会淘汰，从而使文章的结构愈加严密，中心更加鲜明突出。这淘汰又有两种办法，一是构思时，觅得一警句，其余便依据这警句去组织文辞，与它所表达的中心意思无关的便不取；另一办法是成文以后，依据警句删汰之。所以陆云屡屡劝他哥哥道："兄文章已显一世，亦不足复多自困苦。适欲白兄，可因今清净，尽定昔日文，但当钩除，差易为功力。"又说："《九悲》、《九愁》连日铲除，所去甚多，才本不精，正自极此。愿兄小为之，定一字两字出之，便欲得迟，望不言。"所谓"才本不精，正自极此"，可见陆云对修改文章的重视。

陆云的"出语"与陆机的"警策"，在距建安文学不远的太康时

---

① 陆机《文赋》："立片言而居要，乃一篇之警策。"《文选》卷十七，中华书局1977年影印胡克家刻本。

② 郭绍虞主编：《中国历代文论选》引，上海古籍出版社1979年版，第181页。

期提出来，实在是一个了不起的见识，它对以后诗歌的发展，有着重要的影响。从陆机开始，仅就艺术讲，诗歌开始呈现了与建安文学不同的艺术特色——诗歌因有警句而具有更加鲜明的诗意。后人更据此发挥为"诗眼说"，影响很大，这是陆机、陆云的积极贡献。当然另方面，南朝形式主义诗风弥漫文坛，不可避免地出现了一股不良风气，如《文心雕龙·明诗》篇所批评的："俪采百字之偶，争价一句之奇，情必极貌以写物，辞必穷力而追新。"然而刘勰并不否定出语的作用，相反专写出《隐秀》一篇来阐明他对这个问题的看法。按《隐秀》一篇本是残稿，清纪昀以为自"始正而末奇"至"朔风动秋草"字是明代人的补文，基本上申明了刘勰的观点。虽然关于"呕心吐胆"、"煅岁炼年"的说法与纯任自然有矛盾，但总的看来，补文与原文的观点还是一致的，因此明人的补文很值得参考。刘勰对"秀"的解释、发挥，无疑是受到二陆的影响的。如他说："秀也者，篇中之独拔者也。""拔"就是突出之意，这同于陆云的出语、陆机的"警策"，这一渊源关系，前人阐发得至为昭晰[①]。刘勰不仅同意二陆的观点，而且对之评价极高。他说："隐以复意为工，秀以卓绝为巧，斯乃旧章之懿绩，才情之佳会也。"他把秀句看作是评价前人文章优劣的依据，是作者才情的体现。他在《赞》里说："言之秀矣，万虑一交。动心惊耳，逸响笙匏。"精拔的语句，是深思熟虑的结果，直可以发人心思，动人耳目。秀句有如此重要的作用，自然引

---

① 黄叔琳《文心雕龙辑注》释"秀"曰，"陆平原云，一篇之警策，其秀之谓乎？"黄侃《文心雕龙札记》窥测刘勰之意旨，续作《隐秀》一篇，具释"秀"曰："辞以得当为先，故片言可以居要。"范文澜《文心雕龙注·隐秀》篇曰："重旨者，辞约而义富，含味无穷，陆士衡云'文外曲致'，此隐之谓也。独拔者，即士衡所云'一篇之警策'也。陆士龙《与兄平原书》云：'《祠堂颂》已得省，然了不见出语'，意谓非兄文之休者。又云：'刘氏《颂》极佳，然了不见出语耳。'所谓出语，即秀句也。"

起当日文坛上的骚动,因此出现刘勰所批评的那种采字争句的风气,并不奇怪。这种缺点,在谢灵运的诗歌里得到突出的表现。钟嵘曾在批评了谢诗"颇以繁富为累"的毛病之后,又说:"然名章迥句,处处间起;丽典新声,络绎奔会,譬犹青松之拔灌木,白玉之映尘沙,未足贬其高洁也。""灌木"丛中的"青松","尘沙"中的"白玉",无疑比喻繁词累句中的"出语"。这样看来,钟嵘也是肯定出语的作用的。这是因为谢灵运才大识博,虽然他的一些诗没有照顾通篇的完整,但其才力足以补赎这个缺点,而取得一定成就。至于既乏才力,又斤斤追求一字一句之奇的平庸之辈,是远不可望其项背的。所以钟嵘深加批评说:"今之世俗,斯风炽矣。……于是庸音杂体,人各为容。……独观谓为警策,众睹终沦平钝。"

　　刘勰、钟嵘对于出语秀句都持肯定、赞扬的态度,但他们都是现实主义的评论家,对于因追求出语秀句而出现的这股不良风气深为不满,而刘勰则发为"隐秀"一篇,以救其弊。在这篇文章中,他阐明了自己在创作上的美学理想就是纯任自然,这种美学理想一直贯穿于《文心雕龙》全书,是刘勰论文的基本出发点。刘勰认为精拔的秀句是自然而然形成的,即明人所补之"烟霭天成,不劳于妆点;容华格定,无待于裁熔。"如果不顾文意,过分追求一字一句之奇,这就显得造作,也就不美。不过怎样才能做到自然呢?认为隐与秀不可偏求,二者在诗文中必须有机地结合起来,"是以文之英蕤,有秀有隐。"所谓"隐"是含蓄,是暗;所谓"秀"是突出,是明,一暗一明,正反结合,相得益彰。没有"秀",则失于"晦塞",是"虽奥非隐";没有"隐"则又失于"雕琢取巧",失于"露",是"虽美非秀"。含蓄者,含蓄的是意、情,"文外之重旨也",是在文章之外所隐蓄着的不尽之情。明人的补文,举古诗十九首和乐府《饮马长城窟行》的例子,说"隐"是"词怨旨深,而复兼乎比兴",又举四个秀句的例子,评论是"意凄而词婉"、"志高而言壮"、"闺房之悲极"、"羁旅之怨曲"。说"婉"、"壮"、"悲"、"怨",正指的情绪,是"隐"所包含的内容。这实际上是说,秀句的建立,不能脱离诗文的内容,不能脱离作家的思想感情,而主要是内容、感情的凝聚,这样的作品才写得自然,才能使"玩之者无穷,味之者不厌"。按关于诗的滋味说,一般认为创自钟嵘,实际上《隐秀》已经论到"滋味",如《赞》里说的"深文隐蔚,余味曲包",惜原文残缺,可窥者仅一二矣。

从以上所论看出,刘勰肯定"出语"、"警句"的作用,但更创造性地提出纯任自然的创作要求。对如何达到自然,他提出了隐秀结合,不可偏求。至于钟嵘,和刘勰的观点一样,他一方面肯定"出语",一方面也为纠正时弊,发挥了"滋味"说,认为诗要讲究赋、比、兴,"宏斯三义,酌而用之,干之以风力,润之以丹彩,使味之者无极,闻之者动心。"至此,我们可以看出陆云的论文观点对于后世有多么大的影响,陆云提出"出语"和先情后辞的观点,刘勰发挥为秀与隐,钟嵘则阐发滋味说;陆云主张出语亦重情,以出语与先情后辞的相辅相成来保证文章的清省,刘勰更明确主张隐秀结合,钟嵘则以诗要有滋味来保证出语和篇章的发展。因而由陆云至刘勰、钟嵘,我们可以看出一条明显的发展轨迹。至唐,元兢《古今诗人秀句序》便提出"以情绪为先",遂又开晚唐"诗境"说。至此,由无数诗人及评论家的努力,这才建立了诗的所谓"出语"、"警句",与通篇融为一体的理论,从而更好地指导着诗歌创作;而是否在诗中创造了意境,一直为历代诗人及评论家视为鉴定诗歌艺术性高低的标准。从这一点看,陆云与陆机的观点,不论在文学批评史上,还是在文学史上的作用、影响,都是显而易见的。

三

陆云的第二个主张是先情后辞。"先情后辞"是论者根据陆云的观点整理得来的。陆云的原话是:"往日论文,先辞后情,尚絜而不取悦泽。"我以为陆云所说的这种情况,是他们兄弟二人所共有的。他们过去都一样地主张"先辞后情",至于现在,陆云没有明说。但"先辞后情"既为他反对,那么他所赞成的就是"先情后辞"了。事实也如此,我们看他对作品的评论正是根据这种观点。如他说:"答少明诗,亦未为妙,省之如不悲苦,无恻然伤心言。"又如:"一日见正叔(潘尼)与兄读古五言诗,此生叹息欲得之。""古五言诗",指的就是东汉末年《古诗十九首》之类的所谓"言情不尽"[①]的作品。陆机曾作《拟古诗》十四首,可见二陆兄弟对它的喜爱以及受到的影响。正唯如此,陆云特别推崇陆机的《述思赋》,称誉它"流深情至言,实为精妙"。又批评自己的《九愍》说:"此是情文,但本少情,而颇能作泛说耳。"似乎陆机夸奖了《九愍》,但陆云却不满意,说:"不知云论文何以当于兄意作如此异。"看来陆机还是不如陆云对情的重视。理论上是如此,在创作中,陆云也贯彻着自己的言情主张。如他的《岁暮赋》序写道:"日月逝速,岁聿云暮,感万物之既改,瞻天地而伤怀,乃作赋以言情焉。"

根据以上分析,不难看出,"先情后辞"的确是陆云的论文主张,而且他把它作为文章达到清省的措施之一。

为什么先情后辞就可以达到清省呢?我以为陆云的"情"是与

---

① 《古诗源》卷四,中华书局1977年版,第92页。

"出语"相辅相成的。关于这点,以上论及出语时已提过。诗文的出语是中心思想的凝聚,这已说明了"辞"(出语)与"意"的关系,但这里要阐发的是作为思想内容的"意"在文章中对全篇文辞的统理作用。陆机《文赋》对此点解释得很好:"或文繁理富,而意不指适,极无二致,尽不可益。"就是说尽管"理富",但一篇文章中不得有两个主题;尽管"文繁",而不得使读者看作多余。反过来说,就是与主题无关的文辞不可要,这样,文章自然就做得清省了。

至于纯粹抒发"穷通之处"的情感,则是建安诗歌最主要的特征,但是在理论上第一次对它进行有系统地分析的,是为《文赋》。朱自清先生说:"'缘情'的五言诗发达了,'言志'以外迫切的需要一个新标目。于是陆机《文赋》第一次铸成'诗缘情而绮靡'这个新语。"[①]按朱先生说,"志"与"情"至魏晋时已开始区别,"情"专指抒写个人的"穷通之处"的感慨。本来,"情"与"志"是二而一的东西,《诗大序》把"诗者志之所之也"与"情动于中而形于言"结合起来谈,正是这个意思。但自从《尚书·尧典》以来,统治者及卫道者们多以儒家思想对"诗言志"的"志"进行规范化的解释,因而忽略了人的感情的丰富性。至于汉末,大抵是汉王朝的覆灭,经学的衰微,从外界到内心都彻底打破了人的那种自汉武帝以来所建立起的坚强的自信,代之是对一切事物,一切统治思想的永恒性的怀疑、不满和反抗。反映在文学上,是东汉末年繁荣的抒情诗。这自然就要求评论家在理论上给以总结、肯定。因此,陆机提出"诗缘情"说正是适应了这种历史的要求而产生的。那么文章"缘情"与

---

① 朱自清:《诗言志辩》,《朱自清全集》第6卷,江苏教育出版社1990年版,第164页。

文章"清省"有什么关系呢？我想这应该联系汉赋的特征来看。《文心雕龙·诠赋》篇说："赋者，铺也，铺采摛文，体物写志也。"冗长的铺叙，辞藻的堆砌，正是汉大赋的主要特征。汉赋从楚辞发展而来，却具有与楚辞完全不同的特色。扬雄把赋分为诗人之赋和辞人之赋，并指出"诗人之赋丽以则，辞人之赋丽以淫"①。"诗人之赋"指的是屈原的作品，"辞人之赋"指的是枚乘、司马相如等人的作品。《汉书·艺文志》说："大儒孙卿及楚臣屈原离谗忧国，皆作赋以讽，咸有恻隐古诗之意。"又说："其后，宋玉、唐勒，汉兴，枚乘、司马相如，下及扬子云，竞为侈丽闳衍之词，没其讽谕之义。"扬雄、刘歆虽然都是儒家的观点，但他们却正确地指出了这两种赋之间是"情"和"辞"的区别。其后，到了晋代，与陆机、陆云同时的挚虞则发挥了这种观点，并且正确地解释了"诗人之赋"与"辞人之赋"之所以简洁、繁杂的原因。他在《文章流别论》中说："古诗之赋，以情义为主，以事义为佐，今之赋，以事形为本，以义正为助。情义为主，则言省而文有例矣；事形为本，则言富而辞无常矣。文之繁省，辞之险易，盖由于此。"②文章简洁清省的原因，正是因为以情义为主，这个观点与陆云的文要清省须先情后辞的观点，完全一样，这不能看作是巧合，而应是历史发展的必然表现。到了刘宋时候的范晔，对此也有所阐发，他在《狱中与诸甥侄书》中说："常谓情志所托，故当以意为主。以意为主，则其旨必见；以文传意，则其词不流，然后抽其芬芳，振其金石耳。"③我们注意到，无论挚虞，还是范晔，他们都是"情志"并举（挚虞说是"情义"，"义"即"志"），说

---

① 《法言·吾子》，《二十二子》本上海古籍出版社1986年版，第813页。
② 《全晋文》卷七七，第1905页。
③ 《后汉书》附录，中华书局标点本，第1页。

明他们都是有意识地区分了"情"、"志",他们认为文章要清省,必须要以"情"与"志"为主。其后刘勰出,更为完整地概括总结了前人的观点。《文心雕龙·情采》篇说:"昔诗人之篇,为情而造文;辞人赋颂,为文而造情。"目的不同,所以结果迥异:"故为情者要约而写真,为文者淫丽而泛滥。"这些观点仍旧是总结性的,旨在阐明"情"与"清省"的关系。他解释这原因说:"盖风雅之兴,志思蓄愤,而吟咏情性,以讽其上,此为情而造文也。"刘勰观察、批评了自《楚辞》以来的文学现象,指出他们一类是"为情造文",一类是"为文而造情",肯定了前者,否定了后者,正确解决了当时文坛上的内容与形式之间的矛盾。然而这一首倡之功,不得不归诸陆云。

陆云提倡先情后辞,但决不是否定文辞,恰恰相反,他是很重视文辞的,甚至以为只要文辞清新美丽,文章即使繁杂些,也不要紧。他批评陆机的文章说:"兄文章之高远绝异,不可复称言,然犹皆欲微多,但清新相接,不以为病耳。"刘勰曾经批评他的这种论文态度说:"及(陆)云之论(陆)机,亟恨其多,而称清新相接,不以为病;盖崇友于耳。"兄弟之情自然可以妨碍陆云对他哥哥的批评,但是陆云重视文辞的观点,应该是主要的原因。在其他场合里,他曾经说过:"有作文唯尚多,而家多猪羊之徒……既无藻伟体,都自不似事。""藻伟体"指的是华丽的辞藻。文章既长而辞又不美,两失而无一得,自然更为陆云所反对了。陆云认为如果文章不能达到清省自然,最次也要文辞美丽,因此,我们不要以为陆云是一味追求文辞,而导致与他自己的"文贵清省"观点的矛盾。华词丽语又称新声。陆云夸他的哥哥道:"古今之能为新声绝曲者,无又过兄。"又说:"张公昔云兄新声多之不同,典当故为未极。"可谓推崇备至。不过考察陆机的创作情况，的确是这样，所以他在当时文坛上的呼声极高[①]。《文选·文赋》李善注引臧荣绪《晋书》说："陆机……天才绮练，当时独绝，新声妙句，系踪张、蔡。"张、蔡就是张衡、蔡邕，他们都以文章、辞赋名世，而中国的骈体文可以说就是在他们的手里得到长足的发展的。臧荣绪正是以张、蔡来赞扬陆机诗文的辞采富丽，对仗工整的特色。

按自魏曹植以后，文人都十分重视修辞和造句，这是时代的风气，陆机恰恰是一个特出的代表，这在他的诗文创作与文学评论中表露得很明白。《诗品》说他"才高辞藻，举体华美"，实在是很高的赞赏。本来文学刚刚从儒学的束缚中挣脱出来，它本身的艺术特点急欲得到充分的发展与表现，文辞是它的一个最显明的特征，所以首先引起魏晋文人的重视，并且不遗余力地进行探索。应该说这种探索是可贵的，是值得肯定的。当然由于历史的局限，他们还不可能在理论上认识到形式必须和内容统一起来，才能得到健康的发展（不过陆云主张"先情后辞"，旨在解决这一问题，只是没有建立完整的理论体系。）。由于过分玩赏辞藻，遂令诗歌逐渐滑上唯美主义邪途。陆云是注意了这一弊病的，所以他一方面赞扬陆机的文辞，同时又委婉地劝说"绮语"也不宜太多。这一观点尤其难能可贵，实际上陆云已开启纠正形式主义诗风的先路。陆云说："兄顿作尔多文，而新奇乃尔，真令人怖，不当复道作文。"这真是很直切的话了。不过，一般说来，他是弟弟，所以大都较为委婉地表达个意思。如说："兄文方当日多，但文实无贵于多，多而如兄文

[①] 参见《机云别传》（《三国志·吴志·陆逊传》裴松之注）、葛洪《抱朴子》、《世说新语》以及钟嵘《诗品》。

者,人不厌其多也。"这恐怕是婉转的说法。陆云曾向陆机说过这样一件事:"(冯)文罴云,故日向人叹兄文,人终来同,殆以此为病。"可见人们也都以"多"为病。张华说陆机:"人之作文,患于不才,至子作文,乃患太多。"①这就不能说是赞扬,而多少含有一点讽劝了。所以陆云批评道:"兄往日文虽多瑰铄,至于文体,实不如今日。"陆机的文章是否比往日更好,也就是更清省了,我们只好听陆云的一面之词,但是陆机作文、论文是否受到他弟弟的影响,或者说是接受了他弟弟的观点,而有所修正,这倒是可以弄明白的。陆云往昔的论文观点如前所述是先辞后情,经过几十年的创作实践,到这时已改变为先情后辞了。和弟弟一样,陆机从前也是先辞后情的观点,那么到了这时,是否已经改变了呢?答案是肯定的。我们看《文赋》的基本观点就是先情后辞。如说:"理扶质以立干,文垂条而结繁。"李善注说:"言文之体须以理为本。"这就是先情后辞。又如:"要辞达而理举,故无取乎冗长。"这明显接受了陆云的"文无贵于多"的观点。这就牵涉到陆机《文赋》的写作时间问题。自从杜甫说"陆机二十作《文赋》"以后,这几成定论。近人始有怀疑者,认为《文赋》应是陆机在四十岁左右写成的②。我同意这一观点。陆云现存书信共三十五札,年代可考者约占半数,均作于永

---

① 《世说新语·文学》八四条注引《文章传》,余嘉锡《笺疏》本,中华书局1983年版,第261页。
② 如逯钦立:《文赋撰出年代考》(《学原》第2卷第1期)、周勋初:《〈文赋〉写作年代新探》(《文学遗产增刊》第14辑)。一个重要的根据是,陆云第八书曾论及《文赋》,次在《述思赋》《咏德颂》《扇赋》《感逝赋》《漏赋》之间。陆云于书末复云"兄顿作尔多文,而新奇乃尔,真令人怖",说明这些文章作于同一时期。而陆机在《感逝赋》中自言"年方四十",《述思赋》中有伤兄弟离别之意,可证二文确是作于永宁之前不久,因此推论《文赋》的写作时间也当在永宁或稍前不久。

宁二年夏于邺转大将军右司马时①,陆云是时四十一岁②。如前所述。陆机的论文观点是受到了他弟弟的影响而有所改变的,因此,《文赋》的完成最多也只能在这个时候,这应是比较符合实际情况的。否则陆机二十岁时还没有什么创作经验可谈,怎么可以写这样饱知创作甘苦的创作论来呢!

综上所述,清省之文是陆云的理想作品,要达到这点,一要有出语,二要先情后辞。先情后辞不是说文辞不重要,不过文辞必须能表达思想,绮语不可太多。如上文分析,陆云这些观点对当时及以后的文学理论是有很大的影响的。因而我们认为,陆云在中国文学理论批评史上是应有一定地位的。

(原载《文艺理论研究》1984年第2期)

---

① 参见逯钦立:《文赋撰出年代考》,《学原》1948年第2卷第1期。
② 《资治通鉴》载陆云与兄陆机于太安二年(303)同时罹难,《晋书》本传谓是时陆机43岁、陆云42岁,因此知道永宁二年陆云是41岁。

论陆机诗歌创作的艺术特色

对于陆机这样一位太康文学的代表作家,我们以前则重视不够,对他诗歌创作的基本特色缺乏具体而真实的描述,因而对他在中国诗歌发展史中所起的作用也就不能作出比较合乎实际的评价。本文拟就此作一点尝试。

陆机诗歌的特色,以钟嵘《诗品》所评最为确切。他说陆机诗:"其源出于陈思,才高词赡,举体华美,气少于公干,文劣于仲宣,尚规矩,不贵绮错,有伤直致之奇。然其咀嚼英华,厌饫膏泽,文章之渊源也。"这段话首先指出陆机创作渊源于曹植,说明陆机与建安文学的紧密关系,其次从篇章字词和文气两方面客观分析了他的创作特色。关于陆机是否继承了建安风骨的问题,将另文叙述,这里只就陆机诗歌的基本特色作一分析。陆机在当时影响很大,时人对他的诗歌特色有很多也比较具体的评论。臧荣绪《晋书》说他"天才绮练,当时独绝,新声妙句,系踪张蔡。"《世说新语·文学》篇说"陆文深而芜",注引《续文章志》说:"陆氏之文工而缛。"至于南朝,沈约《宋书·谢灵运传论》说他的诗文"缛旨星稠,繁文绮合",萧绎《金楼子·立言》篇说他"辞致侧密,事语坚明。意匠有序,遣言无失"。刘勰说他"沉密"[1],"情繁而辞隐"[2],"缀辞尤繁"[3],又说他

---

[1] 刘勰著,范文澜注:《文心雕龙·事类》,人民文学出版社1998年版,第616页。
[2] 刘勰著,范文澜注:《文心雕龙·体性》,人民文学出版社1998年版,第506页。
[3] 刘勰著,范文澜注:《文心雕龙·镕裁》,人民文学出版社1998年版,第544页。

"才欲窥深,辞务索广,故思能入巧而不制繁"①。从以上的评论来看,陆诗的基本特色可以用"繁缛赡密,工巧绮练"八个字括概。

繁缛赡密的特色,在陆机创作中主要从这几个方面来实现的:

1. 采用赋法。赋法就是铺叙,铺陈排比,罗列事物,这是汉大赋的主要手法,如司马相如、扬雄等人的大赋,东西南北,土木山石,一味排列下去,这就给大赋带来辉煌壮观的外貌,满足了汉人崇尚壮大的心理。陆机吸收了这种写作方法,运用在诗歌里,一是使诗歌繁而厚,二是由于铺采摛文,使得诗篇较为辉煌,如葛洪所说:"玄圃之积玉,无非夜光"②。三是增加诗歌的容量。当然,陆机采用赋法并非临摹,只是用这种方法,而不是照搬这种手段。这就是从不同方面着笔,塑造形象,抒发感情,从而在抒情诗中加进了大量的铺叙成分。如《日出东南隅行》,从第五句起一连八句,从眉目、肌肤、姿态、言笑诸方面反复刻画女主人的美丽,中间一部分为了写出"佳人一何繁",又从"南岸"、"北渚"、"清川"、"高岸"四个方面着笔,以下十四句侈陈佳人歌舞之妙、盛。此诗《乐府诗集》录于《杂曲歌辞·齐瑟行》中,从其题材、手法等看,都是受曹植《美女篇》的影响,与汉乐府《陌上桑》一脉相承。《美女篇》一改《陌上桑》的叙事诗而为抒情诗,其中对美女一段的描写(袖、腕、头、腰等),是学习《陌上桑》的手法。陆机的八句描写也由此而来,但《美女篇》以象征意义为主,对美女的描写是为了衬托有才而不得施展的主题,而陆机却"但歌美人好合"③,主旨不同,写法自然有异,故陆诗不独

---

① 刘勰著,范文澜注:《文心雕龙·才略》,人民文学出版社 1998 年版,第 700—701 页。
② 《抱朴子·佚篇》,郝立权《陆士衡诗注》引。
③ 《乐府诗集》卷二八郭茂倩注,文学古籍刊行社 1955 年影宋本。

此八句，全篇皆铺陈，以表现佳人的丰赡之美。在《赴洛道中作》第一首中，陆机真实地描写了自己离家赴洛，仓皇北上时的悲哀：

总辔登长路，呜咽辞密亲。借问子安之，世网婴我身。永叹遵北渚，遗思结南津。行行遂已远，野途旷无人。山泽纷纡余，林薄杳阡眠，虎啸深谷底，鸡鸣高树巅。哀风中夜发，孤兽更我前。悲情触物感，沉思郁缠绵。伫立望故乡，顾影凄自怜。

"山泽"以下写景数句，排比了六种事物，旨在刻画诗人"顾影凄自怜"的悲情。这几句有实有虚，如"鸡鸣高树巅"，是白天，而"哀风"、"孤兽"则是半夜，这就看出陆机为"写志"而有意地使用排列的赋法。

再如《吴趋行》，赋法更为明显，诗人要夸赞吴地之美，说"楚妃"、"齐娥"且莫唱，请听"我歌吴趋"，发端即模仿汉赋，如《子虚》、《上林》。子虚先生夸楚，乌有先生夸齐，亡是公最后发言说"楚则失矣，而齐亦未为得也"，遂自夸天子之上林。这种结构遂于汉赋中定型。与陆机同时的左思《三都赋》也是采用的这种结构，以西蜀公子夸蜀，东吴王孙夸吴，最后魏国先生释魏。陆机《吴趋行》即仿此结构，但内容与左思相反，是夸吴地灵人杰，这是陆机的一贯思想，即使潘岳代贾谧赠诗说吴"僭号称王"、"伪孙衔璧"，陆机仍反击说"吴实龙飞"，表现了陆机不屈的个性。自"吴趋自有始，请从阊门起"开始，陆机从城、楼、阁、轩、山泽土风、八族四姓诸方面——排列铺陈，以颂扬吴地吴人之美，这是明显的赋法。诗的结尾说"商榷为此歌"，与谁商榷？可能当时有人作诗或作文贬吴，即使没有，但当时轻视吴人却是社会的普遍心理，也可能就是与这种心理习惯商榷。诗歌中运用铺叙的赋法，不始于陆机，曹植《名都》、《白马》、《美女》诸篇,繁钦的《定情诗》已见,陆机则愈廓其堂庑,而表现为一种特色。

2.对偶。对偶是自然的规律,《文心雕龙·丽辞》说:"造化赋形,支体必双,神理为用,事不孤立。"作为单音节的汉字,也自然求对,先秦尚是无意识的,两汉之扬、马、张、蔡,在文与赋中已有意追求对偶。建安时期骈对已十分整齐,如曹植《求自试表》:"臣闻士之生世,入则事父,出则事君。事父尚于荣亲,事君贵于兴国。故慈亲不能爱无益之子,仁君不能畜无用之臣。夫论德而授官者,成功之君也;量能而受爵者,毕命之臣也。"不过建安时的对偶还以文气为主,视行文需要,不强求对偶,故不觉板滞。这一时期的诗歌也已用对仗句,但在诗中所占比重并不大。到了太康时期,音律的要求已成为文学思想的一个重要内容,对对偶的重视渐成为风气,如时人对陆云、荀隐名对的激赏。这一时期对偶的特色较建安时期更为整齐,语词修炼妍整,音节华净流畅,我们在晋人的文、赋如潘岳的《马汧督诔》、张载的《剑阁铭》、陆机的《辨亡论》等中可以看出。在诗歌创作中,陆机吸收了骈文的写作技巧,比别的作家更广泛地使用对偶句。清代叶矫然说:"六朝排偶,始于士衡。"[1]排偶不一定始于士衡,但陆机确于此最见特色。刘勰曾把对偶分为言对、事对、正对、反对四种说:"言对者,双比空辞者也,事对者,并举人验者也,反对者,理殊趣合者也,正对者,事异义同者也。"[2]言对不用事例,事对须用事例证明。故言对为易,事对为难。正对是用相似的事说明相同的意思,反对是用相反的事说明相同的意思,故

---

[1] 《龙性堂诗话》,《清诗话续编》本,上海古籍出版社1983年版,第956页。
[2] 刘勰著,范文澜注:《文心雕龙·丽辞》,人民文学出版社1998年版,第588页。

反对为优,正对为劣。综观陆机诗歌,以言对最多,占其诗歌的十之八、九强,至于事对则很少,偶有一、二,如《君子行》中的"掇蜂灭天道,拾尘惑孔颜"。其余有一些是借古之成言作对句,如《折杨柳》中的"盛门无再入,衰房苦莫开"用《老子》"祸兮福之所倚,福兮祸之所伏"之意,这说明陆机的对偶大都靠自己语言组织,还不及用典。诗文中侈用典故,是刘宋以后的事,魏晋时只是偶而为之,故刘勰说"魏晋浅而绮"①,"浅"不仅指用字"率从简易"②,也指用典较少。陆机喜用对偶,往往全篇一对到底,如《猛虎行》《从军行》等。由于基本是言对、正对,往往将一句意思析为两句,如"营魄怀兹土,精爽若飞尘"(《赠从兄车骑》),这增加了诗歌的繁芜,诗歌的容量松散而不凝聚。不过陆机虽有意写对偶,如《赴洛》之二"思乐乐难诱,曰归归未克",但从其全部诗作来看,并不十分板整,往往在轮廓上整对,而字与字之间并不讲究,如《赴洛》之一:"希世无高符,营道无烈心",《从军行》:"隆暑固已惨,凉风严且苛。夏条焦鲜藻,寒冰结冲波。胡马如云屯,越旗亦星罗。飞锋无绝影,鸣镝自相和。"明代何景明说"陆诗语俳体不俳"③,殊得其实,所以虽全篇为对,读去并不觉很呆板,古朴之气穿插其间,使诗歌具有一种感人的气势。

3. 析文。刘勰《文心雕龙·明诗》篇说:"晋世群才,稍入清绮……或析文以为妙,或流靡以自妍。"《丽辞》说:"晋世群才,析句弥密。""析"字一般解释为对偶④,实则不仅指对偶,还有剖析的

---

① 刘勰著,范文澜注:《文心雕龙·通变》,人民文学出版社1998年版,第520页。
② 刘勰著,范文澜注:《文心雕龙·练字》,人民文学出版社1998年版,第624页。
③ 《与李空同论诗书》,《大复集》卷三二,《四库全书》本。
④ 参见周振甫《文心雕龙注释》、向长青《文心雕龙注释》。

意思,即刘勰在《丽辞》中所说的"剖毫析厘"。晋人作诗,句法已很绵密,一层紧接一层,欲说尽说透,不留下多少回旋的余地,所以意思详备,铺藻工缛,与建安时"不求纤密之巧"[①]的粗疏文风不同,此则为"析文"。陆机在这方面表现得较为突出,如《长歌行》前部分:"逝矣经天日,悲哉带地川。寸阴无停晷,尺波岂独旋。年往迅劲矢,时来亮急弦。远期鲜克及,盈数固希全。容华夙夜落,体泽坐自捐。兹物苟难停,吾寿安得延。俯仰逝将过,倏忽几何间。""逝矣"两句以天日与地川之流逝起句,以喻年命流行不止,"寸阴"两句则是这个意思的进一步申发。"容华"两句写自己对坐耗生命、青春的焦急,真有些惊心动魄!"兹物"两句则对"容华"句的意思又析言之。诗人用十二句的篇幅表示自己对时日年命飞逝的焦虑,意犹未尽,又续写"俯仰逝将过"两句来表示时光流逝的真实存在,以突出自己立功要及时的迫切感。当然,由于在开始阶段,在剪裁上还欠工夫,因此诗中常有累句。如《悲哉行》前半部分:"游客芳春林,春芳伤客心。和风飞清响,鲜云垂薄阴。蕙草饶淑气,时鸟多好音。翩翩鸣鸠羽,喈喈仓庚吟。幽兰盈通谷,长秀被高岑。女萝亦有托,蔓葛亦有寻。伤哉客游士,忧思一何深。目感随气草,耳悲咏时禽。"写游客在大好春光中忽生身世无托的感慨,情景对比较为强烈,然"目感"二句却嫌累赘。陈祚明说:"言情于景物之中,情乃流动不滞也。但如此已足,翻嫌'目感'二句重述径露。诗以含蓄有余、令人徘徊为妙,写尽乃最忌。"[②]这是陆机诗歌的缺点,晋代其他作家也或多或少地具有这一缺点。刘熙载《艺

---

① 刘勰著,范文澜注:《文心雕龙·明诗》,人民文学出版社1998年版,第66页。
② 陈祚明:《采菽堂古诗选》,《续修四库全书》本。

概》曾说:"刘彦和谓陆士衡矜重,而近世论陆诗者,或以累句訾之。然有累句,无轻句,便是大家品位。"这个评论还是能分清主次的。

陆机的析文不仅表现在这种诗意的铺陈敷衍上,在句法上,他常使用顶针法(或隔句相承),一句紧接一句,缠绵而缜密。如《于承明作于士龙》:"西归憩永安,北迈顿承明;永安有昨轨,承明子弃予。"永安、承明皆亭名,陆机于此送陆云,用这样的句法进一步表示兄弟分离的痛苦。在《赠尚书郎顾彦先》中,陆机写道:"与子隔萧墙,萧墙阻且深。形影旷不接,所托声与音。音声日夜阔,何用慰我心。"连用四顶针句,把自己对顾彦先的思念之情一层更深一层地表达了出来。这种句法在陆机诗中很多,这种修辞手法的使用,诗歌的句法愈加绵密,表现范围广而深入,感情更为细腻而真切。

繁缛赡密是篇章结构上表现的特色,体现了陆机应、艳的美学理想;工巧绮练则是字词句表现的特色,体现的是和、雅的美学理想。

晋人尚辞,一改建安文风,沈约《宋书·谢灵运传论》说:"降及元康,潘、陆特秀,律异班、贾,体变曹、王,缛旨星稠,繁文绮合,缀平台之遗响,采南皮之高韵。"建安文学(包括曹植的作品)总体风貌还是"古朴易解"[1],而太康文学"虽亦远绍曹、王,实同流而异波也"[2]。这"异波"一在繁缛,一在修辞。繁缛如上节所分析,这里分析陆机的修辞特色。

陆机基本不用常语、口语、俗语,而大量使用书面词汇、成语等。建安诗歌中口语成分较多,许多都明白如话,随着文学身份的

---

[1] 徐祯卿:《谈艺录》,《历代诗话》本,人民文学出版社1981年版,第764页。
[2] 刘永济:《十四朝文学要略》,黑龙江人民出版社1984年版,第156页。

确定、独立,文学思想的进步,口语渐不受到欢迎。钟嵘评曹丕,只肯定"西北有浮云"十余首,因为"殊美赡可玩",对其余则以"鄙质如偶语"否定之。太康诗歌修辞尚雅、练,一洗口语的鄙质,这在陆机表现得尤为明显。例如《赠从兄车骑》:"营魄怀兹土,精爽若飞沈。""营魄"用《老子》"载营魄抱一"。李善注曰:"经护为营,形气为魄。谓魂魄经护其形气,使之长存也。""精爽"用《左传》语:"心之精爽,是谓魂魄。"由此可见陆机不用口语、俗语的良苦用心。又如《赠弟士龙》:"行矣怨路长,慭焉伤别促。"这是用《诗经·小雅·小弁》语:"我心忧伤,慭焉如捣。""慭"在周秦时可能是口语,但魏晋时却不多见,已上升为雅语,陆机用来写自己的忧思,已显深奥。这诗的结尾是:"慷慨逝言感,徘徊居情育。安得携手俱,契阔成骓服。"写兄弟分别,一居一行,不能携手,行者慷慨,居者亦生恋情,但诗人不用常语道出,而谓"居情育",又以较生涩的"骓服"比喻不分离,都给诗歌蒙上浓厚的文人色彩。又如"昔者与君别,岁律薄将暮"(《为周夫人赠车骑》),不用"岁月"而用"岁律","二合兆佳偶,女子礼有行"(《为陆思远妇作》)、"二合"指男女之配合。以上所举在陆机诗集中均属下乘之作,是用得不好的。由于不使用常语,并且用得不好,诗人的抒情壅隔不畅通,同时使作者与读者的心理距离扩大,打动人的艺术魅力减小。但是陆机毕竟才气大,像这种下乘的修辞虽有一些,而占绝大多数造句工巧绮练,故给人以"举体华美"的印象。我们不妨以陆机拟古诗与古诗作一对比研究。

《古诗十九首》是东汉末年无名文人所作,自然带有文人色彩,但在总的体貌上,仍是古诗范畴,与民间诗歌(如汉乐府)相近,用意古朴敦厚,造语简单明了,它对建安诗人和太康诗人都产生了巨大的影响。但建安诗歌与《十九首》较为接近,王世贞曾说曹丕《杂诗》、曹植《杂诗》六首"可入十九首,不能辨也。"①而太康诗歌却迥异于汉诗。陆机曾模拟十九首中的十四首,在遣字造词上即可看出这种不一致。姑取一例,以见一斑:

　　古诗《东城高且长》:东城高且长,逶迤自相属。回风动地起,秋草萋以绿。四时更变化,岁暮一何速。晨风怀苦心,蟋蟀伤局促。荡涤放情志,何为自结束?燕赵有佳人,美者颜如玉。被服罗裳衣,当户理清曲。音响一何悲,弦急知柱促。驰情整中带,沉吟聊踯躅。思为双飞燕,衔泥巢君屋。

　　拟诗:西山何其峻,曾曲郁崔嵬。零露弥天坠,蕙叶凭林衰。寒暑相因袭,时逝忽如颓。三闾结飞辔,大耋嗟落晖。曷为牵世务,中心若有违。京洛多妖丽,玉颜侔琼蕤。闲夜抚鸣琴,惠音清且悲。长歌赴促节,哀响逐高徽。一唱万夫叹,再唱梁尘飞。思为河曲鸟,双游澧水湄。

张凤翼《文选纂注》把原诗"燕赵有佳人"以下归为另一首,今人皆从之。陆机拟诗两首合一,可见晋时已为此面貌。又,拟诗为"拟东城一何高",可能版本不同缘故。

两相比较,可见出拟诗有意对词句的锻炼。原诗为对"高且长"的东城的描写,用"逶迤自相属",比较形象,拟诗则一反而用"曾曲郁崔嵬"描绘"何其峻"的西山。当然,原诗由于是文人写作,修辞已较工雅,但如"逶迤自相属"五字都还简明,近于口语,陆机的"曾曲郁崔嵬"却未免深曲,有雕刻之嫌。原诗"回风"两句十个字烘出一派萧瑟的秋意,正体现了汉诗"气象混沌,不可句摘"②的

---

① 《艺苑卮言》,《历代诗话续编》本,人民文学出版社1983年版,第989页。
② 严羽:《沧浪诗话》,郭绍虞《校释》本,人民文学出版社1981年版,第151页。

整体美,而拟诗"零露"两句,却打破了这一混沌气象,每个字都妍练工巧,极为警动。如"露"用"零"字形容,用"坠"写出重量,用"弥天"状出多而密。写蕙叶衰落,用"凭"字,则写出了满林落叶的萧瑟秋景(陆机对"零露"一句颇为欣赏,在《梁甫吟》中也曾用过)。至于对美人的描写,原诗用"美者颜如玉"一句道出,极近口语,陆机改用"玉颜侔琼蕤"。五个字包括三个大的意群:"玉颜"、"侔"、"琼蕤",而"玉颜"、"琼蕤"又各含两个小的意群。"美者颜如玉"的容量只相当于"玉颜"两个字,所以拟诗的凝聚性容量远远超过原诗。参照诗史的发展,这是对诗歌的贡献。

对字句刻意锻炼求工,在陆机作品中俯拾即是。如《拟兰若生朝阳》的"凝霜封其条","凝霜"写出了霜的板结、寒冷。"封"不仅写出条上布满了霜,而且还给霜和嘉树赋予人格特征:霜的淫威,条的不屈。《悲哉行》的"鲜云垂薄阴"一句,"鲜"字给人以新、亮、轻的感觉,薄字状出淡淡的天色,这一句真如陆云所说:"新奇乃尔,真令人怖。"[1]陈祚明对此也很欣赏,他说:"鲜字、垂字、薄字并活,然尚浑。"[2]陆机在《园葵》中又一次使用"鲜"字"零露垂鲜泽",以表示他对这个字的欣赏。《悲哉行》中还有"隆想弥年月"一句,"隆"字写出思念的深而厚,陆机对这一描写很满意,在《为顾彦先赠妇》和《从军行》中两次用"隆"字,一写"思"("隆思乱心曲"),一写"暑"("隆暑固已惨")。用"隆"字如此描写,以往确不多,由此可见陆机"谢朝华于已披,启夕秀于未振"之苦心。在《拟行行重行行》中,陆机用"音徽"写游子、思妇的相思:"此思亦何思?思君徽

---

[1] 《与兄平原书》,《全晋文》卷一百二,中华书局影印本,第2042页。
[2] 陈祚明《采菽堂古诗选》,《续修四库全书》本。

与音。音徽日夜离,缅邈若飞沈。"曹植曾用"尘、泥"的浮沉比喻夫妻分离,陆机则改用"音、徽"作比喻,这也是他不愿蹈袭旧语之处。从陆机的诗歌看,他似乎对五言诗中动词的特殊作用已有了较深的认识,所以已开始注意对动词的选择和锤炼。如《齐讴行》中的"洪川控河济,崇山入高冥","控"、"入"二字形象地刻画了大河奔流、峰插云天的气势,更由于"控"、"入"的主动性动作,增加了"洪川"、"崇山"的动态,后李白名句"江入大荒流"(《渡荆门送别》)与此有异曲同工之妙。又如"孟诸吞云梦,百二侔秦京"的"吞"、"侔"二字雄劲有力,一字千钧,增加了诗歌的气势。《悲哉行》"幽兰盈通谷,长秀被高岑","盈"、"被"都表现漫谷遍野的意思,然"盈"字是浓厚的"满",具有一种浓郁的意态,用"盈"字于谷,又极合谷的地理形势,而"被"字乃均匀的覆盖,是通谷宜用"盈",高岑宜用"被",此正见动词锻炼之精。再如《赴洛道中作》,"夕息抱影寐,朝徂衔思往","抱"字写出自己的孤独,"衔"字刻画出乡思的不可排遣。对动词刻意锻炼,以求达到警动、形象的效果,这在陆机诗中不少,即如以上分析过的"凝霜封其条"的"封"字,还有:"激楚伫兰林,回芳薄秀木。"(《招隐》)"永叹遵北渚,遗思结南津。"(《赴洛道中作》)"玄云拖朱阁,振风薄绮疏。丰注溢脩溜,黄潦侵阶除。"(《赠尚书顾彦先之二》)"迴渠绕曲陌,通波扶直阡。"(《答张士然》)"清川含藻景,高岸被华丹。"(《日出东南隅行》)"容华夙夜零,体泽坐自捐。"(《长歌行》)"胡马如云屯,越旗亦星罗。"(《从军行》)"飞阁缨红带,层台冒云冠。……侠客控绝景,都人骖玉轩。"(《拟青青陵上柏》)这种对动词的锻炼,是对建安优秀文风的继承,甚至有的字词都是建安诗人用过的,如"被"、"冒"字见于曹植的《公宴》"秋兰被长坂,朱华冒绿池"。"被"字又见其《杂诗》"绿草被阶庭"。

"含"、"溢"分别见于刘桢《杂诗》"方塘含白水",《公宴》"菡萏溢金塘"。建安文学这种宝贵遗产为太康文人全面继承,他们的创作特色尤其表现在字词的妍练上,我们不妨列举一些以为例证:张华《杂诗》:"层波动荄荷,荣彩曜中林。流波入绮罗,王孙游不归。"潘岳《河阳县作》:"川气冒山岭,惊湍激岩阿。归雁映兰畤,游鱼动圆波。鸣蝉厉寒音,时菊耀秋华。"《内顾》:"芳林振朱荣,渌水激素石。"张协《杂诗》之三:"秋草含绿滋。"之二:"飞雨洒朝兰,轻露栖丛菊。龙蛰喧气凝,天高万物肃。"之十:"沈夜漱陈根,绿叶腐秋茎。"左思《招隐》:"荒涂横古今。""白雪停阴冈,丹葩曜阳林。石泉漱琼瑶,鳞纤或浮沉。"以上"冒"、"含"、"入"、"激"、"振"等,在陆机诗中也都见过,而"冒"字明显也是受曹植影响。宋范希文《对床夜语》说:"子建诗:'朱华冒绿池',古人不于字面上著工,然'冒'字殆妙。陆士衡云:'飞阁缨红带,层台冒云冠。'潘安仁云:'川气冒山岭,惊湍激岩阿。'颜延年云:'松风遵路急,山烟冒垅生。'江文通云:'凉叶照河屿,秋华冒水绿。'谢灵运云:'苹萍泛沈深,菰蒲冒清浅。'皆祖子建。"一个"冒"字贯用了魏晋六朝。从太康其他文人对字词的妍练,可见出陆机创作的一个整体环境,在这一环境中,陆机无疑地最具特色。清人厉志说他"字字有力,语语欲飞"①,虽略有夸张,但还是反映了陆诗的总体面貌。

以上对陆机诗歌的基本特色作了一个大概的分析,这个分析使我们比较清楚地看出他在诗歌发展中所作出的贡献。

(原载《上海师范大学学报》1989年第2期)

---

① 《白华山人诗说》,《清诗话续编》本,上海古籍出版社1983年版,第2286页。

关于陆机生平几个问题的澄清

陆机,字士衡,太康文学的代表作家,由于他的身世及思想比较复杂,所以从生时以至今日,他的一些活动受到许多指责。综合批评的意见,主要是两点:

一、厕身于二十四友,谄事贾谧。贾谧败后,二十四友受牵连,内中石崇、潘岳、缪征等被杀。在这场事变中,陆机因预诛贾谧功,赐爵关内侯[1]。时论对他似无批评,但阎缵在上疏中对二十四友大加鞭挞,他说:"世俗险薄,士无廉节,贾谧小儿,恃宠恣睢,而浅中弱植之徒,更相禽习,故世号鲁公二十四友。……潘岳、缪征等皆谧父党,共相浮沉,人士羞之,闻其晏然,莫不为怪。今诏书暴扬其罪,并皆遣出,百姓咸云清当。臣独谓非但岳、征,二十四友宜皆齐黜,以肃风教。"[2]这里尚未点陆机之名,后来的刘勰则直斥"陆机倾仄于贾、郭"[3]。及《晋书》为他列传,也以此为他的污点,说他"好游权门,与贾谧亲善,以进趣获讥"。

二、邀竞无已,不能明哲保身。《南史·谢晦传》载:"灵运问晦潘、陆与贾充优劣。晦曰:'安仁谄于权门,士衡邀竞无已,并不能

---

[1] 《晋书·赵王伦传》:"伦矫诏敕三部司马曰:'中宫与贾谧等杀吾太子,今车骑入废中宫,汝等皆当从命,赐爵关内侯,不从,诛三族。'于是众皆从之。"

[2] 《晋书·阎缵传》,中华书局标点本,第1356页。

[3] 刘勰著,范文澜注:《文心雕龙·程器》,人民文学出版社1998年版,第719页。

保身,自求多福。公闾勋名佐世,不得为并。'灵运曰:'安仁、士衡,才为一时之冠,方之公闾,本自辽绝。'"(谢晦是政治家,看重的是勋;谢灵运是文人,看重的是才,评价标准不一,故差异若此。)"明哲保身"是儒家铭训,陆机未能做到这点,自然受到指责。后来的颜之推在《家训》中批评他"犯顺履险",以此为子孙的镜鉴,可见"保身"的重要性。

全面对陆机展开批评的是明末的张溥,他说:"陆氏为吴世臣,士衡才冠当世,国亡主辱,颠沛图济,成则张子房,败则姜伯约,斯其人也。俯首入洛,竟縻晋爵,身事仇雠,而欲高语英雄,难矣。太康末年,衅乱日作,士衡预诛贾谧,俛得通侯,俗人谓福,君子谓祸。赵王诛死,羁囚廷尉,秋风尊鲈,可早决几。复恋成都活命之恩,遭孟玖青蝇之谮,黑幰告梦,白帢受刑,画狱自投,其谁戚哉。"[①]张溥生于民族危机深重的明末,其治学亦切实用,故发言多寓个人意见。如对陆机的这些批评,未免有些偏激,我们不可遽信他的判断。陆机是个复杂的作家,因此对他的这些表现,必须结合他的出身、遭遇等,实事求是地分析、评价。

一

陆机出身于吴国高级士族家庭。《吴录·士林》说:"吴郡有顾、陆、朱、张,为四姓。三国之间,四姓盛焉。"[②]除了陆机这一族外,顾指顾雍、顾邵族,朱指朱治、朱然族,张指张昭、张承族,这四

---

① 《汉魏六朝百三家集》卷四十八《题辞》,《文渊阁四库全书》本。
② 《世说新语·赏誉》"吴四姓旧目"条注,载余嘉锡:《世说新语笺疏》,中华书局1983年版,第582页。

家是孙权半壁江山的支柱。陆凯上孙皓表说："先帝（指孙权）外仗顾陆朱张，内近胡综、薛综，是以庶绩雍熙，邦内清肃。"①这并非夸张之言，当时朝野内外任职者多为四家子弟。《吴志·朱治传》说："公族子弟及吴四姓多出仕郡，郡吏常以千数。"而陆家则是四姓中比较突出的一家。孙皓曾问陆凯："卿一家在朝有几人？"陆凯回答说："二相五侯，将军十余人。"因为这样的地位，孙氏父子对他们也不敢等闲视之。当然，除了陆氏家族实力雄厚的原因，四姓之间，四姓与孙氏之间又广结裙带关系，政治利益的联系加上血缘的维系，把他们团结为一个比较巩固的互相依赖的整体。东吴世家大族的力量，连敌国也不敢轻视。孙权死后，邓艾曾说："孙权已殁，大臣未附，吴名宗大族，皆有部曲，阻兵仗势，足以建命。"②据我大略的检查，四姓之间，陆氏除了与朱氏以外，与其他三家都有婚姻联系，如顾谭、顾承（雍孙、邵子）是陆逊外甥，顾邵是陆绩（逊叔父）外甥，陆抗是张承女婿，顾谦（雍族人悌子）是陆机姊夫，张白（温弟）又是陆绩女婿。与孙氏联姻的有：陆逊娶孙策女，陆抗自然是孙策外孙；陆景（机兄）娶孙皓妹，她与陆景都是张承的外孙。正是由于政治利益的一致，以及这些错综复杂的血缘关系，四姓对孙氏也是鼎力支持，当时就流传："张文朱武，陆忠顾厚。"③这又是四个家族各自具有的特征吧。

　　陆家在东吴举足轻重的地位在陆机父、祖两代表现得最为充分。陆机祖父陆逊于公元二二一年猇亭一战中火烧刘备四十余营，刘备仅得退入白帝城，不久就发病而死。这一战改变了蜀、吴

---

① 《三国志·吴志·陆凯传》，中华书局标点本，第1406页。
② 《魏志·邓艾传》，中华书局标点本，第777页。
③ 《世说新语·赏誉》引《吴四姓旧目》，第582页。

上下流之间强弱的形势，为了共同对抗曹魏，蜀、吴间的联盟从此才明朗起来。自此以后，陆逊一直督守武昌，为吴藩表，敌不敢侵。逊卒，其子抗又代之。陆抗才干不落其父，晋将贤如羊祜，亦不敢轻举妄动，故时有"陆抗存则吴存，抗亡则吴亡"[1]之说。果然，陆抗死后，羊祜始上疏请伐吴[2]。显赫的家世及父、祖政治上的殊勋，深刻地影响着陆机，砥砺着陆机，他在诗文中一再表示自己的倾慕和向往，并为此而奋斗不息。

陆氏家族忠厚、严谨的家风特点，并非虚传，史书记载的几件事可见一斑。陆逊从祖陆康是汉末庐江太守，史载其忠于汉室，以袁术叛逆拒之，后城破，月余发病卒，"朝廷愍其守节，拜子俊为郎中"[3]。谢承《后汉书》还载："康少淳，孝悌，勤修操行，太守李肃察孝廉。肃后坐事伏法，康敛尸，送丧还颍川，行服礼终，举茂才。"[4]这种廉正忠厚的操行对陆氏后代的影响很大，从现存的一些记载中可以看到这种风气在陆氏家族中的保存。如陆逊弟陆瑁与同郡徐原素不相识，原临死遗书，托以孤弱，瑁为起立坟墓，收导其子。又瑁从父绩早亡，二男一女，皆数岁以还，瑁迎摄养，至长乃别[5]。陆康的孙女郁生（陆绩女），据《陆绩传》注引《姚信集》谓年十三嫁与同郡张白，侍庙三月，妇礼未卒，白遭家祸，迁死异域，而郁生抗声昭节，义形于色。冠盖交横，誓而不许，奉养白姊妹，送终以礼，赢得人们的称赞。严谨的家风，自然也会潜移默化地影响着陆机，

---

[1] 《晋书·何充传》，中华书局标点本，第2030页。
[2] 参见《资治通鉴》胡注，上海古籍出版社1987年版，第537页。
[3] 《后汉书·陆康传》，中华书局标点本，第1114页。
[4] 《三国志·吴志·陆绩传》注引，中华书局标点本，第1328页。
[5] 参见《三国志·吴志·陆瑁传》，中华书局标点本，第1337页。

本传说他"伏膺儒术,非礼勿动",不是没有根据的。

  陆氏又是儒学世家。陆绩本传说他"意在儒雅"、"虽有军事,著述不废,作《浑天图》,注《易》释《玄》,皆传于世"。绩亦自称"幼敦《诗》、《书》,长玩《礼》、《易》"。近人章炳麟《陆机赞》说:"机之族始于陆绩,说《易》明《玄》,为经术大师。"事实上,陆逊长陆绩数岁,章炳麟这样说,是从其儒学世家的奠定着眼的。近人汤用彤在分析三国时的《易》学时认为当时有三派,江东一派则是以虞翻、陆绩为代表。① 陆绩治《易》,直接影响到陆机的思想发展,是支配他一生言行的主导思想。

  自陆绩以后,陆家子弟虽或从政或带兵,但都不忘修治学问。如陆瑁(逊弟)"少好学笃义"②,其子陆喜"亦涉文籍,好人伦。"③陆凯(逊从子)"虽统军政,手不释书"④。陆机的哥哥陆景"澡身好学,著书数十篇"⑤。至于陆逊、陆抗父子,则是有名的儒将,如陆逊曾劝建昌侯虑"宜勤览经典,以自新益"⑥。这些显示了陆氏家族深厚的文化背景。

  这就是陆机生长的家族,这种家族环境一方面帮助他完成了作为一个贵族青年所需要的全部教养,另一方面培植了他建功立业的抱负,及实现这种抱负必备的信心。如果三国依然鼎立,陆机很可能如他父、祖那样顺利进入仕途,从而走出相同的勋业辉煌的

---

 ① 参见汤用彤:《魏晋思想的发展》,《汤用彤学术论文集》,中华书局1983年版,第297页。
 ② 《三国志·吴志·陆瑁传》,中华书局标点本,第1336页。
 ③ 同上书,第1338页。
 ④ 《三国志·吴志·陆凯传》,中华书局标点本,第1400页。
 ⑤ 《三国志·吴志·陆逊传》,中华书局标点本,第1360页。
 ⑥ 同上书,第1349页。

道路来。不幸,随着东吴的灭亡,这个家族也随之沉寂。这样,家族往日那种显赫的声望也就由作为其子孙经济、政治强有力的保护,一变而为沉重的心理压力。尤其太康元年吴、晋之间最后一场战争中,陆晏、陆景相继阵亡,陆机成为这个家族(指陆逊、陆抗这一支)的当然继承人时,他开始清楚地认识到自己所负责任的重大;建功立业不再仅属个人的抱负,它已包容重振家声的深刻内容。太康二年,陆机被俘获释由洛阳南返时所写的《赠弟士龙》第五章说"绵绵洪流,非尔孰崇",其实含有深深的自励①。此时国破家亡,又作了战俘的他,对此点更有了深切的体会。在经过十年时间的深自砥砺后,陆机、陆云兄弟赴洛北上,从此陆机全部政治活动都围绕这一主题展开,而开始了充满坎坷的下半生旅程。写于这一期间他的几乎所有诗文,如实地记录了他在这政治斗争中挣扎、颠簸时矛盾、痛苦的心理。

二

以上叙述只是说明支配陆机一系列活动的内在原因,陆机入洛后所感受到的环境压力,则是外在因素:这就是晋人对吴人(包括对蜀人)的歧视态度。晋新平吴,吴人颇为中原人歧视,一是因为作了亡国奴,《晋书·华谭传》载:"时九州秀孝策无逮谭者。谭素以才学为东土所推,同郡刘颂时为廷尉,见之叹息曰:'不悟乡里乃有如此才也!'博士王济于众中嘲之曰:'五府初开,群公辟命,采英奇于仄陋,拔贤俊于岩穴。君吴楚之人,亡国之余,有何秀异而

---

① 参见本书所载《陆机初次赴洛时间考辨》。

应斯举?"又《周处传》载吴平后,王浑登建邺宫酾酒,既酣,戏弄吴人说:"诸君亡国之余,得无戚乎?"周处回答说:"汉末分崩,三国鼎立,魏灭于前,吴亡于后,亡国之戚,岂惟一人!"但这只是口辩中的反击而已,至于中原人普遍存在的歧视心理,却没法抹平。二是晋人认为吴人不好统治。《晋书·华谭传》载武帝对吴、蜀人士评论说:"蜀人服化,无携贰之心;而吴人趑雎,屡作妖寇。"武帝的这种观点,足以构成吴人仕宦的障碍了。陆机上疏荐贺循时说:"至于荆、扬二州,户各数十万,今扬州无郎,而荆州、江南乃无一人为京城职者。"这是上给惠帝的疏,不会有不实之处,实际上,陆机自己到洛阳后,也饱尝了多少白眼啊!如刘道真不屑与言,卢志当面触讳[1],都是这种歧视心理的放肆表现。明白这种社会风俗背景,也就不难理解陆机兄弟初入洛一系列类于汉末浮华的活动[2],同时也就清楚了何以二陆兄弟对张华一语褒奖的终生感激了[3]。正是在这种形势的刺激下,陆机参加了贾谧的"二十四友"。

"二十四友"活动的具体时间,有两种说法,一是认为元康元年[4],一是认为元康六年[5],我认为应该是元康六年或七年。《晋书·刘琨传》记载刘琨二十六岁时为石崇金谷园诗友,是时元康六年,这以后刘琨方加入二十四友之列。《石崇传》也证实了这一消

---

[1] 参见《世说新语·简傲》、《方正》诸篇。
[2] 《世说新语·方正》篇载陆机入洛后,即问张华应拜访何人。据记载,二陆拜访的有刘道真、王济等人;此外,张华还多次设座为之延誉。如陆云与荀隐的对语,陆机与张华关于褚陶的趣话等,都是这个目的。
[3] 《晋书·陆机传》载张华说:"伐吴之役,利获二俊。"参见中华书局标点本,第1472页。
[4] 参见姜亮夫:《陆平原年谱》,古典文学出版社1957年版,第50页。
[5] 参见傅璇琮:《潘岳系年考证》,载《文史》第14辑,中华书局1982年版,第254页。

息,而石崇的《金谷诗序》就是写于元康六年。陆机在元康六年之前先后作过祭酒、太子洗马及吴王郎中令,仕途并不得意,与其建功立业,振兴家声抱负的实现,相差太远,此时年已三十六岁的他,不禁产生了"日归功未建"(《猛虎行》)的焦躁。元康六年,陆机自淮南入为尚书中兵郎,又转为殿中郎,贾谧让潘岳赠诗陆机,有"发言为诗,俟望好音"的殷殷之求,似是为"二十四友"张本。贾谧为贾充之嗣,借助贾后淫威,早怀异心。本传载:"谧时从帝幸宣武观校猎,讽尚书于会中召谧受拜,诫左右勿使人知,于是众疑其有异志矣。"又载他与太子奕棋争道,无礼于太子,皆可见之。所以二十四友的形成,一方面固是文人要借助他的威势,另一方面主要还是贾谧的异心所致。西晋时还深受品评之风影响,贾谧"开阁延宾"(《贾充传》),广招天下之士,本是希望加重清议的力量,既形成亲己势力,又得到舆论赞誉。(殊不料贾后专恣,贾谧权过人主,早已引起朝野的反感,因此,二十四友自然受到人们的谴责。)他不仅让潘岳写诗邀召陆机,据《嵇绍传》载,还曾求交嵇绍,但遭到拒绝。陆机与嵇绍不同(嵇绍起家即为秘书丞),出自敌国,饱尝了中原人的歧视,加之年龄老大,功业无成,振兴家声已趋渺茫,贾谧邀他,不啻是一个拼搏的机会,故欣然答诗曰:"仪形在昔,予闻子命。"在人格上,陆机与潘岳有本质的不同。潘岳是贾谧的崇拜者及贴心助手,他不仅积极为贾谧活动,而且有遥拜路尘的丑恶行径;而陆机则从其《答贾长渊诗》中可以看出他的骨气。潘岳赠诗之四说,"南吴伊何,僭号称王。大晋统天,仁风遐扬。伪孙衔璧,奉土归疆。"对陆机毫不客气。潘岳奉命拉拢士人,不至于有意讥讽陆机,但对东吴的鄙视,已被中原人视作正常的心理而毫无顾忌地表现在任何场合。说者也许无心,答者却不愿接受,故特加申辩说:"吴实龙飞,刘亦岳立。"赠诗的末章说陆机:"在南称柑,度北则橙。"陆机显然不喜欢这样的比喻,故改木为金:"惟汉有木,曾不逾境。惟南有金,万邦作咏。"李善注说:"贾戒之以木,而陆自勖以金也。"案,《晋书·薛兼传》载张华称东吴人士薛兼、贺循等说:"皆南金也。"陆机此答,毫不屈服,仍然保持了初入洛阳面折卢志时的锐气和高傲的个性。

陆机与潘岳等人无论在人格上或是阶级地位上都有本质的不同,他们没有共同的行动准则和政治利益,所以也不会有深刻的友谊。从今天见到的材料来看:二十四友之间关系比较密切的有以石崇为首的金谷园派,包括潘岳、杜育、刘琨;贾谧亲属派,有欧阳建(谧甥)、郭彰(贾后从舅,与谧并称"贾郭");此外牵秀、王粹亦狼狈为奸。二十四友中惟二陆吴人,除潘岳外,陆机与其他人甚至没有一点文字之交,说明二陆兄弟在他们中间被孤立、冷落的情形。事实上,陆机最终死于二十四友中的牵秀、王粹之谗,已足够说明问题。

这样的分析有助于表明:二十四友成份比较复杂,他们相聚的目的不同,不可一概而论,其中有的是卖身投靠,如潘岳、石崇等,有的是青年人的浮华交往,如刘琨等;再有的就如陆机、左思要借重权门实现自己抱负,因此对他们的评价也须区别对待。

但是,无论怎么说,依附贾谧,投身二十四友,无疑在他心中留下深深的创痕。这在写于其时的诗文如《猛虎行》、《君子行》、《长安有狭邪行》等中得到了充分地暴露。如上分析,陆机出身儒学世家,从小即受严谨的家风熏陶,敏于言,慎于行,落得个"非礼勿动"的好名声。《猛虎行》开篇即说,"渴不饮盗泉水,热不息恶木阴。"盗泉之水,恶木之阴,以其名恶,圣人贤士耻之,故不饮不息,此乃千古铭训,陆机岂不知?然忽谓"饥食猛虎窟,寒栖野雀林",猛虎窟、野雀林与盗泉水、恶木阴同义,出自古乐府《猛虎行》的"饥不从猛虎食,暮不从野雀栖",这一人格大转变的原因何在?陆机坦白地说:"日归功未建,时往岁载阴。"年龄愈大,功业一无着落,不由产生了不可遏止的焦灼。除了建功立业的客观原因之外,陆机这时的世界观也相应地发生了改变。这比较完整地反映在《长安有狭邪行》一诗中,我们不妨录在这里:

> 伊洛有歧路,歧路交朱轮。轻盖承华景,腾步蹑飞尘。鸣玉岂朴儒,凭轼皆俊民。烈心厉劲秋,丽服鲜芳春。余本倦游客,豪彦皆旧亲。倾盖承芳讯,欲鸣当及晨。守一不足矜,歧路良可遵。规行无旷迹,矩步岂逮人。投足绪已尔,四时不必循。将坠殊涂轨,要子同归津。

前十二句是一幅浮华交游图,写出当日洛阳士人为功名富贵热心交营的情状,或许就是二十四友的影写。"歧路"既是实写,又暗示着政治仕途,与后面的"守一"相对。"守一不足矜",已对"非礼勿动"提出了质疑,言时世不同,不可"守一",实可遵行"歧路"。在当时的背景里,像陆机这样出身的亡国之余,规行矩步,只能落他人后,若要超越他人,就不必如四时异节之相循。陆机认为,虽是殊途,一样可以达到同归的目的。殊途同归的思想来源于《周易》,陆机自小就深受《易》学影响,但直到这时,方成为支配他言行的主导思想。这种思想在其他诗文中一再出现,如《豪士赋序》:"夫立德之基有常,而建功之路不一。"《秋胡行》:"道虽一致,涂有万端。"《遂志赋》在历举傅说、伊尹、萧何等事迹之后说"彼殊涂而同归"。这一哲学思想是他后期立身行事的理论依据。不过,虽然有《周易》这块挡箭牌,但歧路毕竟不同于正途,想自己出身名门世家,自小耿介不阿,如今却也不得不就食于猛虎之窟,屈栖于野雀之林，内心深处不由激发出无限的惭愧，故在《猛虎行》最后感慨道："人生诚未易，曷云开此襟？眷我耿介怀，俯仰愧古今。"

按《猛虎行》诸诗作期不详。姜亮夫先生《陆平原年谱》说《猛虎行》"盖被诬后自悔之作也"。说《君子行》"亦少时拟古之作也"。然论后期作品《梁甫吟》时又说："《猛虎行》、《君子行》当亦同时。"说《长安有狭邪行》是"初入洛时作"。从这几首诗的内容看，确定为陆机参加二十四友时矛盾心理的表现，最为可信。这几首诗既表现了陆机的矛盾、痛苦，又宣明了他哲学思想的改变，如上分析，放在这一时期，比较符合陆机的实际。

三

陆机"邀竞无已"的由来，是指他摆脱了齐王冏后又投奔成都王颖，以致送了性命。事情是这样的：永康元年赵王伦辅政，引陆机为相国参军。据本传载，赵王司马伦"素庸下，无智策"，且"无学，不知书"，听制于小人孙秀，以致"天下皆事秀而无求于伦"，在孙秀的怂恿下，遂萌不臣之心。永宁元年（301）正月，赵王伦篡帝位，这种倒行逆施，不仅引起了天下公愤，也引起了司马伦内部的分裂。就在他篡位的时候，尚书和郁，兼侍中、散骑常侍王睿以及这时已被赵王伦任为尚书郎的陆机，一齐到城下而反，"八王之乱"正式粉墨登场。[①] 这年的三月，齐王冏、成都王颖、河间王颙并起兵讨伦，四月即入宫，逐伦，惠帝复辟，赐伦死。齐王冏辅政后，以机职在中书，因此怀疑陆机参加撰写赵王伦的九锡文及禅文，遂收

[①] 虽然汝南王亮与楚王玮早在元康元年就已被杀，但是真正的大乱应是从赵王伦的篡帝位开始的。

陆机等九人付廷尉，幸得成都王颖及吴王晏搭救。陆机释放后，有《谢齐王表》云："臣以职在中书，制命所出，而臣本以笔札见知，虑逼迫不获已，乃诈发内妹丧，出就第，云哭泣受吊，片言只字，文不关其间。"①又《与吴王晏表》、《谢成都王颖表》皆辩之。陆机为赵王伦所亲用，一是因为预诛贾谧功，二是因其有笔札之长，并非昵幸小人所可比。及至发现赵王伦有不轨之迹，遂不惮冒骨肉重讳，以求免难，而当赵王伦劣迹昭著后，复又公开表示反对，齐王冏确是冤枉了他。自从太康末年入洛，至此仅十年，陆机已屡遭反复，仕途之难，足使士人望而生畏。陆机乡人张翰即急流勇退，他那风流调达的秋风鲈鱼故事，殊不知包含了深刻的悲剧内容。与陆机一同入洛，时称"三俊"之一的顾荣，遭受了同陆机大致相同的遭遇。赵王伦败，顾荣被执，将诛时，幸得人救，其后他在与州里杨彦明的信中写道"吾为齐王主簿，恒虑祸及，见刀与绳，每欲自杀，但人不知耳"，已经成为惊弓之鸟。环境的险恶，愈发勾起他们的乡思。陆机本传载顾荣、戴若思等都曾劝他还吴，但机"负其才望，而志匡世难，故不从"。因感成都王颖全济之恩，遂委身焉。这大概就是后人指责他"邀竞无已"的根据。其实后人并不了解他，所以只能根据结果下一个表面肤浅的评语。关于此点，毛庆先生根据《晋书·张翰传》载顾荣所说"有四海之名者，求退良难"，认为这是顾荣、陆机不得归隐的真正原因。② 这只是外在的原因，根本原因并不在此。前面分析过，陆机出身于东吴世家，这个家族曾经在相当长的时间内，以它显赫的声誉为它的成员提供过政治、经济的保

---

① 《初学记》卷一一，中华书局1962年版，第275页。
② 参见《陆机研究》，武汉大学硕士论文。

护,使他们的成长得到强有力的保证,同时这个家族培育出来的优秀人物,即如陆机父、祖,又都以自己杰出的成就反馈于这个家族,愈增加它的分量。而一旦东吴灭亡,这个家族随之衰败后,它遗留给其子孙的却是沉重的心理压力。作为嫡系继承人的陆机(另一支是陆玩、陆晔他们),勤勉而又诚恳地接受了这份遗产。综观陆机全部诗文,其表露出来的主导思想,始终围绕建功立业、振兴家声这一严峻主题。尽管在众多的篇幅中,陆机流露了对洛阳生活的厌倦及刻骨的乡思,其实不过是他复杂的心理结构中灰色的情绪而已,不会上升为主题。此其一。其二,也是陆机滞洛的主要原因,那就是对自己才能的过高估计。这里有一首《君子行》诗:

> 天道夷且简,人道险而难。休咎相乘蹑,翻覆若波澜。去疾苦不远,疑似实生患。近火固已热,履冰岂恶寒。掇蜂灭天道,拾尘惑孔颜。逐臣尚何有?弃友焉足叹。福锺恒有兆,祸集非无端。天损未易辞,人益犹可欢。朗鉴岂远假,取之在倾冠。近情苦自信,君子防未然。

在这首诗中,陆机表露了自己在纷纭复杂的政治变乱中具有判断力的自信。开头几句是说天道平而简略,人道却险而且难。人道之所以险、难,就在于"休咎相乘蹑",这本于《老子》的"福兮祸所倚,祸兮福所伏"。何者为福?何者为祸?祸福之间,立身颇需慎重。但既处人道之中,就不能害怕,所谓"近火固已热,履冰岂恶寒"。祸福虽相乘蹑,然其出现的时候,总有征兆,而这种征兆却是可以预测从而可以预防的。"君子防未然",是对自己的勉励,也是对自己能力的相信,这是他参加混乱的政治斗争的思想支柱。陆机这种思想同样来自《周易》。《易大传·系辞下》说:"几者,动之微,吉凶之先见者也。君子见机而作,不俟终日。"陆机相信在混乱的政治斗争中,不管是祸是福,总有征兆可以发现,一旦抓住这种征兆后,就可以采取相应的措施,而避祸就福。陆机这种面对现实的积极态度,是值得肯定的,传统的"明哲保身"的中庸之道对他的否定,则应受到我们的批判。

四

关于陆机的悲剧结局,想谈点个人的看法。陆机委身司马颖后,很受赏识,先让他参大将军军事,后为平原内史。太安二年(303),成都王颖与河间王颙举兵讨伐长沙王乂,以陆机为前军都督,率军二十万,南向洛阳。十月,长沙王乂奉天子与陆机战于鹿苑,陆机大败,将军贾棱战死,据《水经注》引《晋后略》说,当时"人相蹑死于堑中及七里涧,涧为之满"。司马颖大怒,使牵秀密收陆机,遂遇害。一代文学领袖就此结束了四十三年的生命。

关于陆机之死,史书莫不称其冤,认为完全是牵秀、卢志等人的谗言所致。我认为谗言只是一个因素,而陆机的悲剧结局却是注定了的。首先,从主观上考察,陆机固然有建功立业的抱负,且出身于名将之家,但我们对他个人统军作战的才能却不能不抱怀疑态度。当司马颖委他以前军都督的时候,本传载:"机以三世为将,道家所忌,又羁旅入宦,顿居群士之右,而王粹、牵秀等皆有怨心,固辞都督。"陆机以建功立业、振兴家声为己任,故滞洛十数年不去,就是为的寻找这一机会,当机会来临的时候,他却表示拒绝,因此,这条材料是否可信,值得怀疑;起码我们不能相信陆机是出于真心。如果可信,则显出陆机作为将才的不足:未出征已心怀犹疑，这不是优秀的将军的态度。及至出师之后，司马颖嬖宠的宦人孟玖之弟孟超纵兵大掠，陆机录其主者，孟超率铁骑百余人，直入麾下夺之，并骂道："貉奴，能作督不？"司马孙拯劝陆机杀之，陆机竟不能听。大敌当前，主帅没有帅威，如何行得军令？因此，及开战，孟超不受节度，轻兵独进战没，遂导致全军失败①。罪虽在孟超，主帅却难辞其咎。陆机此次领兵，与其祖父陆逊任都督时有许多相似之处，我们不妨比较一下。黄武元年（222），孙权命陆逊为大都督，是时陆逊四十一岁，二人年龄相仿，所处位置亦相仿。陆逊领兵时，"诸将军或是孙策时旧将，或公室贵戚，各自矜持，不相听从"②，二人面对的形势亦相似。然而孟超屡犯军法，陆机却优柔不决，对照陆逊的"案剑曰……"，则见出二人才能的差异。所以陆机虽向慕父、祖的功业，但缺乏父、祖的才能，这不能不给他带来悲剧的结局。另外，也要为陆机辩护的是，他与其祖父所处的形势虽有许多相似之处，但却有一点本质的区别：那就是值陆逊时，上下一心，同仇敌忾，全力对付刘备以保卫东吴的决心是一致的。所以诸将虽对陆逊不服气，但人人能够遵服军令。而陆机首先就出师不壮，因为天子在司马乂一方；另外，八王之乱，人心浮动，上下异心，又遇陆机这样将才不足的文人，故失败是在所难免。陆机、陆云被捕后，成都王颖官属江统、蔡克、枣嵩上疏也指出了陆机这一缺点："直以机计虑浅近，不能董摄群帅，致果杀敌，进退之间，事有疑似，故令圣鉴未察其实耳。"③

---

① 《水经注》引《晋后略》："成都王颖使吴人陆机为前锋都督，伐京师，轻进，为洛军所乘，大败于鹿苑。"郦道元注，杨守敬、熊会贞疏：《水经注疏》，江苏古籍出版社1989年版，第1437页。
② 《三国志·吴志·陆逊传》，中华书局标点本，第1347页。
③ 《晋书·陆云传》，中华书局标点本，第1485页。

其次，客观的考察，陆机生活的历史环境决定了他的悲剧命运。陆机建功立业、振兴家声的抱负不错，他采取"防未然"的生活态度也不错，但他生活在八王之乱的时代却错了，而这却不是他所能选择的。封建时代的士人立功扬名，其政治基础是有一个坚定的统治核心，值陆机时，八王（除汝南王亮，楚王玮外）混战，时兴时亡，如走马灯一般，天子大权旁落，已为傀儡，士人无论依靠谁，最终都将随所依靠者一起灭亡。陆机即使不为司马颖所杀，最终也将随司马颖的灭亡而为其他人所杀害，除非他急流勇退，返归乡里，但这又不是陆机所能接受的，所以说陆机的悲剧是历史的悲剧。至于说陆机死于卢志等谗言，此固为一种原因，不过我认为最主要的是鹿苑一战，损兵二十万，葬送了司马颖赖以纵横天下的主力，司马颖当然要杀他，这条消息不得不辨。

（原载《上海师范大学学报》1992年增刊）

陆机初次赴洛时间考辨

陆机何时赴洛,赴洛的原因是什么?历代学者的看法似乎没有分歧。《晋书·陆机传》载:"(机)年二十而吴灭,退居旧里,闭门勤学,积有十年……至太康末,与弟云同入洛。"其他如臧荣绪《晋书》以及机、云别传等记载大致相同,后人遂沿袭此说而不加怀疑。姜亮夫先生《陆平原年谱》亦据此排比史料。可是对此终不免有两个疑问:

一,据《晋书·武帝纪》,太康元年平吴后,宣布"吴之旧望,随才擢叙。孙氏大将阵亡之家,徙于寿阳"。陆机三世为将,其父抗死,诸兄弟分领父兵。陆抗死于吴凤凰三年(274),至天纪四年(280)吴亡,陆机领兵已达七年之久。在吴、晋最后一场战争中,其兄陆晏、陆景皆战死,按理,陆机应徙于寿阳,为何得以"退居旧里,闭门勤学"?

二,周浚平吴后,于太康二年召云为从事(或即所谓"吴之旧望,随才擢叙")[①],是时"二陆"并称,弟不如兄[②],陆云为从事,陆机

---

① 《晋书·陆云传》说陆云入洛后为扬州刺史周浚从事,今人亦多从之。据《晋书·盛彦传》:"吴平,陆云荐之于刺史周浚,本邑大中正刘颂又举彦为小中正。太康中卒。"说明陆云在吴平后即已为浚从事。据《晋书·周浚传》:"明年(281)移镇秣陵。时吴初平,屡有逃亡者,频讨之。宾礼故老,搜求俊义,甚有威仪,吴人悦服。"陆云恐即此时为其从事。

② 《晋书·陆云传》:"(云)少与兄机齐名,虽文章不及机,而持论过之,号曰'二陆'。"

何在？

　　根据《晋书·左思传》记载陆机嘲讽左思的故事，我们可以推证陆机在吴亡后并未"退居旧里"，而是去了洛阳，朱东润先生《陆机年表》及陈庄先生《陆机生平三考》①对此都有比较详细的论证，但陈庄同志对陆机太康二年在洛阳一事，似乎未敢肯定，今试加申说。

　　《晋书·左思传》载，陆机初入洛，欲作《三都赋》，"闻思作之，抚掌而笑，与弟云书曰：'此间有伧父，欲作《三都赋》，须其成，当以覆酒瓮耳。'及思赋出，机绝叹服，以为不能加也，遂辍笔焉。"这说明此时左思《赋》尚未完成。据《左思传》，思"造《齐都赋》，一年乃成，复欲赋《三都》，会妹芬入宫，遂移家京师，乃诣著作郎张载访岷邛之事。遂构思十年，门庭藩溷，皆著笔纸，遇得一句，即便疏之"。案左芬于泰始八年（272）拜修仪，十年后即太康二年（281），是时《三都赋》已成，"十年"，已包括修改、补定时间。皇甫谧卒于太康三年，他为左思作《序》当不得超过三年，尔后张载注《魏都》，刘逵注《吴》、《蜀》二都，并为之作《序》，最后卫瓘又为之作《略解》，以致洛阳纸贵，此皆太康间事。从"此间"一语看，陆机太康二年在洛阳，此时陆云为周浚从事，远在南方。

　　姜亮夫先生《陆平原年谱》据《晋起居注》认为左芬泰始八年入宫，咸宁三年（277）拜修仪，左思因妹贵，遂移家洛阳，说"度机入洛时，正思得句便疏之时"。"十年铸辞，则当成于武、惠之间。"之所以得出这样的结论，是因为姜先生以陆机太康末年才入洛为

────────
　　① 朱东润：《陆机年表》，《武汉大学文哲季刊》1930年第1卷第1期；陈庄：《陆机生平三考》，《四川大学学报》1983年第4期。

大前提的。所以又说陆机"与弟云论之,当是在东宫与弟别之年,思《赋》亦即成于此时"。姜亮夫先生的这个结论有四点可以商榷:一,《左思传》明谓左思因妹入宫而移家京师,而不是说拜修仪时;二,如果左思《三都赋》成于元康元年,则皇甫谧无由为《序》;三,而且即使如姜亮夫先生说自咸宁三年入洛,至元康元年也已经十四年,而非十年;四,如果陆机是在东宫时给陆云写信,是时陆云也在洛阳,则信中不应称"此间"。

皇甫谧诸人作《序》及注解的说法,曾遭到《左思别传》及孙盛《晋阳秋》的否定。《晋阳秋》说:"凡诸注解,皆思自为,欲重其文,故假借名姓也。"刘孝标注《世说新语》引《左思别传》说:"皇甫谧西州高士,挚仲治宿儒知名,非思伦匹。刘渊林,卫伯舆并蚤终,皆不为思《赋》序注也。凡诸注解,皆思自为,欲重其文,故假借时人名姓也。"[①]从最后几句看,与《晋阳秋》相同,可见是同一出处。《左思别传》又说,"司空张华辟为祭酒,贾谧举为秘书郎。谧诛,归乡里,专思著述。齐王冏请为记室参军,不起,时为《三都赋》未成也。后数年疾终。其《三都赋》改定,至终乃上。"这个说法与正史所载不同,且有明显的错误,故不为今人首肯,唯徐震堮先生《世说新语校笺》赞成。他说:"二陆入洛,在太康之末,齐王冏诛赵王伦入洛,更在其后,其时《赋》尚未成,皇甫士安卒于太康二年,安能为之作序?孝标之言,盖得其实。"《三都赋》成于左思临终之说,不仅否定了诸家作注解的说法,而且还否定了张华与陆机看过它的说法。左思卒年无考,但本传说"张方纵暴都邑"的时候,他"举家适冀州",又"数岁,以疾终"。张方纵暴当指太安二年(303)秋七月张方入京

---

① 余嘉锡:《世说新语笺疏》,中华书局1983年版,第247页。

城，火烧清明、开阳二门的事，又数年，左思约略死于305年左右，而张华却死于300年，陆机死于303年，卒年都早于左思。如按《别传》，他们都不可能见到《三都赋》。而记载这一事实的，不仅有《世说新语》，还有王隐和臧荣绪《晋书》，但更为有力的证据是陆云曾论述过此事。他在写给陆机的信中说：''云谓兄作《二京》，必得无疑，久劝兄，兄为耳。又思《三都赋》世人已作。''这正与《世说新语》记载陆机欲作《三都赋》的故事相吻合。陆机一直想作大赋，陆云这里是鼓励他。但是《三都赋》别人已经写好了，因此劝陆机写其他的题材。这足以纠正《左思别传》的错误。另外，关于皇甫谧诸人作注解的记载，见之于臧荣绪《晋书》，裴松之《魏志·卫臻传》注、《世说新语》、《隋书·经籍志》、李善《文选注》、房玄龄等《晋书》，应该说这些记载是可信的[①]。

搞清了陆机吴亡后的去向，也就解决了我们在开头提出的两个疑问。吴亡后，二陆兄弟并未退居旧里，陆机去了洛阳，陆云为周浚从事，陆氏家族已衰破（见陆机《与陆云诗序》），所以也就不存在迁徙之事。

陆机此次赴洛的原因，朱东润先生及陈庄先生都认为是被俘至北方，根据就是二陆兄弟的两首赠诗。笔者也是这种观点。

陆云与陆机的赠答诗均载《陆士龙集》，机诗题为《兄平原赠》，《文馆词林》作《与弟清河云诗》，云诗作《答兄平原诗》，逯钦立先生《先秦汉魏晋南北朝诗》从之，姜亮夫先生《陆平原年谱》也是这种说法，都认为它是二陆入洛以后所写。其实这两首诗是太康二年陆机由洛阳南返时兄弟赠答之作，朱东润先生《陆机年表》，郝立权

[①] 参见余嘉锡：《世说新语笺疏》，中华书局1983年版，第249—250页。

先生《陆士衡诗注》定于太康二年,并从《诗纪》所题"赠弟士龙"。这首四言诗分十章,其《序》说:"余弱年夙孤,与弟士龙,衔恤丧庭,续会逼王命,墨绖即戎,时并紫发,悼心告别,渐历八载。"叙述其父死事。史载陆抗卒于凤凰三年(274),八年之后即太康二年(281)。《序》又说:"家邦颠覆,凡厥同生,雕落殆半。收迹之日,感物兴衰。而龙又在西,时迫当祖载二昆,不容逍遥,衔痛东徂,遗情西慕,故作诗以寄其哀苦。""家邦"几句写东吴灭亡,陆家惨遭兵祸,宗族倾覆之事;"祖载二昆",写其奉兄柩车东归,也是他这次行动的主要目的。正因为如此,与其弟相见,匆匆即别。陆机的《序》与《诗》只字不提自己战败被俘之事,似有隐痛,不愿明说,陆云答诗为我们提供了这一宝贵的资料:"开元迄兹,天迭兴微。震风苦骇,海水群飞。王旅南征,阐耀灵威。予昆乃播,爰集朔土。载离永久,其毒太苦。上帝修命,驾言其归。多我遭愍,振荡朔垂。羁系殊俗,初愿用违。""予昆乃播,爰集朔土"八字正是说明陆机战败被俘至洛阳的经历。后来,也许朝廷怜其遭遇,才获释南归。至于第八章写兄弟相见,如"乐兹裳棣,实欢友生。既至既觏,滞思旷年"。由于陆机忙于送陆晏、陆景的柩车,故"觏未浃辰",这和陆机《序》中所说的"时迫当祖载二昆,不容逍遥"是一致的。

综上所述,我们对陆机早期活动的基本描述是:274年,其父陆抗死,机与晏、景、玄、云分领父兵。因蜀国已亡于晋,荆楚前线形势紧张,陆抗一死,更削弱了吴国的防守力量,所以朝廷命陆晏诸兄弟火速开赴前线。是时陆云可能是往东去的,其诗谓:"昔予言旷,泛舟东川,衔忧告辞,挥泪海滨。"陆机诗也说:"昔我西征,扼腕川湄。掩涕即路,挥袂长辞。"从此兄弟俩一别就是八年,这就是"墨绖即戎"的故事。280年王濬率兵灭吴,陆晏、陆景分别战死,陆机被俘至洛阳，至太康二年始获释返归旧里。但这样又有疑问，据《晋书·陆机传》载，陆机兄弟在吴亡后十年，即太康末年赴洛（《机、云别传》亦同）如果太康二年陆机始返家乡的话，则至太康末（289）仅八年左右。我以为史书记载只是概况而已，实际上，"十年"是以"吴平"算起，而不是从"退居旧里"开始。

陈庄先生据臧荣绪《晋书》"年二十而吴灭，退居旧里，积十一年"及卢琳《八王故事》"吴平后，机兄弟素游于此，十有余年"的说法，认为陆机二次赴洛，当在元康二年（292），这与陆机的《谢平原内史表》之"入朝九载"及《思归赋序》之"去家四载，以元康六年冬取急归"。语相符。陈说不无道理，尤其是姜亮夫先生关于"去家四载"以下有脱文的说法并不很令人满意，陈说则更具说服力。但是稽诸史事，陆机的确在太康末已入洛。《晋书·顾荣传》记载他吴平后与陆机兄弟同入洛，时人号为"三俊"。同书《索靖传》又载："太子仆同郡张勃特表，以靖才艺绝人，宜在台阁，不宜远出边塞。武帝纳之，擢为尚书郎。与襄阳罗尚、河南潘岳、吴郡顾荣同官，咸器服焉。"这一材料说明顾荣于武帝时已在洛阳，顾荣与陆机一同入洛，则必是在太康末年。臧荣绪《晋书》还记载太熙末年（290）杨骏辟机为祭酒，陆机《诣吴王表》证实了这点："臣本吴人，靖居海隅，朝廷欲抽引远人，绥慰遐外，故太傅所辟。"太傅即杨骏，他死于元康元年，此足证陆机二次入洛是在元康二年之前。

关于陆机二次赴洛的原因，陆机自己的《诣吴王表》已说明是"太傅所辟"，姜亮夫先生《年谱》举潘岳《为贾谧作赠陆机诗》的"况乃海隅，播名上京。爰应旌召，抚翼宰庭"及陆机《赠冯文罴迁斥丘令》的"有命集止，翻飞自南"，详细论证了这点，并根据太康九年武帝所下"举清能，拔寒素"诏，认为陆机入洛与此有关，即所谓"爰应旌召"、"有命集止"的具体内容。这里再补充一则材料。陆云《赠顾骠骑》第四章:"子虽藏器,钟鼓有音。惠风往敬,庆问来寻。"五章:"济济元公,相惟天子。明明辟王,思隆多士。帝曰钦哉,有命集止。我咨四方,令问在尔。以朕大赉,乃应嘉祉。聿来胥步,观国之纪。"这与潘岳那首诗意思一样,都是说他们声名早已传到京城,因此朝廷下令召辟。顾荣同陆机一起赴洛,都是出于同一原因。

仍然存在的问题是,陆机的《谢平原内史表》、《思归赋·序》以及臧荣绪《晋书》到底如何解释?或者元康二年,陆机曾赴假回家一次[①],这有待于新材料的发现,兹不敢遽作断言,以俟大家。

(原载《上海师范大学学报》1986年第2期)

---

① 《世说新语·自新》记载陆机赴假还洛,途中结识戴若思。据《晋书·戴若思传》,陆机后曾把戴若思推荐给赵王司马伦,朱东润先生推证陆机赴假当是永康元年(300)时事,因此遂以为陆机于是年返里。案《晋书·戴若思传》记载他与陆机结识后,又被举过孝廉才入洛,不像是一年中发生的事,兹故存疑。

论《文选》所收陆机《挽歌》三首
——兼论宋本《乐府诗集》、《陆士衡集》的编辑与《文选》的关系

一、陆机《挽歌》原貌

陆机《挽歌》,现存完整的共有三首,载于《文选》卷二十八,此外,郭茂倩《乐府诗集》卷二十七《相和歌辞》也登录了同样三首。从内容看,三首当为组诗,"卜择考休贞"写卜择葬地,"流离亲友思"写亲友送殡,"重阜何崔嵬"假亡者之辞写死后墓中感受。如此读来确像是一组构思完整的作品。然而李善注本《文选》与五臣注本、六臣注本《文选》对这三首诗的著录顺序却不一样,如尤袤刻本李善注《文选》以"流离亲友思"置于第三首,在"重阜何崔嵬"之后,五臣注宋陈八郎本、六臣注宋明州本及《四部丛刊》影宋建州本,都以"流离亲友思"置于第二首,而以"重阜何崔嵬"置于第三首。那么哪一种注本正确呢?从文意看,似乎六臣注本顺序更合理些。清胡克家《文选考异》卷五在"流离亲友思"下说:"袁本、茶陵本此一首在'重阜何崔嵬'一首之前。案,尤所见不同,以文义订之,当倒在上,且此句与第一首末句相承接,尤非,二本是也。"[1]袁本即

---

[1] 《文选》附录,中华书局1977年影印清胡克家刻本,第924页。

指明袁褧翻刻北宋广都裴氏本。茶陵本指元陈仁子刻本,二本与《四部丛刊》本一样,都是六臣注系统。① 胡氏所言即根据文意所下的判断。在他之前,孙志祖《文选考异》卷二亦称:"'流离'接第一首末句,六臣本是。"②这都是将《挽歌》三首视作组诗。

前人的判断是正确的,以上陆机《挽歌》三首不仅是组诗,而且是标题为"王侯挽歌"的组诗。其实陆机创作的《挽歌》原本是有标题的,而且不止一组,另一组标题为"庶人挽歌"。证据如下。

陆机《挽歌》除《文选》所收三首外,唐宋以来的类书如《北堂书钞》、《初学记》、《太平御览》及宋人吴棫《韵补》都有收录。《太平御览》卷五五二"挽歌"条录陆机三首,其一是"魂衣何盈盈,旒旐何习习。父母拊棺号,兄弟拊筵泣。灵輀动轇轕,龙首矫崔嵬。挽歌夹毂唱,嘈嘈一何悲。浮云中容与,飘风不能回。渊鱼仰失梁,征乌俯坠飞"。其二即"卜择考休贞"首,从"中闱且勿喧,听我薤露诗"起至"出宿归无期"。其三即"重阜何崔嵬"首③。又同卷"蒭灵"条下引:"陆机《士庶挽歌辞》曰:埏埴为涂车,束薪作蒭灵。"④在这四首诗中,《文选》仅收二、三两首,说明陆机创作《挽歌》并不仅《文选》中的三首。《太平御览》之外,初唐时所编的类书《北堂书钞》和《初学记》更是收录在先。《北堂书钞》卷九十二"魂衣何盈盈,旒旐何习习"下注引:"陆机《庶人挽歌辞》云:死生各异方,昭非神色袭。贵贱礼有差,外相盛已极。魂衣何盈盈,旒旐何习习。念彼平生

---

① 细言之,袁本为六家本即五臣注在前,李善注在后;茶陵本、《四部丛刊》本为六臣本,即李善注在前,五臣本在后。这是两种不同的刻本系统。
② 孙志祖辑:《文选考异》卷二,《丛书集成初编》本,中华书局1985年版,第55页。
③ 《太平御览》卷五五二,中华书局1960年重印上海涵芬楼影印宋本,第2500页。
④ 同上书,第2498页。

时,延宾陟此帏。宾阶有邻迹,我降无登辉。陶犬不知吠,瓦鸡焉能飞。安寝重丘下,仰闻板筑声。"①此诗的"魂衣何盈盈,旟旐何习习"两句与《太平御览》所引相同,其实是不同的两首诗。今人金涛声点校的《陆机集》②误将两首相混。《北堂书钞》同卷"孤魂虽有识"下又注引:"陆机《王侯挽歌辞》云:孤魂虽有识,良接难为符。操心玄茫内,注血治鬼区。"又同卷"悲风激行轨,仰灵结流蔼"下注引"陆士衡《王侯挽歌辞》云素骖伫辒车"一首③。案,此即《文选》所载"流离亲友思"诗。《初学记》卷十四也记录了两首《挽歌》。一是《死丧第八》"托万鬼邻"条下注引:"陆机《王侯挽歌辞》曰:昔居四人宅,今托万鬼邻。"④案此即下引"重阜何崔嵬"首。一是《挽歌第十》"晋陆机《挽歌》诗"条下注引"中闱且勿喧"至"出宿归无期"首和"重阜何崔嵬"一首⑤。除此之外,宋人吴棫《韵补》卷五"繮"字和"役"字分别注引有两首《挽歌诗》,其一为:"五常侵轨仪,六气牵徽墨,情和乏良聘,枝骈成鸩毒。"⑥其二为:"在昔良可悲,魂往一何戚。念我平生时,人道多拘役。"⑦

　　从以上各家类书、韵书及《文选》所引陆机《挽歌》看,去其重复,共得九首,当然,这并不一定就是陆机《挽歌》诗的总数。从这九首诗看,主要是《王侯挽歌》和《庶人挽歌》两类。在以上引书里,

---

　　① 虞世南:《北堂书钞》卷九二,中国书店1989年影印清光绪十四年南海孔氏刊本,第352页。
　　② 陆机著,金涛声点校:《陆机集》,中华书局1982年版。
　　③ 虞世南:《北堂书钞》卷九二,中国书店1989年影印清光绪十四年南海孔氏刊本,第352页。
　　④ 徐坚编:《初学记》卷一四,中华书局1962年点校本,第358页。
　　⑤ 同上书,第363页。
　　⑥ 吴棫:《韵补》卷五,中华书局1987年影印宋刻本,第102页。
　　⑦ 同上书,第103页。

除《韵补》没有注明《挽歌》的类属外，其余的都曾点出过。这说明陆机《挽歌》的确是以"王侯"和"庶人"为题所创作的组诗。那么在这九首《挽歌》中，哪些是《王侯挽歌》，哪些是《庶人挽歌》呢？据以上各书所记，《王侯挽歌辞》有《北堂书钞》所引的"孤魂虽有识"和"素骖伫辒车"两首。"孤魂"首，《文选》未选，"素骖"首即《文选》中的"流离亲友思"。此外还有《初学记》所引的"昔居四人宅"，此诗即《文选》中的"重阜何崔嵬"。《庶人挽歌辞》则有《北堂书钞》所引的"死生各异方"首，和《太平御览》所引的"埏埴为涂车"首，这两首都未入《文选》。

　　从以上叙述可见，《文选》所选三首《挽歌》，其第二、第三首都是《王侯挽歌辞》。至于第一首（"卜择考休贞"），从诗中"听我薤露诗"一句看，知此诗为《薤露》诗系统（南宋叶廷珪《海录碎事》卷二十一即题为《薤露诗》），亦属王侯挽歌。《乐府诗集》卷二十七《相和歌辞》引崔豹《古今注》说："《薤露》、《蒿里》，并丧歌也。本出田横门人，横自杀，门人伤之，为作悲歌。言人命奄忽，如薤上之露，易晞灭也。亦谓人死魂魄归于蒿里。至汉武帝时，李延年分为二曲，《薤露》送王公贵人，《蒿里》送士大夫庶人。使挽柩者歌之，亦谓之挽歌。"①由是知"卜择考休贞"首是《王侯挽歌辞》，属于《薤露》诗传统，而《庶人挽歌辞》则属《蒿里》诗传统。这样，《文选》所收录的陆机三首《挽歌》，都是《王侯挽歌》，是同一组诗。既然为同一组诗，孙志祖、胡克家之说，即以"流离亲友思"一首居第二的顺序是正确的。由此，可以说明在这一点上，六臣本比尤刻李善注更合于原貌。

----

① 　文学古籍刊行社1955年影印宋刻本。

二、《乐府诗集》的编辑与《文选》的关系

著录陆机三首《挽歌》的,除了《文选》,还有《乐府诗集》和《陆机集》,考察它们对三首《挽歌》著录顺序的异同,可以见出三书之间的关系。就《乐府诗集》的著列看,它同于尤刻本,即以"流离亲友思"置于末首,而《陆机集》相反,以该诗列为第二首,顺序同于六臣本。那么《乐府诗集》、《陆机集》与两种《文选》注本有着怎样的关系呢?据傅增湘《宋本乐府诗集跋》,《乐府诗集》刻于北宋末而成于南宋初。① 关于它的编辑,曹道衡先生推测郭茂倩从北方避难逃到南方,不可能携带很多书籍,因此有些作品如陆机、陶渊明等只能在李善本《文选》中转录。② 这一推测是合理的,这不仅因为《乐府诗集》与李善注本《文选》在转录《挽歌》的顺序上一致,还因为陆机《挽歌》原不止这三首,作为乐府歌诗总集的《乐府诗集》理应收集齐全的,但却收录了与《文选》相同的三首。这就说明郭茂倩当时依据的是《文选》,而且是李善注本《文选》。不过这李善本《文选》又不可能是尤袤刻本,因为郭茂倩早于尤袤不可能见到尤刻本。就目前所掌握的材料看,尤刻本是现存最早的李善注本之一③,清胡克家曾据以校刻行世。一般认为尤刻本之前无单行的李善注本,尤刻本亦从六臣注本中摘出李善注④。其实这是一

---

① 参见傅增湘:《藏园群书题记》,上海古籍出版社 1989 年版。
② 参见曹道衡:《乐府诗二题》,《齐鲁学刊》1995 年第 1 期。
③ 北京图书馆另有北宋天圣、明道间刻本,残。其中载有《挽歌》的卷二八,恰亦亡佚,所以无可考见它所著录的《挽歌》顺序。
④ 参见胡克家:《文选考异》附录,中华书局 1977 年影印本;〔日〕斯波六郎:《文选诸本的研究》,《文选索引》,日本京都大学人文科学研究所 1957 年版。

个错误认识，近年来中日学者都著文提出反对。的确，在尤刻本之前已有单李善注行世，一者有北宋天圣明道本作证，二者，除了郭茂倩所用李善注本在尤袤之前外，尚有更为直接的内证。如尤刻《文选》卷十九《洛神赋》题下有李善注引"《记》曰"一段文字，其为各本《文选》所未有，如北宋天圣明道间本、南宋明州本、赣州本，以及明袁褧复北宋广都裴氏本均无此《记》之注文，所以胡克家《文选考异》认为是尤袤取世传小说《感甄记》所为。刘跃进根据从北宋天圣明道间本以来各本《文选》均于"恨人神之道殊，怨盛年之莫当。抗罗袂以掩涕兮，泪流襟之浪浪"下有"此言微感甄后之情"注解的情形，提出胡克家的判断是错误的，即"感甄说"绝非尤袤所加[①]。跃进先生的看法是正确的，因为更有力的证据是早于尤袤的姚宽(1105—1162)在《西溪丛语》中就引用过这一条注文，这足以证明此注非尤袤所加，尤刻必有底本。

三、《陆士衡集》的编辑与《文选》的关系

从《乐府诗集》著列《挽歌》的顺序同于尤刻看，其书应是属于尤刻李善注这一系统。与《乐府诗集》不同，《陆机集》却以"流离亲友思"置于第三首，恰与六臣注《文选》相同。那么《陆机集》与六臣注《文选》又有什么样的关系呢？

陆机有集，在其生前便有记载了。陆云在给陆机的信中就说他曾"集兄文为二十卷"[②]，《北堂书钞》卷一百《论文二十》"若江汉

---

① 刘跃进：《关于〈文选〉的编者及其成书年代》，《古典文学知识》1994年第1期。
② 《全晋文》卷一〇二，中华书局1958年影印本，第2045页。

之潢"条引葛洪《抱朴子》说:"吾见二陆之文百许卷,似未尽也。"①这是说陆机生前已由陆云编成二十卷,后葛洪又见有百许卷(包括陆云作品),但《隋书·经籍志》仅著录有十四卷,注称:"梁四十七卷,《录》一卷,亡。"这说明陆机作品至梁时已有散佚,而至唐时散佚更多。然两《唐志》著录又作十五卷,尤其《旧唐书·经籍志》乃据毋煚《古今书录》及《开元内外经录》而成,其所著录主要是开元以前书,其时代当与魏征撰《隋书·经籍志》时相近,则十四卷与十五卷的区别,或为误记,或在魏征之后又增辑一卷而成。但这十五卷本至宋晁公武《郡斋读书志》著录,又变为十卷,可以想见《陆机集》由唐至宋又经散佚而渐失原貌了。现在通行的《陆机集》多源于南宋庆元庚申(1200)徐民瞻刻本。徐民瞻《晋二俊文集序》说:"每以未见其全集为恨,闻之乡老曰:'士衡有集十卷,以《文赋》为首,士龙集十卷,以《逸民赋》为首。'虽知之,求之未遂。"后徐氏知华亭县事,于新淮西抚幹林姓处得《士衡集》十卷,又于秘书省锺姓处得《士龙集》十卷。这说明当地乡老所传也是十卷本,则隋唐以来的十四卷和十五卷本早已失传。《四库全书总目提要·陆士龙集》说:"《隋书·经籍志》载云集十二卷,又称梁十卷,《录》一卷,是当时所传之本已有异同。《新唐书·艺文志》但作十卷,则所谓十二卷者已不复见。至南宋时,十卷之本又渐湮没。庆元间,信安徐民瞻始得之于秘书省,与机集并刊以行,然今亦未见宋刻,世所行者惟此本。考史称云所著文词三百四十九篇,此仅录二百余篇,似非足本,盖宋以前相传旧集,久已亡佚,此特裒合散亡,重加编辑,

---

① 虞世南:《北堂书钞》卷一〇〇,中国书店1989年影印清光绪十四年南海孔氏刊本,第380页。

故叙次颇为丛杂。"由此可见徐刻《陆云集》虽亦十卷，与《新唐志》合，其实仍非唐本而是后人重加编辑；至于徐刻《陆机集》十卷自然更是"哀合散亡，重加编辑"之本了。清钱培名刻《小万卷楼丛书》，跋《陆士衡集》说："集中残篇断简，杂出不伦，大要出《艺文类聚》、《初学记》诸书，而不无挂漏，疑亦北宋人捃摭而成。"但从明陆元大翻宋本《陆士衡集》(《四部丛刊》本)著录的《挽歌》看，《陆士衡集》主要是据《文选》搜辑而成。因为《陆士衡集》所收《挽歌》仅《文选》所载三首。事实上，《北堂书钞》、《太平御览》于三首之外还录多几首，如果《陆士衡集》编者参考这两种类书的话，是不会遗漏的。

从《陆士衡集》著列的《挽歌》顺序看，它所依据的应是六臣注本《文选》系统，与《乐府诗集》的依据李善本不同。说《陆士衡集》依据的是六臣系统，还有一有力证据，即该集所收《乐府十七首》顺序也完全同于六臣本。按，尤刻本陆机《乐府十七首》顺序是：《猛虎行》《君子行》《从军行》《豫章行》《苦寒行》《饮马长城窟行》《门有车马客行》《君子有所思行》《齐讴行》《长安有狭邪行》《长歌行》《悲哉行》《吴趋行》《短歌行》《日出东南隅行》《前缓声歌》《塘上行》；而六臣本(包括五臣本)顺序却与此不同。自《齐讴行》开始，六臣本的顺序分别是《日出东南隅行》《长安有狭邪行》《前缓声歌》《长歌行》《吴趋行》《塘上行》《悲哉行》《短歌行》。这种差别，尤袤也看出来了，尤刻《文选》卷末附有尤袤《李善与五臣同异》，在卷二十八，尤袤说："自《齐讴行》至《塘上行》史(案，"史"应作"十")篇，五臣与善本伦次不同。"①胡克家《文选考异》说尤氏于此"失著校语"，是不对的，这是因为胡克家没有见到尤袤《李善与五臣同异》的缘故②。

---

① 尤袤：《李善与王臣同异》，尤刻本《文选》，中华书局1974年影印本。
② 尤袤此《考异》，对李善与五臣在各卷的异同都详为注明，这其间便包括陆机三首《挽歌》排列顺序的差异，足证尤刻有单行李善注本作底本。

四、从《挽歌》三首异文看《文选》早期版本情况

从作品排列的顺序判断各版本间的传承关系应该是可信的。因为刻书者一般不会改动作品的顺序,但却可能校改文字。因此,虽说《乐府诗集》依据李善注本,但校其文字,发现许多处竟同六臣本。如第一首"夙驾警徒御",尤刻本"警"作"惊",《乐府诗集》此处同六臣本的明州本。又"闹中且勿喧",尤刻本"喧"作"欢",明州本作"誼",则《乐府诗集》同明州本。第三首("流离亲友思"),《乐府诗集》全同尤刻,但第二首("重阜何崔嵬"),《乐府诗集》更近于明州本。如"圹宵何寥廓",尤刻本"圹宵"作"广霄",明州本同《乐府诗集》作"圹宵";"人往有返岁",尤本"返"作"反";明州本同《乐府诗集》作"返"。"妍骸永夷泯",尤本"妍骸"作"妍姿",明州本则同《乐府诗集》。不过若将《乐府诗集》此首与《太平御览》比较,便会发觉它更近于《御览》。如"磅礴立四极","磅礴"同于《御览》,而尤本、明州本均作"旁薄";"穹崇效苍天",全同《御览》,尤本、明州本并作"穹隆放苍天";"金玉昔所佩",全同《御览》,尤本、明州本"昔"并作"素"。至于"圹"、"返",亦并同《御览》。也有不同于《御览》处,如"昔居四民宅",《御览》"民"作"人";"昔为七尺躯",《御览》"躯"作"体";"妍骸永夷泯",《御览》"妍骸"作"形体"等。这一情况说明《乐府诗集》依据的底本虽为李善注,但与尤刻本尚有许多差异。事实上,《乐府诗集》成书早于尤本,它所依据的李善注本,也只能是尤刻本的底本,而不可能是尤刻本。尤刻本与其底本恐也不会完全一致,因为每一次刻书,大都要参校它本而作一些改动。比如姚宽所见的《文选》,从其《洛神赋》题下有"记曰"一段文

字看,应与尤刻本相同,因为其他任何宋刻都未见有这一注文。但姚宽又引潘岳《闲居赋》"房陵朱仲之李"句李善注称:"朱仲李未详。"而尤刻本却赫然注出王逸《荔枝赋》及《荆州记》的出处,是尤刻本又不同于姚宽所见之本了。这两条注文明袁褧复宋本无,仅作"周文朱仲未详",倒与姚宽所见合。所以胡克家《考异》说这是尤袤增改之误。又,尤本这两条注文下还有三十二字注文,乃引颜之推《颜氏家训》文字,其中有的内容与正文无关,所以胡氏《考异》说是"必或记于旁而尤误取以增多者"。这种情形或为尤袤所为,或尤袤仍有所本,但两次刻本便产生许多异同,却是事实。又如同为尤刻本,淳熙八年(1181)的初印本与后印本又有许多不同。如中华书局1974年影印尤刻本是初印本之一,在卷五十九《头陀寺碑文》"曜慧日于康衢,则重昏夜晓"句下,有注文"《法华经》曰,慧日大圣尊久乃说是法",共十四字,但胡克家刻本却脱此十四字。胡刻本的底本曾屡经修补,肯定是后期印本。它与尤刻是同一种版本,且前后相差时间也不会太大(都为宋本),文字差异却有不少,说明仅以文字同异来判断各版本间的传承关系是不够的。不仅如此,从现在所能见到的唐宋时写本、抄本及各刻本《文选》看,五臣注和李善注的文字差别并不是固定的,往往此一李善注本中的歧字并不同于另一李善注本,反而和五臣注本或六臣注本相同。反之亦是。比如《西京赋》,尤本"途阁云曼"和"长风激于别隫"两句中的"途"、"隫"二字,五臣注本的宋陈八郎本、六家本的明州本并作"连"、"岛"。明州本于"连"下有校记云:"善本作'途'。"同样,尤袤《李善与五臣同异》注"途阁"说:"五臣作连阁。"这说明宋人所见的李善注本和五臣注本的确有这样的差异,而"途"和"隫"字确是李善本中字。但是敦煌写本永隆本《西京赋》(此本是唐高宗永隆年间(680—681)弘济寺僧所写,为李善注本)这两个字却作

"连"、"岛",不同于李善而同于五臣,与宋刻校记正相反。这都说明仅据文字同异来判断各版本间的源流关系是不准确的。

与《乐府诗集》情况相似,《陆机集》虽据六臣本《文选》,但《挽歌》诗中歧字有同明州本,有同尤本。同于明州本的如"帷衽旷遗影","衽",明州本校记说"善本作'袵'字",尤本是;同于尤本的如"挥涕涕流离","涕涕",明州本作"泪泪";又"悲风徽行轨","徽"字明州本作"鼓";"广宵何寥廓","广",明州本作"圹";"妍姿永夷泯","妍姿",明州本作"妍骸"。看来从文字校勘上,《陆机集》更近李善注本。但这还不能说《陆机集》依据的尤本系统,因为在六臣注系统中还有一种依违于李善注本和五臣注本之间的版本,这就是《四部丛刊》影宋本①。此本正文或据李善本,或据五臣本,文中校记常出现"善作某"、"五臣作某"的字样,可见编刻者是参据两种不同的《文选》版本。如上引诸歧字"袵"、"涕"、"徽"、"广"等,都合于《四部丛刊》本。此外,关于三首《挽歌》的著录顺序,《陆机集》亦同于《丛刊》本。由此可见《陆机集》的编辑整理可能是依据的此本。《四部丛刊》影宋本据张元济《涵芬楼烬余书录》②称:"审其字体,当为建阳刊刻,避宁宗嫌讳,则必在庆元以后也。"按涵芬楼此本据称得自端方,缺三十至三十五卷,影印时以他本配补。从影印本看,无任何藏印及题跋,则端方之前的递藏情况就不清楚了。除涵芬楼此本外,傅增湘亦收得一本,题称南宋建本,书中有明陈淳藏印,为临清徐坊旧藏③。此书从王文进《文禄堂书影》④看,本是

---

① 参见陆机著,金涛声点校:《陆机集》,中华书局1987年版。
② 张元济编:《涵芬楼烬余书录》,商务印书馆1951年版。
③ 参见莫友芝撰,傅增湘订补,傅熹年整理:《藏园订补邵亭知见传本书目》,中华书局1993年版。
④ 王文进:《文禄堂书影》,北平文禄堂1937年影印本。

明陈淳之物，后归季振宜，又入汪士钟艺芸书舍，最后辗转至徐坊而又入傅增湘之手。傅增湘先生藏书后全部捐赠北京图书馆，今《北京图书馆古籍善本书目》所载宋刻本六十卷，当即此书，但年代仅注宋刻本。又周叔弢曾藏有与此相同版本的一卷（卷五），后亦捐赠北图。但周氏《自庄严堪善本书目》①亦仅注称宋刻本。因此张元济所称庆元以后刻本是否可信，尚有待确证。不过即使建本《文选》刻于庆元以后，也不能排除在它之前有底本的可能。据傅增湘《藏园群书经眼录》②说，他的藏本较涵芬楼完全，一卷不缺，且刻印时代亦稍早。这样看来，刻于庆元年间的《陆士衡集》，有可能依据的建本或建本祖本的六臣注《文选》。

（原载《文学遗产》1996年第1期）

附记：此文在《文学遗产》1996年第1期发表后，又读《文选集注》，见卷五十六载陆机《挽歌》三首顺序同于尤刻本。在"重阜何崔嵬"首下，《集注》编案称："今案《音决》、五家、陆善经本以此篇为第三也。"《文选集注》的底本是李善注本，说明"重阜何崔嵬"首居第二的顺序即是李善本原貌，而当时的五臣本、陆善经本和《文选音决》却以之置于第三。是李善注本和五臣注本等著录《挽歌》的顺序原就有不同。

又：《文选集注》于《挽歌三首》注引陆善经说："《集》曰：王侯挽歌。"此处的《集》，当指《陆机集》，可见本文所论，确属事实。

---

① 周叔弢：《自庄严堪善本书目》天津古籍出版社1985年版。
② 傅增湘：《藏园群书经眼录》，中华书局1983年版。

吴迈远生平事迹考

吴迈远，南朝人，史书无传。《南齐书》、《南史》仅系于《檀超传》后，故其生平事迹不详。钟嵘《诗品》列他于下品，称他"齐朝请"，稽诸史实，不确。

《南史》卷七十二《文学·檀超传》附《吴迈远传》载："又有吴迈远者，好为篇章，宋明帝闻而召之，及见曰：'此人连、绝之外，无所复有。'"可见迈远在宋明帝时即以诗文知名于世。迈远今存诗十一首，无一首连、绝之体。据《隋书·经籍志》，吴迈远在梁朝有集八卷，至隋犹有一卷，可惜多已散佚。同传还载："迈远好自夸而蚩鄙他人，每作诗，得称意语，辄掷地呼曰：'曹子建何足数哉！'超闻而笑曰：'昔刘季绪才不逮于作者，而好抵诃人文章。季绪琐琐，焉足道哉！至于迈远，何为者乎？'"超曾为桂阳王刘休范内史，迈远亦为桂阳王所用，上述事迹，恐即他们为同事时发生。

《南齐书·文学·丘巨源传》载，桂阳王刘休范起兵，巨源于中书省撰符檄讨休范，事平，除奉朝请。"巨源望有封赏，既而不获，乃与尚书令袁粲书曰：'又尔时颠沛，普唤文士，黄门中书，靡不毕集，摛翰振藻，非为乏人，朝廷洪笔，何故假手凡贱？若以此贼强盛，胜负难测，群贤怯不染毫者，则民宜以勇获赏；若云羽檄之难，必须笔杰，群贤推能见委者，则民宜以才赐列……窃见桂阳贼赏不赦之条凡二十五人，而李恒、锺爽同此例。战败后出，罪并释然，而吴迈远族诛之。罚则操笔大祸而操戈无害，论以赏科，则武人超越而文人埋没。'"案，丘巨源因封赏甚小，故引吴迈远因操笔为刘休范作书与袁粲等人而被害之事，反申自己为朝廷撰写檄文讨贼有功而应高迁。不过由此文亦可见出二端：一、可以看出吴迈远在桂阳王府中的地位，同时也说明吴迈远之善于文章；二、可以看出吴迈远于是年遇害。其年为元徽二年（474），距齐高帝建元元年（479）尚差五年，此证钟嵘之误。此外，丘巨源投书的袁粲于元徽五年（477）为戴僧静所杀，因此丘巨源此书也只能是元徽五年以前所写，是迈远未至于易代后的齐朝。

然钟嵘经宋、齐、梁三朝（约468—518），衡阳王元简引为宁朔记室，专掌文翰，发言当有依据。窃疑"齐"字虽为钟嵘之误，但吴迈远确曾在宋朝作过奉朝请一职。据《宋书·百官志》："永初以来，以奉朝请选杂，其尚主者唯拜驸马都尉。孝建初，奉朝请省。"大概吴迈远在孝建（454）以前曾为奉朝请。

孝建以后，唯其在桂阳王刘休范属下事迹，略可考定一二。《隋书·经籍志》载："宋江州从事吴迈远集一卷。"据刘休范本传，休范于大明三年（459）出为江州刺史，后转别职。又于泰始六年（469）为江州刺史，"寻加开府仪同三司，未拜，改南徐、徐、南兖、兖、青、冀六州诸军事，骠骑大将军南徐州刺史，持节、常侍、开府如故。未拜，以骠骑大将军还为江州。"是休范曾三次为江州刺史，迈远可能在泰始六年或者在大明三年就为休范从事了。因为檀超亦曾为休范内史，不久入为殿中郎，是时迈远为其同事。刘休范是在他第三次镇江州时起兵的，檀超恐是在这之前为其内史，不然，檀超不可能脱身太快。

据《宋书·百官志》，刺史官属有别驾从事史、治中从事史、兵曹从事史、部从事史等，其中治中从事史主财谷薄书（又说江州以治中主众曹文书事），因此迈远有可能是治中从事史。

丘巨源文又称："且迈远置辞，无乃侵慢。"检索《全宋文》，吴迈远无只字留存，但《宋书》卷七十九《桂阳王休范传》载休范起兵，与袁粲、褚渊、刘秉书，虽骂杨运长、刘道隆"蛊惑先帝，使建安、巴陵二王无罪受辜"，然字里行间，直斥朝廷。如："当今主上冲幼，宜明典章，征房之镇，不见慰省，逆旅往来，尚有顾昫。骨肉何仇，逼使离隔？禽兽之心，横生疑贰，经由此者，每加约截，同恶相求，有若市贾。"如是之言，的可称"侵慢"之词。观《桂阳王休范传》载："休范素凡讷，少知解，不为诸兄所齿遇，太宗常括左右人谓王景文曰：'休范人才不及此，以我弟故，生便富贵。'"又记："及太宗晚年，晋平王休祐以狠戾致祸，建安王休仁以权逼不见容，巴陵王休若素得人情，又以此见害，唯休范谨涩无才能，不为物所向，故得自保。"以休范之才，自不能写出如此洋洋千言长文。此文有骈有散，以骈带散，用典丰富而切合，文气贯通，足以感发人心。如："先帝崩殂，若无天地，理痛常情，便应赴泣。但兄弟枉酷，已陷谄细，孤子以下，复触奸机。是以望陵坟而摧裂，想銮旂而抽恸。虽复才违寄宠，而地属负荷，顾命之辰，曾不见及。"四六句式，间以散文虚字，骈对而不凝滞，这在南朝也应是很高水平的文章了。吴迈远文虽不存，以其诗观之，颇具警遒风力，堪与此文相匹敌。据丘巨源《与袁粲书》的说法，吴迈远因为"操笔"才致大祸，那么操何笔，才有如此严酷的"族诛"之祸呢？看来非此文莫属了。这既符合吴迈远当时的从事身份，也与丘巨源就事举例相合。因此，这篇文章应该判归吴迈远。

（原载南京大学中文系编《文学研究》第 3 期，1993 年 4 月号）

《文选》与《玉台新咏》研究

《文选》与中古文学研究

　　《文选》是南朝梁昭明太子萧统主持编选的一部诗文总集，也是现存最早的一部诗文总集。它收录了自先秦以迄齐梁八个朝代一百三十多位作家的七百多首作品，是后世学习、研究这一时期文学史的重要参考文献，也是古典文献整理的重要依据。因为汉魏以来许多作家作品都已佚失，幸赖于《文选》的收录，才得以让后人了解这些作家的创作情况。而后世整理汉魏六朝文献，往往也以《文选》作为主要的依据。我们现在读到的这一时期的作家别集，基本都是宋以后重新整理而成，都不再是原貌了。比如《陆机集》，《隋书·经籍志》著录十四卷，称梁时有四十七卷，《录》一卷，但到隋时已经亡佚。两《唐志》著录十五卷，看来也不是隋秘书省著录之书。到了宋时，这十五卷也已经见不到了，南宋徐民瞻刻《二俊集》，仅得十卷，显然不是隋唐旧貌。宋晁公武说陆机"所著文章凡三百篇，今存诗、赋、论、议、笺、表、碑、诔一百七十余首，以《晋书》、《文选》校正外，余多舛误"。这说明徐民瞻所编的《陆机集》，主要是根据《文选》收录的。从现存的明陆元大所翻宋本《陆士衡集》看，该本依据《文选》编辑成集的痕迹是很清楚的。比如《陆士衡集》所载《挽歌》三首，明显从《文选》摘录。因为陆机原诗并非仅此三首，根据《北堂书钞》、《初学记》、《太平御览》及《韵补》等类书，陆机《挽歌》原有许多首，而且是分为"王侯挽歌"和"庶人挽歌"两种，

《文选》所录三首都是"王侯挽歌",徐民瞻辑录的《陆士衡集》,也只有这三首,可见《陆士衡集》的编辑,参据了《文选》。

《文选》所选基本是当时被认可了的传世名篇,比如《文心雕龙·诠赋》提出"辞赋之英杰"十家,《文选》就收录了九家,这也是《文选》在后世能够受到重视的一个重要原因。虽然如此,《文选》也往往有出人意表的地方,比如它收录了陶渊明八首诗、一篇文,还收了纪念陶渊明的一篇诔文,这在当时确是很具卓识的行为。因为陶渊明的创作在当时并不受世人的注意,人们敬佩他的主要是其人格。批评界似乎对他也评价不高,刘勰《文心雕龙》限于体例(该书仅评刘宋以前的作家,而陶渊明却被视为宋人)没有对他加以品评,钟嵘《诗品》仅将他置于中品,但萧统对陶渊明却评价很高。他不仅亲自替陶渊明编集作序,序中对陶渊明的人品和文品都表示了极大的推崇,说:"其文章不群,辞采精拔,跌宕昭彰,独超众类,抑扬爽朗,莫之与京。横素波而傍流,干青云而直上。语时事则指而可想,论怀抱则旷而且真。"事实证明,萧统是极有眼光的选家,所以他编的《文选》才具有这么大的影响。

《文选》并不是简单地编选一些诗文,在它的编辑体例、编辑宗旨等设定安排上,都体现了编选者对文学史的看法。比如诗歌的选录就表明了一个十分重要的诗歌史观,即萧统认为,作家的地位和作用并不是一成不变的,在不同的题材类别中,这种地位和作用其实是不一样的。以陆机为例,陆机是魏晋南北朝时期影响最大的作家,《文选》收录他五十多首诗,占所有作家的第一位。但我们看到,在《文选》二十四个诗类中,陆机排在第一位的仅有"赠答"、"乐府"和"杂拟"三类,在其他的类别中,陆机并不占首位,甚至居于落后地位。比如"行旅"类,陆机就没有谢灵运重要了,仅列第二位;而在"哀伤"类中,他则没有任何地位可言,这一类写作,理所当然地要让给潘岳了。再以曹植为例,曹植是中国文学史上的大作家,《文选》也将他与陆机、谢灵运并列,但是,曹植的这种地位,主要仍限于诗歌和散文,他在赋中的地位就微乎其微了。从《文选》选赋看,曹植仅有一首《洛神赋》入选,还是排在最后一类的"情"中的。我们知道曹植十分重视赋,他生前曾亲自编选自己的赋集七十八篇,称为《前录》,在《自序》中他说:"余少而好赋,其所尚也,雅好慷慨,所著繁多。虽触类而作,然芜秽者众。故删定别撰,为《前录》七十八篇。"据此知曹植所著赋实不止七十八篇,如果他编《前录》之后还有赋作的话,那作品数量还要加多。问题是,曹植这么多赋作,竟然没有在当时的文坛上产生过影响。不仅《文选》,刘勰《文心雕龙·诠赋》篇所称"魏晋赋首"的六个作家,也没有提到曹植,可见当时对曹植的赋评价并不高。但是,这个事实,长期以来却被曹植的诗名所掩盖,后人对他进行总体评价时,都没有注意到这一点。

《文选》按类别收录作家作品,的确有利于确定作家的文学史地位,而这种定位,还可以纠正我们惯常使用的评价。比如谢朓,长期以来都将他与大谢并论为山水诗人,但从《文选》的选录情况看,他入选最多的类别并不是标志山水诗的"游览"类,而是"杂诗",这说明萧统并不视谢朓为山水诗人。这种评价很值得我们思索,谢朓在齐梁时期非常受欢迎,沈约、萧衍、萧纲、刘孝绰等对他的诗评价都十分高,后人也都将这个作为是对谢朓山水诗的评价,现在看来,有必要对谢朓诗歌成就重新进行分析评价。

《文选》在后世产生了非常大的影响,从隋唐开始,就以研究《文选》作为一门专学,称"《文选》学"。而一些大作家、诗人都以

《文选》作为重要的学习之书,如李白自称三拟《文选》,杜甫不仅自己学习,还让他的儿子熟读。唐宋时的大散文作家韩愈、苏轼也都对《文选》十分精熟。宋代大诗人陆游在《老学庵笔记》中记述《文选》的影响,说当时流传一句话叫"《文选》烂,秀才半"。可见一斑。可以说《文选》的影响是贯穿于隋唐以迄近代的。隋唐以后,《文选》的编辑体例被后人奉为楷模,如《文苑英华》、《古文苑》等等都是以《文选》作为范本。此外,还有《广文选》、《续文选》一类的文集,更是受《文选》影响的产物。这种影响一直持续到五四运动,钱玄同以"选学妖孽,桐城谬种"作为向封建文学宣战的口号,这本身也说明了《文选》的地位和影响。受五四运动的影响,《文选》在现代学术史上受到了空前的冷落,对它的学习和研究,都非常薄弱,以至在许多方面都落后于外国学者。作为文学文献,《文选》的作用和价值,是不可取代的。学习和研究先秦以迄六朝文学,不读《文选》,不以《文选》作为依据,可能就要出问题。不能因为五四运动时说它"妖孽",就将它搁置一边。

"《文选》学"诞生在唐代,为《文选》作注的人很多,但流传下来的只有李善注本和以吕延济等的五臣注本。这两个注本的注释体例不一样,所依据的底本也有区别。李善注引据材料丰富详实,尤其是有许多书现在已经佚失,而依靠李善所引的一些内容还可以了解原书的大概面貌。比如刘宋时刘义庆编的《集林》,很早已经失传,这本书的内容和体例就不甚清楚了,幸好李善注《文选》引了几条《集林》所附的作者小传,使我们知道了《集林》的体例之一是各篇之下附有作者小传。此外,在卷四十七史孝山《出师颂》题下李善注说:"范晔《后汉书》曰:王莽末,沛国史岑字孝山,以文章显,《文章志》及《集林》、《今书七志》并同,皆载岑《出师颂》。"根据这个记载,我们知道了这三本书都选了《出师颂》这篇文章,这就给我们一个启发,魏晋以后的文章总集的编纂,大多以前世总集为依据,所以才有一个人能够编辑好多种总集(如谢灵运)的现象。

《文选》的文章大都是六朝以前的,其文辞语句及用典出处等,多不为后人所知,而李善却大都能指明出处,从而为后人所使用,因此李善注也成为"《文选》学"的一个重要内容。今人整理秦汉以迄六朝文献,如果没有李善注,恐怕是很难进行的。与李善注相比,五臣注更重视对词义段落的疏解,从南宋以后,世重李善而轻五臣,认为五臣肤浅,因此五臣受到的批评较多,以至于后人往往不以五臣注本为然。作为当代学者,这种态度是要不得的。因为五臣注也是历史文献,同样具有重要的价值,研究《文选》乃至秦汉隋唐文学,当然应该认真对待五臣注。此外,五臣注还是有很多优点的,因为李善往往指明出处,却不解释词义,而汉魏六朝时的语言,对今人来说,如不细加解释,可能并不能完全理解,五臣注恰恰可以弥补这个遗憾。除了这一点外,五臣注《文选》版本也在许多地方优于李善注本。比如《文选》的分类,现在常见到的李善注本,如南宋尤袤刻本(中华书局 1974 年影印)、清胡克家刻本(中华书局 1977 年影印),都标 37 类,而五臣注本却多出"移"和"难"两类,统计下来当是三十九类。现在已有充分事实表明,39 类是正确的,37 类则是在写本的传抄过程中或者是刻版时漏掉了。一般说来,古籍的版刻越早,其定型也越早,可能发生的讹误也就越少一些,而写、抄本流传时间越长,发生的讹误的机会也就越多。从这一点说,五臣注早在五代时就已经刻印行世,而李善注则要到北宋天圣年间才上雕,也就是说,李善注本比五臣注本在民间多流传抄写了近一百年,当然它的讹误要比五臣注本多一些。最早的李善注本雕刻于北宋仁宗的天圣年间，即国子监本，但这个本子后来流传少，大概因为北宋灭亡，藏在国子监中的《文选》版片被金人盗走所致。从南宋以后，流传的李善注本，基本是宋孝宗淳熙八年（1181）尤袤刻本，这个本子和国子监本有很大差别，应该说距李善本原貌更远一些。比如在这个本子中，卷十九曹植的《洛神赋》题下有李善注引"《记》曰"一段话，说曹植与曹丕妻子甄后有爱情关系，甄后死后，在洛水边赍枕与曹植，曹植于是感而作《感甄赋》，亦即《洛神赋》。这个故事显然不可信，也不是李善原注，后人多不相信，如胡克家《文选考异》就说："此因世传小说有《感甄记》，或以载于简中，而尤延之误取之耳。"其实这段注文并不是尤袤所为，在尤之前，姚宽《西溪丛语》就记载过这段注文，大概是在传抄过程中，民间读书人记于题下，而为刻书者误刻入书中。这段注文仅尤刻本有，国子监本就没有，但后人很难见到国子监本，所以不知道李善注本的原貌到底如何。这个事实说明，我们现在经常使用的李善注《文选》，在许多地方都与原貌存有距离。这里再举两个例子说明：比如尤刻本《文选》卷三十谢灵运《田南树园激流植援》"中园屏杂氛"句，唐写本《文选集注》"中园"作"园中"，该书的校语说："今案，《钞》、陆善经本'园中'为'中国'也。"唐写本《文选集注》是唐末所编，收录有李善、五臣、《文选钞》、《文选音决》及陆善经等五家注文，其底本依据的是李善注，凡遇有与李善本不同之处，即作校语说明，因此它比较完整地保存了唐代李善注《文选》的原貌。这也就是说，谢灵运的这句诗，李善注本原作"园中"，而《文选钞》和陆善经本才作"中园"（"国"当为"园"之误），现在尤刻本作"中园"，已不是李善本原貌，而与《文选钞》和陆善经本相同了。再如同卷谢朓的《始出尚书省》诗，《文选集注》作《始出尚书》，编者案语说:"今案,《音决》、五家、陆善经本'书'下有'省'字。"这表明李善本无"省"字,五臣本以及《文选音决》和陆善经本有"省"字,但尤刻本却有"省",已经在传抄过程中改从五臣本了。这种例子很多,不必一一枚举了。

以上的事实说明,《文选》的版本研究与文学研究也具有非常密切的关系,不了解《文选》各版本的区别、源流递变,在使用《文选》的时候就有可能出错误。比如当代的古籍整理,大都使用尤刻本《文选》或根据尤刻本翻刻的胡克家刻本作为整理校勘的依据,如前所言,尤刻本与李善注原貌有很大距离,以它作为依据,难免不会出现错误。比如今人整理的《扬雄集》(上海古籍出版社版),所用《文选》当即胡刻本。该书对《长杨赋》的注释,使用《文选》处不免有误。如"然后陈钟鼓之乐"句的"乐"字,注曰:"《文选》五臣本作'钟鼓之悬'。"按此字尤刻及胡刻都作"乐"字,所以整理者指出五臣本作"悬"。其实北宋监本的李善注此字亦作"悬"字,是李善本与五臣本原无不同。又如同篇"驰骋秔稻之地"的"秔",注曰:"《文选》各本作'秔'。"其实也并非如此,北宋监本作"粳"字。像这种情况在现在的汉魏六朝古籍整理中,是普遍存在的。再以今人整理的《潘岳集》(天津人民出版社版)为例,如《西征赋》"虽五方杂会,风流溷淆"句,校称:"《文选》无'虽'字。"事实是胡刻本无,北宋本监本有。再如同篇"历弊邑之南垂"句,校称:"弊,《文选》作敝。"其实此字胡刻作"敝",北宋监本作"弊",而宋陈八郎刻五臣注本作"獘"。之所以有这样的失误,主要是因为《文选》本身整理的不够。现在各出版社所印《文选》,基本是胡刻本,像北宋监本仅有残二十一卷存在北京图书馆,另十一卷藏在台北"故宫博物院",而完整的单行五臣注本(即南宋绍兴三十一年陈八郎刻本)也藏在台湾,一般人很难见到。当然从古籍整理的要求讲,整理者也是不可辞其咎的。

李善本与五臣本,长期以来即存在着优劣之争,其实应该是各有长处的,研究者尤其不能陷入门户之见。即以谢灵运《登江中孤屿诗》"乱流"二句为例,此诗李善本皆作"乱流趋正绝,孤屿媚中川",而五臣本作"乱流趋孤屿,孤屿媚中川"。两相比较,自然是五臣本为胜。类似这样的例证,五臣本中还有不少,是当代研究古代文学的学者所要注意的。

总之,《文选》是学习和研究中古文学的最基本也最重要的文献,由于"五四"的冲击和影响,现当代学者对它有所忽视,以至文学史写作以及大学讲堂都不大提到它了,甚至一些专门介绍古代文化的著作也不作介绍,这是不应该的。相反的,在西方国家,《文选》学已经成为研究中国古代文学的重要内容之一,而且取得了很突出的成绩。在东邻日本,《文选》研究更是成果斐然,有些方面已经领先于中国学者。当然国学世界化,这是值得我们高兴和自豪的,但同时也要感觉到这是一种压力。我们有责任也有理由在走向世界的国学研究中,一如既往地保持着尊严和权威。

(原载《文史知识》1999 年第 11 期)

《文选》的流传及影响

《文选》编成后不久，萧统就陷入了"埋鹅事件"，再不久即病逝，这个事件自然会影响到《文选》的流布。即使如此，《文选》仍以它高于其他选本的价值，受到当时人的重视和喜爱。《太平广记》卷247"石动筩"条记："（北齐）高祖尝令人读《文选》，有郭璞《游仙诗》，嗟叹称善。诸学士皆云：'此诗极工，诚如圣旨。'动筩即起云：'此诗有何能，若令臣作，即胜伊一倍。'高祖不悦，良久语云：'汝是何人，自言作诗胜郭璞一倍，岂不合死？'动筩即云：'大家即令臣作，若不胜一倍，甘心合死。'即令作之。动筩曰：'郭璞《游仙诗》云：青溪千余仞，中有一道士。臣作云：青溪二千仞，中有两道士。岂不胜伊一倍？'高祖始大笑。"按这条材料出隋侯白《启颜录》，当不致有误。北齐高祖高欢武定五年（547）去世，说明在这之前《文选》已经传至北朝。萧统531年去世，至547年仅十六年，而《文选》已经传至北齐，可见流传速度之快，亦可见《文选》在当世已受人瞩目。北朝情况如此，南朝应该更为关注这本选集，可惜没有材料进一步证实这一点。

《文选》传至隋代，由萧统从子萧该为作《音义》。萧该博学，尤精《汉书》，撰有《汉书音义》，其作《文选音义》，则有树立家学的目的。萧该此书，《隋志》著录为《文选音》三卷，两《唐志》则著录为《文选音义》十卷。萧该注《文选》，实开"选学"先河。其后，隋末唐初有曹宪,曾经仕隋为秘书学士,聚徒教授,诸生数百人。曹宪也撰有《文选音义》十卷,也早已失传,不知与萧该的书有无关系。严格地说,"文选学"自曹宪而起,《旧唐书·儒林传》说他所撰《文选音义》,甚为当时所重。"初江淮间为《文选》学者,本之于宪。又有许淹、李善、公孙罗,复相继以《文选》教授,由是其学大兴于代。"曹宪不仅撰有《文选》研究专著,又带出一批研究《文选》的学生,因此造成了《文选》大大兴盛于当时的景况。据两《唐志》记载,曹宪的这些学生也都有《文选注》专书,如许淹有《文选音义》十卷,李善注《文选》六十卷,公孙罗注《文选》六十卷,又《音义》十卷。这些专书除李善注本外,都已失传了。但20世纪初,在日本发现了唐写本《文选集注》残本,此书原为一百二十卷,今所存不过二十余卷。《集注》以李善本为底本,依次录《钞》、《音决》、五家本和陆善经本。据《日本国见在书目》记载,公孙罗有《文选钞》五十卷、《文选音决》十卷,因此后人都认为《集注》所载《钞》和《音决》,都是公孙罗的书,其实这是个误识。因为《集注》卷四十七曹子建《赠徐幹诗》有"《钞》曰:罗云从此以下七首,此等人并子建知友云云"的话,可见《钞》非公孙罗所撰。《文选集注》的编辑年代不可知,大约在唐末宋初。由于此书在中国历史上未见任何著录,只是在日本发现,以致前人怀疑是否出自日本人之手。但这个结论显然不确,因为这个写本避唐讳,应该是唐人所为。1974年台湾学者邱棨鐊发表文章,指出在第六十八卷发现有"荆州田氏藏书之印"及"博古堂"钤记,荆州田氏即北宋著名藏书家田伟,其藏书堂号"博古堂",由此可证这个写本曾经田伟所藏,亦可证《集注》的编成在田伟之前。[1]

---

[1] 参见邱棨鐊:《今存日本之〈文选集注〉残卷为中土唐写旧藏本》,台湾《中央日报》1974年10月30日。

不过丘氏于此印失考，台湾的潘重规先生就著文指出此田氏是清末驻日公使署的参赞田潜，指出这些印多是田潜所钤①。那么据藏印认为是北宋田伟的藏书显然就站不住脚了。藏印不可靠，但不能说明此本非出唐人之手。此本如果出自唐人之手的话，是很值得注意的事情，因为据现存的材料，李善注本在唐代似乎不太受欢迎。六臣注《文选》载玄宗的话说："比见注本，唯只引事，不说意义。"即批评的李善本。晚唐李匡乂《资暇录》说："世人多谓李氏立意注《文选》，过为迂繁，徒自骋学，且不解文意，遂相尚习五臣。"李匡乂是批评世人习五臣的不良风气的，不过从他的话里，可以看出当时人多习五臣而非李善。但是就是产生在这样背景里的《文选集注》，却以李善注为底本，说明李善本还是受到有识之士的重视的。唐代大诗人白居易《偶以拙诗数首寄呈裴少尹侍郎》诗说"《毛诗》三百篇后得，《文选》六十卷中无"，这里说的六十卷《文选》，或即为李善注本，因为五臣注本是三十卷，这也说明白居易所读的《文选》，很可能就是李善注本。

　　《文选》在唐代深受读书人的欢迎，一些大诗人、大作家都曾深入学习过《文选》。近人李审言先生曾撰有《杜诗证选》和《韩文证选》文章，说明杜甫、韩愈的写作都深受《文选》沾溉，这是坚确不移的事实。杜甫有两首诗论到《文选》，一是《水阁朝霁奉简严云安》"呼婢取酒壶，续儿诵《文选》"，一是《宗武生日》："诗是吾家事，人传世上情。熟精《文选》理，休觅彩衣轻。"这两首诗一是让儿子诵读《文选》，一是说熟精《文选》理与写诗之间的关系，都证明杜甫受

---

① 参见潘重规：《日本藏〈文选集注〉残卷缀语》，台湾"中央"日报1975年1月12日。

到《文选》的深刻影响。唐代另一位大诗人李白也非常看重《文选》,《酉阳杂俎》记:"李白前后三拟《文选》,不如意者,悉焚之,惟留《恨》、《别赋》。"可见李白对《文选》所下的功力之深。除了这些大作家外,唐代士子也都把《文选》作为必读书。比如二十世纪初发现的许多敦煌写本《文选》,从字体看,有好有劣,亦可见阅读的人水平参差不齐。此外还有一篇《西京赋》,是唐高宗永隆年间弘济寺僧所写,则见《文选》的流传更是深入道俗了。韩愈《李邢墓志》说邢:"年十四,能暗记《论语》、《尚书》、《毛诗》、《左氏》、《文选》,凡百余万言。"(《全唐文》卷五六三)这里以《文选》与经书相提,作为士子必诵之书,已说明唐时的风气。唐人不仅读、诵、抄写《文选》,还兴起一股不大不小的注释风潮。除了上引几家注本外,据《玉海》卷五十四引《集贤注记》说:"开元十九年三月,萧嵩奏王智明、李元成、陈居注《文选》。先是冯光震奉敕入院校《文选》,上疏以李善旧注不精,请改注。从之。光震自注得数卷。嵩以先代旧业,欲就其功,奏智明等助之。明年五月,令智明、元成、陆善经专注《文选》,事竟不就。"又刘肃《大唐新语》所记亦相类似。按,开元十九年之前《文选》的注本已有曹宪、公孙罗、许淹、李善及五臣等,但冯光震上疏仍以李善为说辞,说明当时仍以李善注影响最大。而玄宗在吕延祚上《进五臣集注文选表》时,曾加以奖赏,称为好书,为什么还要批准冯光震的改注呢?这或许说明唐人对当时流行的各家注本都不满意,都有自己的注释体例。今见敦煌写本有两种出于李善、五臣之外的注本,一是俄藏标Φ242号[①],起自束广微《补亡诗》至曹子建《上责躬应诏诗表》,一是日本永青文库藏

---

① 旧标孟01452号。

纯注本,起自司马相如《喻巴蜀檄》至司马相如《难蜀父老文》。这两种注本的出现,可以帮助我们了解唐代注释《文选》的一般面貌。

《文选》流传以后,应该说对其他的总集是一个冲击。由于《文选》在选文定篇上的权威性,以及它拥有了大量注本,人们遂将阅读的注意力渐渐集中固定在这本书上,使得其他选集逐渐失去读者群,而慢慢佚失了,这当然是非常可惜的事情。除了对总集造成冲击外,《文选》对别集也有一定冲击。读者阅读目的原本是以精华文章为主,从这个角度说,《文选》足可满足读者的要求。我们看到唐初的一些类书,已经以《文选》取代别集的名称了。比如《艺文类聚》卷八十二"芙蕖"条引刘桢、江淹、谢朓等人的诗,不称引诗人,而径称"《文选》曰"。如"芙蓉散其华"本出自刘桢的《公宴诗》,《艺文类聚》却径称"《文选》曰:芙蓉散其华"。又如"神飙自远至,左右芙蓉披"出自江淹《杂体诗》、"鱼戏新荷动"出自谢朓的《游东田》,而都称《文选》。这样在很大程度上取消了别集的独立性,也冲淡了别集的影响。由唐至宋,总、别集的大量散佚,当然与时代的动乱有关,但经典选本的冲击,也是一个重要因素。宋代以后,重编前代别集,有许多只能依靠《文选》等书,这一方面固然显示了《文选》作为历史文献的价值,另一方面也说明这些经典选本在流传过程中已经无意地造成了别集的散亡。

《文选》至宋代,在读书人中造成了更大的影响。陆游《老学庵笔记》说:"国初尚《文选》,当时文人专意此书,故草必称王孙,梅必称驿使,月必称望舒,山水必称清晖。至庆历后恶其陈腐,诸作者始一洗之。方其盛时,士子为之曰:《文选》烂,秀才半。"这是宋代以辞科取士所造成的。又据郑文宝《南唐近事》说:"后主壬申张佖知贡举,试'天鸡弄和风'。佖但以《文选》中诗句为题,未尝详究。

有进士白云：'《尔雅》䳢天鸡，䳠天鸡，未知孰是？'伾大惊，不能对，亟取《尔雅》检之，一在《释虫》，一在《释鸟》，果有二，因自失。"按"天鸡弄和风"出于谢灵运《于南山往北山经湖中瞻眺诗》。《文选》既为考试题目，当然引起读书人重视。

《文选》不仅是读书人学习辞章的重要书籍，它的体例也对后代总集的编纂产生了极大影响。《文镜秘府论》引"或曰"①说："梁昭明太子撰《文选》，后相效著述者十有余家，咸自尽善。"说明仿效《文选》编集者很多。仿效之名，或曰"续"，或曰"拟"，如《新唐志》载有孟利贞《续文选》十三卷、卜长福《续文选》二十卷、卜隐之《拟文选》三十卷，都是赓续《文选》之作。这个事实说明后人已把《文选》作为选本的典范来看待的，又不独集部，即唐以后的类书也参照过《文选》的体例。唐初所编《艺文类聚序》说："《流别》、《文选》专取其文，《皇览》、《遍略》直书其事，文义既殊，寻检难一。爰诏撰其事且文，弃其浮杂，删其冗长，金箱玉印，比类相从，号曰《艺文类聚》。"表明此书兼取前代类书和总集的体例，事居于前，文列于后，于总集中只取《文章流别集》和《文选》，亦见《文选》的地位。据史料记载，唐人编集，或续或拟，于《文选》以外搜括文章，都以《文选》为根据（参见《玉海》卷五十四"唐文府"条及"唐太和通选"条），说明《文选》已成为后人编辑文集的范本。再后来如北宋初所编《文苑英华》，体例基本按照《文选》，又以《文选》所选诗文迄于梁代，故此书即起自梁末，取上续《文选》之意。

宋以后，《文选》影响日深，广、续之文，代有制作，如明人刘节有《广文选》、周广治有《广广文选》等等。此外各种评点本也纷纷问世，构成了中国古代文章评点的重要内容。总的说来，《文选》一

---

① 按此即殷璠《河岳英灵集序》，载《文苑英华》卷七一二。

书及其所代表的文章风格,被视为封建社会的文学典范,因此在上世纪初的五四运动中,曾作为新文学革命的讨伐对象被声讨过。当时著名的口号是"桐城谬种,选学妖孽",这造成了以后的几十年里,几乎无人研究《文选》的局面,并因此导致了在当今的《文选》学研究中,中国学者在一些方面已经落后于国外学者的难堪境地,这也是我们需要进行学术反思的地方。

(原载《中国典籍与文化》2000 年第 1 期)

二十世纪《文选》学研究

《文选》学自隋唐以来,已成为中国古代学术的主要内容之一,研究的著作可谓是汗牛充栋。其实《文选》的影响不仅仅体现在学术研究上,它更重要的影响还是体现在对中国古代文学创作上。古代作家学习并师法《文选》,如在李白、杜甫、韩愈等唐代大作家的创作中,已十分清楚地看到了《文选》的影响。唐以后,这种学习的风气愈加浓厚,以《文选》为学习八代文学的标本。张之洞《书目答问》说"国朝汉学、小学、骈文家,皆深《选》学",这是指清代而言,事实上自唐代以来的文学家和批评家往往以学习《文选》为口号,因此到了"五四"时期,新文学运动便以《文选》学和桐城派作为讨伐的对象。1917年7月,《新青年》杂志第3卷第5号"通讯"一栏发表了钱玄同致陈独秀的信,信中说:"惟《选》学妖孽所推崇之六朝文,桐城谬种所尊崇之唐宋文,则实在不必选读。"这就是后人习惯所说的"选学妖孽,桐城谬种",遂成为"五四"新文学运动向封建旧文学宣战的口号。应该说这样的口号在当时的背景里具有非常重要的革命意义。陈独秀在1917年2月《新青年》上发表《文学革命论》,明确提出:"推倒雕琢的阿谀的贵族文学,建设平易的抒情的国民文学;推倒陈腐的铺张的古典文学,建设新鲜的立诚的写实文学;推倒迂晦的艰涩的山林文学,建设明了的通俗的社会文学。"唯有推倒旧的才能建立新的,历史的发展进程也证明了这一点。

辛亥革命从政治上结束了封建时代，"五四"文学革命则从文化上结束了它。陈独秀、钱玄同等文学革命先辈们以敏锐的感觉意识到了这一点，他们的文学革命业绩是不朽的。关于钱玄同所提的这个口号，其实还有现实的背景在内，它与当时北大新旧两派陈营的对峙有关。我们知道，北京大学前身是京师大学堂，自1860年开办京师同文馆便开始酝酿了。1898年正式成立京师大学堂，但至1902年因八国联军入侵而遭到破坏。1902年京师大学堂恢复，由张百熙（字野秋，长沙人，早年担任过光绪皇帝侍读）任管学大臣。张聘吴汝纶（字挚甫，桐城人）为大学总教习。吴接任后不久因病卒于原籍，张又荐副教习张筱甫为总教习，严复任京师大学堂译书局总办，林纾任副总办。张筱甫字鹤龄，"阳湖派"古文家；严复亦师吴汝纶，为古文家。1912年姚永概任北京大学文科学长，姚本人也是桐城派，同时的桐城派教授还有马其昶、汪凤藻等人，因此桐城派在北大文科占据着优势。这种情况到了1914年夏锡祺代姚主持北大文科以后才有改变。夏引进章太炎一派学者，如黄侃、马裕藻、沈兼士、钱玄同等先后到北大文科任教。这一派注重考据训诂，以治学严谨著称。1916年蔡元培任北大校长，1917年1月13日，他聘请陈独秀任文科学长，11月李大钊因章士钊之荐来北大任图书馆主任，1920年8月，鲁迅正式受聘为北大兼职讲师。1917年底胡适来北大讲授"中国哲学史"。至此，北大形成了新旧两派。从以上北大历任教授成员的组成看出，桐城派在北大的确造成过很大的影响，而章太炎一派虽然不像桐城派那样保守，但这一派恪守古文传统还是很明显的，其中的黄侃更是以精《选》学闻名。钱玄同本是章太炎弟子，也本是旧派阵营中人，但他却从旧阵营中冲出，对桐城派和《文选》学口诛笔伐。新文学运动对旧文学传统的讨伐，影响深远，以致自"五四"以后，《文选》已成为腐朽文学的标志，学者闻而生畏，已鲜有研习了。这是中国二十世纪《文选》学研究未能取得更多成绩的主要原因。虽然如此，我们看到以黄侃（季刚）为代表的《文选》学研究仍然在艰难的环境中延续着古老的传统，并且取得了优秀的成绩。黄季刚先生被章太炎先生称为近代"知选学者"，他对《文选》研究颇深，手批圈点，卓见迭出。黄氏死后，他的侄子黄焯据其批点的《文选》，重新整理，编辑成书，1985年由上海古籍出版社出版，署名《文选平点》。季刚先生深精经、史、文字、音韵、训诂之学，所作圈点评笺，都具有真知灼见。如本书卷四评江淹的《杂体诗·颜特进》"巡华过盈瑱"句说："'巡'与'循'通，'循'读'循省'之'循'，犹言巡省荣华之遇。六朝造语多未必合本训，当以意求之。……案此'巡华'亦其方物也。何焯云：'巡华未详所出'，案'巡华'与别本上之'承荣'对，亦一意耳，初无所出。"解释"巡华"二字，可谓卓见。又如卷五推论李陵《答苏武书》作伪时间说："此殆建安以后人所为，而尤类陈孔璋，以其健而微伤繁富也。刘知几以为齐梁人作，则非也。《太平御览》四百八十九引此篇，谓出《李陵别传》。详别传之体，盛于汉末，亦非西汉所有也（西汉人有别传者，惟东方朔及陵，皆后人所为），《类聚》三十八有苏武《报李陵书》，全是俪词，恐苏、李往复诸书，尚未必一时所伪托。"所论有据，虽未必定是陈琳所作，但据别传体产生的时代作推论，较为合于实际。除此之外，黄季刚先生特别重视古文的诵读，所谓"口到"，据黄焯先生所作《后记》说："回思四十年前，先从父尝取《选》文抗声朗诵，焯窃聆其音节抗队抑扬之势，以为可由此得古人文之声响，而其妙有愈于讲说者。盖今所录圈点之文，率先从父昔之所喜而讽诵者，虽朗诵之音节不可得传，而其得古人文之用心处,则可于此觇之矣。"这一点是昔之学者的长处,而今之学者多已失之,季刚先生的这些圈点,可供后学者细细揣摩。据黄焯先生《文选平点后记》说,黄季刚先生平点《文选》事在壬戌夏日,当是1922年,距钱玄同高呼"选学妖孽"的1918年,仅四年。

黄季刚先生之后对《文选》作出卓越贡献的当数高步瀛先生,高氏著《文选李注义疏》一书,力图对李善注进行仔细地清理。在本书中,"凡涉及古代典章制度的问题,他都能标举众说,择善而从。对于一些不同说法,而限于史料尚难判定是非的问题,他也源源本本,加以辨析。尤其难得的是,李注所引的许多古书,往往仅举书名,而《义疏》则对现存的典籍都一一覆核,说明见某书某篇或某卷。凡已佚的古书,也多能从类书或其它典籍中征引佚文加以印证或考定源委。凡李注引文与今本或类书所引文字有所出入,也一一作了校勘,并加按断"①。高氏作《义疏》的缘由,据其《叙》中说是有鉴于李善注文在后世屡遭羼乱、改窜,"精神面目皆已失真,而缀学之士,虽力为把疏,终不能复其本元,斯则可为太息者也"。这说明他的目的是要恢复李善注原貌。应该说高氏在他那个时代凭借其深厚的学养才力,又充分利用了所能够使用的材料,阐明义例,区分鉴别,尽其能力使久已被羼乱的李善注得以渐近原貌。这些成就都是学术界所共鉴的事实。可惜高步瀛先生因病去世,计划中的六十卷,仅完成八卷,这是《文选》学研究的一大损失。②

黄、高的《选》学研究,都还是继承的清代乾嘉学风,但在材料

---

① 参见曹道衡、沈玉成:《前言》,载高步瀛:《文选李注义疏》,中华书局1985年版,第2页。
② 高氏此书解放前曾由北平文化学社排印出版,1985年经曹道衡、沈玉成先生点校,中华书局重又出版。

的选择上，能够注意使用新发现的写、钞本，显示了新的研究倾向。除了黄、高以外，也还有一些学者对《文选》开展研究，如刘盼遂的《文选校笺》、《文选篇题考误》、徐英的《文选类例正失》、祝文白的《文选六臣注订讹》等，就《文选》原文篇题、编辑体例以及六臣注的疏误，进行批评。就总的研究倾向看，这些课题都还属于传统《选》学的内容。当然所谓传统云云，是就其方法而言，但毕竟是新世纪的学术研究，研究者以专题论文的形式，集中讨论问题的态度，都已和旧《选》学有了区别。1936年中华书局出版了骆鸿凯先生的《文选学》一书，标志着《文选》研究的新开端。学术界对本书的评价是："第一次从整体上对《文选》加以系统、全面的评介，作者不仅对《文选》自身的纂集、义例、源流、体式有独到的见解，还对如何研读《文选》指出了门径。"因此认为它是"新选学"的开山之作。[①]《文选学》分纂集、义例、源流、体式、撰人、撰人事迹生卒著述考、征故、评骘、读选导言、余论等十个专题，及"文选分体研究举例"、"文选专家研究举例"等附录，就《文选》学所涉及的理论问题，进行了系统的研究探讨。骆鸿凯先生是黄季刚先生的学生，精于古文字、声韵、训诂及《楚辞》、《文选》之学，早年治学特重家法，于《文选》崇昭明之旨趣而尊李善之诠注。[②] 这种态度于书中分明可见，但一部"新选学"的开山之作，却由旧学方法作支撑，正显示了学术传统的正常嬗递过程。

约与骆鸿凯同时，周贞亮亦著有《文选学》。据王立群教授所说，周著是讲义，由武汉大学铅印行世，时间当在1931年之前，较

[①] 参见许逸民：《再谈"选学"研究的新课题》，载《文选学论集》，时代文艺出版社1992年版。

[②] 参见马积高：《后记》，载骆鸿凯：《文选学》，中华书局1989年版。

骆氏为早。但骆氏部分文章亦在1931年发表,是二人写作《文选学》的时间相近,甚或周著还要在骆著之前①。如果是这样的话,以往认为骆氏《文选学》是"新选学"开山之作的说法,是要作修正的。

周贞亮师从谭献、张之洞,谭献曾有意为李善注作义疏,因此周贞亮是继承了谭献的"选学"传统的,而这部《文选学》正是他应武汉大学之邀教授"文选学"的讲义。周贞亮精于"选学",不仅从这部《文选学》中可以见出,笔者在武汉大学图书馆见到周氏为研究《文选》所作的准备工作有其手抄前人注解《文选》多种,如《文选颜谢鲍诗评四卷》一册、清薛传均《文选古字通疏证六卷》(与《四六丛话》合订一册)、近人李详《文选拾沈》二卷(与《文选拾遗》合订一册)、清朱铭《文选拾遗八卷》、清傅上瀛纂辑《文选珠船》二卷(与《学古堂日记》合订一册)、清胡绍煐《文选笺证》三十二卷八册、清许巽行《文选笔记》六卷(依徐行可藏原稿校抄本二册)、清余萧客《文选纪闻》三十卷四册。

周贞亮、骆鸿凯所进行的新研究,并不是孤立的,在这前后对《文选》的体例、编者等属于后来所称"新选学"内容的探讨,也有所进行。较有影响的如1946年朱自清在《国学季刊》6卷4期发表的《〈文选序〉'事出于沉思义归乎翰藻'说》,分析"沉思"和"翰藻"的含义和当时使用的情况,指出它作为《文选》收录标准的实际内容。另外一篇值得注意的文章是何融的《〈文选〉编撰时期及编者考略》,发表于1949年《国文月刊》76期。在这篇文章中,作者提出《文选》并非萧统一人编纂,而是在东宫学士的帮助下完成的;其次,作者还对《文选》的编纂时期作了大致的推定,认为当在普通三

---

① 参见王立群:《周贞亮〈文选学〉与骆鸿凯〈文选学〉》,《文学遗产》2001年第3期。

年(522)至普通七年(526)之间。这些观点都是十分有价值的,它直接开启了"新选学"的研究课题。

二十世纪前半叶的《文选》研究,还有一项重要的内容,即由于《文选》写钞本的发现带来的《文选》版本研究上的突破。所谓写钞本主要是指二十世纪初发现的敦煌写本和日本发现的早期钞本。敦煌写本多产生于唐代,还有一些是可能产生于六朝时期,当然距《文选》的原貌最近,在某些方面具有的价值是宋以后的刻本所不能比拟的,这对研究萧统《文选》原貌以及李善注、五臣注原貌,都十分重要。敦煌出土的《文选》写本,主要集中在法国,是由伯希和在敦煌盗劫而去。此外匈牙利人斯坦因也盗劫一部分,今藏英国伦敦不列颠博物院;又俄国人奥登堡也在1914年至1915年组织一个"俄国新疆考察队"盗劫了一部分,今藏俄罗斯圣彼得堡亚洲研究中心。1917年罗振玉《鸣沙石室古籍丛残》曾影印了四种《文选》写本,罗振玉、刘师培、蒋斧等并都作有提要,对写本的文献价值作了初步研究。这部分写本的公布,大大地促进了《文选》学研究,为许多学者提供了便利。如后来高步瀛作《文选李注义疏》,就使用了敦煌写本;而日本的斯波六郎博士作《文选诸本的研究》,也都以这些作为唐代《文选》的主要材料。在这些写本中,比较令人注意也最为珍贵的是唐代永隆年间弘济寺僧所抄写的《西京赋》,这是李善注本。永隆是高宗年号,当公元680年至681年,此卷卷末有"永隆年二月十九日"字样,当是永隆二年(681),因为永隆改元是在八月,既称二月,当是永隆二年无疑。永隆二年上距李善上《文选注表》的显庆三年(658)仅二十三年,而下距李善卒年,高宗永昌元年(689)尚有八年,说明弘济寺僧钞写《西京赋》时,李善犹在,于此可见这个写本的珍贵。应该说这个写本是最接近李善注原貌的,今人的研究也正是从这一点出发,将它作为李善注原貌来校订刻本李善注的。高步瀛如此,斯波六郎也是如此,今人饶宗颐并以与日本所传唐写本《文选集注》、《四部丛刊》影宋本、胡克家刻本等进行详尽的比勘,进一步探究唐代李善注《文选》的原貌及独具的文献价值。20世纪初关于《文选》写本的利用,限于条件,主要是罗振玉所影印的几种,此外如1938年日本学者神田喜一郎所编《敦煌秘籍留真》[①]及1947年陆志鸿整理的《敦煌秘籍留真新编》[②]也在不同程度上为学术界所利用。至于俄藏敦煌文献,则直到1993年以后,才由中俄两国学者共同携手编辑出版[③],其中珍贵的写本,新版编号为Φ242号起束广微《补亡诗》迄曹子建《上责躬诗表》,是一种出于六臣注以外的注释,对于研究唐初《文选》注提供了样本。

除了敦煌写本以外,东邻日本也陆续发现了许多写钞本。写本如产生在唐代的《文选集注》,这是一个未见于本国任何史料记载的写本,原藏日本金泽称名寺,清末董康首先发现,随即报告日本政府,而被列为国宝。[④]《集注》原书为一百二十卷,集李善、五臣、陆善经、《音决》、《钞》等书,其中后三种现在都已佚失,而李善和五臣的注也与后世刻本存有许多差异。毫无疑问,《集注》本的

---

① 〔日〕神田喜一郎编:《敦煌秘籍留真》,日本昭和十三年小村写真制版所京都影印暨铅印本。

② 陆志鸿整理:《敦煌秘籍留真新编》,1947年台湾大学照相版本。

③ 俄罗斯科学院东方研究所圣彼得堡分所编:《俄藏敦煌文献》,上海古籍出版社1993年至1997年版。

④ 董康《书舶庸谈》卷八:"小林询大坂某会社属介绍收购上海某君所藏《文选集注》之结果。《文选集注》者,吾国五代时写本,除六臣外,兼收曹宪等注,即六臣注亦较通行本为长。以分卷计之,当有一百廿卷。森立《经籍访古志》言金泽称名寺有零本,余于光、宣之际,偕岛田前往物色之,得卅二卷。曾以语内藤博士,白诸政府,列入国宝。"

发现，对研究唐代《文选》学以及探求李善、五臣原貌，都具有十分珍贵的价值。此本在1918年由罗振玉先生最先影印，共十六卷，题为《唐写文选集注残本》。罗氏影印本并不完全，而且所印各卷也多有脱漏，1935年，日本京都大学文学部又以《影旧钞本》名义印了二十四卷，1942年完成，是比较完全的印本，但也仍然有遗漏，如现存于中国境内的几种就没有影印进去（现藏北京图书馆的曹子建《求自试表》二十二行、藏天津图书馆的卷四十八残卷）等。关于这个写本的出处，由于它未见于中国史料记录，又发现于日本，因此日本学者往往以为是日本人编纂而成。但这个问题比较复杂，中国学者有不同的意见，还需要进行更深入的讨论。[①]

《文选集注》以外，日本天理图书馆还藏有一个纯粹的注本，也是出于李善和五臣之外的，所存篇目是司马相如《喻巴蜀檄》、陈琳《为袁绍檄豫州檄》、钟会《檄蜀文》、司马相如《难蜀父老文》等。此本日本学者冈村繁先生作过研究[②]，中国台湾学者游志诚先生在《敦煌古钞本文选五臣注研究》一文中，也作过专题研究[③]。不过游氏结论认为是出自五臣注，恐还需要进一步论证。

日本所藏最为丰富的还是钞本，据日本学者阿部隆一《本邦现存汉籍古写本类所在略目录》介绍，有二十七种之多。其中多为私人收藏，外间很难见到。不过其中最有价值的也都已发表，如古钞白文残二十一卷本、观智院藏卷第二十六、三条家藏五臣注卷第二

[①] 关于《文选集注》，可参见拙作《文选版本叙录》有关部分，载《国学研究》第5卷，北京大学出版社1998年版。

[②] 参见《永青文库藏敦煌本"文选注"笺订》，载《久留米大学文学部纪要》，国际文化学科编第3号(1993)。

[③] 游志诚：《敦煌古钞本文选五臣注研究》，1995年台湾敦煌学研讨会论文，稿本。

十、九条家藏白文残二十二卷本等。这些钞本的价值是非常高的，对研究《文选》原貌以及早期李善注、五臣注，都具有重要的参考价值。这些钞本中，以古钞白文残二十一卷本较为人知。它最早著录于森立之的《经籍访古志》，仅一卷，森立之称为五百许年前钞本，是日本的正平时代，约当中国元顺帝至正前后。1880年中国学者杨守敬随何如璋、黎庶昌出使日本，除搜得森立之所著录的这一钞本外，又搜得另外二十卷。杨氏将这二十一卷钞本带回国后归藏故宫博物院，现存台北"故宫博物院"。此本带回来以后，很引起学者的重视，黄季刚先生曾经借校，这在他的《文选平点》中有所反映。又如高阆仙先生《文选李注义疏》也采用此本参校。此本在当时应该有许多人过录，如向宗鲁先生、徐行可先生等。向宗鲁先生过本后又为屈守元先生过录，徐氏藏本即为黄季刚先生借校者，现已不知去向。除这几家以外，傅增湘先生也曾过录一本，今存北京图书馆。①

《文选》写钞本的发现，对进一步加深《文选》学研究，提供了新的材料基础，其实除了写钞本外，一些以前不易见到的珍贵版本的发现，也同样是二十世纪《文选》学研究的重要内容。《文选》版本研究是《文选》学的基础，这一点在宋以后尤为突出。由于版本的问题，常常导致研究者得出错误的结论，《四库全书总目提要》根据汲古阁本对李善注本所作的错误结论是一个明显例证。为什么前人的研究要依靠不可信的版本呢，这当然与善本不易见到有关。比如研究李善注，一般使用的是汲古阁刻本，清嘉庆年间胡克家好

---

① 这个写本具有很高的文献价值，详参拙作：《关于古钞〈文选〉残二十一卷》，《文学遗产》1997年第6期。

不容易得到了南宋尤袤刻本，立刻组织著名版本学家顾广圻、彭兆荪以元茶陵本和明袁褧覆宋本进行比勘，作《文选考异》十卷。可惜由于尤刻本并非唐宋以来传承有绪的李善注本，以致他们所作的结论，即世无李善单注本，所传李善注都是从六臣本中摘出的观点，只能是错误的结论。要研究刻本李善注，当然要依靠北宋国子监刻李善注本，但这个刻本传世极少，四库馆臣未见到，其他的人更难见到，所以影响了关于李善注的研究结论。到了二十世纪三十年代，日本学者斯波六郎博士作《文选诸本的研究》，虽然号称搜集了三十多种版本，但他连尤刻本也没有见过，宋本中仅有六臣本的赣州本和明州本，最关键的北宋国子监本没有见过，所以他也与胡克家一样得出的是错误的结论。北宋国子监本，当然也是一个递修本，即天圣明道本，是在二十世纪二三十年代才从内阁大库流出，最后为周叔弢先生收得后半部分，今存北京图书馆。至于前半部分的残卷，则藏于台北"故宫博物院"。这个本子问世后，傅增湘先生曾作过校录，别的人似乎就很少利用过了。

北宋监本的发现，对研究刻本李善注是非常重要的，通过对它的研究，可以推翻《四库总目提要》、胡克家《文选考异》、斯波六郎《文选诸本的研究》等结论，因此这是二十世纪《文选》版本最重要的发现之一。而与此同等重要，甚至说是超过了这个版本的重要度的，可能要算是韩国奎章阁本的发现。

韩国奎章阁本是六家《文选》，该书底本是北宋哲宗元祐九年(1094)二月秀州(今浙江嘉兴)州学本。据秀州州学的《跋》称，秀州州学将国子监本与五臣注本合并为一本，这当是第一个六臣合并注本。《跋》中所称的国子监本即北宋天圣年间国子监刊刻的李善注本，秀州本使用的这个监本比现在北京图书馆所藏的天圣明道本还要好，因为天圣明道本是一个递修本，而非国子监原本。秀州本使用的五臣注本是平昌孟氏刻本，这个刻本是在当时流传的两川二浙刻本基础之上加以刊正的本子。秀州本所用的这两个底本来历清楚，又早已失传，因此具有很高的文献价值。尤其在今天，北宋天圣明道本也多有残缺且分散在海峡两岸，而五臣注本也仅存一部建刻的陈八郎本和杭州锺家所刻的两残卷，其文献价值更不待言。陈八郎本据该书江琪的《跋》说是将监本与古本参校互证而成，这说明该本并非纯粹的五臣注，许多方面都从于李善本。今以陈八郎本与六臣本相校，的确如江琪所说。这就是说陈八郎本还不能完全作为五臣本使用。杭州本今存两残卷，以与秀州本的底本平昌孟氏本相校，基本相合，这就是说孟氏本完全可以作为杭州本使用。从以上所论看，奎章阁本所拥有的这两个注本，完全可以作为李善和五臣的底本使用。事实上笔者所作《文选》版本研究博士后课题，利用奎章阁本解决了不少历史上悬留的问题。如第一部六家合并注本的产生、六臣本与六家本间的关系、李善注与五臣注之间的关系、杭州本与陈八郎本的不同等等，都能依靠奎章本取得较为满意的解释[①]。

应该说奎章阁本很早就传入中国，中国的藏书家如陈乃乾、张乃熊、杨守敬、高君定等都有收藏。[②] 又据朴现圭《台湾公藏韩国古书籍联合书目》[③]介绍，张乃熊所藏书有"宣赐之记"（朱方，朝鲜内赐印）及"伯温"、（朱文）"山人"等钤印，似乎表明此书乃明朝时

---

① 参见拙著《文选版本研究》，北京大学出版社2000年版。
② 参见张元济：《涵芬楼烬余书录》，商务印书馆1951年版；张乃熊：《芹圃善本书目》，台北广文书局1969年版；严宝善编录：《贩书经眼录》，浙江古籍出版社1994年版。
③ 朴现圭：《台湾公藏韩国古书籍联合书目》，台北文史哲出版社1991年版。

朝鲜所赠。印中的"伯温"、"山人"或为刘基。① 但可惜的是，这部珍贵的《文选》，却没有引起中国学者的重视，没有人对它进行过校勘和研究，这是《文选》版本研究工作中的缺憾。

以上是本世纪上半叶《文选》研究的主要情形，可以看出其研究的方法、目的、关注的视角，既与传统"选学"有联系，也开导了后来的新研究，这种新研究，到了六十年代，日本学者神田喜一郎博士在《新的文选学》中提出了"新文选学"的概念，以后由于清水凯夫教授的有意识研究，使得这一概念形成了有风格、有方法的研究派别，并逐渐在当代《文选》学研究中取得了越来越多的认同。清水凯夫教授的研究成果及"新文选学"的主要内容，中国学者许逸民先生曾归纳为六个方面：即1.《文选》的编者；2.《文选》的选录标准；3.《文选》与《文心雕龙》的关系；4.沈约声律论；5.简文帝萧纲《与湘东王书》；6.对《文选》的评价。② 不过，对这一概括，清水凯夫并不完全同意，他重申他的"新文选学"有四大课题：第一课题，无论如何也是传统"选学"完全缺乏的《文选》真相的探明。这一大课题，仅个别地澄清各个问题，是终究不能解决的。只有在以

---

① 此说尚待查证。张氏藏书今存台湾，不知该书后是否有宣德三年卞季良自述铸庚子字的《跋》，如果有的话，则"伯温"可能不是刘基，因为刘基死于1375年，而宣德三年却是1468年。但如果该书无卞季良的《跋》，则见奎章阁本刊刻还要早于宣德三年，那就有可能是刘基所藏。按据《奎章阁图书韩国综合目录》（汉城大学校图书馆编，保景文化社1994年修订版）介绍，韩国所藏古本《六家文选》有十二本之多（包括残本），其刊刻年代，有的著录未详，有的著录为中宗时、成宗时、光海宗时；刊印字体分别有训练都监字、校书木活字、甲寅字等，因知韩国所刻《六家文选》的年代不一，我们今天所见到的这部由韩国正文社影印的《文选》，书后附有卞季良之《跋》，也许并非刊刻最早的书。所有以上所述，都还有待进一步查证。

② 参见许逸民：《再谈"选学"研究的新课题》，载《文选学论集》，时代文艺出版社1992年版。

下诸课题分别澄清后,才能有机地综合分析考察的方法求得其结果;第二个课题,是弄清如下先行理论对《文选》的影响关系,这一课题自然也应该与第一课题联系起来考察的;第三个重大课题是弄清各个时代对《文选》接受、评价的变迁。换言之,即扩充和充实历来所说的"文选学史";第四个课题,是使传统"选学"已进行的工作变得更加充实,那就是彻底地探讨版本、训诂学的历史,补上欠缺的部分。从清水凯夫本人阐述的"新选学"内容看,比较许逸民的总结又扩大了许多。这个差别主要是因为许氏根据清水凯夫已经做过的工作而言,而清水凯夫的重新认定,则包括了许多未来的计划。从清水凯夫第四个课题的认定看,他已经将传统"选学"的版本、训诂等内容也引入了"新选学"。

清水凯夫教授四个课题的认定,已明显与神田喜一郎博士当初所提出的"新选学"有了区别。在神田博士那里,"新文选学"既不包括各种译注本,也不包括斯波六郎博士的版本研究。如果按照清水教授的认定,那么"新文选学"在日本实际上并非从六十年代才开始,而应该从斯波六郎博士的研究工作开始算起了(斯波六郎博士的研究成果发表于五十年代,但其研究却早在三十年代初期就开始了)。但这样一来,就带来了新的问题,如果斯波六郎博士的研究也属于"新选学"内容的话,那么传统"选学"的版本研究(如胡克家等人的工作)如何看待呢?事实上"新选学"刚提出的时候,其基本内容正如许逸民所总结的一样,清水凯夫的既成研究也证明了这一点。只是随着清水凯夫本人的思考成熟,以及中日两国学者的批评而陆续增加了如清水教授后来所说的第三、四两课题内容。

从"新选学"提倡者所指出的内容看,虽然这个提法发生在日本,但实际上二十世纪中国学者的研究,如前述骆鸿凯、何融等人的研究,已开始在先。自五十年代以来,关于《文选》编者、选录标准等问题的讨论,更得到了加强。比较有影响的如殷孟伦《如何理解〈文选〉编选的标准》①、王运熙《萧统的文学思想和〈文选〉》②、郭绍虞《〈文选〉的选录标准和它与〈文心雕龙〉的关系》③等。总的说来,八十年代之前,中国的《文选》研究还处于零星的、不成系统的状态,八十年代中后期才进入一个新阶段。由北京大学、长春师范学院等多单位联合所作的《文选译注》似乎是一个标志,而1988年在长春召开的第一届《昭明文选》国际学术研讨会,更是表明中国《文选》学研究步入一个新的时期。在此之后,又分别在长春、郑州召开了两届国际学术讨论会,并且成立了中国《文选》学研究会,表明中国《文选》研究已经国际化,而且进入了规范的、有系统的研究状态。就当前已经开展的工作来说,如郑州大学古籍整理研究所所作的《中外学者文选学论集》④、《中外学者文选学论著索引》⑤,四川师范大学屈守元教授《文选导读》⑥,南京大学周勋初教授整理影印的《唐钞文选集注汇存》⑦,北京大学傅刚教授《〈昭明文选〉研究》⑧、《文选版本研究》⑨,四川大学罗国威教授《敦煌本〈昭明文选〉研究》⑩、《敦煌本〈文选注〉笺证》⑪,广西师范大学胡大雷教授《文选诗研究》⑫

---

① 殷孟伦:《如何理解〈文选〉编选的标准》,《文史哲》1963年第1期。
② 王运熙:《萧统的文学思想和〈文选〉》,《光明日报》1961年8月27日。
③ 郭绍虞:《〈文选〉的选录标准和它与〈文心雕龙〉的关系》,《光明日报》1961年11月5日。
④ 俞绍初、许逸民主编:《中外学者文选学论集》,中华书局1998年版。
⑤ 俞绍初、许逸民主编:《中外学者文选学论著索引》,中华书局1998年版。
⑥ 屈守元:《文选导读》,巴蜀书社1993年版。
⑦ 佚名编选:《唐钞文选集注汇存》,上海古籍出版社2000年版。
⑧ 傅刚:《〈昭明文选〉研究》,中国社会科学出版社2000年版。
⑨ 傅刚:《文选版本研究》,北京大学出版社2000年版。
⑩ 罗国威:《敦煌本〈昭明文选〉研究》,黑龙江教育出版社1999年版。
⑪ 罗国威笺证:《敦煌本〈文选注〉笺证》,巴蜀书社2000年版。
⑫ 胡大雷:《文选诗研究》,广西师范大学出版社2000年版。

等,此外,几次国际学术会议论文集,如《昭明文选研究论文集》[①]、《文选学论集》[②]、《文选学新论》[③]、《〈昭明文选〉与中国传统文化》[④],都代表了中国当代学者的研究成绩。

中国大陆学者以外,港台学者关于《文选》的研究也取得了非常令人瞩目的成绩。香港著名学者饶宗颐教授的《敦煌本文选斠证》[⑤]、《日本古钞文选五臣注残卷校记》[⑥]是根据写、钞本对《文选》版本进行研究的力作。文中所得出的一些结论,非常具有启发性。但或许由于条件限制,饶氏未能采用与敦煌写本(永隆本)和古钞五臣注残卷有直接关系的北宋国子监本及陈八郎本等对勘,因此所获结论又难免有缺陷。台湾学者对《文选》的研究极为重视,出版过研究专著多种,如林聪明《昭明文选研究考略》[⑦]、《昭明文选研究初稿》[⑧],陈新雄、于大成《昭明文选论文集》[⑨],邱棨鐊《〈文选集注〉研究》[⑩],李景溁《昭明文选新解》[⑪],游志诚《昭明文选学术论考》[⑫]、《文选学新探索》[⑬]等。此外,台湾有不少大学开设了《文选》

---

① 赵福海等编:《昭明文选研究论文集》,吉林文史出版社1988年版。
② 赵福海主编:《文选学论集》,时代文艺出版社1992年。
③ 中国文选学研究会、郑州大学古籍整理研究所编:《文选学新论》,中州古籍出版社1997年版。
④ 赵福海等主编:《〈昭明文选〉与中国传统文化》,吉林文史出版社2001年版。
⑤ 饶宗颐:《敦煌本文选斠证》,《新亚学报》1957年第3卷第1—2期。
⑥ 饶宗颐:《日本古钞文选五臣注残卷校记》,《东方文化》1956年第3卷第2期。
⑦ 林聪明:《昭明文选研究考略》,台北文史哲出版社1974年版。
⑧ 林聪明:《昭明文选研究初稿》,台北文史哲出版社1986年版。
⑨ 陈新雄、于大成主编:《昭明文选论文集》,台北木铎出版社1976年版。
⑩ 邱棨鐊:《〈文选集注〉研究》,台北文选研究会1978年版。
⑪ 李景溁编著:《昭明文选新解》,暨南出版社1990年版。
⑫ 游志诚:《昭明文选学术论考》,台湾学生书局1996年版。
⑬ 游志诚:《文选学新探索》,台北骆驼出版社1989年版。

研究课程，博士、硕士论文中有不少以《文选》研究为题。硕士论文如丁履譔《文选李善注引诗考》、李鋆《昭明文选通假考》、周谦《昭明文选李善注引左传考》、黄志祥《北宋本文选残卷校正》等。从题目看，这些论文集中在对李善注的研究上，这仍是传统"选学"的内容。

海外"选学"研究的重镇仍是日本，除以清水凯夫教授为代表的"新选学派"外，传统的"选学"研究成果仍然集中在版本上。由于日本藏有丰富的早期写本、钞本，对它的研究成为日本"选学"研究者的一个特色。此外，版本研究仍以斯波六郎博士为代表，其后冈村繁教授对斯波六郎博士的结论进行了较大的修正，结论同于中国学者程毅中、白化文先生。① 日本学者之外的欧美"选学"研究主要集中在翻译上，英、法、德、美都出现许多很有成就的《文选》研究学者，做出了非常好的成绩。其中尤以近年美国学者康达维教授全文翻译《文选》的工作，值得我们钦佩。这一工作的难度，凡了解《文选》的人，可想而知。我们满怀敬意地祝愿康达维教授工作的早日完成。②

从以上所述二十世纪《文选》学研究的情况看，前半世纪的研究因五四运动的冲击，造成了"选学"比较沉寂的局面，后半世纪，特别是八十年代中期以来，"选学"研究呈现出繁荣的景象。这是总的情况，尽管如此，我们也看到，前半世纪虽然沉寂，但如黄侃、高步瀛二氏的研究，仍然是一个高峰。如高氏的《文选李注义疏》

---

① 参见〔日〕牧角悦子：《日本研究〈文选〉的历史与现状》，载赵福海等编：《昭明文选研究论文集》，吉林文史出版社1988年版。

② 欧美"选学"参见〔美〕康达维：《欧美〈文选〉研究述略》，《昭明文选研究论文集》，吉林文史出版社1988年版。

直到今天仍然没有赓续者；此外二十世纪初发现的许多写、钞本也并没有引起当代中国"选学"研究者的足够注意，但在海外如日本，却有很深入的研究。应该说海外"选学"研究的兴起，是二十世纪的一大成绩，这标志着"选学"研究的世界化，是传统"选学"所不具备的内容，也是中国学术研究的目标和方向之一。这是当代学者特别要注意的地方。就《文选》研究的理论内容而言，海外"新选学"和中国当代学者在诸如《文选》的编者、体例、编辑宗旨、文体分类，以及《文选》的编纂背景、《文选》与相关典籍的关系等方面，都作了比较深入的研究，也取得了较为瞩目的成绩。但在《文选》的版本研究上，却是"新选学"研究的一个薄弱点。这一方面是因为"新选学"研究者最初想要与传统"选学"划分疆域而有意避开所致，后来如清水凯夫教授又提出加入版本研究的内容，但至目前，这一派似乎还没有展开研究。二十世纪的《文选》版本研究，从系统、规范方面来看，当推日本学者斯波六郎博士的《文选诸本的研究》，这一研究在胡克家《文选考异》所得结论的基础上重又进行了深入的分析，最终重新论证了胡克家的结论。不管这结论本身正确与否，我们看到，他们对《文选》版本的研究，始终只局限在李善注本上，事实是《文选》版本研究除此之外，起码包括有萧统《文选》三十卷本原貌考察、李善注、五臣注版本源流递变、六家合并注本的产生及其演变、现存写钞本与刻本的对比研究等等，这些都是前人未曾注意，但意义重大的问题。

(2008年12月台湾东吴大学中文系报告稿)

论《文选》与《诗品》、《文心雕龙》及《文章缘起》间的关系

  作为中国现存最早的诗文总集,《文选》自隋唐以来一直受到极大的重视,并形成了影响中国文化一千多年的"《文选》学"。《文选》收录先秦至齐梁八个朝代一百三十多位作家七百多首作品,分体裁三十九类编纂,显示出对前代文学总结的意图。一千多年过去了,《文选》之前以及同时的许多文章总集都已失传,唯独《文选》流传下来,并且形成影响深钜的学科,这说明了《文选》的价值。那么一部辞章之书为何有这么大的影响呢?它选录作家作品的标准是什么?文体分类的依据又是什么?这些问题都引起文学史研究者极大的关注。

  的确,《文选》的编纂不会是全无依傍的,它与前代文学总集的编纂,与同时代的创作、批评都应有非常密切的关系,这都可能影响到了它的选录标准和文体分类。从以往的研究看,对这种关系的考察,基本都集中在《文选》与《文心雕龙》关系上。这是因为一者《文心雕龙》是与《文选》同时代产生的体大思精的批评理论著作;二者刘勰曾经做过萧统的东宫属官,二人有交往,因此研究者一般认为《文选》的编纂受到过刘勰的影响。那么事实情况如何呢?《文选》是否受到了《文心雕龙》的影响?本文将对这个问题展开讨论。研究《文选》与《文心雕龙》之间的关系,是为了解决《文

选》的编纂等问题,本文认为仅仅关注《文心雕龙》一书是不够的。在《文选》之前,除了《文心雕龙》以外,现存的批评著作还有钟嵘的《诗品》和任昉的《文章始》,由于该书流传至今存有真伪问题,而且《文章始》一书被认为分类过于琐碎,价值不大,所以学术界也还不愿意将《文选》与《文章始》联系起来。其实这些看法是不正确的,因为同时代产生的作品,本身就具有可比性,钟嵘虽然与萧统没有交往,但《诗品》中涉及的一些问题,也同样是《文选》、《文心雕龙》、《文章始》所要涉及、所要解决的问题。至于任昉,由于他的文学领袖地位,他的创作和批评在当时都产生过极大的影响。《文章始》关于文体分类的观点,许多都与《文选》相合,这说明二书之间存在着一定的关系。本文即以《文选》与《诗品》、《文心雕龙》和《文章始》展开比较,以求实事求是地探查《文选》与这几部文学批评著作间的关系。

一、《文选》与《诗品》

萧统与钟嵘,似乎没有直接的关系。钟嵘在天监年间曾做过临川王萧宏的行参军,和衡阳王萧元简的记室,最后迁西中郎晋安王萧纲的记室,但未参加过与昭明太子有关的文学或政事活动。《诗品》的写作,据钟嵘自己说是:"近彭城刘士章,俊赏之士,疾其淆乱,欲为当世诗品,口陈标榜,其文未遂,感而作焉。"(《诗品序》)看来他是受到刘绘的启发。刘绘是刘孝绰父亲,永明文学的后进。文中所说的"疾其淆乱",指的是"王公缙绅之士,每博论之余,何尝不以诗为口实。随其嗜欲,商榷不同,淄渑并泛,朱紫相夺,喧议竞起,准的无依"。这是指当时批评界的混乱状态,各各根据自己的好恶,随意品评作家作品,而缺乏标准和依据。刘绘有感于此,本想著文作《诗品》,惜未成书。不过,这件事启发了钟嵘,这说明钟嵘《诗品》起码在这时便已酝酿写作了。至于其书写成则要在沈约卒后(513)了。一者《诗品序》明言:"其人既往,其文克定;今所寓言,不录存者。"在《诗品》所录一百二十多人中,沈约是最后一人;二者《南史》称:"及(沈)约卒,嵘品古今诗为评,言其优劣。"钟嵘卒于天监十七年(518)左右,就是说《诗品》是天监十二年(513)至十七年(518)之间写成的。以上是钟嵘《诗品》写作的背景和时间,他虽未与萧统有过交往,但《诗品》与《文选》成书的背景却大致相同,尤其天监十四年以后,萧统东宫的文学活动十分活跃,估计像《正序》、《古今诗苑英华》等书也是在这一段时间里开始编纂,因此,《文选》与《诗品》,二书之间是有比较的可能性的。

《诗品》与《文选》有许多相同的地方,首先是体例上的一致性。第一,就不录存者而言,两书是一样的。不过,对这一点,《诗品》明确写在《序》里,《文选》却没有说明;第二,以世代为序的安排方法,《诗品序》说:"一品之中,略以世代为先后,不以优劣为诠次。"《文选序》说:"凡次文之体,各以汇聚。诗赋体既不一,又以类分,类分之中,略以时代相次。"①《诗品》分三品评人,故于每一品中再按时代先后安排作者;《文选》以文体分类,在各文体类别中根据作者生活的时代先后为序,这大概是出于操作方便的考虑。这当然是就大体的情形而言,实际执行起来,可能略有出入。比如《文选》所收曹植与王粲的例子,有的类别曹居王前(如"公宴"),有的类别王居

---

① 现行各版本并作"各以时代相次",但日本古抄本上野精一氏藏《文选·序》和九条家本《文选》均作"略以时代相次"。

曹前（如"咏史"），这样的失误，是由实际编辑者非一人造成的，与评骘高下无关。但是，对于钟嵘来说，《诗品》成于他一人之手，若出现明显的时代颠错，应该是有意的。清人张锡瑜《锺记室诗评》对《诗品序》所述"以世代为先后"的体例作按语说："此亦大判言之，检勘全书，殊不尽尔。如中品晋谢混在宋谢瞻下，下品魏应场在晋欧阳建下，魏缪袭在晋张载、二傅等下，盖亦微存优劣之意也。"假如《诗品》底本的确如此面貌，张氏之说应该是有道理的。不过，对张氏所检《诗品》中时代颠错的数例看，钟嵘是否故意以魏人置于晋人之下，表达优劣之意，恐还可商榷。即以谢混、应场、缪袭为例，谢混卒于晋义熙八年（412），当然是晋人，但《诗品》各版本并作"宋仆射谢混"，这说明是钟嵘本人的错误，误将晋谢混写作了宋谢混。钟嵘将谢混当作宋人，自然会置于宋人之中了。再就谢混所处的位置看，在他之前的宋人有谢世基、顾迈、戴凯、陶潜、颜延之、谢瞻六人，其中谢、顾、戴三人是与晋人郭泰机、顾恺之合为一条，陶、颜各占一条，谢瞻与谢混、袁淑、王微、王僧达五人占一条，钟嵘无论如何不应在隔了六个人、三条的情况下安排晋人在内，而目的只是为了"微存优劣之意"。以一点点微意，伤害这么大的体例，这才真是得不偿失了。以之对照缪袭的情况，也是如此。缪袭正始六年（245）卒，应是魏人，但据吕德申先生《钟嵘诗品校释》说，《山堂先生群书考索》本"缪袭"之前无"魏"字，而《夷门广牍》本、《津逮秘书》本、《四库全书》本、《砚北偶抄》本、《学津讨源》本、《谈艺珠丛》本、《玉鸡苗馆丛书》本、《古今图书集成》本、《历代诗话》本均作"晋侍中缪袭"，其他版本则同《群书考索》本，无"魏"字。[①] 也

[①] 参见吕德申：《钟嵘诗品校释》，北京大学出版社1986年版。

就是说，从版本上看，从来只有作"晋"字和无"魏"字两种区别，决无作"魏"字的版本。今人的一些注本（如吕氏《校释》本）根据缪袭的卒年，更"晋"为"魏"，这与张锡瑜的做法相同，这样的校注径改，值得商榷。因为径改的前提是流传的版本有误，但如果版本自身并没有错，而是钟嵘的错误呢？实际上也正是如此，张锡瑜氏将钟嵘的原文改动之后，再据而猜测其"微意"，这不是辗转以自己证明自己吗？其实南朝时对正始年间人，往往有作为晋人看待的。如《诗品》上中的阮籍，卒年是魏元帝曹奂景元四年（263），应是魏人无疑，但钟嵘却题为"晋步兵"。再如嵇康，也是景元四年被杀，但钟嵘却题"晋中散"。这样的例子，在《诗品》中还有不少，如下品中的"齐征北将军张永"、"齐朝请吴迈远"，其实都是宋人，这说明钟嵘对一些作家的生平并不十分熟悉，今人注本往往径改原文，这不仅破坏了《诗品》的原貌，也影响到对《诗品》体例的判断和分析。实际上研究者往往忽略了钟嵘论述这一体例时所用的措辞："略以世代为先后"的"略"字，大概钟嵘在安排作家的顺序时，已经考虑到具体操作的难度，所以用"略"字表明这一体例的某些不严格之处。与《诗品》极其相似，《文选序》在论述该体例时，也使用了"略以时代相次"的话。在具体的作家安排上，《文选》确也有同时代作家颠错的现象，如曹植和王粲、陆机和潘岳，前者比后者年辈晚，但在有的类目中却排在前面，这也是"略"的实际用处吧。

《诗品》与《文选》在体例上的第三个相同处，是二书都将下限定于天监十二年（513），以沈约去世为标志。按照钟嵘的解释"其人既往，其文克定"，就是说只有等人死之后，才易于评定。那么他的定于天监十二年，是因为正好这一年沈约卒后，他才决定撰述此书，与沈约本身并没有太大的直接联系了？但是，如前文所述，事实上钟嵘决定撰《诗品》是受到了刘绘的启发，刘绘卒于齐末梁初，那时沈约等人还正在文坛上称雄呢。虽然撰写是有过程的，但这体例的确定，开始于什么时候呢？比较合理的推测是齐末梁初钟嵘已开始搜集材料，至沈约死后遂确定体例，撰写成书。那么他的定沈约为下限，仍然是有深刻的考虑。我们曾经分析《文选》以沈约为下限的用意，推测是编者企图对包括永明文学在内的前人文学进行总结，《诗品》也应该如此。这样，在梁时，一部诗学著作、一部文章总集都不约而同选择了天监十二年为下限，它们的用意，在当时的文学背景里肯定具有共同的相通之处。

《诗品》与《文选》不仅具有上述体例上的相同点，更重要的是表现在对作家、作品的品评上。首先从代表作家的认可上，两书基本一致。《诗品》上共录十二人，《古诗》属无主名者除外，汉代作家有李陵和班姬，二人作品自属伪托，但在汉魏六朝时多数人还是相信的。《诗品》品评，《文选》选录，表明了钟、萧二人的态度。尤其班姬，是《文选》仅录的一个女诗人，这也反映了萧统对她的评价。魏晋和刘宋的作家，《诗品》列为上品的有曹植、刘桢、王粲、阮籍、陆机、潘岳、张协、左思、谢灵运九人。其中又分别以曹植、陆机、谢灵运为魏、晋、宋三个时期的主要代表。他说："故知陈思为建安之杰，公幹、仲宣为辅；陆机为太康之英，安仁、景阳为辅；谢客为元嘉之雄，颜延年为辅。"(《诗品序》)这一评价基本也反映在《文选》里。《文选》"诗"类于建安录七位作家、五十八首诗，其中曹植二十五首，王粲十三首，刘桢十首，是七人中最多的三位；正始诗人有三，诗歌二十五首，其中阮籍一人占十七首；西晋诗人二十四人，诗一百二十六首，其中陆机五十二首，潘岳九首，张协十一首、左思十一首，也是西晋诗人中最多的四位；刘宋诗人十人，诗九十七首，其中谢灵运四十首、颜延年二十一首,是刘宋诗人中最多的两位。而在这一些代表诗人中,又分别以曹植、陆机、谢灵运最多,的确与钟嵘据说"杰"、"英"、"雄"符合。其次,从作品的评价看,《诗品》上明确论述的作品共有六目,《文选》选入者五目;中品所论共十九目,《文选》选入十二目;下品所论共八目,《文选》选入一目。再如《诗品序》,明确提到的作品共二十九目(班固《咏史》除外,因为钟嵘是以批评的口吻提到的),《文选》选入二十一目。从以上的统计数字看,《诗品》与《文选》在对代表作家以及优秀作品的确定上,是十分接近的。在前文中,我曾提到一个观点,即主要的代表作家认定,尚不能据以判断两个批评家的文学思想和批评标准,但像《诗品》这样数量如此多,而且在一些具体作品评价上的一致性,还是能够说明,钟嵘与萧统文学品评标准的相似的。

但《诗品》也有与《文选》不太相近的地方,这反映在对当代作品的评价上。二书都以沈约为下限,都涉及到了齐梁作家作品,从《诗品》看,它的上品至谢灵运而止,齐梁时期的优秀作家谢朓、沈约都置于中品。此外,在《诗品》所赞扬的全部作品中(包括《诗品序》所论的警句、名篇),没有一首是齐梁人所作。看来这与钟嵘不赞成声律的观点有关。钟嵘反对平上去入的声律化,见于《诗品序》。他的这种态度在当时恐怕较为人知,因此隋刘善经著《四声指归》就很不客气地批评了他。刘氏说:"颍川钟嵘之作《诗评》,料简次第,议其工拙。乃以谢朓之诗末句多蹇,降为中品,侏儒一节,可谓有心哉!"(《文镜秘府论·天卷·四声论引》)我们知道《南史》记钟嵘曾求誉于沈约,遭到拒绝,于是钟嵘将沈约置于中品,以示报复。刘善经这里又暗示他将谢朓也降为中品,可见当时对钟嵘的传言还不少。不过,今人一般不相信"报复"的话，主要还是锺诗歌观与永明作家有距离的原因。反观《文选》，于齐作家选三人，共二十四首，谢朓一人占二十一首；于梁选五人（徐悱除外），共五十三首，其中沈约十三首，江淹三十二首。但江淹《杂体诗》三十首，应当别论，这并不代表编者对他作品成就的评价，而是与辨体有关，因此最多者还应为沈约。从《文选》看，谢朓、沈约二人虽不如《诗品》列于上品的曹植、陆机、谢灵运，但较其他上品诗人，数量也还是可观的。这个现象说明《文选》对当代作家的重视，是强于钟嵘的。但也不得不说明，在汉、魏、两晋、齐、梁的诗歌选录上，《文选》收录最多的仍是魏、西晋和刘宋，而不是齐、梁。日本学者冈村繁教授在《〈文选〉编纂的实际情况与成书初期对该书的评价》一文中，提出《文选》更着重于当代作品，尤其是宋齐以来华丽而清新的诗文范本的观点①，其实并不符合《文选》的实际收录情况。冈村繁教授这一观点，骆鸿凯氏《文选学》提出在先，他说："按登选之文，虽甄录《楚辞》与子夏《诗序》，上起成周，其实偏详近代。由近代视两汉略已。何以知之？试观令载任彦升《宣德皇后令》一首，教载傅季友《为宋公修张良庙教》、《修楚元王庙教》二首，策秀才文则只有王元长与彦升两家，以及启类、弹事类、墓志、行状、祭文诸类，彦升为多，其余则沈约、颜延之、谢惠连、王僧达数人之文，岂非以近代为主乎？不然，自启以下，古人讵无此体者，是知昭明选文，详近略远，又其所悬之准的矣。"若就《文选》文类的收录情况看，这个观点有其道理，但若以概括赋、诗二类，就不准确了。

---

① 〔日〕冈村繁：《〈文选〉编纂的实际情况与成书初期对该书的评价》，载俞绍初、许逸民主编：《中外学者〈文选〉学论文集》，中华书局1998年版。

二、《诗品》与《文心雕龙》

《文心雕龙》与《文选》的关系，是《文选》学研究中的一个重要问题，研究的结论基本上肯定《文心雕龙》对《文选》的影响。骆鸿凯氏《文选学·纂集第一》说："昭明选文，或相商榷。而《刘勰传》载其兼东宫通事舍人，深被昭明爱接；《雕龙》论文之言，又若为《文选》印证，笙磬同音。是岂不谋而合，抑尝共讨论，故宗旨如一耶？"由此考察这一结论的依据主要有两点，一是刘勰曾任萧统东宫通事舍人，深受昭明爱接，其论文主张不能不影响到昭明太子，二是《文心雕龙》与《文心》在许多问题上（如文体分类，作家作品评价）十分相近，可证《文选》受到了《文心雕龙》的影响。关于第一点，刘勰任东宫通事舍人是在天监十三年（514）左右[①]，这时正是萧统与东宫学士的文学与学术活动最兴盛的时候，刘勰的加入，照道理会参预一些文学活动。《梁书·文学·刘勰传》记："昭明太子好文学，深爱接之。"这似乎是刘勰参与东宫文学活动的证明，但也只是唯一的证明，除此之外，我们再也不见有刘勰与萧统以及其他学士之间的文学交往的材料了。关于刘勰的身世，学者有比较详尽的研究，我们知道他幼孤贫，从小就依当时著名僧人僧祐，达十余年，因此他极为精通佛学，本传说他"博通经论，因区别部类，录而序之"。也正是因为他的精研佛理，才使他在梁代受到重视。本传说："京师寺塔及名僧碑志，必请勰制文。"看来他的名扬当时，与这

[①] 此据牟世金说。参见牟世金：《刘勰》，载吕慧鹃等编：《中国历代著名文学家评传》第1卷，山东教育出版社1983年版，第554页。

是有关系的。加之他的老师僧祐,是齐梁时期高僧,在笃信佛教的南朝,拥有极高地位,因此,我总以为刘勰入仕,与僧祐有极大的关系,而他入仕之后有一定名声也与其精通佛理有关,也就是说,在别人的眼里,他是一个深通佛理的人,而不是文学之士。本传记他写完了《文心雕龙》以后,当时的反应是"未为时流所称",可见《文心雕龙》在写完之后,刘勰曾经拿到社会上宣传过,却没有受到重视,他才想到要去找文坛领袖沈约。沈约不仅是文坛领袖,又极喜推荐、提携年轻人,读了《文心雕龙》之后,"大重之,认为深得文理,常陈诸几案"。看来,沈欣赏《文心雕龙》是真,但同时我们也看到,沈约的欣赏也只限于此,他似乎并未对刘勰及其书有过推荐,甚或是在公开场合赞扬的举动,这与刘勰送书的动机是完全不符的。因此,沈约对他的欣赏达到什么程度还是很难推测的。事实上,刘勰天监初年踏入仕途,以奉朝请起家,兼中军临川王萧宏记室,是因为萧宏在僧祐处出入时认识了刘勰,才加以聘用的,我想这中间或许便是僧祐的推荐。① 刘勰入仕以后,与佛学界仍然保留了紧密的联系,道宣《续高僧传》卷一《宝唱传》(《大藏经》卷五十)说"天监七年(508),帝以法海浩汗,浅识难寻,敕庄严僧旻于定林上寺缵《众经要抄》八十八卷",同书卷五《僧旻传》记刘勰参加了这一工作:"仍选才学道俗释僧智、僧旻、临川王记室东莞刘勰等三十人,同集上林寺,抄一切经论,以类相从,凡八十卷,皆旻取衷。"据此可见刘勰在当时的名声与佛学有关。从当时的记载看,也都是关于刘勰参加佛学活动的材料,没有人提到过他在东宫中的文学活动,在这种情况下,仅根据他是东宫官属,就断定《文选》的编

---

① 参见杨明照:《〈梁书·刘勰传〉笺注》,《中华文史论丛》1979年第1辑。

纂受到过他的影响,恐怕证据还太薄弱。就《文心雕龙》在当时的影响看,据《梁书》本传记载,并不为时流所接纳,沈约"陈诸几案"的话,有多少可信性,也还值得怀疑。虽然史书的记载比较慎重,但在列传中,也还常有夸张。如史书中常有某人作文呈某人,受到赞赏的记载,其实也未必然。此例甚多,举一例以概其余。《晋书·文六王传》记齐王司马攸曾献箴于太子,传称"世以为工",事实上,只是内容的雅正而已。刘勰的《文心雕龙》当然与此不同,就后人看来,的确是一部体大思精的著作,尤其对文体的分析在齐梁时应该能够引起注意的,但它的确没有引起文坛的注意。钟嵘《诗品序》曾列举了魏晋以来多部文学批评的论著,内中就是没有《文心雕龙》,当然,这或许因为刘勰与钟嵘年代太近的缘故,但这也仍然说明刘勰著作的影响并没有大到钟嵘必须提及的地步。这是值得我们思考的:《文心雕龙》影响到底有多大,是否大到影响《文选》的编纂?这是其一;其二,我们的文学史研究者,往往喜欢从文学角度思考问题,不觉中会夸大文学的作用和影响。比如对萧统,他虽然与东宫学士开展了不少的文学活动,也编辑了几部诗、文总集,但他毕竟是太子,一国之储君,文学并不是他主要关心的内容,他身为太子,主要地还是要锻炼自己的治国才能。《梁书》本传记:"太子明于庶事,纤毫必晓,每所奏有谬误及巧佞,皆即就辩析,示其可否,徐令改正,未尝弹纠一人。平断法狱,多所全宥,天下皆称仁。"这些才是太子在东宫期间所要做的。现在有些研究者,往往夸大了《文选》的编纂在萧统一生中的比重,认为萧统自加元服以来,就围绕着编辑《文选》开始工作。他的编《正言》、《古今诗苑英华》都是为编《文选》而作准备,为此,东宫的选择官属,以及官属的变动,都与《文选》有关,我以为这样理解萧统以及萧统的工作,是有些偏颇的。按照前面对刘勰出身的叙述，他的进入东宫，与其说是因为文学才能，不如说是因为他的佛学知识。梁武帝溺于佛是众所周知的，在他的带动下，上至太子，下至百官、庶民，无不尊崇释教，顶礼佛典。在这样的背景里，于东宫配置精研佛理的人，应该是必要，也是正常的。因此，我认为刘勰的进入东宫与他的佛学知识有关。当然，由于刘勰著有《文心雕龙》，对文体的辨析极为精通，可能在萧统与刘孝绰等编选诗文时，参加过一些意见。事实上，《梁书》本传对《文心雕龙》的介绍，并不是称它为评论之书，而是定义为"论古今文体"，这就是当时人对《文心雕龙》的看法。

　　关于第二点，支持《文心雕龙》对《文选》有影响这一观点的人，主要依据二书在文体分类和代表作家作品评价上的基本一致来判断的。在文体分类上，《文选》分三十九类，而《文心雕龙》分三十三类，两者大体相当，所以骆鸿凯氏《文选学》说："《文选》分体凡三十有八，七代文体，甄录略备，而持校《文心》，篇目虽小有出入，大体实相符合。"如果仅就分类的数目看，两书的确相近，但具体的文体名称、内容，却有很大的差异。以《文心雕龙》与《文选》相较，二书基本相同的文体有诗、赋、骚、乐府、铭、箴、诔、碑、哀、吊、论、檄、移、表、书等。有的属于名同而实异的，如赞，《文心雕龙》说："至相如属笔，始赞荆轲。及迁史固书，托赞褒贬。约文以总录，颂体以论辞；又纪传后评，亦同其名。而仲治《流别》，谬称为述，失之远矣。"刘勰这里所举例，《文选》立为"史述赞"，当遵循挚虞的《文章流别集》。在"史述赞"之外，《文选》另立"赞"体，以夏侯湛《东方朔画赞》、袁宏《三国名臣序赞》充当。这两篇作品，刘勰未提，大概属于他慨叹的"颂家之细条"范围。詹锳先生《文心雕龙义证》引刘师培《左庵文论》说："三国之时，颂赞虽已混淆，然尚以篇之长短分之。大抵自八句以迄十六句者为赞,长篇者为颂,其体之区别,至为谨严。彦和所谓'促而不广'云云,正与斯时赞体相合。及西晋以后,此界域遂泯。如夏侯湛之《东方朔画赞》,篇幅增恢,为前代所无。袁弘(案,应为宏)《三国名臣赞》,与陆机《高祖功臣颂》实无别致,而分标二体。可知自西汉以下,颂赞已渐合为一矣。"据此看来,《文心雕龙》的"赞"体实际包括了《文选》中"赞"与"史述赞"两体。刘勰不赞成"史述赞"的提法,但以此为"赞"之正,而以《东方朔画赞》等为"赞"之变。萧统却将它们作为两种文体,以变体充当正体,而为正体另立一名。不讨论萧、刘二人的孰是孰非,其区别却是非常明显的。

《文心雕龙》与《文选》还各自拥有完全不同的文体,其中《文心雕龙》与《文选》相异的文体有:祝盟、杂文、谐隐、史传、诸子;《文选》有而《文心》没有单立的文体名称:七、册、教、上书、启、弹事、笺、难、设论、辞、序、符命、史论、史述赞、连珠、墓志、行状、祭文。在《文心雕龙》著录的文体中,史传和诸子是《文选序》公开声明不入选的。祝盟和杂文,《文选》未予立体,但《文心雕龙·祝盟》中提到了潘岳的《祭庚妇文》,是祝文包含了祭文,明徐师曾《文体明辨序说》据此认为祭文是祝文的变体。再就杂文看,刘勰称为"文章之枝派,暇豫之末造",是于诗、赋、乐府等文体之外所立能概括其余的总杂之类。当然,虽然"杂",也还有个规则,从刘勰的叙述看,主要是对问、七、连珠三种,此外还有典诰、誓、问、览、略、篇、章、曲、操、弄、引、吟、讽、谣、咏等。这其中,对问、七、连珠三体,《文选》单独立体,由此可见,二书的差别主要是立体分类不同。再考察《文选》不同于《文心》的文体,大多数也可以在《文心》的不同类别中找到对应地位。用对应符号表示如下:七—杂文、册—诏、上书—说、难—移、对问—杂文、设问—杂文、连珠—杂文、符命—封禅文、祭—祝。从以上叙述的事实看,刘勰与萧统在文体的立体分类上是有十分大的差异的,因此,仅据二书都是三十多类的感觉上的判断,便下断语说萧统的区分文体受到过刘勰的影响,是不太慎重的。

  认为《文选》受《文心雕龙》影响的第二个根据,是二书"选文定篇"的大致相同。以《文心雕龙·诠赋》篇为例,刘勰说:"观夫荀结隐语,事数自环;宋发巧谈,实始淫丽。枚乘《菟园》,举要以会新;相如《上林》,繁类以成艳;贾谊《鹏鸟》,致辨于情理;子渊《洞箫》,穷变于声貌;孟坚《两都》,明绚以雅赡;张衡《二京》,迅发以宏富;子云《甘泉》,构深伟之风;延寿《灵光》,含飞动之势:凡此十家,并辞赋之英杰也。"于是论者据此立论:《文选》于此十家选录了八家,并且是"这十家除荀卿赋,因属子书,枚乘《菟园》,可能是后人伪托,未选入《文选》之外,其他八家之代表作,皆一一入选。如此巧合,这可能与这些作家作品在文学史上有定评有关,但也不能排除《文心雕龙》'选文以定篇'(《序志》)的影响"①。为了说明"一一入选",而强去解释荀卿赋和《菟园赋》不入选的原因是一属子书,一属伪作,这就有些勉强了。因为《汉书·艺文志》分明以荀卿赋置于《诗赋略》,作为四类赋之一,而萧统《文选序》也说:"古诗之体,今则全取赋名,荀、宋表之于前,贾、马继之于后。"明以荀卿为赋家,怎么说是子书呢?至于《菟园》可能是伪作,是否南朝人也这样认为?刘勰就没有否定,是否萧统也加以否定呢?比如苏武、李陵之诗,当时已有争论,萧统不也是选入《文选》吗?其实,即使《诠

---

① 穆克宏:《文选学研究的几个问题》,载中国文选学研究会、郑州大学古籍整理研究所编:《文选学新论》,中州古籍出版社1997年版。

赋》篇十家都被《文选》所收录,也仍然说明不了问题,因为你并不能证实在其他的文体里,刘勰所肯定的作家作品与萧统所收录的一样。这正如我们在前文反驳清水凯夫教授根据《文选》收录的代表作家与沈约《宋书·谢灵运传论》相近,因而判定《文选》是以沈约此论为标准的观点一样。汉魏六朝时期,对一些最基本的代表作家作品的肯定,并不能作为用以判定某个批评家文学思想的主要依据。我们感到很奇怪,很多反对清水教授观点的学者,在批评了清水这一依据(即萧统与沈约的相近)不可靠的同时,却使用同样方法来证明萧统与刘勰的相近;同样,清水教授也曾提出过《文选》与《文心雕龙》表面上的相似,"也是在两书各自所作的评价与历史上的定评(《文心雕龙》叫做'旧谈'或'前谈')相同的情况下发生的现象,不能成为判断两书有无影响关系的根据。"[1]这就是说历史上成为定评的作家作品不能成为判断的依据,这规则不仅适应于《文选》和《文心雕龙》,也应该适应于其他批评家,既然如此,清水教授关于沈约《宋书·谢灵运传论》与《文选》关系的研究,恰恰是违反了他自己提出的原则。

《文选》与《文心雕龙》在"选文定篇"上,除了一些有历史定评的作家作品之外,二者间的差异的确不小,关于此点,清水教授作过两个研究工作,一是《〈文心雕龙〉对〈文选〉的影响——关于散文的研讨》,一是《〈文选〉与〈文心雕龙〉的关系——关于韵文的研讨》(《六朝文学论文集》)。这一工作是认真的,值得我们的重视。除了在韵文的研究中,作者有意要往《宋书·谢灵运传论》上靠以外,对他的

---

[1] 〔日〕清水凯夫著,韩基国译:《〈文心雕龙〉对〈文选〉的影响》,《六朝文学论文集》,重庆出版社1989年版。

工作以及结论,我们基本表示同意,因此这里不拟作进一步的论述。

《文选》与《文心雕龙》除了上述的区别外,还有一个最根本的差异,即二者的文学思想以及对文的看法的差异。就《文心雕龙》的理论体系而言,刘勰的文学史观其实是倒退的[①]。与他相反,萧统在《文选序》中明确表出对"踵事增华"的肯定。这一根本分歧决定了萧统和刘勰对文的不同看法。萧统《文选》明确不收经、子、史,表明了他对文学独立的态度;刘勰不仅以经、子、史入文,而且以经作为衡文的标准,这样势必导致他轻视文学特征,对文学的发展评价偏低的缺陷。而这种缺陷是他面对具体作家作品无论怎样努力地肯定,都不能有所弥补的。

仔细研究《文选》的文体安排,发现编者是怀有特定的用意的。韵文部分是赋、诗、骚、七,这个排列顺序的用意,将于以后讨论。就散文部分看,《文选》显然是从朝廷文书开始,反映了上对下的关系。如诏、册、令、教;其后是下对上,如策文、表、上书、启、弹事、笺、奏记;再以后是反映一般关系的文体,如书、序、论、赞等;最后是与亡人有关的文体,如诔、哀、碑、吊、祭等。《文选》大体上是按照这一规则安排的文体,当然也并不是十分准确,如第二部分中檄、移等代帝王立言的文体,都被放在书体之下。看来在具体的安排中,大概存在着某些难度而未能全然遵从规则。

三、《文选》与《文章缘起》

就齐梁时期几部有关文体辨析的著作比较看,《文选》更接近

[①] 参见拙著《〈昭明文选〉研究》,中国社会科学出版社2000年版。

于《文章缘起》,而不是《文心雕龙》。首先就文体的分类而言,《文章缘起》共分八十四类,《文选》分三十九类,相差四十五类,但《文章缘起》仅"诗"一类就分三言、四言、五言、六言、七言、九言六类,其中《文选》选了四、五、七言三类,而在《文选序》中,三言至九言,萧统都曾论列过,这样,实际上《文选》中诗歌一类已包括了《文章缘起》的六类。又比如乐府、挽歌、杂歌,《文章缘起》都单列一类,《文选》则一并入于诗类。因此,如果就《文章缘起》著录的文体名称看,同于《文选》及《文选序》的多达五十七种,其中《文选序》提到但《文选》没有收录的有八种。这五十七种相同的文体,包括了《文选》三十九类中的三十七类,仅史论、史述赞二体未著录于《文章缘起》;又有两种文体名异而实同,即设论——解嘲,符命——封禅书。《文选》与《文章缘起》文体相同如此之多,还是可以说明一些问题的。其次,从文体的名目看,《文选》与《文章缘起》对一些特别文体的确定,名称基本相同,这不能看作是巧合。我们知道,汉魏六朝时期是文体发生发展最活跃、也最丰富多变的时期,这就给辨体工作带来了难度。什么样的文章可以立体,什么样的文章不可以立体,往往存在着不同意见。比如司马相如的《封禅书》,《文选》入于"符命"一类,《文心雕龙》与《文章缘起》则单独列类。又比如七体、连珠,《文选》及《文章缘起》单独列类,但《文心雕龙》入于"杂文"一类。当然这主要指那些文体特征还不十分明确的体类,像诗、赋、楚辞等韵文及一些主要的应用文,如书、启、铭、诔等的特征和界限,从南朝的史书、目录学著作及批评家的意见看,基本上是很清楚的了。不能不看到这一时期许多文体都仍在讨论之中,作家、批评家对文体的确立和分类,往往就人各一说,相互间很难一致。如前文所举《文选》与《文心雕龙》之例,尽管二家所设文体种类差不多,但实质上差别很大。在这种情况下,分析两个批评家文体观的同异时,更要注意对一些种类小、使用范围不广的文体进行比较,从这一点论,《文选序》显示出非常近于《文章缘起》的特点。我们先看《文选序》,萧统说:"自炎汉中叶,厥途渐异,退傅有《在邹》之作,降将著'河梁'之篇,四言、五言区以别矣。又少则三字,多则九言,各体互兴,分镳并驱。颂者所以游扬德业,褒赞成功。吉甫有'穆若'之谈,季子有'至矣'之叹。舒布为诗,既言如彼,又亦若此。次则箴兴于补阙,戒出于弼匡,论则析理精微,铭则序事清润,美终则诔发,图象则赞兴,又诏诰教令之流,表奏笺记之列,书誓符檄之品,吊祭悲哀之作,答客指事之制,三言八字之文,篇辞引序,碑碣志状:众制锋起,源流间出。"从这段话看,萧统提到的文体有赋、骚、诗、颂、箴、戒、论、铭、诔、赞、诏、诰、教、令、表、奏、笺、记、书、誓、符、檄、吊、祭、悲、哀、答客、指事、篇、辞、引、序、碑、碣、志、状共三十六类,可以确定合于《文章缘起》的有三十五类,不可确定只有"符"一类。据五臣张铣注:"符,孚也,征召防伪,事资中符。"这个注文全用《文心雕龙·书记》中关于"符"的定义,到底是不是萧统原意,也很难断定,焉知萧统不是以"符"代指《文选》中的"符命"一体呢?因为序文是用骈体写的,为了偶对而简称"符"也是可能的。萧统所论列三十六类文体,《文选》没有收录的有戒、诰、奏、记、誓、悲、引、碣等八类,确是应用范围不广的文体,而这八种文体全部见于《文章缘起》。尤其明显的是,悲、碣两体,除了《文章缘起》外,也不见于其他批评家的论述,连论及文体总数多达一百二十多种的《文心雕龙》,也未见著录,这很可以用来说明萧统文体观所受任昉《文章缘起》影响。

值得注意的是,《文选序》论列的文体与《文选》实际收录的文体并不一致,这大概是《文选序》由萧统所作,《文选》一书则主要由刘孝绰操作的原因。① 但是这个现象却要引起我们的思考,即萧统论列三十六类文体的依据是什么? 从《文选序》不尽同于《文选》的情况看,萧统的依据显然不是从《文选》而来。当一个编者在序言中叙述文体的时候,他既然不依据自己编的书,也就表明了不是他本人经过长期考辨的文体观,如果是这样的话,他在写序时可以随意引用的多达三十多种的文体类别,应该是根据现有的讨论文体的著作。比较说来,任昉《文章缘起》是最符合这个条件的。一者因为任昉是齐梁时期文坛领袖,写应用文的专家,在当时的影响没有谁可以比拟;二者,他又专门写了辨析文体的著作,以他的地位和影响,这本书的传播和受重视应是没有问题的。

第三,从选文定篇看,《文章缘起》所列八十余篇诗、文,《文选》收录了二十一篇,约占四分之一,这个比例是不小了。因为《文章缘起》不同于一般的选本,它只选被作者认为是该体起源的文章,而不论这文章的优劣,在这种情况下,《文选》还收录了占它四分之一的篇目,是很可观的了。除了这个现象以外,我们还发现对一些有争议的作家作品,《文选》也与《文章缘起》一致,最明显的是李陵与苏武的诗。苏、李的诗,《文章缘起》与《文选》都加收录,《文章缘起》作为五言诗之始,《文选》则收入"杂诗",这说明任昉与萧统都承认李陵、苏武的诗是真作。李陵的诗,南朝人有所怀疑,但基本上都还认可。如宋颜延之《庭诰》说:"逮李陵众作,总杂不类,元是假托,非尽陵制;至其善篇,有足悲者。"这是对相传为李陵作品表

---

① 参见拙文《〈文选〉的编者及编纂年代考论》,《中国社会科学院研究生院学报》1997 年第 1 期。

示怀疑,但并未全数否定,所以称"非尽陵制",仍认为还有一些作品是李陵所写,所以又说"至其善篇,有足悲者。"颜延之以外,其他如江淹《杂体诗》三十首、钟嵘《诗品》、萧子显《南齐书·文学传论》,都承认了李陵的诗,并且评价非常高。至于苏武的诗,宋齐以来,似乎未见记载。据逯钦立先生说,苏武诗出于李陵集,本为李陵诗,好事者以其总杂,故妄增苏武名字。从现存史料看,提及并著录苏武的诗,要到梁代了。首先有萧衍的《代苏属国妇》,其次则有任昉的《文章缘起》、萧统《文选》、萧纲《玉台新咏》,以及裴子野的《雕虫论》,这都是梁人的意见。但即使是梁人,如钟嵘、刘勰,仍都没有提及苏武,这说明苏武的诗在梁代也是很有争议的。萧统《文选》收录苏武诗,当然很可能受到他父亲萧衍的影响,但作为一部有系统地以区分文体为体例的《文选》,我们毋宁看作是受《文章缘起》的影响更有理论依据。

除了苏、李诗外,还有一些文体的确立也显示出《文选》受《文章缘起》的影响。比如赋,《文章缘起》以宋玉作为起源者,这与《文选》是一致的。萧统在《文选序》中说:"古诗之体,今则全取赋名,荀、宋表之于前,贾、马继之于末。"这是以荀况、宋玉为赋的始作者。但在《文选》中,萧统却仅选了宋玉的三首赋,而未选荀赋。我们知道,关于赋的起源和赋与楚辞的关系,汉魏时期有一个基本的看法,即都将辞、赋混淆起来。比如班固《汉书·艺文志》就以屈原作品称为赋,并且作为四种赋的第一种。他在《汉书·贾谊传》中说屈原"被谗放逐,作《离骚赋》",这是明以《离骚》称赋了。所以汉魏以来,基本是将屈原作为赋的始祖。刘勰《文心雕龙》虽然将赋与骚作为两种文体,但他显然是从后世骚、赋已截然分为两种文体立论的。事实上,他在追溯赋的起源时,仍然说:"然赋也者,受命于诗人,拓宇于《楚辞》也。"这个看法与萧统不同。在萧统的论述里,他只说赋本是古诗之体,即来源于诗,却不曾提到《楚辞》,这与任昉的径以宋玉作为赋的始祖是一致的。从文体的排列顺序看,《文选》和《文章缘起》都以赋、诗、骚开始,但《文选》以赋居首,《文章缘起》以诗居首。关于这一差别,可能与《文选》中赋的特殊性有关。曹道衡师认为《文选》赋的编纂,可能依据的是萧衍的《历代赋》,如果是这样的话,萧统《文选》只能以赋居首位了。在赋、诗、骚诸体之后,我们看到《文选》和《文章缘起》都相同地转入散文文体著录。这个顺序与南朝文笔区分的文体观念并不一致。按照南朝的文笔概念,有韵为文,无韵为笔,但《文选》、《文章缘起》除了以有韵的赋、诗、骚居前外,在其后的各文体中,无韵之笔和有韵之文交杂著录,并无区分,这与同时的刘勰《文心雕龙》是不一样的。《文心雕龙》对文体的排列顺序是"论文区笔,则囿别区分",说明它的前半部分是文,后半部分是笔。文的部分有明诗、乐府、诠赋、颂赞、祝盟、铭箴、诔碑、哀吊、杂文、谐隐;笔的部分有史传、诸子、论说、诏策、檄移、封禅、章表、奏启、议对、书记,这是非常清楚的文笔区分。反观《文选》和《文章缘起》,则完全打乱了这个区分。这就告诉我们,《文选》和《文章缘起》不是以文笔区分为依据来著录文体的,那么它的依据是什么呢?我们不妨将这两本书的文体著录顺序移录于下,以便讨论。《文选》的三十九类文体是:赋、诗、骚、七、诏、册、令、教、文、表、上书、启、弹事、笺、奏记、书、移、檄、难、对问、设论、辞、序、颂、赞、符命、史论、史述赞、论、连珠、箴、铭、诔、哀、碑文、墓志、行状、吊文、祭文。再看《文章缘起》的八十四类文体:三言诗、四言诗、五言诗、六言诗、七言诗、九言诗、赋、歌、离骚、诏、策文、表、让表、上书、书、对贤良策、上疏、启、奏记、笺、谢恩、令、奏、驳、论、议、反骚、弹文、荐、教、封事、白事、移书、铭、箴、封禅书、赞、颂、序、引、志录、记、碑、碣、诰、誓、露布、檄、明文、乐府、对问、传、上章、解嘲、训、辞、旨、劝进、喻难、诫、吊文、告、传赞、谒文、祈文、祝文、行状、哀策、哀颂、墓志、诔、悲文、祭文、哀词、挽词、七发、离合诗、连珠、篇、歌诗、遗、图、势、约。仔细研究这两本书的文体,我们发现从诏以下,排列的顺序是根据文体应用性质来确定的。以《文选》为例,诏、册、令、教是朝廷文书,反映了上对下的关系;从文到奏记,是臣子的上书,反映了下对上的关系;从书到铭,是一般的应用文体;最后的诔、哀、碑、吊、祭文等,是与亡人有关的文体。再看《文章缘起》,也基本上是这种安排方法。开始的诏、策文、表等,无疑是与皇帝有关的文体,反映了上对下的关系;从上书以后至诫,基本是臣下写给皇帝看的文书,但也杂有一些其他文体,如乐府等;再自吊文以下至挽词,则是纪念亡者的文体。以上三部分顺序基本与《文选》相同,但是,我们也看到,在挽词之后,又有七发等九种文体缀于篇末,使人感到有些莫名其妙。除此之外,《文章缘起》还有一些文体的排列也并不十分严格,如第二部分臣下给皇帝的上书与一般日常应用的文体混淆在一起,不像《文选》表现得那样清楚。出现这样的现象,或许与任昉的辨体思想不太清晰有关,因为有许多文体在开始时确定的性质、使用的范围,随着时代的发展已发生了变化。比如碑,据刘勰《文心雕龙》说:"上古皇帝,始号封禅,树石埤岳,故曰碑。"可见碑体本是用于皇帝封石纪功的。但东汉以后,碑的施用范围扩大,象山川、城池、桥道等都可用碑,已与帝王无关了。任昉以汉惠帝《四皓碑》作为碑体的开始,还是取的古义,但既然东汉以来碑体已施用于民间,所以也只好将它安排在一般的应用文体中。除了这些原因外,恐怕还与任昉《文章缘起》在流传过程中，经过后人的整理订补有关，这就改变了它原来的排列顺序。如七发以下九种文体缀于篇末，大概是这个原因造成的。不过，这些个别舛误并不影响《文章缘起》的总体安排顺序，我们仍然能够十分清楚地看出它与《文选》的相同之处，看出二者之间的内在联系。

从以上比较的结果看，《文选》的编纂在文体分类上可能受到任昉《文章缘起》的影响，与《文心雕龙》似乎没有什么关系。但是《文心雕龙》和《诗品》一样，都是与《文选》产生于同一时期的著作，具有相同的文学背景，所面临的问题和所要解决的问题也大致相同，因此这三书在批评观上的某些相同之处，实际是由相同的文学背景构成的，这正是我们进行比较的基本依据。文中所论《诗品》与《文选》的几个相同点，也正是从此出发所作的考虑。至于对《文心雕龙》的论述，主要是针对学术界认为《文选》受其影响而作的考辩，并不是否定了《文心雕龙》而肯定了《诗品》对《文选》有影响，这一点是要说明清楚的。

（原载《文学评论丛刊》第 2 卷第 1 期，
江苏文艺出版社 1999 年版）

《文选》三十九类说考辨

　　《文选》的分类,是当代"《文选》学"研究中争论比较多的问题。由于版本的原因,比如明清以来常见的《文选》版本基本是明袁褧复宋本和清胡克家刻本,因此明清学者便据此认为是三十七类。不过,对三十七类的说法,清人已有所怀疑。胡克家《文选考异》卷八在"移书让太常博士"条下说:"陈云题前脱'移'字一行。"陈氏即陈景云,著有《文选举正》六卷,可惜未刊。他关于《文选》的校语,见引于余萧客《文选音义》、胡绍煐《文选笺证》、胡克家《文选考异》等书中。按照陈景云的说法,《文选》目录中刘歆《移书让太常博士》题前应该有"移"字,就是说"移"应该独立出来列为一类,与"书"、"檄"等一样。对陈景云的校语,胡克家是赞成的。其后,近人黄季刚先生《文选平点》也在《移书让太常博士》下说:"题前以意补'移'字一行。"根据以上的考证,当代学者基本上便采用三十八类的说法。比如黄氏门人骆鸿凯先生《文选学·义例第二》就说:"《文选》次文之体凡三十有八,曰赋,曰诗,曰骚,曰七,曰诏,曰册,曰令,曰教,曰策文,曰表,曰上书,曰启,曰弹事,曰笺,曰奏记,曰书,曰移,曰檄,曰对问,曰设问,曰辞,曰颂,曰赞,曰符命,曰史论,曰史述赞,曰论,曰连珠,曰箴,曰铭,曰诔,曰哀,曰碑文,曰墓志,曰行状,曰吊文,曰祭文。"从骆氏的统计看出,他较上述各版本多增了"移"一体。据现存各版本,《文选》卷四十三是"书"体,收录有嵇叔夜《与山巨源绝交书》、孙子荆《为石仲容与孙皓书》、赵景真《与嵇茂齐书》、丘希范《与陈伯之书》、刘孝标《重答刘秣陵沼书》、刘子骏《移书让太常博士》、孔德璋《北山移文》等共七篇文章。骆氏既标"移"体，说明最后两篇应与前五篇"书"体分开，单列一类。

三十七类的说法，主要是依据于现存可见的一些版本，如六臣本的《四部丛刊》影宋本、六家本的南宋明州本和明袁褧复宋本、李善本的南宋尤袤刻本和清胡克家刻本等，标类上都是三十七类，即目录中均无"移"体，这也是当代有些学者仍然坚持三十七类说法的原因。那么三十八类的说法有什么根据呢？黄季刚先生所说"以意补"的"意"是什么呢？我想这大概与萧统《文选序》所说的编辑体例有关。萧统说："凡次文体，各以汇聚。诗赋体既不一，又以类分；类分之中，各以时代相次。"这就是说《文选》编辑体例是每一类中各以时代先后为顺序排列。但现行各本，如中华书局1974年影印南宋尤袤刻本、1977年影印《四部丛刊》本，在卷四十三刘孝标《重答刘秣陵沼书》下，径排刘歆《移书让太常博士》一文。刘孝标是南朝梁人，刘歆是西汉人，按照体例，刘歆应排在刘孝标之前。但既然刘歆排在刘孝标之后，说明刘歆的移文应该单独标类。这大概就是陈景云、黄季刚等人的依据。

但是根据同样的道理，现行《文选》卷四十四"檄"类中排在三国人锺会《檄蜀文》之下的汉司马相如《难蜀父老文》也应单独列类，即"难"体与"檄"、"移"一样。这样，《文选》就不是三十八类，而是三十九类了。最先提出这一问题的是台湾学者游志诚先生，他在《论文选之难体》一文中根据南宋陈八郎刻五臣注本，提出《文选》分类应该是三十九类的观点。

游文的根据是陈八郎本，对此，有的学者认为不足据，理由是一者仅据陈八郎本,属孤证,二者五臣注本不足信。应该说,这第二个理由还是受到传统《选》学重李善轻五臣观点的影响。其实,根据我的调查,五臣本起码在版本上有许多地方较李善本更为可信。因为五臣本自五代蜀毋昭裔刊刻以来,流传有绪,而李善本直到北宋天圣年间才有刻本,其间相差一百多年,写钞本容易造成的讹误,相对说来要比刻本多一些。至于说陈八郎本是孤证,那是因为对版本的调查还不充分所造成的。以下我们从目录和版本两方面考论《文选》三十九分类的真实性。

首先,根据目录记载证实宋本《文选》李善本、五臣本都有"难"体。

1. 南宋晁公武《郡斋读书志》卷二十著录李善注《文选》解题说:

> 右昭明太子萧统纂。前有序,具述所作之意。盖选汉迄梁诸家所著赋、诗、骚、七、诏、策、令、教、册秀才文、表、上书、启、弹事、牋、记、书、移、檄、难、对问、议论、序、颂、赞、符命、史记、连珠、铭、箴、诔、哀策、碑志、行状、吊、祭文类,辑之为三十卷。

2. 南宋王应麟《玉海》卷五四引《中兴书目》"文选"条:

> 原释:《文选》,昭明太子萧统集子夏、屈原、宋玉、李斯及汉迄梁文人才士所著赋、诗、骚、七、诏、册、令、教、表、书、启、笺、记、檄、难、问、议论、序、颂、赞、铭、诔、碑、志、行状等为三十卷(与何逊、刘孝绰等选集)。李善注析为六十卷。

3. 南宋章如愚《山堂群书考索》(引文同上)。

以上几种书目比较详细地介绍了宋人所见《文选》的分类,其中,《郡斋读书志》著录的是李善本,这就在陈八郎本的五臣注之外，证明当时流传的李善单注本，亦有"难"体。《玉海》所记不详，到底是五臣注本，还是李善注本，没有说清楚。但从结尾所说"李善注析为六十卷"看，似乎也是李善本。晁公武所记当为私家藏书，《中兴书目》所记则是朝廷藏书，这样，南宋官私藏书中的《文选》，都有记载是三十九分类，这是值得我们重视的。此外，从著录的情形看，与"难"同列的其他文类都被登录在今本《文选》目录上，都是作为单独的类别，这就说明二书所记之"难"，也只能是单独的文类。又次，二书记录的文体，都很详细，《中兴书目》记录了二十五类，《郡斋读书志》则记录了三十六类，仅漏掉了"辞"、"史述赞"和"论"三类，顺序也基本与今本《文选》相符，应该是抄录的原书。因此，根据目录学的调查，说《文选》原本分三十九类，是可信的。

其次，根据版本论证《文选》李善注本、五臣注本都有"难"体。

游志诚先生主要依据的是南宋陈八郎本，此本为五臣注，刻于高宗绍兴三十一年（1161）。书前有江琪木记，称："琪谨将监本与古本参校试正"，监本即北宋天圣年间国子监刻李善注本，古本当为古写五臣注本，所以，陈八郎本有许多地方与李善本相同，这是参校的原因。不过它毕竟是以五臣本为主，因此基本面貌仍然保留了五臣本特征。比如在分类上，依然是三十九类。从上引江琪木记，细心的读者会发现这个版本与史书记载的不同之处。据史书记载，五臣注《文选》最早刊刻于五代蜀毋昭裔之手，后版片由其子毋守素赍至中朝，遂行于世。但据江琪木记，陈八郎本，并非从蜀本而来，而是在李善本和古写本基础上综合而成。那么蜀本还有没有传世，陈八郎本与它有什么关系呢？原来，世传五臣注本有两个系统，除陈八郎本之外，宋初杭州锺家也刻有五臣注本。此本的刊刻年代，说法不一，李致忠《古书版本学概论》认为是北宋刻本。北京图书馆编《中国版刻图录》则认为是南宋初年，该书说："卷三十后有'钱唐鲍洵书字'、'杭州猫儿桥河东岸开笺纸马铺锺家印行'二行。案绍兴三十年刻本释延寿《心赋注》卷四后有'钱唐鲍洵书'五字，与此鲍洵当是一人。如以鲍洵一生可有三十年左右工作时间计算，则此书当是南宋初年杭州刻本。猫儿桥本名平津桥，在府城小河贤福坊内，见咸淳临安志。卷中宋讳桓、构字均不缺笔，则由南宋初年避讳制度未严之故。绍兴初思溪王氏刻《新唐书》，北宋英宗以下讳均不避，即其一例。又考建炎三年升杭州为临安府，因推知此书之刻当在建炎三年前。总之，此书虽未必为北宋本，定为南宋初年刻，当无大误。"案，王肇文《古籍宋元刊工姓名索引·采用书版本简介》称《中国版刻图录》中《徐铉文集》条曾提及杭州本五臣注《文选》刻工有沈绍、朱礼、朱详、胡杏，写板工人有鲍洵。沈绍等四人是南宋初年人，曾参加刊刻过《龙龛手鉴》及《乐府诗集》。傅增湘《藏园群书题记·宋本乐府诗集跋》谓《乐府诗集》当成于南北宋之际的官刻，而《龙龛手鉴》，李致忠称为南宋初期浙江刻本。这样看来，杭州本《文选》应是南宋初期刊成。如果是这样的话，它比陈八郎本的刊刻时间要略早一些。

　　杭州本与陈八郎本属于两个系统，两本之间具有很多差异。可以说陈八郎本是产生于南宋初年，杭州本则仅是刊刻于南宋初而已，它的底本实际上就是蜀本。这样说是依据于韩国奎章阁本。奎章阁本是朝鲜刻本，但其底本是中国北宋哲宗元祐九年（1094）秀州州学刊本。这是中国历史上第一个将李善与五臣合并的六家本，其所据李善注本是北宋天圣年间的国子监本，五臣注本则是天圣四年（1026）的平昌孟氏刻本。据书末所附沈严《五臣本后序》说，孟氏本是在川本和浙本的基础上精加考订而成。比如川、浙刻本"模字大而部帙重,较本粗而舛误夥",孟氏本则用小字楷书,深镂浓印,并对原本的错误加以订正。很明显,沈严所说的川本当即从蜀毋昭裔本而来。毋昭裔版片被其子毋守素带至中原后,又流传到两浙,所以天圣年间的五臣注本,有川、浙两种刻本。秀州州学合并李善与五臣时,即采孟氏本作底本。孟氏本后未见有流传,但杭州锺家刻本无疑依据的是孟氏本。杭州本今存仅二十九、三十两卷,分别藏于北京大学图书馆和北京图书馆,以之与奎章阁本五臣注相校,二书基本相同,可证杭州本是从孟氏本而来,也即说明它的祖本即蜀毋昭裔本。应该说杭州本流传有绪,它基本能够反映唐代五臣注本的面貌,可惜仅存最后两卷,无可考知此本的分类情况。秀州本是六家本,即五臣在前,李善在后,这样的编排,说明秀州本正文依据的是五臣本,凡遇有与李善本歧异之处,即作校记。比如卷三十九邹阳《上书吴王》"然则计议不得,虽诸贲不能安其位"的"计"字下,秀州本校记说:"善本作谋字。"至于注文中李善与五臣相同或相近处,校记往往作"善同五臣某注"。这是一般的情形,事实上秀州本对二本的异同,并非完全照录,而是常有遗漏。即如孟氏本的三十九分类,秀州本就漏了"移"、"难"二体,这样对于孟氏本的分类情况,就不能依据秀州本了。值得庆幸的是,这个遗憾现在可以得到弥补了。韩国成均馆藏有一部朝鲜正德年间五臣注刻本,经与杭州本残卷以及奎章阁本相校,完全相同,可以证明朝鲜本即源于孟氏本。现据朝鲜本,其分类与陈八郎本一致,有"移"有"难",正作三十九类。由此可以说明宋代两种五臣本,分类都作三十九类,并非陈八郎本一种而已。

五臣本印证了《文选》三十九分类的事实,李善本的情形又怎样呢?就现存宋代刻本看,北宋国子监本和南宋尤袤刻本都脱

"移"、"难"二体,这到底是李善本的原貌就是如此,还是后来的脱漏呢? 坚持三十七类说的学者认为是前者,对五臣本则表示不信任。其实一定要说李善本都是三十七类,也不符事实,明代汲古阁所刻李善本就是三十九分类,这是现存刻本中唯一标三十九类的李善本。但汲古阁本的依据何在呢? 到目前为止,我们还没有发现汲古阁本这种分类有李善注底本作依据。根据我们的调查,汲古阁本实际上是参据了李善与五臣乃至六臣本等而合成的版本,所以书中才有如《四库总目提要》所指出的夹杂了五臣注的错误。因此,汲古阁本的三十九分类可能是参据了五臣本,因为按照萧统《文选序》所规定的体例,《文选》应该是三十九类,所以汲古阁本在这一点上参照了五臣本。如果是这样的话,汲古阁本是不可以作为李善本分三十九类的证据的。

提供李善本三十九分类的证据的,是一部唐写本,即近代在日本发现的《文选集注》。此本最先由清末董康在日本称名寺发现,一共二十三卷。1918年罗振玉曾据以影写十六卷行世,题称"唐写文选集注残本",这是大陆学者所见较多的本子。但此本是一个不完全的影写本,不仅没有印足二十三卷,即使同一卷也多有脱漏,这就使大陆学者对它的判断可能出现错误。即以卷八十八司马相如《难蜀父老文》为例,罗振玉影印本仅录此一篇,且脱题目。而在影写本的总目录中,罗振玉根据现行刻本《难蜀父老文》列于"檄"类的事实,也想当然地在卷八十八目录下题写"檄"字,使人误以为《文选集注》中的《难蜀父老文》也是与今存刻本一样置入"檄"类中的。这样的误识当然与罗振玉影印的脱漏有关,因为在《难蜀父老文》之前还有陈琳的《檄吴将校部曲文》(缺题目)和锺会的《檄蜀文》。恰恰就在《檄蜀文》的末句"各具宣布,咸使知闻"下连写一

"难"字。在"难"字下,《集注》引陆善经注说:"难,诘问之。"然后换行,题写"难蜀父老文",再换行,题"司马长卿"。这样的格式,很明显是以"难"作为单独的文类的。《文选集注》共集唐人注释五种,即李善、《音决》、《钞》、五臣及陆善经。其中《音决》和《钞》,一般都根据《日本国见在书目》认为是公孙罗所撰,其实是误识,这二书当非同一作者。① 本书编辑体例是以李善注为底本,然后依次集录《音决》、《钞》、五家、陆善经各家注文,有异同者辄加案语区分,应该说它如实地反映了唐代李善本面貌。因此《集注》对"难"体的著录,证明了唐代李善本也是三十九分类的事实。

以上我们从萧统《文选序》所规定的编辑体例,论证了"移"和"难"应该是单独文类的合理性,又据目录、版本证实了这一点,因此《文选》原分三十九类的事实,是不庸置疑的。

(原载《文献》1998 年第 4 期)

---

① 参见〔日〕斯波六郎:《文选诸本的研究》,《文选索引》第 1 册附录《旧钞文选集注残卷》,日本京都大学人文科学研究所 1957 年版,第 85—86 页。

关于《文选》分类

——屈守元先生《绍兴建阳陈八郎本〈文选〉五臣注跋》读后

关于《文选》分类,最早大概是清人提出的。胡克家《文选考异》卷八在"移书让太常博士"条下说:"陈云题前脱'移'字一行。"陈即陈景云,著有《文选举正》六卷,有抄本存世。他关于《文选》的意见,见引于余萧客《文选音义》、胡绍煐《文选笺证》、胡克家《文选考异》等书中。按照陈景云的说法,《文选》目录中刘歆《移书让太常博士》题前应该有"移"字,就是说"移"应该独立出来列为一类,与"书"、"檄"等一样。对陈景云的校语,胡克家是赞成的。其后,近人黄季刚先生《文选平点》也在《移书让太常博士》下说:"题前以意补'移'字一行。"根据这个说法,当代学者便在原来三十七分类之上加上一类而采用三十八类的说法。那么这种说法的依据在哪里呢?黄季刚先生所说"以意补"的"意"是什么呢?我想这大概与萧统《文选序》所说的编辑体例有关。萧统说:"凡次文体,各以汇聚。诗赋体既不一,又以类分;类分之中,各以时代相次。"这就是说《文选》编辑体例是每一类中各以时代先后为顺序排列。但现行各本,如中华书局1974年影印南宋尤袤刻本、1977年影印《四部丛刊》本,在卷四十三刘孝标《重答刘秣陵沼书》下,径排刘歆《移书让太常博士》一文。刘孝标是南朝梁人,刘歆是西汉人,按照体例,刘歆应排在刘孝标之前。但既然刘歆排在刘孝标之后,说明刘歆的移文应该单独标类。这大概就是陈景云、黄季刚等人的依据。根据同样道理,现行《文选》卷四十四"檄"类中排在三国人钟会《檄蜀文》之下的汉司马相如《难蜀父老文》也应单独列类,即"难"体与"檄"、"移"一样。这样,《文选》就不是三十八类,而是三十九类了。这就是当前对《文选》分类的最新看法。对这种看法,有的学者表示同意,有的则表示反对。近期《文学遗产》(1998年第5期)所发表的四川师范大学屈守元先生《绍兴建阳陈八郎本〈文选〉五臣注跋》就明确反对三十九类说。

屈守元先生是一位非常令人尊敬的长者,对古代典籍有着十分精湛的见解,特别是对《文选》,既师承巴蜀名师向宗鲁先生,又经过自己几十年的深入钻研,已先后撰写了几部研究专著,目前又在从事难度极大的《文选李注集疏》的工作,成绩卓著,赢得学术界的一致称赞。在对《文选》的态度上,屈先生全力维护李善注的权威,从这一篇文章也可以看出。李善、五臣优劣之争从唐代以来就贯穿于"文选学"研究之中,在具有现代学术研究规范的今天,尤其对于年轻一代的学者,再要执偏于某一方,这态度本身也是不足取的。因此笔者对二家并无轩轾,只是在读书中看到一些材料,认为《文选》原本著录应是三十九类,故采用此说。今读屈先生大文,对文中有些材料的使用,觉得有进一步说明的必要,故不揣剪陋,敢陈鄙见,以请正于屈先生及读者。

屈先生反对"移"、"难"单独列类的主要理由是,这两类只出现在陈八郎本的卷首目录中,"而检卷二十二本文,实未标此二类名目"。根据南北朝人著书的规则,"目皆在本卷之前,《齐民要术》、《颜氏家训》犹可见其原状;萧《选》亦与此无异,毛、尤及古抄本尚可寻览。其各本书首总目，皆刊刻者所加。以建阳坊贾所为，定为五臣保存昭明之旧，此亦非求实之论"。屈先生的意思是，现存陈八郎本著录的三十九类，只是出现在卷首总目录中，而这总目录皆为书贾所为，未必是昭明旧式。其实屈先生失察，陈八郎本不仅有总目为证，第二十二卷卷首目录也同样著录了"移"和"难"两类。至于说本文之前没有标此二目，实则陈八郎本全书所有诗文，都没有在文前标目，并不止"移"、"难"二类。这种格式与韩国正德年间所刻五臣本完全相同，只是韩国五臣本没有总目，但各卷卷首均有目录，其第二十二卷目录与陈八郎本一样，都标出"移"、"难"二目。

其实，"移"、"难"二目并非如屈先生所说，是书贾所为，我想书贾还不至于有这样高的水平，所补类目正和《文选》的编辑体例相合。就在屈先生过录的杨守敬从日本带回的古钞无注三十卷本《文选》中，卷二十二目录以及正文刘子骏《移书让太常博士》之前都标有"移"目。此外，日本所藏唐写本《文选集注》，在第八十八卷司马相如《难蜀父老文》之前就标有"难"目，此"难"字连写于钟会《檄蜀文》的末句"各具宣布，咸使知闻"下，《集注》并引陆善经注说"难，诘问之"，然后换行，题写《难蜀父老文》，再换行，题"司马长卿"。这样的格式很明显是以"难"为单独的文类的。这个事实是不能说"移"、"难"二目的标类，是建阳书贾所为的。

需要说明的是，我们认为《文选》分体为三十九类，主要是对"移"和"难"二体所作的调查，根据《文选序》的体例规定以及对古写本、钞本、五臣注本的考察，证实了"移"和"难"确实在《文选》原本中被单独列类，这样加上尤刻本所列的三十七类，实际应是三十九类。但是，我们也注意到，现在所见到的五臣注本，陈八郎本和朝鲜正德年间刻本，虽然列有"移"、"难"二体，但却都又缺"符命"

和"史述赞"二体,这样,五臣注本所标类目其实也是三十七类。这难免让人产生怀疑,是否《文选》本为三十七类,只是李善注本和五臣注本标类不同而已。虽然根据《文选序》的体例规定,"移"、"难"、"符命"、"史述赞"四体都应单独列类,但也许萧统当初编辑《文选》时,因时间仓促,未能最后统稿,以致留下这样一些体例上的小毛病。① 由于萧统底本标三十七类,因此在传抄过程中,抄写者或脱掉"移"和"难",而为李善所本;或脱掉"符命"和"史述赞",而为五臣所本。我们不同意这样的猜测,因为唐写《文选集注》残卷是标出了"难"体的,而这是以李善注为底本,可见唐时李善注是有"难"体的,这表明李善本原也并非三十七类,而应是三十九类。同时我们认为五臣注本原也是有"符命"和"史述赞"二体的,今见法藏敦煌写本(伯 2525 号)于班孟坚《述高纪一首》题上明标"史述赞"。此卷末标有"文选卷二十五"字样,知为三十卷本,表明它可能是萧统原本,也可能是五臣注本,这个事实也否定了五臣本是三十七类的说法。所以我们仍然坚持《文选》是三十九类的观点。

(原载《书品》1999 年第 3 期)

---

① 关于《文选》的编辑,参见俞绍初先生《〈文选〉成书过程拟测》(《文学遗产》1998年第 1 期)及拙作《〈文选〉的编者及编纂年代考论》(《中国社会科学院研究生院学报》1997 年第 1 期)。

论《文选》"难"体

由于现存版本的原因,《文选》的分类一般均认为是三十余类,偶尔也有人持三十七类和三十九类说[1],但都没有出示详细的根据。最近台湾学者游志诚先生撰有专文详细讨论了这个问题,提出三十九类说,即除赞成胡克家《文选考异》说于"檄"上"书"下应有"移"类外,其卷四十四"檄"下还有"难"类,以司马长卿《难蜀父老》一文当之[2]。笔者经过认真的考察,同意游说,并作如下补充论述。

一、据版本论"难"体

正如游文所说,三十八类说是根据现存可见的《文选》版本,即《四部丛刊》本,此本为翻刻南宋本,祖本即六家合并注本中的赣州本。但此本目录上脱"移"、"难"两字,经过众多学者的考证,认为"移"应单列一类,这样计算的结果便是三十八类。那么"难"是否也和"移"一样,应该单列一类呢?游志诚先生据此提出了陈八郎

---

[1] 持三十七类者如穆克宏,参见《萧统〈文选〉三题》,载《昭明文选研究论文集》,吉林文史出版社1988年版。持三十九类者如诸斌杰,参见《中国古代文体概论》,北京大学出版社1990年版。

[2] 参见司马长卿:《论文选之难体》,载《昭明文选学术论考》,台湾学生书局1996年版。

本。据他介绍,陈八郎本为今存最早单五臣注本,乃南宋绍兴三十一年(1161)建阳崇化坊刊行。其书属三十卷本,较近《昭明文选》三十卷的原貌,即吕延祚上表所谓的"复其旧"之面目。该书目录"移"、"难"均单列一类,与其他子目如"檄"同置等高各占一格位置,如此,则《文选》原来实有三十九类。

除此之外,在《〈文选〉学新探索》①中,游先生还介绍了明州本《文选》。是书为六家本,即五臣注在前,李善注在后,是绍兴二十八年递修本。案,是书北京图书馆藏有二十八卷,目录及载有"难"体的第四十四卷均缺失,无法验证。据游先生介绍,台北"故宫博物院"藏五十卷,仅缺二十至二十九卷,又日本足利学校遗迹图书馆藏有全本,"其目录文体标类,独有檄、移、难之目,乃各本所漏者,足以可见文选标类凡三十九,是此本可证昭明所分文体实三十九,非如后世据漏刻者而云三十七类也"。

以上是游先生所做的工作,这为本题的进一步研究奠定了基础。但游文中提到关于明州本《文选》的记载,似应修正。台北"故宫博物院"所藏五十卷本未能见到,不过日本足利学校所藏全帙明州本,无游说"移"、"难"二目,当为游氏误记。关于《五臣注文选》,据我所知,除了存于台湾这部陈八郎本外,国内尚有两卷,即北京大学图书馆藏宋杭州开笺纸马铺钟家刻本第二十九卷和北京图书馆藏同版的第三十卷。此外,北京大学图书馆还有一部清蒋凤藻心矩斋影写陈八郎本,原为李盛铎木樨轩藏书。陈八郎为南宋建阳崇化书坊书商,此本即建本。目前还找不出足以反驳这一版本的原始材料,如北京图书馆藏北宋刻递修本李善注《文选》,仅存二

---

① 台湾骆驼出版社。

十一卷,恰缺目录及第四十四卷。而北图所藏南宋赣州本六臣注《文选》,即《四部丛刊》影宋本的祖本,恰在目录上缺"移"、"难"二字,这才造成了后世的误解。

找不到可以反驳陈八郎本的原始材料,却可以找到证实它的材料：

1. 南宋晁公武《郡斋读书志》卷二十著录李善注《文选》六十卷：

> 右梁昭明太子萧统撰。前有序,述其所以作之意。盖选汉迄梁诸家所著赋、诗、骚、七、诏、册、令、教、策秀才文、表、上书、启、弹事、笺、记、书、移、檄、难、对问、议论、序、颂、赞、符命、史论、连珠、铭、箴、诔、哀辞、碑、志、行状、吊、祭文,类之为三十卷。

2. 南宋王应麟《玉海》卷五十四引《中兴书目》：

> 《文选》,昭明太子萧统集子夏、屈原、宋玉、李斯及汉迄梁文人才士所著赋、诗、骚、七、诏、册、令、教、表、书、启、笺、记、檄、难、问、议论、序、颂、赞、铭、诔、碑、志、行状等为三十卷(与何逊刘孝绰等选集),李善注析为六十卷。

3. 宋章若愚《山堂群书考索》：

> 《文选》,梁昭明太子萧统集子夏、屈原、宋玉、李斯及汉迄梁文人才士所著诗、赋、骚经、诏、册、令、教、表、书、启、笺、记、檄、难、问、议论、序、颂、赞、铭、箴、策、碑、志、行状等为三十卷,唐李善注析为六十卷。

以上几条记载均有"难"体,还是很能说明问题的。首先,从《郡斋读书志》看,该书是李善单注本,这就在陈八郎本的五臣注之外,证明当时流传的李善单注本,亦有"难"体。《玉海》所记不详,到底是白文三十卷本还是五臣注三十卷本[1],抑或就是李善注六十卷本,没有说清楚。但起码我们可以知道,南宋时李善单注本、五臣注本这两种版本系统均有材料证明"难"单列一类。其次,就两书记载看,与"难"同列的其他文类都被登录在今本《文选》目录上,都是作为单独的类别,这就说明二书所记之"难"也只能是单独的文类。第三,《郡斋读书志》著录较详细,只漏掉了"辞"、"史述赞"和"论"三类,为三十六类。它著录的顺序也基本与今本《文选》相符,除"箴"、"铭"颠倒以及个别文类名称略有出入外,应该就是照原文抄下来的目录。晁《志》著录的李善单注本今已不可见,但明末毛晋汲古阁本李善注《文选》却于总目中录有"移"、"难"二目,这在版本上为晁《志》作了一个实物证明。

难、移作为独立的类别,还有一确凿有力的证据,据萧统《文选序》说:"凡次文体,各以汇聚。诗、赋体既不一,又以类分,类分之中,各以时代相次。"就是说《文选》编排体例是每一类中文章各以时代先后为顺序排列。而今通行本(中华书局1977年影印胡刻本和1987年影印《四部丛刊》本)卷四四"檄"类汉司马长卿《难蜀父老》文居然置于三国钟士季《檄蜀文》之下,可见此处漏刻"难"目。同样,卷四三"书"类中,汉刘歆《移书让太常博士》也置于梁刘孝标《重答刘秣陵沼书》之下,说明此处漏刻"移"目。

与这一情况相似,今通行本卷二三"诗"中欧阳坚石《临终诗》上亦漏刻"临终"两字。胡克家《文选考异》卷四说:"此不得在谢惠

---

[1] 白文三十卷本《文选》应该是萧统原书,《隋书·经籍志》、两《唐志》,郑樵《通志》以及明焦竑《国史经籍志》均有著录。日本尚存有古钞无注本二十一卷,后经杨守敬影写带回国内,今藏台北"故宫博物院"。

连下,当是'临终'自为一类。尤、袁、茶陵各本皆不分,盖传写有误。又按,俗行汲古阁本反不误,乃毛自改之耳,非别有本也。"胡克家也是根据《文选序》做的判断。至于他说俗行汲古阁本是毛晋自改,不知有何根据。在陈八郎本中,"临终"即单独标出,与前"咏怀",后"哀伤"相等,由此可证胡克家的判断正确①。这一考证成果是对"难"、"移"的有力支持。

"难"作为单独的文体,在清代似乎没有什么疑问,比如章学诚《文史通义·诗教下》论《文选》分类之失批评说:"《难蜀父老》亦设问也,今以篇题为难,而别为难体,则《客难》当与同编,而《解嘲》当别为嘲体,《宾戏》当别为戏体矣。"先不论章学诚批评的偏颇与否,至少可以证明章学诚看到的《文选》版本是把"难"单独列为文类的,所以他才据此批评《文选》分类的不当。

从以上几种早期《文选》版本的讨论看,"难"单独列为一类,应是没有什么问题的。

二、史书与总集记载的"难"体

在现存几种传世的《文选》版本中,"难"与"移"两类均脱漏,然而后人往往信"移"而疑"难",如黄侃先生《文选平点》于《移书让太常博士》下说:"题前以意补'移'字一行。"而在《难蜀父老》下就没有批语。又骆鸿凯先生《文选学·义例》说:"《难蜀父老》,《文选》本入檄类,章氏(指章学诚)谓别为难体,语失检。"这都明以"移"为

---

① 日本学者斯波六郎《文选诸本之研究》亦同意胡克家之说。参见《文选索引》附录,上海古籍出版社 1997 年版。

体而不以"难"为体。我们要澄清这样一个概念,即《文选》所分文类,并非萧统任意而定,每一种文体都是成立在先,并且至齐梁时都形成了独立的特点和传统,"难"体也不例外。我们先看萧统以前史书对"难"体的著录情况。以《后汉书》、《三国志》、《晋书》[①]、《世说新语》为例,大概有这样一些记载:

1. 《后汉书·贾逵传》:"(逵)著经传义诂及论难百余万言。"
2. 《三国志·吴志·薛综传》:"(综)凡所著诗赋难论数万言。"
3. 《晋书·卢钦传》:"(钦)所著诗赋论难数十篇。"
4. 《晋书·皇甫谧传》:"(谧)所著诗赋诔颂论难甚多。"
5. 《晋书·王接传》:"(接)撰……杂论议诗赋碑颂驳难十余万言。"
6. 《晋书·虞预传》:"(预)所著诗赋论难数十篇。"
7. 《晋书·孙盛传》:"(盛)并造诗赋论难复数十篇。"
8. 《世说新语·文学》注引《中兴书》说阮裕:"甚精论难。"

从以上记载看出,"难"从东汉以来就已作为独立文体被著录。其中多与"论"并列而称"论难",但也有一例称"难论",一例称"驳难",说明"难"并非依靠"论"而存在。

史书之外,在魏晋六朝一些文章总集中,"难"也被视作单独的文体。这主要是李充的《翰林论》和任昉的《文章缘起》,其他一些专书如《文章流别论》等因失传而难以考察。李充《翰林论》亦久已佚失,严可均《全晋文》卷五十三辑有数条,相关的一条是:"研核名

[①] 《晋书》作者虽是唐人,然其成书,主要参考十八家《晋书》,因此关于文体的记载可以看作晋人观点。

理而论难生焉。"这是为"论"、"难"下定义了,至于这定义的内涵,将于下文探讨。任昉《文章缘起》,《隋志》著录为《文章始》一卷,然有录无书。两《唐志》著录一卷,题张绩补。既有补亡,说明唐代亦无此书。《四库全书总目》说宋人修《太平御览》,收书一千六百九十种,也没有收此书,可见这书来历有些不明。然王得臣是北宋嘉祐中人,作《麈史》说:"梁任昉集秦汉以来文章,名之始,目曰《文章缘起》,自诗、赋、《离骚》,至于势、约,凡八十五题(案,应为八十四题),可谓博矣。"说明北宋已有此书。《四库馆臣》猜测大概是张绩所补之书,后人误以为任昉。尽管如此,张绩唐人,所补《文章始》,必有所据,八十四类文体的记载也不至于离原貌太远。据《文章缘起》(《丛书集成》本),八十四类文体中有"喻难"一类,所收即司马相如《喻巴蜀檄》及《难蜀父老》。从以上材料见出,三国人陈寿、晋人李充、南朝人范晔、任昉等都将"难"视作独立文体。由此说明《文选》单列"难"体是有可靠的历史依据的。

三、"难"体与论、答、檄、移的关系

前节从立体谈了"难"体在齐梁以前既成之事实,以下再从辨体谈"难"与和它相近且引起后人议论的诸文体间的关系。

"难"与论的关系,在史书的记载中已可见出,齐梁以前往往"论难"并称,说明这两种文体有比较紧密的关系。什么是"论"?曹丕《典论·论文》说:"书论宜理",这说明论应以说理为主。魏晋以后遂以此为共识,如李充《翰林论》:"研核名理而论难生焉。"刘勰《文心雕龙·论说》:"论也者,弥纶群言而研精一理者也。"萧统《文选序》:"论则析理精微。"论既以说理为主,就要求它明白、透

彻,即陆机《文赋》所说:"论精微而朗畅。"至于"难",似乎除了李充与"论"连在一起解释外,当时人并没有专门的释义。那么"难"是否也以说理为主呢?我们不妨分析一下《文选》"难"类所收司马相如《难蜀父老》一文。据李善注引《汉书》说:"武帝时,相如使蜀,长老多言通西南夷之不为国用,大臣亦以为然。相如业已建之,不敢谏,乃著书假蜀父老为辞,而己以语难之,以讽天子,因宣其使指,令百姓知天子意焉。"可见"假蜀父老为辞,而己以语难之"是这篇文章的特点。案,《汉书》原文与此注略有出入,原文称:"相如欲谏,业已建之,不敢,乃著书,借蜀父老为辞,而己诘难之,以讽天子。"颜师古注曰:"本由相如立此事,故不敢更谏也。"《史记·平准书》及《西南夷列传》都把通西南夷之事归于唐蒙、司马相如二人,这便是所谓"业已建之"。但通西南夷劳民伤财,上下咸有怨言,此事既由司马相如所起,他自然不敢"谏",而只能讽,有这样的曲意,文章自然也要采用婉曲的形式。今观此文,前叙作文之由,次设蜀耆老大夫搢绅先生二十七人之词,指责通西南夷之非,然后是使者答词。很明显这一结构与以说理为主的"论"体不同,尤其它的结尾,在使者一番宏论之后,作者写道:"于是诸大夫茫然丧其所怀来,失厥所以进,喟然并称曰:'允哉汉德,此鄙人之所愿闻也。百姓虽劳,请以身先之。敞罔靡徙,迁延而辞避。'"这种写法与大赋同出一辙,即其"劝百讽一"的方式也同于大赋,这是司马相如特定处境、用意的结果。所以前人评论说:"微似赋体,子云《长杨》全仿此。"[①]其实不独结尾,即全文的问答结构,也与作者的《子虚》、《上林》相同。当然,它毕竟不是赋体,没有大赋那种铺排张扬的场面

---

① 于光华《评注昭明文选》卷十一引孙月峰语,上海扫叶山房石印本。

和夸张铺衍的描写,且赋重记叙,难重说理,因此,这种体裁实与产生于同时的"答客难"体相似。比如东方朔的《答客难》,拟设客难引出题目,以答难铺衍成全文,便是这样的结构。后代的辨体家看出了这种共同点,于是便将《难蜀父老》文与"答"体同置于一类。如明代两部辨析文体的代表作吴讷的《文章辨体》和徐师曾的《文体明辨》都以"问对"来涵容这两种文章。吴讷《文章辨体序说·问对》解释说:"问对体者,载昔人一时问答之辞,或设客难以著其意也。《文选》所录宋玉之于楚王,相如之于蜀父老,是所谓问对之辞。至若《答客难》、《解嘲》、《宾戏》等作,则皆设辞以自慰者焉。"可见将二者同归一类的依据便是设辞。徐师曾亦然,只是分析又细一些。《文体明辨序说·问对》说:"按问对者,文人假设之辞也。其名既殊,其实复异。故名实皆问者,屈平《天问》、江淹《邃古篇》之类是也;名问而实对者,柳宗元《晋问》之类是也。其它曰难,曰谕,曰答,曰应,又有不同,皆问对之类是也。"以《天问》入于"问对",则见范围扩大了。清代姚鼐《古文辞类纂》批评《文选》分体琐碎,因而删繁就简,归为十三类,其中"辞赋类"将宋玉《对楚王问》、司马相如《难蜀父老》、《封禅文》、东方朔《答客难》、杨雄《解嘲》等一并收入。他解释说这些文体"皆设辞无事实,皆辞赋类耳"。由此可见,"设辞"是构成《难蜀父老》文与"答"体相同的主要原因。

"难"与"檄"、"移"的关系,因为今本《文选》卷四十四"难"子目的脱漏,便使人产生萧统是以"难"体入于"檄"类的错误认识。这一点在本文第一部分已经辨明,另外,或许有人提出反证,即《文心雕龙·檄移》曾说过:"相如之《难蜀老》,文晓而喻博,有移檄之骨焉。"似乎在刘勰那里,也是以"难"入于"檄"类的。其实,刘勰这段话是在对"移"解释后提到的,他说:"移者,易也,移风易俗,令往而民随者也。"接着便提到了《难蜀父老》文。这一段完整的话可能有两个意思：一，刘勰只说《难蜀父老》文有移檄之骨，并未说这文章就是"檄""移"一类文体；二，与其说《难蜀父老》是"檄"类，不如说它是"移"类，因为刘勰是在解释"移"之后提及的。再就"檄"类，现就定义看，《汉书·高帝纪》说："吾以羽檄征天下兵。"颜师古注："檄者，以木简为书，长尺二寸，谓之檄，用征召也。其有急事，则加鸟羽插之，示速疾也。《魏武奏事》云：'今边有警，辄露檄插羽。'"又《文镜秘府论·南卷·论体》说："叙宏壮则诏、檄振其响。"作者原注说："诏陈王命，檄叙军容，宏则可以及远，壮则可以威物。"可见檄文本与军旅之事有关，所以刘勰《文心雕龙·檄移》便说："故檄移为用，事兼文武，其在金革，则逆党用檄，顺命资移，所以洗濯民心，坚同符契，意用小异，而体义大同，与檄参伍，故不重论也。"①从刘勰的辨体思想看，也是以为檄主金革之事，移在洗濯民心。对照司马相如《难蜀父老》文，无疑更合"洗濯民心"的定义。那么，在《文选》里，《难蜀父老》文可不可以算作"移"类呢？答案是否定的。道理很简单，"移"在"檄"之前，属今本《文选》卷四十三，"檄"与"难"另置一卷，均为卷四十四。即使考虑到萧统三十卷原本中，"移"、"檄"、"难"可能属同一卷，即今本卷四十三、四十四为原本卷二十二，由于"难"上是"檄"，所以"难"体也不可能属于"移"类。

---

① 刘勰此语似有语病，即使事在金革，檄也专用于声讨"逆党"。上引汉高帝语，似是给郡国官员征兵之文，而非讨逆。左思《咏史》"羽檄飞京都"，也可证明。又《史记》、《汉书》并载司马相如《喻巴蜀檄》和《难蜀父老》二文，《文选》均收录，也都是"洗濯民心"之意，而非二致。又檄文的发展，亦不在金革，刘勰说"又州郡征吏，亦称为檄"，《南史·刘讦传》可为证明。清李兆洛《骈体文钞》说："教令所颁，亦谓之檄，非止用之军旅也。其体与移文相类。"这又是檄文的泛用了。

通过以上的比较,证明"难"体与"论"、"檄"、"移"有着类的差异,它与"答"体似乎比较接近。这里我们再以六朝以迄明清以来几部有代表性的文章总集及《文心雕龙》,对以上几种文体的著录归类,检查一下它们之间的关系,列图表如下:

总集归类情况 文体	文选	文心雕龙	文章缘起	文章辨体	文体明辨	文章辨体汇选	古文辞类纂
难	单列	移	单列	问对	问对	单列	辞赋
论	单列(分"设论"、"史论"、"论"三类)	单列(含《文选》"史论"、"论"两部分)	单列	单列(含《文选》"史论"、"论"两部分)	单列(综合刘勰、萧统两家之说)	单列	单列(含《文选》"史论"、"论"两部分)
答	论(设论)	杂文	对问、解嘲、旨	问对	问对	设	辞赋
檄移	单列	单列	单列	单列	单列	单列	诏令

从上表可以看出,"难"体在后世偶有单独列类,至于"论",后人仅保留了《文选》中"史论"和"论"的内容,"设论"则另列入于"问对"。檄移仍为一大类,界限分明,很少与其他文体混淆(《古文辞类纂》例外)。这个事实说明"难"体的确与"答"相近,而与"论"、"檄"、"移"不同。《文选》既未入于"设论",更不应入于"檄移",而理应单独列类。这一结论又带来了两个问题:一,《文选》为何不与"答"体并类?二,汉魏以来"论难"并称的根据何在?因此,本文提出,前文所有叙述与分析所提到的"难",只是指《难蜀父老》一文,而它与汉魏六朝"论难"并称的"难"并不相同。那么这两种"难"之间有什么样的联系?它们与"答客难"体又有什么样的联系?以下拟就"难"体的产生和发展来回答这些疑问。

四、汉魏六朝"难"体文的产生及其发展

《文选》既标"难"类,又有选文,然而《难蜀父老》一文实不能代表汉魏六朝流传的"难"体文章。除了它的题目与"难"相合外,其内容、结构都与其他"难"文不同。仿据严可均《全上古三代秦汉三国六朝文》所载"难"文共一百一十余篇分析,没有一篇与司马相如此文相类的。它们大都与经义、制度、玄学、佛学有关。形式上也并不采用问答体。比如魏傅嘏《难刘劭考课法》开门见山指出刘劭的《考课疏》不合当今情况,因为建安以来,忙于扫除凶逆,典章制度未及建立,而古之选拔人才,"必本与州闾,讲道于庠序,行具而谓之贤,道修则谓之能,乡老献贤能于王,王拜受之,举其贤者出使长之;科其能者,入使治之,比先王收才之义也。方今九州之民,爰及京城,未六乡之举,其选材之职,专任吏部,案品状则实才未必当,任薄伐则德行未必叙,如此则殿最之课,未尽人才"①。所以刘劭的先建考课是先末后本。全文针对刘劭提案一一论其不宜施行,逻辑性强,很有说服力。刘师培《中国中古文学史》说它:"语语核实,近于名、法家言。是知嘏言名理,实由综核名实为基。"这也就说明这样的"难"体文其实是以说理为基础的,如此正和李充所说"研核名理而论难生焉"的定义相符,也正是魏晋以来"论难"并提的原因。这种文体的确与司马相如文章不同。那么司马相如《难蜀父老》文又是怎样产生的?既然不是"难"体,为什么要以"难"为名?它与"难"体有什么样的关系呢?其实司马相如这篇文

---

① 《全三国文》卷三五。

章产生的背景与其他"难"体文章最初产生的背景是一致的,即都产生于汉初论辩的背景中。

西汉初年承战国余风,论辩诘难的风气仍然弥漫于朝野,《史记》多所记载。《史记·平津侯传》记:"(公孙)弘奏事,有不可,不庭辩之。"公孙弘曲学阿世,极得汉武帝宠幸,所以对他的奏事,即有不可,也不允许别人当庭辩诘。这条材料说明当时地朝廷中公开辩论蔚成风气。同传又记:"元朔三年,张欧免,以弘为御史大夫。是时通西南夷,东置沧海,北筑朔方之郡。弘数谏,以为罢敝中国以奉无用之地,愿罢之。于是天子使朱买臣等难弘置朔方之便。发十策,弘不得一。"由此可见当时辩难的情形。公孙弘擅长辩论,这里的"十不得一",恐怕是不敢拂武帝意的缘故。《史记·晁错传》又记:"(错)迁御史大夫,上令公卿列侯宗室集议,莫敢难,独窦婴争之。"从以上两条材料可以看出,朝廷的辩难似已形成制度,政府的决策、群臣的奏议,都可以展开质辩。当然,辩论的双方都必须以理服人,所以说理便是它的特点,史书记录下来,便是"难"体文章。正是在这样的背景中产生了司马相如的《难蜀父老》文。《史记》、《汉书》均对此文的产生做了详细的记载。它与朝廷辩难有同有异:现实中的确存在蜀父老反对通西南夷的事实,相如针对他们的反对情绪提出质难是同;但实施辩论的对立面又的确没有,相如的质难只能"借蜀父老为辞"则是异。这一同异说明司马相如《难蜀父老》文本源于辩难的母体,但由于特定处境的需要(以"劝"为"讽"),他不得不对原有的辩难形式略作变化,变实为虚,拟设出蜀父老为对立面,从而展开驳难,一种新的体裁便诞生了。这就是司马相如此文虽用"难"名而无"难"实的原因。从文体的渊源看,司马相如的变革也不是没有依据,因为他本来就是文体改革家,他创立了大赋的形式。那种利用问答表达自己意见的熟练技巧会自然运用到这一体裁中。

东方朔《答客难》的产生似乎更有意思,也更能说明问题。《史记·东方朔传》记:"时会聚宫下博士诸先生与论议,共难之。"但《汉书》记载却与此不同,本传记:"久之,朔上书陈农战强国之计,因自讼独不得大官,欲求试用。其言专商鞅、韩非之语也,指意放荡,颇复恢谐,辞数万言,终不见用。朔因著论,设客难己,用位卑以慰谕。"两书记载的不同处在《史记》以为实事。《汉书》则记设辞。这个现象说明:一,《答客难》亦源于西汉辩难的母体,至于是实有其事,还是拟设之辞,对当时人说来没有什么区别,都是辩难之作,所以司马迁便作为实事记录。二,作者并非着意创体,司马相如、东方朔都是从现实需要出发,依据他们对当时辩难的认识加以变化而成。三,以"答客难"形式表达个人的穷通之感,最能符合封建社会知识分子获得内心平衡的需要,因此很受后世知识分子的欢迎,从而形成比较固定的文体。当班固撰述《汉书》时,他对这种文体已经有了比较清楚的了解,并且也作有《答宾戏》文章;同时他本人又是一位文体辨析家,这在《汉书·艺文志》中得到了证明,所以当他处理《东方朔传》材料时,将《史记》的误记改变过来,正表达了他的文体辨析观。由此我们可以得出结论:《难蜀父老》文与"难"体不一样,但却同产生于"难"的母体中。司马相如《难蜀父老》文的传统没有得到继承,因为它既然是特定条件的产物,因此当后世缺乏这种特定条件时,这一特殊写法也就消失了。而像朱买臣等的"难"体和东方朔的"答难"形式却流传下来,并在后世蔚成大国。"答难"一体后有扬雄《解嘲》、班固《答宾戏》、崔骃《达旨》等;"难"体则在发展中更增强了应用的功能。

"难"的发展,有三个高潮阶段,一是东汉的《五经》辩难,一是魏晋的玄学论难,再一是南朝关于"神灭"、"神不灭"的辩难,其内容依次为经、玄、佛,在当时都是引人注目的大事件。东汉的经学辩难,主要是关于经义的同异和古今文之争。据《后汉书·儒林传序》,章帝时,大会诸儒于白虎观,考议五经同异,连月乃罢。可见辩难的场面很热烈,《后汉书·儒林传》记魏应是当时大儒,"肃宗甚敬重之。数进见,论难于前,特受赏赐。时会京师诸儒于白虎观,讲论《五经》同异,使应专掌难问"。于此见出当时论难的实际情况。这是关于经义同异的辩难,另外是古今文之争。古文经学自西汉以来一直没有列于学官,西汉末年刘歆曾借助王莽的力量立古文经学博士。至于东汉,古今文之争更为剧烈。《后汉书·儒林传》记建武年间郑兴、陈元传《左秋左氏》学,尚书令韩歆上疏,提出要立《左氏》博士,遭到今文博士范升的强烈反对,陈元又上书反对范升。这便是《全后汉文》卷十九所录范升的《奏难费氏易左氏春秋立博士》和陈元《奏难范升》二文。于中可以见出这类文体以说理驳斥对方为特点。东汉末年,经学辩论愈为激烈,而学者素质也愈来低下,如《后汉书·儒林传论》所说:"至有分争王庭,树朋私里,繁其章条,穿其崖穴,以合一家之说。"这样的辩难已很少再有文章流传了。但是另一方面,汉末又产生一批精通今、古文的经学大师,如何休、马融、贾逵、许慎、郑玄等,尤其郑玄兼采今古文经学,参会融通,遍注五经,成为一代大师,对经学发展作出了贡献。虽然如此,郑学并非不可指责,因此,同时乃至其后,"难郑"之作亦不在少。

魏晋玄学的论难,比起汉人来更为自由,由于论述玄理,较汉人的经学更具有理论色彩。据现在可见的一些文章,如嵇康《难张辽叔自然好学论》以及向秀《难嵇叔夜养生论》,的确是优秀的哲学论文。玄学论难的形式也有了变化,往往是一人先立题目,其他人攻难,常常反复多次。《世说新语·文学》对此记载很多,可参见。这里略举两例以见一斑:

> 支道林、许(询)谢(安)盛德,共集王(蒙)家。谢顾谓诸人:"今日可谓彦会,时既不可留,此集固亦难常,当共言咏,以写其怀。"许便问主人有《庄子》不?正得《渔父》一篇,谢看题,便各使四坐通。支道林先通作七百许语,叙致精丽,才藻奇拔,众咸称善。于是四坐各言怀毕。谢问曰:"卿等尽不?"皆曰:"今日之言,少不自竭。"谢后粗难,因自叙其意,作万余语,才峰秀逸,既自难干,加意气拟托,萧然自得,四坐莫不厌心。支谓谢曰:"君一往奔诣,故复自佳耳。"

案,这是先立题目之例,其内容是以《老》、《庄》、《易》为主。

> 何晏为吏部尚书,有位望,时谈客盈坐,王弼未弱冠往见之。晏闻弼名,因条向者胜理,语弼曰:"此理仆以为极,可得复难不?"弼便作难,一坐人便以为屈。于是弼自为客主数番,皆一坐所不及。

案,"极"即极致,何晏以为其理已达于极致,不可再相难,但王弼却能作难。不仅如此,他还能自我设为辩论的双方,既以甲攻乙,也能以乙攻甲,充分显示了他辩才。这样的辩论态度已完全不同于汉人,对"难"体发展的理论化倾向,应该是有促进作用的。

南朝时最著名的辩难应该是围绕范缜《神灭论》展开的论争。据《全梁文》,象《难范缜神灭论》这样的题目有六十多篇,就现存论文看,主要就形神间的关系而论。范缜主张:"神即形也,形既神也,是以形存而神存,形谢而神灭。"这种观点当然是对当时佛教的批判,所以此文一出,信奉佛教的梁武帝亲自组织人进行驳难。先后参加者有六十多人。这在当时是一个很震动的事件,这一事件产生的大量"难"体文,不能不对文章总集编纂者产生影响。尤其这一次驳难的组织者又是萧统的父亲,则萧统对"难"作为独立的文体以及对它的作用是不会有怀疑的。

　　从以上"难"体文产生及其发展的叙述看,司马相如《难蜀父老》的确不同于汉魏六朝流行的"难"体,但为什么《文选》会收录作为"难"体的代表作呢?既然它与"答"体接近又为什么没有归入"设论"呢?我初步的解释是:一,"难"体既为当时常见极有应用作用的文体,作为通过辨体、选录范文以指导写作的《文选》,当然应该收列。然而在充箱盈帙的"难"体文中,大都与经、玄、佛内容有关,不合萧统"文"的观念,毫无疑问,司马相如标以"难"名的《难蜀父老》文是最出色的作品,何况它与"难"的确有着天然联系,因此被选作该体范文,也是很自然的事。二,《难蜀父老》文尽管与"难"体文有着明显的差异,但它代天子言事,为朝廷决策辩护,而作为对立面的蜀父老也并非纯属虚构,这些与"难"体的基本要求也还符合,所以便被萧统录入"难"体。三,《难蜀父老》文虽然与《答客难》相近,但细加比较,"答"体在当时是用于自我解嘲的笔墨,近乎游戏之作,与《难蜀父老》文代天子言事的严肃态度不同。这一点在汉魏六朝阶段特别被看重,所以萧统宁入"难"类而不入"答"体了。四,《难蜀父老》文与《答客难》在设辞上的相同,这是后人辨析的结果,反映了明清时期的辨析水平,不能以此苛求萧统。南北朝时期正是文体建立的高潮期,批评家首先的任务是确定各体的规范,并指明各体应有的写作风格,至于概括,则是文体进一步发展、成熟之后的任务。明清人对萧统的指责,显然是以后代的辨体概念苛求于古人了。

(原载《浙江学刊》1996年第6期)

从《文选序》几种写钞本推论其原貌

现在所能见到的《文选序》早期写钞本,大约有五种,即:吐鲁番出土唐写本、日本上野精一氏藏抄本、日本猿投神社藏两种抄本、日本九条家藏本。以上除了吐鲁番本是一残页外,其余均与《文选》正文连在一起。这几种早期的写本,文字与今传刻本多有不同,尤其是几个关键的字,后人基本都依据刻本做分析,殊不知在写本中却与刻本并不同,这样牵涉到对《文选序》的正确理解问题,故略做介绍分析如下。

五种写、钞本中的吐鲁番唐写本,据黄文弼《吐鲁番考古记》称,此本为1928年作者在吐鲁番考察时友人冯君所赠。据云出于三堡西北张怀寂墓中,盖为初唐所写。此本多用当时通行的别体字,我在《文选版本研究·版本叙录》中曾做过介绍。由于当时没有见到其他的写、钞本,故对其中一些与刻本不同的字断为误字,如"既其如彼"的"其"、"表奏笺记之别"的"别"、"陶匏异品"的"品",刻本分别作"言"、"列"、"器"。现在看来,可能不一定是写本误,因为日本的几种写、钞本也都与它相同。以下我们就对其他几种写、钞本略做分析。

上野本最早大约著录于日本学者森立之《经籍访古志》,所谓温故堂藏本,共一卷,即卷一,后为中国学者杨守敬所得,见杨氏《日本访书志》。但其后又由杨守敬转赠(或售)于日本朝日新闻总经理上野精一氏,并在昭和十八年(1943)被认定为重要文化财产。杨守敬以这一卷与另外所得二十卷合为二十一卷,带回国后,颇受重视,但学界往往误将这二十一卷视作一本,其实是拼合之物。杨氏所藏本今藏台北"故宫博物院",其卷一当是杨守敬命人重钞之本。据日本学者芳村弘道教授说,杨氏与上野精一氏交情颇好,芳村教授手中藏有杨守敬所赠上野精一氏《邻苏园贴》可证。大概是这个原因,杨氏最终又将此卷转赠上野氏。此次蒙芳村弘道教授相助,据日本每日新闻社出版之《国宝重要文化财产大全》卷七复印惠赠,又告以始末,深为志谢!

此本首为李善《文选注表》,表末署名"显庆三年九月十七日文林/郎守太子右内率府录事参/军事崇贤馆直学士臣李善/上注表",较正文低二格,分四行。此与世传李善本仅题"显庆三年九月日上表"不同。表后接《文选序》,题"梁昭明太子撰"。"文选序"上眉批"太子令刘孝绰作之云云"。字体与其他眉批相同。这个眉批,日本有的学者作为是刘孝绰写作《文选序》的依据。应该说眉批者可能是根据某些材料,类似如《文镜秘府论》所载萧统与刘孝绰编辑《文选》者,但现存的材料中不见,可能已经佚失,所以研究《文选》不能完全忽视这一说法。然而它毕竟是一条眉批,对它的使用又必须非常慎重,需要结合《文选》编纂的总体情况综合考察。上野本《文选序》与尤刻本相校,有如下诸处差异:

抄本	尤刻本
逮乎伏犧氏之王天下(也)	羲、也
诗序云	曰
贾马繫之于末	继
述邑居则有冯虚無是之作	亡
誠佃遊	戒、畋

续表

欝壹之怀	壹欝
既其如彼	言
表奏笺记之别	牋、列
众製锋起	制
譬陶匏异品	器
俱为悦目之翫	玩
辞人才子	词
而欲兼功大半	盖
又亦略诸	以
谋夫之美话	×
辩士之舌端	×
坐徂丘	狙
而事殊篇章	异
亦所弗取	不
繁年之书	繫
盖所以褒贬是非	×
纪别同异	异同
迄乎圣代	于
名之文选	曰
略以时代相次	各

以上共有二十三处不同,其中个别明显为抄写错误,如"繁"系"繫"之误,有些是异体、俗体字,于意义上没有大的区别。有些则是抄写错置,如"欝壹"当系"壹欝"之倒。按,此词出自贾谊《吊屈原赋》:"独壹郁其谁语",萧统此处论屈原,当用其语,猿投神社藏本和九条家本都作"壹欝"。值得注意的是"既言如彼"的"言"、"表奏笺记之别"的"别"、"陶匏异品"的"品"、"谋夫之美话"的"美"、"辩士之舌端"的"端"、"略以时代相次"的"略"诸字。这几个字,刻本除阙"美"、"舌"两字外,其余分别作"其"、"列"、"器"、"各",与吐

鲁番写本完全相同。

猿投神社有两个藏本，一是《文选序》古点本，一是正安本，收入京都大学文学部训点语学会所编《训点语与训点材料》，昭和三十七年出版。《文选序》古点本起"集其清英"，至"义归乎翰藻故"。正安本是白文，无注，首为李善《上文选注表》，次为昭明太子《文选序》，其次是班固《两都赋》和张衡《西京赋》，卷末署"文选卷第一"。本卷前列李善上表，似为抄自李善注本，但全文白文，且与今传李善本分卷不合。今传李善注本将萧统原三十卷本一分为二，如将原卷一的《两都赋》和《西京赋》别为两卷，而正安本仍保留了三十卷本原貌，将之合为一卷。又，李善注卷一"赋甲"说："赋甲者，旧题甲乙，所以纪卷先后。今卷既改，故甲乙并除，存其首题，以明旧式。"故除了卷一还保留了"赋甲"外，其余各卷均不再标出。正安本由于仅存卷一，其后各卷是否标明"乙丙丁"等，无法证明，但卷一"赋甲"下并未抄录李善这一注文；而且李善本将总目录置于书前，正安本则置于各卷之前，所有这些均与李善本不同，而与其他写、钞本相同，可见所抄当是三十卷本。这个特征与此野本相同，上野本也是以李善上表置于卷首，其后是《文选序》和《两都赋》、《西京赋》。对此，森立之说是"盖就李本单录出本文者"①，杨守敬不同意这个观点，他说："此本若就李本所出，李本已分《西京》为二卷，则录之者必亦二卷，今合三赋为一卷，仍昭明之旧，未必抄胥者讲求古式如此。"②日本早期钞本为何采取这种抄录方式，的确值得讨论。

猿投神社所藏这两个《文选序》，文中涉及上表中所列诸异文，

---

① 《经籍访古志》，上海广益书局 1916 年排印本。
② 《日本访书志》，清光绪二十三年邻苏园自刻本。

基本与上野本相合。今以猿投神社二藏本与上野本及尤刻本对照列表（表中×字表示无对应字，下同）如下：

上野钞本	猿投神社藏古点本	猿投神社藏正安本	尤刻本
逮乎伏犠氏之王天下（也）		犧、无"也"	羲、也
诗序云		云	曰
贾马繋之于末		繋	继
述邑居则有冯虚无是之作		無	亡
誡佃遊		誡、佃	戒、畋
长杨羽猎之製		製	制
欝壹之怀		壹欝	壹欝
既其如彼		其	言
表奏笺记之别		牋、别	牋、列
众制锋起		制	制
譬陶匏异品		品	器
俱为悦目之翫		翫	玩
辞人才子		辞	词
而欲兼功大半	而	而	盖
又亦略诸	亦	亦	以
谋夫之美话	善	美	×
辩士之舌端	舌	舌	×
坐徂丘	狙		狙
而事殊篇章	异	异	异
亦所弗取	弗		不
繁年之书	繁	繁	繁
盖所以褒贬是非	盖	盖	×
纪别同异	同异	同异	异同
迄乎圣代		乎	于
名之文选		之	曰
略以时代相次		略	各

由上表看出,猿投神社两藏本与上野本基本相同,而与尤刻本不同。从猿投神社藏本又有不同于上野本的异文看,又排除了这几个钞本可能出于同一底本的可能,就是说这几种早期钞本应该是保留了萧统三十卷本原貌。

录有《文选序》的还有九条家本,此本我曾在《文选版本叙录》①中介绍过。当时因为条件所限,没有见到原本,仅据日本学者过录本做简要介绍。此次有机会赴台湾,见到日本昭和年间出版的照相版原本,又稍加校阅,对我以前的结论,即认为九条家本出自李善系统,又得到了进一步证实。总的说来,九条家本是李善本系统,但比今传任何一种李善本都要准确。今传李善本特征,此本都具备,但今传李善本的讹误,此本却都不误,说明九条家本所抄底本要早于宋刻各本。与前面介绍的几个钞本比较,九条家本更接近于尤刻,但其中关键的异文,却又与各钞本相合,这则从另一个版本角度证明了今传各刻本《文选序》的异文确是讹误。现列九条家本《文选序》与以上各钞本及尤刻本对照表于下:

上野钞本	猿投神社藏古点本	猿投神社藏正安本	九条家本	尤刻本
逮乎伏犧氏之王天下(也)		犧、无"也"	羲、也	羲、也
诗序云		云	云	曰
贾马繋之于末		繋	繋	继
述邑居则有冯虚无是之作		無	亡	亡
誠佃遊		誠、佃	戒、畋	戒、畋
长杨羽猎之製		製	制	制

---

① 参见拙作《文选版本叙录》,《国学研究》第5卷,北京大学出版社1998年版。又此文收入《文选版本研究》,北京大学出版社2000年版。

续表

欝壹之怀		欝壹	壹欝	壹欝
既其如彼		其	其	言
表奏笺记之别		牋、别	牋、别	牋、列
众製锋起		製	製	制
譬陶匏异品		品	品	器
俱为悦目之翫		翫	翫	玩
辞人才子		辞	词	词
而欲兼功大半	而	而	盖	盖
又亦略诸	亦	亦	亦	以
谋夫之美话	善	美	善	×
辩士之舌端	舌	舌	舌	×
坐徂丘	狙		狙	狙
而事殊篇章	异	异	异	异
亦所弗取	弗		不	不
繁年之书	**繁**	**繁**	**繁**	**繁**
盖所以褒贬是非	盖	盖	盖	×
纪别同异	同异	同异	异同	异同
迄乎圣代		乎	于	于
名之文选		之	曰	曰
略以时代相次		略	略	各

从上表看,九条家本同于尤刻本的有"羲"、"亡"、"戒"、"畋"、"词"、"盖"、"不"、"异同"、"于"、"曰"诸字,说明这些异文可能是李善本的本来特征,与上野等钞本所据萧统底本有区别。不过这些异文或为古今字,或为通假字,于词义没有多大的分别,但是如"别"与"列"、"品"与"器"、"略"与"各",以及钞本多出来的"美(善)话"之"美(善)"、"舌端"之"舌",就有较大的差别了。以下略加论述。

"表奏笺记之列"与"表奏笺记之别",当以"别"字为是。萧统这一段是讨论文体的话,在讨论了诗、赋、箴、戒、论、铭、诔、赞等文体的起源与特征后,接着说:"又诏诰教令之流,表奏笺记之别,书誓符檄之品,吊祭悲哀之作,答客指事之制,三言八字之文,篇辞引序,碑碣志状,众制锋起,源流间出。"虽然排列文体,但以探讨源流和风格为旨归,所以论诗六义后的文体发展说是"源流实繁"。说屈原《楚辞》为骚人之文所出,至于汉代,诗歌继起,四言、五言,渐成区别。同时其他文体也是"各体互兴,分镳并驱"。箴起源于补阙需要,戒出于弼匡,如此等等,都在强调各体之源,故总结一句"众制锋起,源流间出"。因此论"表奏笺记"诸体强调"别"字更合萧统原意。此外,萧统上句是"诏诰教令之流","流"与"别"相对成文,自挚虞编《文章流别》以来,六朝人对"流别"一词有颇多使用。如钟嵘《诗品序》说"敢致流别",刘勰《文心雕龙序》批评陆机《文赋》"流别精而少功"。因此结合上文,此处作"别"字是有道理的。案,"别"、"列"二字,形近易于混淆,《文心雕龙·练字》篇说:"《尚书大传》有'别风淮雨',《帝王世纪》有'列风淫雨','别'、'列'、'淮'、'淫',字似潜移。"在前人的著述里,"别"、"列"因字形相近而混淆,有其先例。

"譬陶匏异器"与"譬陶匏异品",陶匏本用于祭祀,《礼记·郊特牲》说:"器用陶匏,以象天地之性也。"陶是瓦器,匏是用葫芦做的器皿,但萧统下句说"并为入耳之娱",显然不是指的祭器,而是乐器。五臣注说:"陶,埙,匏,笙也。白黑曰黼,黑青曰黻,言音声彩色虽异,耳目之玩不殊。"《文选·啸赋》:"夫假象金革,拟则陶匏,众声繁奏,若箛若啸。"五臣注说:"金革陶匏,并乐器也。"宋章如愚《山堂肆考》卷二三四"陶匏"条说:"陶,埙也;匏,笙也。"如果作乐器解,也可以解释为陶与匏虽然不是同一种乐器,但都是可以娱乐人心。这样,萧统原文作"器"也能解释得通。不过细辨起来,不如作"品"更能符萧统原意。陶、匏为古八音,所谓金石土革,丝木匏竹。陶是埙,属土乐,匏是笙,属竹乐,古人以八音比附政教,多所附会,明陈旸《乐书》解之甚详,他说:"乐出于虚,寓于实,出于虚,则八音冥于道,寓于实,则八音丽于器,器具而天地万物之声可得而考焉。故凡物之盈于天地之间,若坚若脆,若劲若韧,若实若虚,若沉若浮,皆得效其响焉,故八物各音而同和也。自葛天氏作八阕之乐,少昊氏效八风之调而八音固已大备,后世虽有作者,皆不能易兹八物矣。金声舂容,秋分之音也,而莫尚于钟;石声温润,立冬之音也,而莫尚于磬;丝声纤微,夏至之音也,而莫尚于琴瑟;竹声清越,春分之音也,而莫尚于管钥;匏声崇聚,立春之音也,而笙竽系焉;土声函胡,立秋之音也,而埙缶系焉;革声隆大,冬至之音也,而鼖鼓系焉;木声无余,立夏之音也,而柷敔系焉。然金多失之重,石多失之轻,丝失之细,竹失之高,匏失之长,土失之下,革失之洪,木失之短,要之八者不相夺伦,然后其乐和而无失也。记论八音多矣,举其始言之,不过曰施之金石,要其终言之,不过曰匏竹。在下兼始中终言之,则曰金石丝竹乐之器也。乃若论其详,舍周官太师之职何以哉?盖乐器重者从细,轻者从大,大不逾宫,细不逾羽,细大之中,则角而已。莫重于金,故尚羽;莫轻于瓦、丝,故尚宫;轻于金,重于瓦、丝者,石也,故尚角。匏、竹非有细大之从也,故尚议,革、木非有清浊之变也,故一声。然金石则土,类西凝之方也,故与土同位于西;匏竹则木,类东生之方也,故与木同位于东。丝成于夏,故琴瑟在南,革成于冬,故鼖鼓在北,大师之序八音,以金、石、土为先,革、丝次之,木、匏、竹为后者,盖西者以秋时言之,声之方也。虚者,乐所自出,声之本也,故音始于西,而成于东。于西则金石先于土者,以阴逆推其所始故也;于东则匏、竹后于木者,以阳顺序,其所生故也。革、丝居南北之正,先革而后丝者,岂亦先虚之意欤?此言乐之器,荀卿言所以道德者,德待器而后达故也。"这里不厌其烦地引证,从中可以看出古人对八音的乐品是有很深入的认识的。据此可以知道萧统说"陶匏异品,并为入耳之娱",意思是陶与匏虽然乐品不同,但都具有娱乐人心的功能。这也与下句"黼黻"之喻相同,因此这里似用"品"为宜。后人不知,以祭器解之,遂改"品"为"器",正如李善注成公绥《啸赋》"拟则陶匏"引《礼记》作注情形一样。另外从版本证据说,除了以上介绍的日本两种钞本作"品"外,吐鲁番出土唐写本《文选序》和唐初类书《艺文类聚》所引《文选序》均作"品"字,可证萧统原文的确是"品"而非"器"。不过,中国自宋代以后,如宋潘自牧《记纂渊海》、明徐元太《喻林》所引《文选序》均作"器",说明此字在唐代尚不误,有误始自宋代,今传几种宋代刻本均误作"器"可证。

"各以时代相次"和"略以时代相次",今传诸写、钞本都作"略"字,根据《文选》所录作家时代往往有误的事实看,作"略"字是有道理的。因为到了南朝,批评家对前代作家的精确年代很难把握,这在其他的著作中也可以看到这个情形,比如钟嵘《诗品》就常将前代作家的时代误判。批评家对此也是深有体会的,所以审慎地用"略"字是很负责的说法。其实这可能是南朝时编集的通例,如钟嵘《诗品序》也说:"一品之中,略以时代先后,不以优劣诠次。"可见萧统原文应是"略"字。

"谋夫之美(善)话"和"辩士之舌端",刻本均无"美(善)"、"舌"二字。细审原文,显然有"美(善)"、"舌"更为合理。谋夫指谋策之人,为当权者谋划,用"美(善)"来加以修饰,就更准确了。辩士指游辩之士，奔走游说，全凭三寸不烂之舌。《史记·张仪列传》载张仪游楚受辱归家，其妻劝他不要再游说自取其辱，张仪谓其妻曰："视吾舌尚在不？其妻笑曰：舌在也。仪曰：足矣。"又《战国策》卷三说："繁称文辞，天下不治；舌敝耳聋，不见成功。"可见舌为辩士的特征。如果不用"舌"，仅称"辩士之端"，似乎不成其辞。且上文是"贤人之美辞，忠臣之抗直"，都是五字，下文理应相对成文。不过，既然上文已用"美"字，下句不应重复，应该是"善"字。此文之误，恐怕还在五臣之前，因为五臣注说："谋夫，谋策之人也。话，善言也；辩士，辩捷之士也。言端者，辩士有舌端。"显然五臣所见本已脱"善"和"舌"二字，故其用"善"解"言"，用"舌"解"端"。

此外，还有一处"既其如彼"与"既言如彼"。写本作"其"，刻本作"言"，这是一个关系连词，表示已经发生的既成事例，与当前发生的事相关联。所以萧统下句是"又亦若此"。"既其"在汉魏六朝时是一个常用语，《全晋文》卷三十七庾冰《为成帝出令沙门致敬诏》有："既其有以，将何以易之？"《全梁文》卷四十五范缜《答曹文思难神灭论》："既其欺天，又其欺人！"又，刘勰《文心雕龙·程器》："名之抑扬，既其然矣，位之通塞，亦有以焉。"六朝文中多用此词。而"既言"一词，似仅见有嵇康《答向子期难养生论》："既言上药，又唱五谷者。"据此，萧统此处当作"既其"。

日本这几个钞本与刻本不同的异文，显示了萧统《文选序》的原貌，现在看来错误可能是在刻本阶段产生的。那么日本这几个钞本，会否出于同一个底本来源？也就是说钞本与刻本不同的异文，是否有可能是钞本底本的抄写错误呢？应该说这种可能不大，日本藏有数量不少的写、钞本，就寓目所及，来源明显不同。就以这几个钞本说，其与刻本不同的异文，却与吐鲁番写本相同，即如

"别"、"品"、"其"等。此外钞本的字体也多保留了唐人草体写法,与吐鲁番本相同,如"戒"、"吊"的写法即是,因此说日本钞本在保留原貌上是可信的。

根据以上的讨论,我们重新为《文选序》校读如下:

式观元始,眇觌玄风。冬穴夏巢之时,茹毛饮血之世,世质民淳,斯文未作。逮乎伏牺氏之王天下也,始画八卦,造书契,以代结绳之政,由是文籍生焉。《易》曰:"观乎天文,以察时变;观乎人文,以化成天下。"文之时义远矣哉!若夫椎轮为大辂之始,大辂宁有椎轮之质;增冰为积水所成,积水曾微增冰之凛。何哉?盖踵其事而增华,变其本而加厉;物既有之,文亦宜然。随时变改,难可详悉。

尝试论之曰:《诗序》云:"诗有六义焉:一曰风,二曰赋,三曰比,四曰兴,五曰雅,六曰颂。"至于今之作者,异乎古昔,古诗之体,今则全取赋名。荀宋表之于前,贾马继之于末。自兹以降,源流寔繁。述邑居则有"凭虚"、"亡是"之作,戒佃游则有《长杨》《羽猎》之制。若其纪一事,咏一物,风云草木之兴,鱼虫禽兽之流,推而广之,不可胜载矣!又楚人屈原,含忠履洁,君匪从流,臣进逆耳,深思远虑,遂放湘南。耿介之意既伤,壹郁之怀靡愬。临渊有怀沙之志,吟泽有憔悴之容。骚人之文,自兹而作。

诗者,盖志之所之也,情动于中而形于言。《关雎》《麟趾》,正始之道著;桑间濮上,亡国之音表。故风雅之道,粲然可观。自炎汉中叶,厥涂渐异。退傅有"在邹"之作,降将著"河梁"之篇;四言五言,区以别矣。又少则三字,多则九言,各体互兴,分镳并驱。颂者,所以游扬德业,褒赞成功。吉甫有"穆若"之谈,季子有"至矣"之叹。舒布为诗,既其如彼;总成为颂,又亦若此。次则箴兴于补阙，戒出于弼匡。论则析理精微，铭则序事清润。美终则诔发，图像则赞兴。又诏诰教令之流，表奏笺记之别，书誓符檄之品，吊祭悲哀之作，答客指事之制，三言八字之文，篇辞引序，碑碣志状，众制锋起，源流间出。譬陶匏异品，并为入耳之娱；黼黻不同，俱为悦目之玩。作者之致，盖云备矣！

余监抚余闲，居多暇日，历观文囿，泛览辞林，未尝不心游目想，移晷忘倦。自姬汉以来，眇焉悠邈，时更七代，数逾千祀。辞人才子，则名溢于缥囊；飞文染翰，则卷盈乎缃帙。自非略其芜秽，集其清英，而欲兼功，太半难矣！若夫姬公之籍，孔父之书，与日月俱悬，鬼神争奥，孝敬之准式，人伦之师友，岂可重以芟夷，加之剪截？老庄之作，管孟之流，盖以立意为宗，不以能文为本，今之所撰，又亦略诸。若贤人之美辞，忠臣之抗直，谋夫之善话，辨士之舌端，冰释泉涌，金相玉振。所谓坐狙丘，议稷下，仲连之却秦军，食其之下齐国，留侯之发八难，曲逆之吐六奇，盖乃事美一时，语流千载。概见坟籍，旁出子史，若斯之流，又亦繁博，虽传之简牍，而事异篇章，今之所集，亦所弗取。至于记事之史，系年之书，盖所以褒贬是非，纪别同异，方之篇翰，亦已不同。若其赞论之综缉辞采，序述之错比文华，事出于沉思，义归乎翰藻，故与夫篇什，杂而集之。远自周室，迄乎圣代，都为三十卷，名之文选云耳。

凡次文之体，各以汇聚。诗赋体既不一，又以类分；类分之中，略以时代相次。

（原载《广西师范大学学报》2003年第1期）

《玉台新咏》研究二题

一、《玉台新咏》的编纂目的

关于《玉台新咏》的编纂目的,我在《〈玉台新咏〉编纂时间再讨论》[①]一文中已做过专门的论述,依据唐人刘肃《大唐新语》的说法,同时结合相关史料,认为萧纲受到武帝的批评之后,指使徐陵编纂《玉台新咏》,以光大其体。这个看法是建立在《玉台新咏》编辑时间在萧纲为太子的中大通四年至大同元年间的基础之上的,有学者提出《玉台新咏》可能编在徐陵在陈时[②],如果是这样的话,该书的编纂目的自然要重新研究了。不过,徐陵在陈时编辑《玉台新咏》的目的是什么?南宋晁公武《郡斋读书志》卷四引唐人李康成说:"昔(徐)陵在梁世,父子俱事东朝,特见优遇。时承平好文,雅尚宫体,故采西汉以来词人所著乐府艳诗,以备讽览,且为之序。"并且李康成仿《玉台》体例编《玉台后集》,也是收录的乐府歌诗。李康成之说,还是认为书编在梁朝,不过编的是乐府艳诗。但

---

① 参见拙作《〈玉台新咏〉编纂时间再讨论》,《北京大学学报》2002 年第 3 期。
② 参见刘跃进:《玉台新咏研究》,中华书局 2002 年版。这个说法,宋人周紫芝《太仓稊米集》卷五十一先已提出:"陈后主时,东海徐陵序《玉台新咏》十卷,谓之艳歌词,肆帷幄之言,渎君臣之分,此谓害教之大者。"

这个说法并不合乎实际,《玉台新咏》中有许多并非乐府,如卷二刘勋妻王宋《杂诗》和左思《娇女诗》,《四库全书总目》批评梅鼎祚《古乐苑》时举二诗为例说:"然总为五言诗,不云乐府,亦不以刘勋妻三字为乐府题也。左思《娇女诗》自咏其二女嬉戏之事,亦不云乐府也。"其他的例证也很多,如阮籍的《咏怀》、潘岳的《悼亡》、陆机的赠诗、江淹的拟诗,以及各种《杂诗》,都没有资料表明是乐府,所以很难说徐陵编书的目的是为了编一部乐府艳诗集。至于说该书编在陈朝,那么为什么入选作者却都定在梁大同元年以前?从目前发现的材料看,北宋晏殊编《类要》,所引《玉台新咏》,书中称萧纲为"皇太子",称萧绎为"湘东王",与明末赵均覆宋本一样,可见此书编在梁时。也有的学者认为,《大唐新语》的说法并不一定可信,《玉台新咏》的编纂,并没有什么"大其体"的目的,而是与南朝时为后宫妇女编《妇人集》之风有关,《玉台新咏》就是为后宫妇女所编的一部读物[①]。南朝所编《妇人集》,据《隋书·经籍志》著录有四部,三部无主名,一部署宋殷淳编,三十卷。又据《梁书·张率传》和《徐勉传》,张率编《妇人集》一百卷,徐勉编十卷。但除《徐勉传》明说编撰以给后宫以外[②],其余几部并未说是为后宫嫔妃所编。关于《妇人集》的内容和特点,许云和先生据《世说新语》刘孝标注引《妇人集》说:"就是撰录一些妇女事迹的文章成集,而决不是集女性作家所创作的作品。"[③]这个说法值得商榷。首先,《妇人

[①] 参见韩雪:《宫体诗三论》,中国社会科学院研究生院博士论文,1996年;许云和:《南朝妇人集考论》,载《文史》2002年第4辑,中华书局2002年版。

[②] 《梁书·徐勉传》载:"又使撰妇人事二十余条,勒成百卷,使工书人琅邪王深、吴郡范怀约、褚洵等缮写,以给后宫。"

[③] 同上。

集》并不全部是提供给后宫妇女看的,其次,《世说新语》注引《妇人集》并不能证同许云和的说法。其实,南朝总集编纂的体例之一,就是附有作者小传的,《世说新语》注引《妇人集》中关于人物事迹的记载,只是作者小传,不能以此来定《妇人集》的性质。即以这几条引文看,如《贤媛篇》注引"阮氏与(许)允书,陈允祸患所起,辞甚酸怆,文多不录"。明谓《妇人集》收录阮氏《与许允书》,但刘孝标认为辞甚酸怆,文字又多,故不录,可见《妇人集》是收录作品的。又如同篇注引《妇人集》载王右军夫人谢表曰"妾年九十,孤骸独存,愿蒙哀矜,赐其鞠养"。亦是文章。除了《世说》注引这几篇《妇人集》外,在《初学记》、《太平御览》亦有引文。《初学记》卷二十一"文"部"墨"类"赐令"条载:"《妇人集》曰:汲太子妻与夫书曰:'并致上书墨十螺。'"《太平御览》卷六九一:"《妇人集》:张君平与妹宪书曰:'念诸里舍,皆富财贿,袿襡袭蔽,纷华照曜。于是之际,想汝怀愧。'"又同书卷一四四载汉元帝《赐班婕妤书》,都是文章。此外,《建康实录》卷八记:"(许)迈因远游名山不归,改名为玄,字远游。与妻孙氏书告别,令改醮。有答书,在《妇人集》中。"这些材料都证明《妇人集》是收录有关妇女作品的总集。至于许文说《妇人集》在宋时已失传,其实,不仅《太平御览》的编者还在利用,即南宋淳熙以后的高似孙《纬略》征引书目也有《妇人集》,可见宋时《妇人集》还有存世。

除《妇人集》以外,两《唐志》还著录有颜竣的《妇人诗集》二卷,许云和先生说也与《玉台新咏》一样是"辑写妇人事的诗歌成集",这个推断不一定正确,首先将《玉台新咏》定为"妇人集",只是一家之言,并没有证实,而又以这个定义来推断《妇人诗集》的性质,已经违反了考定的原则。

许云和先生曾在《欲色异相与梁代宫体诗》一文中将《玉台新咏》的编纂目的总结为配合武帝以佛法化俗的教化主张[①],认为宫体诗的产生和梁朝佛教流布有关,是二十世纪八十年代以后的研究结果[②],但佛教教义是否能够支持绮靡的艳情诗,恐很难下结论。《佛祖统纪》记载这样一个故事:"(徐)陵尝听智者讲经,因立五愿:一临终正念,二不堕三涂,三人中托生,四童真出家,五不堕流俗之僧。唐贞观中生缙云朱家,年十六将纳妇,路逢梵僧,谓曰:'少年何意欲违昔誓?'因示其宿因。少年闻已,不复还家,即往天台国清寺投章安法师,咨受心要证法华三昧。"从这个故事看出,佛家对艳情诗并不支持,徐陵因撰《玉台》,犯了佛家绮语戒,以致佛家编撰这样的故事来批评他,可见佛家对梁宫体诗的态度。因此说佛教教义鼓励了梁朝艳情诗的产生,甚至认为徐陵编《玉台》以助梁武帝以佛法化俗的教化目的,是很难说得通的。

许云和先生前后两个结论有些不能统一,刚发表的这篇文章应该可以代表他的最新看法吧。他提出徐陵在《玉台新咏集序》中明确说到《玉台新咏》是为后宫妇女所读,是值得重视的。《玉台新咏集序》在最后说:"于是丽以金箱,装之宝轴,三台妙迹,龙伸蠖屈之书;五色华笺,河北胶东之纸。高楼红粉,仍定鱼鲁之文;辟恶生香,聊防羽陵之蠹。灵飞太甲,高擅玉函,鸿烈仙方,长推丹枕。至如青牛帐里,余曲既终;朱鸟窗前,新妆已竟。方当开兹缥帙,散此

---

① 许云和:《欲色异相与梁代宫体诗》,《文学评论》1996 年第 5 期。
② 参见蒋述卓:《佛经传译与中古文学思潮》(江西人民出版社 1990 年版)、张伯伟:《禅与诗学》(浙江人民出版社 1992 年版)、汪春泓《论佛教与梁代宫体诗的产生》(《文学评论》1991 年)、许云和:《欲色异相与梁代宫体诗》(《文学评论》1996 年第 5 期)。

绦绳,永对玩于书帏,长循环于纤手。岂如邓学春秋,儒者之功难习;窦专黄老,金丹之术不成?因胜西蜀豪家,托情穷于鲁殿;东储甲观,流咏止于洞箫。娈彼诸姬,聊同弃日。猗欤彤管,无或讥焉。"①这里所讲全是针对女子而言,尤其是"新妆已竟,方当开兹缥帙,散此绦绳,永对玩于书帏,长循环于纤手",讲的是后宫女子,开缥帙,散绦绳,展素手,玩读此书。以下几句所用典故,也都与女子有关。从徐陵此处所讲看,《玉台新咏》一书的确有为后宫女子所编的目的。但如果仅仅据此理解为《玉台新咏》只是因应后宫女子所需而编,其他的许多史实就不好理解了。研究《玉台新咏》,必须与宫体诗联系起来,毫无疑问,《玉台新咏》是萧纲倡导宫体诗的产物,此书所选作品代表了萧纲关于艳体诗的主张。艳体诗在萧纲于雍府时已经开始,至其入主东宫后,立刻大力提倡,而影响于朝野之间。又由于萧纲提倡艳情诗,遭到了武帝的批评,徐摛因而被调出东宫,出任新安太守,就在此时编辑的《玉台新咏》,如果说仅仅是出自为后宫女子的目的,未免想得太简单了。所以虽然有徐陵自己的话,似也不可全信。

二、《玉台新咏》为何不收徐摛的作品

徐陵编《玉台新咏》,是一部古今兼收的艳体诗歌总集,当代部分主要以萧纲为主的文学集团成员。徐摛当然是宫体诗主要作者,《梁书》本传说他"文体既别,春坊尽学之。宫体之号,自斯而起"。可见宫体诗的产生与他有极大的关系。本传又说他"属

---

① 据明赵均复宋本《玉台新咏》,文学古籍刊行社 1955 年影印本。

文好为新变,不拘旧体",好为新变,当是受到大明、泰始以及永明以来文风的影响。他于天监八年(509)出任萧纲的文学侍读,时萧纲七岁,他自己说七岁便有"诗癖",徐摛的文学趣味很自然地对萧纲产生极大的影响。徐摛既是宫体诗主要作家,又是徐陵的父亲,但《玉台新咏》恰恰没有收录他的作品,这的确令人不解。对此,刘跃进先生认为徐摛作品在江陵之乱中散亡,所以徐陵在陈时编《玉台新咏》无从收录。这是刘跃进先生主张《玉台新咏》编于陈时的一个重要依据。徐摛在梁后期影响那么大,但《隋志》以下,公私藏书目都没有他作品集的著录,可见的确在江陵之乱中散失了,刘跃进先生的这个推测很有道理。但由此推出《玉台新咏》编成于陈时的结论,似乎还不太稳妥。根据刘跃进先生的这个推论,《玉台新咏》是徐陵在陈时依据江陵乱后所余的作品编撰的。如果是这样,就要保证《玉台新咏》中收录的作家,起码是梁代作家[①],在陈时都有集存世,这恐怕很难保证。不妨以卷八为例,查《隋书·经籍志》,萧子显、王训、刘遵、徐君蒨、刘缓、邓铿、甄固、纪少瑜、闻人蒨、吴孜、汤僧济及王叔英妻刘氏,都没有集存世。值得注意的是萧子显,他是梁后期有名的文人,自负甚高,本传记载他有集二十卷,但《隋志》及两《唐志》均未著录,可能已经失传。本传记他二子萧序、萧恺,侯景之乱,陷于城中卒。萧恺有文才,文集均亡逸,可能他的父亲萧子显集亦并亡逸。萧子显集既于梁时已经亡佚,情况当与徐摛相同,但《玉台新咏》却能够加以收录,可见《玉台新咏》的编纂并不是徐陵在陈时按照现存的

[①] 梁代以前的作家,因为自晋以来产生了大量的总集,多有选录,故亦可为徐陵依据,所以其集虽佚,《玉台》亦可收录。

集子加以收录的①。此外,虽然徐摛集有可能失传,但作为他的儿子,恐怕不会连一首也记不住吧?事实上,徐摛作品在唐初还有传世,《艺文类聚》卷六、九、五十八、八十六,就分别收录了他的《赋得帘尘诗》、《坏桥诗》、《咏笔诗》、《咏橘诗》,而《初学记》卷三也收录他的一首《夏诗》。徐摛的集子既已失传,作为他的儿子,徐陵更应该把这些诗收进《玉台新咏》的。可见《玉台》不收徐摛,的确与其集失传无关。

再以庾信为例,庾信自梁元帝承圣三年(554)聘魏入北以后,即滞留长安,未能南返。他在南朝的作品基本失传,故今传《庾子山集》所收多是他写于北朝时的作品。如果《玉台新咏》编于陈时,则不可能见到庾信南朝时作品,但《玉台新咏》所收恰恰是他写于南朝时的诗歌,于此可见《玉台新咏》是编成于梁时的。

《玉台新咏》不收徐摛,既然与他集子亡佚无关,那么为什么徐陵在梁时编集却不收他父亲的作品呢?这样似乎只能从政治的角度来解释了。《梁书·徐摛传》记载梁武帝听说宫体诗的事,很生气,把徐摛叫去批评了一顿。虽然对他的回答很满意,但不久仍然把他调离了宫城。这件事似乎是对萧纲的警告,所以萧纲让徐陵编《玉台新咏》以张大其体。据此可以推测是萧纲和徐陵为避免武帝怪罪,故不收徐摛的作品。但这样的推测,并不十分令人满意。《玉台新咏》所收作家非常广泛,连梁武帝都收录了,为什么单单要避开徐摛呢?那不是欲盖弥彰吗?中大通六年萧纲让萧绎编《法宝连璧》,徐摛虽为外官,仍然能够参加编纂,说明他并没有受到太

---

① 又如卷五中的柳恽,《隋志》明确说梁时有集十二卷,亡,而《玉台》却收录有作品,亦可为证。

大的影响。徐摛中大通三年出任新安太守,《通志》说他秩满即回东宫任太子中庶子,三年秩满,即徐摛在中大通六年以后就回到京城了,其时也正是徐陵编《玉台新咏》的时间,为什么还要回避他呢?看来,这个问题还有待进一步探讨。

(载《古典文学知识》2003年第3期)

《玉台新咏》及其编纂研究

一、《玉台新咏》的版本和编纂体例

《玉台新咏》是中国南朝梁徐陵编选的一部诗歌总集,是南朝仅存的两部总集之一(另一部是《文选》)。它共分十卷,选录了汉代以迄齐梁时期有关女性的作品六百六十多首①,是研究这一时期文学和语言、音韵的重要文学文献。

本文主要讨论《玉台新咏》的编纂时间、目的和体例等问题。这几个问题是相互关联的,《玉台新咏》的编纂时间与它的编纂目的有关,而由于研究所依靠的文本《玉台新咏》有两种不同的版本,所以又与《玉台新咏》编辑体例有关。

关于《玉台新咏》的编纂时间,有两种说法,一是认为编成于梁中大通年间,二是认为编于陈时。认为编于梁时的观点,是唐人的说法。宋晁公武《郡斋读书志》卷四引唐李康成说:"昔陵在梁世,父子俱事东朝,特见优遇,时承平好文,雅尚宫体,故采西汉以来词人所著乐府艳诗,以备讽览,且为之序。"又,刘肃《大唐新语》亦说:"梁简文帝为太子,好作艳诗,境内化之,浸以成俗,谓之'宫体'。

---

① 《玉台新咏》收诗数目,各家题跋所说多不同,此据赵均本统计。

晚年改作，追之不及，乃令徐陵撰《玉台集》，以大其体。"认为作于陈时，是因为今传《玉台新咏》衔名称：陈尚书仆射太子少傅东海徐陵字孝穆撰，宋周紫芝《太仓稊米集》卷五十一就说："陈后主时，东海徐陵序《玉台新咏》十卷，谓之艳歌词，肆帷幄之言，渎君臣之分，此谓害教之大者。"这个说法是不对的，《四库全书总目》说："是书作于梁时，故简文称皇太子，元帝称湘东王，今本题陈尚书左仆射太子少傅东海徐陵撰，殆后人之所追改。如刘勰《文心雕龙》本作于齐，而题梁通事舍人耳。"这本来已经不成问题了，但最近国内有学者重新研究了两种不同版本的《玉台新咏》，重又提出作于陈时看法①。那么这两种版本是怎么回事呢？

《玉台新咏》现存版本主要是明版，宋版已经失传了。明版中主要有两种系统，一是明嘉靖间郑玄抚和徐学谟刻本，这是明代的通行本，另一系统是明崇祯年间寒山赵均复宋陈玉父本。这两种版本最大的区别是对梁武帝父子作品的安排。前一种将梁武帝父子作品编在卷五，后一种将梁武帝父子作品编在卷七。此外，前一种对梁武帝父子均书谥号，如称梁武帝、简文帝、梁元帝等，后一种除梁武帝以外，称萧纲为"皇太子"，称萧绎为"湘东王"。主张《玉台新咏》编在陈时的学者认为前一种版本保留了徐陵的原貌，因为编在陈时，所以称梁武帝父子谥号。至于后一种版本，则主张是后人所修改。为什么呢？因为中国古代编集涉及当代帝王时，一般会把他们置于卷首。但赵本显然没有遵守这个体例，从卷五开始到卷八都是梁代作家，而梁武帝父子却被安排在卷七，这不合于一般的通例，所以有人便怀疑这个版本不是徐陵的原貌。赵本既不

---

① 参见刘跃进：《玉台新咏研究》，中华书局2000年版。

是徐陵原貌,当然郑、徐本是原貌了。论者并说郑、徐本中称梁武帝父子谥号,证明《玉台》编成于梁以后。这就牵涉到这两个版本在编辑体例上,哪一个更符合徐陵原貌的问题。

我们先谈第一个问题,即赵本将梁武帝父子安排在卷七,排在梁代作家之后,和郑、徐本排在卷五,置于梁代作家之前,哪一种才更符合徐陵原貌。

应该说以本朝帝王置于卷首,是符合文集编纂的规律的,但是在梁代之前有没有将帝王编于本朝作家之后的先例呢?《玉台新咏考异》总目录卷七末批语说:"考《汉书·艺文志》,惟高帝传十三篇歌诗,二篇以时代最先冠于汉人之首,其儒家孝文传十一篇,列于刘敬、贾山之间,诗赋家,武帝赋二篇,列于蔡甲、倪宽之间,知帝王制作与臣下合编,乃自汉以来之旧法。至徐坚编《初学记》,始升太宗所作于历代诗文之上,则此例寔改于唐。而此书编次,犹存古法,信非后人所能伪托也。其称梁武及诸王名,盖后人之所增改,与首署陈官同一例耳。"这个意见,纪昀后来吸收入《四库全书总目》,《总目》卷一八九"宋艺圃集二十二卷"条,批评该书以宋徽宗与邢居实、张栻、刘子翚合为一卷,称:"夫《汉书·艺文志》以文帝列刘敬、贾山之间,武帝列蔡甲、倪宽之间,《玉台新咏》以梁武帝及太子诸王列吴均等九人之后,萧子显等二十一人之前,以时代相次犹为有说。"指责《宋艺圃集》体例不合古法。据纪昀的说法,徐陵《玉台新咏》将梁武帝父子编在本朝臣下之间,其实是有先例的。不过,《汉书·艺文志》仅是目录,与总集的编纂还是稍有不同的。因为南朝总集流传至今日者,仅有《文选》和《玉台新咏》两部,我们很难说在《玉台新咏》之前到底有没有一部总集是将本朝帝王编于臣下之间,这个体例到底是徐陵所创,还是徐陵依据的前人。但纪昀所说的《汉书·艺文志》之例,其实与赵氏复宋本所显示的徐陵之例并不完全符合。《汉书·艺文志》是以年代先后排列,如以汉文帝列于刘敬、贾山之间,是因为汉文帝生活的年代处在刘、贾之间,反观赵本,将萧氏父子置于卷七,前如卷六的吴均、张率、徐悱等人,年龄都比萧衍要小得多,所以很难说是按时代先后。那么,赵本所反映的体例到底是按照什么规则编纂的呢?经过仔细的研究,我们发现,赵均复宋本《玉台新咏》的编例,与诗人的生卒年有关,徐陵其实是把全书分成了两部分,即前八卷以时代排列作家,后两卷以诗体排列。在前八卷的时代排序中,他又是按照已故作家和现存作家两部分排列的,即自卷一至卷六是已故作家,卷七和卷八是现存作家。九、十两卷由于按体裁收录,卷九收杂歌,卷十收绝句,所以卷中再分去世作家和当代作家两部分。梁武帝父子之所以被列在卷七,是因为他们是存世作家,所以在当代存世作家中,他们仍然居于卷首①。这样看来,赵本的体例并不是不可理解,而是有着严密的规则的。验之赵本《玉台新咏》,全书无不配合着这一体例。除了将梁武帝父子放在卷七以外,在九、十两卷中,由于按照杂歌和绝句的体裁编成,自汉到齐梁的作家,被安排在一卷之内,编者仍然严格遵守着前八卷的体例,比如卷九将萧纲等当世健在的作家,排列在沈约、吴均、张率、费昶等当时已逝世诸人之下,卷十亦同此例,将梁武帝排在吴均、王僧孺、徐悱妇、姚馥、王环

---

① 最早提出《玉台新咏》是按作者卒年为先后的,是《玉台新咏考异》。《考异》卷九"徐悱妇诗三首"条下注说:"此书排纂之例,盖以所卒之岁为先后。"当代则以日本学者兴膳宏教授《〈玉台新咏〉成书考》(《中国古典文学丛考》,复旦大学出版社1985年版)论述最详。拙作《〈玉台新咏〉编纂时间再讨论》(《北京大学学报》2000年第3期),亦详论这一问题,请参看。

等这些虽是梁代作家,但均已逝世诸人之下。我们认为,赵本表现出的这个体例,是符合徐陵原貌的。为什么呢？理由很简单,正因为惯常的编例是按时代先后,本朝帝王应排在卷首,这是非常显明的体例,而按照作家卒年先后编排,则是不显见的,往往会和作家生存时代的先后略有不符,尤其是将本朝帝王置于本朝作家之后,更是让人不可理解。因此,对后人来说,只有对后一种体例难以理解,而试图去更改,而不会对前一种本已十分显明的体例,重新改变成为人所不了解的体例。因此,明通行本将梁武帝父子重新变改次序,置于本朝作家之首的卷五,其实恰恰是后人所改。

明通行本的更改,不仅限于将梁武帝父子从卷七置于卷五,在其后的卷九、卷十中,也相应地将他们从原居于梁代作家如沈约、张率等人之后,移在梁代作家之前。即使在梁武帝父子这一卷中,也对原来的顺序作了改动。如赵本原将萧绎置于萧纶之后,因为萧纶是萧绎的哥哥,其实萧绎还没有做皇帝,身份是湘东王,按照序齿,只能排在武陵王萧纶之后。但明通行本对此也做了改动,将萧绎置于萧纶之前,署名是梁元帝。从这一点看,明通行本的改编者,的确用心缜密,对体例的改变是细心的。不过,虽然如此,明通行本仍然留下了许多破绽。以明徐学谟本为例,其中有许多地方并不合于这个体例。

首先,依据徐本的体例,很显然是以时代先后排列的,其前四卷排列汉、魏、晋、宋、齐历代诗人,卷五至卷八排列梁代诗人,并以萧氏父子列于梁代诗人之首,即本书的第五卷。如果这是全书的体例的话,萧氏父子固然得到了合理的安排,其余的诗人是不是也必须按照这个体例排列？比如说对前代的帝王,是不是也必须排在他所处的时代之首？前四卷中收录的前代帝王有卷二中的魏武帝[1]、魏文帝、魏陈思王曹植、魏明帝,卷四中的宋南平王刘铄,卷九中的汉乌孙公主、魏文帝、魏陈思王曹植、宋南平王刘铄,卷十中的宋孝武帝、宋江夏王刘义恭。我们看到仅有魏武帝、魏文帝列于魏代之先,若魏明帝,于理应列于曹植之前,但徐本却置于其后,明显不合体例。他如卷四的南平王刘铄,列于宋代诗人荀昶、谢惠连之后,卷九中乌孙公主列于司马相如之后,卷十中宋孝武帝列于谢灵运之后,刘义恭列于鲍令晖之后,这都是不合体例的编排。

其次,帝王之外,其余的诗人除了按照所处的时代分卷外,那么在同一卷中的先后又该如何编排呢?无非两种办法,一种是按照年辈长幼的序齿体例,一种是按照爵位的高低体例。我们先以前一种体例验证徐本。前三卷的作家基本符合序齿的体例,这是因为这三卷所选录的汉魏晋作家数量本来就不多,且时代跨度较大,加上有些诗人由于时代久远,无可考知其确切的生年,因此入选作家比较容易符合齿序。此外,齿序的先后原本与我们所说的按卒年先后体例相关,因为年长的人多会先于年幼的人早卒。不过,我们在卷四以后就发现齿序的体例已经被打破了。比如卷四中谢惠连排在颜延年之前,这就不合体例了,因为谢惠连生于晋安帝隆安元年(397),而颜延年生于晋孝武帝孝元九年(384),比谢惠连年长十余岁,显然不对。又如谢朓生于宋孝武帝大明八年(464),比王融年长四岁,但却排在王融之后。在第六卷中,沈约生于宋文帝元嘉十八年(441),比范云(451)、江淹(444)、丘迟(464)

---

[1] 赵本无魏武帝诗,明通行本将《塘上行》署魏武帝名而冠于卷首,其实是不对的。

都年长,却排在这三人之后。这并不是沈约一个人的排序错误,如江淹比范云年长,却也排在范云之后,这说明并非是哪一个人误排,而是与全书的体例相关的。这种不按齿序排列的事例在以后的几卷中都非常多,如第七卷的吴均(469),比王僧孺(465)小四岁,却排在卷首,卷八中萧子显(489)比刘孝绰小十岁,也排在卷首,位于刘孝绰之前,显然这样的排序决非按齿序的体例。再从爵位的高低体例来考察,似乎除了卷八以及卷九、卷十的当代部分外,其余亦多有不合。比如卷三中左思显然没有陆机官品高,却排在陆机之前,卷六中沈约位至太子少傅,却排在以司徒从事中郎卒官的丘迟之后,卷七吴均位为王国侍郎,却排在曾为太子家令、新安太守的张率之前,这些都表明此书并非按爵位高低的体例。

通过以上分析,我们可以看出徐本以萧氏父子列于卷五,并对其余各卷比较明显的相应地方作了调整,试图表现出按时代先后顺序的体例,但事实上却留下许多破绽,清楚地表明这是后人所作的调整。两相比较,我们认为赵氏复宋本在前六卷中对已故作家,按卒年先后排序,在卷八中对当代作家按爵位高低排序,确是徐陵编辑《玉台新咏》的体例。全书各卷调查的结果,极少有例外的情形,这使我们有理由认为这个结论的确切无疑。

第二个问题,关于书谥的问题,我们认为,这是后人更改的结果。为什么这样说呢?因为对后人来说,称作者的谥号,如梁武帝、简文帝、元帝等,身份特征十分清楚,不会混淆。但如果称皇太子、湘东王等,就不很清楚了。因为在唐以前的皇太子、湘东王有很多,后人很难知道指的就是梁时的萧纲和萧绎。因此,如果后人要修改的话,只有将皇太子改为简文帝,将湘东王改为萧绎,而不会反过来,将简文帝改为皇太子、梁元帝改为湘东王的,那样太容易混淆了。比如梁时就有两个皇太子,到底是指昭明太子,还是指萧纲呢?所以我们认为著录皇太子、湘东王的版本是徐陵的原貌。又,《四库全书总目》"姚最《续画品》一卷"条说:"旧本题陈吴兴姚最撰,今考书中称梁元帝为湘东殿下,则作是书时犹在江陵即位之前,盖梁人而入陈者,犹《玉台新咏》作于梁简文在东宫时,而今本皆题陈徐陵耳。"于此亦可见题"湘东王"只能是当时的原貌如此,而非后人改元帝为湘东王也。

以上通过对两种版本不同体例的分析,我们认为赵本是符合徐陵原貌的,由于现存《玉台新咏》仅有明以后刻本,六朝以来传本早已失传,我们无法以早期的版本验证①,但幸好有北宋人的引述,略可窥见北宋时期的《玉台新咏》面貌,这就是北宋初年晏殊的《类要》。《类要》②所引与体例有关的《玉台新咏》材料大略有:

卷二十二"堕地自生神"条:《玉台新咏》二傅玄曰:"若恨(当为"苦相")身为女,卑陋难再陈。男儿当门户,堕地自生神。"

卷二十八"马脑钟"条:"《玉壶》(当作玉台)湘东王《栖乌曲》云:掘申(当作"握中")清酒马脑钟,裙边杂佩琥珀龙。"

同卷"雕胡"条:"《玉台》皇太子《紫骝马》云:雕胡幸可荐,故心君莫达(当作"违")。"

卷二十九"挽强用牛螾"条:"《玉台》皇太子诗曰:左把苏合弹(今赵本作"弹"),傍持大屈弓。控弦因鹊血,挽强用牛螾。"

卷二十九"江南弄"条:"《玉台》皇太子《龙笛曲》曰:江南弄,真能下翔凤。"

---

① 敦煌出土的唐写本《玉台新咏》残卷,只有张华、潘岳、石崇等几首诗,无法觇其体例,所以无法作为验证。

② 《四库全书存目丛书》子部第167册,齐鲁书社1995年版。

从这几则材料，可以看出晏殊所见的《玉台新咏》正是将萧纲称作"皇太子"，将萧绎称作"湘东王"，其次，"堕地自生神"出自傅玄《苦相篇》，此诗明通行本置于卷三，赵本置于卷二。这两个证据都非常有力地证明，晏殊所引《玉台新咏》与赵均覆宋本，正相符合。晏殊是北宋初年人，其所见版本，当是唐写本，这是我们目前所知最早能够见出《玉台》体例的材料，应该是符合徐陵原貌的。

论证了赵均覆宋本的体例是符合徐陵原貌的版本，我们就可以讨论《玉台新咏》的编纂时间和编纂目的了。

二、《玉台新咏》的编纂目的和时间

关于《玉台》的编辑目的，有人认为《大唐新语》不可信，提出《玉台》的编辑目的是编一部乐府歌辞集[①]。这个说法最早是唐李康成提出的，并不符合《玉台》的实际。如卷二刘勋妻王宋《杂诗》和左思《娇女诗》，《四库全书总目》批评梅鼎祚《古乐苑》时举此为例说："然总为五言诗，不云乐府，亦不以刘勋妻三字为乐府题也。左思《娇女诗》自咏其二女嬉戏之事，亦不云乐府也。"其他明显不是乐府的诗还有许多，所以这个说法不对。又有学者认为此书的编纂，完全是当时佛教影响的结果[②]。因为佛教中有许多讲男女艳事的，所以影响到当时的习俗，这才产生了宫体诗，才令徐陵编

---

① 参见刘跃进：《玉台新咏研究》，中华书局 2000 年版。
② 南朝宫体诗的产生与佛教的关系，是中国 20 世纪 80 年代后期的研究课题。详见蒋述卓：《佛经传译与中古文学思潮》（江西人民出版社 1990 年版）、汪春泓：《论佛教与梁代宫体诗的产生》（《文学评论》1991 年第 5 期）、许云和：《欲色异相与梁代宫体诗》（《文学评论》1996 年第 5 期）。

成了《玉台新咏》。还有的人认为虽然与佛教有关,但是为了响应梁武帝"以佛法化俗"的政治教化目的而编辑①。我们认为这个说法不能成立。因为《玉台新咏》中所载的诗,看不出有以佛法化俗的意图。我的看法,还是相信《大唐新语》的说法,认为是萧纲受到武帝的批评,命徐陵编纂,以大其体。

艳情诗是萧纲自七岁以来就受徐摛的影响而开始写作的题材。萧纲在天监八年(509)出戍石头,长年为外藩,其间,京城在太子萧统主持下,提倡"文质彬彬,有君子之致"②的诗风,但这似乎对萧纲并没有什么影响,相反,他以极大的热情从事艳情诗的写作。在雍府时,他与时在荆州的萧绎,递相唱和,大力写作艳诗。梁中大通三年(531),太子萧统病逝,萧衍以萧纲继为太子,这对萧纲来说,是意料之外的喜事。所以他甫进京城,就踌躇满志地给萧绎写信,既批评京城的文风,又提出树立新诗风的愿望。所谓新诗风,当然是指他一直从事的艳体诗。《梁书·简文帝纪》说他:"伤于轻艳,当时号曰'宫体'。"又《梁书·徐摛传》说:"(摛)属文好为新变,不拘旧体。……摛文体既别,春坊尽学之,'宫体'之号,自斯而起。"都是指萧纲和徐摛在东宫时倡导的诗风。但其实,这种诗风早在萧纲为藩王时就开始了。萧纲位为储君,公开写作艳体诗,似乎没有史料表明当时朝野的态度。但《资治通鉴》卷一六二载侯景幽禁武帝之后,曾上书批评武帝,有一个内容便是指责他纵容太子萧纲写作艳情诗之事:"皇太子珠玉是好,酒色是耽,吐言止于轻薄,赋咏不出《桑中》。"侯景所言自不可全信,但他上书批评梁武帝

---

① 此为许云和最近的观点,参见《南朝妇人集考论》,载《文史》2002 年第 4 期,中华书局 2002 年版。
② 《答湘东王求文集及〈诗苑英华〉书》,《全梁文》卷二〇,中华书局影印本。

统治之失,所举事例,应当是有事实根据的。可见萧纲写作艳体诗时,在当时是受到了批评的。大概是朝野间批评引起了萧衍的注意,所以才有他召徐摛诘责的记载。虽然据《梁书·徐摛传》说,萧衍对徐摛的回答很满意,但仍然将他调离东宫,可见事实并不像记载的那样。徐摛自萧纲七岁时就为侍读,长期辅佐,对萧纲的作用自非同寻常。尤其中大通三年萧纲入主东宫一事,在当时引起了非常大的争论,似乎朝野普遍都持反对态度。比如司议侍郎周弘正,曾任萧纲晋安王主簿,但他也反对萧纲继位太子[①]。因此对萧衍的违背礼制的作法,"朝野多以为不顺"[②]。萧纲在这样的背景下入主东宫,在政治上造成了一定的混乱,直接引发了诸皇子的非分之想。事实也是如此,《资治通鉴》卷一五九记载:"上(武帝)年高,诸子心不相下,互相猜忌。邵陵王纶为丹杨尹,湘东王绎在江州,武陵王纪在益州,皆权侔人主;太子纲恶之,常选精兵以卫东宫。"又《南史·邵陵携王纶传》载:"初昭明之薨,简文入居监抚,纶不谓德举,而云:'时无豫章[③],故以次立。'及庐陵之没,纶觖望滋甚,于是伏兵于莽,用伺车驾。而台舍人张僧胤知之,其谋颇泄。又纶献曲阿酒百器,上以赐寺人饮之而毙,上乃不自安,颇加卫士,以警宫内。于是传者诸相疑阻,而纶亦不惧。武帝竟不能有所废黜,卒至宗室争竞,为天下笑。"这是萧纲入主东宫以后所面临的严峻政治形势,但就在这样的时刻,萧衍却将徐摛调离东宫,若说与萧纲写作艳体诗没有关系,是不合情理的。

---

① 《资治通鉴》卷一五五,中华书局标点本。
② 《资治通鉴》卷一五五,《梁纪》十一中大通三年,中华书局标点本。
③ 豫章,指萧综,排行第二,但其自认为齐东昏侯萧宝卷之子,于普通六年叛逃北魏。

徐摛因为宫体诗的流传而被调离,这不能不让萧纲对写作艳体诗的态度,进行新的调整。调整的结果,大概就是《大唐新语》所说的让徐陵编一部张大艳体的诗歌总集。在这一点上,也可以看出萧纲的固执,按照常理,既然萧衍对艳体诗有看法,萧纲就应该立刻停止。但是不然,萧纲却采取了"张大其体"的作法,显然含有辩解的意思。尤其他挑选的编纂人,又恰恰是徐摛的儿子,就更让这个举动带有不寻常的意义了。对萧纲来说,含有辩解的意思,意思是说,这种诗风古已有之,不过是"吟咏情性"[①]而已,与个人的品德并不没有什么关系。这与他在《诫当阳公大心书》所说:"立身之道与文章异。立身先须谨重,文章且须放荡。"看法都是一致的。的确,萧纲自七岁就学艳体诗,并养成了"诗癖"[②],对艳体诗情有独钟,所以不惜触其父亲的龙须。不过对徐陵来说,却不敢放肆,全书偏偏不录他的父亲,也是宫体诗主要代表的徐摛,正是他害怕再让武帝发怒的表现。

《玉台新咏》既然是徐陵应萧纲之命而编,则其编于萧纲为太子期间的梁时,当无疑义了。至于《玉台新咏》署徐陵于陈时的职衔,自然是其后人所为。不过,虽可以确定书编在梁时,到底是梁朝什么时候呢?对此,日本学者兴膳宏教授著文,通过对赵均本所显示的体例的分析,又引萧绎《法宝联璧序》,明确说是编成于梁中大通六年(534),我们认为这个研究是可信的。《玉台新咏》既然是分为已过世作家和存世作家两部分,那么只要将过世作家中最晚的年代,和存世作家中最早逝世的年代排比,就可以得出此书的编

---

① 《与湘东王书》,《全梁文》卷十一,中华书局影印本。
② 《梁书·简文帝纪》载萧纲自序说:"余七岁有诗癖,长而不倦。"

成年代了。通过排比,我们发现,过世作家中年代可考的最晚的作家,是卷六中的何思澄,他卒于中大通四年(532)。至于现存的作家中最早死去的,是卷八中的刘遵、王训,都卒于大同元年(535)。这样,我们就可以确定《玉台》一书的编纂,应该就在这数年之间。这个时间比兴膳宏教授研究所得的时间稍为宽一些,如果兴膳宏教授的结论正确的话,那么这个结论适足作为其佐证。当然,兴膳宏教授结论的正确,则可以保证本文的观点更不会发生错误。

以上的讨论,最为关键的是,我们所确定的赵均本前半部分以卒年先后排列作家品的体例,是否合乎事实,这里我们必须作一验证。

前三卷分别收录了汉魏晋作家,其为已故作家是不须证明的,我们这里不妨对卷四至卷八作家作个检验。卷四共有十一位作家:王僧达(423—458)、颜延之(384—456)、鲍照(?—466)、王素(418—471)、吴迈远(?—474)、鲍令晖(不详[①])、丘巨源(?—484)、王融(468—494)、谢朓(464—499)、陆厥(472—499)、施荣泰(不详)。除了鲍令晖、施荣泰卒年不详外,其余在宋、齐时均已亡故,是无可置疑的。卷五共收录 12 位作家:江淹、丘迟、沈约、柳恽、江洪、高爽、鲍子卿、何子朗、范靖妇、何逊、王枢、庾丹。其中除鲍子卿、王枢、范靖妇、庾丹卒年均不详外,其余诸人的卒年分别是:江淹,天监四年(505);丘迟,天监七年(508);沈约,天监十二年(513);柳恽,天监十六年(517)。江洪和高爽具体卒年不详,但据

---

① 关于鲍令晖卒年,鲍照有《请假启》一文,是追悼其妹作品,据曹道衡先生考订,即指鲍令晖,则见鲍令晖比鲍照先卒。参见《鲍照几篇诗文的写作时间》(《中古文学史论文集》,中华书局 1986 年版)。不过,史书于鲍令晖卒年没有明确记载,这可能是徐陵误排在鲍照之后的原因。

《梁书》记载,高爽天监初出为晋陵令,坐事系治,后遇赦获免,顷之卒。则其卒年当在天监年中。江洪事列高爽之后,称他为建阳令,坐事死,是其卒年亦当在天监中。卷六共收录十位作家:吴均、王僧孺、张率、徐悱、费昶、姚翻、孔翁归、徐悱妻刘令娴、何思澄。其中费昶、姚翻、孔翁归卒年不详,其余诸人的卒年分别是:吴均,普通元年(520);王僧孺,普通三年(522);张率,大通元年(527);徐悱,普通五年(524);何思澄,中大通四年(532)左右。这里有一个误入之人,即徐悱妻刘令娴。按刘令娴,据明通行本(徐学谟刻本、郑玄抚刻本)和赵均复宋本都加以收录,但通行本均录在卷七,共五首,赵本则在卷六和卷八两卷中都有,共三首。赵本以之录在两卷之中,肯定有误。依赵本体例,若录在卷六,表明徐悱妻已经在徐陵编集时故世,若录在卷八,则表明其时尚存人世。据《艺文类聚》载刘令娴《祭夫文》,其文写于梁大同五年(539),是徐陵编集时的确在世,所以不应列在卷六。故徐陵原本是将刘令娴编在卷八,但后人改动体例,遂将其移与其夫一卷。明通行本仍然置于卷八,保留了原貌。这个例子也说明,无论赵本,还是明通行本,都有保留原貌的部分,也都有受损害的部分,因此,在确定了徐陵基本体例前提下,应该结合两个系统的版本,讨论恢复原貌的问题。

　　以上是前六卷情况,其卒年最晚者是中大通四年的何思澄。从诸诗人先后排列的顺序看,基本按照卒年的先后,可见其为已故是一个既成的事实。与前六卷不同,卷七、卷八却不按照这个顺序,各诗人的卒年先后顺序与书中排列的顺序完全不合,显得很凌乱。其实这很好理解,因为徐陵编《玉台》时,这些作家都还存世,徐陵当然不可能预见他们的卒年,从而根据先后顺序排列。这个凌乱的顺序充分证明卷七、卷八入选作家是还存活于世的人,由此可见，《玉台新咏》全书分为已故作家和现存作家两部分是确实的事实。根据这个事实，我们就可以推断出该书的编纂时间了。在已故作家的前六卷中，最晚的卒年是何思澄，中大通四年（532），而在现存的作家中，最早的卒年是刘遵、王训，均卒于大同元年（535），则《玉台》一书的编纂应该就在这数年之间。以下我们就验证卷七和卷八的情况。

卷七是萧氏父子，萧衍、萧纲、萧纶、萧绎、萧纪。其中萧衍卒年最早，在太清三年（549）。其余依次为萧纲的大宝二年（551）；萧纶的大宝二年（551）、萧纪的大宝二年（551）、萧绎的承圣三年（554）。这一卷排序与前六卷已有了不同。如萧纪卒年在萧绎之前，但却排在其后，这个排列不是偶然的失误，与卷六中张率排在徐悱之前不同，它表明从此卷开始使用的是新体例，而此点在卷八中就表现得十分明显。卷八共收录21位作家：萧子显、王筠、刘孝绰、刘遵、王训、庾肩吾、刘孝威、徐君蒨、鲍泉、刘缓、邓铿、甄固、庾信、刘邈、纪少瑜、闻人蒨、徐孝穆、吴孜、汤僧济、徐悱妻、王叔英妻。其中除了徐君蒨、邓铿、甄固、闻人蒨、汤僧济、王叔英妻卒年不详外，其余诸人的卒年分别是：萧子显，大同三年（537）；王筠，太清二年（548）；刘孝绰，大同五年（539）；刘遵，大同元年（535）；王训，大同元年（535）[①]；庾肩吾，大宝元年（550）；刘孝威，太清三年（549）；鲍泉，大宝二年（551）；刘缓，大同六年（540）；庾信，隋开皇元年（581）；刘邈，太清二年之后[②]；徐悱

---

① 逯钦立先生《全梁诗》记王训卒于天监十七年（518），当是误记。按《梁书·王训传》记训年二十六卒，考萧绎《法宝联璧序》载王训时年二十五，其序作于中大通六年，故知王训于第二年即大同元年卒。

② 《梁书》卷五六《侯景传》载刘邈在太清二年侯景乱中为景所得，侯景攻台城不克，邈劝侯景乞和全师。

妻,大同五年(539)之后;纪少瑜,大同七年之后[1];徐陵,至德元年(583);吴孜太清二年以后[2]。从以上诸卷作家的卒年看,卷六之前的作家,最晚卒于中大通四年,而卷七、卷八的作家,最早的卒年是大同元年。同时,我们发现,卷四至卷六作家排列,基本按照卒年先后的顺序,但卷八作家排列顺序与他们的卒年先后并不相合,这足证《玉台新咏》是在卷八作家卒前编成的。因此,我们可以有理由说,《玉台新咏》卷一至卷八的编例是以已故作家和现存作家为区分而编排的,这样,根据已故与现存的人在卷六和卷八中的卒年分界,我们也就证明了《玉台新咏》的编撰时间,应该是在中大通四(532)年至大同元年(535)之间。

关于卷七萧氏父子排列顺序也是一个很能说明问题的事实,很明显,这一卷与前几卷不同,不是按照卒年的先后排列,除了武帝萧衍和时为太子的萧纲外,其余三位是以年齿排序。尤其要说明的是,排在第四位的不是后来的元帝萧绎,而是邵陵王萧纶,如果《玉台新咏》编在萧绎作了皇帝之后的话,萧纶无论如何不能置于他之前,反过来说,萧纶既然置于萧绎之前,就说明《玉台新咏》编成于萧绎未登皇位之前,因为萧纶是他的兄长,序齿排在前面[3]。

以上根据前八卷的体例,推断出《玉台》的编纂时间,那么卷九和卷十是怎样的体例呢?卷九、卷十的编辑体例与前八卷有很大不同,首先它不是按照时代分卷,而是采以文体区分,即卷九收录历代杂歌,卷十收录古绝句和短诗。其次,这两卷均以历代作家混

---

[1] 《南史》卷七二《文学传》载纪少瑜大同七年为东宫学士。
[2] 《梁书》卷三七《何敬容传》载吴孜太清二年为学士。
[3] 萧纶排在萧绎之前是赵氏本顺序,但明通行本则排在萧绎之后,这是后人所做的改动。

列一卷，而不是如前八卷的据不同时代分卷。但是进一步检查，我们吃惊地发现，即使这两卷按照体裁区分，在作家排列的顺序上，仍然采取了已故作家和现存作家两部分区分体例。以卷九为例，萧纲之前是历代已故作家，从他开始则是现存作家。同样，现存作家中也以萧氏父子为首，由于此卷未录梁武帝萧衍，故首列萧纲。在对已故作家和现存作家的排列上，这两卷仍然遵守了前八卷的体例，即以卒年先后排列，虽然所选作家作品不多，但先后列的顺序仍然能在前八卷中找到相应的卷数。如第九卷，自《歌辞二首》①至陆机《燕歌行》，时代相当于本书的前三卷；自鲍照的《杂诗八首》至陆厥的《李夫人及贵人歌一首》，时代相当于本书的第四卷；沈约的《杂诗八咏四首》，时代则相当于本书的第五卷；自吴均的《行路难》至费昶的《行路难》，时代相当于本书的第六卷；自萧纲的《皇太子圣制一十六首》至萧绎的《春别应令四首》，时代相当于本书的第七卷；自萧子显的《杂诗七首》至王叔英妻《赠答一首》，时代相当于本书的第八卷。所以兴膳宏教授说卷九、卷十的构成是按照卷一至卷八的方式压缩为一卷，前者根据已死者卒年的顺序，后半根据生存者地位的序列加以排列。这里要说明的是，本卷卷末所载沈约《古诗题六首》，与前面重复，显然是后人附录，所以叶万过录校语称："《八咏》，孝穆止收前二首，此皆后人附录，故在卷末。"

卷十与卷九相同，自《古绝句》至桃叶《答王团扇歌三首》，时代相当于前三卷；自谢灵运至谢朓、虞炎，时代相当于本书第四卷；自

---

① 这两首《歌辞》，徐本作《古辞》，但时代绝非魏晋以前，故置于卷首，颇令人怀疑，如"河中之水歌"，《乐府诗集》作梁武帝，此或为误钞误刻所致。

沈约至何逊,时代相当于本书第五卷;自吴均至徐悱妇、王环,时代相当于本书第六卷;自梁武帝至皇太子,时代相当于本书第七卷;自萧子显至刘孝威,时代相当于本书第八卷。这个事实说明,《玉台新咏》的编辑体例在卷九和卷十中也是丝毫不爽的,所以虽然是在一卷之中,以梁武帝父子身份之尊,也只能排在沈约、何逊、徐悱等人之后。这没有什么不妥,因为沈约等人是已故作家,而在现存的作家中,仍然是以武帝父子排在首位。这样,卷九和卷十在同一卷中排列历代作家,却以萧氏父子列于梁臣沈约之后,因而造成令人不解的现象,至此便完全清楚明白了。

以上所述可以见出《玉台新咏》在全书编排上的体例,那么在同一卷中,又是怎样的体例呢?对比下来我们发现,徐陵在一卷中的体例基本配合着全书的体例。即在前六卷的每卷中,编者以作家卒年的早晚为序。这一点,兴膳宏和沈玉成先生都揭发在先。应该说这个体例在前三卷中贯彻起来是有难度的,因为时代久远,不仅作者准确的卒年难以把握,即使是作家的生活年代也往往会发生错误,这在南朝一些选集和批评著作(如《诗品》、《文心雕龙》)关于作家时代著录,都出现过错误,可以证明。但从《玉台新咏》前三卷的作家编排上看,基本上是符合这个体例的;而且是时代愈近,错误愈少。我们看第一卷的作家及其卒年:古诗、古乐府、枚乘(汉武帝初卒)、李延年(汉武帝征和三年,前90年)、苏武(汉宣帝神爵二年,前60年)、辛延年(不详)、班婕妤(汉成帝崩后卒)、宋子侯(不详)、张衡(汉顺帝永和四年,139年)、秦嘉(汉桓帝时人)、秦嘉妻徐淑(不详)、蔡邕(汉献帝初平三年,192年)、陈琳(汉献帝建安二十二年,217年)、徐干(建安二十二年,217年)、繁钦(建安二十三年,218)、古诗无人名为焦仲卿妻作。除了三首古诗外,作家的排列应该是很严格地遵守着卒年先后的顺序的。因此跃进教授认为陈琳不该列在卷一的观点，其实没有考虑到《玉台新咏》从第一卷开始就贯彻了按照作家卒年先后排序的体例的。相反，如果将陈琳和徐幹列在卷二，就和这个卒年先后的顺序不符了。再看第二卷：魏文帝（黄初七年，226年）、甄后（黄初二年，221年）、刘勋妻王宋（不详）、曹植（魏明帝太和六年，232年）、阮籍（魏元帝景元四年，263年）、傅玄（晋武帝泰始五年，269）、张华（晋惠帝永康元年，300年）、潘岳（永康元年，300年）、石崇（永康元年，300年）、左思（晋惠帝永宁中，约302年左右）。此卷仅甄后例外，但编者以魏文帝列在她的前面，既是帝王，又是她的丈夫，这小小的例外不算破例。再看第三卷：陆机（晋惠帝太安二年，303年）、陆云（太安二年，303年）、张协（晋怀帝永嘉初年，307—313年）、杨方（曾为王导司徒掾，卒年不详）、王鉴（东晋人，王敦请为记室参军，不就而卒）、李充（东晋人，卒年不详）、曹毗（东晋人，卒年不详）、陶潜（宋文帝元嘉四年，427年）、荀昶（宋文帝元嘉初人）、王微（宋文帝元嘉三十年，453年）、谢惠连（元嘉十年，433年）、刘铄（元嘉三十年，453年）。除了谢惠连略有不合外，其余卒年先后顺序是很清楚的。和前三卷一样，四、五、六卷也遵循同样的体例，具体材料见前文所引。这六卷自西汉以迄齐梁，在选录的七十多位诗人中，徐陵对其卒年先后所作的排列，仅有极少的两三个人失序，对比《文选》在编辑体例上的粗糙，越发见出《玉台新咏》的精严。对这个事实我们是不应该再给予怀疑的。

前六卷每卷作家以卒年先后排序，但卷七、卷八本来是收录活着的作家，所以排列的顺序就改以按职位的大小。卷七的情况很清楚，尤其是邵陵王萧纶排在萧绎之前，最能说明问题，在卷八中，也是如此。由于古时作家彼此间职位的大小常常有变动,而且我们并不能确定本书编成于哪一年、哪一月,因此要作准确的说明几乎是不可能的。但是幸好萧绎留下一篇《法宝联璧序》,序末排列了三十八位当时朝中显要人物,而这排列的顺序,萧绎明确说是按照爵位,这样我们可以用来与《玉台新咏》卷八所列作家进行比较。发现这个比较方法的,是日本的学者兴膳宏教授。这篇序写于中大通六年(见《南史·陆罩传》),说明排列的顺序代表了这一年中各人的爵位。我们发现这三十八个人中有五位被选录在《玉台新咏》卷八里,他们是:萧子显、刘遵、王训、庾肩吾、刘孝威。另有两位收录在别卷,如萧绎收在卷七,刘孝仪收在卷十。两相比较,结果令人吃惊,二者顺序完全相同!这也是兴膳宏教授认为《玉台新咏》编成于中大通六年的主要根据。这是兴膳宏教授根据《法宝联璧序》得出的结论,我们略为保守些,根据收录作家卒年的排列,认为在中大通四年至大同元年间可能更为稳妥些。因为一部书的编辑,一年的时间似乎太短了些。但不管怎么说,我们证实了卷七、卷八与前六卷不一样,而是按照编辑此书时作者的职位进行排列的体例这一观点。

附记:此稿是我在《〈玉台新咏〉编纂时间再讨论》(载《北京大学学报》2002年第3期)和《论〈玉台新咏〉的编辑体例》(《国学研究》第11辑)基础上,又补充新的资料修改而成,作为演讲稿,曾于2003年5月在东京大学文学部演讲,并于2004年6月发表于日本东京大学中国社会文化学会主办的《中国社会与文化》第19号上。

《玉台新咏》与《文选》

一、《文选》和《玉台新咏》编撰目的和编辑体例比较

《文选》和《玉台新咏》都产生在南朝梁时,分别是由萧统和萧纲兄弟二人所主持的两部书。不过前者是诗文总集,后者只是诗歌总集。从编辑的时间看,《文选》编成在先,大约从梁普通三年(522)至六年(525)开始,完成则在大通元年(527)末至中大通元年(529)之间①;《玉台新咏》编成在后,当在萧纲为太子时的梁中大通四年(532)至大同元年(535)之间②。这一前一后不同的编辑时间,使得二书的编辑目的已经产生了很大的差异。《文选》的编辑目的主要是为了对前代文学进行总结,同时作为当时人学习的典范,它没有多少政治目的,只是萧统养德东宫时的文德表现。《玉台新咏》的编辑就不同了,它其实带有很明显的政治目的,即一是要取代萧统倡导的文风,二是为艳体诗张本。关于《玉台新咏》这个政治目的,我在《玉台新咏编纂时间再讨论》一文中有详细的分

---

① 参见拙作《昭明文选研究》下编第 1 章第 1 节,中国社会科学出版社 2000 年版,第 153—164 页。

② 参见拙作《〈玉台新咏〉编纂时间再讨论》,《北京大学学报》2002 年第 3 期。

析,可参看,兹不赘。宫体诗人的文学主张是新变,这一点,是贯彻于几乎每一位宫体诗人的言论中的。比如萧纲在《与湘东王书》中批评京师文体"懦钝非常",而主张"吟咏情性"之作。萧子显更明确地在《南齐书·文学传论》中说:"若无新变,不能代雄。"这种文学主张在创作上表现为艳情诗,《梁书·徐摛传》说徐摛"属文好为新变,不拘旧体",是明证;在批评观上则对古代作家作品持批评态度,萧子显《南齐书·文学传论》所列三体,就是这种态度的表现。因此,从本心上说,宫体诗人对前代作家作品不会给予太多的赞扬,因而作为这种批评态度代表的《玉台新咏》[①],实际上应该只选齐梁时期作家作品,只是由于萧衍的批评,他们才不得不在前三卷选了一些汉魏作家作品,所谓"大其体"也。即使这样,在比例上《玉台新咏》仍然表现出浓重的重今轻古倾向。这一点与《文选》是有很明显的差异的。《文选》的目的是在对前代文学进行总结,这势必要求它要充分重视古代作家作品,虽然在《文选》赋、诗、文三部分中比重有所不同。比如赋的部分,《文选》基本选录至刘宋为止[②],其中又以两汉与西晋为多,充分显示出重古的倾向;诗的部分略有不同,依次为西晋、刘宋和建安三个朝代。这是因为两汉是赋的辉煌时期,而诗则到了魏晋以后才发展起来。文的部分有点特别,总的情况与赋、诗相同,仍以汉、晋、宋为重,但梁代作家有一个人例外,就是任昉,一个人独占十七首,因此使得《文选》选文的部分有点详近的倾向。不过,我们以为,任昉一个人的情况是个特例,这并不影响萧统详古略近的批评观。所以说,《文选》和《玉台

---

① 本文依据的《玉台新咏》,均指明崇祯年间寒山赵氏覆宋本。
② 例外的是江淹,但江淹《恨》、《别》二赋也都创作于刘宋时期。

新咏》,在文学批评观上,是有着重古和重今的区别的。

其次,在收录作家的编选体例上,二书也完全不同,《文选》采取的是不录存者的体例,书中最晚卒世的作家是陆倕,所以我们知道此书最后编成于陆倕卒世之后。《玉台新咏》的编例却是卒世和存世的作家并录,依据我们的研究,《玉台新咏》前六卷为已故作家,卷七和卷八则录当世现存的作家①,卷九、卷十分体裁录历代作家作品,与前八卷体例不同。这两种体例实际是为两种不同的编选目的服务的。《文选》不录存世作家,这是采用当时的通例,如《诗品》、《文心雕龙》等,都不对当世作家进行品评,当然是为了便于评价。《文选》应当也有这方面的考虑,这样更有利于文学史评价,从而能够达到预期总结的目的。《玉台新咏》的编选与《文选》目的不同,它没有对古代艳情诗作总结的需要,也不需要进行评价,它的选录古代作品,纯粹是为了"大其体",其主要目的还是要树立一种新文风,表现新太子在文学创作上的成绩,因此,这一点决定了《玉台新咏》当然以当代作品,尤其是以萧纲等人作品为主。今据赵氏覆宋本所录宋本《玉台新咏》各卷所录作品数量可见,前三卷共123首,四至八卷共261首。若就单个卷的情况看,以卷七萧氏父子作品最多,六人共录75首作品,排各卷之首。若以个人收录情况看,当以萧纲为首,他一人在卷七中就收录了43首,若加上卷九、卷十,全书共收80首,由此可见《玉台新咏》以萧纲为中心的编辑宗旨。这个比例在卷九和卷十中也一样,卷九收汉魏晋28首,刘宋10首,齐梁以来共46首,其中已故者沈约等人是13首,存世者为33首②。卷十收汉魏晋14首,刘宋8首,近代杂歌等民

---

① 参见拙作《〈玉台新咏〉编纂时间再讨论》,《北京大学学报》2002年第3期。
② 赵本卷九末著录100首,实则89首;卷十著录153首,实则155首。

歌20首,齐梁已故者43首,存世者70首,编者详近略古的倾向是十分明显的。

就《玉台新咏》所录作家看,除了萧衍、萧纲父子入选作品数量占绝对多数外,其余的如鲍照17首,沈约31首(卷九末附《八咏》六首,当是后人所加,故不予统计),谢朓16首,何逊16首,吴均40首,都比存世的宫体诗人作品多,一方面表明了这些作家对艳体诗的写作态度,另一方面也表明梁后期宫体诗蓬勃开展,的确不是一时来风,而是有历史渊源的。从这一点说,萧纲他们要"大其体",也不是没有理由的。

关于《玉台新咏》的编辑目的,刘跃进教授的研究是旨在收录乐府作品,即以能否入乐为标准[①]。这个说法很有启发性,的确,南朝艳情诗多在乐府中演唱,而且汉魏以来的清商乐多是女乐,这与艳情诗也比较符合。这个观点是可以讨论的,是否合于事实,有待更进一步的材料来证实。不过说《玉台新咏》均为乐府作品,似乎还值得讨论,比如作品中有不少不为《乐府诗集》所收,明显是徒诗。如陆机、陆云的赠答诗、江淹的《杂诗》等,并没有材料证明是乐府。

二、《玉台新咏》、《文选》对作家作品著录的比较

对古代作家作品展开批评,是齐、梁时期文学独立发展的标志,我们在《文心雕龙》、《诗品》等中都看到了这一点。不过古代作

[①] 《玉台新咏研究》,中华书局2000年版,第95—97页。

家作品从汉魏以来至于齐、梁,时代已远,真伪莫辨,因此,对作品的认定,是齐、梁批评家一大任务,我们从各家不同的著录比较中可以看到不同的文学史观。就《玉台新咏》和《文选》讲,虽然产生时代不远,而且主持者同是萧氏兄弟,又同是太子身份,这表明他们能够利用的材料相差不多,但是我们发现二书关于古代作家作品的认定是有很大区别的,这主要表现在对古诗的著录上。

《玉台新咏》卷一收录的古诗有《古诗八首》,即"上山采蘼芜"、"瘭瘭岁云暮"、"冉冉孤生竹"、"孟冬寒气至"、"客从远方来"、"四座且莫喧"、"悲与亲友别"、"穆穆清风至";《古乐府六首》"日出东南隅行"、"相逢狭路间"、"陇西行"、"艳歌行"、"皑如山上雪"、"双白鹄";枚乘诗九首:"西北有高楼"、"东城高且长"、"行行重行行"、"涉江采芙蓉"、"青青河畔草"、"兰若生朝阳"、"庭前有奇树"、"迢迢牵牛星"、"明月何皎皎";苏武诗一首:"结发为夫妇";蔡邕《饮马长城窟行》一首,以上诸诗,南朝时各家著录多有不同。关于《古诗八首》,《文选》有四首与《玉台新咏》相同,即"瘭瘭岁云暮"、"冉冉孤生竹"、"孟冬寒气至"、"客从远方来",收录在《古诗十九首》中。另外的四首,《文选》不收。《古乐府六首》,《文选》不收。枚乘诗九首,《文选》除了"兰若生朝阳"一首外,均收录在《古诗十九首》中。从以上二家著录情况看,它们主要的分歧表现在对枚乘诗的认定上。从《文选》收录作家情况看,汉代作家被承认的有苏武、李陵、班姬等,但无枚乘。事实上枚乘诗的可信性在南朝时期并不高,除了《玉台新咏》所录为枚乘诗外,尚未见其他人著录。即以《玉台新咏》所录这九首而言,从晋人陆机开始,至刘宋时的刘铄[①]、梁时的萧统

---

① 《文选》载陆机《拟古诗》12首、刘铄《拟古》2首,均以为古诗。

及唐初的《艺文类聚》,均作古诗,可见枚乘作诗一说,南朝以迄唐初,都没有人相信。南朝时江淹作《杂体诗》模拟汉以来作家三十家,汉人有李陵、班婕妤,但无枚乘。又钟嵘《诗品》于汉人也仅评李陵、班姬,亦未称枚乘有诗。《文心雕龙·明诗》则说:"又古诗佳丽,或称枚叔,其《孤竹》一篇,则傅毅之词。"对枚乘诗表示怀疑。其实不仅枚乘受到多数人怀疑,即使苏武,也只是到了梁代,才有人称其有诗。据逯钦立先生《汉诗别录》说,《隋志》只有《李陵集》二卷,不言苏武集,而宋、齐人凡称举摹拟古人诗者①,亦只有李诗而无苏武,因此,流传晋、齐之李陵众作,至梁始析出苏诗。所以萧衍有《代苏属国妇》诗,萧统《文选》和徐陵《玉台新咏》也才收录所谓的苏武诗。在这之后如《全北齐文》载尹义尚《与徐仆射(陵)书》说"苏武'河梁',叹平生之永别",可见北朝也是这时才相信了苏武之诗。又庾信入北之后,在《哀江南赋序》、《小园赋》、《赵国公集序》、《拟咏怀》中多次使用李陵、苏武赠别之典,都是梁以后之事了。唐代李善为《文选》所录《古诗十九首》作注说:"并云古诗,盖不知作者,或云枚乘,疑不能明也。诗云'驱车上东门',又云'游戏宛与洛',此则辞兼东都,非尽是乘,明矣!昭明以失其姓氏,故编在李陵之上。"从诗中所涉东都之事明辨非枚乘之诗,所以见出萧统的审慎。至于前人有云,徐陵少仕于梁,为昭明后进,不敢明言其非,乃别著一书,列枚乘姓名,还之作者,殆有微意焉②。此语未免不识瑕瑜。不过,既然《文选》已经明言是古诗,何以徐陵还要著录并不可信的枚乘呢?这也可以看出徐陵秉承萧纲旨意,故意要

---

① 参见逯钦立:《汉魏六朝文学论集》,陕西人民出版社1984年版。
② 参见朱彝尊:《玉台新咏书后》,清乾隆三十九年长州程氏《玉台新咏》刊本。

立异的动机。

　　有意立异还反映在对《饮马长城窟行》("青青河边草")一诗的认定上,此诗《文选》作为古乐府,《玉台新咏》却题为蔡邕作。与《文选》持相同立场的有《艺文类聚》、《乐府解题》和《乐府诗集》等,不过,《艺文类聚》作为古诗,而《乐府解题》和《乐府诗集》都是作为乐府古辞。其实古诗与古乐府并无太大的区别,当初也就是入乐与否的问题,但在流传的过程中,乐谱失传,古乐府也已不再入乐了,所以古诗和古乐府间的差别就消失了。比如这首《饮马长城窟行》,《古今乐录》引王僧虔《技录》就说:"《饮马行》,今不歌。"①此诗在齐时就已经不入乐了,所以有的题作古诗,有的题作古乐府。乐府、古诗互称,其例甚多,可参见曹道衡师《乐府和古诗》及拙作《从〈文选〉选诗看萧统的诗歌观》②。这样看来,题作蔡邕的,似乎仅《玉台新咏》一书,至于《乐府解题》说:"古词,伤良人游荡不归,或云蔡邕之辞。""或云"者,可能就是指的《玉台新咏》。

三、《玉台新咏》与《文选》的文学观比较

　　南朝时期的作家和批评家其实都认识到文学要变的道理,所谓"变则通,通则久"(《文心雕龙·通变》),但如何变,却又有区别。萧纲一派主张的是新变,萧子显说"若无新变,不能代雄",萧统也主张变,他在《文选序》中说一开始就说:"若夫椎轮为大辂之始,大辂宁有椎轮之质? 增冰为积水所成,积水曾微增冰之凛? 何哉?

---

① 《乐府诗集》卷三八,文学古籍刊行社 1955 年版,第 1066 页。
② 曹师文见其《中古文学史论集》,中华书局 1986 年版;拙文见《国学研究》第 4 卷,北京大学出版社 1998 年版。

盖踵其事而增华,变其本而加厉。物既有之,文亦宜然。随时变改,难可详悉。"要求变的意思是很明显的,但是萧统与萧纲不一样,并非一切都以新变为好。他在《答湘东王求文集及〈诗苑英华〉书》中明确说:"夫文典则累野,丽亦伤浮,能丽而不淫,典而不野,文质彬彬,有君子之致。"这与萧纲是完全不同的态度。这种不同的文学观,也很鲜明地表现在《文选》和《玉台新咏》中。这一点在前文所述二书不同的编选体例中已经表明了,相比较说来,《文选》重古,《玉台》重今。在题材的选择上,《文选》诗类将历代诗歌题材分为二十四小类,收录六十五位诗人四百六十多首诗歌,收录范围广泛,但却不收艳情一类。事实上《文选》连女诗人作品也控制极严,仅收录班婕妤一家。此外,《文选》对产生于民间的文学也并不欣赏,所收无名氏作品仅有汉末古诗,收录十九首。但汉代古诗实际是汉末文人所作,其题材内容和艺术成就是受到魏晋以来文人高度评价的,格高韵古,是合于萧统的文学观的。至于《文选》所收的汉乐府四首[①],与五言诗没有什么差别,事实上《饮马长城窟行》一诗,《玉台新咏》就作为蔡邕的作品。汉乐府中真正具有民歌风格的作品,《文选》并不收录。对于秦汉以来历代流传的民间乐歌,乃至南北朝乐府民歌,《文选》更加不予收录,据此可以见出《文选》重雅正的诗歌观。在这一点上,《玉台新咏》似乎完全不同于《文选》。首先,《玉台新咏》确定以艳情题材为写作和编集的目的,已表示与《文选》的不同。在对作品的选录上,不仅文人作品在收录之列,对历代民间歌谣,也同样收录。我们看到,除了古诗、古乐府以外,《玉台新咏》还收录了历代民谣,如卷一的《汉时童谣歌》一

---

① 李善本《文选》载 3 首,五臣本载 4 首,此从五臣本。

首、卷九的古歌辞两首、越人歌一首、汉成帝和桓帝时童谣歌各二首、卷十的古绝句四首、近代西曲歌五首、近代吴歌九首、近代杂歌三首、杂诗一首、丹阳孟珠歌一首、钱塘苏小歌一首等,尤其是近代清商歌曲,在当时曾受到过批评,但《玉台新咏》却并不反对,这一方面说明了清商歌曲与宫体诗间的确有互动的关系,另一方,史学家所批评的南朝时"家竞新哇,人尚谣俗"[①]的时俗,在《玉台新咏》中的确有所反映。

作为一部通代文学作品选集,选录哪个时代的哪些作家,以及那个作家的什么样作品、多少数量,毫无疑问都表现出编选者的总体评价。通过统计,我们看到《文选》收录作家、作品数量最多的是晋、宋两代,其次为建安时期,而收录作品最多的作家分别是陆机、谢灵运和曹植,与其所处时代在《文选》中占的比重相符,这表明了萧统的诗歌观。对比《玉台新咏》收录的作品,数量最多的是梁朝,作家则是萧纲(80首)、萧衍(41首),此外则是吴均(40首)、沈约(31首)、鲍照(17首)、谢朓(16首)、何逊(16首)。这个统计数字很有趣,除了萧氏父子以外,其他最活跃的宫体诗人如庾肩吾、庾信、徐陵等,数量都不多,庾肩吾共11首,庾信和徐陵仅在卷八中各收录了3首和4首,这的确让人感到不解。不管从什么样的编选目的考虑,这样的选录比例都是不可思议的。唯一的解释,我们认为因为《玉台新咏》编成于大同元年(535)以前,所以这个时候像庾肩吾父子以及徐陵等其他宫体诗人写作数量还不多,而徐摛又不在入选之列,所以便呈现出这样的面貌。就庾信和徐陵所选诗看,能够确定写作时间的是《奉和咏舞》,这当是和萧纲所作。《艺

---

① 《南齐书·王僧虔传》载僧虔上表语。见中华书局点校本,第595页。

文类聚》卷四十三同题诗中,除了萧纲外,还有刘遵、王训、杨皦、庾肩吾、刘孝仪、庾信、徐陵,其中刘遵、王训均卒于大同元年,所以确定这些诗作于此年之前。另外,庾信《七夕》诗,亦当写于大同以前。按,以七夕为题,晋以后历代多有写作,如刘宋时的孝武帝刘骏、谢灵运、谢惠连、谢庄等人,梁时有武帝萧衍、萧纲、沈约、柳恽、何逊、刘遵、刘孝威、庾肩吾、庾信等人均写作一首、两首不等。这种写作有的是个别行为,也有的是唱和之作,而唱和又可能分为不同的群体,如刘宋时以孝武帝为中心,谢庄就有《七夕咏牛女应制》,即应孝武帝之制,梁时又有以萧衍为中心的君臣唱和和以萧纲为中心的唱和的区别,刘孝威诗即题《七夕穿针和简文》,因此大概可以知道,沈约等人大约是与萧衍唱和,而刘孝威、刘遵、庾肩吾、庾信诸人则是与萧纲唱和。如果将庾信《七夕》诗作为与萧纲唱和的产物的话,则可知作于大同以前,因为一同参加唱和的刘遵卒于大同元年。庾信在南朝的作品,大多都毁于战乱,现存多是北朝作品,所以我们难以确定他在南朝时写了多少艳体诗,《玉台新咏》又为何只选三首,不过徐陵作品存世不少,而且多写于南朝的梁、陈时,其中有不少可以算作标准的宫体,如《春情》这一首:"风光今旦动,雪色故年残。薄衣迎新节,当炉却晚寒。故香分细烟,石炭捣轻纨。竹叶裁衣带,梅花奠酒盘。年芳袖里出,春色黛中安。欲知迷下蔡,先将过上兰。"[1]应该有资格选入《玉台新咏》的,而没有入选,或许是作于大同以后吧!当然,后人用自己的意思揣度古人,是十分不科学的,我们并不赞成这样的分析,更不能作为证据。比如在入选的作品中,有许多都是在一组诗中挑选了几首,

---

[1] 《艺文类聚》卷一八,上海古籍出版社1999年版,第330页。

像萧纲的《雍州曲》本有十首,但赵氏覆宋本只选三首,说明徐陵对已经问世的宫体诗,也是经过了挑选的。但我们作这样的猜测,也不能说没有道理,它是在整体事实的基础上所作的合理推断。当然,这种推测要小心,只能作为参考,不能成为结论。同样,用诗歌纪年的方法来确定《玉台新咏》编成于大同元年以前,也几乎是不可能的,因为大多数作品无法确定时间,而且我们也不排除在历代的流传过程中,难免会掺入大同以后的作品。以上所言,只是我们根据《玉台新咏》编辑体例和编辑目的,考定其编成于大同元年以前的前提下,对本书为何收录梁朝当代宫体诗人作品数量不多的一点拟测。《玉台新咏》虽然收录梁朝单个作家诗歌数量不多,但总的数量却远远超过前代诗人,这仍然不影响我们对本书重视当代作家作品的判断。

通过两书的比较,我们还发现这样一个事实,即《文选》和《玉台新咏》都不收录北朝作品。《文选》不收,是因为它比较注重作品的艺术成就和在历史上的地位,北朝作家作品,尤其是一些稍有成就的作家,如邢劭、魏收等人,都还在世,不在入选体例,其余则远不够入选标准。《玉台新咏》目的与《文选》不同,它的选录标准是题材本身是否与女性有关,但像北朝作家作品,尤其是北朝乐府民歌中的女性题材不少,比如可与《孔雀东南飞》相媲美的《木兰辞》,也是够格入选的。当梁朝时,北方民歌已经传入南朝,并且在乐府中演唱,所以称作"梁鼓角横吹曲",这说明徐陵是能够见到的,但《玉台新咏》不选,还是可以看出南朝文人对北朝作品并不欣赏。

《文选》在后世产生了极大的影响,隋唐时就产生了"文选学",从此绵延一千多年,这是《玉台新咏》所不可比拟的。《文选》作为现存最早的一部诗文总集,保存了秦汉以迄齐梁七个朝代一百多位作家七百多篇诗文赋作品，是后人研究和整理这一段文学的基本文献，又由于唐人李善为其作注，广征博引群书，以至成为训诂之资粮，也是后世"文选学"的一个重要内容，这些都是《玉台新咏》不具备的。《玉台新咏》由于选录的主要是艳体诗，为宫体张本，这种诗风在唐初就受到了严厉的批评，这对《玉台新咏》的流传和研究，都是不好的影响。即使南宋陈玉父在整理刊刻《玉台新咏》之后，特地拉《诗经》以自抬高："夫诗者情之发也，征戍之劳，苦思家之怨，思动于中而形于言，先王不能禁也。岂惟不能禁，且逆探其情而著之，《东山》、《杕杜》之诗是矣。若其它变风化雅谓'岂无膏沐，谁适为容'、'终朝采绿，不盈一掬'之类，以此集揆之，语意未大异也。顾其发乎情则同，而止乎礼义者盖鲜矣！然其间仅合者亦一二焉。其措词托兴高古，要非后世乐府所能及。"这也是《玉台新咏》现存各本均受损害的原因。但是《玉台新咏》的价值还是值得充分肯定的，首先它在《文选》以外为后人保存了许多作品，其中有如《古诗为焦仲卿妻作》这样优秀的长诗，多亏《玉台新咏》的收录，才得以传世，即此一例，已足不朽；也有如曹植《弃妇诗》、庾信《七夕诗》，本集均不载，今端赖《玉台新咏》的收录才得以保存，其功甚伟。此外，即使那些受到后人非议的宫体诗，作为一个时代文学风尚的产物，为后人研究这一时期的文学和历史，都提供了真实的材料。更何况《玉台新咏》所保存的宫体诗，有许多还是具有很好的思想和艺术价值的，这一点也是研究者的共识。其次，《玉台新咏》关于一些作家作品的著录，还历史之真像，即如《四库全书总目》所说苏伯玉妻《盘中诗》，冯惟讷《诗纪》录作汉人，今据《玉台》可知是晋人作品。当然，《玉台新咏》著录的作家作品并不都可靠，如将古诗作为枚乘作等例，但是它却为我们提供了这些诗歌在南朝时具有争议的历史史实,提供了可供后人进一步讨论的依据,其实这一点的意义更为重要!

(原载《中国典籍与文化》2002 年第 1 期)

附录一　略说《千家诗》

《千家诗》是明清以来民间流传的村塾童蒙读本,虽被认为是浅陋的诗选,但包括许多有名的大作家如顾炎武、王夫之、鲁迅、胡适等,小时候都曾背诵过。其流传的广泛,影响的深远,恐怕还没有多少诗文选集可以与它相比。我们的文学史研究和文化史研究,往往比较关注一些重大的事件,对通俗的读物注意不够,其实对学术研究来说,本只有研究的对象,而不应有轻重之分。像《千家诗》这样深入广泛的读本,完全应该作为一种重要的文化现象进行研究的。可惜从明清以来的学人,不惟不关注,甚至对这个选本都不加以著录,以至我们今天对它的了解也是非常之少。

《千家诗》不受关注的另一事实是,这一选本的基本身份还存有许多误识。即明清以来的村塾读本,并不是最先定名的《千家诗》。所谓最先定名的《千家诗》,即指署名刘克庄所编的《分门纂类唐宋时贤千家诗选》,它与后来的村塾读本有很大的不同。有人认为后来的村塾读本,是在刘克庄本的基础上所作的简编本,这个看法是错误的。村塾本在编辑体例、篇目数量等上,都作了十分大的改动。

《分门纂类唐宋时贤千家诗选》,署名后村先生编集,原分时令、节候、气候、昼夜、百花、竹林、天文、地理、宫室、器用、音乐、禽兽、昆虫、人品、宴赏、性适等等门类,每门之下又分若干小类,因此叫"分门纂类"。所选唐至宋诗人五、六百家,诗歌一千多首[1],其中大部分是宋诗,又以南宋诗为多,应该说这是一个表明作者文学批评观的诗集选本,其基本性质与后来的村塾读本仅以启蒙为目的不同。

据《四库全书总目》说,刘书为向来的著录家所未见,惟清初曹寅始刻入《楝亭丛书》中,前后亦无序跋,大概在辗转传刻中佚失,以致失其缘起。此为阮元进呈本,二十二卷。这就是说清人也仅从曹寅那里才见到此书,事实是曹寅所见也不是完本,原书并非二十二卷。此书的早期刻本,至民国间始出现,据傅增湘《藏园订补郘亭知见传本书目》介绍,宋、元间有坊刻本《分门纂类唐宋时贤千家诗选前集□□卷后集□□卷》,曾经缪荃孙藏,后归李盛铎木樨轩。此书《前集》存一、二、三、四、八、九、十、十一、十二、十三、十四、十五、十八、十九、二十,共十五卷,《后集》存三、四、八、九、十等五卷。由于本书总目录及前、后集均残缺,故不知原书实有多少卷数。查曹寅《楝亭丛书》刻本,所谓二十二卷,其实分《前集》二十卷和《后集》的两卷,这《后集》的两卷就是残本。这两卷为"人品门",与元刻本《后集》所存五卷全不相符,不知它应是《后集》中的第几卷。李盛铎藏本今存北京大学图书馆,书前有缪荃孙跋,称此书是宋刻本,为徐乃昌从日本所购。书中有"积学斋"和"徐乃昌马韵芬夫妇印",又有"香山常住"长方印,不知什么时候流至日本,而最终复归根中国。

不过除此本之外,北京图书馆还藏有一部明钞本二十五卷,题

---

[1] 因此书是残本,故统计的门类以及作家、作品数量只是根据现存版本而言,所以本文使用约数。

"分门纂类唐宋时贤千家诗选,后村先生编集",原为郑振铎先生所藏,后由高君箴先生捐赠北京图书馆。此本行格全同元刻本,都是半叶十一行,行二十一字。书前有跋,称"此抄本颇古,似明初抄本",当为郑跋。与元刻本相比,此本最大的不同是不分前、后集,元刻本《前集》至卷二十,钞本却至卷二十五。由于钞本卷二十五之后残缺,故不知原本实有多少卷。钞本卷二十之前与元刻本基本相同,但卷二十一至卷二十三的"人品门"、卷二十四"宴赏门"、卷二十五"性适门"为元刻本所没有,而元刻本《后集》的五卷门类,也为钞本所没有。元刻本和抄本在卷二十一以后的差别,可能让人猜测出两种情况,即一、原本有三十卷,或可能更多的卷数,但元刻本将其二十卷以前作为《前集》,从二十一卷开始为《后集》;二、原本即分为《前》、《后》集,而明抄本的底本却将其合为一集。这个猜测有一定道理,但是还有相反的证据难以解释,即如果是以上的两种情况的话,明抄本二十一至二十五卷的顺序应该和元刻本相同才是,但结果却不是这样。明抄本卷二十一至卷二十三是"人品门",卷二十四是"宴赏门",卷二十五是"性适门",元刻本《后集》卷一、二佚失,但卷三和卷四存,分别是"投献门"和"庆寿门",与明抄本的卷二十三、卷二十四不符,说明《后集》并非是抄本卷二十一以后的内容。看来此书在宋、元之间就有了歧异。至于哪一本更合原貌,因缺乏更进一步的材料,所以一时还难以判断。与明钞本相同的是曹寅《楝亭藏书》刻本,二本都不分前、后集。[①] 曹本据其家藏书于康熙四十五年(1706)由扬州诗局重刻,共二十二卷,六册。

---

① 缪荃孙《刘后村千家诗选跋》说曹刻二十卷,二卷为《前集》,《后集》止存二卷,不知缪氏所据所本。

其二十一、二十二两卷都是"人品门"，与钞本相同。但重刻后的曹本仅二十二卷，前后无跋，后人据此认为原书便是二十二卷，如《四库全书总目》即著录为二十二卷，而今人的有关论述也都据而题为二十二卷。① 事实上原书至少在二十五卷以上，甚或在三十卷以上，曹寅所藏原本大概只存二十二卷，重刻时没有保留原貌，又不著题跋，所以给人以误识。曹寅刻本今存中国社会科学院文学研究所图书馆，有"东吴刘氏"、"检斋藏书"等印。

元刻本和明钞本都题"后村先生编集"，按刘克庄是南宋末江湖诗派卓有成就的诗人，对诗歌有很独到的见解。他对当时宗唐的倾向很不以为然，认为当代文学应该给予充分肯定。他曾编过《本朝五七言绝句》，原本详北宋而略南宋，后经人指出又重新编《中兴绝句续选》，推重南渡后以陆游、杨万里等为代表的南宋诗人，可见刘克庄厚今的态度，《分门纂类唐宋时贤千家诗选》当是这种批评态度的产物。但是从刘克庄现存的文字中，丝毫不见有关编《千家诗》的材料，《后村集》载有《唐人五七言绝句序》、《本朝五七言绝句序》、《中兴五七言绝句序》等，唯独没有《千家诗》的序，此外，此书编选唐宋时贤诗歌，选录了刘克庄本人的不少作品，自己编书称自己为"时贤"，也于情理不合，因此今人对此书是否为刘克庄所编表示怀疑。② 但从元刻本和明钞本的著录看，如果是作伪的话，也当在宋元之间了。距刘克庄时代如此近的作伪，似乎有些让人不敢相信。从刘克庄所编的几本《绝句选》看，他明确表示是作为童蒙读物。《唐人五七言绝句序》说："余家童子初入学，始选

---

① 参见《辞海》，上海辞书出版社1979年版。
② 参见陈绪万：《千家诗全译·前言》，语文出版社1995年版。

五、七各百首,口授之。"又《本朝五七言绝句序》也说是应童子请而编,从这些情况看,刘克庄将唐宋两朝名诗合编一本,作为童蒙读物,也未尝不可。刘克庄这些选本在当时的流传情况如何,不可得知,但他本人对自己的鉴赏力是颇为自许的,在《跋宋氏绝句诗》中,他说:"它日宋氏此编必传,谈者必曰:'后村眼毒'。"宋氏即宋吉甫,宋氏三代写有绝句诗一百七十多首,请刘克庄删选,这也可见出时人对刘克庄的编选眼光是很佩服的,与他编了那么多诗歌选本应该是有关系的。

《分门纂类唐宋时贤千家诗选》内容过于浩繁,分类又细,不便为儿童阅读,因此传至明代,又有许多根据此本增删而成的新选本,编排体例也多做调整,其中流行较广,影响较大的是明、清之间的王相选注本。这本题名为谢枋得选、王相注的村塾童蒙读本的来历,不甚清楚,1979 年版《辞海》称它当为伪托谢枋得之作。至于是何人伪托,也没有一致的结论,有人认为是明人在刘克庄本的基础上增删而成(如台湾版《中文大辞典》),也有人认为是"王相或明末清初的其他人,根据历史上曾经流传下来过的一本残缺或脱漏的唐宋诗合选本删改而成的。"①但也有的人仍然相信为谢枋得所选,认为谢枋得在刘克庄本基础上精选了七言绝句和七言律诗,定名为《增补千家诗》分上、下两卷。到了晚明,王相又增选了唐代的五言绝句和五言律诗,定名为《增补五言千家诗》并且对五言本和七言本都作了简明的注释。不久五言本和七言本合订在一起,成为完整的《千家诗》。②这种说法推测成分稍多了一些,但《千家

---

① 陈绪万:《千家诗全译·前言》,语文出版社 1995 年版。
② 孟昭龙:《千家诗句解·前言》,河北大学出版社 1999 年版。

诗》在流传过程中产生多种不同的选本,大约不错。北京图书馆藏有一部《新刻草字千家诗》,分上、下二卷,是明代陈君美观成堂刊本,题李卓吾手笔,原亦为郑振铎先生所藏。此本上卷为七言绝句,共八十三首,下卷为七律,共三十二首,未题何人所选,也当是这众多的选本中一种。与王相注本比较,篇目大致相同,但次序却多有异。比如上卷郑谷的《题邸间壁》("酴醾香梦怯春寒"),排在第六首,在王安石《春夜》之后,而王相注本却排在第十五首,在李白《清平调词》之后。又如杜甫《绝句》("两个黄鹂鸣翠柳"),此本排在第十,在苏轼《上元侍宴》之后,王相注本则排在第十六,在郑谷《题邸间壁》之后。又,张栻《立春偶成》("律回岁晚冰霜少"),此本排在第十九,在刘季孙《题屏》之后,王相注本则排在第九,在苏轼《上元侍宴》之后。下卷变化更大,此本开篇以杜甫《奉和贾至舍人早朝大明宫》始,而非王相本的贾至《早朝大明宫》;又其后为欧阳修的《答丁元珍》、蔡襄《上元应制》、王珪《上元应制》等,顺序与王相注本全不相同。从这个情况看,李卓吾写本当然是明代众多《千家诗》选本之一,从它尚未有五言诗的情况看,或许说明当时还没有出现如王相这样的五、七言合选本。因此说五言律、绝为王相所增选,是有可能的。

(原载《学林漫录》第 15 辑,中华书局 2001 年版)

附录二　略说寿普暄批正范文澜《文心雕龙注》

范文澜先生《文心雕龙注》自 1936 年由开明书店出版以来①，为学术界深为叹誉，诚如章锡琛所说："取材之富，考订之精，前无古人，询彦和之功臣矣。"②虽然如此，亦有不足之处，故杨明照撰有《范文澜文心雕龙注举正》，对范注疏误作驳正，杨文刊于 1937 年 5 月《文学年报》第 3 期。其后日本学者则有斯波六郎博士于 1952 年亦撰有《文心雕龙范注补正》一文，可见学界对此书的疏误是非常关注的。此后亦颇有批评之书出③，然或不免出于意气，有时会失去客观公正之心。范注在今天仍然是学术界研究《文心雕龙》一书重要的参考书，对其疏误自当能有所指正，以免以讹传讹，贻误耳食之辈。由于范注一书的影响，学术界对其批评讨论的情况也似应作一清理，在今后的学术史研究上，未免不会形成范注此书的专门研究。有鉴于此，笔者就自己所发现的材料，略作整理，贡献于《文心雕龙》研究者，于中可见前人的批评和补正，也有前后承继之关系。

---

① 张少康先生《文心雕龙研究史》谓范氏《文心雕龙注》始版于 1929 年，三册本，是在 1925 年天津新懋印书馆刊印的《文心雕龙讲疏》一册本基础上修订而成。
② 范文澜《文心雕龙校注》附章锡琛《校记序》，开明书店 1936 年版。
③ 如台湾王更生教授有《文心雕龙范注驳正》，华正书局 1979 年版。

笔者所说的材料,是去年在琉璃厂中国书店偶然购得的1936年开明书店版《文心雕龙注》,线装七册,扉页有范文澜亲笔题赠:

凤年先生评正　范文澜敬赠

页背有普暄自题:此书仲沄曾亦以一帙见赐,不希毁于兵燹。今欲再购一部,但并此力亦无其可怜也。　普暄。

内页书名框内钤有"寿普暄"朱文方印一枚,是知为范文澜先生送寿普暄之书,惜范赠及普暄自题均未标日期,这给我们对寿普暄批语时间的判断,带来了困难。

寿普暄先生,据河北师范大学王长华教授见告,是浙江诸暨人,20世纪30年代任教于河北省立女子师范学院,是当时国文系四教授之一,居住在北平西城新街口。其余生平略不知晓,但知他曾发表过多篇学术文章,如:《古书多伪之原因》(《女师学院期刊》4卷1—2期合刊,1937年6月)、《由〈经典释文〉试探庄子古本》(《燕京学报》第28期)、《胡克家文选考异叙例》(《女师学院期刊》3卷2期,1935年6月)、《文选书目》(《女师学院期刊》2卷2期,1934年7月)。曾见南京大学徐有富教授回忆程千帆先生手抄寿普暄先生的《古书误例》,故可见寿普暄先生应该是一位十分有学养的学者。

此书封面有普暄题辞曰:"乞食□□之余,寄命东陵之上。"又于第一册底页题曰:"生活战线上之失败者,不怨天,不尤人,亦学而上达,知我者其天乎!"于此似可见寿普暄先生生平并不如意。

寿普暄先生于范注往往有批语,多是纠正范注疏误,今检得二十余条,列于篇左,以供研究范注者注意。

1.《原道》范注第1条:

顾千里云:"此所题非也。《时序》篇有'皇齐御宝,运集休明',

是此书作于齐世。"纪昀评云："据《时序》篇，此书实成于齐代，今题曰梁，盖后人所追题。犹《玉台新咏》成于梁，而今本题陈徐陵耳。"案，钟嵘《诗品》所录诸人，时代多误，亦其例也。

蓝笔批语：此顾、纪二说均非也。所引《时序》篇云，乃其创著之时，题集撰者，乃完成时也。此本古人著书之常也。

2. 注第 22 条：

《尚书中候·握河纪》："河龙出图，洛龟书威，赤文绿字，以授轩辕。"（马国翰《玉函山房辑佚书》）纪评云："《玉版》丹文绿字，散见纬书。黄注所云《拾遗记》、《宋书》，皆非根柢。"

蓝笔批语："《贾子·胎教》：'故素成胎教，书之玉版。'"《后汉书·崔骃传》注引《诗含神雾》："刻之玉版。"《山海经·中山经》注及《水经·洛水》注并引纬书《河图玉版》。

3. 注第 31 条：

引李详《文心雕龙黄注补正》

批：于《离骚》篇始明李说出处。稍□（李书，郑国勋刻于《龙溪精舍丛书》，后刊于《国粹学报》为优，范所引乃《国粹学报》者。）

4. 注第 36 条：

本书《颂赞》篇云："赞者明也，助也。"案《周礼》州长、充人、大行人注皆曰："赞，助也。"《易·说卦传》云："幽赞于神明而生蓍。"韩康伯注曰："赞明也。"此彦和说所本，《说文》无"讚"字，自以作"赞"为是。

批：(十七)与(三六)注论赞字，前后相反，前主"讚"，而后主"赞"。

刚案，第十七条注为：《易·说卦》："昔者圣人之作易也，幽赞于神明而生蓍。"韩康伯注曰："幽，深也。赞，明也。蓍受命如响，不知所以然而然也。"顾千里曰:"幽赞神明,旧本作讚是也。《易·释文》云:'幽赞本或作讚。'《孔龢碑》幽讚神明,《白石神君碑》幽讚天地,汉人正用'讚'字。"孙诒让《札迻》十二:"彦和用经语,多从别本,如幽讚神明,本《易·释文》或本。"

5.《征圣》注第 14 条:

《易上·系辞》"阴阳之义配日月"。鉴周日月,犹言穷极阴阳之道。"机"当作"几",《易上·系辞》:"唯几也,故能成天下之务;唯神也,故不疾而速,不行而至。"韩康伯注云:"适动微之会曰几。"

批:《经典释文》:"几,本或作'机'。"注应谓舍人从或本,不应改,盖依黄校而误。

6.同上注第 24 条引纪评:

纪评曰"繁简隐显,皆本乎经,后来之文家,偏有所尚,互相排击,殆未寻其源。八字精微,所谓文无定格,要归于是。"

批:此黄注非纪评也。

7.《宗经》注第 15 条:

陈先生曰:"《宗经》篇'易惟谈天'至'表里之异体者也。'二百字,并本王仲宣《荆州文学志》文。案,仲宣文见《艺文类聚》三十八,《御览》六百八。"

批:《类聚》三十八引王粲《荆州文学记官志》无此文,《御览》六百七所引亦然。其六百八引"自夫子删述"至"表里之异体者也"二百余字,明标为《文心雕龙》,非《荆州志》也。陈氏盖据严缉《全后汉文》,范氏所注出处亦依严书,于《类聚》、《御览》殆未一检也。严氏之误,盖出张英《渊鉴类函》,又以明活本《御览》而误也。

8.同上注第 21 条引郝懿行注:

批:应将郝说出处注出。

9.《辨骚》注第9条：

《困学纪闻》卷六："刘勰《辨骚》'班固以为羿、浇、二姚，与左氏不合。'洪庆善曰《离骚》羿、浇等事，正与左氏合，孟坚所云，谓刘安说耳。"（陈振孙《书录解题》："《楚辞》十七卷，汉刘向集，后汉王逸叔师注。知饶州曲阿洪兴祖庆善补注。逸之注虽未能尽善，而自淮南王安以下，为训传者，今不复存，其目仅见于《唐志》，独逸注幸而尚传，兴祖从而补之，于是训诂名物详矣。"）

批：《困学纪闻》既无□明，应直引洪兴祖《楚词补注》。所引陈语亦无用，可删。

10.《明诗》注第1条"圣谟所析"：

范注："圣谋"，唐写本作"圣谟"，黄校本亦改"谋"作"谟"，《尚书》伪《伊训》"圣谟洋洋，嘉言孔彰"，作"圣谟"是。

批：按，文既作"谟"，无须校。赵万里校《四部》本，范氏用黄本，二氏本不同，故致不相应也。

11.同上注第19条"所以李陵、班婕妤见疑于后代也"：

范注：案，颜延年《庭诰》云："逮李陵众作，总杂不类，元是假托，非尽陵制。至其善写，有足悲者。"

批：《庭诰》见《御览》五八六，原书既亡，须说明。

12.同上注第24条"清典可味"：

范注：李详《黄注补正》云："梅庆生《凌云本》并作清曲。"

批：按，凌云字宣之，明吴人。其书后于梅氏，非书名也。

13.同上注第35条"若夫四言正体，则雅润为本"。

范注：挚虞《文章流别论》："雅音之韵，四言为正，其余雅备曲折之体，而非音韵之正也。"

批：见《类聚》五十六，及《全晋文》七十七。原书既亡，应说明。

14.《乐府》注第6条"乐盲被律":

范注:《诗大序正义》引郑答张逸云:"国史采众诗时,明其好恶,令瞽矇歌之。其无作主,皆国史主之,令可歌。"《周礼》:瞽矇"掌九德六诗之歌以役大师"。此云"乐盲",当指大师瞽矇而言。

批:黄本误"胥"为"盲"。《周礼·春官·大司乐》:"大胥中士四人,小胥下士八人。"《礼记·王制》"小胥,大胥",郑注并云:"胥,乐官也。"《尚书大传·略说》"胥与就善",郑注:"胥,乐官也。"此文乐胥正与上句诗官倒文。

刚案,杨明照先生《校注拾遗》与此略同。

15.同上注第34条"子建、士衡,咸有佳篇。并无诏伶人,故事谢丝管":

范注引纪评曰:"唐人用乐府古题及自立新题者,皆所谓无诏伶人。"

批:此黄注非纪评。

16.《诠赋》注第15条"迭致文契":

范注:"迭致文契",唐写本作"写送文势"。赵君万里曰:"案《御览》五八七引此文,与唐本正合。"案唐写本是,"写送"是六朝人常语,意谓充足也。《附会》篇:"克终底绩,寄深写送。"亦谓一篇之终,当文势充足也。

批:各本《附会》篇均作"寄深写远",无作"送"者。范于《附会》改"远"为"送",亦无所据。

刚案,范注本《附会》篇仍作"远"字。又杨明照先生《校注拾遗》卷二:唐写本作"写送文势";钞本、倪本、活字本、鲍本《御览》引同。(宋本《御览》"送"误"迭",喜多本"文"误"于"。)按作"写送文势"是也。"写送"二字见《晋书·文苑·袁宏传》及《世说新语·文学》篇注引《晋阳秋》。《高僧传·释昙智传》:"雅好转读,虽依拟前宗,而独拔新异,高调清彻,写送有余。"又附释昙调:"写送清雅,恨功夫未足。"亦并以"写送"为言。《文镜秘府论·文意》篇:"开发端绪,写送文势。"正以"写送文势"成句。今本"迭""契"二字,乃"送""势"之形误,致文不成义。

17.《祝盟》注第4条"祝史陈信,资乎文辞":

范注引《周礼·春官》大祝掌六祝之辞,复于括号内出郑注。

批:括号内皆应备先郑、后郑之分,应注明。且"顺民意"句,注疏皆无,不知何来?

刚案,此当是孔疏《周礼》小祝"顺丰年"之语。

18.同上注第33条"骍毛白马,珠盘玉敦":

范注径引《左传·襄公十年》注骍毛,未注"珠盘玉敦"。

批:黄注:《周礼·天官·王府》:"若合诸侯,则共珠盘玉敦。"此注不应删。

19.《铭箴》注第6条"仲尼革容于敧器则先鉴戒,其来久矣":

《荀子·宥坐》篇:"孔子观于鲁桓公之庙,(《说苑·敬慎》篇作"周庙")有敧器焉。孔子问于守庙者曰:'此为何器?'守庙者曰:'此盖为宥坐之器。'(《敬慎》作"右坐之器")孔子曰:……"

批:引《荀子》已足,何故又出《说苑》?如逞博,则《韩诗外传》卷三、《淮南子·道应训》均有之。

20.《杂文》注第23条"然讽一劝百,势不自反,子云所谓先骋郑、卫之声,曲终而奏雅者也":

范注:《汉书·司马相如传赞》:"相如虽多虚辞滥说,然要其归,引之于节俭,此亦《诗》之风谏何异?扬雄以为靡丽之赋,劝百而风一,犹郑、卫之声,曲终而奏雅,不已戏乎?"(谓扬雄之论,过轻相如也。《史记·司马相如传》太史公曰云云,与此同。史公书不应引扬雄语,自无待辩,史公《赞》中本无"扬雄以为"至"不已戏乎"一段,班固取《史赞》自"春秋推见至隐"至"风谏何异",补缀扬雄说于后,作为《汉书·相如赞》,妄人见《汉书》有扬雄语,乃取以补《史记》,而不自知其大谬也。)

批:《困学纪闻》卷十一、周密《齐东野语》卷十皆已言之。

21.《论说》注第20条"辅嗣之两例":

范:两例,疑当作《略例》。《隋志》有王弼《易略例》一卷,邢璹序称其"大则总一部之指归,小则明六爻之得失"。彦和或即指此欤?

批:岳刻《周易略例》本于《辨位》后《卦略》之前有《略例下》,则必有《略例上》矣!所谓"两例",殆指此而言。李冶《敬斋古今注》"王弼既作《易》,又作《略例》上下二篇",是此书今虽亡,元人当及见也。

刚案,杨明照先生《校注拾遗》引《敬斋古今注》证同。

22.《诏策》注第37条"昔郑弘之守南阳,条教为后所述":

《后汉书·郑弘传》:"政有仁惠,民称苏息,迁淮阴太守。"刘攽曰:"案,汉郡无淮阴者,当是淮阳,此时未为陈国也。"案,黄注引《郑弘传》曰:"弘为南阳太守,条教法度,为后所述。"考《弘传》并无此语,未知其何见而云然?(《后汉书·羊续之传》称其条教可法,为后世所述,黄注盖误记。)窃疑昔郑弘之守南阳,当作郑弘之著南宫。本《传》云:"弘前后所陈有补益王政者,皆著之南宫,以为故事。"据此,"阳"是"宫"之误。"南宫"既误"南阳",后人乃改"著"字为"守"字,不知弘实未为南阳太守也。

批:范书此条□□诞。按汉有二郑弘,前汉郑弘字穉卿,为南阳太守,后汉郑弘字巨君,为淮阳太守。舍人文指前汉郑弘,黄注

所称《郑弘传》亦指前汉书,范氏只检《后汉书·郑弘传》,自然不合,故生许多横议。兹将《前汉书》录于左:

弘字穉卿,泰山刚人也。兄昌字次卿,皆明经通法律政事,次卿为太原涿郡太守,弘为南阳太守,皆著治迹,条教法度,为后所述。

刚案,杨明照先生《校注拾遗》卷四:"按黄注所引《郑弘传》见《汉书》卷六六,并未误记;正文亦无误字。乃范氏自误,不检班书之过也。"似未若寿氏所驳。盖汉有二郑弘,故范氏检后汉郑弘而失检前汉郑弘也。

从以上所引寿普暄的批语看,有多处与杨明照先生1937年发表在《文学年报》上的《举正》相似,似乎是寿普暄据杨文录写。但与杨文相印对,寿普暄所批又多有杨文所无者。如上录22条,仅5、7、14、21、22诸条相合,然若说寿批和杨文没有关系,这几条不仅引证材料及顺序相同,叙述语词亦往往相同。今录杨文如下,读者可自行判断。

1. 上引第7条:

明照按:《艺文类聚》三十八引王粲《荆州文学记官志》无此文。《御览》六百七引王粲《荆州文学官志》亦然。(《御览》引王粲《荆州文学官志》,止此一见。)其六百八所引自"自夫子删述"至"表里之异体者也"二百余字,明标为《文心雕龙》,非《荆州文学官志》也。(《四部丛刊》三编景印本《御览》、日本喜多村直宽仿宋本《御览》、鲍刻《御览》亦然。)陈氏[①]盖据严缉《全后汉文》(卷九十一)为言。范氏所注出处,亦系移录严书,皆未之照耳! 又按,《渊鉴类函·文

---

① 按当指范注本所引之陈汉章。

学部》(卷一九二及一九三)五引王粲《荆州文学官志》文,皆与舍人此文同。(并系增补者。)然由其《周易》门引"夫《易》为谈天……"三十一字,而标为"《太平御览》王粲《荆州文学官志》"推之,则其误自张英诸人始。严氏盖过信《渊鉴类函》之所著录,遂以《御览》六百八引《文心雕龙》之文,为仲宣《荆州文学官志》,而参于《艺文类聚》三十八所引者之中耳!(《艺文类聚》所引王粲《荆州文学官志》,自"有汉荆州牧曰刘君"至"声被四字",凡三百二十八字,其文序赞似全,若益以舍人此文,实不伦类。原文具在,可覆按也。)

2. 上引第 14 条:

明照按:"盲"字当依唐写本作"胥"。《玉海》一百六引正作"胥"。梅本校作"胥",注云:"元作育,许改。"是黄本乃误为"盲"也。(黄注可证。)《周礼·春官·大司乐》:"大胥中士四人,小胥下士八人。"《礼记·王制》:"小胥大胥。"郑注并云:"乐官属也。"《尚书大传略说》:"胥与就膳。"郑注亦云:"胥,乐官也。"即其义。范氏乃就黄本误字为说耳。又下文有"瞽师务调其器"之文,若此原作"乐盲",即为指大师瞽蒙,何不上下一致邪?

3. 上引第 21 条:

明照按:"两略"二字之形不近,无缘致误。且此云两例,下云二论,正以数字相对。岳刻《周易略例》本,于《辩位》之后、《卦略》之前,有《略例下》篇题。(《汉魏丛书》本同。)上、下乃相对之词,殆指此言之。惜《易·略例》旧面目,他无可考矣!

4. 上引第 22 条:

明照按:范注疏谬太甚,不值一噱。《汉书》(卷六十六)《郑弘传》:"弘字穉卿,泰山刚人也。兄昌字次卿,皆明经通法律政事,次卿为太原涿郡太守,弘为南阳太守,皆著治迹,条教法度,为后所述。"此即舍人之所本；亦即黄注之所自出。惜黄氏未箸书名，致读者不谙所在，横生异议，为可叹耳！范氏既已误穉卿为巨君，(《后汉书·郑弘传》："弘字巨卿。")复欲移"南阳"作"南宫"，不自知其非，而以黄注为误，真可谓笑古人之未工，忘己事之已拙者矣！

杨明照先生文前有小序云：

> 《文心雕龙》，騷以黄叔琳辑注为善，然疏漏纰缪，所在多有，宜其晚年悔之矣。逮范文澜氏之注出，益臻详赡，固后来居上者矣。余雅好舍人书，参稽所至，辄自雌黄，补苴理董，间有用心。书眉行间，久而弥缝如无间然。移录成编，已三易其藁，前人所已具者，不与焉。至范注未当处，亦尝为之举正。所见所闻，容或各异。今姑汇而刊之，聊申愚管云尔。

是杨明照先生此文自范注出即作补正，然寿氏与杨氏有相合处，可容再论。

又，此书批语除寿普暄用蓝笔以外，又有墨、朱批语多条，笔迹不似寿普暄先生，未知何人，亦有值得参考处。如：《明诗》注第19条范注引杨慎《丹铅总录》诗话类谓："挚虞《文章流别志》云：'李陵众作，总杂不类，殆是假托，非尽陵制，至其善篇，有足悲者。'"墨批曰："杨氏所引者为颜延年《庭诰》，见《太平御览》五百八十六，非《流别集》，注未能纠正。"

（原载《中国典籍与文化论丛》第13辑，
凤凰出版社2011年版）

后　记

　　和我们那一代学人一样,我是抱着作家梦考进大学中文系的。我的中学教育是在"文革"期间完成的,本来对数理化有兴趣,学习在班级里也是名列前茅。但进高中之后,正逢批判邓小平的右倾翻案风,而大学的推荐之风亦盛,像我这样没有任何背景的农村青年注定与大学是无缘了。那个时候的思想真是苦闷极了!于是对文学发生了兴趣;于是想像高尔基那样经过人间炼狱,最后成为一名作家;于是疯狂地看所有能够看到的文学作品;也疯狂地做着作家的梦。我得要感谢我的中学同学刘战海,他父亲是我们县棉麻公司的经理,当时把全县搜集来的各种书籍全部堆放在棉麻公司的仓库里。他也爱读书,每次从仓库里抱一堆书回来,我也跟着沾光,能够看到外人看不到的文学作品。那个仓库真是宝藏!可以说我基本阅读完了著名的现代文学作家作品。但这些书只能看,不能保留,于是我开始大量抄写名著。因为带有当作家的目的,所以自己认为应该从短篇小说和散文开始,这是我抄写的主要内容。我抄过五六十年代的散文特写集、短篇小说集;抄过各种诗选:有古代诗词,有现当代诗歌,也有外国诗歌。诗人中有普希金、莱蒙托夫,这是我的最爱。(我对普希金的热情一直延续到大学毕业:毕业时我还留心普希金身后的事情,他的夫人娜塔莎一直得不到人们的谅解的材料。)我喜爱俄罗斯作家的忧郁。当然,我更喜爱古代诗词,我抄过的记得有唐诗一百首、唐宋词选、唐五代词。这一切都是为当作家作准备。1978年3月,我有幸成为"文革"后第一批大学生走进徐州师范学院,成为全国二十七万大学生中一员,我以为我将实现我的作家梦了。不过,之前记得一位著名作家说过,要想成为作家,就要进外文系,当时一直不明白:为什么不是进中文系,而是要进外文系呢?后来才明白,"五四"之后作家的写作生涯,都是跟外国作家学习开始的,所以要进外文系。但是解放后变了,变了的不仅是外文系不培养作家,中文系也不培养作家。大学的系科是为学术研究培养人才的。大一、大二期间,我还为作家梦苦心准备,大量阅读各种书籍,积累知识和学问。我曾经每天都摘抄报刊的新闻题目,为的是写作的需要。这因此还受到同学的嘲笑,认为需要时可以翻阅报纸,何必作此无用功?随着读书越多,作家梦越来越淡漠了,知识和学问越来越吸引我了。于是我慢慢地从作家梦转向了教授梦,慢慢地也明白了,大学中文系真的不是培养作家的地方。这一转就决定了我今后的人生道路,让我一直在这一条既穷又白的道路上蹒跚着向前挪动。

真正知道学问是怎么回事,也得感谢我的同学阎华,他是我们班级里考研究生的先知先觉者。他组织我们成立古代文学兴趣小组,并且请老师给予指导。所以在大学二年级时开始有了考研的想法,也开始了认真地准备。我的第一篇论文是大学毕业论文,题目是"文贵清省说的时代意义",副标题是"论陆云《与兄平原书》"。这是从我阅读《汉魏六朝百十家集》所作的笔记中选择的。论文写好后请吴汝煜老师指导,他看后说,这是古代文论,应该请郝立诚先生指导,我这才知道古代文学和古代文论不一样。直到今天,我仍然坚持认为古代文学研究不可人为划定范围,不仅古代文论、古典文献,甚至古代文化和历史都不应与古代文学研究截然分开。这也是我至今仍然将这几种研究结合在一起考虑,都作为自己研究对象的原因。

　　大学毕业后开始了考研,从硕士、博士到博士后,我用了十多年才完成。而这个历程,也决定了我研究的对象和内容。大学毕业论文写的是陆云与其兄陆机通信中显示的文学观,硕士论文则是《陆机研究》。这两篇论文的完成,显示了我研究的内容主要集中在魏晋时期。我的博士论文是《昭明文选研究》,博士后研究题目是《文选版本研究》,显示了我的研究领域主要集中在南北朝时期。这三个研究,用去了我近二十年时间。想想未免太于蹉跎,我往往花大力气而所得甚少,不合于多快好省的策略。

　　我也有幸运的地方,一者是我从一个地方师范学院毕业,这让我永远都存一种向别人学习的精神,所以我从徐州到上海,再到北京,由南而北,师从不同的老师,也接触到不同学术背景的同学,在这一点上,我觉得自己是幸运的人,我学到了许多。我的翅膀得到了风风雨雨的磨炼,而变得较为坚硬。其二是我遇到的都是好老师。不仅学问上能够教育我,启迪我,他们的人品都堪称为忠厚长者。他们宽容我的无知,给我必要的提携和帮助,无论在生活上还是学业上,都给予我支持和理解。他们的人品,常常让我不断地检讨自己,督促自己,让自己不要变得太懒,也不要变得市侩。这让我对自己的生活也有了一种信心,这种机遇其实在当代的学者中并不是很容易碰见的。要感谢的老师是:吴汝煜老师、郝立诚老师、马茂元老师、曹融南老师、曹道衡老师、袁行霈老师。我永远感念他们!

　　以上是我简单的求学历程,我的研究工作基本由这几个阶段组成。留校北大后，我又开始了《玉台新咏》的研究，这一工作从2000年开始，也十多年了，本书略收几篇，显示我在博士后研究完成后所作的工作。关于《玉台新咏》研究的重要的论文，将收在即将出版的《〈玉台新咏〉与南朝文学》一书中。近两年，奉袁老师之命，我又开始《春秋左传》的校注的研究。袁老师说："如果这个工作完成得好，你这一辈子做了《文选》、《玉台新咏》，又做了《左传》，也应该感到欣慰了。"师命厚重，寄望殷深，既是鼓励，也是压力，我唯有尽力，不辱师命而已。前人说为学当实事求是，平心尽心。我本驽钝，未敢期远，庶几以此自许吧。

本书所收诸篇，基本反映了我这近三十年的学术工作，一旦结集，这才觉得如此浅薄，与学富五车、著述等身的同时代学者相比，未免惶恐。不过，也才真的认识了自己，也真的又一次验证了自己说过的话：一个人一辈子只能做一件事。不过，需要要修正的是，这只适合我。以上以本人肤浅的读书和研究历程，为自己这三十年的学习做一个总结，亦权且代为后记。

本书编成后，承潜之兄赐序，原本粗服蓬头，遂觉面貌一新。潜之兄文笔奇峭，是我认识的当代学者中最会作文者。对他的溢美之词，我愧不敢当，本想删去一些。但他说不可以，因为一旦改动，就不是他的意思了。我权且把他的这些话当作一种鼓励、一种要求吧。只是一经他赞美如此，若再不努力，就很困难了，我想这也许是他的意思吧。感谢他对这本淡乎寡味的书稿作如此细致的审阅，认真的态度甚至超过了我自己。他提出了许多宝贵的意见，并指出原稿中的错别字以及不当的文句等。这种情谊令我感动！